城泽追光

许之微 著

作家出版社

目录

第 一 章　血溅江昌 / 001

第 二 章　身陷囹圄 / 019

第 三 章　牢里山外 / 035

第 四 章　初现端倪 / 055

第 五 章　心生波澜 / 079

第 六 章　设计越狱 / 100

第 七 章　迷雾重重 / 123

第 八 章　狂风暴雨 / 143

第 九 章　突遭劫难 / 162

第 十 章　绕返江昌 / 180

第十一章　又遇凶案 / 196

第十二章　案情初明 / 212

第十三章　螳螂捕蝉 / 235

第十四章　鱼儿漏网 / 258

第十五章　缅北劫难 / 273

第十六章　处处惊心 / 294

第十七章　曼谷风云 / 314

第十八章　行程险恶 / 335

第十九章　收网擒虎 / 352

第二十章　冤家路窄 / 370

第二十一章　父子之间 / 385

第二十二章　账总要还 / 405

第二十三章　除凶在即 / 427

第二十四章　天罗地网 / 450

第一章　血溅江昌

福山有色金属公司总经理朱勇彪和另外三个朋友在江畔酒家一个包间里喝得面红耳赤。五月里，气温本来就相当高了，几杯酒下肚，朱勇彪额头上布满汗珠。他解开了上衣的纽扣。

"我说，你们消息怎么这么灵通？我白天才得到老郑签署了收购那家老美公司文件的确切消息，晚上你们的酒宴就摆上了。这要是让老郑知道，又要发脾气了。我们公司的保密工作做得也太差劲了。"

"嗨，这有什么好保密的？中国企业走出去搞跨国并购，它反映了我们的经济发展到了一个崭新的历史阶段。这一点你们福山公司在我们江昌带了个好头。宣传还怕来不及，保什么密？"说话的是本市工业管理局的董局长。

坐在朱勇彪对面的万鸿达马上搭话："董局说得好！朱总，我看你就召开一个记者招待会，借着这个机会好好宣传宣传。"

朱勇彪直摇手："饶了我吧。老郑明确指示，千万不要让媒体搅和进来。宣传干什么？让江昌老百姓买我们的矿石？老郑还没回来，老陈要留在美国落实并购的具体程序。我一天到晚忙得四脚朝天。还记者招待会哩，不让我活啦？"

"要不说福山发展得这么快。你们是闷声大发财。"一直没出声的工商银行徐总说话了。

"徐总这叫一语道破。"万总又端起了杯子，"来，老朱，你在百忙之中能接受哥几个的邀请，可真不容易。我再敬你一杯。"

这几个都是福山有色金属公司董事长郑洪斌和总经理朱勇彪的部队战友，可以说是几十年的老朋友了。董局长在政府部门，徐总管着银行，万总是福山有色金属公司的业务伙伴。在福山公司十几年的发展过程中，至少董局和徐总没少给福山帮忙。一听说福山公司把业务发展到美国去了，他们马上把朱勇彪请来喝酒，自然是有事相求。这一点，老朱是心知肚明的。他想着这会儿也该把事情挑明了，于是笑着面对董局长："董局，趁着我还没喝醉，您有什么指示能不能现在说？"

"哟，难怪人人都说你老朱聪明。除了你，恐怕没有人能和老郑老陈这两个个性强悍的家伙和平相处这么多年。我没指示。这回呀，我有个小小的要求。嗯，……是请求。来，先喝一个。我先干为敬。"董局长"嗞"地一小杯酒下肚。

朱总连忙也倒满一杯，来了这么一下："我洗耳恭听。"

"我家小雅明年在美国硕士毕业。这孩子羡慕美国资本主义生活方式，说是美国空气好，不想回来。可是美国空气虽好，经济不好，失业率高居不下，工作难找。这不美国的桑普森公司都叫你们福山给收购了。美国公司被收购，那总需要我们自己人掺进去吧？ 我替女儿在贵公司求个职。"

"董局长，您是倒过来了。我们正需要小雅这样高学历、懂英文的自己人。如果您和小雅，不嫌我们福山公司名气不够大。那我们这边没问题！"

董局长同徐总万总迅速交换了一下眼色，三个人的嘴巴都咧开了。徐总不失时机地接上话茬："哟，听这口气，再多两个这样的，也不会有大问题吧？老万的儿子，我的女儿，能不能也往福山公司这条大船上挤挤？"

老朱点点头："简历都寄过来吧。"

"怎么听着味道变了。没那么爽了。"老万有意调侃。

"直接寄给我。我找人事部主任。爽不爽？"

万总端着酒杯站了起来："我也说嘛，我们都几十年的交情了。现在难得老郑和老陈都不在国内，老朱你今天彻底放松一下。来，我敬你。不，还是大家一块儿吧。为了友谊，为了下一代，干杯！"

这桌酒喝得可谓宾主尽欢，午夜方散。朱勇彪的司机家里有事没在，万总亲自把老朱送回住处。朱勇彪下了车，头重脚轻地往前走。万鸿达不放心，连忙下车扶了一把。他招呼司机："小李子，下来把朱总送到门口。老朱，我知道你金屋藏娇，就不进去了。"

司机小李过来搀扶。朱勇彪一把推开："不至于吧。我没喝多。你们走，你们回。走，我看着你们走。"

"行，老朱。晚上悠着点，啊。"万总又调侃上了。

"我，就他妈孤家寡人一个，还，还藏娇哩，都熬焦了。"老朱舌头大了。

万总回身进了车，摇下车窗："朱总，我们三个人托你的事可别忘了。趁着老郑没回来，你先帮我们把事办妥了。我明天早上就让小李把孩子的材料给你送过来。"

"行，别的事你能这么上心吗？走吧。"

看万总的车离开，朱勇彪挥手告别。

老朱进了门。他顺手开灯，灯不亮。朱勇彪不禁自言自语："妈的，这物业，钱收得一本正经，水和电轮着出问题。哟，……我的手电呢？放哪儿了？"

他一边嘟哝，一边往前摸着走。突然，一个黑影闪出，抢起的刀面反射着窗户外街灯的灯光，在黑暗中划出一个弧状。朱勇彪扑通一声栽倒在地板上。

第二天上午，几辆警车停在朱总的住房外。警示灯闪烁着。

室内，几位警员在寻找犯罪分子留下的罪证。一脸紧张的司机小李，惊魂未定地回答着市公安局刑警大队大队长周清泉的问话。

"昨天夜里十二点多，我和万总送朱总回来。他喝得有点高。今天早晨，我送材料给朱总。电话没人接，敲门没人应。可是万总嘱咐了，材料一定要送到朱总手里。我没办法，绕到窗子跟前，趴在窗沿上往里瞧。一看，吓得我……"

"昨天喝酒的有几个人？"

"四个。我们公司的万总，银行的徐总，还有一个董局长。"

公安局技术科的技术员小孙从计算机屏幕上抬起头来："大队长，找到匹配的指纹了。这家伙半年以前刚刚刑满释放。"

周清泉几步走了过来。计算机屏幕上两组指纹：罪犯留下的和数据库中的，显示完全匹配。周清泉拍拍小孙的肩膀："干得不错。再把这家伙的资料调出来。"

小孙敲打几下键盘。屏幕上出现了嫌疑人的正面和侧面照片，以及个人资料：

> "姓名　冯贵
> 出生年月日　1975年4月14日
> 出生地　湖北省明山县大湾乡
> 职业　无业
> ……"

"有没有他住在哪里的信息？"周清泉问。

"这上面标明的是'暂住'他表姐家。"

"没关系。跑不了他。"周清泉信心十足。

夜幕刚刚降临。

凶案嫌疑人冯贵从床上爬起来，拉亮了电灯。套上外衣，他从床头扯过来一个中学生用的背包，接着慎重地将枕头下一个大牛皮纸信封用一件T恤衫包裹住，放进包里。这是一个窝棚式的住处，除了一张床，就是两个摞起来的箱子。冯贵接下来跪在地上，撬起一块地砖，从里面又取出一个小信封，塞进背包。他把背包的拉链拉上，背在背后。冯贵走到门口又转身朝屋里四下看了看，然后拉开门。

冯贵刚拉开门，一颗子弹准确地射进他的脑袋。冯贵仰面倒下。

公安局刑警大队连夜召开会议讨论案情，辛局长坐镇指挥。周清泉发言。

"我们晚了一步。朱勇彪被谋杀一案的重大嫌疑人冯贵被灭口。朱勇彪被杀后不到十个小时就有人报案，这纯属偶然。但是，嫌疑人在作案后二十个小时之内被杀，显然为的是灭口。这排除了嫌犯仅为谋财害命的可能。朱勇彪被杀和冯贵被灭口应该是整个预谋之中的两个环节。这是个案中案。"

辛局长指示："这个案中案，很有可能和某个阴谋联系在一起。冯贵本来就是个有前科的人。他是被人雇用的。现在我们需要做的是：第一，尽快找到杀冯贵灭口的枪手和幕后指使人；第二，迅速查明朱勇彪被杀的原因。我们行动起来吧。"

*

江昌机场大厅内的接机口站了不少人。福山有色金属公司董事长郑洪斌年轻漂亮的妻子胡莉莉和司机小邓也在接机人当中。胡莉莉看到郑洪斌提着大包拉着行李箱走出来，立刻跑过去搂着郑洪斌，娇滴滴地说："老公，想死我了！"

司机小邓走上前，接过郑洪斌手中的箱子和提包。胡莉莉搂着郑洪斌，向他身后的秘书小刘摇了摇手。

郑洪斌把胡莉莉推开："好了，好了，莉莉。走，我们回家。"

这时候，身穿便衣的周清泉走了过来："你是郑洪斌？"

"是。有什么事？"

周清泉向两边使了个眼色。郑洪斌的前后各有两个穿制服的警察向郑靠拢过来。周清泉掏出一张卡片。

"这是拘捕证。郑洪斌，你被拘捕了。请配合我们行动。"

"什么乱七八糟的，你们搞错了吧？"胡莉莉的眼睛瞪得好大。

秘书小刘马上介绍："这是我们福山公司的董事长。"

周清泉一脸威严："没错。请吧。"

"郑总，我马上给律师打电话。您千万别着急。"小刘惊恐万分，反应却是不慢。

郑洪斌什么场合没经历过？他平静地交代："莉莉，你们先回去。小刘，马上跟朱总汇报一下。工作还要继续抓紧进行，不要因为这么个插曲耽误了并购桑普森的大事。"

听到郑洪斌的话，周清泉和另一位刑警交换了一下眼色。

005

警方马不停蹄地突击审讯郑洪斌。

审讯室里放着一张长桌，长桌的后面坐着身穿警官制服的周清泉和市局刑侦科科长白雪梅。周清泉主审，白雪梅兼做笔录。郑洪斌穿着看守所嫌犯统一的服装，面对警官，坐在审讯室的中央。他和警官之间隔着一道铁栅栏。审讯已经进行一段时间了。

周清泉提问："郑洪斌，从5月7日在美国酒店吃早餐，到今天下午你在机场被拘捕，你有没有单独一个人活动过？"

"没有。除了上厕所的几分钟。"

"有没有以电话、短信和外界联系过？"

"这个，有。离开酒店后，我在出租车上给我儿子去了个电话。他关机了。还有，在纽约肯尼迪机场转机时，给我老婆胡莉莉打过电话。"

"你再回忆一下，还有没有其他联系。"

"没有。哦，接到过一个莫名其妙的短信。我想可能是什么人发送错了。"

"记得短信的内容吗？"

"好像是'事已办妥'。"

"你确信不认识发信人？"

"不认识。没见过的名字和号码。警官，我可以问一个问题吗？"

"问吧。"

"我为什么被捕？"

"福山公司总经理朱勇彪被杀身亡。你是重大嫌疑人。"

郑洪斌浑身的血液一下子冲到脑门上："什么？老朱被杀?!"

看守所的接待室里只有一张桌子，两把椅子。律师岳晓星坐在那里，神色显得有些激动和不安。岳晓星是郑洪斌前妻岳晓天的妹妹。多少年来，她一直敬重这个姐夫。甚至，对他始终持有一种说不清道不明的情愫。

门开了。郑洪斌戴着手铐，由看守押着，进了门。岳晓星立刻站了起来。郑洪斌冲她笑了笑，自己先坐了下来，平静地看着看守将其手铐上的铁链固定在座椅上。

"晓星，请坐。谢谢你答应做我的辩护律师。"

岳晓星受到郑洪斌的感染，心情也平静下来。她坐下，翻开笔记本。

"你的家属是不是也为你请了律师？"

"是啊。不过我觉得还是请你比较放心。晓星啊，祸从天降。危难之际，突然发现在这个世界上我居然没有几个可以完全信任的人。"

岳晓星的嘴角抽动了一下，眼里泛出泪花。她强忍住内心的冲动。

郑洪斌接着说道："到目前为止，我还不知道朱勇彪被害的详情，更不知道为什么我成了凶案的最大嫌疑人。你能告诉我吗？"

"5月7日夜里，朱总从江畔酒家回到他在林园小区的住处后被人用刀砍死。公安刑警在第二天上午十点左右得到报告赶赴现场侦查，并很快锁定犯罪嫌疑人。不过，有人赶在警方之前将这个叫作冯贵的凶嫌灭了口。准确地说，你是指使杀朱勇彪，再指使杀死凶嫌灭口的嫌疑人。"

"理由是什么？老朱是我多年的好友、搭档。我同那个冯贵毫无瓜葛。怎么就扯到我头上来了？"

"警方说，他们有确凿的证据，证明你与冯贵有接触和来往。至于犯罪动机，警方正在调查中。"

"既然是这样，那么只能说明有人精心设计了这出戏。至少，我明白了为什么会接到'事已办妥'的短信。唉，可怜我到现在都想不出自己为什么被人算计。"

"我从听说你在机场被捕的那一刻起，就在分析你会被什么人陷害。姐夫，只有你自己才会想出其中的原因。杀死公司总经理并嫁祸与你，这背后不是存在非同小可的仇恨，就是牵扯到巨大的利益。"

郑洪斌何尝不明白这个道理？他看似不动声色，心中却掀起一阵波澜。只不过，他分辨不出风从何处起，浪自哪里生。

岳晓星急切地盯着郑洪斌，试图从他平静的面容上找到往下分析的线索。"姐夫，你和朱总有过冲突吗？传言在并购美国桑普森矿业公司问题上你们有矛盾，是真的吗？"

难道警方的怀疑来自这儿？不会吧？然而，岳晓星的问话就像无意中戳到黑暗中的一个按钮，郑洪斌混沌的思路里漏出一丝光亮。他马上意识到，问题应该是出在并购上。虽然距离找到朱勇彪被杀的缘由还有十万八千里，但这桩血案至少和福山公司并购美国桑普森公司相关。

*

一个星期之前，并购桑普森公司的事还悬而未决。

福山有色金属公司的会议室位于公司总部办公大楼的顶层。从这里向外看，江昌市的高层建筑鳞次栉比。远方长江横卧，江上百舸争流，江边码头起重机的塔架林立。

参加会议的行政各部门主管围坐在会议桌前。公司董事长兼CEO郑洪斌就境外收购美国桑普森矿业公司的议题发言，意在统一思想。

"……诺贝尔经济学奖获得者乔治·斯蒂格勒说过：'几乎没有一家大公司主要是靠内部扩张成长起来的。一个企业通过兼并其竞争对手的途径成为巨型企业，是现代经济史上一个突出现象。'福山要发展，就一定要走向世界。难道在座的各位在这一点上不能达成共识？"郑洪斌咄咄逼人地环视会场。全场哑然。

郑洪斌的眼光停留到左手边紧挨着自己坐的公司总经理朱勇彪："朱总，你先谈谈看法。"

朱勇彪没有抬头看郑洪斌，还没说话，先笑了一下。

"郑总，理论上我们都明白，有共识。十多年来，我们跟着你从承包一个小矿干起，把福山搞到目前能够有实力兼并美国桑普森公司的这样一个规模。我们佩服你的眼光和能力。可是现在不是遇到具体问题了吗？"

"问题？有人竞购不是一件很正常的事吗？这不恰恰说明桑普森公司的价值有目共睹吗？怎么就想起来打退堂鼓了呢？"

朱勇彪摇了摇头，没出声。矿山资源部主任余旷达属于公司元老级的主管，看没人说话，出来解围："郑总，你也知道朱总他说的不是这个意思。"

"什么意思？明说嘛。"

朱勇彪只好把话挑明了："我担心的是，这个竞购中一旦加入个人因素，会大大增加公司收购的成本。"

竞购的对手是谁，公司管理层里老的员工都知道，新提拔的干部也有耳闻。听朱勇彪说到这个敏感的话题，全场默然。大家你看看我，我看看你。郑洪斌看到眼里，有点恼火。朱勇彪把话接着往下说："南粮集团同英国希思公司争购新西兰的斯威特糖厂，几番加价，把收购金额抬到了1.8亿美元。远远超过了这个糖厂的不动产加上年销售额……"

郑洪斌打断了他的话："说得好！南粮买的不光是斯威特糖厂的厂房和市场。他们要的是对海外原材料的掌控。"

朱勇彪解释："这不难理解。我们收购桑普森也是既要原料，又要市场，还要借此在海外建立发展的据点。问题是，郑总你在这场竞购中有没有底线？当底线被突破后，你还一味坚持，是不是感情用事？我想提醒你的是：同我们竞争的对手金山矿业公司已经把标价提高到公司董事会难以接受的高度。"

"因此我们需要统一认识，说服董事会。大家发表意见嘛。"郑洪斌把眼光投向参加会议的年轻人。

销售部主任江小龙觉得这时候不支持郑总有点说不过去，他用尽量缓和的语气说道："从销售部的角度看问题，我支持郑总走向世界的基本观点。如果我们得到桑普森公司在国际市场上经营多年的、现成的供应商和客户网络，福山将如虎添翼。"

张矿长属于元老级的主管，对于江小龙这种不搭界的话不以为然："小江，朱总没说不该收购。他说的是花多少钱收购。连我这个大老粗都听懂了。"

余旷达再次帮腔："我都怀疑金山公司是有意帮桑普森抬价。怎么他早不说买，等我们到了接洽收购的关口，他出来竞购了。这么一抬，价钱上去几千万美金。那可是上亿人民币啊。"

财会部主任文增辉也是"少壮派"的一员，跟着江小龙表态："我也支持郑总收购桑普森。企业发展竞争力有两种途径：一是在公司内部通过长期的自身知识积累学习，逐步培育起来的；二是通过外部并购具有核心竞争力或具有相应资源的企业，经过有效整合而得。相比之下，跨国并购具有时效快、可得性和低成本等特点。"

"小文，没有人不支持郑总。亏你还提什么低成本。我们讨论不就是因为成本增高了吗？"这边徐主任实在看不惯年轻人绕开实质性问题空谈大道理的做法，心里想，现如今这帮小子溜须拍马倒是一个赛一个。

就在大家争得不亦乐乎时，会议室的门被推开，郑洪斌的秘书小刘快步走到郑洪斌身边，俯下身子，对郑洪斌低声耳语了几句。郑洪斌的脸上出现的迷惘和不解多过喜悦。看到这个情景，会场上安静了下来。小刘抬头笑着给大家点了点头，离开了。

郑洪斌开口了："大家也别争了。嗯，是这样：陈总刚刚从美国打来电话。金山公司撤出竞标。"

朱勇彪长长地出了一口气。

郑洪斌和朱勇彪面对面坐在郑洪斌家的小餐厅里喝酒。他俩的交情深得不能再深了。打小两人就手拉着手上学。在"文革"末期，整个社会动荡不安的时代，仗着郑洪斌浑身的蛮力、机灵和天不怕地不怕、敢作敢为的性格，少年朱勇彪过得还算自在痛快。接着两人一道参军入伍，虽然郑洪斌被挑到特种部队，不能继续在朱勇彪身边"罩"着他。但是有这么个能够代表中国军人扬威国际赛场的大哥，不光是脸上光彩，也受战友们的待见。所以，郑洪斌的朋友一大堆，要说死党，朱勇彪肯定排在第一个。否则，他怎么敢在会上揭郑洪斌的底？

郑洪斌年轻的妻子胡莉莉围着一条漂亮的围裙，从厨房里端出刚炒的一盘菜。

朱勇彪放下酒盅招呼："小胡啊，你就别忙了。过来一块儿喝两盅。"

"不忙了。朱总，你和老郑慢慢喝。我都和朋友约好了要出去的，就不陪了。"胡莉莉一边笑着说话，一边解下围裙。

"哎呦，对不起。老郑是临时动意让我来的。没想到把你的计划给耽误了。"

"嗨，你当她们有什么大不了的事？下馆子，逛街，说闲话，如此而已。来，我们喝我们的。"郑洪斌端着酒杯催促。

胡莉莉那边已经挂起围裙，挎上小包，往大门口走。她回过头来发牢骚："我跟老郑说雇个阿姨做家务，他就是不让。朱总，我走了。拜拜！"

大门"砰"的一声关上了。

郑洪斌摇了摇头："你听到了吧。就两个人，还要雇个保姆。那我不真的变成资本家了？"

"你不就是资本家吗？家里佣人是没有，小老婆有了。"

"哈哈，你真会骂人。哎，老朱，不管大老婆小老婆，你倒是娶一个呀。男人身边不能没有女人吧。"

"哎呀，我可不像你，服侍不了女人，特别是隔了代的年轻女人。说正经事吧。你让我来，是不是想到了你大老婆？"

郑洪斌被老朱逗笑了："这话怎么说？"

"金山公司几天前还是一副志在必得的架势。怎么说退出就退出了？我想，是不是你前夫人说了话？"

"你真跟我想到一块儿去了。但是，凭我对岳晓天的了解，她不大可能插手这件事。"

"老陈出发到美国前，跟我商量过，是不是私下里找一下岳晓天，让她劝说利奥诺拉，不要同我们搞得两败俱伤。"注意到郑洪斌表情的变化，朱勇彪补充了一句，"他让我别告诉你。"

郑洪斌还真是有点动气："老陈他怎么能这样？插手我的家务事。这不是给我难堪吗？"

"但目的达到了呗。"朱勇彪诚恳地劝老郑，"你的面子比上亿人民币还值钱？老郑，这事就别提了。啊？再提大家都难堪。心里有数就行了。"

郑洪斌仍旧愤愤然："不说？他下次还……"

"没下次！你可真够厉害的，老陈那么凶悍的家伙，居然在你跟前服服帖帖。公司里要是我不出头跟你争论，就变成一言堂了。"

"哈哈，感谢你。来干一个！"

朱勇彪也笑着举杯，一饮而尽。

郑洪斌十分感慨："是啊，不管怎么样，目的达到了。我们终于走出眼前的福山，跨到太平洋那边去了。雄关漫道真如铁，而今迈步从头越。"

"看你这副踌躇满志的模样。老郑，我还记得你当年离了婚，刚从美国回来时的沮丧样子。结果，婚姻没了，事业有了。关键时前妻还在暗中相助。这就叫祸兮福所倚。打算什么时候走？"

"老陈电话里说，要尽快，以防夜长梦多。我这就准备到美国去签署收购桑普森的文件。我走这几天，公司业务你就全权处理。随时听我的信，把准备好的专用收购款转到美国的共管账户上。"

朱勇彪点了点头："记住了。还有什么要交代的？"

"在收购过程结束之前，不要张扬。千万别让媒体知道，闹得满城风雨。我们是干事业，干实事，不是要政绩、出风头的人。"

"我不会张扬。不过，你也知道，没有不透风的墙。"

三天以后，雷厉风行的郑洪斌已经带着他的代表团坐在了谈判桌前。桑普森有色金属公司办公楼的会议厅里，长形的会议桌两边各坐有六个人。中方和美方各有五名代表再加一名翻译。中方代表团有郑洪斌、陈世明、蔡律师、熊会计和秘书刘秉章五位代表。他们个个喜气洋洋。福山公司总裁郑洪斌做总结性的发言。

"……非常感谢各位的配合和协助。这次成功的收购，对于福山公司和桑普森公司都是好消息，这是个双赢的结局。谢谢各位！"

秘书刘秉章和桑普森公司的工作人员捧出协议书以及合同等文件，让郑洪斌和桑普森公司的法人代表总裁福斯特交换签字。签字完毕，双方起立热烈鼓掌。桑普森公司的五位高管首先离座，站到会议室大门口。中方代表由郑洪斌领着来到桑普森公司总裁福斯特等面前。中方人员同美方高管轮流热烈握手。

有过几年在美国陪读生活的经历，加上当年前妻严厉的督促，郑洪斌的口语相当不错。他握着福斯特的手，用英文说："福斯特先生，我期待着同您以及您的团队共同工作。我们公司的前途将会非常美好。"

福斯特礼貌真诚地回答："郑先生，我对您的领导才能印象深刻。我同意，这次兼并对于福山和桑普森都将有利。"

接下去轮到桑普森的副总裁默林太太。郑洪斌笑容可掬："默林太太，我对您所做的工作非常赞赏。对不起我得提前离开。陈先生和我的另两位同事将留下同你们处理整个合并的程序。"

"不用担心，我会尽最大努力帮助陈先生和其他同事熟悉桑普森公司。"

晚宴后回到代表团下榻的酒店房间，郑洪斌一边脱掉西装解开领带，一边吩咐秘书小刘："小刘啊，你再试着给朱总去个电话。今天就得把那笔收购用款打到这边银行的共管账户上。这事办完，留下接管的陈总他们就可以正式办理交接手续了。"

"哎，我这就打。"

小刘拿出手机拨打。

"喂，是金秘书吧？我是小刘，你让朱总接电话，郑总有指示。……什么？不在公司？……到局里开会去了？"

郑洪斌一听有点急了："小刘，给我。"他拿过小刘的手机，"小金啊，老朱去开什么会？什么时候回公司？……也好，那你记一下：今天下午，我们已经正式签署了收购桑普森公司的文件。等到收购专款一到，就可以逐项办理交接手续了。你让朱总回公司后，立即把专款打到这边美国银行的共管账户上。"

见郑洪斌合上手机，小刘伸手接了过来，没忘记小心地问一句："郑总，还有什么事吗？"

"没有了，小刘你回去休息吧。这些天辛苦了。"

"嗨，我这不就是跑跑腿，干点现成的事嘛。郑总，尘埃落定，您也该放心睡个好觉了。我走了。"

"嗯，去吧。"

郑洪斌还是心思未定。他看了看表：9:45，不算晚，于是拿出手机给前妻拨了个电话。别看郑洪斌在公司在外面各种场合都自信沉着，挥洒自如，可是跟前妻说起话来马上就会别扭起来，总觉得，怎么说哩，好像欠了她什么似的。

"喂，是我。现在给你打电话不算晚吧？"

岳晓天正在工作，办公桌上堆满了学生的试卷。她把电话夹在耳朵和左肩之间："有什么事？说吧。"

"啊，……是这样，我们今天正式签署了收购桑普森公司的文件。"

"恭喜你。"

"嘿嘿，谈不上。我想谢谢你的支持。"

岳晓天一听觉得不对。她放下手中的工作，用右手把电话从左肩拿了下来，贴在右耳上："谢我？这跟我有什么关系？"

"嗯，老陈是不是找过你，请你说服你那位金山公司总裁放弃竞标？你别说，金山把价钱给抬得那么高，我的压力还真不小。你这个忙帮大了，让我们公司省下好几千万美金。"

岳晓天一听这话就火了："什么，什么？哎，你等等。你不至于忘了我的为人和个性吧？我做事光明磊落，什么时候吹过枕边风？我为什么要帮你说话？我欠你的吗？我要提醒你：是你先背叛了我们娘儿俩！我帮你省下几千万美元？做梦！"

岳晓天越说越气。她的声音太大，郑洪斌不得不把手机放的离耳朵远些。

"哎，你没帮就没帮，犯不着生这么大的气呀。你听我解释，……"

可是岳晓天那边已经把电话挂上了。

郑洪斌叹了一口气，自言自语：

"妈的，这个老朱，说得煞有介事的，让我白白挨了一顿骂。我说嘛，她岳晓天怎么会大发慈悲帮我这个忙。"

郑洪斌坐到床上，给老朱拨了个电话，对方关机："又他妈关机！"他把手机往床头柜上一扔，脱了鞋，躺下了。

郑洪斌把日程安排得紧锣密鼓。头一天刚刚签署了相关文件，第二天上午就离开了桑普森公司所在城市。他急着赶回江昌。秘书小刘在酒店前台办理结账手续时，郑洪斌向下楼给他们送行的陈总等三位交代工作。

"大家这一段辛苦了，今天你们可以休息一下。从明天起，必须投入紧张的工作。老陈，关于技术转让、设备使用、品牌使用、市场划分等协议的补充条款你要一一落实。随时向我汇报最新进展。"

"郑总,您放心,一定完成任务。"

"蔡律师,朱总已经把并购款打入专用账户。你需要尽快和梅侬律师事务所签署资金监管协议。按理说今天就该把这事给做了。"

"日程上排的是明天上午。要不我……"蔡律师试探地询问。

郑洪斌挥了挥手:"算了。你们十来天都没睡过一个好觉。老外的工作日程也不可能轻易改动。明天就明天吧。等到协议签好后,我再把账户密码告诉你。"

"郑总这叫个心细。"老陈对这位老战友再熟悉不过了。

郑洪斌也没忘嘱咐一下会计:"熊会计,协助好陈总和蔡律师的工作。"

"那是一定。郑总,您也要注意休息。"

"我在飞机上有睡觉的时间。"

小刘办好了退房手续,走了过来:"郑总,我们走吧。"

陈总等人跟着送出门。一辆出租车已经停在大门外。

郑洪斌同几位送行者一一握手:"回吧,回吧。保持热线联系。"

陈总上前拉开车门:"没问题。我们每天二十四小时待命。"

郑洪斌和小刘上车。车离开酒店。陈总和另外两个人互相看了一眼,咧开嘴笑了:"妈呀,终于能松口气了。"

*

负责朱勇彪被杀案的警官周清泉和白雪梅通过询问朱勇彪的司机小陈,把事发当天朱勇彪的日程调查清楚了。

5月7日,当郑洪斌晚宴后回到酒店,让秘书小刘给朱勇彪和他的秘书小金打电话,催促朱勇彪将并购款打到美国的监管账户上时,朱勇彪确实到市里开会去了。中国和美国东海岸有十二个小时的时差,朱勇彪开会是在上午。

朱勇彪参加市政府召集的有关落实《环境保护法》的会议过了中午才结束。市里对于环保很重视,指定每个企业的主要领导人一定要参加。老郑不在,他这个总经理能不参加吗?市长坐镇,环保局揪住他们这些个企业不放，非得让这些老总当着市长的面表态、签字。这会一开就是几个小时。等到他火急火燎地赶去见一位原先约好的重要客户，人家都等得不耐烦了。好一通解释，加上自罚三杯酒，才平息了客户的恼火。

送走了客户，坐上车，想想今天一天手机都没开，老朱连忙掏出手机查看。这一看不要紧，秘书小金也不知道来了多少电话。他连忙给小金拨了个电话。

"小金啊，什么事这么急？老郑那边来电话了？"

"是啊，朱总。郑总一早就打您的手机，您这边关机。同桑普森的合约已经签署了。他让您今天无论如何要把并购款转到美国的共管账户上。"

"知道了。我这就回去办。小金，还有什么重要的事？"

"还有，金刚公司的万总来电话，说晚上已经约好了董局长和工商银行的徐总一起在江畔酒家吃饭。"

"吃饭。酒局是一个接一个，想吃不想吃都得上。你妈的，腐败！"

司机小陈听得忍不住笑了起来。

就在小陈把朱总送回到公司之前，小陈接到老婆的电话，说孩子病得不轻，需要马上送医院。朱勇彪让小陈赶紧回家，说晚上吃饭让万总的车顺路过来接一下就行。

凶杀嫌疑人冯贵住过的草棚被警方黄色的警戒带围着。周清泉和白雪梅在草棚外向四周环视。周清泉左手指向附近不远处建筑工地的一堆水泥涵管，右手向白雪梅做了个手势。他俩朝着那堆水泥涵管走去。

这是一个看似停工待料的工地，但是显然从来没有开过工。工地上堆满水泥涵管、砖石沙土。这就是不法房地产商囤积土地最"流行"的方式：弄点不值钱也搬不走的大件往那儿一搁，等到房价上涨再建房出售。于是，这些待建工地就成了城市犯罪分子的沃土和乐园。离这儿不远处，是农民工搭的各式各样的窝棚所形成的临时"村落"。冯贵住过的那个草棚是最靠外边的一间。

白雪梅还是第一次到凶杀现场。她指着那堆水泥涵管对周清泉说："杀冯贵灭口的枪手，应该是趴在水泥涵管里，等着冯贵开门。"

"对。枪筒就算没有消音器，这水泥涵管也能阻挡声音的传播。作案人是个职业杀手，枪法极准。他身上涂抹了扰乱警犬嗅觉的东西。既无指纹，也无脚印留下。总之，他的反刑侦能力特强。"

"这不能不让我产生联想。"

"我知道你对顺昌大桥特大工程事故案念念不忘。"那是个背景复杂的案子。由于白雪梅的男友涉案，她回避了案子的侦查和审理。周清泉知道白雪梅对最终的判决耿耿于怀。

白雪梅严肃地点了点头："我虽然没有参加那个案子的侦破，但是对关键证人被职业杀手远距离一枪毙命印象很深。我还特地到现场看过。冯贵被杀这个现场也让我马上想到那个职业枪手的绝活。"她问，"从这里到冯贵的草棚大约有多远？"

"三百米左右。"

"顺昌大桥案里的枪手杀人灭口也有这么远的距离，对吧？"

"比这还要远。因为那次车站附近到处都是人。"

白雪梅的口气有些冲动："这么远的距离，能够一枪正中目标要害的枪手，大概是有资格参加国内国际重大比赛的角色吧？"

周清泉点了点头："应该是。"

"那么寻找这个枪手的范围就不大。为什么没有找到这个枪手呢？"

"有这种本领的狙击手或者射击运动员在中国为数不多，但是他们分布很广。我听说侦办人员给各省体委，还有部队都去了调查函。但是没有发现任何射击运动员或枪手在事故发生的时候不在单位。"

"上次因为要避嫌，没能参加侦破工作。这次，我一定不放过这个机会。两个案子里的枪手很可能是一个人。"

"雪梅，我会支持你的。一定要找到那个职业枪手。"

由于福山有色金属公司董事长郑洪斌涉案，这个案子的影响非同小可。江昌市公安局召集主要干部开会讨论案情，辛局长主持会议。公安局的穆书记、姚副局长和郭支队长等都在座。白雪梅发言，情绪有几分激动。

"一个事业上如日中天的企业家，为什么要杀死自己几十年的战友、朋友、助手？这不符合逻辑。"

周清泉表示支持："我同意。在我们找到郑洪斌作案动机和更多的证据之前，没几个人能相信郑洪斌是杀害朱勇彪的真凶。因为他完全没有这个必要！"

辛局长比较冷静："小周，照你看，谁有必要杀掉朱勇彪？"

"我个人的看法，或者叫假设是：杀朱勇彪的目的在于嫁祸郑洪斌。因此，这个案子的目标是郑洪斌。我们的调查，有必要围绕着陷害郑洪斌的动机来进行。可能性是多种多样的。例如，公司内部的权力斗争，生意场上，包括同行的利益之争。还有个人恩怨导致的报复，婚姻家庭的因素也不能排除。"

白雪梅补充说："雇枪手行凶，背后的目的往往是特大经济利益。"

"对于我们来说，犯罪分子雇用或者动用一个那么高明的职业杀手，时间控制上如此紧凑，这案子简单不了。"周清泉强调。

辛局长点点头。他环顾一下参加会议的领导，看暂时没有人要发言，便表明了态度：

"我同意你们的分析。那就继续努力。但是我不得不提醒你们：先入为主是要不得的。不能因为郑洪斌有钱有势，事业如日中天，就断定他不会杀人。这也不符合逻辑吧？郑洪斌是个名人，这个案子，上上下下都在关注。我们的压力很大啊。小周和雪梅，既然你们认为现有的证据还不足以结案，又有了郑洪斌被陷害的假设，那么下一步准备做什么呢？"

周清泉回答说："我们已经开始调查5月7日同朱勇彪喝酒的几个人。他们都和朱勇彪、郑洪斌有几十年的交情。根据他们对朱勇彪的了解，基本可以排除他的被害是仇杀的可能。下面除了继续查询熟悉和了解朱勇彪的相关人员外，准备以郑洪斌的家庭成员和福山公司中高层主管为重点调查对象。"

"嗯，我同意你们的调查方向。"穆书记表态支持。

姚副局长说得更明确："确实有必要调查一下郑洪斌那个年轻漂亮的老婆。至少进一步的相关证据需要她来提供。"

"其他同志还有什么意见和建议？"辛局长看到与会者没有表示异议，宣布会议结束，"今天就到这里。散会。"

第二章　身陷囹圄

作为郑洪斌的委托律师，岳晓星再次造访看守所。她用掺杂着焦急和悲伤的目光看着郑洪斌。岳晓星坚信郑洪斌是被人诬陷的，她希望郑洪斌能够提供一些找出真凶的线索。

"警方到底掌握了什么证据，我无从知晓。我们只能假定，除了你知道的那个短信外，他们还有非常具体的物证，包括录音、录像、指纹、你的私人物品，等等。那么，是谁在精心设计，不惜杀人，要将你置于死地？你难道一点想法和线索都没有？"

郑洪斌叹了一口气："胡思乱想总是有的。凭直觉，谋杀朱勇彪和陷害我，应该同我们并购桑普森公司有关。但是具体怎么分析都不合情理。连我自己都没法相信这些念头。唉，我一下子发现自己是如此无能。"

岳晓星忍不住提醒他："你就一点也不怀疑胡莉莉？"

"想是想到了。但胡莉莉是个头脑简单的人。她没有那么聪明，也没有那个胆量，不可能做出这样一个惊天大案来。当然，她不是没有可能被人利用。"

"难道这还不够？"岳晓星真不明白自己的前姐夫怎么到现在还要护着胡莉莉那样的女人，"顺着这个思路往下想，能不能找到某种线索？"

郑洪斌不禁苦笑一声："晓星，问题是，我苦思冥想，怎么也想不出谁会利用她。尤其是为什么利用她来陷害我。这个婚姻有好几年了，以我的阅历……晓星你别好笑，我自以为看人很少走眼。我想不出谁能瞒过我，和胡莉莉结成整死我的联盟。"

"你对她婚前的恋爱史了解多少？"岳晓星问。

郑洪斌一时语塞："这个……男人要是在这个问题上纠缠不清，那不是太那个了吗？"

"问题恰恰可能出在这里。"

郑洪斌听出岳晓星话里的情绪，连忙解释："我是怕把注意力放到胡莉莉身上会误导侦破方向。这个策划了连环凶杀案的人和某种强大势力是有联系的。否则很难在短时间内雇凶杀人再灭口。我们假设胡莉莉有个情人，胡莉莉想和我离婚的话并不难。用得着陷害我吗？可是其他的原因我实在想不出。我想不通啊！"

岳晓星算是了解了郑洪斌的心境。她承认他是对的，这个案子没那么简单。她安慰老郑："随着时间的推移，还会有线索浮出水面的。也许会出现目前大家都想不到的情况。在警方侦查终结之前，你有什么事需要我做吗？"

"我一出事，公司兼并桑普森的大事就受到影响。陈总那边想必已经签订了资金监管协议。他急需操作收购桑普森的专项共管账户。我们的资金已经到了，而账户的密码只有我和朱勇彪知道。现在需要你把密码转告给蔡律师。"

*

深深的夜晚，寂静的囚室。

因为是谋杀案的重要嫌疑人，郑洪斌被关在单人囚室。他仰面躺在床上，回国后发生的一连串事情让他难以置信。郑洪斌耳边响起岳晓星的声音："是谁在精心设计，不惜杀人，要将你置于死地？你难道一点想法和线索都没有？""你就一点也不怀疑胡莉莉？"

郑洪斌深深地叹了一口气。他睡不着，觉得躺着难受，索性爬起来，坐在床沿上，看着窗子的铁栅栏投射在墙角的影子。

他想起和胡莉莉初次见面的情景。

四年前，福山公司已经发展成在中国有色金属行业排得上号的大企业了。过去的部队战友万鸿达，想搭上郑洪斌这艘扬起风帆的大船，转向搞起矿山机械的买卖。老万在鸿运酒店的顶楼餐厅安排了一桌丰盛的酒席，就餐的却只有四个人。万鸿达亲自带领销售部主任和公关秘书胡莉莉，志在拿下郑总的矿山设备业务。

郑洪斌当然知道万鸿达的心思："老万，我们是老战友。你搞这么排场干什么？"

"凭老兄您这个身价，走遍全国，到哪儿不是美食美人伺候着？我明了说，请您不容易。来了您别想轻易抽身。我们当年在一起摸爬滚打，容易吗？您他妈比什么都第一，经常帮助我。这会儿，我们又转战商场，您后发制人，还是比我强。您不能看着兄弟我跟不上趟吧？"

"哪儿对哪儿啊。你做企业可是比我早，该你帮我才对。"

"不管怎么说，我是赖上您了。李主任我已经介绍过了。我今晚隆重推出公关新星小胡，胡莉莉。"万总把手指向胡莉莉，又对着她说，"莉莉，你敬郑总一杯。"

莉莉端起酒杯："郑总，您好。请多关照。"胡莉莉仰起脖子喝干了杯中的酒，又朝郑洪斌亮了一下酒杯，妩媚地笑了笑。郑洪斌仔细瞧瞧胡莉莉：天生丽质，只是略显青涩。不过，她的可爱之处也正是那种学生气质。郑洪斌笑着点点头，也干了。

"小胡，刚毕业吧？"

"是。"

"大学里学的是什么？"

"音乐和舞蹈。"

"哟，那你应该去当大明星啊。"

万总"哼"了一声："上学的时候，他们美着哩，到处演出，还出国。唱着跳着混了四年。大学一毕业，工作可就不好找了。她姑父找到我。我说行啊，到我这儿干一段，看看表现再说。郑总，来，动筷子。这鱼是千岛湖空运来的，特别鲜美，跟我们莉莉似的。"

"老万，你怎么就改不了你的油腔滑调。"郑洪斌尝了一块，"嗯，真不错。来，大家都来。莉莉，你也来一块。"

郑洪斌往莉莉盘子里夹了一大块鱼，还顺便把几根大刺给挑了。

万鸿达斜眼看着郑洪斌，一脸的坏笑："瞧瞧，郑总这个怜香惜玉的手段。郑总，像您这种钻石王老五，想找什么样的女人找不到。您还单着身，明摆着就是为了方便嘛。"

那一晚，胡莉莉服从老板万总的命令，也不知道喝了多少酒。万鸿达和郑洪斌把喝得走不了路的胡莉莉给架到酒店的客房。进了房间就往床上一放。胡莉莉迷迷糊糊地嘟哝着："我能走，我回家。"

万总假装严肃地说："莉莉，你喝这么多酒，警察叔叔看到会罚款的。你在这儿让郑总继续照顾你。别忘了，你可身负公司重任。好好表现！"

"老万，不合适吧？"郑洪斌骨子里还是个老实人。商场上这方面的事，虽然也不陌生，但以前遇到类似的场合，他能躲都找借口躲开了。

"有什么不合适？你单身一人，合情合理又合法。这么好的条件别糟践了。"

想着想着，郑洪斌迷迷糊糊地睡着了。

他梦到穿着丝绸睡衣的胡莉莉走过来，看着睡着了的他。然后，胡莉莉从身后取出一根很粗的绳子，把他一圈一圈地捆绑起来。

梦里的郑洪斌醒了，张口要叫。胡莉莉迅速地用毛巾塞进他的嘴里。郑洪斌拼命挣扎，可是胡莉莉特别有劲儿。郑洪斌急得满头大汗。

胡莉莉轻蔑地看着郑洪斌，掏出个铃铛，调笑般地在他眼前晃起来。

"叮当，叮当……"

看守所走廊的电铃响了。郑洪斌这次真的从梦中惊醒。他的左手还紧紧地抓着枕头。

*

周清泉和白雪梅大致了解了福山公司高层的状况。郑洪斌在公司大权独揽，威信极高。虽说郑洪斌和朱勇彪、陈世明号称公司三巨头，但是公司的事基本上是郑洪斌说了算。朱陈两人据说和郑洪斌的关系相当好，并无明显的矛盾。至于朱勇彪在有人参与竞购，把收购价格抬高到他们原先所设底价之上时，在公司会议上提出过异议，则纯属正常。

对郑洪斌的家庭，到目前为止他们还只是粗粗了解。郑洪斌是独子。他父母双亡，前妻和儿子都在美国。要说家庭，就是他年轻的妻子胡莉莉。如果胡莉莉作案，她的动机是什么？她如果有外遇，完全可以离婚，犯不着弄出杀人嫁祸这么大的动静。说得刻薄一些，有些身家上亿的老总恨不得两年换一个夫人。有钱人的老婆想离婚不是难事。只要离婚，大款的夫人都能分到不少财产。这年头，像胡莉莉这样年轻貌美的女人，离几次婚什么都有了，犯不着去害男人的命。

当周清泉、白雪梅向局长和书记汇报了上面说的这些情况后，穆书记当即表示："照这么说，谁也没有理由杀害朱勇彪，嫁祸给郑洪斌。如果朱勇彪确实是郑洪斌买凶杀害的，他总得有个理由吧？找不到这个理由，没有犯罪动机，我们没法写结案报告呀。"

辛局长则明确指示："结案的事，我们还没法拖。不结案，没法向上级和江昌人民做交代。"他提醒两位年轻的警官，"你们刚刚对情杀可能性的分析，我不能完全同意。如果胡莉莉有情人，但不想离婚，她的情人有没有可能采取极端手段呢？"

"辛局长说的对，对胡莉莉的调查由我来做吧。"白雪梅借着这个机会提出，"另外，我始终认为有必要把抓住那个杀冯贵灭口的职业枪手作为突破口。能够在三百米左右一枪正中目标眉心的枪手，大概是有资格参加国内国际重大比赛的角色。理论上说，寻找这个枪手的范围并不大。"

听了这话，辛局长意味深长地看了白雪梅一眼："周清泉、白雪梅，朱勇彪被谋杀的案子给我们的压力很大。你俩要在最短时间内有所突破，尽快拿出结果来。"

*

胡莉莉身穿丝绸睡衣，一手拿一杯橘汁，另一只手摸着桌上的台历。日子对她来说，显然是难熬的。

门铃响了。胡莉莉放下橘汁，过去开门。

白雪梅出现在门口。

"白警官，您怎么来了？"

"不是跟你说了，我们随时会同你联系吗？"

"哦，是啊。请进。"

胡莉莉把白雪梅领到客厅："请坐。对不起，我去换了这身衣服好吧？"

"好的。很抱歉，我也没有预约就来了。"

"白警官，那您先坐一会儿。我马上就好。"

胡莉莉进屋换衣服的时候，白雪梅并没有坐下，而是缓缓地观看这个家。家里一尘不染，客厅的羊毛地毯被仔细地吸过，地面和墙壁干干净净。她信步走到餐厅，厨房。厨房里的厨具被擦得锃亮。总之，给人的印象是：这不像一个出了大事的人家。

白雪梅回到客厅坐下。胡莉莉穿着考究的服装出来了，好像还加了淡妆。

"白警官，关于郑洪斌，我想不出更多可以提供的情况。"

白雪梅淡然一笑："女人是有直觉的。作为郑洪斌身边的女人，凭你的直觉，郑洪斌是谋杀朱勇彪的罪犯吗？"

"直觉能管用吗？"

"直觉不能引为证据，改变不了案子的结果。但是，直觉能够给侦查人员以信心。天网恢恢疏而不漏，我们应该坚信，真正的幕后策划者最终逃不出正义的惩罚。"

白雪梅双眼直视胡莉莉，让后者不太舒服。胡莉莉把眼光移开："我相信老郑是被冤枉的。可是，你们警方没有证据也不会……"

"如果你相信老郑是被冤枉的，那就是说，他上了别人的圈套。那么，你认为谁最有可能设下圈套？"白雪梅步步紧逼。

"嗯，我没有想误导警方的意思。我一点证据都没有。"胡莉莉可不傻，马上紧守防线。

"你最熟悉郑洪斌，你也熟悉他的同事、朋友、熟人，甚至敌人。你想想，谁有可能设计害他。"

"他没有敌人，真的没有敌人。对，他的秘书小刘跟他最接近。他什么事都是让小刘办。要不，您找小刘去了解？"

白雪梅若有所思地点点头："胡莉莉，一旦郑洪斌被确认有罪……"

"老郑会被判死刑吗？"胡莉莉的紧张和关注不像是装出来的。

"不是没有可能。这可是人命案，两条人命。"

"怎么会有两条人命？再说，朱总又不是他杀的，那时他人还在美国。"看得出来，胡莉莉对于郑洪斌犯了杀人罪一点思想准备也没有。

白雪梅严肃地看着胡莉莉："买凶杀人，也是杀人。杀朱勇彪的冯贵被灭口，这是第二条人命。"

胡莉莉脸上的肌肉抽动了两下，仿佛她刚刚意识到事情有这么严重。她撇撇嘴，说话带着点哭腔："出了这么大的事。我又有什么办法？"

*

周清泉快速地在楼道里走着。他到了局长办公室，不假思索地推开辛局长虚掩着的门。正在打电话的辛局长吃了一惊。他有点恼怒地看了周清泉一眼，把手抬了一下，示意周清泉等一会儿，然后对着话筒结束对话。

"……喂，我这儿有点急事。不多说了。我下午再给你打过去。……好，挂了。"

"对不起，局长。是这样，郑洪斌案有重大进展：朱勇彪汇往美国的一亿三千万美金不知去向！"

"什么？你说清楚一点。什么叫不知去向？"

"这笔钱是朱勇彪被杀之前汇往在美国的并购专用账户的。留在美国的陈世明副总和蔡律师应该在与桑普森公司签订资金监管协议之后，将此账户改为与被兼并方，也就是桑普森公司的共管账户。由于朱勇彪被杀，郑洪斌被抓，共管账户的手续被拖延……"

"为什么被拖延？"

"因为只有朱勇彪和郑洪斌知道专用账户的密码。本来说好在资金监管协议签署后，再由郑洪斌或朱勇彪将密码告诉蔡律师。但是，直到前天，郑洪斌才有机会委托岳律师转告密码。"

"蔡律师于是发现账户上钱没了？"辛局长觉得不可思议。

"还要复杂一些。蔡律师发现密码不管用。好在对方律师通过法律手续得到索查核实账户金额的权利。这才发现账户上只有一美元。"

"开玩笑！朱勇彪根本没转账，是不是？"

"不。朱勇彪的确转过去，或者说汇过去一亿三千万美元。但是，在二十四小时之后，也就是汇款生效之后。这笔钱被转走。"

"转到哪儿去了？接着查呀！"

"根据美国的法律规定，该款项是被合法转走的。银行拒绝透露其去向。这叫保护客户隐私。"周清泉解释。

"客户不是福山公司吗？"

"银行不管这个，他们有他们的理解和条款。蔡律师说，他们双方和委托的美国梅侬律师事务所正在争取得到更多的信息。不过，据说得到巨款具体去向的可能性很小。"

辛局长明白了。明白了也就松了一口气："难怪连杀两个人。八亿人民币！这案子的动机算是有了。"

周清泉却一点也没有受到这一进展的鼓舞："案情复杂了。侦查难度大了。跨国大案，人家有人家的法律。不予配合，我们也没办法。"

"我们尽我们所能。小周，这么多资产流失，我们警方压力可就更大了。通知穆书记、姚副局长和郭支队长，下午开会。"

下午，公安局关于朱勇彪被杀案的会议上，大家就朱勇彪被杀和福山公司巨额并购款被非法转走这两个案件的关系争论得很厉害。按照周清泉的理解，郑洪斌如果想转走这笔款子，他任何时候都可以做到。而且可以做得不动声色，接着从容退身。再说他如果转走了这笔钱，为什么人到了美国还要回来？显然，犯罪人既要卷走巨款，又要造成郑洪斌脱不了干系的结果。

辛局长强调不要先入为主。他批评小周已经有郑洪斌不会犯罪，和有人要陷害郑洪斌的固定想法。而这对于办案人员来说可要不得。

"或许他有他的理由？我们办案人员就不应该早早形成固定的想法。大家都议一议吧。"辛局长提议，"大家尽管放开思路。我就这么随便一说啊，例如：会不会是朱勇彪和别人联合作案，这个人为了独吞这笔巨款，杀了朱勇彪，再杀冯贵灭口？"

姚副局长马上表示不能认同："那样的话，为什么不雇杀手直接杀死朱勇彪，而是绕一道弯，多杀一个人？"

看到其他领导也有同样的质疑，周清泉进一步解释："我的理解是，犯罪人是要让冯贵留下和郑洪斌交往的证据，再让职业杀手干净利落地将冯贵一枪毙命，由此割断冯贵杀人案的所有线索，造成死无对证。"

"线索几乎断了，加大了我们侦查工作的难度。"郭支队长提出自己的担忧。

"我同意小周的分析。"穆书记再次发言，"但我们又回到前两天讨论的老问题上了：陷害郑洪斌动机何在。小周啊，辛局长让我们不要被一个思路束缚住，就是说不能老是在绕圈子。"

"有没有这样的可能：朱勇彪和郑洪斌都是这个连环凶杀案策划人要杀的目标？"白雪梅的确想得深了一层。如果是这样，那就不止是几亿人民币的问题了。

在没有更多证据的情况下，关于犯罪目的的讨论很难有结果。辛局长给周清泉和白雪梅布置任务：

"有两件具体的事情是必须做的：第一，通过国际刑警组织和美国的梅侬律师事务所双管齐下，搞清并购款流失的去向；第二，追查杀死冯贵的职业枪手。这两件事的难度都不小。因此，我们还要做好在已有证据的基础上结案的思想准备。得给出个交代。"

"辛局长，您说的两件事如果没有结果，怎么结案？"周清泉有点蒙了。

"按已有证据结案。没有结果的事可以另立新案。"辛局长回答得毫不含糊。

"小周，听局长的没错。"姚副局长毕竟老到得多。

按照辛局长在会议上的指示，白雪梅给留在美国处理并购事宜的蔡律师去了电话，对案情有了进一步的了解。在郑洪斌提供了建立账户的原始单据之后，蔡律师和梅侬律师事务所的律师获准查这个账户的出入账细目。朱勇彪确实在5月7日汇入并购款。二十四小时之后，有人连续不断地将这笔款子转往一百多个不同的账户。这些账户分属十多个国家的几十家银行。

白雪梅问蔡律师能不能追查下去？能不能查出开户人，申请冻结这些账户？得到的回答令人失望。蔡律师说，请教了梅侬律师事务所，他们说几乎不可能。国外银行都会保护自己的客户。他们说，除非原告能提供涉嫌罪犯被判刑的法律文书。即使是这样，也未必能如愿。据说，连二战时期德国纳粹掠夺的财产，直到现在都还没有完全收缴回来。

白雪梅把了解到的情况及时通报给周清泉。

"那还谈什么。我们连涉嫌罪犯的影子都没看到。破案遥遥无期，像辛局长说的，郑洪斌一案只能做侦查终结了。"周清泉感到无能为力。

"辛局长是不是太性急了？那个枪手还没有找到，怎么能结案？"

"我也这么跟他说。他说职业枪手本人和行凶杀人的枪一样，只是作案工具。寻找流失的巨款和枪手这两件事，我们可以另立新案。他在会上也是这么说的，其他领导并无异议。"

"可我认为只有查到枪手，才能顺藤摸瓜。周队您不是同意我，要据理力争吗？"

"唉，雪梅啊，辛局长特别关照我做好你的思想工作。他说不要把个人的感情因素带到工作中来。他让你体谅领导的难处。"

白雪梅一听此话，脸色都变了。这话说到了她的痛处。正是顾忌"个人的感情因素"，白雪梅在顺昌公路大桥倒塌案中不仅回避了刑侦工作，而且没有挺身而出阻止在证据不足的情况下结案，导致她那个担任质检部主任的男朋友被判死缓。

周清泉完全理解白雪梅的心情，他劝慰雪梅："辛局长同意立专案调查职业枪手，仍然由我们两个负责。我想，这正好给了我们一个机会把过去带疑点的案子放在一起来调查，包括顺昌大桥案。你也知道，查这些案子难度很大，不是把国内优秀射击选手的名单列出来就能解决问题。短时间内很难有进展。"

白雪梅长长地呼出一口气，她努力让自己平静下来："我知道。周队，我还想继续追查胡莉莉。上次家访，她的态度太可疑了。"

"我同意。不过，如果郑洪斌案侦查终结，我们还大张旗鼓地调查胡莉莉恐怕就不合适了。"

"嗯。这个我来想办法。"白雪梅脸色缓和了许多。

周清泉笑了："你是想去找那个女律师？"

"对。她是郑洪斌前妻的妹妹。"

*

福山公司总经理被杀，并购美国桑普森公司的巨款流失一案在江昌市引起轩然大波。尤其是董事长兼CEO郑洪斌成为被告，更引起社会各界的关注。法庭公审这一天来了许多人。听众席中除了郑洪斌的妻子胡莉莉，还有出事那天同朱总喝酒的董局长、徐总和万总。福山公司的陈总、余主任、文主任、金秘书、刘秘书等也在听众席中。

审判庭里，审判长、审判员、公诉人、鉴定人各就其位，律师、被告人、被害人代表等也坐在指定位置上。市检察院的一位检察官担任公诉人，他侃侃而谈：

"……此案在本市公安局刑警大队全体干警的积极努力下，很快得以侦破。但是，杀人凶手冯贵，已经在警方围捕之前，被人灭口于其住处。冯贵被杀前，正准备携款潜逃。冯贵随身所带的背包中，发现两笔现金。其中一个小包中有五万元，大包中有十五万元。"

郑洪斌仔细地聆听。他知道警方握有他涉案犯罪的证据，但是不知道到底是什么证据导致自己被认定为杀人嫌犯。

"被害人朱勇彪的家里布满嫌疑凶犯冯贵的脚印和手印。刑侦人员很快找到了杀人凶器，一把沾满被害人血迹的砍刀。同样，刀柄上有冯贵的指纹。请审判长允许展示这些物证。"

审判长："请法庭工作人员展示作案现场图片和物证。"

法庭工作人员在支架屏幕上展示了冯贵的照片、朱勇彪被杀现场的照片，并陈列物证。郑洪斌看到朱勇彪被砍得鲜血淋漓的尸体照片时不觉动容。

检察官接着说："由于冯贵被灭口，刑侦部门立刻意识到，这是一

029

个案中案。杀死冯贵，或者指使杀冯贵的人，便是幕后的凶手。刑侦人员几乎一刻也没有耽搁，他们调查访问了所有近期接触过冯贵的人。调看了冯贵近期行迹所至地点的街头录像，以及冯贵手机通讯记录。另一个线索是冯贵随身所带现金的来源。在这两个方面，刑侦部门得到有力的证据。他们把目标锁定重大嫌疑人，福山有色金属公司董事长郑洪斌。"

被告席上，郑洪斌一脸茫然。

"首先引起刑侦部门注意的是冯贵所携带现金纸袋上的指纹。请审判长允许出示物证及指纹放大照片。"

审判长："请法庭工作人员展示物证和指纹图片。"

这一次是在屏幕上依次展示装现金的大小两个纸袋，然后是指纹对比。被告席上的郑洪斌瞪大了眼睛，即使早有思想准备，他还是难以置信：怎么会呢？他的血液在沸腾。坐在他身边的岳晓星看到他反应过激，轻轻地拍了拍他。岳晓星举手，要求询问。

审判长问道："被告律师有什么问题？"

"请问公诉人，被告人身为公司负责人，终日接触文件袋。你们怎么排除不会是其他人利用了被告接触的文件袋？就连收垃圾的也有可能弄到这些废旧文件袋和信封。"

"请公诉人解释。"

检察官的嘴角浮现出一丝冷笑："不错。仅仅是现金的包装袋说明不了问题。但是，在现金，我指的是人民币上，如果有被告的指纹，就很能说明问题了。我们总不能说，被告随地扔百元大钞，被清洁工捡到，又交给杀人案的幕后指使者吧？请继续展示物证图片。"

屏幕上出现四张有郑洪斌指纹的百元人民币图片。郑洪斌简直不能相信自己的眼睛。他全身发颤，嘴里嘟哝着。

"怎么可能？从哪儿来的？"

岳晓星轻轻嘱咐他：

"你需要冷静。"

检察官一副胜利在握的表情："刑侦人员重的是证据，而非'道理'。由于发现嫌疑人郑洪斌的指纹，刑侦人员迅速调查了嫌疑人作案

前后的电话通讯。在被害人朱勇彪遇害前，嫌疑人多次致电受害人。当然，除了留言，就是交代工作。"

被告席上的郑洪斌镇定了下来。

"但是，在朱勇彪被害两到三个小时之后，有人发了个短信给远在美国的嫌疑人郑洪斌。内容是：'事已办妥。'而这个发信人，正是冯贵！"

郑洪斌已经知道这是检方的杀手锏之一，没有过度反应。

"冯贵刑满释放刚刚几个月。平时住在棚户区，除了找工作和寻找过去的朋友，几乎没有到过太多的地方。根据刑侦部门密集的查访，我们划出冯贵在本市的基本活动范围。在这个基础上，刑侦部门调看了街头录像。我们发现，冯贵和嫌疑人郑洪斌曾有过正面接触。请审判长允许播放录像。"

郑洪斌摇头，有人这么算计他，是他完全没有想到的。

审判长："请播放录像。"

屏幕上出现一段视频：郑洪斌走出一家早点铺。他向一个方向看了一眼，然后准备离开，这时一个汉子走近他，像是招呼他。郑洪斌转过身，同来人说了一两句话。郑洪斌有点恼怒的样子，说了句狠话似的，掉头就走。那汉子耸耸肩，转过脸来。这汉子正是冯贵。

郑洪斌从嗓子眼里冒出低低的咒骂："妈的，拙劣。"

审判长转向岳晓星问道："被告律师有什么问题吗？"

"有。不过，还是先听检察官说被告作案动机吧。"岳晓星冷静地回答。

检察官继续陈述："被告的作案动机最初也困扰着警方。现已查明，朱勇彪在被害前，将一大笔收购款——请允许我不透露具体数目——转到专门的美国银行账户上。而这笔巨款很快消失了。准确地说，在冯贵发出'事已办妥'信息后，这笔巨款被再次转移走。而为并购美国桑普森公司特设的银行账号的密码……"检察官有意停顿了一下，"只有福山公司董事长郑洪斌和总经理朱勇彪两个人知道！"

法庭听众席上一片哗然。

审判长："请辩护律师提问。"

岳晓星站起来，缓缓地走向审判台："听起来此案被告的动机明确，证据确凿。不过，"她转过身来面对听众，"只要我们稍微过一下脑子，便不能不提出一系列的疑问。首先，被告当时人在美国。他接到'事已办妥'的通知，又转走了并购巨款，为什么还要回到中国，回到江昌来自投罗网？"

听众席间许多人都点头表示赞同。

"第二个问题是：被告身为福山公司的董事长和CEO，而且是一个强势领导人，大权在握，可以用许多办法侵吞或转移公司财产。杀不杀朱勇彪，他都可以做到转移财产。他为什么杀人？如果说，他弱智到了以为朱勇彪一死就会让人怀疑并购巨款是朱勇彪转移的，雇职业杀手将朱勇彪一枪毙命不就可以了吗？干吗费那么多周折，留下那么多证据？"

听众席间，人们开始交头接耳。审判长敲锤提请大家注意："肃静！"

"检方有意遗漏掉一个重要的细节：并购款是5月7日北京时间下午三点四十分左右打到美国专用账户上的。该款二十四小时之后才可以提取或转移。而在二十四小时之后，也就是该款被实际转移到几十个国家的一百多个账户上的时候，被告人一直在机场或飞机上，身边一直有人。怎么能说巨款是被告转移的？"

全场哗然。有些听众哈哈大笑起来。审判长不得不连连敲锤。

"肃静！肃静！"

他最后站起身来："我宣布休庭。本案将延期审理。"

*

接到法庭再次审判的通知后，岳晓星来到看守所会见郑洪斌。他俩面对面坐在接待室的方桌两边，神情凝重。还是郑洪斌首先打破了沉默。

"是祸躲不过。我早有思想准备。晓星，你尽了心，不必自责。"

"据我了解，负责你这个案子的两个警官也不相信朱勇彪是你指使冯贵杀的。但是，警方找不到其他人与冯贵有过接触的任何证据。他们也尽力了。"

"陷害我的人不仅很有经验，而且势力很大。这件事，他们做得漂亮。"

"如果法庭判决，你有什么想法？我们上诉吗？"岳晓星征求郑洪斌的意见。

"目前这个情况，我们拿不出任何有说服力的理由和证据。上诉有什么用？你不是说警方打算对款项流失和职业杀手另立新案，还要追究吗？这就给我日后的翻案带来一线希望。说'老天有眼'，那纯属安慰自己。但犯罪分子'多行不义必自毙'，却是经验之谈。我愿意等待云开雾散的那一天到来。"

岳晓星也是这么想的。不过郑洪斌的淡定和理智还是加深了她对这个前姐夫的钦佩。还是二十多年来从未更改的评价：这样的人才够得上"男子汉"的称谓。

对郑洪斌案的重新审判，没有像第一次那样大张旗鼓。在合议庭表决之后。审判长、审判员、书记员等回到审判庭。大家各就各位。

审判长："就郑洪斌买凶杀人，福山有色金属公司巨额资金流失一案。合议庭刚刚进行了表决。现在我宣布对被告郑洪斌的判决。

"一、郑洪斌指使刑满释放人员冯贵，潜入福山公司总经理朱勇彪住处，将朱勇彪杀害。此案，公诉人起诉指控的事实清楚，证据确凿充分。依据法律，合议庭认定被告人买凶杀人的罪名成立。

"二、关于郑洪斌指使杀手在冯贵杀死朱勇彪之后，又将冯贵杀死于其住所，已达到灭口之目的的指控。合议庭认为证据不足，依法不予认定郑洪斌杀人灭口的起诉。此罪名不能成立。

"三、关于郑洪斌转移公司巨额款项的指控。合议庭认为证据不足，罪名不能成立。然而，郑洪斌身为公司董事长兼CEO，又是并购外国公司的主要经手人，其对于公司巨额资产的流失负有不可推卸的责任。合议庭依法认定郑洪斌渎职罪。

"两罪并罚，我代表法庭宣判：判处郑洪斌无期徒刑，剥夺其政治权利终身。并没收个人部分财产。"

听众席没有坐满。福山公司的职员无人出席。身穿便衣，坐在最后一排的周清泉和白雪梅神色沉重。

　　胡莉莉作为犯人家属来看郑洪斌，这里被一道墙隔成里外两间，隔离墙一米高的地方是厚厚的玻璃窗。犯人和家属隔着玻璃窗，通过送话器说话。郑洪斌以审视的目光看着可能参与了陷害自己，并提供了伪证的老婆。胡莉莉低着头，不看郑洪斌。

　　"莉莉，对不起，我连累你了。"郑洪斌主动挑起话题。他大致能猜到胡莉莉想说什么。

　　胡莉莉不吱声，继续低着头。

　　"谢谢你还记着来看我。过几天等我转到外地服刑，要见也不容易了。"

　　胡莉莉开始抹眼泪："老郑，你判了无期，我才二十几岁。怎么办?"

　　郑洪斌沉默了。

　　"我们离婚吧。你总不能连累我一辈子。"胡莉莉哭丧着脸，抬头看到郑洪斌犀利的眼光，立刻又低下头来。

　　"就算我被判死刑。你也要等我被毙了，尸体烧了，骨灰盒埋了，坟上的土干了，才能考虑下面的事情吧? 这么迫不及待?"

　　"我不是。我是……"

　　"不管你是还是不是。我的脾气你知道。"

　　"老郑，你不是一个痛快人吗?"

　　"我痛快，可是我绝不让亲者痛仇者快!"

　　胡莉莉被激怒了："你什么意思，你? 老郑，我告诉你，你现在进了大牢，被判无期，你已经完了。"

　　"哼，完了? 没那么容易吧? 我一定要让陷害我的人付出代价!"郑洪斌"噌"地站了起来。

　　胡莉莉哭哭啼啼地出了看守所大门，走到自己的车跟前，拉开门坐了进去。

　　驾驶员位置上，坐着老郑的秘书小刘："莉莉，怎么这么快就出来了?"说着，从纸盒里拿出几张纸巾递给胡莉莉，"郑总怎么说?"

　　"他就是个活土匪! 活该坐牢。开车!"

第三章　牢里山外

车轮滚滚。

由一辆警用吉普车开道，押送犯人的大巴士在山道上盘旋而下。此时已是夕阳西下的时分。

警车和大巴因车前方的山地峡谷，出现了一座规模不大的集镇。在进入集镇前，道路分岔。路标上一个箭头向前，写着"南山镇"。另一个转弯的箭头指向"南山监狱"。因车右转，前方隔着一片开阔的农田，是灰色的监狱高墙。高墙上有电网。高墙的后面，一大片建筑隐约可见。

南山监狱的大门一侧建有哨兵站岗的塔楼。当警车和因车减速抵达塔楼下时，监狱的大门缓缓打开。

初夏时节，监狱内的大路两旁树影婆娑，整洁干净，路边花坛鲜花盛开。

因车开进监舍区，在四面都是高大建筑的小型广场上停了下来。车门打开了，一个个剃着光头、穿着囚衣的囚犯走下车来。

郑洪斌下了车，眨了眨疲惫的眼睛，这才看到囚车四周荷枪实弹的武警，生出"铜墙铁壁""插翅难逃"的感觉。

管教民警领着一小队新来的犯人走进监舍。犯人穿着南山监狱统一的服装，衣服上有编号。他们手里捧着刚刚领到的生活用品。这些生活用品都放在一只脸盆里。脸盆规格统一，上面印着和犯人囚衣上一样的号码。郑洪斌走在犯人中间。

"哐"的一声，他们身后的铁门关上了。管教民警打开另一个铁门让犯人进去。刚一会儿，又是"哐"的一声，身后的铁门又被关上了。

室内走廊里回荡着铁门碰撞的余音。灯光下，铁栅栏门在墙壁和地面留下森严的影子，监舍中弥漫着神秘而又令人生畏的气氛。

郑洪斌的眼角转动着。他发现每个铁门前，每个走廊里，都有监控器的镜头。这些监控器忠实地监视着，也记录下这里发生的一切。

所有监舍朝着室内走廊的一面都是黑色的铁栅栏墙。这样便于让巡逻的狱警对在押犯人的情况一览无余。每间监舍沿墙壁安放五张上下铺，住着十个犯人。

新到的犯人被分配到不同的监号。管教民警打开319室的铁门："郑洪斌，进去吧。"

郑洪斌捧着领来的日用品进入319室，身后的铁门又是"哐"的一声关上了。

他站在那里，迅速地扫视了这间整洁的监舍：左边，在一个简易的供摆放物品的架子后面，纵向排列两张床；右边，纵向排列三张床。都是上下铺。两排床之间有不到两米的空间。

这里原先住着九个人，都坐在靠里的四张床铺上下，齐齐地盯着他看。郑洪斌脑子里快速地转动了一下："我是不是应该和他们打个招呼呢？"不过，看到那些或呆滞，或好奇，或挑衅，或邪恶的眼光，郑洪斌迅速打消了向这些人渣表示友好的念头。他看到右手床铺是空的，便顺手把手里装着毛巾、牙刷、牙膏、洗换内衣和枕套枕巾的脸盆放在下铺床上。

那边靠床框站着的一个年轻犯人两步跑了过来，把郑洪斌的东西拿起来往上铺一扔。他斜着眼睛看了郑洪斌一眼，看到的是郑洪斌威严的面容。于是，小心地将脸盆里的内衣和枕巾等拿下来，把装着杯子，牙膏和牙刷的脸盆放到门边的架子上。郑洪斌这才注意到，杯子、牙膏、牙刷都是规规矩矩放成一排的。架子上其他物件也是排列整齐。他冲那个小伙子点点头，自己把上铺床上的枕头塞进领来的枕头套里。

就在他做这些事情的时候，一个"龅牙"犯人凑到端坐最里面床上的"大块头"犯人的耳边，压低了嗓门说话："什么来路？架子不小啊。"

大块头阴着脸，鼻子里"哼"了一声。他的眼光转向斜上方一个三十岁左右的瘦子。这人正靠着墙看书，似乎对新来的人一点都不感兴趣。

大块头低声吩咐道："修理修理姓何的老九，让这家伙开开眼。"

龅牙立刻心领神会地笑了。他起身，给周围几个人发出指令。那几个家伙立刻行动起来。刚刚过来拿郑洪斌东西的小伙子跑到铁栅栏前望风。另两个爬到床栏上，一左一右拉着"何老九"的胳膊往下扯。还有两个在床下接着。姓何的刚要叫，一团袜子塞进了他的嘴巴。

姓何的四肢被四个人死死按在地板上，另两个打手的拳头狠狠地砸在他的后背。大块头和龅牙则满脸坏笑地欣赏着眼前的"私刑"场面。

只听"砰砰"两声，后面压住"何老九"两条腿的家伙面颊上各挨了一掌重击，倒向两边。一个打手的拳头被拧住，另一个下巴遭到一拳，往后一倒，连带按住"何老九"手臂的家伙倒坐在地板，头磕到床帮上。另一个没被打的家伙反应挺快，吓得钻进床底下去了。

从上铺一跃而下的郑洪斌轻松地打倒了一拨人后，把何姓犯人拉起来推坐在床铺上。威风凛凛地站在大块头和龅牙的面前："演这出戏吓唬你大爷？"声音低沉，却充满了威慑力。接着郑洪斌伸出手，掌心向上，手指轻蔑地往上弯曲了两下。

"傻大个子，站起来，过一招。你出手以后，老子三秒钟不把你趴下就叫你爷爷。怎么，孬种了？"

大块头骑虎难下了。他也是耀武扬威了半辈子的混混，总不能不过手就认栽吧？可是这个新来的太霸道了。

"三秒？老子当年挨了两枪六刀照样岿然不动。"

他站了起来，准备接受挑战。大块头的眼睛上下打量着郑洪斌，心里也知道自己可能不是他的对手。龅牙用眼睛示意其他几个人帮忙，但得到的都是回避和畏惧的神情。而郑洪斌却从容地盯着大块头的双眼。

"横着是躺下，竖着也是躺下，你这么大的块儿，怎么跟个肥婆似的扭扭捏捏。"

大块头一咬牙，拳头挥了上去。郑洪斌侧身躲过拳头，人闪到了大块头的一边，手搭在对手的胳膊上往前一送。大块头拳头落空，往前一个趔趄。郑洪斌的脚蹬在大块头膝盖后面的腿弯处。大块头跪地，往前趴倒。

"说三秒是高看了你。喂，你，要不要大爷给你整整容，把你的大牙砸掉？"

看郑洪斌冲着自己说话，龅牙这下彻底慌了神："大爷，服了。我们都服了。从今往后，我们跟您老人家混。"他冲着郑洪斌直个作揖。

众犯人连忙跪了下来："服了。我们服了。"

被打倒在地的大块头此时艰难地从地上爬起来："大爷，我今后听您差遣。"

郑洪斌觉得好笑，也挺舒心。一肚子的冤情和怨气总算发泄出来了一点。没想到这么快就在崇尚"森林法则"的大牢里确立了自己的地位。他转向唯一没有表示臣服的姓何的犯人，带一点调侃的口气问他："你呢？老九。"

"多谢出手相救。"

郑洪斌这才注意到，这个人与众不同。

*

岳晓星坐在茶馆的室外平台挨着栏杆的座位上。栏杆的外面是江面。夏天，水流湍急。岳晓星看着流水，心潮起伏。她甚至没有注意到已经走到身边的白雪梅。

白雪梅拉开一张椅子自己坐下，轻轻招呼了一句："岳律师，您好。"

岳晓星回过头，看到穿着便装的白雪梅。

"真对不起。我请您，自己倒是晚来一步。"白雪梅微笑着表示道歉。

岳晓星下意识地看了一下手表："是我来早了。谢谢你的邀请，白警官。先说好，你请客，我结账。"

"哈哈，好啊。希望经常能遇到这样的好事。"

岳晓星向不远处的服务员招了招手："想喝什么？"

"我要绿茶。龙井就很好。"

岳晓星对走到身边的服务员交代："来一壶龙井。"

"需要点心吗？"服务员问。

岳晓星征求白雪梅的意见："你看……"

白雪梅摇了摇头。岳晓星对服务员说："那就不要了。"

"好的。"

等到服务员离开后，岳晓星诚恳地对白雪梅说道："案子结了。白警官还特地邀请我来谈谈，这让我非常感动。"

"岳律师，法庭虽然宣判了，但是这个案子并没有结束。根据你和检方庭外协商的结果，我们又立了两个案子：追寻流失的并购款和查找杀冯贵的枪手。你是郑洪斌的律师，既了解案情，又有自己的分析和理解。我们希望能够得到你的帮助。"

"我们的目标是一致的，都是为了弘扬正义和惩罚邪恶。我愿意继续贡献微薄的力量。"

服务员端来一个茶盘，放下一壶茶和两只茶杯。

"谢谢。我们自己来。"白雪梅对服务员做了个不需要她倒茶的手势。

"二位请慢用。"

岳晓星接着说出自己的担忧："我咨询了国外的专家。如果想要追回这笔流失的巨款非常困难。且不要说你们连这一百多个账户的所有者是谁都不知道，就算你们找到这个人，还要证明他犯罪。接着国际刑警组织还要与十几个国家一一打交道。而每个国家都有不同的法律程序和条文。这些国家的法律又都是建立在保护私有财产的基础上，他们对于调查客户账目，必将处处设限。"

"明白。"

"至于追查那个职业枪手，我的担心是：他未必是我们国内训练出来的。我听说，这个枪手的反侦查能力很强，没有留下任何痕迹，甚至连气味都因刻意干扰而消失。那么，你们从何着手？"

白雪梅拿起茶壶，往两只茶杯里倒茶："不瞒你说，涉及职业枪手的命案，在我们江昌和周边地区，已经不是第一次出现了。过去的调查都没有结果。岳律师有什么好的建议？"

"我建议你们把突破口放在更加现实可行的地方。"

"你的意思是……？"

"希望你们不要放弃对郑洪斌一案的继续侦破。一旦郑洪斌案得以彻底侦破，必然能够查出职业枪手的雇用者，反过来找到这个职业枪手。"

白雪梅若有所思地点了点头："我想岳律师也不会放弃这个案子的。能说得更具体一些吗？"

岳晓星盯着白雪梅的眼睛："我认为胡莉莉是侦破此案的突破口。我做了一些调查，熟悉她的人都认为她的表现非常可疑。郑洪斌被控犯罪，她本人却根本不像遭受突然变故和沉重打击的妻子。"

"我明白。可是，警方是不会仅凭怀疑，立案调查胡莉莉的。"

"如果我能够找到证据呢？"

"岳律师，我们想到一块儿去了。作为警官，我的身份不允许我在郑洪斌案结案后，仍然公开调查胡莉莉。但你是可以的。这也正是我请你来谈谈的目的。"

不谋而合。岳晓星太高兴了："太好了。我不会辜负你的信任和期待。来，喝茶。"

白雪梅坐在刑警大队的资料室里浏览案件档案。她面前的桌上堆着两摞文件，左边一摞高，右边一摞低。白雪梅翻看着纸质旧档案，确信没有自己需要的信息后，把手中的文件收好，竖起来弄整齐了。再放到右边那一摞文件上面。用这样原始的办法找需要的线索就像大海捞针，眼睛都看得滴血。如果用计算机搜寻关键词，那很快就能找到需要的信息。白雪梅想，这刑侦档案的电子化数字化太重要了。等到数据库建立起来，就不需要花这么多的时间在旧档案的检索上。可惜案情紧迫，不能等了。

周清泉走了进来："雪梅辛苦了。"

"可不是嘛，周队。"白雪梅做出委屈的样子，"可惜我这么加班加点的，没人给我发加班费。"

"我来犒劳你。行了，今天的工作到此结束，我请你吃饭。"

"真的啊？那太好了。去哪儿？"

"江畔酒家怎么样？这会儿去，还能赶得上看看夕阳西下。"

"嘿，没想到周队你还有浪漫的一面。"白雪梅调侃了他一句。

当服务员将周清泉和白雪梅带到临江的窗前座位的时候，天色尚明。

白雪梅挺满意的："这儿好。亏你还知道提前订座。"

"两位请坐。这是菜单。需要什么饮料吗？"服务员问道。

"两瓶矿泉水。一会儿上冷菜的时候，来瓶红酒。"周清泉也不客套一下，自己一屁股先坐下了。

"好的。"

"还喝酒？"白雪梅有点诧异。

"反正没开车来。这一段太忙，我们也该轻松一下了。"

"我还以为你会说，这个案子结了，我们也该庆祝一下了哩。"

"庆祝个屁啊。你又不是不知道这个案子办得我心里不痛快。哎，今天菜由你来点，选你喜欢吃的，别跟我客气。"

"我才不会跟你客气哩。"提起刚结的案子，白雪梅也高兴不起来了。她埋头看菜单。周清泉心思重重地把眼光转向窗外。

夕阳映红了西天的云彩，映红了江面。

岳晓星这时候也下班回到了家里。她关上门，脱掉高跟鞋，走到厨房，打开冰箱，取出冰茶饮料的容器，给自己倒了一大杯。端着饮料走到客厅的时候，看到电话留言的红灯在闪烁。岳晓星按下留言键，电话机里传来一个女人的声音：

"晓星啊，你托我打听的事，我给你问了。我们学校艺术学院2001级的辅导员是贺舒梅老师。我跟她本人不熟。她的情况和联络方式我给你问了，写在E-mail里面了。你查一下E-mail。如果你觉得需要有个人介绍你和她认识，你再给我回个信。我可以想办法。好了，就这样。"

岳晓星迫不及待地往书房走去。

进了书房后，她马上打开计算机。

周清泉和白雪梅在边吃边聊。

"我把你们刑警大队资料室的档案都翻了一遍，为什么找不到顺昌大桥特大事故案的材料？"白雪梅询问的眼光盯着周清泉。

"我就知道你会问我这个问题。是这样，我们这里都是旧档案的副本，目的是方便刑侦人员查阅。所谓旧档案，指的是结案一年以上的档案材料。这个资料室是我担任大队长以后不断要求才建立起来的。我认为每个案件都有可能是旧案的继续和延伸。破案没有就事论事一说。"

"这么说资料室的建立是你的功绩。"

"我可没这么说。虽说你还没有找到犯案枪手的线索，最近看这些档案材料总得有点收获吧？"

"触目惊心。我是第一次集中浏览刑事犯罪的档案。过去只是听说，没想到犯罪分子这么猖獗。"白雪梅十分感慨。

周清泉脸上的表情变得严肃而又沉重："我比你早入行几年。过去办过和听说过一些案子，但是这一次，受到刺激了。雪梅，一个月以来，我自己每天也至少加班三到四个小时，看了一大堆刑事犯罪记录文档。"

"不好意思，我不是真的跟你抱怨。"

周清泉挥了一下手："过去我只是听说，我们江昌地区的黑道上有个非常隐蔽、非常严密的组织，除了贩毒、绑架，还做收钱杀人的买卖。我们查找这些档案，为的就是寻找那个杀冯贵的枪手，是不是和这个传说中的犯罪团伙有关联。如果我们能借着郑洪斌案，破获这个犯罪团伙，那就等于给社会除掉一个恶性毒瘤。"

"哇，周队，你有这个雄心壮志，怎么不早告诉我。"

"现在告诉你一点也不晚啊。让你自己感到触目惊心了，再点一下主题，是不是效果更好？对于你了解念念不忘的顺昌大桥案，是不是提供了背景材料？"

"我由衷地感谢你，周队！"

周清泉笑着举起酒杯："来，为我们的神圣职责和使命，干杯！"

两人举杯碰了一下。周清泉喝了一大口，白雪梅显得有些激动："看来你早有想法。那么，为什么我在会上说郑洪斌一案同顺昌大桥案有共同点时，你没有明确表态呢？"

"首先，我担心你激动之余，一再强调两案的关系，导致失去参加侦破的机会。另外，我担心我们的目的会引起犯罪集团的警惕。"

白雪梅听出一些弦外之音了，她惊讶地看着周清泉。

周清泉继续说道："我们好不容易借郑洪斌案，得到立案侦破那个职业枪手的机会，最好不动声色地去做。"

"你是说……"白雪梅明白了，"看来，我的警惕性太差了。你还担心什么？"

"对福山公司被盗兼并款的追查也要同时进行。福山公司的情况最近可能会有变化，所以不能耽误。"

"这个我清楚。我已经约见了福山的人事部主任。"

周清泉为有这么一个积极主动的助手感到很欣慰："那就好。哎，酒怎么不动啊，喝呀。那个岳律师答应去调查胡莉莉了吗？"

*

贺舒梅是一位中年女教师，她满面笑容地迎接来访的岳晓星："岳律师，您坐。"

"不好意思，打扰您了。您也请坐。"

"喝水吗？"

"不用了，刚刚喝了。"

两人都坐下了。岳晓星对于谈话对象是个年龄比自己稍大一些的女性感觉很好。

"谢谢您接受我的调查访问。电话里我已经简单向您介绍了访问您的目的。郑洪斌一案尚有一些疑点，其中有些涉及他的妻子胡莉莉。作为郑洪斌的律师，我觉得有必要对胡莉莉有所了解。您能谈谈对胡莉莉的印象吗？"

"大学四年，我是莉莉的班主任。按理说，您向我了解情况是最合适的了。可是，我有些惭愧。我们对于这些80后学生的思想状况很难深入了解。现在的年轻人，同我们年轻的时候比起来差别太大了。怎么说呢？他们太现实了。胡莉莉的婚姻我也有耳闻，嫁给一个可以做她爸爸的人。哎……"贺老师摇了摇头。

"您对于她嫁给大她二十多岁的公司老总，觉得意外吗？"

"意外？我一点也不意外。不嫁给郑总，她也会嫁给歪总。大学四年，胡莉莉在台上风头出够了，学习成绩却难以恭维。一个女孩子好逸恶劳，贪图享受，除了长相好，别无所长。那她还能有什么样的婚姻？"

"据我所知，许多女孩子的父母认为在大学解决恋爱婚姻比学习重要。"

"对！尤其对女孩子，父母希望她们引人注目，毕业后不是能找个好工作，而是能够嫁个有钱人。瞧，胡莉莉如愿以偿，成了下面学妹的楷模。"

岳晓星点头表示赞同，她接着问："但她们对于爱情是怎么看的呢？比如，胡莉莉在校期间，身边应该不乏追求者。那么她是怎么处理和看待爱情的？"

"这个嘛，我了解的不多，她的同学应该知道的更多一些。我可以给你几个胡莉莉大学时代同学的电话，你跟她们联系时就说是贺老师介绍的，她们会接受你访问的。"

这正是岳晓星所期待的。老实说，按照个人的经验，大学里的同学对同学的了解，远胜于老师对学生的了解。

按照贺老师提供的电话号码，岳晓星首先联系了胡莉莉大学时的班长余莲芳。余莲芳非常热情地表示，她对于胡莉莉的了解远不如洪丽行，并同岳晓星约好一起去找洪丽行。

周末，余莲芳带着岳晓星敲开同学洪丽行家的门。刚进门，余莲芳就和洪丽行拥抱起来了。洪丽行看上去就是个热情似火的人："哎呀，看到你太高兴了。莲芳，我还在想你怎么就不理我了呢。"

"你一直在忙着你的大事，我不敢打搅啊。来，我给你介绍一下。这位是岳律师。她一直在忙胡莉莉老公的案子。"余莲芳没忘给老同学介绍岳晓星。

"岳律师，你好。来，我们坐下谈。"洪丽行把客人带到客厅，"你们是喝饮料还是喝茶？"

"喝绿茶。"余莲芳是个爽快人。

"好，我去拿。"

在沙发上坐定后，余莲芳向岳晓星介绍，实际上也是说给洪丽行听："岳姐姐，洪丽行是你了解胡莉莉的最佳人选。她和莉莉最能谈得来。"

洪丽行给客人送上刚泡上的茶。

她快人快语："岳律师，你要了解的事，莲芳都跟我说了。实话说吧，胡莉莉老公的案子我们都有议论。他不是公司的董事长兼CEO吗？干吗自己抢自己的钱，杀掉为自己干活的总经理？我觉得这里面好像有问题。"

"我解释一下：虽然郑洪斌是福山的董事长，但公司的钱和自己的钱那还是两个概念。"

"那能有多大区别？钱是蛋，公司是生蛋的鸡，鸡是胡莉莉老公养的。我听说那笔钱没了，公司眼看也就垮了。哪有那么二百五的董事长，杀能生蛋的鸡取它肚子里的蛋？"

岳晓星和余莲芳都被洪丽行的话逗得笑了起来。

岳晓星称赞道："这个比喻太好了。法庭也认定郑洪斌转走巨款证据不足。郑洪斌被判的是买凶杀人罪。但是巨款的流失和朱总被杀不可能没有关系，因此人们议论纷纷。我继续追查此案的目的，是不让好人受到冤枉，让坏人阴谋得逞。我知道胡莉莉是你们的同学……"

余莲芳马上把话接了过去："岳律师，我们这点觉悟还是有的。即使不是贺老师介绍，你直接找我们，我们也会实话实说，尽量给你提供帮助。"

"听你这么说，我很感动，也很感激。"

洪丽行又补充一句："再说了，如果莉莉真的涉案，那我们也不能看着她滑得更深。"

"是这样。福山公司总经理被杀，杀手被灭口。我们想把在幕后雇用杀手的人找出来。莉莉过去的情人涉案，还只是一种猜测。但至少是破案的线索之一。我找你们，为的就是把莉莉过去的男朋友列出来，一个个排除。我跟贺老师和莲芳都说过，丽行，我也要向你强调，我们的谈话不要让莉莉本人知道。"

"这个我懂。莉莉知道还不气死了啊。再说她非常情绪化。她一张扬，我们安全也不保了。"

余莲芳马上"点赞"："丽行聪明到极点。丽行，莉莉大学时代的男朋友恐怕只有你能数得过来。"

这两个胡莉莉昔日的同学马上回忆开了：拉小提琴的四眼、男高音张胡子、跳舞的长脖、篮球队打后卫的那个平头、哲学系研究生假斯文……洪丽行还记得胡莉莉表姑给胡莉莉介绍过一个在师专的富二代。

还有一个厅长的儿子跟莉莉来往过一段时间。最后，洪丽行想起来听胡莉莉自己说过，她高中时就有个海誓山盟的男朋友，考上北大了。莉莉一直怀念那个男生，说论聪明谁也比不上那个男孩。

"为什么莉莉没跟他发展恋爱关系呢？"岳晓星问。

洪丽行解释说："听莉莉说，那时她上高一，男孩上高三。后来分手，一是因为两人不在一地。更重要的是，那人家庭条件太一般了。"

岳晓星拿出笔记本和笔："能不能让我把这些小伙子的姓名、去向记下来？"

"我说不来具体的，光记得外号了。"余莲芳声明。

洪丽行还挺有耐心："可以尽量回忆。真不行就说谁可能知道。岳律师你可要花大力气去核实莉莉男友的花名册了。"

*

319监舍里那个被称作"老九"的青年犯人名叫何武成。他的知识分子模样和不卑不亢的态度让郑洪斌心生好感。直觉告诉郑洪斌，这个人应该是可以信任的。"自由"活动的时候，老郑让小何领着，参观监狱里犯人活动的地方。

"小何，他们叫你老九，是因为你第九个进319室，还是因为你是读书人？"

"我想都是吧。用包文谋的话说，'哟，这老九还是个老九'。"

"哈哈，哈哈。有意思。难为你这个老九同这帮人渣混在一起。哎，你这制服上怎么比我多了一道红杠杠？"

"大哥你说话真有意思。这囚服上的红杠杠表示级别不同：判了死缓。"

"哦。那我得给狱方提个要求了，让他们给我戴个黄杠杠，我是无期。"

何武成笑了。唉，上次是什么时候笑的，已经不记得了。如果不是郑洪斌被关进这个监狱，而且碰巧分进319监舍。他何武成怕是熬不了多久就会得忧郁症，或者更可能是精神分裂症。让自己少挨一顿打算不了什么，在他一盆死灰似的心底重新燃起生存的意识和希望才是最最可贵的。何武成往前走了两步，停下，回过头来。

"大哥，您要是不嫌弃，小弟从今往后跟您混了。"

"哈哈，等到今天才表忠心。要不知识分子在江湖上不受待见哩。"

他们说话的时候，路上的犯人见了都满脸赔笑地闪在一边，点头哈腰地打着招呼："大哥。""大哥，你好。"

郑洪斌有点诧异，不太明确他们是不是跟自己打招呼，于是敷衍地点个头，继续往前走："小何，你在319室跟个孙子似的，谁都能欺负你，怎么在外面还挺有人缘的？谁见了你都笑脸相迎？"

"狐假虎威说的不就是这种情况吗？人家都是冲您打招呼。"

"我刚来，谁也不认识啊。"

"可是谁都知道闫老大、闫大贵。他不光是319室的老大，在整个南山监狱里，也是头面人物之一。您把他三秒之内打服了，这个消息立马传遍整个南山。"

"怪不得第二天我就觉得四处都有人对我指指点点。这监狱里头，挺神的啊。"

"囚犯的世界就这么点大。外面世界的政治、经济、文化、社会，他们既不懂，也从来不关心。他们最在乎的是监狱里面谁最厉害，谁是老大。"

"不是有管教吗？服从民警不更简单吗？"郑洪斌不明白了。

"可是民警不属于他们的世界。你想想动物园和马戏团就明白了。那里猴有猴头，狼有头狼，狮有狮王。并不因为有了驯兽员和关在铁笼子里情况就改变了。"

郑洪斌承教了，他马上对何武成刮目相看："这个比喻用得好。你挺有研究的嘛，有学问。看来我得跟你混，跟你学。"

"哪儿的话。大哥您是天然的领袖，在文明社会是，在林子里是，在笼子里也是。"何武成当然明白，"学问"这个东西，在没人看重的时候屁都不是。知识分子可不能自己把那点知识和见识当根葱，老觉得就该有人用它来煸锅。健身房到了，何武成向郑洪斌介绍："大哥，这就是我们'学员'的健身房。"

他们走进了健身房。这里的设备挺齐全的。"哦，设备齐全。这个得花政府多少钱啊。小何，你听过那个政府官员讨论把钱花在改进学校条件还是监狱设施的段子吗？"

几个练身体的犯人看到郑洪斌进了健身房，纷纷停下器械练习，愣愣地走了过来。何武成心里打起鼓来：该不是来较量的吧。这些家伙可都是和闫大贵不相上下的块儿啊。站在墙边执勤的民警也紧张地站了起来。

郑洪斌不愧是郑洪斌，他不动声色地朝他们扫了一眼，然后把目光停留在距离自己最近的犯人的眼睛上。

"是郑大哥吧？来玩呀。"那个愣头青这才开口说话。

"啊。政府……"郑洪斌看了一眼神色依然紧张的执勤民警，"不是让我们把这儿当家，反省过去，好好生活，脱胎重生吗？重生就得有副好身板是不是？"

"那是。大哥露两手，让我们开开眼。"另一个练身的在押犯脸上露出笑容。

"行，好久不练了，在看守所里可没这个条件。从现在起，我得重新打造自己了。"

*

福山有色金属公司有上万员工，在江昌市，乃至省里都是数得上的大企业。最近发生的总经理被杀，董事长被判刑，和几亿巨款的被盗事件，把这个蒸蒸日上的民营企业推上了破产的边缘。成千上万的员工和他们家庭的生计受到严重的威胁。

白雪梅到福山公司调查。为了不在这个敏感时期引起额外的骚动，她穿的是便装，开的是自己的私家车。

开进停车场，刚关上车门，白雪梅就听到两个妇女在大声议论头儿正在开会讨论破产和裁员的事。她加快步伐，向公司大门走去。

白雪梅径直走进会议厅。从美国回来的陈总正在发言：

"……总之，不管是什么原因，其结果就是我们违约。在法理上，属于'不履行违约'。本来，我们和桑普森公司制定违约金条款时，想到的是对于对方的制约。想不到，现在反过来制约了我们自己。让我们在兼并款流失后，又多了一笔沉重的财政负担。雪上加霜，福山公司难以承担这个后果。"

下面一位高管发问："难以承担是什么意思？是不是说公司破产在所难免？"

"破产是我们向公司董事会提出的建议之一。"

"这么说还有希望。其他的建议是什么？"另一个干部问。

"另外一个建议是，或者我们希望出现的结果是，福山公司被其他公司兼并，条件是兼并者必须承担公司债务。福山公司把多年的盈利都压在对桑普森的并购上，还向银行贷了款。现在情况变了，我们负了债，还要支付违约金。那么，有没有人愿意接这个摊子就很难说了。"

会场乱了。大家从交头接耳到大声议论。

白雪梅看到人事部的薛主任恰巧坐在附近，便走过去轻轻在她耳边说了一句。薛主任起身，和白雪梅一同离开会场。

到了人事部办公室，薛主任示意白雪梅坐下谈，自己也在办公桌后面坐了下来。

"白警官你也听到了，看来公司被兼并的可能性比较大。因为这么多职工的去向和生活保障是个大问题，政府不能不有所考虑。破产不是个办法。"

"兼并是不是意味着重组？"白雪梅觉得这将对干部的调查工作带来很多不利，"重组的话，许多干部势必会被裁员。"

"是啊。我自己也保不住这份工作。哪家公司都有自己的人事部门。要我这个人事部主任干什么？唉，我有心为郑总的翻案出一点力，但是眼看着这只能是美好的愿望了。对于你们警方来说，由于高层管理人员的分散势在必行，你们工作的难度会大大增加。"

"我们过去的设想是，那个转移走兼并款的人会找机会离开福山公司。现在形势变了。想走的人多了，而且理由都很充分。不过，薛主任，我还是希望您能够协助我们，提供主动申请离职的主管干部的名单。或许我们能从他们的态度上看到蛛丝马迹。"

"没问题。哦，胡莉莉已经交了辞职申请。"薛主任当然不会漏掉这个线索。

"她倒是沉不住气。"

郑洪斌和何武成同其他几个犯人在监狱大院的道路两旁整理花圃。他们把原先放置在花圃里的花盆移开，种上花草。新的花草按照设计的图案种植。

郑洪斌也和其他犯人一样，半蹲半跪着，将植株放在坑里，然后周围培上土固定。这么干了一会儿，郑洪斌停了下来，望向远处带电网的高墙。何武成头都没抬，却知道郑洪斌在看什么。他压低嗓门说道："监狱外墙高5.5米，墙头上有高压电网。电网高60厘米，由四道通电带刺的钢丝组成。在监舍区、运动场和我们现在所在的行政区大院，高墙外还有巡视道。巡视道另一侧为防冲跳式钢网墙，配有蛇形环状刀刺网。钢网墙材质为直径5毫米的高纯合金低碳钢。环状刀刺网的圆环直径为0.5米，坚固，多刺，给罪犯强烈的威慑，令其取消非法翻越的念头。"

这倒是出乎郑洪斌意料之外的事："哟，知道你见多识广，没想到你连这些都知道。你怎么知道的？"

何武成继续干他的活："猜的。"

郑洪斌也低下头来干活："猜到这个份儿上说明一个问题：你还牵挂着山外头。难得你对我还不了解就能信任我。"

"我了解您。"何武成的语调平淡，却很肯定。

"我们认识才几天，你对我的了解不就是仗义，会打架吗？"

"郑洪斌，省十大优秀民营企业家之一，江昌市人大代表。福山有色金属公司创建人和CEO。特种兵出身。曾代表中国军队参加世界军人军事技能大赛，获团体全能冠军和个人大口径步枪射击冠军。因为某种原因，被陷害入狱。"何武成还是那么平静。

"没想到我还真是个名人。你怎么敢说我是被陷害的？"

"您的表情、眼光、举手投足都不带邪气。根本不像一个犯罪分子。"

"你也不像啊。"

"因为我根本就没有犯罪！我被判了死缓才知道，原来监狱里头关的，并不百分之百的是罪人。"

郑洪斌的兴趣来了："哦。你什么罪名，判得比我还重？"

"顺昌大桥特大工程事故案，听说过吧？我顶着导致死伤上百人，造成国家二十多亿财产损失的罪名。"何武成冰冷的声音里，燃烧着愤怒的烈火。

"我的妈呀，你这么年轻，能有那个能耐？你当了多大官啊？"

何武成深深地叹了一口气："我美滋滋地被人家提拔到'关键'的领导岗位上。自己上钩进网，鸟为食亡嘛。我就是他妈的一个鸟人。唉，有机会慢慢说吧。"

不远处，一个干部模样、穿着便服的中年男子走到监视犯人劳动的管教跟前。他俩低声交谈了几句。管教民警用手指了指蹲在地上劳动的郑洪斌和何武成。那个干部向他们走了过来。

"郑洪斌、何武成。"

郑洪斌、何武成两人"蹭"地站立起来，双脚并拢，挺了挺胸："到。"

干部"噗嗤"一声笑了，态度和蔼可亲："不愧是当过兵的，精气神就是不一样。稍息，放轻松点。嗯，你们的档案材料我都看了。为你们惋惜啊。也希望你们能在南山这样一个与外界隔绝的环境里，深刻反省，争取脱胎换骨。"

郑洪斌、何武成："是。"

"何武成，你是土木工程师，机械类的图纸应该也能看得懂，是不是？"

"看得懂，原理是一样的。"何武成回答。

"可惜你没有机械方面实际操作的经验。"

"报告首长，不，报告政府，我在大学实习期间，在工厂做过焊工。在部队施工期间参加过抢修工程用大型机械。"何武成已经猜到他来的目的。

"哦，那太好了。"这位干部转向了郑洪斌，"郑洪斌，你是搞企业的，像你这样的老总，总不会去干活吧？"

"报告政府，我在部队学过修车，那是训练规定项目之一。在搞公司有点起色之前，车坏了都是自己修，也帮别人修。"郑洪斌不傻，也能猜到一定有好事儿。

"嘿，这个很有说服力。这是专长啊。是这样，我们监狱有个工厂，听说过吗？"

郑洪斌和何武成都摇头。郑洪斌真不知道，他刚来嘛。何武成听说过，但不能说知道。监狱里忌讳听到一耳朵就去汇报，不管是什么事儿。

那个干部点点头，进一步解释："一般来说，你们这样的学员进来以后，要经过较长时间的观察，在情绪稳定、表现出色以后，才能派到工厂干活。据管理人员反映，你俩进来以后表现一直不错。我们接了一批活，要得紧。那么就有必要增加一批工人。让你们种花有点大材小用了，我把你们俩放在预选名单里报上去吧。"

"谢谢政府信任。"何武成马上表态。

郑洪斌并不了解进工厂干活有啥好处，但也紧跟着说了句"谢谢"。

*

福山公司自上而下都被公司面临破产的事搞得烦心，同时也都在琢磨自己该怎么办。郑洪斌原先的秘书刘秉章危机感比别人更强。好在他跟在郑总后面混了这么久，方方面面的事情了解得也多，点子自然比别人也要多。开完了会，下午他就提着两瓶酒到了福山公司矿山资源部主任余旷达家。余旷达是小刘的表舅。

舅甥俩坐下家喝酒。小刘给余主任斟酒时，余旷达的老婆又上了一盘炒菜。

"舅妈，您别忙了，坐下一块儿吃吧。"

余太太说："嗨，你们舅甥俩慢慢喝酒聊天。我就不掺和了。"

"你舅妈一会儿还要出去跟那帮老太太蹦迪。来，我们喝。"余旷达举起酒杯，两人碰了一个，"秉章，你以为我就不担心被裁？我跟你说，一旦被兼并，被裁掉的，首先是干部。同类公司合并，容不得两套干部班子。唉，你说，郑总如果不出事多好。公司规模不断扩大，公司高管要担心也是担心工作量变大，责任变重。像你这样的，是郑总的心腹，那迟早要委以重任。"

"表舅，趁着您还有权，给我在你们资源部安排个合适的工作吧。否则像我这样的，明摆着要被裁掉。"小刘趁机提出要求。

"可以啊。明天我就跟人事部的薛老太太说。但是这管不了几天。一旦福山被兼并，我这个资源部主任被裁，你的工作还能保住吗？要我说，你还是从长计议。你年轻，干吗在福山这棵没了主心骨的枯树上吊死？"

"表舅，我觉得不管谁接管都不会把您给裁掉。我跟着您才能保住饭碗。"

"说梦话哩？"

小刘一副胸有成竹的样子："您守着公司的秘密。等到新的老总上任，您就找他单独谈话，跟他汇报公司的矿产资源情况。我就不信，谁愿意冒着丢掉手里宝贝的危险。那都是钱啊。"

余旷达正要往嘴里送一块肉，听到这话停住了动作。他眨巴眨巴眼睛，把筷子放了下来："哦，你说的是那件事。我都忘了这茬了。你说提那事管用吗？"

"管用。"小刘狠狠地点了一下头，"郑总当年让您把这事压下去不提，为的是什么？人同此心，心同此理。谁都不愿意割让自身的利益。您跟他强调这事只有您和郑总知道，新老总还不把您留住？留住了您，也就留住了我。当然，您得先把我给安顿好。我给您当个办公室主任或者资料室主任总绰绰有余吧？"

余旷达笑了。他也是个明白人啊。他重新撷起放下的那块肉，放在嘴里嚼了起来，拿起酒杯："好。这个主意好，来，我们爷俩干一个，见底啊。"

他端着酒杯"嗞溜"全喝了。小刘也喜笑颜开地干了这杯酒："表舅，您确定那事儿除了您和郑总，没有第三个人知道吧？"

"废话。你不就是第三个人？"

"我是不小心看到您和郑总在那里叽叽咕咕，事后问了您才知道的。谁让我是您外甥，您老人家又需要我提供情报哩？"

"我可不是跟你交换内情。我是把你当郑总的心腹。"要不说什么叫世故，到了这会儿余旷达还不忘记声明一句。

"还有当成家里人。"小刘还是有点担心，"哎，陈总他知道这事吗？"

"我可没跟他说过。"余旷达是个人精，心里总掂量着得失，算计着上级和同事的为人，"不过，这人可不简单。别看他平时总顺着郑总，不像朱总爱辩几句。可他骨子里是个很霸道的人。他在各部门都有自己的亲信。福山公司里面，郑总是天然的领袖，朱总是面面俱到的管家，陈总不爱管闲事，但是什么事都瞒不住他。"

这一晚，刘秘书很得意，也喝高了。

胡莉莉洗完澡，从卫生间里出来。她披着绸缎质地的睡衣来到穿衣镜前，对着镜子顾影自怜。美人出浴，风情万种。可是，这寂寞的日子何时是尽头？

电话铃响了。胡莉莉看了一眼桌上的时钟，十一点半了。这个时候，谁还会打电话来？

胡莉莉坐到床头，拿起床头柜上的电话。

"喂，……哎，我说小刘，都什么时候了，你还打电话来？……说什么呀，你，你有毛病啊？我知道了，你还不是喝醉了，拿起电话就胡说。"

电话里传来小刘酒后含糊不清的声音。

"别挂，你别挂。我告诉你，谁也别想把我裁了。我有我表舅罩着哩。莉莉，我们都是郑总案件的受害者，得互相帮忙。我让我表舅把你也调到资源部来吧。"

胡莉莉轻蔑地"哼"了一声："你自己去吧，谁稀罕呀，我都递了辞职信了。"

"别，别走。我们……在一起工作，多好啊。"

"哟，没想到你自我感觉还挺好，觉着我稀罕你，是不是？"胡莉莉听说这话倒来了点情绪，也不急着放下电话了。

"你不稀罕我，可是，我稀罕你。莉莉，……你不要灰心，你，又年轻，又漂亮，你……生活还可以重新开始嘛。"

"哈哈，我当然可以重新开始。谢谢指教。小刘，我建议你冲个冷水澡，醒醒酒。我倒是需要有个人说说话，但是对于跟一个醉汉说些没边没沿不靠谱的话却没有兴趣。拜拜。"

够了，胡莉莉心想。她放下电话后，又拿起来重拨，拨了一半，放下了。他说了千万别给他打电话的呀。在这段难熬的日子里，满肚子的话没人倾诉。胡莉莉深深地叹了一口气，脸上满是委屈和无奈。

第四章　初现端倪

郑洪斌、何武成跟着管教进了车间。两个人带着不同的心情，转动眼珠，看着这个新环境。管教把他们交给管理车间的警官刘主任。这人正是他俩种花的时候，去找他们谈话的人。"刘主任，您要的两个学员，我给您带来了。"

"好。小杨，谢谢你。来，你们俩跟我来。"

刘主任带着郑洪斌、何武成进了更衣室："你们俩把衣服换一下。我们进车间上班，首先要换上工作服。下班回监舍的时候，再换上学员的制服。记住工作服上的号码。"

两人没说话，迅速换上工作服和劳保大头鞋，拿起手套。

刘主任向他们交代："在车间干活，我们是发津贴的。这就是为什么大家都愿意来。当然，来这儿也是有条件的。除了我说过的思想稳定，表现积极以外，你还真得有技术。今天，我们首先要测试你俩的技术。南郭先生我们不要。何武成。"

"到。"

"看图纸，我们就不考你了。你的学历、专业都写在那儿。你说你会电焊，这个得考考你。你跟我来，郑洪斌你也跟着。"刘主任把他俩领到车间一角，他指着电焊枪和两截钢管，"很简单，把这两节钢管焊在一起，你就通过了。"

何武成先拿起钢管看了看断面，找了块布头清了一下。他看到墙上挂着的围裙和带墨镜的防护罩，过去摘下，戴上。又在工作台上选了根焊条，查了查电源线的连接。

"请刘主任和郑大哥往后退一点。"

刘主任和郑洪斌退后两步。刘主任满意地笑了："不错。办事有板有眼。一看就知道是内行。"

火花四溅。何武成沉稳地干着活，心里知道，只能做好，不能搞砸。

一会儿钢管就焊好了。何武成把焊好的钢管拿起来看了看，然后递给刘主任："刘主任，我也是好久没做焊工的活了。做做就能熟练起来。"

刘主任满面笑容地转动着钢管："不错，真不错。我不算内行，但是不会做，会看。这就很好了。你通过了。"

他转过脸，大叫一声："二班长！"

一个穿着工作服的汉子应声跑了过来。

"刘主任，我在。"

"这位学员叫何武成。他分在你们班。先干着焊工的活。"

"是，刘主任。"班长也是在押犯人，他们这儿都叫学员。

刘主任吩咐："何武成，你好好干。眼下需要焊接的活比较多，等这一批活干完，我还有更重要的工作交给你。"

"谢谢刘主任。"

刘主任接着介绍："二班长，这是郑洪斌。你说有台马达转速不匀，我们让他看看。"

二班长一听眼前是监狱里传说纷纭的郑洪斌，立刻露出讨好的笑脸："是郑大哥啊，那就麻烦您看看。"

"他如果能够修好，那今后他的主要工作就是机修工。二班长，你们在这儿是接受劳动改造，没什么麻烦不麻烦的。"

"那是。我们都一样，接受改造，赎罪，在劳动中脱胎换骨。"

"行了。走吧。"

测试通过，没有叫他俩立刻留下干活。郑洪斌、何武成回到监舍，"龅牙"包文谋和听他低声神侃的犯人都站起来打招呼。

"大哥回来了。"

包文谋不失时机地奉承一句："郑大哥真是能文能武。刚来就进厂，不简单。"

"嗨，哪儿干活不一样？都是改造嘛。"

"郑大哥准能升班长。等大哥升了班长，帮小弟跟刘主任说说，跟大哥学徒，当个帮手？"闫大贵立马就上。

"大贵，你在这儿吃香喝辣的，学什么徒？"

"跟着大哥准有出息。再说，厂里干活发钱。"闫大贵说得倒是实在话。

巡视的管教听到这边声音大，走了过来，用警棍敲了敲铁栅栏："保持安静!"

众人不响了，各自坐回床沿。郑洪斌翻身上了上铺床位，拿起一本书来看。

管教离开，脚步声渐渐消失。

何武成早就坐在那儿看书了。他的铺位挨着郑洪斌的，此时他瞟了一眼郑洪斌手中的书："大哥不简单，能读英文书。"

"有一半字不认识，催眠用的。"郑洪斌朝着何武成的铺挪了挪身体，用极低的声音说话，"横竖睡不着。给我简单说说你怎么就顶了顺昌大桥倒塌的罪。"

何武成也挪了挪身子，靠近郑洪斌："一言难尽。大哥您对这个事故知道多少？"

顺昌大桥的倒塌，是一年多前震惊全国的大事件。不过郑洪斌记得，当时他在电视上看到的，也就是几个画面和几句话的报道。近年来，似乎同样的悲剧在国内发生过好几次。事故原因不外乎设计不合理加上豆腐渣工程。典型的偷工减料是混凝土里的钢筋不合规格。这种工程遇上山洪暴发或者承载超负荷，都可能造成倒塌事件。问题是，怎么就让何武成这个年轻人来顶罪呢？

何武成叹了一口气。他告诉郑洪斌，何止是钢筋的问题，顺昌大桥的桥墩支柱深入河床的深度根本不够，有几处甚至没有建在岩石上。而他是总工助理，兼质量检查部的主任。

"那你罪有应得！还喊什么冤？"郑洪斌一听就火了。

"我被提拔兼任质检部主任的时候，桥墩已经完工，大桥几乎合龙。"何武成解释说。

"那你也有足够的时间审阅工程设计。"

"设计没问题。问题在施工。"

"那么原先的质量检查部主任呢?"

"没有主任。由施工部主任代理。据说,这么安排为的是让他感到责任重大。"

"笑话,天大的笑话。他人呢?"

"辞职了。"何武成告诉郑洪斌,让他兼任质量检查部主任的时候,他居然什么也没想就答应了。

"难道你对工程中的偷工减料没有耳闻?"

"谁跟我说这些?设计方案和图纸我倒是都看了。"

"你就没有去过施工现场?"

惨的是,何武成确实去过施工工地,而且工作日程上都有记载。但实际情况是,几次都是刚去就被召回总部开会,处理问题,接待来宾,或者干其他杂事。现在看,好像这些细节都是人为安排的,目的就在一旦出事让他有口难辩。可是这话谁信?哪有总工助理、质检主任居然对施工一点都不了解的?

后来果然出事了。不可预测的特大山洪在大桥刚刚投入使用时出现,实际上也因为车辆不多减少了可能更为惨烈的死亡人数。公安刑警马上逮捕了何武成,并且在他父母家,搜出一百万现金。上面居然有何武成的指纹。

"有人送给你父母的?"郑洪斌问。他立刻想到冯贵所携带的百元大钞上自己的指纹。

"怎么会?他们给吓坏了,怎么也想不通这钱是哪儿来的。"

"明白了。"

沉默。

"那个辞职的施工部主任是关键证人。他人呢?"郑洪斌毕竟老到,一下就抓住了要害之处。

"不是告诉您他辞职了吗?辞职后两个月,在大桥竣工之前,他忽然弃家逃跑。在某地长途汽车站下车时,被枪手击毙。我听说周围距离公交站最近的楼房也有三四百米远。只有您这样的神枪手才能一枪命中目标的头部。"

"你说什么?!"

*

白雪梅办公室的墙上挂着一块大黑板。现在黑板上贴着一张大纸,这是一张人物图示。标题是"福山有色金属公司各部门管理干部图示"。

周清泉饶有兴趣地看着。他建议白雪梅暂时把旧案放一放,在福山公司有可能重组前,集中精力寻找有可能转走大笔并购款的人。这张图就是白雪梅最近的主要工作成果。

按照白雪梅的分析,如果是内鬼作案,这人必须具备如下条件:第一,熟悉本公司资金财务状况;第二,对于桑普森公司兼并款的存储、移交程序有一定了解;第三,懂外语,有相当的英语读、写和其他运用能力;第四,不是一般地了解国外银行的相关规则,而是对国外银行深有研究。

目前警方掌握的最基本的信息都是人事部薛主任提供的。她本人不清楚的人和事,也都提供了进一步了解的线索。关心关注郑洪斌一案的人不少。

在这张图上被白雪梅用颜色笔画上圈的,是符合或很可能符合上述四个条件的人,一共有二十四个。白雪梅告诉周清泉,这个数字还是她用了排除法过滤掉不少人以后剩下的。郑洪斌重视公司管理阶层的培训,提拔了许多海归和国内受过研究生以上教育的青年人。这些人基本都送出国实习过。另外,像陈世明副总、熊会计和郑洪斌的秘书刘秉章这样直接参与兼并桑普森公司工作的干部,当然也应该收集进这个名单。

"这二十四个人的基本情况你都调查了?"

"未必很深入,但是都调查了。"白雪梅回答。

"不简单。如果是我自己来做这件事,未必能在这么短的时间内搜集这么多人的情况。"周清泉由衷地赞叹。

"你还没看材料,先别表扬。材料都在这里。我可是战战兢兢的哦。"

"开什么玩笑，你让我刮目相看。往下，我们怎么来分析这二十四个中层以上主管呢？"

"我想到了两点：一是要找出他们中是否有人同黑社会有关系。"

周清泉很是赞同："对。杀人和掠财，买凶和灭口，极有可能联系在一起。灭口一定是黑社会所为。另一点是什么？"

"这个人很有可能和胡莉莉有比较密切的关系。"白雪梅补充说，"换句话说，胡莉莉有可能涉案。周队还有什么想法？"

周清泉想了想："不能排除有一个以上的人涉案。也不能排除犯罪人在和胡莉莉的关系和八亿人民币巨款之外，还有什么杀朱勇彪，陷害郑洪斌的目的。"

白雪梅很高兴能够在案情的分析上和周清泉取得一致意见："完全同意你的看法。另外，随着福山公司破产或者被兼并的局势发展，新的线索可能会露出水面。"

江畔酒家里，陈总、万总、徐总和董局长聚在一起了。这次是陈总请客。酒菜都上了，董局长才到，刚坐下就环顾四周："万总，这是不是老朱出事那次我们用的单间？"

"可不是吗？刚刚我和徐总还在说这事。坐在这儿，心里直发毛。"万总不像是开玩笑。

陈总觉得特别抱歉，房间是他订的，可他哪儿知道老朱是在这个包间喝的催命酒？他站起来，说去找服务员换一间。万总和徐总马上拉住了他。董局长也说："那别换。换了传出去不好。别人会说我们心里有鬼。七七都过了，老朱的魂也该走了吧？"

说到老朱，万总有话问陈世明："上次我们请老朱，是有事相求。结果，老朱送了命，我们的事也黄了。陈总，你今天是不是有事求董局和徐行？"

陈总叹气了："福山搞成这个样子，我可玩不转了。说报破产吧，上万的职工怎么办？所以，请各位大神想想办法。能不能采取兼并的办法，让福山继续存在和经营下去。"他招呼几位，"来，我们边吃边谈。"

主题明确。这几位看到福山公司好像是一夜之间就败落成这副模样，心里也不舒服，倒是诚心诚意地想帮着老陈至少是脱离困境。于是你一言我一语地讨论起来了。

福山叫老郑搞成这么大的一个实体，上万的职工，多处矿山、工厂，谁接手都不容易。陈总如果能联系到愿意，同时也有实力兼并福山的主，政府方面会支持的。老徐他们工商银行，也不愿意借给福山公司的贷款都泡了汤。当然喽，福山的现状，想银行继续拿出钱来，恐怕也没那么容易。

按陈总的意思，办法总是有的。比如，让老万挑个头，联合多家公司接管福山。可这事万总一听就觉得是开玩笑。他哪有那个实力和魄力？福山上万人等着拿工资不说，几个亿的资金流失了，现在还要付违约金。银行的贷款光是利息就够还的。这么大一笔流动资金从哪里来？

陈总端起酒杯："来，我们先干一个怎么样？喝醉了，胆子也就大了。"

碰了杯，陈总一口干了。万总、徐总和董局长狐疑地看了看陈总，又相互看了一眼。

"哎，我都干了，该你们了。对，先喝酒，再商量。"

董局长喝了酒，忙着拣了一块肉放进嘴里："说吧。看样子你是盘算过。"

"福山有正常进项，职工都能创造财富。只要保持企业运转，按理说，工资不应该成问题。那么，银行等着还贷款的利息怎么办？砍掉它一半职工，这笔钱就能落实了。"陈总说出了自己的想法。

董局长一听就觉得不靠谱："老陈……"

"我知道你要说什么。你听我说完再发表意见好不好？"

万总乐了。董局长点点头，做了个"请继续"的手势。

陈总侃侃而谈："难题就是那八亿人民币加上高达两亿的违约金从哪儿来。这个嘛，有三个可能的来源：首先是社会集资，我和老万牵头，利率我们可以给高一些。另外，银行贷款。我们为地方政府解决上万人的安置和救济问题，政府担保，让银行贷些钱给我们，这个要求合理吧?"

"就算给你要来了两个亿的贷款。八亿元,你到哪儿说集资就集资?"万总觉得根本不可行。

董局长插话了:"老陈还没说完。那第三个来源是什么?"

"引进投资。国际上的热钱都往中国来。找到一个国外财团,几亿人民币不是大数。"陈总的口气还蛮大。

"我给你透露点消息。"董局长认真地说道,"政府这边,确实不愿意让福山公司破产。它的第一条理由就是不能看着福山上万职工失去工作,给社会带来不稳定因素。"

陈总、徐总和万总都点头。

董局长接着说:"所以,你那个裁掉福山一半人的想法是行不通的。保障福山工人和普通职工的生活来源,这一条会作为兼并的条件提出来。另外,大企业在社会上集资是行不通的。"

"哎,过去不是一直听说搞集资的事吗?"

"过去为了发展和促进经济繁荣,的确有集资的事,但是,由于缺乏完善的办法和机制,这些集资基本都失败了。有些可以说是祸害无穷。法律对企业集资活动有非常明确和严格的监管要求,其中包括限制集资人资格、严肃行政审批程序、规范集资程序、保障履约能力等等。你说的那种'向社会集资,给高利息',叫作'向社会不特定的对象筹集资金',是非法的。"

"怎么轮到我就不行了。那,引进外资呢?"陈总急了。

"这一条可以考虑。所谓'走出去,引进来',有色金属这个行业就有先例。不过,外资不能占大头。换句话说,外国公司不能做我们矿山的主,想干什么干什么。"

"那也行。那就需要多贷些款。"

徐总忍不住要让老陈早点取消这个不切实际的念想:"老陈,这是问题的关键。你不能指望贷款。我们银行为什么要贷给你?你说,你能解决上万福山职工的生活问题。可是这能作为银行贷款给你们的理由吗?政府干预也不行。我们要遵循本行业的法规。银行不是印票子的机器。再说哪里有银行贷款让企业支付违约金的例子?"

老徐的话再明白不过了。所以贷款指不上。董局长对于老陈引进外资一说还是感兴趣的。他问老陈："你说引进外资。是说说而已，还是有点头绪了？人家的条件不会太苛刻吧？"

陈总回答："唉，我不是在找最佳方案渡过难关吗？除了引进外资，我还想给桑普森找个买家。这样的话，经过谈判，我们的违约金可能就不必付了。"

"哟，过去怎么就没发现老陈你有这么大的本事？你这次要是能力挽狂澜，连老郑都不得不佩服你。"这下万总对陈总刮目相看了。

"力挽狂澜谈不上。渡过这个难关，一定要政府支持，在合资、裁员这些事情上能通融就通融一下。也要银行支持，与其看着福山破产，已有的贷款打水漂，不如再输一点血，让我们活下去。老万你也不要当缩头乌龟。能上就上，我们一起把老郑和老朱两个朋友的事业进行下去。"

徐总举起酒杯："陈总，我敬你一杯，等着看你创造江昌的神话。"

*

监狱放风，在押犯人都到钢丝网墙围起来的地带活动。大多数人在溜达，有几个在打篮球，另外一些人三三两两地坐在凳子上和地上。郑洪斌习惯性地扫视全场，身边的何武成禁不住调侃他："大哥到哪儿都像是在执行任务。"

"嘿嘿，习惯了。年轻时养成的习惯不好改。不过今天我还真有事要做。"

郑洪斌看到了和几个犯人坐在钢丝网墙边聊天的闫大贵和包文谋，立刻走了过去。何武成看着郑洪斌的背影，有点纳闷，自己找了个人不多的地方，坐下来看书。

那边闫大贵等人看到郑洪斌过来，都起身招呼。

"郑大哥，这边坐。"

郑洪斌做个手势，让闫大贵和包文谋过来："大贵、文谋，我们找个地方说话。"

闫大贵居然没明白是怎么回事。包文谋也一愣，但明白了。他冲着

063

另外三个犯人挥挥手："你们听到没有？郑大哥要和大贵哥和我说话。你们一边去。"那三个点头哈腰，赔着笑脸离开了。

闫大贵招呼："行了。大哥坐下说。"

见郑洪斌坐了下来，闫大贵和包文谋才一人一边地坐了下来。

"在屋里说话不方便，还要保持安静。"郑洪斌解释。

闫大贵马上附和："是，他妈的尽是臭规矩。"

"想跟你们打听你们道上的事。道上有个杀手，三四百米之外取人性命，百发百中。听说过吗？"郑洪斌切入正题。闫大贵和包文谋互相看了一眼。

包文谋问："大哥说的是你们江昌那边的黑道吧？"

"应该是。"

"老包他是昌州道上的，我是顺安这边的。江昌道上的事，我们不熟。老包，你不是号称没有你不知道的事吗？"闫大贵转向包文谋问道。

"那都是陈芝麻烂谷子的事。我都进来八年了。那会儿，真敢动枪的还不太多。"

"哼，黑道也在发展是不是？"郑洪斌觉得新鲜。

包文谋说："那是啊。胆子越来越大。过去百八十万银子过手到顶了，现在的案子能上亿！"

"这说明你有消息来源嘛。老包，你帮我打听一下那个神枪手的事。"

"嗯，行。我尽力。"

"看样子有困难。困难在哪儿？"

"郑大哥明鉴。我和大贵吧，同江昌那帮小子不对付。不是说，一山容不下二虎嘛。郑大哥我还得跟你说，秦三刀那家伙恐怕会找你麻烦。"包文谋摆出一副为难的样子。

"谁是秦三刀？"

"江昌来的，他进来才三年，你要问的人他应该知道。可是，这会儿他看你跟我们热火，已经把你当成对头了。"闫大贵搭话了。

"这人什么样？"

"喏，那边五个家伙中间最壮的一个，脑壳上面三道刀疤。"包文谋指着不远处聚在一起的几个学员。

郑洪斌顺着包文谋手指着的方向看过去。那边一伙人显然早就注意到郑洪斌等三人，光头秦三刀挑衅地冲他们伸出小拇指。郑洪斌条件反射地用眼睛的余光看了一眼管教民警。靠墙而站的几个民警全都站立起来，警觉地观察双方举动。

"哈哈，别用手指他们。我说大贵，他才挨了三刀，你挨了六刀加两枪还不倒地。你比他酷。"郑洪斌不想节外生枝，再说他必须得到那个神秘枪手的信息。看来连警方都不知道这个枪手是何方神圣，只有通过黑道来打听消息。

"是啊。他把那个卵蛋整天剃得光溜溜的，亮着那三道疤。老子从来不尿他。"闫大贵一副豪气万丈的样子。

"那是他的招牌。看样子，想跟他打听这事还不容易。"

刘主任乐呵呵地进了监控室。监狱的吴政委正在和民警说话。

"老吴，你找我？"

"老刘啊，今天下午的事，你听说了？"

"哦，你说的是放风的时候秦三刀挑衅闫大贵的事？不是什么也没发生吗？"

"现在郑洪斌成了闫大贵那帮学员的头了。我说老吴，我知道你那边活要得紧，可是让郑洪斌这样没有经过较长时间观察和教育的人去车间，我觉得还是考虑不周。是不是把他撤回来？"吴政委看来把下午在押囚犯险些发生冲突的事看得比较严重。

刘主任着急了："哎，老吴，我好不容易找到这么一个机修工。我跟你说，他会修车。这，这省我们大事了。你别以为我不了解情况。我认为，今天没出事，是郑洪斌起了好作用。小王说了，他看见郑洪斌哈哈一笑，没理秦三刀的挑衅。"

"问题是，如果郑洪斌振臂一呼，局面就难以控制！老刘，他可是重刑犯！"吴政委没那么好说服。

"这儿都是重刑犯。谁都需要防范。可是，不管在监舍还是在车间，郑洪斌表现都很好。他过去是当老总的，不是混混。怎么会干聚众闹事的勾当？"刘主任不以为然。

"哼，我们都是老管教了。你以为他不动手就能服众？我叫你来是让你看一段录像。这人可是个专业侦察兵。让人不放心。"吴政委转身吩咐工作人员，"小林，你把车间里那段录像再放一遍。"

"好的。"

小林调机器的时候，吴政委和刘主任都站到她身后。电视屏幕上出现了郑洪斌。

看来吴政委已经让小林把这一段视频录像专门截取下来了。刘主任看到：郑洪斌把手擦干净，拿起了图纸。他可能是遇到问题，需要找人商量，对远处招了招手，叫了一声。在等人这会儿，郑洪斌的眼睛转向电视镜头，嘴角露出微笑。

何武成过来了，好像是问郑洪斌在看什么。郑洪斌指了指电视镜头，说了一句话。何武成也看了一眼电视镜头，笑了。两个人开始看图纸。

吴政委对刘主任说："看到了吧？这么隐秘的镜头，都躲不过郑洪斌的眼睛。他为什么要笑？这是讽刺，也是挑战。这人危险不？"

刘主任想了想，笑了："老吴，你误会了。我给你解释。小林你再放一遍。"他指着屏幕，像解说员一样开讲，"郑洪斌负责机修。他叫何武成过来，是为了跟他商量图纸上的事。这个没问题，是吧？好，何武成答应了。在等何武成时，郑洪斌松口气，歇一会儿。总可以吧？"

"他笑了。为什么要笑？这是问题的关键。"吴政委逼问。

"对，对。你看，何武成也可能是问他看什么或者笑什么。他说，'有爱，有梦，有未来'。下面他还说，我就喜欢这个口号。小林，你再把他说话的镜头放一遍。"

"行。"

吴政委看得很仔细："嗯，好像说的是这话。他为什么要说这话？"

刘主任也像视频录像里郑洪斌那样笑了起来："因为监控镜头安在靠墙的钢梁上，墙上贴的是这幅标语。"他拍了拍吴政委的肩膀，"老吴，你就通融一下吧，我正需要用人。"

*

白雪梅揉揉眼睛，合上办公桌上的材料夹。她站起身来，走到贴着

"福山有色金属公司各部门管理干部图示"的黑板跟前，拿起颜色笔，划掉"江小龙"的名字。

白雪梅转过身，拿起电话拨打："喂，晓星姐，我是雪梅。你休息了吗？……辛苦你了。有进展吗？……我理解。可是我们的时间真的不多。福山面临破产或被兼并，人人自危。不断有人另寻出路离开福山公司，还有计划离开江昌市的。听说有人在办出国手续。一旦有嫌疑的人离开，就会给我们的追查带来更大的不便。"

岳晓星坐在书桌前接电话。她的面前放着一张写着胡莉莉过去男朋友的名单，大多数人的名字都划去了。她俩都在用同样的办法寻找嫌疑人：先把符合可能条件的人的名单列下来，然后一个个排除。白雪梅在查符合能够转走巨款条件的二十四个福山公司高管。与此同时，岳晓星则调查胡莉莉的前男友。

岳晓星向白雪梅通报目前为止她的调查结果："……胡莉莉毕业后就进了金刚矿山机械公司做公关小姐，很快嫁给了郑洪斌。没听说她在金刚公司的这一段时间交过男朋友。所以，我把注意力集中在她江昌大学里曾处过的男友身上。哎呀，可不少。除了那些毕业后出国的，我现在差不多都排查了一遍，没有发现可疑的人。……哦，你说出了国又回国的？有啊，但不在本地。"

白雪梅提醒她："除了大学期间和在金刚公司短暂的工作期间，胡莉莉还有没有机会谈恋爱呢？"

"除了大学期间的，那就是高中？妈呀，我怎么就没想到她高中就谈恋爱了？……有，真有。……对，那应该是初恋。谢谢你的提醒！雪梅，马上就问。再见。"

岳晓星放下电话，恼怒地拍了一下桌子，深深责备自己的疏忽大意。她拿出手机，找到洪丽行的电话，拨了过去。

"哎，丽行，是我，岳晓星……对不起，这么晚给你打电话……是这样，我刚刚想起来，你说过胡莉莉高中就谈恋爱了。你知道那个男孩叫什么名字吗？……不知道没关系，可以查到。你是不是说，他比胡莉莉高两级？……哈，那就一定能查到。一所中学里考上北大的没有几个。"

岳晓星马上又给白雪梅去了个电话，问有没有可能查一下胡莉莉是从哪一所中学毕业的。得到了肯定的答复。岳晓星放下电话，兴奋地挥了挥拳头。

*

郑洪斌蹲在地上，在检测一台小型马达。他冲着不远处的二班长喊道："班长，问题找出来了，是油路堵塞了。你过来看看。"

二班长走过去，也蹲下身来。郑洪斌低声问他："托你打听的事情有门吗？"

"秦三刀这人是个犟头。他说，除非你带着闫大贵、包文谋的昌州顺安帮投靠他，想从他这儿得到什么消息没门。"二班长抱歉地回答。

郑洪斌觉得有点滑稽："哈哈，我凭什么让闫大贵、包文谋投靠他？你让人跟他解释，我又不是道上的人。"

"说了。要不说他是个犟头哩。我不能在这儿待的时间长了，管教看着哩。"二班长站了起来大声说道，"要不是橡皮圈的问题，那就换一根管子试试。"

晚饭后回到319监舍，郑洪斌和何武成并排坐在自己的上铺床上看书。何武成忍不住问郑洪斌："大哥，您怎么想起来要去招惹秦三刀？他不找您麻烦就是好事了。"

"我就不能降服这个魔头？"郑洪斌可不是一个遇到困难就撤的人。

"切。您可不是想当山大王的人。不过，您这葫芦里到底卖的是什么药？"

"跟你跟我都有关。"

这话可是一点就透。"那让我猜到了。您是要打听江昌黑道上的事。"不过，何武成他这时候还是不明白，"怎么会跟我有关系呢？"

"你那个案子里打死关键证人的枪手，和我的案子里杀凶灭口的枪手，很可能是一个人。只有黑道上的人知道黑道上的事。"

原来是这么回事！何武成知道这事没那么好办："别说秦三刀想灭

了您的威风。就算没有这档子事，黑道有黑道的规矩，他们怕是也不愿意坏了规矩。"

"所以我打算请你出出主意。"

"那您抬举小弟了。"

"人家把我们送到大山里头的牢房，我们总不能连仇人是谁都不知道。你肯定能想出办法来。"

一阵沉默，两人埋头看书。过了好一会儿，何武成才开口说话："每个人都有软肋和需求。现在我们需要找到秦三刀特别在乎什么，换句话说，秦三刀有什么特别的需求。"

你看，这个知识分子的脑袋瓜子就是好使。郑洪斌高兴了："好主意，这事绕着弯子总能打听到。我们就这么办。"

*

第二天刚上班，岳晓星就从白雪梅那里得到了胡莉莉上的是哪一所中学的信息。她放下手头的工作，在计算机搜索栏打入"江昌市第36中学"，点击回车键。计算机屏幕上出现了这个中学的网页。岳晓星点击，找到一个电话号码。她拿起电话，拨打。

"喂，我是江天律师事务所的岳律师。有一个情况需要了解。……是这样的，请帮助我们查找一下，贵校1999年考入北大的学生姓名。……好的，谢谢。……什么，只有一个？叫什么名字？……文增辉！对，就是他！"岳晓星激动起来，以至于忘了该结束通话，直到对方问还有什么事时，岳晓星才意识到自己的失态，"……哦，没有其他事了。谢谢，太感谢了！"

放下电话，岳晓星的心情还是难以平静。她忽然想到应该马上了解文增辉的近况，于是给郑洪斌原来的秘书小刘拨了个电话。

"喂，小刘啊，我是岳晓星。……我想跟你打听一个人的情况。你说话方便吗？……你们公司财务部主任文增辉最近有什么动向？……什么，文增辉离开了？……啊？他今天的飞机出国？"岳晓星脑袋"轰"的一声，像是要炸开了。小刘连连追问出了什么事，岳晓星这才镇定下来，"没什么，是白警官委托我了解一些人的近况。我这就向她

069

汇报。谢谢。"

岳晓星努力使自己平静下来。她接着给白雪梅打了个电话。

"哎，雪梅，是我，岳晓星。我这里有十万火急的情况向你汇报。"

"调查胡莉莉的情人有进展？"

"是的，胡莉莉的初恋情人查出来了，他是福山公司财务部主任文增辉。这个人具备所有作案的条件。"

"那好，我来请示领导，看是否可能对他进行某种监控。"

"来不及了。他人现在北京，可能已经在机场。据说是上午的飞机飞往美国……雪梅，有没有办法，通知海关……"

"哟，这恐怕不行。"

"我知道，目前我们的确只是猜测，一点证据都没有。"

"你别急，我们继续调查。如果真是文增辉涉案，他跑不掉的。"白雪梅安慰岳晓星。

"是。他跑得了初一，跑不了十五……好吧。再见。"放下电话，岳晓星懊恼得眼泪都要流出来了。早就该想到胡莉莉中学就有个初恋情人，可为什么只想着调查她在大学的情人呢？她用双手抱着头，陷入懊恼和挫败的感觉之中。

忽然，一个高频率高调门的女子的声音从门外过道那边传入耳鼓。

"……郑洪斌被判的是无期徒刑。他要在牢里待一辈子！那我呢？我才二十几岁，总不能一辈子守寡。总要讲人道主义吧？总不能为了稳定一个服刑犯人的情绪，让另一个公民受憋屈吧？蔡律师，我找你就是寻求个公道！"

说话的正是胡莉莉，没想到她跑到律师事务所来了。岳晓星的脸上现出憎恶的表情。她起身，向门外走去，她要看看胡莉莉无耻和得意的嘴脸。

胡莉莉坐在蔡律师对面，穿短裙，跷起二郎腿，边说边比画："郑洪斌犯罪，被判了无期，这并不意味着他反倒有了把婚姻无限期拖下去的特权。是不是？"

"是这样。你有权离婚。"蔡律师平静地答复。

"那还啰唆什么？你给我办呀。"

"我都跟你解释了，离婚需要夫妻双方同意签字。"

岳晓星悄然出现在蔡律师办公室门外的过道上，默默向里张望。

胡莉莉把嗓门提高了八度："可是他不愿意，他想拖住我！蔡律师，这就是你们干律师这一行的发挥作用的时候了。法院总得讲道理，讲人道主义精神吧？他犯罪受到惩罚，总不能株连到我，让我守活寡吧？我有我的人权嘛！"

蔡律师笑着点头："讲的有道理。事实上，如果劝解失败，夫妻一方拒绝签字，而另一方态度坚决，婚姻关系还是可以解除的。那好，我尽力为之。"

胡莉莉刚要说话，手机响了。她看了一下来电显示，显得很诧异。她对蔡律师做了一个手势表示抱歉，走出办公室到过道上去接电话。

岳晓星往后退了两步，到接水机前，拿了一个纸杯接水。

胡莉莉这个电话是文增辉打来的。此时的文增辉满面笑容，拿着手机，拖着随行小箱子站在离验护照的海关人员不远的地方打电话。

"是我。猜猜我在哪里？"

"你现在应该在机场了吧？"胡莉莉兴奋地问。

"对，更具体地说，我离海关人员只有几步之遥。换句话说，国门就在眼前。……为什么要在这儿给你打电话？莉莉，我要的就是享受这胜利的喜悦，和你一起享受。"

透过眼睛的余光，岳晓星能够看到胡莉莉打电话的背影。她不难听到胡莉莉兴奋的、嗲声嗲气的声音："我太兴奋了！我等了好几年，终于等到这一天。……嗯，我一直坚信不疑。你早就证明了自己，还会继续证明。"

岳晓星实在听不下去，端着刚接的那杯水，转身走了。

再次接到岳晓星的电话后，白雪梅马上直奔周清泉的办公室。进门后，她把门顺手关上。

看到白雪梅这么慎重，周清泉笑起来："看你关门，我紧张起来了。"

"应该紧张了。转移走几亿人民币的最大嫌疑人找到了，但我们只能看着他登上飞往美国的飞机。"

"他是谁?"周清泉脸色变了。

"福山公司财务部主任文增辉。此人是胡莉莉高中时代的初恋情人。在福山公司工作了四年，公司里居然没有一个人知道他和胡莉莉过去是同学。岳律师亲耳听到胡莉莉和在首都机场候机的文增辉通话。胡莉莉的暧昧，甚至可以说是嚣张的态度溢于言表。"

"那是因为他们认为没有任何把柄被抓到。"周清泉又想了想，"不过，雪梅，以文增辉的年龄、身份和背景，他可能买凶杀人，但不太可能在朱勇彪被杀后，及时指挥黑道杀手杀冯贵灭口。换句话说，文增辉很可能涉案，但不会是唯一的罪犯。他后面应该还隐藏着更凶险的罪犯。"

白雪梅表示赞同："我同意。文增辉同那个职业杀手可能既没有见过面，也没有通过话。我们需要查明他和那个杀手所属的犯罪集团是什么关系，又是如何搭上关系的。文增辉浮出了水面。我们对黑道枪手和犯罪集团的追查一点也不能放松。"

*

受到何武成的启发，郑洪斌决定从了解秦三刀的家庭入手，找到秦三刀最关切的人和最急需办的事，从而迂回接近这个对他充满敌意的家伙。在监狱工厂的车间里，郑洪斌又借故把二班长叫了过来："二班长，你过来看看。"

二班长走了过来："问题找出来了吗?"

"还是电路有问题，不过这些线路挺复杂的，恐怕要花不少时间来测试。"

二班长把脸凑近打开来的引擎。郑洪斌靠近他的耳边低语："麻烦你打听一下秦三刀的家庭情况。他的父母、老婆和孩子都是什么样的人。有没有特别需要帮忙的事。我外面熟人多，能帮上他。我想跟他搞好关系。"

二班长一听就明白："真是难为你了，老郑。这人脾气太倔。行。我帮你打听。"

二班长直起腰来："嗯，行。你抓紧点。活多，我们人手不够，忙不过来。"

"没问题。只要你同意是电路出了问题，我就从查线路着手。"

放风时间。秦三刀一伙人在打篮球。秦三刀往外围传球，同伴接球脱手，球滚到场外。打球的学员跑过来捡球。球滚到往这边走来的郑洪斌脚下，郑洪斌脚尖往上一挑，双手把球接住。那个学员看到郑洪斌笑眯眯地看着他，不知怎么是好，回过头看了一眼秦三刀。秦三刀对郑洪斌怒目相向。一边的管教人员又紧张起来。

郑洪斌既不看秦三刀，又不看管教，只是低声对过来捡球的年轻学员说了句话："麻烦你给秦大哥带句话，和为贵。我老郑又不是你们道上的人，无冤无仇，没必要成为对头。"他把手中的球递给青年学员，挥手和篮下的秦三刀及场外的管教人员打了个招呼，潇洒地转身离去。

就在郑洪斌有条不紊地实施接近江昌黑道人物秦三刀的时候，岳晓星也急着想把文增辉浮出水面的重要消息通知给郑洪斌。她约了白雪梅吃晚饭，还顺道去把白雪梅接到江畔酒家。服务员将岳晓星和白雪梅带到靠窗的座位。

白雪梅声明："岳姐姐，这次就该你请客我买单了。"

"这你就别争了。你不是叫我姐姐吗？再说当律师的收入可能比警官高一点。"

"高一点？这一点得多大啊！那我就不客气了。"

她俩坐下。岳晓星说："本来就不应该客气嘛。哎，我还有事要求你哩。"

"什么事你说。"

"文增辉的事。"

"谈工作呀！"

"是。我想，文增辉的事，郑洪斌有权知道。他知道了，或许能受到某种启发，想起对你们侦破整个案件有用的线索。"

白雪梅心想，可不是吗？自己怎么就没想到哩。"我同意。需要我做什么？"

"同南山监狱沟通一下，让我去同郑洪斌面谈一次。"

"这件事应该不难做到，包在我身上。那我点菜啦。"

没想到白雪梅这么爽快，岳晓星高兴地说："请吧。"

第二天岳晓星就得到白雪梅的准信，她把手头工作安排了一下，立即开车前往南山监狱。接待室里，岳晓星和郑洪斌隔着桌子相对而坐。郑洪斌满面笑容地看着岳晓星："我正在想着用什么办法能和你联系上，没想到你人都来了。"

"找我有事？那一定是相当重要的事情。"

郑洪斌点点头："相当重要。你来这儿，也会是有与案子相关的重要信息需要沟通吧？你先说，还是我先说？"

"你先说。我的话重要，但不紧急。"

"我正是这么想的。我正在寻找杀冯贵灭口的那个神枪手的线索。你知道，只有黑道熟悉他们那个世界里的事，而监狱是黑道分子成堆的地方。"郑洪斌自信地说道，那样子不像是个在押犯人，倒像是负责办案的刑侦人员。

"这个我倒是没想到。可是，他们怎么会告诉你呢？"

"他们当然不会轻易说出黑社会的秘密。因此，我需要你们的帮助。"

"你说。"岳晓星受到郑洪斌的感染，跨进监狱时的悲伤和沉重心情顿时消失。

"这里有个曾经在江昌黑道上有些名气的家伙，绰号'秦三刀'。你回去一问，公安局的都知道。江昌出了个百步穿杨的神秘杀手，秦三刀不会不知道。但是，秦三刀一直对我抱着敌意。我从侧面了解到：秦三刀在江昌是个魔头，却娶了一个本分人家的女子。他的老婆是个小学教员，为他生了一个聪明的儿子。这孩子到了上中学的年龄，因为父亲犯罪，重点中学拒绝他入学。秦三刀固然顽劣，对儿子却十分看重，寄予重望。可是，在孩子入学问题上，他的狐朋狗友谁也帮不上他的忙。"

岳晓星兴奋起来："我明白了。如果你能帮上他这个忙，他一定会投桃报李，把他所知道的黑道枪手的情况告诉你。"

郑洪斌慎重地点了点头。

"我们总不会连这点小事都办不成吧？我可以让白警官也出面，她可有办法了。再说，帮助在押犯人稳定情绪，以真诚感召他们，促使犯人洗心革面，改造世界观，这也是我们一贯的方针。"

"打住，打住。晓星啊，我怎么听你说话像是这儿的管教人员？"

两人都笑了起来。

"我要说的就是这些。你来有何公干？"

"哟，说我像管教。那你像什么？我大老远的来看看姐夫，你不领情啊。"岳晓星也开起玩笑来。

"没有，没有。谢谢，谢谢！按照你们一贯的方针，我这样刚刚入狱不到两个月的犯人，还享受不到亲属探亲的待遇。所以，……我不也是怕你一高兴忘了正事嘛。"

心情好起来的岳晓星说话也带上戏剧性："哼。我跟你说过，胡莉莉非常可疑。你不信。她的初恋情人就在你的身边，受到你的重用。你怎么说？"

"是谁？"

"他具备所有可能转走兼并巨款的条件：懂英文，熟悉国外银行情况，对兼并桑普森公司的程序和进展了然于胸……"

"晓星，你别兜圈子好不好？他是谁？"郑洪斌急了。

"文增辉。"

郑洪斌沉默了。这实在出乎他的意料，可以说，他把公司里的人都过了一遍，也没有怀疑到文增辉这个小子。真他妈太失败了。

岳晓星看得出郑洪斌心情的沉重："他已经出国了。我得知文增辉和胡莉莉的特殊关系后，立即打听文增辉的去向。小刘告诉我，文增辉已辞去工作，离开江昌，可能人已经在首都机场候机室了。我打电话给白警官。白警官说，警方没有任何阻止他出国的理由和手段。"

"哼。"

"恰巧，当时胡莉莉正在我们事务所，找蔡律师办理她和你离婚的手续。我听到文增辉可能是在北京首都机场给她打来的电话。她和文增辉在电话里分享喜悦的心情。那种态度和口气，只能用嚣张来形容。"

郑洪斌脸色很难看，一言不发。

"姐夫，我和白警官都想，你在听到这个消息后，有可能想到有助于破解整个案情的线索。"

"我弱智，我他妈的就是一个弱智！"郑洪斌一拳砸在桌子上。

"你别冲动。"

"我没法不冲动。我自以为是，到头来连身边的魔鬼都看不出来。四年了都看不出来。"

"我们认为文增辉还不是整个圈套的设计者。"岳晓星提醒郑洪斌。

"我恨的就是过去毫无知觉，现在明知文增辉干了杀人掠财的勾当，却没人奈何得了他。对呀，更重要的是，他不太可能是给我下套的人。那个设计杀了老朱，再把我送进大牢的人，我还不知道是谁！"

"别这么想。你不是有了找到神秘枪手的线索了吗？文增辉露了头，枪手有望找到，事情正在向有利的方向转化。"岳晓星安慰他。

值班民警推开门，冲着岳晓星点头笑了笑。岳晓星站起身来："我回去后就向白警官汇报你反映的情况，另外，也请你回忆和考虑文增辉过去的言行。再见。"

319监舍里，郑洪斌还是盘腿坐在上铺，手里拿着一本书，可是他的心思显然不在书本上。何武成看了看他，身子往他这边移了移。

"大哥怎么啦？外面出事了，还是曲线建交的计划有困难？"

"转走我公司巨款，同时可能雇凶杀害公司总经理的最大嫌疑人找到了。"

"好事啊。"

"嗯。但是一点证据也没有，他人也出国了。"

"逃得了初一，逃不了十五。"

郑洪斌瞟了何武成一眼："哼，都这么说。"

"那您心情怎么这么不好？"

郑洪斌深深地吸了一口气，心里充满了自责和悔恨："这个人进公司的时候，只是财务部的一般工作人员，是我一手把他提拔成财务部主任。"

"他能做出这么大的案子，足以证明他的能力不凡。你没错嘛。"

"哼。你以为能力是提拔人的最重要的标准？不。我们在公司当头的，都把忠贞放在首位。这个人不仅窥视公司的财产，而且他还是我老婆的情人。四年了，我居然被蒙在鼓里，毫不知晓。而且，他的身边一定还有我所信任的人在协助他，或者指使他。这人是谁，我也不知道。"

两个人都沉默了。

"哎，老虎也有打盹的时候。大哥您不必……"

"这件事对我的打击，不亚于被判无期。受到误判，你还能维持一份自信。可是，当你面对自己是何等愚钝时，你的……"

何武成打断了他的话："这时候信念更重要！大哥，人在社会的舞台中央辉煌闪光的时候，很难看到黑暗中窥测你的眼神。现在你黯淡无光，被投入黑暗中，眼睛才分外明亮。醒醒神吧。先把那个黑道枪手给找出来。有人把我们送进监狱，我们恰恰要在这里为他们挖掘坟墓！"

郑洪斌激动地拍了一下何武成的肩膀："说得好！患难中结识你，也是不幸中的万幸。"

回到江昌以后，岳晓星没有回家，也没有到办公室，而是直奔白雪梅的办公室。她把郑洪斌通过黑道来找寻黑道神秘枪手的计划告诉白雪梅。现在郑洪斌需要取得江昌黑道秦三刀的信任。即使秦三刀顽冥不化，他也是有软肋的，他的儿子就是他的软肋。

白雪梅深受这个消息的鼓舞。她感慨，即使知道秦三刀熟悉黑道内幕，由警方出面审讯，也未必能有效果。而郑洪斌此时的处境和身份，却容易得到秦三刀的信任。这个郑洪斌真不简单。

秦三刀的案子恰好是白雪梅办的。白雪梅知道他妻子和儿子的情况。这个儿子被他妻子教育得很好。白雪梅还代表警方劝说过秦三刀的妻子和孩子，希望他们母子以亲情感化秦三刀。但是秦三刀儿子小小的年纪，是非观却特别强，拒绝和他爸爸有任何往来。白雪梅说："这件事办好了，还可以化解他们父子之间的疙瘩，对于秦三刀的改造，肯定能起到积极的作用。”

“江昌市五中的校长，是我高中同学的老公。你看，我们是不是双管齐下。私下里，我去说情。你代表公安机关，从改造在押犯人的需要出发，同校领导谈谈。”岳晓星建议。

“这样最好。你先去说。我在得到你的准信后，和他们见面。岳姐姐，我真的特别感谢你！你帮了我，帮了我们一个大忙。”白雪梅诚恳地感谢岳晓星，虽然，现在还不能把她个人心里那种找出黑道枪手的强烈愿望说出来。

“哪里。大话我就不说了。我不瞒你，我不光是郑洪斌的律师，我还叫他一声姐夫，所以……”

“我知道，非常理解。”

第五章　心生波澜

秦三刀被带到接待室。隔着玻璃窗，秦三刀的妻子范小琴已经坐在那里，看丈夫来了，站了起来，脸上带着些许激动。秦三刀看在眼里，有些好笑，也有些感动。秦三刀跟他老婆是性格做派完全不同的两类人。一个是在社会上争强斗勇，一言不合拳脚相加，眼里没有法律和权威的主儿。另一个是胆小怕事，能忍则忍能让则让，服从规矩和命运的人。不过，这两个人的结合并不是强迫和无奈的结果。他们是小学同学，秦三刀打小就明里暗里地护着范小琴。而范小琴从小就羡慕秦三刀的敢作敢为，感激他的保护爱护。小学的时候同学起哄说他俩是一对儿，秦三刀当然巴不得，范小琴也就默认了。秦三刀一听别人夸他老婆娶得好，就会嘴巴一咧，声称"我跟她可是青梅竹马，自由恋爱"。他说得并不错。秦三刀在外面横，在家除了有点大男子主义，基本上还算是个好男人。

他俩坐下，秦妻嘴角动了动，没说话。

秦三刀先开口："来啦？"

"哎。"

"带了些什么来？"

"我不能常来，这次把秋天的毛衣秋裤给你带来了，还有烟。老秦，抽烟不好。"

"哼，不好。杀人好吗？这儿关的多半是这一号的。"秦三刀又摆出一副满不在乎的样子，他有他的逻辑。

范小琴犹豫了片刻，像是选择措辞，不过还是不知道该怎么说比较好："强强，……他给你写了封信。也在包里放着哩。"

"这臭小子不是不愿要我这个爸吗？"秦三刀脱口而出。秦三刀和秦

079

强这对父子脾气可是都一样。这就是为什么范小琴在秦三刀面前提到儿子时赔着小心。不过此时秦三刀与其说是怄气，不如说是惊讶。当爹的嘛，当然希望儿子能亲近，何况他心里摆脱不了那份内疚。

"老秦，你可得好好感谢你的朋友郑大哥。要不是他的亲戚四处奔走，这孩子那么要强，进不了重点中学，还不知道会闹出什么事来。"

"你说什么？我的朋友帮忙？强强进重点了？"

"是啊，你还不知道？"

秦三刀脸上挂不住了，他不能让老婆看笑话："啊，啊，他是说会帮……真是，……你是说郑大哥吧？对，他，他多牛啊。人家过去是大公司的老总。"

"亏了人家还看得起你。进重点可难了，更别说是江昌五中了，那是省重点！我们同事……"

秦三刀此时心里像是打翻了一桌子的油盐糖酱醋，分辨不出是个什么滋味，他打断了范小琴的话："不说这个。我怎么不知道难。特别是，……唉，这人够意思啊。那，强强他都写了什么？"

"我没看，他没让我看就把信封上了，那是你们爷儿俩的事。这孩子可激动了。他知道他爸想着他，愿意他有出息。这比什么礼物都好。"

秦三刀不觉动容，他用手指轻轻擦去眼角的泪花。

"郑大哥的那个亲戚是个律师，人可好了。她送了好几本书给强强，那都是他特别想要的书。她和强强谈了好久，鼓励孩子好好学习，长大也读法学院。强强可受鼓舞了。你想啊，平时我们缺的就是这些能够影响孩子的榜样。"

秦三刀笑了一下，眼角的泪水却不争气地流了下来："你拐着弯骂我啦？该骂。这么着吧，别的做不到，这烟我先戒了，省点钱给孩子买要看的书。"

"对你自己身体也好啊。"妻子温柔的话语轻揉着莽汉子的心。

"我这号浑人，身体好不好的，谁在乎？"

"我们娘儿俩在乎啊。我们等着你出来，一家子好好过日子哩。那时，强强大学都该毕业了，没准真的当上律师了哩。"

"嘿嘿，想得美。"

"好好表现能减刑吧?"

"嗯。我争取。早点出去,给儿子挣上大学的学费。"

*

白雪梅提出要汇报工作。好几天后,辛局长才抽出空来。看到雪梅进了办公室,辛局长招呼她坐下:"雪梅你坐,坐下说话。"

白雪梅把放在墙边的椅子拉了过来:"辛局长,郑洪斌的案子有了新的发现。"

"怎么还说郑洪斌案。那案子不是结了吗?"辛局长不爱听这事。

"哦,那就说福山公司巨款失窃案。我们找到转走一亿多美元的嫌疑人了。"

辛局长不太相信这案子这么容易就能破了:"哼。那好啊。这人是谁?"

"福山公司原财务部主任文增辉。这个人具备所有转移走用于兼并美国公司款项的条件:懂英文,熟悉公司财务和美国银行,掌握兼并进程。最为可疑的是,他是郑洪斌第二任妻子胡莉莉高中时代的初恋情人,可是他在福山工作了四年,却没有一个人知道。"

"完了?"

"这还不够吗?"

"证据呢?我需要他作案的人证和物证。"

"我们只是怀疑,还没有找到证据。但是会有的。"

"你就那么肯定?你说过,福山公司有二十多个具备转走兼并款条件的中高层干部,这个姓文的只是其中的一个。他和胡莉莉高中谈过恋爱,那又怎么样?他没有必要宣传自己和董事长夫人的老关系吧?照我看啊,你们这不叫新发现,或者说这种发现没有什么意义。"辛局长几乎是在教训白雪梅了。

白雪梅不在乎局长的态度,她据理力争:"辛局长,福山公司的巨款总要追回来的。案情需要一点点侦破,我觉得任何新的发现即使不能作为证据,也是有意义的。胡莉莉可疑,那么和胡莉莉有特殊关系,特别是又刻意隐瞒这种关系的人也就可疑。至于证据,我们需要时间去寻找。"

"文增辉不是出国了吗?你打算怎么找?要找也是国际刑警的事吧?"

081

"您知道文增辉的事？"这倒出乎白雪梅意料。

"我这个当局长的，能不掌握全局吗？雪梅，我们在郑洪斌案结案以后，是立了两个新案子。可是，追回款项和查明枪手都不可能是立竿见影的事。所以，你和周清泉不能把精力和时间全部放在这两件事上。"辛局长严肃地说。

白雪梅不高兴了："你不会是想告诉我，这两个案子是做做样子，换得对方律师同意尽早结案。给大众、上级和媒体一个交代的吧？"

"雪梅啊，我从小看着你长大，你爸是我的老上级。我们说话可以随便，但是，也不能放肆，是吧？局里有一大摊事儿。周清泉和你都是我最得力的助手和部下。我不能让你们被暂时得不到结果的工作缠住。"

"周清泉不是一直都有任务嘛。"

"我也要给你布置任务。听说，你还有闲心去关照犯人秦三刀的家庭？"

白雪梅这才明白辛局长还是怕她去掀老案子，给他找麻烦："辛局长真是眼观六路耳听八方啊。是这样的，辛局长。南山监狱的吴政委是我爸爸的老部下，他来省城开会，顺便看看我爸爸。说起工作上的事，提到我办的案子。他说秦三刀在牢里是个有影响的主儿，但最近思想不稳定。这才有我对秦三刀家庭的访问和关照。您不是教导我们，案子结了，并不意味着可以把责任全部放下吗？"

"你真会说话。好了。准备着接受新的任务。对福山公司的责任，对黑道枪手的追寻，也不要放下。"辛局长打了个官腔。

*

秦三刀躺在床上看儿子的来信。

"爸爸：你好吗？你犯罪入狱以后，我在学校里抬不起头来，因此心里恨你，两三年了，没有去看过你，也不接你的电话。我说不认你这个爸爸，不仅是因为你犯了罪，还因为你不能给家里任何帮助。妈妈那么苦，我夜里醒来，常常看到妈妈还在一边做事情，一边流泪。我的妈妈多好啊，这个世界上谁也比不了。我心里想，你不配做我的爸爸。

"前两天一个当律师的阿姨来看我们。她说，人都有糊涂的时候，人都会改变自己。如果爸爸你能够痛改前非，回到家里好好过日子，我们这个家庭会是个让别人羡慕的家庭。她说，你爸爸不是没有优点：他相貌堂堂，身材魁伟，讲义气，敢担当，肯出力。朋友多，有号召力。有句话叫作'浪子回头金不换'。因为经过了，所以能够更明白。

"我一想，过去怎么就没有看到爸爸的长处呢？尤其是你身在监狱，还关心着我的成长。请朋友出这么大的力气，为了我能够进入重点中学四处奔走。血浓于水啊。……"

秦三刀这个混世魔王在儿子的心声中控制不住自己了。他用牙齿咬住自己的手腕，接着用被子把自己的头蒙上，全身战抖着……

放风的时间。郑洪斌、何武成、闫大贵等在树荫下聊天。何武成碰了碰郑洪斌的胳膊，对闫大贵也使了个眼神。大家停止说话。只见秦三刀一个人径直朝这个方向走来。

两个管教人员正说着话，此时也转过身来，警惕地看着秦三刀。

秦三刀略微低头，面色沉重，但眼里却没有凶狠的神情。郑洪斌轻声嘱咐身边的人："没事。你们稍微离开些。他可能有话要说。"郑洪斌做了个手势。秦三刀已到跟前。

"各位请留步。"

刚刚转过身要走的学员们又转过身来。大牢里难得有的新鲜事，谁都不愿错过。远处的学员也盯住这里看。管教人员干脆走了过来。

秦三刀冲着郑洪斌双手抱拳。

"郑大哥。过去秦三刀多有冒犯，不敬之处，还望海涵。今天当着众人的面，小弟给大哥赔不是。"

秦三刀弯膝下跪。郑洪斌抢前一步，一把扶起："秦兄弟，你这是干什么？没有必要这么做。我们之间没有任何过节啊。"

"大哥，我不该对您无礼。您放开我，我还要再拜一次，谢谢您的关照。"

"下拜免了，我们哥俩谈谈。"郑洪斌转身笑着对走进的管教点点头，又招呼何武成和闫大贵，"我们没事。武成、大贵，你们招呼大家伙散开。让我和秦兄弟说说话。"

管教松了口气，撤了。何武成和闫大贵把身边的人往两边赶。

郑洪斌笑着往地上一坐："秦兄弟，坐下说话。家里好吧？老弟你是有福之人，老婆贤惠，儿子争气。道上的人有几个能有你这样的家庭。"

看郑洪斌盘腿坐在地上，秦三刀觉得也只有坐下合适："郑大哥，要不是您受人陷害进到这里，小弟我这样的地痞怎指望能受大哥关照，和大哥平起平坐？叫您一声大哥，我是高攀了。"

"哪儿的话？我不就是个当兵的出身。包了个矿，前几年做得顺当点。你不也是包工头吗？我们过去一样。现在，嗨，你说，兄弟我不是来到你和大贵他们的地界了？"

秦三刀被他的话逗得大笑起来。

为了避免秦三刀产生被利用，或者产生"利益交换"一类的想法，郑洪斌闭口不谈神秘枪手的事，而是和秦三刀拉家常。一提到儿子，秦三刀马上眉飞色舞，喜形于色。他说："大哥，我这个儿子本不该生在我们家。他真的聪明绝顶。我是个蠢人，但也没蠢到看不出天分。我儿子三岁就比我认得字要多得多！三岁！"

郑洪斌点头赞许："天才儿童，江昌市幼儿识字比赛第二名。"

"您都听说过？奇了！可您不知道，他一字之差输给了另一个孩子，认错的那个字是老师教错了。妈的，什么叫误人子弟，我可明白了。孩子在家哭，我都恨不得去扇那个老师嘴巴子。可一想，我凭什么扇人家？比赛后半程出的那些个字，我一个都不认识。"

"哈哈。你去看孩子比赛啦？"

"看了。我心里美得，说都说不出。大哥，您这么个英雄人物，儿子肯定出息。"秦三刀觉得总是自夸不合适，转了个话题。

"他不错，去年上大学了。唉，我儿子也受我的累。"

"怎么会？"

郑洪斌推心置腹地告诉秦三刀，自己虽然没上过大学，可是老婆在美国读博士。退伍以后去美国陪读，英文不好，在国外混不开。老婆毕业找到工作，他就离开他们娘儿俩。儿子因为父母离异，性格变得有点……那个，不太开朗。

他俩一直谈到回监舍的铃声响了，这才爬起来拍拍屁股上的灰。郑洪斌说的话要比秦三刀说得多。秦三刀很感慨，他没想到郑洪斌这么平易近人，觉得跟郑洪斌很投缘，好多话想跟他说。

晚上，郑洪斌坐在监舍的床铺上，手里捧着本书在看，思绪却飘得很远。何武成看到他心神不定，想开口问，话到嘴边，又忍住了。这么过了好一会儿，何武成还是往郑洪斌身边挪了挪："大哥，你们谈得到底怎么样了？他肯讲吗？"

"哦，我没问他那事。欲速则不达。别让人看着目的性太强，是不是？"

何武成同意："那倒也是。可您怎么心思重重的？我还以为他不肯说哩。"

"他特别在意他那个天才儿子。问起我的儿子。"郑洪斌叹了口气，"唉，我儿子至今可能还不知道我坐了牢，判了无期。可是总得让他知道啊。"

"可不是嘛，还要让他知道您是受人诬陷的，要不孩子心里承受不住。"

"说是老爸被陷害，孩子又会怎么想？可能更受不了。"这确实成了郑洪斌的心病。怎么告诉儿子呢？要让儿子坚信爸爸会洗清自己，首先得让他妈明白这一点。因为他被陷害入狱的事，还需要岳晓天跟儿子说。

白天在车间干活的时候，郑洪斌正在工作台用台钳夹住一个零件，使劲用锉在锉，管教过来叫他："郑洪斌，电话。"

"什么？我的电话？"这有点让人难以置信。

"对。从管教办转过来的。快去吧。"

"哎。这就来。谢谢政府。"郑洪斌拿起一块抹布，使劲地擦了擦手。快步走出车间。

来到办公室门口。他看到电话搁在桌上。刘主任在看报，便叫了一声"报告"。

刘主任抬头看了看他，点点头，下巴往电话那儿扬了一下。

郑洪斌小心地走到桌前，拿起话筒。

"喂，我是郑洪斌。……哦，是岳律师。请问找我有什么事？"那边岳晓星寒暄一句："忙着啦？""是，我在车间办公室。您请讲。"

刘主任那边还捧着报纸，但是可以感觉到他正竖着耳朵在听。

岳晓星问的是有关文增辉和胡莉莉的情况。那天她到监狱探视时间有限，没有来得及问到详情。自文增辉进入福山公司以来，这两个人当然还是有机会接触的。老实说，胡莉莉跟别的年轻人打情骂俏郑洪斌都见过，可是，他怎么也回忆不起来他们俩有什么特殊的地方，也没有听别人说起过。郑洪斌想，如果有人看到这类事情发生，一定会以某种方式转弯抹角告诉他的。事实上他们之间可能很少接触，或者说他们都会表演和掩饰。而郑洪斌哩，在这方面也不敏感。当然，因为某种原因，有人发现了，但因为有顾虑不说出来的可能也有。郑洪斌答应岳晓星，如果想到了什么重要的线索一定汇报。

岳晓星借着打电话的机会，问郑洪斌还有没有需要她帮忙办的事。郑洪斌迟疑了一下，看了看刘主任。刘主任把身体转了一下，背对着他。

郑洪斌看得出刘主任有心通融，于是把心思告诉了岳晓星："我入狱的事，还没有告诉我儿子郑五岳。这事很难办，把握不好，怕孩子受不了。……嗯，我想请你和我前妻谈一谈。这需要她明白我的案子的情况。要让五岳相信，事情最终会水落石出的。"

岳晓星表示没问题。

"那我谢谢你。……嗯，还有，我相信，案子关键证人的线索很快会找到。"

岳晓星马上意识到郑洪斌通过黑道寻找神秘枪手的计划开始实施了："有效果了？"

"是，效果很好。"电话里不便多说，郑洪斌决定结束通话，"再见。代我谢谢白警官。"郑洪斌放下电话。

"刘主任。"

"说完啦？说完回去干活吧。"

"谢谢刘主任。"

"谢我？"刘主任意味深长地一笑，"我可没有让你在车间办公室接电话的权力。去吧。你是在配合律师和警官办案嘛。"

打从进了监狱的第三天起，郑洪斌就开始有计划地锻炼身体。而且几乎没费口舌就说服何武成跟他一起练。这天郑洪斌在指导何武成练身。何武成平躺在长凳上举杠铃。郑洪斌在一旁监督："坚持，最后两个：一，二！好了。想想你最近进步多大。"

何武成把杠铃放回架上，把吃奶的力气都使出来了，累得坐在凳子上不想起来。他看到秦三刀进门走了过来，立即起身打招呼："秦大哥。你和郑大哥有一比。在你们跟前我觉得惭愧得慌。"

"哈哈，知识分子不和我们大老粗比胳膊。我儿子三岁就比我字认得多。比脑袋瓜子我还不早就往南墙上撞了？"秦三刀心情很好。

郑洪斌及时地捧了他一下："你秦大哥的儿子是天才，江昌市幼儿识字比赛第二名！"

"我说哩。秦大哥好福气。"何武成竖起大拇指。

"不说这个，说了惭愧。郑大哥，还练吗？"

"武成你自己练。我和老秦出去走走。"郑洪斌心领神会。

两个人出了健身房，沿着钢丝网墙溜达。

"老秦你说我是被陷害进来的。你怎么知道的？"郑洪斌往主题上引导。

"嗨，这还用打听？大公司老总，要钱有钱。要女人吧，您郑大哥在江昌大街上一吆喝，前后左右还不一起上？还好您有武功，拳打脚踢突出重围。回到家里扶着大门喘口气，觉得脖子上痒痒。用手一摸，哟，背上还有一个紧紧搂着您哩。哈哈，哈哈。您这号的犯得着杀人吗？"

郑洪斌听了哈哈大笑："看你凶神恶煞的样儿，没想到还这么幽默。"

"找乐子呗。对您郑大哥我是久闻大名如雷贯耳。您有钱那跟我们没关系，可您枪法武功一流，国际比赛得过第一名，我们这些练家子不能不崇拜。唉，您这么个人物怎么就'栽'了呢？"

有这么一问，郑洪斌很自然地把自己被陷害的事情说了出来。他告诉秦三刀，有人设了个局。在他出差到美国期间，雇了个流氓杀了公司的总经理，然后再让枪手一枪把杀人的流氓给毙了。设局的家伙曾经让这个流氓在大街上拦着他问话，又让这个凶手在杀人后给他发短信。可能是通过他老婆搞到几张有他指纹的票子，作为酬金给了那个姓冯的流氓。这就什么证据都齐了。

"您老婆？"秦三刀觉得不可思议。

"我自作自受娶了个年轻老婆。就像你刚刚说的那样，没打走，趴在我背上带回家的。人家有情人。"郑洪斌用秦三刀方才说的话幽了一默。

"是这个婊子情人设的局？"秦三刀一听是这么个情况立刻怒目圆睁。

"不是。"郑洪斌摇了摇头，"他们帮了想要我命的人的忙。那小子刚到江昌四年，又年轻，没有调动枪手的本事。"

"大哥，枪手是可以花钱买的！"秦三刀不愧是道上的人。

"是吧？那有可能。"

"我叫人把奸夫淫妇灭了，给您报仇！"

郑洪斌马上否定了他的想法："不好。那样的话，第一我还是出不去，第二又多了个犯法的。不值啊。"

秦三刀摸摸脑袋："是啊。我们这号的，就知道蛮干。"

"我是被陷害的，该进来的是害我的人。"郑洪斌说到正题上，"唉，兄弟，那个杀凶犯灭口的枪手，枪法可不在我之下，三百米外一枪正中眉心。我怎么从来没听说江昌还有这号人物？"

"那准是沈老五。他们那帮人不光是心狠手辣，而且神龙见尾不见首。别说您不是道上的人，道上的也吃不准他们。"

"那，秦兄弟，你跟他们是朋友？"

"朋友？他妈的，老子进来还不就是因为他们抢了我兄弟的生意，我路见不平拔刀相助，谁知道轻松就被他们摆平，送进大牢。人家平安无事，毫发未损。"秦三刀一提到这事就火大。

"为什么？"

"他们不光势力大，还有靠山。"

"你就服气了？"

"不服又能怎样？"

"人活一口气。我不服，我要跟他们干！"郑洪斌口气坚定。

秦三刀看了郑洪斌一眼，给出忠告："单打独斗，他们可能谁也不是您的对手，可他们有六个，江湖上人称'江昌六虎'。"

谈话至此，完全符合郑洪斌所设想的效果。他抓住机会询问详情："沈老五在里面排在第五位？他什么来头？这几个都是什么来路？"

秦三刀知道的还是有限。他告诉郑洪斌，沈老五什么来历，谁也不知道，就像谁也不知道他们老大是谁一样。他只知道季老三、白老四，这两个过去都跟曾金虎混。这几个魔头开始干些欺行霸市的勾当，后来他们不再打打杀杀，玩起阴的来，全是背地里下损招，把江昌的混混都制服了。不服的，像他秦三刀这样的，明里摆给公安刑警送进大牢，暗里让季老三、白老四杀人灭迹，再也找不到了。

郑洪斌问："你的意思是，曾金虎不是老大。他不是季老三和白老四的大哥吗？"

"过去是。曾金虎没有一统江湖的能耐，他背后有高人。曾金虎起家那会儿，也没有江昌六虎的说法。等有了这个名号，姓曾的又不出头了。连季老三和白老四也不张扬了。"秦三刀解释。

"哦。那个老六又是谁？"

"也不知道。应该是他们手上的一件暗器，一把快刀。"

电铃响了，放风结束。

郑洪斌对于今天谈话的收获非常满意。他嘱咐秦三刀："该回去闭门思过了。兄弟，今天我们说的，别跟任何人提起，好吗？有人问，就说我们谈的是老婆、儿子，怎么争取减刑。"

秦三刀也把这几天心里琢磨的事说了出来："大哥，我出去以后能求您给找个工作吗？"

郑洪斌一口答应："没问题！这在我不是个事。"

天很晚了，岳晓星才下班回到家中。她先把买来的盒装饭菜放到厨房小桌上，然后走进卧室换衣服。换了衣服出来后走到厨房的小餐桌前坐下，手拿过塑料食品盒却懒得打开，觉得没有食欲。她叹了口气，站起身来，从冰箱里取出一瓶矿泉水，打开喝了两口，转身走进书房。

书桌上放着岳晓星年轻时和父母姐姐一家四口人的合影。另一个镜框里是她和姐姐岳晓天的合影。还有一个镜框里，是姨侄郑五岳的头像，上面歪歪斜斜地用中英文混杂写着："Dear Aunt：我高中毕业了！五岳。"

岳晓星的手轻轻地拿起装着五岳照片的镜框。她注视着照片上的五岳，叹了一口气。这孩子对他爸，比对妈都要亲，一旦知道他爸爸被捕入狱，还不知道会怎么难受哩。放下镜框，岳晓星拿起电话拨打。

"姐啊，是我。…… 我刚回家。都懒得吃饭。……你多好啊，一年只要工作九个月。…… 我去南山监狱看姐夫了。我是说，前姐夫。"

美国此时正是早晨。岳晓天拿着电话，站在窗前。窗外是草坪和花圃，阳光穿过花园边大树浓密的枝条，照射进后院。

"他怎么样了？这次对他的打击可真不小。但愿不久警方能找到关键证人，还他一个清白。"

"姐，这个案子的疑点越来越多。你要相信姐夫是无罪的。"

"那还用说吗？我当然坚信他无罪。我是这个世界上最了解他的人。"岳晓天说得毫不犹豫。

"那就好。"岳晓星略微停顿了一下，"姐，五岳还不知道这件事吧？你打算怎么和这孩子说？"

"嗯，我也正为这个事发愁哩。"

"不管怎样，五岳都有权利知道自己父亲被捕入狱的事，是吧？但是，他一直对自己父亲抱着某种崇拜的心情和态度，所以，很容易为此受到伤害。"

"你说得对。不能让孩子再受刺激。"

"他现在怎么样？在做什么？"

"五岳这个暑假在他继父的公司里做intern，就是实习。他做的是IT工作，他就喜欢计算机。这样不仅有了工作经验，也还能挣点零花钱。……放心吧，我会处理好这件事的。……嗯，再见。"

放下电话，岳晓天的眼光落到写字台上五岳的照片上，那是和岳晓星书桌上一模一样的毕业照。

公司里，郑五岳从印刷机间取了他打印的材料，转身回自己的隔板间。远远地，他看到生父公司的陈叔叔和继父肩并肩走着，进了继父的办公室。他想同陈叔叔打个招呼，便也向继父的办公室走了过去。

还没有走到继父办公室的门口，便听到两个人"哈哈"的大笑声。这让五岳觉得奇怪。

利奥诺拉的办公室很大，靠落地窗的一角放着真皮的沙发和造型优雅的茶几。利奥诺拉和陈世明仰身坐在单人沙发上，利奥诺拉手指夹着点燃的雪茄。

"总裁先生的中文说得越来越好了。"这句恭维话，陈世明每次见到利奥诺拉必说，而利奥诺拉似乎百听不厌。

"我家里就有个好老师嘛，你们前董事长的太太。"

"那我说一句成语，不知总裁听过没有，郑洪斌是'赔了夫人又折兵'。"

门外，五岳听到说爸爸的名字，停住了脚步。

"嗯，没有学过。猜得出意思。你是不是说，郑洪斌的太太成了我的女人，自己又栽了一个大跟头，永远翻不了身了？"

"您可真聪明。正是这个意思。有趣的是，这个自以为是的家伙一直到现在还被蒙在鼓里。"

"这个就不要再说了。谈谈你的下一步打算吧。"

五岳的脸色变了，胸脯起伏，情绪激动。他转身回到自己的隔板间。

黄昏时分。岳晓天看到儿子回来，脸上遮不住的高兴："回来啦？先洗手，后吃饭。我去买了条活鱼，你爱吃红烧的。你爸今晚有个应酬，就我们娘儿俩吃饭。"

五岳已经走到洗手间门口，他转过脸，冷冷地撂出一句："他不是我爸。"

"你这孩子。继父也是父亲，父亲就是爸爸。哎，尽管你态度一直不那么好，人家可是一直把你当亲生的儿子对待。"岳晓天在这个问题上真是拿儿子没办法。

"虚情假意。"五岳进了洗手间，"砰"地把门关上。

岳晓天追过去几步："哟，I am surprised! 这四个字的意思我不同意，但是你会说这个词可不简单。洗手，洗手！快点啊，菜冷了就不好吃了。"

娘儿俩在厨房的小餐桌上吃饭。岳晓天不断往五岳的盘子里夹菜。

"妈，我吃不下那么多。"

"你每天都到健身房，运动量大，多吃些没关系。哎哟，你爸当兵那会儿，吃得那叫个多。看了都吓人。"岳晓天今天是有意把话题往郑洪斌的身上引。

"你大概不会给他搛菜。"

"还没来得及给他搛，菜都完了。"

"哼，我记得，都是他服侍你。"

"你看你这孩子。满肚子的怨愤得保留到什么时候？哎，怕是要怨妈一辈子了。"

"我爸怎么这么长时间没跟我联系了？我发的E-mail他也不回。"

"快吃。吃完了，妈跟你说件事。"

"我吃完了，这些菜是你强加给我的，别说我浪费啊。"

岳晓天今天可没有批评五岳的心情。"唉，怎么跟你说呢？"她叹了口气，"五岳，你爸出事了。"

"What do you mean '出事了'（出事了是什么意思）?"像几乎所有在美国长大的中国孩子，五岳一急就会中英文混杂着说。

"他，……He's in jail（他被逮捕了）."对这些孩子，这类话的英文更明确。

"What （什么)?!"

"你别激动。你小姨是他的辩护律师。我和你小姨都认为，你爸爸是受了别人的陷害。……上次他来美国是为了收购一家美国矿业公司。那是五月初。回国后，他就被警方逮捕了。"

"What happened?（出了什么事?）"

"他们公司的总经理，那个朱叔叔你是见过的，被人谋杀了。后来又发现，他们公司购买桑普森公司的一大笔钱没有了。警方认为是你爸爸雇凶杀人，转走钱款。他们找到的证据都对你爸爸不利。"

"这不可能! 朱叔叔是我爸最好的朋友。"五岳迅速地转动着思绪，"我知道了，一定是Mr. Leonora和那个陈叔叔害我爸爸。"

岳晓天一听急了："你胡说什么呀? 陈叔叔也是你爸爸和朱叔叔的好朋友。再说这事和你继父怎么又扯上关系了? 这话不能乱说的。"

"哼! 现在Mr. Leonora一定在和陈叔叔一起庆祝他们的胜利。我看到陈叔叔来了，他们在办公室里有说有笑的，还提到爸爸。说的话，不好。"

"你就因为这个怀疑他们? 这事情已经过去两个多月了。他们业务上有来往，见面时提到你爸爸也是正常的。"

"他们为什么要笑?"五岳不接受他妈的解释，"现在他们高兴，是因为他们把我爸爸送进监狱了。"

岳晓天站起身来："五岳，你太不理智了。我不跟你说了。你冷静冷静吧。"

岳晓天转身离开了。郑五岳却觉得自己找到了思路，自言自语起来："哼，我非把他们的秘密找出来不可。"

五岳回到自己的房间。他觉得坐也不是站也不是。打开计算机，却看不下去。他走到书橱前，抽出老的相片册。

五岳翻动着相片册。这里珍藏着他童年时代的回忆。一家三口在海滩、在风景点的合影。他和爸爸、和妈妈的合影。还有爸爸给他拍的照片。那个时候，家里的条件远远不如现在，租的公寓房，里面家具陈设十分简陋，汽车也是买的二手车。但是，那是他最欢快的岁月。爸爸总爱把他放在肩头上，有时他会骑在爸爸脖子上。

五岳的回忆被妈妈"咚咚"的敲门声打断。五岳合上照相册："干吗呀？"

岳晓天推开门。

"我忘了告诉你：转走福山公司大笔兼并款的最大嫌疑人已经找到。他就是你爸爸那个年轻太太的情人。所以，你不要胡思乱想了。"

"我根本就没有胡思乱想。我听到陈叔叔说，……我中文不好，记不清，好像是说我爸爸赔了什么又什么。"

"赔了夫人又折兵。你也知道你中文不好，这样最容易误解。他说的没错，你爸爸可不是赔了夫人又折兵吗？他年轻的太太有了个情人，这人偷走了他公司的许多钱。"

"不是，不是这个意思。我中文不好，可是我并不傻。他说的不是这个意思。"

"你是自作聪明。五岳，你怀念你爸爸，对你继父有成见，这个我可以理解，但是你不能没有理由地怀疑你继父和你爸爸的朋友。"

"你不是也不相信我吗？等我找到他们合伙陷害我爸爸的证据，看你还有什么好说的。"

说到这份儿上，岳晓天感到无能为力。她摇摇头，关上门走了。

回到自己的房间，岳晓天觉得特别委屈。她趴到床上哭了起来。

岳晓天的思绪回到了十几年前。

也是这样的一个晚上。

岳晓天也是这样趴在枕头上哭泣。郑洪斌的手轻轻地抚摸着她的肩头："晓天，这都是我们反复讨论，早就说好了的呀。我在这里，只能成为你的累赘，不能给你任何帮助。下个月五岳就要上小学了，这孩子给我训练得已经可以自己照顾自己。我到了离开你们的时候了。"

"你说得好听，孩子可以自己照顾自己。这儿是美国，孩子不到十二岁都不能单独待在家里。"

"找个baby sitter嘛。等我稍有起色，我会承担全部或者部分孩子的花销。"

"那我呢？单亲妈妈的日子是人过的吗？"

"这么多年你已经过着单亲妈妈的日子了，这是你自己说的呀。你既要照顾儿子，又要为我操心。你看到身边一个大男人窝窝囊囊地混日子心里就烦躁，就难过。那么我不仅窝囊而且被老婆鄙视，日子能好过吗？所以，分开对我们俩都是一种解脱。"

岳晓天不说话了，抽抽泣泣。郑洪斌提出离婚，是经过深思熟虑的。他知道婚姻到了这一步对于夫妻双方都成了桎梏。他继续劝说岳晓天：

"我也不怀疑，像你这样一个年轻美貌，受过高等教育的东方女子，一定会有人追求。单亲妈妈的日子只是暂时的。不瞒你说，自打你考上大学，我就知道我们之间的距离越来越大。我一个当兵出身的粗人，哪里能配得上一个洋博士？可是，既成事实，我们还有一个孩子。现在你拿到学位，找到教职，孩子也大了，我该走了。"

利奥诺拉和陈世明在一家档次相当高的餐馆就餐。穿着讲究的制服，打着领结的侍者上了菜："先生，请享用。"

利奥诺拉礼貌地点头微笑。侍者离开。

"陈总，请尝尝羊排。这里的羊肉是从冰岛空运来的。我和太太去年到冰岛旅游，看到山坡上鲜嫩的青草和悠闲的绵羊，才知道为什么冰岛的羊肉这么可口。"

"哈哈，利奥诺拉先生真是会享受啊。"

陈世明用刀叉切下一小块放进嘴里："嗯。真是鲜美无比。我们中国人做菜总要放很多葱姜蒜和酱醋油盐。过去不理解你们老外，以为你们不会吃。后来才知道享用原汁原味的美味佳肴。"

"美味，什么？假药？"利奥诺拉从不放过听不懂的中文单词。

"佳肴，意思是上好的菜。你说你的中文是跟郑洪斌的前妻学的。那是什么时候？你又是怎么抱得美人归的？"

利奥诺拉是搞国际贸易的，他敏锐地看到中国的崛起将改变国际贸易的状况，萌生出学习中文的念头。于是通过大学的校友会寻找私人中文老师，给的报酬不低，最后他从十几个申请人中选中了岳晓天。通过一段接触，发现这个年轻的中国女子不仅美丽，聪明，而且奋斗精神特别强。

当然，如果不是因为郑洪斌先放弃了岳晓天，利奥诺拉也不会有机会。即使在郑洪斌离开了岳晓天回国以后，利奥诺拉也等了好几年。他清楚地记得第一次约岳晓天出去吃饭的情景。

那次还是岳晓天给利奥诺拉一对一地上课。放在利奥诺拉面前桌子上的是一张打印的唐诗。岳晓天上课可是一丝不苟："这首诗在中国流传了一千年。你看，字你都能认识。它的意境深远，每次读都可能产生新的理解。你自己读一遍好吗？"

"好的。"利奥诺拉认真地朗读起来，"静夜思 窗前明月光，疑是地上霜。举头望明月，低头思故乡。"

"很好。利奥诺拉先生，你学习中文的积极态度已经给我很深的印象了。现在又主动要求每次课增加一些中国文学历史方面的内容，这让我很感动。"

"有这么好的老师，我当然愿意多学一点。为了感谢你为我增加了学习内容。老师，我能有幸请你吃晚饭吗？"利奥诺拉借机会提出邀请。

"谢谢。可是我不能，真的，我没有时间。"

"不至于吧。你不是说，孩子放学后，有人照顾吗？"

"有是有。但是，孩子最近的情绪很不稳定。"

"为什么？"见到岳晓天叹了一口气，利奥诺拉真诚地问道，"也许我不该问你这些。但是，你的神情里有让我担心的悲伤。有什么需要我帮助的吗？"

"谢谢你的关心，你帮不了我什么。"岳晓天迟疑了一下，还是说了，"……我的丈夫回国了。"

"回国又怎么啦？他不再回来了吗？……哦，对不起，我不该打听你的私事。"

"没关系。他不回来了……我们离婚了。"

"I'm sorry to hear that （听到这个消息我为你遗憾）."

"That's Ok （没什么）."

听了利奥诺拉的讲述，陈世明举起酒杯："祝贺你有机会娶到一个美女加才女。"

利奥诺拉举起酒杯和陈世明碰了一下杯。

陈世明借题发挥："身边有一个美女偏偏放弃了，这就同明明有一处宝藏却封起来不开采一样。说起来郑洪斌也算是我多年的老朋友了。我其实很佩服他。但是实在不能赞同他对待美女和宝藏的态度。这一点，利奥诺拉先生，我们的态度倒是很相像：有好东西绝不白白放过。"

"我也听说郑这个人很能干，但是太固执。你胜过他一筹啊，我的朋友。"

"哈哈。总裁先生，继续讲你的故事。我很感兴趣。"

利奥诺拉也余兴未消："有一次，晓天给我讲'铁棒磨成针'的故事。我对她说，我相信这个道理。我也要用铁棒磨成针的精神，把她追到。她笑了。"

"了不起！"陈世明竖起大拇指。

"当然我也知道，如果不是她的前夫又结婚了，也许我还需要磨更长时间的铁棒。"

"哈哈，你还真幽默！"

岳晓天在卫生间洗去满脸的泪花。她看着镜子里的自己，不禁又想起自己再婚时的往事。

那一天，带着喜悦的心情，岳晓天在卧室里试穿婚纱。她对着镜子，忽然生出一种怅然和悲伤。猛地转头，岳晓天发现儿子正生气地盯着她看。

"五岳啊,你什么时候站在这儿的?吓了妈一跳。"

看到五岳抿着嘴,不说话。岳晓天问:"你看妈穿这身好看吗?"

"不好看!"

岳晓天理解孩子,但她更希望孩子也能理解自己:"五岳,你爸爸离开我们走了。我一个人带着你太难了。妈选择再婚,也是为了你有一个更好的生活环境。"

"我不要人带。我自己会做饭,会用洗衣机,会打扫房间。我要爸爸回来!"这孩子可犟了。

"可是你爸爸又结婚了呀。他不会回来了。"

"那是你不要他回来!他过去没有钱,你赶他走。现在他能挣好多钱了,你还不要他回来!"五岳的小脑袋瓜子可不那么简单,竟然能想到这么一层。

"五岳,你还小,不懂大人的事。你爸爸在美国确实很憋屈……"

"那是因为你老是骂他!爸爸跟我在一起总是特别高兴。"

"唉,你这孩子。你让我怎么说呢?"岳晓天居然有理也说不过儿子。

"I hate you! I hate Mr. Leonora!(我恨你!我恨利奥诺拉先生!)"五岳说完,愤然离开,把门猛地带上。

想到这里,岳晓天的眼泪又夺眶而出。

敲门声传来。岳晓天擦干眼泪,去开门。五岳站在她的房门口,还是小时候生气时的那副面孔:"妈,我要去看爸爸。"

"哎哟,那恐怕不行。"

"为什么?"

"中国的监狱有一整套制度和规定,探视亲人需要申请。你的假期不多了。这样好吧,我们先同你小姨联系。她是律师,她懂得规定。等你寒假的时候,妈妈陪你到中国,一道去看爸爸,好吗?"

五岳感到有些吃惊:"你真的要去?"

"是啊。他是你爸爸、我的前夫。他的太太害了他。现在他没有亲人了，我们就是他的亲人。五岳，我不仅要去看他，我还希望能做些事，帮助他洗清冤屈，早日出来。"

五岳坚定地说："我爸爸会出来的，我要帮他，他一定能很快出来！"

*

南山监狱工厂的车间里，郑洪斌显得心思重重。他停下了手头的工作，把眼光投向窗外。

车间的窗子装着拇指粗的结实的铁栅栏，窗外是一片开阔地，从窗口到对面装着高压电网的高墙有大约五十米的距离。车间这边本来是有门的，但是，门被拆了，用砖头砌起来堵死了。现在出入车间，只有通往监狱主建筑群的一个门。车间外，一道钢丝网墙把通向外墙的这片开阔地隔开。

而外墙到车间这片开阔地，都在远处岗楼哨兵的视线之内。

不远处做电焊的何武成把焊工面罩推了上去，看着沉思的郑洪斌。他能够猜到郑洪斌在想什么。这时刘主任从外面走了进来。何武成捡起一颗小螺丝钉，用手指弹向郑洪斌。

其实，何武成是多虑了。郑洪斌是个眼观六路耳听八方的人，自然不会因为走神而忽视有人进来。郑洪斌手中的标尺已经举到眼前。

刘主任叫道："郑洪斌。"

"到。"

"你们几个从下周起换成晚班。"

"知道了。"确实，他们几个已经得到做夜班的通知。

刘主任笑容满面地走到郑洪斌跟前："领导讨论决定，提拔你做副班长。你要负起责任来，不要辜负政府对你的信任。"

"感谢政府信任，我一定尽心尽力做好本职工作。"

"嗯。做夜班的下班后有夜宵。"刘主任的眼光扫向车间里其他几个学员。几个轮换做夜班的，包括何武成，咧开嘴齐声答应："谢谢政府关心！"

第六章　设计越狱

监狱的活动室，由狱方安排，学员分批使用。这一天，活动室里大多数学员都聚集在大屏幕电视机前看球赛。球赛很精彩，连监管的民警也被吸引。大家看得很投入，不时发出欢呼声。

郑洪斌、何武成没去凑那个热闹，他俩找了个角落下棋。

何武成手持棋子，看起来像是一边思考，一边自言自语。

"线索有了。大哥准备怎么处理？"

"当然需要自己顺藤摸瓜，不能白让人给坑了，那不是我的性格。"

"相信您也有这个能力。"何武成直视郑洪斌。

郑洪斌笑了："需要你的帮助哦。"

"怎么个帮助法？"何武成还是第一次明确让郑洪斌摊牌，"我的意思是，帮到什么程度？"

"当然是追查真凶的全过程。我们一起行动，一块儿出去。"郑洪斌在棋盘上动了一下棋子，脸上神色不动，"你恐怕早有想法。再说你是熟悉这里建筑结构的专家。我没有你根本出不去。"

从郑洪斌嘴里听到他会带自己走，何武成心里这才踏实下来："我也就是嘴上说说而已。在我看，从监舍出去的可能性几乎为零。从工厂走，第一道难关是从车间的北墙到外墙，长四十八米的开阔地。监狱东北角的岗楼高十五米，距离车间八十米。西北角的岗楼距离车间七十米。所以，车间到外墙的开阔地，完全暴露在哨兵的视线和射程之内。"

"假设有人在白天越窗冲出车间，当然冲不出那片开阔地。我是说假设。哨兵完全可以在五秒钟之内完成举枪、射击的动作。我想他们就是这么训练的。不过，如果有黑夜的掩护……"

"开阔地每隔二十五米有一电杆，'丫'字型电杆上部装有强光灯泡。在车间外墙壁的顶部，也装有强光照明。"何武成否定了夜晚穿过开阔地的想法。

"车间外墙装了几个灯头？"

"两端一边一个。"

郑洪斌不置可否，换了一个话题："你说过，监狱外墙高五点五米。显然是胡说。"

何武成解释："工厂区这边的外墙，由于经费不够，没有重建。保留了过去三点五米的高度。当然，加上了电网。理论上说，犯人没有从这里逃出去的可能。我敢说，也从来没有人逃出去过。"

应该是进球了，看球的学员发出欢呼声。下棋的郑洪斌和何武成同时扭头看了他们一下。郑洪斌还咧开大嘴，拍了几下巴掌，显出对球赛的关注。

可是他的心里却充满了疑问："你小子到底是什么道行？数据搞得这么清楚？不会是知道自己日后会被关进来，事先做的调查研究吧？"

"是啊。我还算出有个了不起的特种兵也要关进来。否则，知道这些数据又有什么用？"何武成卖了个关子。郑洪斌鼻子里"哼"了一声，看着何武成，等着他的解释。

"南山监狱是由过去三线工厂改建的，我们干活的车间本来就是车间。我从部队工程兵学院毕业后，分到工程兵。我们部队承担了这个改建工程，这也是我参加的第一个工程，分工恰好是设计监狱工厂区的改建。"

郑洪斌手持棋子，笑了："你可不许悔棋啊。"

"悔棋？您把我看矮了。大不了输了，又能怎样？"

郑洪斌身子前移，挪了一下棋子，放低了声音："那可不能输。既然你是设计者，是专家，你来说说我们面前有哪些困难。"

"第一，车间与开阔地是隔绝封闭的。"

"有没有可能破窗而出？我看过一个美国的电视连续剧，囚犯利用马达动力拉下窗户的铁栅栏。"

何武成真的不明白郑洪斌的自信是从哪里来的。他说话的口气就像什么困难都不在话下一样："不现实。管教眼睛盯着哩，更别说还有摄像头对着窗户。一旦发现异常现象，警铃就会拉响。枪口、探照灯会同时对准出事的地方。巡逻队也会迅速赶到。"

"想好了再动！这是我的炮口。"郑洪斌一副很投入的样子。

"量您不敢吃我的马。"

接下来郑洪斌压低了嗓音："同意。第一步动静绝对不能大。其实，哪一步都不能闹出动静来。"

何武成继续列举困难："开阔地本身也是障碍。您说哨兵会按照五秒之内完成举枪、瞄准、射击来训练。我五秒之内绝对跑不了四十八米，您也不行。"

"接着说。"

"我说您不敢吃马吧。哼，没那个便宜事。"又来了一句"戏文"后，何武成接着讨论，"我知道，您一直在等夜班的机会。那就需要对付车间外的照明灯。记住，一共是四盏灯。"

"你漏掉了最早的一环：车间里的灯必须熄掉。"郑洪斌偏偏不接有关外面照明灯的那一茬。

"是。那还用说吗？"

"废话。要不要考虑？要考虑的都要说。"

"接受批评。不过我是把整个照明系统作为第二项。室内和室外不是一个电力系统。作为防范系统的组成部分。室外照明和电网的电源严加保护，重点保障。"

看球赛的那边又是一阵欢呼。显然是又攻门了。

"接着说。"

不明白老郑打算怎么对付照明系统，何武成只好往下说了："第三关是高墙。三点五米加八十厘米高的电网，高压电网。"

郑洪斌点点头。

"我们当年的设计，把环监狱的公路，作为最后一道屏障。一旦发现犯人越狱，值班武警立即出动，要求能够在三分钟之内到达环形公路的任何一个点。"

"也就是说，翻越外墙如果马上被发现就死定了。因为逃犯不仅要穿越环监狱的公路，而且要逃出巡逻车的射程。"郑洪斌当然理解这么设计的意义所在。

"嗯。逃亡者必须至少在五分钟之内跑出大约一公里。要知道外面不是跑道，是农田。"

"附近的山地你熟悉吗？"

"有印象，可以说比较熟，至少方位是明确的。"

"我们需要利用水道，摆脱警犬。"

"下雨才有溪流。……我知道大致方位。"

郑洪斌得意地叫了起来："将军！我赢了。哈哈。"

何武成看着郑洪斌摇头。他心里想，这个家伙真的不是凡人。从车间到室外是封闭的，老郑总不会知道哪儿可以出去吧？即使能出去，那片开阔地明明是闯不过去的。就算你闯过去，高墙电网怎么过？飞？那飞过去了还有一千多米才能到山脚。可是，郑洪斌的乐观和自信却不是装出来的。这家伙葫芦里到底卖的是什么药？

夜班，在车间里，郑洪斌在距离窗口较近的机床边车一个零部件。他用游标尺量了量，取下零件，拿在手里，似乎在那里琢磨。但是他的眼神却移向了窗外。窗外的电杆上部向两边伸展，两盏高亮度的照明灯把开阔地照得通明。

郑洪斌拿起车好的零件，往自己的工作台走，脚下似乎被绊了一下。他从地上捡起一截钢管："班长，我们得跟白班的学员说说，地面需要清理干净，绊一个跟头受伤了算什么事？"

他拿起那截钢管，一边自言自语，一边往靠窗的墙边走："我给它放在墙边了啊。"

"老郑，你把它放到墙角废料堆去。"

"行啊。"

这样，郑洪斌很自然地要从窗前走过。在经过窗口时，郑洪斌迅速地扫视窗外长着野草的开阔地。他的眼睛一亮：电线杆下不远处有一个圆形铁盖。这意味着下面是下水道。

放下那截钢管，郑洪斌回到自己的工作台。他拿起图纸看了看，似乎有不太确定的问题。环顾四周，他拿着图纸走向正在电焊的何武成。

何武成见到郑洪斌过来，停下手中的活。郑洪斌蹲了下来："室外的下水道是不是和车间连着的？"

"我来看看。"何武成头凑过去看图纸，声调变成耳语，"是，您没看灯光正好照着下水道的井口吗？"

郑洪斌不高兴了："回去以后详细汇报，不许再跟我打埋伏。灯不是问题，老子是神枪手！"

"通往外面的下水道全部用铁栅栏堵死了，从车间厕所下去只能爬到电杆下您看到的那个井口。"何武成解释。

郑洪斌不再理他，站了起来："哎哟，大学生也他妈的不过如此。有事儿还是得找班长。"

"老郑，您别犯急呀。您让我想想嘛。"

*

五岳坐在面对窗外的书桌前。他对着计算机，却无法集中精力。

树上的小鸟"叽叽喳喳"地叫着。五岳看着小鸟，脸上泛出了一丝笑容。他离开座位走到床前。他的单人床下面是带着抽屉的柜子。中间是个直立柜，两边各有两个抽屉。五岳蹲了下来，拉开左边下面的抽屉。抽屉里都是他小时候玩的东西，他从里面翻出来一把粗铁丝做的弹弓。

五岳拉了拉弹弓，他的脑海里浮现出当初爸爸为他做这把弹弓时的情景。

那时的五岳也就是五岁左右吧。在五岳的房间里，郑洪斌盘腿坐在地板上，用老虎钳把铁丝做的弹弓两头弯曲成环状。五岳把两只眼睛瞪得大大的，认真地看着爸爸工作。郑洪斌冲他一笑："五岳，我们刚刚做的橡皮筋串呢？"

"在这儿哩。"五岳高兴地把用许多根橡皮筋串在一起的弹弓拉力"绳"递给爸爸。这根弹力绳的中间有一块包石头子的皮。

门外，岳晓天好奇地伸头看这父子俩在做什么。

"好。我们把两边给套上，再弯弯紧，这样就不会掉出来了。你看，好了。"郑洪斌做了个打弹弓的姿势，然后把弹弓递给五岳。

"你试试，能不能拉开。"

五岳费力地把弹弓拉开了一点："爸爸，用这个真的能打到鸟吗？"

"嘘！五岳，打鸟的事千万别让你妈知道。她会骂人的。"

"I know. This is a secret between us （我知道，这是我们两个人的秘密）。"五岳既紧张又兴奋。

"行，你把球鞋穿上，我们到树林里去。"

郑洪斌爷儿俩拉开大门，正要出去，忽听岳晓天大声询问："你们俩上哪儿去？"五岳被吓得一哆嗦。郑洪斌摸着儿子的头，笑着回答："带孩子到外面走走。不能老是闷在家里，是不是？"

岳晓天不动声色："哦，到时间记着回来吃饭。"

"哎，那我们出去了。"

那时他们家附近不远有一片小树林。林子里，小鸟在树枝上欢快地叫着。

郑洪斌掏出弹弓："爸先打一只鸟给你看。"

五岳犹豫地叫了声"爸爸"。

郑洪斌问："怎么啦？"

"我们别打了，好吗？"

"哟。这孩子还挺仁慈。你是不愿意把它们打死是吗？"

"嗯。"五岳点了点头。

"可是你想啊，我们吃的鱼是钓上来的，吃的鸡本来也养得好好的。动物就是给人吃的呀。"郑洪斌教育儿子。

"我不要吃鸟儿。"

"你那么喜欢吃鱼，那你今后也不吃鱼了？"

"那不一样。"

郑洪斌想，现在的孩子怎么这么"娘"："有什么不一样？爸爸当兵那会儿……"

"当然不一样！"岳晓天忽然从大树背后冒了出来，狠狠地教训起郑洪斌来，"郑洪斌，你差一点就犯法了你知道不知道？野生动物、鸟类

105

都是受保护的。你不知道教孩子学好，居然带着这么一点大的孩子来打鸟！"

"哎，你别乱说。什么野生动物都受到保护，不让打？老吴送来的鹿肉，你不是照样吃？鹿能打，鸟就不能打？"郑洪斌急了。

"你俩给我回去！郑洪斌，我不许你教孩子使用暴力和违法！"

郑洪斌马上妥协："好，好。我们回去。岳晓天，你也不高明啊。你跟踪我们，这不是特务手段吗？"

"我要是不抓你个现行，还不知道你会怎么撒谎哩。把弹弓给我！"

"不。"

"那是个闯祸的东西，危险品。"

"美国连枪都不禁，弹弓算什么？我来做个正规的靶场，带着儿子玩。我亲自保管弹弓，好吧？"郑洪斌总得给自己留点面子。

"瞧你，也就是这点本事、这点出息了。"

后院有一堵木头的篱笆墙。郑洪斌在离墙不远的地上打了三个木桩。在木桩上分别放上一个大塑料可乐瓶，一个可乐罐头瓶，还有一个小药瓶。五岳兴奋地看着爸爸做这些事。郑洪斌一边做，一边说：

"五岳，这里就是我们的靶场。石头子儿有后面的墙挡着。再说那后面也不会有人。爸爸要打鸟是不对。不过，要是没东西吃就会饿死的时候，能把鸟打下来就饿不死了。爸爸也确实没什么本事。可是，爸爸射击可是拿过世界冠军的，这个本事想传给你，你要不要？"

"要。"五岳使劲点了点头。

"好孩子，我现在就开始训练你。来，你先看我的。"他拉着儿子的手往后走，一边走，一边数数，"……18、19、20，好了。"

郑洪斌拉开弹弓的橡皮绳，"嗖"的一下，可乐瓶被击落。五岳高兴地拍起巴掌来："打到了，打到了！"

"再看。"

"嗖、嗖！"又是两下，可乐罐和小药瓶都被打飞了，五岳高兴地在草地上翻了个跟头。

"儿子，该你了。我们靠近一点，你先把瓶子都放上。"五岳撒开腿跑过去捡瓶子，放在木桩上。郑洪斌把儿子拉到怀里，握着他的小手，将弹弓对准大可乐瓶。

"右手握紧弹弓架，这个手不能松。左手握住包皮和里面的石子，拉开来再松手。来，拉，使劲儿，松手！"

石子射出，击中大塑料瓶子，瓶子倒下。五岳欢呼起来："打中了！打中了！爸爸，我们打中了！"

"真是我的好儿子。现在你自己来，先不用石子，学会放弹弓。"

爸爸离开后，打弹弓成了五岳最喜欢的游戏。就因为有这把弹弓，一大拨同龄的男孩子围着五岳转。后院的角落里，总有好多孩子，排着队等着"打靶"。木桩前不同距离处放着三根木棍，孩子们把这些不同射击距离叫作不同等级。

五岳是这个射击场的指挥："麦克，该你了，你是银级。"麦克接过弹弓走到离瓶"靶"大约七步远的地方。他打翻了大塑料瓶，得到一阵欢呼。又打掉可乐罐，又是一阵欢呼。最后，他瞄准小药瓶，却没有打着。一阵惋惜的声音。这意味着麦克晋不了"级"。

"对不起，你还得在银级。"

一个叫Matt的男孩从书包里拿出一个小玩具汽车："五岳，我能用这个小汽车换你的石子儿枪吗？"

"不行！这个独一无二的石头子儿枪是我爸爸造的，什么都不换！"

岳晓天的敲门声，把五岳从回忆中唤醒："干吗呀，妈？"

岳晓天推开门："五岳，周末你把自己关在屋里干什么？"

"哎呀，妈！我要是出去，你会一个劲地问我上哪儿了。我在屋里待着，你不就放心了吗？"

"天气这么好，别在屋里待着。陪妈出去走走好不好？"

"不好。妈，我心情不好。"

"那就去看场电影吧。"

五岳站起来，把岳晓天推出门："妈，你别来烦我！"

319监舍的"学员"洗漱完毕，在管教人员的监视下排队回到监舍，把装着洗漱用具的脸盆放回到架子上。

包文谋脸上带着讨好的笑容，走到郑洪斌跟前："大哥，这几天上夜班辛苦了。"

"还好。干活比闷在这笼子里强。"

"那是啊。大哥，想求您一件事。"

郑洪斌乐了："哈哈，都关在这儿，我能帮你什么呀？"

"您跟我们不一样，您是大人物。秦三刀的儿子要不是您，能进重点中学吗？"包文谋认真地说。

"那首先他儿子学习成绩能达到要求。你什么事犯愁？"

"哎哟，我的好大哥。兄弟我老妈病重，进不了医院。"

"缺钱？要多少？"郑洪斌倒也不含糊。

"钱的事，我自己想办法。我老妈要动手术，医院病床有限，住不了院。我想大哥您人脉广……大哥，我老妈的病不能拖啊。"

"手术是不能拖。我过去有些关系，可那都是在江昌。如果你妈在江昌住院，有人服侍吗？"

包文谋说不出话来了，他脸上肌肉抽动着，眼泪掉下来了："……没有。我妈给我害苦了。……我妈，只有我这么一个儿子。"

郑洪斌还真的被他感动了："唉，难得，你还有这份孝心。我倒是可以托人在你们昌州问问，看能不能想想办法。可你也知道，我们往外打亲情电话也是排了日子的。"

包文谋一下子跪了下来："谢谢大哥。有您这话我的心就放下了。大哥有用上兄弟的地方，兄弟我万死不辞！"

郑洪斌一把扶起包文谋："你看你，这忙还不知道能不能帮上。文谋啊，你有你的本事。放风的时候，我跟你打听一件事。"

上班的时候，五岳走到继父的办公室门前，往里面看了一眼，继父不在。秘书南希的工作间在总裁办公室对面。五岳走到南希的门口。

"嗨，南希。"

南希笑脸相迎："找你父亲吗，五岳？"

"不是。我路过这儿。南希，上星期五我看到有个中国人跟我父亲谈话。不知道他们在谈什么生意。"

"为什么不问问你父亲哩。"

"嗯，这不好。在这儿我不过是一个实习生。"

"哦，理解。我听那位客人请利奥诺拉先生买下他们在中国的公司。"

五岳回到自己的办公桌前，在电脑上调出"百度"，打入"福山有色金属公司"几个字，屏幕上一下子出现许多信息。五岳点击"福山有色金属公司面临倒闭，出路何在？"的文章读了起来。对于他来说，文章中生字太多。五岳摇摇头，叹了口气，又调出"谷歌翻译"，把文章中的中文一段一段地翻成英文来读。

*

包文谋跟着管教人员来到办公室的一角。这里有部电话是专供"学员"对外和家人通话的。

管教发话："包文谋，破例让你打这个亲情电话，是因为你母亲病重属实，不是因为你会闹。千万不要误解政府的态度。明白吗？"

"明白。"

管教下巴朝电话扬了一下，示意包文谋去打。包文谋扑向电话，显得很激动。

"喂，…… 是我，我是谋子。你二姨是吧？我妈怎样了？……啊，……啊。二姨，妈这样子耽误不得。…… 我知道，我知道。我要是在外面吧，多多少少昌州医院的人会买我的账。不行我跟他们来邪的。可是，现在，…… 您说说，您说说，唉。他们要钱我们给他钱，这不是欺负人吗？…… 我不急，我怎能不急？二姨，您跟他们主任说，跟院长说，这是我包文谋的老妈。他们要是见死不救，我日他妈，我日后出去……"

"包文谋！你在电话里撒什么野？你威胁谁啦？"管教听不下去了，训起包文谋来。

"我威胁那些见死不救的混蛋！"

管教一把夺过包文谋手中的电话，挂上："这个电话不是给你撒野用的。通话结束了，回去！"

包文谋头上的青筋都暴出来了，他从衣兜里拿出两根小铁钉子："医院不救我妈，我也不想活了！看到吗？这是钉子！我自杀！"

"包文谋！不许胡来！"

管教伸手去抓包文谋的手。包文谋闪身躲开，把手里的钉子当着管教的面塞进嘴里，咽了下去。管教吃惊不小。包文谋脸上现出痛苦的表情。

管教慌了神，大声叫了起来："张队，你过来一下！包文谋出事了！"

张队长立即跑了过来。看到用手捂住喉咙和胸口、躺在地上的包文谋，他大吃一惊："怎么回事？"

"他把钉子吞下去了！"

下晚班后，郑洪斌和何武成回到319监舍。监管人员关上监舍的门离去，郑洪斌和何武成正要往上铺爬，其他几个同室的学员不约而同地坐了起来。

"怎么，出事啦？"郑洪斌感到气氛不对。

"郑大哥，谋子吞了钉子，被送到医院去了。"闫大贵轻声说道。

"为什么要这么干？"

"他说他妈住不上医院，他也不想活了。"

"唉……"郑洪斌心里有点数了。何武成意味深长地看了一眼郑洪斌。

"孝子。我都答应尽量帮忙了呀，真没想到他会出这一招。"郑洪斌翻身上了床。何武成跟着也爬上上铺，感慨地说："能想出这种邪招来，真是难以想象。"

110

郑洪斌被管教人员带到办公室。郑洪斌进门后看到刘主任和吴政委坐在那里说话。管教报告："吴政委，刘主任，学员郑洪斌带到。"

刘主任冲他点了一下头："嗯。你回去吧。"

等那位民警离开后，吴主任才开口："郑洪斌。"

"到。"

"秦三刀的儿子上了江昌五中。是你帮的忙吗？"

"是。"

"为什么要这样做？"

郑洪斌小心地解释说："我进来以后，因为闫大贵和包文谋没有难为我，我被秦三刀看成是他们一伙的。我多次解释我本来就不是所谓道上的人，和谁都不愿意闹矛盾，搞对立。可是，秦三刀比较固执。为了搞好团结，我这才借着我的律师来了解案情新动向的机会，请她同公安机关的同志协商，共同帮助秦三刀的天才儿子上重点中学。这样做完全是为了化解不应该存在的矛盾和潜在的冲突。"

"好了，好了！"吴政委打断了郑洪斌，他转过脸，"哎，老刘，过去我总觉得发了财的老总，那是撞了大运，郑洪斌可让我刮目相看。你看，他没打稿子，信口一说，这些词儿用得那叫个讲究，无懈可击。"

"吴政委，您是批评我，还是表扬我？"

三个人一起笑了起来。

"我是发发感慨。现在，我要给你一点警告。"

"请吴政委指示。"

"监狱是改造在押犯人的地方，一切都要在狱管部门的领导和监控下进行，绝不允许任何黑社会性质的宗派、团伙存在，绝不允许拉帮结伙，搞小山头，称王称霸。"

"明白！秦三刀的事，事先没有向政府汇报和请示，我做得不对。如果政府不允许这一类的事情发生。我保证不再多管闲事。"

刘主任插话了："你不要误解，吴政委警告你，是防患于未然。我们对待你有别于其他学员，也希望你能够起到好的作用。关键是，你自己也认识到了，要做什么需要向管教人员和管理部门先汇报。一切都要在监狱领导的指导和监控下进行。"

吴政委表示赞同："对的。我们希望你继续做有利于学员思想稳定和接受改造的事。"

"明白。嗯，现在能不能请两位领导指示。我们319监舍的包文谋这么一闹，大家思想不太稳定。"郑洪斌借机反映情况，他也猜到自己被带到这里和包文谋的事有关系。

果然，吴政委很关心："都有些什么表现呢？"

"发牢骚，火气大。据我观察，不仅仅是我们319监舍。包文谋这么做，对所有学员刺激都很大。"

刘主任说："你完全可以做到自己不掺和，适当地劝解。"

"是。"郑洪斌停了一下，提出建议，"嗯，刘主任，吴政委，如果能够帮助包文谋的老母亲住上院，动了手术。那对于南山监狱所有的学员的情绪都会起到积极的稳定作用。"

"我们也想这么做啊。可是，这超出了我们的职权和能力范围。"吴政委确实被这个突发事件搞得头痛。

郑洪斌马上向领导汇报：包文谋其实请他帮忙了，可是他在昌州人头并不熟，所以只是含糊地说有机会帮助问问看。郑洪斌说，如果当时立即向领导汇报，兴许能够避免这样的突发事故。为这事他要检讨。

吴政委说谁也想不到包文谋会来这一出，这个不能怪郑洪斌。郑洪斌感谢领导的理解。趁机提出："那，需要我通过律师，或者办案警官，找朋友帮助包文谋吗？"

刘主任和吴政委相互看了一眼。

"我们一般不主张学员之间有这种行为。"吴政委说。

"明白了。"

"不过，包文谋本人，还有这件事，影响很大，属于特例，我们研究以后再决定。"

*

周清泉在刑警大队资料室整理书架上的档案。白雪梅进来了。

"周队，你找我？"

"是啊。你一直念念不忘的顺昌大桥事故案的材料，我给复印出来了。"周清泉从写字台上拿起一个档案夹，递给白雪梅。白雪梅喜出望外。

"太好了！谢谢你。"

"不用谢，都是为了工作嘛。我完全同意你关于顺昌大桥案和冯贵被灭口案有密切关联的假设。我现在一直忙得不可开交，顾不上复查这两个案子。拜托你抓紧找到线索。"

"我一定！"

回到办公室，白雪梅便一头扎进档案材料里，一直读到天色变暗。一个女警官匆匆从白雪梅的办公室门前走过，探头说："雪梅，都下班了，你还忙什么？光线这么暗，灯也不开。"

"我这就走！"她这才注意到，天是快黑了，于是打开办公桌上的台灯。

读着手中的材料，白雪梅不禁想起她最后一次到顺昌大桥工地看望男友何武成的情况。

穿着便装的白雪梅走进工地上简易的工棚，拦住一个正往外走的汉子："劳驾，请问何武成是不是在这儿上班？"

"你找何主任？他在。喏，就在那边。"被拦住的人姓任，老任大声叫了起来，"何主任，你女朋友来了！"

办公室里的人齐刷刷地抬起头，盯着白雪梅看，白雪梅被看得不自在起来。

"老任，你这是出我洋相啊。"何武成放下手中的图纸。

"哈哈，第一，你刚刚荣升主任，我帮你宣传宣传。第二，你女朋友这么漂亮，大家都看看你脸上也有光。新官上任三把火，也不在乎这一会儿，带着你女朋友参观一下工地吧。"

"谢谢你啊。"白雪梅大方地和何武成的同事打了招呼，"大家好！"

何武成腼腆地走了过来："来啦，我们出去走走。"

"你们看，小何脸皮子还是薄。"老任继续调侃。在众人的哄笑声中，何武成拉着白雪梅的胳膊走出充当工地办公室的工棚。

工地边，白雪梅禁不住也开起玩笑来："怪不得你不给我打电话，

113

升官啦？什么官儿？"

"芝麻官，质量检查部的主任。其实，总经理助理那边的活一点也没减少，所以忙得一塌糊涂，希望理解啊。"何武成抱歉地说。

"所以我来看你啊，别人是不是有些嫉妒你？"

"你是说老任出我洋相的事？嗯，我这么年轻就当主任，人家有些看法和想法是可以理解的。不过，总的来说，领导和同事对我都不错。"

"他们怎么知道我是你的女朋友？"

"不是女朋友，哪个姑娘会到这个尘土飞扬的工地上来？"

"哦，你们这么理解。"

何武成感慨地说："要不说工人阶级伟大哩。你看这座大桥，一旦开通，两岸就会紧紧地联系在一起。按照大桥的设计承载量，每天会有两万车次经过大桥。人员和工农业产品就会大量地流动起来，由此推动社会和经济的发展。"

"哇，了不起！同看不看我，给不给我打电话比起来，你的事业太重要了。"白雪梅可找到机会拐着弯子埋怨何武成了。

"哈哈，我可不是这个意思啊。雪梅，大桥还有两个月就要合龙竣工了。工程结束后，我一定加倍补偿对你的亏欠。"

想到这些往事，白雪梅的脸上浮现出一丝笑容。但是，那一丝丝回忆的甜蜜很快就被沉痛取代了。她拿起笔，在事故调查报告上画出重点线来："综上所述，顺昌大桥工程中，建筑桥墩所用钢筋的型号与使用密度严重违规。但是这还不是'8.23'桥体断裂倒塌事故的直接原因。被抽查的第三、第五和第七号桥墩，都没有建筑在河底岩层上，导致夏季山洪暴发时桥墩被冲毁，桥身倒塌。大桥倒塌发生在江顺高速公路全线通车之前的试行阶段，可以说是不幸中的万幸。"

白雪梅摇摇头，痛苦地闭上眼睛。

怎么会出现这么恶劣的情况！

一年前，在大桥工地上，何武成明明信心满满地告诉她，大桥的设计安全系数达到可抗百年一遇的山洪。何武成的话如今犹在耳边："百年大计，质量第一。我对于工程质量很有信心，我们是按照可以抗得住百年一遇的山洪来设计的。换句话说，自有水文资料记载以来的所有洪水都冲不垮这座大桥。"

何武成当时还进一步向白雪梅解释，建造桥墩，首先要截住水流。冬春两季降雨量不大，筑一道坝就可以截流。然后挖掘机挖掉土和砂石层，一直挖到岩层，在坚固的岩层上钻眼，打入钢筋并注入混凝土。这样桥墩便和岩层形成一个整体。他自信满满地说："撼山易，撼顺昌大桥难。"

白雪梅合上这份《顺昌大桥倒塌事故调查与分析报告》。报告的署名单位是"沪上市百年大计工程事务所"。她在记事本上写下：

> "所需访谈的单位和个人
> 顺昌大桥承包公司：昌盛集团建筑工程公司
> 百年大计工程事务所
> 何武成的前任，施工与质检部姚主任的家人，其他干部职工。"

*

夜深了。书桌上台灯的灯罩在桌面上划出一条分出明暗的弧线。灯光下，五岳翻开了一个老的照相册。

许多照片是五岳小的时候随继父和妈妈到墨西哥看继父的亲戚时拍的。有风景，也有人物合影。五岳看着这些老照片，回忆便涌上心头。

那是在一个乡镇。印象中最深的，是高高的棕榈树和以黄色、棕色为主调的房屋建筑。房顶的倾斜度较大。二层三层的房屋有走廊，有晒台。晒台的围墙或栏杆上放着花盆。

继父在墨西哥有一个大家族，亲戚很多。他们所到之处，都受到热烈的欢迎。大人见面行贴面礼。很快就有孩子拉着五岳的手，跑到院子里各个角落去玩。

妈妈过来招呼他一起去看看表叔。妈妈蹲了下来，整理一下五岳的衣裳，轻声叮嘱。

"见了表叔要叫tio，这是西班牙语。你说一遍试试：迪欧。"

"迪欧。"

"对。见到婶婶叫tia，你说一遍。"

"迪亚。"

"真能干。"妈妈鼓励着，"把叔叔和婶婶再说一遍给妈听听。"

五岳又重复一遍。

"好，我们走。"妈妈牵着五岳的手，在庭院里穿过几个天井式的小院，进了一个客厅。

客厅的沙发上坐着一对衣着讲究的墨西哥夫妇，比继父和妈妈要年轻一些。

妈妈笑容满面地说，我儿子想见见他的叔叔和婶婶。于是五岳乖乖地用西班牙语对表叔和表婶说："Hola，tio and tia（叔叔，婶婶，你们好）."

这一招很得两位主人的欢心，接下来五岳回答了他们的寒暄式的问话。五岳告诉他们自己名字的意思："五岳指的是中国最有名的五座大山。还有，岳是我妈妈的姓。"

表叔从口袋里掏出一个鼓鼓的信封，放在五岳手里，说是给大侄子的见面礼。妈妈推却不过，又见丈夫利奥诺拉笑着点头示意接受，这才让五岳谢谢叔叔和婶婶，带着他离开客厅。

走到院子里，在拐弯处，妈妈前后看看没人，弯下腰："五岳，表叔给你的钱，妈妈先帮你收起来好吗？"

五岳点点头，把信封交给妈妈："妈妈，多少钱？"

妈妈也好奇，她撕开信封，看到里面厚厚一摞都是面值一百的美元："我的妈呀！"

五岳又翻开照相册上的一页。这里是五岳、继父、妈妈和表叔保利诺夫妇的合影。他抽出照片，照片的背面写着：with Uncle Pauolino and Aunt Maria（与表叔保利诺和婶婶玛利亚的合影）.

五岳忽然觉得保利诺这个名字似曾相识。"Pauolino，Pauolino，……"他嘴里念叨着，推开相册，在计算机键盘上打出Pauolino的名字，谷歌上立刻出现许多条信息。

五岳点击其中一条："Police found a large quantity of drugs in the US Mexico border. It is believed that the drug belongs to the drug lord Pauolino（警方在美墨边境缴获大量毒品。据说，这些毒品属于大毒枭保利诺集团）."

屏幕上既有文字又有图像，大毒枭保利诺的照片清晰呈现。五岳惊讶地张开了嘴巴：他正是那个五岳小时候见过的表叔。

*

郑洪斌、何武成又在学员活动室下棋，何武成说起包文谋的事。

"你说我是研究犯罪分子的专家，可是我还真的想不通包文谋自残这件事。他这是干吗？"

"坏蛋中间也有孝子。"

"把钉子吞下肚，他妈就住上医院了？"

"那不是没有可能。他把影响闹大了，狱方就会慎重考虑消除影响。吴政委破例同意由我来提供帮助，监狱领导没办法帮助犯人家属住院，他们自己家属还有解决不了的问题哩。"

何武成不觉感慨道："叫我看，包文谋能在黑道上成为一个人物，跟他的邪性不无关系。"

郑洪斌同意这个分析："我说你对黑道有研究吧。敢于自残，对他们来说属于'英雄行为'。"

"大哥，这事儿跟您有关系吗？"

对于何武成突然冒出的这句话，郑洪斌就像根本没听见。他表情严肃，像是思索了半天，动了一下炮："看炮！"

"搞这么大动静干吗？我还以为您将军哩。我挪一步不就行了。"

"一步一步来嘛。"郑洪斌不动声色地回答了何武成刚刚提出的问题，"现在，四盏大灯不是问题了。"

"哦？"何武成吃惊地看了郑洪斌一眼，只见他注视着棋盘，头也不抬。

郑洪斌继续低声讨论："我们从开头说起。从车间进入下水道需要做些什么？"

"整个车间的电得要停了，搞拉闸不现实。"

"你的建议？"

"我知道地下电缆的位置，接触到电缆并不难，我们需要搞到强酸腐蚀电缆的外包皮。"

郑洪斌笑了："你真是聪明一世糊涂一时，只要熟悉整个电路系统，只要在车间里能够打开埋设电缆的管道，断电何难？而且保证一时半会儿修复不了。"

这个老郑，脑子里到底是怎么想的？外面的四盏强光大灯怎么不是问题？车间的电路就这么容易断掉？何武成眨巴着眼睛看着郑洪斌，想不明白。

现在只要有机会，郑洪斌、何武成就在一起讨论越狱的事。不过，总是郑洪斌提问，何武成回答。郑洪斌脑子里在反复思考一道道障碍的破解之法，但他并没有告诉何武成具体的计划。何武成虽然好奇，但也知道老郑不说自然有他不说的道理。再者说，告诉他何武成有什么用？没有郑洪斌，再好的计划也是白搭。

在监舍里的时间总是多的。他们俩有空就坐在上铺看书。同监舍的学员们早就习以为常，也不打扰他们，自己爱干什么就干什么。这会儿郑洪斌同何武成并肩坐在铺上，用几乎只有自己能听得见的音量交流着。

"入口到底是个什么结构？"郑洪斌问。

"您记得过去上茅房都是蹲坑。"

"十分怀念。"老郑幽默地来了一句。

"把陶瓷便池放在原先的斜坡坑的上方，就成了现在这个样子。墙后面原来是一点五米宽、一点五米深的粪坑。简单地盖上水泥板，上面加一层土。现在上面杂草丛生，什么都看不出来。"

"茅坑口不好拆吧？"

"砌厕所是将近五十年前的事。我敢担保当时没用水泥勾缝。那时水泥金贵，也没有必要用，用的是黏土。如果有铁钎一类的工具，只要稍微用力，粪坑边的砖头就会落入原先的大坑。"何武成很有把握地回答。

"从进厕所到进粪坑，最快需要多少时间？"

"两三分钟而已。"

"要精确，精确到秒，正负五秒。"

"一百五十秒。动静不能大。"

"动静难免，但是外面得有更大的动静。接下来通畅吗？"

"基本通畅。还需要两分半钟，嗯，一百五十秒到位。"

"什么结构？"

"直径一米的水泥涵管。下面有包括污水管在内的管道，到你看到的井口与主下水道相连。不过，通往大墙外的主下水道花了点功夫，有两道铁栅栏阻隔，所以从下水道出不去。"何武成最想不通的，就是老郑怎么对从主下水道根本出不去这一点不上心。

"直立够得着井盖吗？"

"也就是一人深。"是喽，他还是想着先到院子里，后翻墙这个办法。何武成心里这下子明白了。可是，那是三点五米的高墙再加高压电网啊。

"太好了。熄灭照明灯需要二十秒，二十秒爬上地面，二十秒之内冲到墙下，站稳。我把你托举到两米以上高度。"

"我一米七五，只要站得稳……"那又怎样过电网呢？何武成心里嘀咕：我又不是特种兵。

"平衡的技巧是可以练出来的，你的腹肌还要加强。"

"车间停电后，你估计管教在多长时间内会反应过来，清点人数？"何武成问。他觉得这个问题比过电网的技术更重要。

"说不准。"郑洪斌的口气却还是那么自信，"这些犯人会兴奋起来，黑暗等于让他们得到短暂的释放，弹压需要一些时间。工厂会马上通知保卫部门，请求派人支援。在支援的警察带着照明用具到达之前，我们必须越过高墙。所以动作一定要快。刚刚计算需要六分钟。要压缩到五分钟。六分钟就该越过高墙电网了。"

何武成头朝下斜躺在练腹肌的长板上，往上抬起身体，练腹肌。郑洪斌在一旁数数。

"27、28、29、30，好了。"

郑洪斌自己躺在地上，双臂弯曲，掌心向上："过来，站在我的手掌上。"

何武成面对躺在地上的郑洪斌，抖抖索索地把左脚先踩在郑洪斌的右手掌上。

"你怕什么？这么没出息。"郑洪斌训斥他。

何武成一咬牙，右脚也抬起，放在郑洪斌左手掌上。

"身体弯曲，重心低一点。好，我开始举了，你保持平衡，双臂可以张开。"

何武成弯着腰，张开双臂，样子很滑稽。别的学员和管教人员都被他们的新花招吸引了。

在人们的哄笑声中，郑洪斌举起身体打颤的何武成。众人鼓掌。

"郑大哥这玩的是什么招？"一个学员问。郑洪斌没回答，继续托举何武成。

"慢慢自在一些了吧？那就把腰直起来。"

何武成直起腰来，身体没那么抖动了。

又举了几下，郑洪斌对何武成发话："行了，下来吧。"

一个学员看着新鲜："那我也试试。"

郑洪斌坐了起来："可以啊，你躺下举我。我给小何做个样子。"

这个学员真的躺下了，郑洪斌从容地踏上了他的两个手掌，学员将他轻松举起。

郑洪斌对何武成说："看到吧，这不光是因为小孙有力气。"

"大哥有轻功。"那个小孙来了干劲儿。

郑洪斌吩咐："你继续举。练身体练的是什么？五大要素：力量、速度、耐力、柔韧和平衡。这个举人的动作是我当兵时候常练的。被举的人练的是平衡，你要说轻功，也有点那个意思。行了，放下吧。"

郑洪斌下来后，伸手把小孙拉了起来。

"我也不是害怕，身子柴。"何武成不好意思地解释。

"所以啊，要找到平衡感。练到在空中收发自如，如履平地。"郑洪斌转向管教人员，"政府花钱给我们盖这个健身房，就是让我们生活中

120

有点目标，这样有利于改造。是不是，政府？傻练肌肉块儿，干劲头慢慢也就没了。要有些变化。"

管教人员点点头，没说话。

要说监狱的生活条件，真的和改革开放前有天壤之别。南山监狱不仅有健身房供学员使用，健身房还有淋浴室。冲澡时何武成看着浑身上下见长的肌肉，诚心诚意地感激郑洪斌："大哥，我得谢谢您。在您的指导下，我这肌肉见长。"

"哈哈。得感谢政府。监狱条件这么好，既能学习，又能锻炼。"

"那是。"

"告诉你一个好消息。"老郑满心欢喜地说，"包文谋的老妈住上院了，手术排在明天。"

"哇，不容易，这是好事啊。"

"是啊，对稳定包文谋和所有学员的情绪都有积极作用。"

"对我们也一样。"何武成知道，这次老包一定给郑洪斌送上大礼，一份对于他们越狱必不可少的大礼。

冲完澡后，郑洪斌、何武成到室外散散步。两人遥望监狱高墙外的远山。

何武成又说到"正题"上了："南山在三省的交界处，属于江南丘陵地带，再往南就是罗霄山脉了。战争年代把根据地建立在附近，'文革'期间又在这里建三线工厂，都是有道理的。虽说近年来铁路、高速公路建了不少，这里还算不上交通便利。"

"嗯。说近的。"

"如果不是在南山镇建厂，这里属于兔子不拉屎的边远地区，同县城和大的集镇都有几十公里的距离。而且，汽车进来出去都要翻过山岭，甚至要过隧道。"

"再近一点，说跟前的。"

何武成觉得老郑真有意思，细节固然最重要，但是大环境就不需要介绍了？不过，他知道必须跟着老郑的思路走："您被送进来的时候，一定注意过那个南山镇。唯一的公路从镇上穿过。监狱的外墙与这条公路基本平行，距离是五百米左右。进监狱的大道在南山镇东三百米左右分岔，这条路在进监狱的大门之前还有一条分支，继续往前绕监狱一圈，在南山镇西与公路再次接上，其作用就是便于警卫南山监狱的车队出行，拦截可能越狱的犯人。"

"可能从来都没用过。"

"我想没有。路的质量不高，但它大大方便了农民群众。老乡春种秋收都从这条砂土路上走。路的两边应该属于工厂和后来的南山监狱。但是你进来时会看到庄稼地，那是老乡种的。"

"现在靠近高墙的是水田，山边坡地是玉米地。"郑洪斌进监狱前特别注意周边环境，尽管当时并没有越狱的想法，但多年的特种兵训练已经养成了习惯。

"对。在玉米收割之前，过了路就相对安全了。"何武成明白老郑的意思。接着，小何说出自己担心的情况，"如果从车间停电起，十分钟之内发现有人没了。车队出动，探照灯打开。后果可想而知。"

老郑平静地接过话茬："但是如果警卫人员在十分钟之内没有意识到，那么越狱的人就可以穿过玉米地，开始登山。重要的是利用水流消除踪迹。只有在下雨天山间才有溪流。"

"下雨就不用担心警犬了。"何武成点头认同，继续解释，"南山镇处于狭长的山谷中，南边和北边的山岭我都爬过。在这里施工的时候，别人休息打牌，我爬山。觉得在山顶的感觉特别好。"

"你有什么建议？"郑洪斌问。

"建议往西走五公里，从隧道顶上越过公路，再往南。"

"然后呢？"

"下面您说了算。我的建议到摆脱监狱附近警察的搜索为止。"

"我们需要有个休整的地方。"

"我能找到这样一个地方。"何武成很有把握地说。

第七章　迷雾重重

　　看了《顺昌大桥倒塌事故调查与分析报告》，白雪梅十分内疚。想当初何武成被抓，她反复提醒自己要回避。原因是凭着对何武成的了解，她认定何武成犯罪是无稽之谈，所以不会有事的。而当他真的被判决，为时已晚。现在白雪梅可以肯定何武成是为从大桥工程中大捞一把的犯罪集团顶了罪。即使不是学工程的，她都可以估计出，十几个桥墩用工用料如果省了一半，对于二十几亿的工程来说，能扣下多少钱。而事故要造成多少死伤，犯罪集团想都不想，或者根本不在乎。这是何等的丧心病狂！

　　为此，白雪梅专门约了周清泉到江边公园谈一谈。他们并肩走了一段路以后，在一个为游人准备的靠背椅上坐了下来，心情沉重地凝视着夜幕下的江面。

　　周清泉开导白雪梅："你就别后悔了。其实，为何武成设计的圈套和郑洪斌案一样非常巧妙。就算你介入，结果也好不了。你如果为了他的案子违纪，后果更糟，可能会被迫离开刑警队伍，连现在为何武成翻案的机会都没有了。这用得上一句古话：亡羊补牢，犹未晚也。"

　　白雪梅悲愤地说："你说得对，不把这些野兽都不如的人渣绳之以法，我们于心何安！"

　　白雪梅告诉周清泉，她打算从这个事故本身查起。沪上市的百年大计工程事务所负责调查的工程师应该对造成事故的缘由记忆犹新。而且，这位调查员不会没有看过大桥的设计图纸，不会没有考虑过到底是设计问题还是施工问题。周清泉赞同，并且分析，如果报告中没有详细分析是设计还是施工问题，那么就说明写作者受到压力或威胁。

　　"你说得对，报告中确实没有进一步分析，检方也没有追究。时隔一年，我们现在追究了，他们有可能说出详情。"

"但愿如此。假设他们认为是施工问题，下一步你怎么做？"周清泉问道。

"找到施工人员。他们打死了施工和质检的负责人，但是总不能把所有参加施工的人员灭了口。"

"那倒不至于，但是他们一定采取了威胁和利诱的手段。"

"难，那是肯定的。"白雪梅诚恳地对周清泉说，"我一个人不行，需要你的帮助。"

周清泉表示义不容辞，而且，他一直都在为侦破和铲除江昌地区这个隐蔽极深的犯罪集团努力着。现在完全可以假设，郑洪斌案和何武成案中共同的神秘枪手就是这个集团的重要成员。白雪梅继续分析，何武成案中最难的，恐怕还是调查承包大桥工程的昌盛集团本身。查明这个公司，差不多等于端掉这个黑社会。

周清泉说："是啊。我得提醒你，要处处提防犯罪团伙的暗算。显然，他们收买了警方的人。"

"所以我把你请到公园来谈呀。"

"哈哈。局里的同事肯定要议论，周清泉这家伙总算如愿以偿，跟警花一号约会了。谁又能知道，我这是在帮助'情敌'回到情人身边呢？"周清泉调侃起自己来了。

白雪梅感激地说："清泉大哥，你让我更加敬重你了。"

*

黄昏时分。五岳站在自己居于二楼的房间的窗前，居高临下，看着窗外。

窗外，继父利奥诺拉为岳晓天拉开车门。岳晓天坐进车里之后，利奥诺拉关上车门，绕到另一侧，坐进驾驶员的位子。

车离开门前的车道，往大街上驶去。

五岳目送继父开车离去。他回到书桌前，在计算机上继续自己的骇客行动。

五岳在父母离异后，靠着爸爸留下的那把弹弓，在最初的两年里还

124

在小朋友中神气过一段日子。可是自从妈妈又结婚，他们娘儿俩搬进继父的豪宅，他同过去小伙伴们的关系便断了。加上年龄的增长，谁还稀罕那玩意儿？到了小学四五年级，美国孩子玩枪的都不在少数。枪，当然一直是五岳神往的。他知道爸爸拿过世界冠军，那是他心里最最感到骄傲的事。可是，他敢同妈妈提学射击的事吗？

在经历了与童年时代告别的痛苦后，五岳变得沉默寡言起来。直到继父为了讨他的欢心，也是为了解除岳晓天的苦恼，为五岳买了一台最新式的电脑。是的，五岳后来在电脑和网络世界里找到了自我，说迷失了自我也未尝不可，那是要"归功"于继父作为十岁生日礼物送给他的那台苹果机。只用了一两年的工夫，小学五年级的时候，五岳把计算机玩得烂熟。他无师自通地进入虚拟的网络世界，成为骇客世界一个活跃的新手。

当然，有岳晓天这样的"虎妈"，五岳一是要保证自己的学习成绩不能太差，二是作息时间很难更动。他晚上试过偷偷起床上网，立刻就被妈妈发现，并威胁要没收他的电脑。没有这样过分关注的妈妈，五岳恐怕会成为顶尖骇客。而现在，只要一天不离开这个家，不离开这个妈，五岳只能继续做一个老资格，但是技术有一定限制的骇客。离开家的代价太大。五岳一直在想，但一直下不了决心。

现在，爸爸被诬陷入狱一事挑起了五岳利用自己的骇客技术解开谜底的斗志。

五岳的手指在键盘上"噼噼啪啪"地打动着。他打算首先进入继父的电子邮箱查看可疑的邮件，这对他是小菜一碟。他的眉头一扬，两眼冒出光彩来，他进入了继父利奥诺拉的 Yahoo 邮件账户。

五岳大致浏览了一下近期邮件，其中就有"陈世明"为寄件人的邮件。五岳点击"Sort By""Sender（寄件人）"。这样，所有陈世明寄出的邮件便一目了然了。五岳打开了稍前一段时间的一封邮件。

利奥诺拉和岳晓天走进一家很有些档次的墨西哥餐馆。经理把他们引到一张餐桌，一位中年男性侍者拉开椅子，先让岳晓天坐下，然后才绕过餐桌，为利奥诺拉拉开椅子。经理将手中印制精美的菜谱放在岳晓天和利奥诺拉的面前。

"谢谢。"岳晓天优雅地一笑。

"夫人，喝点什么？"

"红酒。"

"您呢，先生？"

"请给我们一瓶米欧卡姆兹特。"

"遵命，先生。"经理美滋滋地转身离去。

"这太奢侈了吧？"即使对红酒的知识有限，岳晓天也听说过这种名贵的牌子。她心里想，在餐馆里这种酒恐怕要五六百美元一瓶。

利奥诺拉轻描淡写地挥了挥手："没必要那么节省，太太。"接着又关切地问道，"晓天，你是不是有心事？"

"唉，还不是为了五岳。他听说他爸爸被捕，情绪很不好。"

"很抱歉。因为最近工作忙，我忽视了孩子这一阶段需要特别关心。你看，要不要我找他谈谈？"利奥诺拉说得倒也诚恳。

"哦，那倒不需要，事实上，我担心……"

那位侍者端着用冰块覆盖的红酒来到他们桌前，岳晓天把要说的话又咽了回去。

侍者熟练地打开酒瓶的软木塞，倒了一点点酒，递给利奥诺拉。利奥诺拉晃动高脚玻璃杯，注视着泛起的酒花，然后品尝了一口，点点头："很好。"

侍者给岳晓天和利奥诺拉各自斟上小半杯酒："夫人，先生，请享用。"

"谢谢，先生。"侍者离开后，利奥诺拉接着上面的话题："刚刚你说……"

"哦，我说不用你专门找五岳谈。孩子可能需要些时间来接受这件事情。说点别的吧，Otto，我们喝酒。"岳晓天举起酒杯。利奥诺拉微笑着提醒她："再等一会儿。"

"哦，对。我老是记不住葡萄酒需要'醒'至少十分钟。"岳晓天不好意思地笑了笑，她在生活享受方面很少上心，"惭愧得很。别说这些细节，我至今都喝不出这种高档名酒和我买的 Charles Shaw 有多大的区别。"岳晓天说的倒是大实话。

"哦，是吗？从刚入口的口感到余香，区别应该很明显啊。"

"我知道有区别，但是不至于像两者的价钱一样，差上百倍吧？你给我说说好的葡萄酒为什么这么贵。"

利奥诺拉笑了，他倒不是嘲笑岳晓天没有这方面的见识，而是欣赏她的坦诚、直率和刨根问底的认真。"那我反过来说说，你买的不到五美元一瓶的酒为什么那么便宜吧。就拿 Charles Shaw 为例。首先，生产这个品牌的葡萄酒公司的生产基地在西海岸盛华坤山谷。那里偏僻，地价很低。"

"这和酒的质量没关系。"

"有关系。地价低是因为自然条件不好。"利奥诺拉很认真地讲解，"这是我要说的第二条：那里气温高，葡萄成熟期短。原料品质受很大影响。第三，酒的储存，在法国用的是传统工艺制作的橡木桶。这家公司也用橡木，但只是里面有一层橡木片的容器。酒瓶的软木塞也大不一样。这些都影响酒的质量。"

"天啦，如果讲究起来，那还有个完？"

"第四，高档葡萄酒不可以大批量制作。这和炒菜道理相似，炒菜需要短时间内受热均匀。而酒接触的氧气越少越好。我们喝的酒每次只酿造几百加仑。你买的那种酒，可能一次酿造几十万加仑，也就是一千倍。"

"这道理我容易接受。"

"与此相关，第五，大批量制作用机械而不是用人工。机械采集，机械清洗，传送。那些次果甚至病果，难免混杂在原料中。后果你知道的。"

岳晓天不能不服："Otto，每次和你讨论，不管是什么问题，你都能说出让人信服的道理，而且说起来从容不迫。佩服。"

利奥诺拉心里美滋滋的："谢谢夫人夸奖。"

*

为了避免早晨的上班高峰，岳晓星每天六点多就开车离开家。反正

127

律师的事情多得忙不过来，即使早到，也得晚回。七点多一点，就在她快要进入大楼的地下停车场入口时，收到了五岳打来的电话。岳晓星让他等一会儿。

可是五岳不依，他说小姨我的时间有限，话很多，趁着我妈和利奥诺拉先生不在家，我想把话说完，你就听着好了。于是岳晓星只好把手机的免提打开，一边听五岳说话，一边把车停好。往电梯口走的一路上，只能把手机举在耳朵边，嘴里不停"嗯，嗯"地回应着。直到进了自己的办公室，关上门，坐了下来。

五岳说的，正是对陈世明和利奥诺拉的怀疑。乍听起来，有些像小孩子的胡思乱想，不过，岳晓星还是愿意把问题搞清楚。

"五岳，我到办公室了。听你说了很多。可以问你几个问题吗？"

"小姨，你问。"

"你说的这些情况很重要。不过，我担心，由于你对你继父一直是排斥的，你的描述是否带有感情色彩？我的意思是，你是不是带有夸张的成分？"

"不，不，我没有带感情色彩。刚刚跟你说了，他们的会面和谈话非常可疑。"

"仅仅因为他们在你爸爸出事前后见了面，谈了话，不能说明他们在搞阴谋。我们需要有说服力的证据。"

"我正要说证据。早在我爸爸来美国签字购买桑普森公司之前，那个陈叔叔就和我的继父在谈由金山公司购买福山公司的可能。那时候怎么可能？我爸爸如果不出事，福山的规模和经营状况都比金山要强。接着，他们还说了一些我看不太懂的话。我认为都是阴谋。"

"哎，你等等。你怎么知道他们在你爸爸要收购桑普森之前就谈购买福山公司？"

"我怎么知道的？我进了利奥诺拉的电子邮箱！"

"你进了……你是骇客啊？"

"是啊，我是骇客。那又怎么啦。不然我怎么能知道？"

"五岳，那是非法手段！"岳晓星严肃地警告。

"哎哟，小姨，你们律师也太敏感了。我爸爸都被他们整得关进牢房一辈子，我还管它合法非法。"

"好吧。他们还说了哪些比较重要的话？比如说，下一步他们准备怎么做？"

"好像是陈叔叔说直接由金山买下福山不太可能。他说想让昌盛集团和金刚公司联手，和我继父的金山公司合资买下福山。"

"我们知道他们是搞阴谋。但是，他们并不违法。我们需要证明他们兼并福山是为了干违法的交易。"岳晓星感到郑洪斌这个案子太复杂了。

"一定是啦。小姨你还不知道，我继父的家族在墨西哥是黑帮。"

"你该不是瞎说吧？我怎么没听你妈说过？"

"我妈不知道。我的表叔就是墨西哥最大的 drug lord（毒枭）保利诺！我见过他。那时我还不到十岁。他随手给我一大叠美元，全是一百块一张的。"

"天啦。可是，如果你继父和他近年来没有什么联系，或者有联系但是没干坏事，那也治不了他的罪。"

"我要查。"五岳坚定地说。

"可得小心，不是闹着玩的。如果他们真有勾结，一旦发现你在查他们，你的小命就没了。"

"我会当心的。小姨，如果我查到什么，报告给谁？向美国警察报告对救我爸爸管用吗？"五岳毕竟年轻，他有技术、胆量和决心，但缺少司法方面的知识，这是他马上想到要向小姨求助的原因。他做对了。

"不管用。"岳晓星脑子里在迅速地转动着，"但是国际刑警可能。国际刑警是可以要求中国警方配合的。五岳，一旦举报，就会传你听证什么的，那你就暴露了。美国警方或者国际刑警未必能够保护你。"她对外甥的安全很是担心。

"我知道。我可以用假的名字举报嘛。小姨，我妈他们出去吃饭，快回来了。我不多说了。"

"哎，千万要小心。再见。"岳晓星心里想，这孩子真是长大了。可是，他恐怕还是对面临的危险估计不足，特别是举报墨西哥黑帮的事情，哪怕透露出一丝一毫的消息，五岳的小命可就完了。

郑洪斌推开车间厕所的门。他环视这个没有窗户的厕所。有犯人打扫，干净是没有问题的，但是处处陈旧，墙壁斑驳，能够看到被砖头封死的小窗的痕迹。小便池是后装上的，墙上也保留着过去两尺高的水泥池印记。

小便池对面沿墙一溜有五个大便间，是用最简易的材料安装间隔起来的。郑洪斌拉开其中一扇门，整个框架都摇晃。他仔细地看着搪瓷便池，想象着便池下和墙壁后面的结构。郑洪斌徒手比画起来，他先是假设手中有一个钢凿，比画着去凿便池后面的墙壁。想想这个办法不好。他又改为假设用铁锤，猛砸三下，把搪瓷制的便池打碎。然后比画用锤，不，还是用锤把子后面撬钉子用的工具把砖缝里的黏土凿掉。有了缺口，再用锤子把原便池四周的砖敲掉，以扩大洞口。这么比画一番，郑洪斌觉得有数了。

忽听门外有动静，郑洪斌连忙调转身体，解开腰带，蹲了下来。

回到车间，郑洪斌把一截直径五毫米的铁丝，塞进工作台后面靠墙的缝里。

他拿起钉锤，掂了掂。钉锤是全钢制作：锤头和把儿都是钢铁的，把儿的尾部呈燕尾状，用于撬起钉子。

第二天中午，监舍的铁门被管教人员打开。手术后的包文谋，从脖子到胸口都裹着绷带，被带进319监舍。管教隔着铁栅栏宣布："学员包文谋动手术不久，在他伤口愈合之前，大家照顾着点。有恶意加重包文谋伤情的，一律严惩。听到了吗？"

"听到了！"众学员齐声回答。

管教一走，同监舍的犯人你一言我一语地小声问候起来："包大哥，你可出份儿了！""好汉包大哥！这边坐下。"

郑洪斌走过去握了握包文谋的手："文谋啊，你也太过分了。犯得着受这个罪吗？"

包文谋望着郑洪斌，"扑通"往下一跪："大哥，我老妈动了手术，有救了！您的大恩大德，小弟我来世一定相报！"

郑洪斌连忙扶起包文谋："使不得！老弟，你妈就是我妈，说什么报恩。你动作大了震坏了伤口我可担当不起。"

这一天下夜班，郑洪斌爬到自己的上铺，躺了下来，觉得枕头有些异常，不动声色地翻身侧卧，把手伸到枕头下面。他触摸到一个软软的东西，慢慢拿出来看了一下：这是窝成一团的输液用的橡皮软管。

*

白雪梅给沪上市"百年大计"工程事务所去电话。对方接电话的是事务所办公室秘书："这里是百年大计工程事务所。请问您找哪一位？"

"我是江昌市公安局的白雪梅。一年前，贵所承担了调查顺昌大桥倒塌事故的工作，我想和负责调查工作的同志谈一谈。"

"哦，顺昌大桥的调查是耿工负责的。耿工已经辞职，离开我们所很久了。"秘书回答。

"您能够找到他现在的联络方式吗？"

"对不起，当初他离开，没有给任何一个人留下联络电话、E-mail，或其他。所里昨天还在议论这件事，因为他的一些私人邮件到现在也没法给他转去。"

"来江昌的还有他的一个助手。"

"小姚啊，他也辞职了，去向不明。好像他们都有意不让我们知道要去哪里。"

"当初他们申请工作时填的表上，总有他们家庭的相关信息吧？"白雪梅不死心。

"我们试着联系过，或者是搬家了，或者是其他原因，找不到他们的。"

这就很明确了。他们是刻意让人找不到的，除了被人收买或者受人威胁，没有其他解释。这更能说明犯罪集团的狡猾和阴险，对于破案本身却没有帮助。白雪梅给工程事务所的秘书留下自己的电话，嘱托一旦

131

有他们的消息，立刻转告她。

白雪梅来到周清泉的办公室门前，看到周清泉正在伏案工作。白雪梅敲了敲本来就开着的门，周清泉这才抬起头来："哟，雪梅，请进。"

白雪梅进门后，顺手把门关上。

周清泉开了个玩笑："你是想给其他同志多一点想象空间是吧？"

白雪梅拉了把椅子坐下："就算是让有些人在紧张工作之余得到一些调剂吧。"

"有什么新发现？"

"我给沪上的百年大计工程事务所打了电话，负责调查顺昌大桥事故的耿工在返回沪上后不久辞职，接着协助他来江昌搞事故调查的助手小姚也离开事务所，两个人下落不明。"

周清泉浅浅一笑："这就对了，整个事情是个精心设计的阴谋。我一点也不感到意外。我去寻访负责大桥桥墩施工的工程队队长袁才真，他同样辞工，带着全家到外地去了，没有给任何人留下联系电话、地址等等。"

"这说明我们非找到施工的知情人不可，他们总不会让所有参加施工的人都消失吧？"

"参加施工的有三类人：关键的负责人，如袁队长和现场工程师都找不到了。搞搬运和搅拌等非技术活的，大多是农民工，他们只是做最简单的粗活，找到他们也不能证明什么。但是公司的正式技术工人是知道基本原理和正规操作要求的，我们要找的是这些人。"周清泉说的有板有眼。

"这么说，你已经有寻访对象了？"

周清泉点点头："我也正准备约你一道去找这些技术工人取证。他们毫无疑问会受到过公司或者黑道的威胁，但是他们同时又一定具备劳动人民的良心和正义感。访问他们，一定会有收获。为了打消他们的顾虑，我们的寻访，只能秘密进行。"

"什么时候去？"

"今晚就去。"

晚上，周清泉和白雪梅便装出行，他们走到后街的一个院门前停下脚步。周清泉用手电筒辨认了一下门牌："就是这里。"

　　白雪梅上前敲门。里面传来一位上了点年纪的人的声音。

　　"谁呀？"

　　白雪梅回答："是我，我是雪梅，夏金娟的朋友。我们来看看夏伯伯和伯妈。"

　　"金娟的同学吧？快开门去。"说话的是夏金娟的妈妈。

　　"你看这孩子，让同学来也不先来个电话。"老夏嘴里埋怨着，打开大门迎接两位年轻人，"请进。"

　　"金娟到青海支教去了。你们一定很想她吧？"雪梅热情地寒暄道。

　　"是啊。你们提前回来了？"

　　周清泉说："我们没去青海，来这儿看看你们，还有点事情要请教。"

　　"好啊。我们在院子里坐着乘凉，还是进屋说？"

　　"哎呀，好羡慕哦。你们还有个院子乘凉。夏伯伯，我们还是进屋谈话吧。"

　　老两口把周清泉和白雪梅引进屋里。老夏吩咐夏大妈："老伴，泡茶去。"

　　白雪梅说："不忙。我们不喝茶，喝了睡不着觉。"

　　"那就切西瓜，西瓜在井里泡着哩。"

　　"哎哟，可别麻烦！"周清泉不好意思起来。

　　"好，我这就去。"夏大妈高高兴兴地答应着，转身出了门。

　　老夏招呼客人："让她去。见到你们，我们高兴。你俩坐下。"

　　周清泉和白雪梅坐下了。其实，他们也希望只和老夏一个人谈："夏伯伯，真对不起。我们有件重要的事情要和你谈。为了不引起别人的注意，只能采取私人访问，选在晚上来。"白雪梅尽量让自己的语气缓和。

　　可是老夏一听，脸色都变了："什么事？我家金娟……"

　　周清泉马上说明："夏金娟没事，她很好，我今天下午还和青海支

133

教团的领队打过电话。她那儿偏僻，手机信号不好，所以不能经常给家来电话。"

"哦，那就好。你们要谈什么事？"老夏心里这才踏实了。

白雪梅从随身小包里拿出工作证，打开给老夏看。

老夏一看就明白了："你们是公安？唉，我就知道，那件事没完。"

"怎么会完？几十条人命，上百人伤残，二十多亿国家的财产。夏伯伯，天理昭昭啊。不是不报，时候未到。"

周清泉也愤然说道："犯罪集团只能隐瞒一时，怎会猖獗一世？"

"我只不过是个工段长。桥墩基础不牢，意见我提过。"

"向谁提过？"

"钱主任。可他说，不会有问题，我们只要按照设计方案去做就好了。"

"是这么设计的吗？"周清泉问。

"我是工人，怎么设计的我哪里知道？心里打鼓，可是端人家碗受人家管。唉，作孽啊，我心里一直不安，一直等着你们来问我的罪。"

白雪梅诚恳地打消老夏的顾虑："我不认为您有罪。您受到良心的谴责，这说明您作为建设者之一，对于大桥倒塌有一份责任。现在，我们要把真正的罪犯绳之以法，这是您重新承担起这份责任的时候了。这也是您告慰在大桥事故中无辜丧生的冤魂的机会。"

大门被推开，夏大妈捧着西瓜进屋："西瓜来了！"

"金娟她妈，你把西瓜放下，到邻居家串串门。我跟这两位年轻人有重要的话要说。"老夏吩咐老伴。

这可吓了夏妈妈一跳："出，出什么事了？"

白雪梅赶紧安抚她："没有。阿姨，您还是在院子里乘凉比较好。千万不要引起其他人怀疑和猜测。"

"阿姨。您自己也不要乱猜。我们在谈顺昌大桥的事。为了保障你们的人身安全，不能让任何人知道我们来过。"周清泉补充了一句，他觉得还是得告诉老人是什么事。

"啊，我知道了。我这就到院子里去。"

老夏此时心情也稍微平静了一些："那你们是知道他们下过封口令？

知道杀钱主任是给我们所有参加施工的人看的?"

"他们以为让何武成一个人去顶罪,就能瞒天过海。夏伯伯,何武成的父母和你们差不多的年纪。将心比心,我们该还他们一家一个公道啊。顺昌大桥建成后在实验通车时就倒塌了。作为工段长之一,您认为何武成应该承担多少责任?"

听了白雪梅的这番话,老夏忽然意识到眼前这个女孩是何武成的女朋友。难怪第一眼就觉得过去见过她,还以为真的是金娟的同学哩。老夏叹了一口气:"唉,……何工完全是无辜的。桥墩刚建好,钱主任就辞职了。公司提拔何工当这个主任,就是算计好了让他去顶罪。"

"何武成过去也是总经理助理,他在建桥墩期间,有没有到过施工现场?有没有过问工程进度?"周清泉想证实一下。

"据我所知,没有。提拔他当主任后,他对施工还是挺上心的。"

白雪梅说:"好。让我们从工程开始说起,每一个环节都需要搞清楚。夏伯伯,你只是我们调查的施工者之一。我们在完成整个调查工作之前,即使在公安局内部都会保密。请您放心。"

"我放心,就是有危险我也不怕。把真相告诉你们,我才能把这颗心放下,轻轻松松过日子。"

离开夏家,周清泉和白雪梅来到江边公园。他们倚着栏杆,看着在两岸灯光照耀下波光粼粼的江面。老夏是个正直善良的老工人,顺昌大桥的倒塌出了几十条人命,作为施工者之一,他心存内疚。可是,钱主任被杀,何武成被顶罪入狱,他们工程队的每一个人都受到威胁。他哪里敢出头挑战曾老板和黑道?面对深夜来访的两个警官,他把所有工程细节和黑道如何威胁他们的事都说了出来。白雪梅全程录音,作为今后破案的证据。

昌盛集团总经理曾金虎,过去可是江昌市出了名的地痞流氓,后来做起生意来,一晃变成大集团公司的总经理。说他有黑社会的背景,谁都信,但是并没有他犯罪的证据。其实,刑警队对曾金虎何止是了解。老一点的刑警可以说对他很熟。周清泉刚分到刑警大队的时候,就和他打过交道。有好几起贩毒绑架案相信都和他有关系,当然没抓到有力的证据。后来社会上，或者说他们的"道上"传言，曾金虎金盆洗手不干了，没想到他越玩越大了。

去年顺昌大桥倒塌案发生时，周清泉被派到外地执行任务，前后几个月时间。等他回来，这个惊天大案的审理已经接近尾声。事实上，周清泉提出过对审理结论的异议，不过没有被采纳。

昌盛集团是近年来迅速发展起来的，它的业务范围从最初经营商铺和搞运输，到后来承包工程，搞房地产。想要查清它的资产，以及这个集团滚雪球式的发展过程是不容易的。周清泉怀疑他们的资金来源有问题，特别是他们最初圈地建房的大笔资金，不可能从小商小贩的经营中积累而来。

"我还没来得及告诉你。岳律师说，福山现在的负责人陈世明，打算动员昌盛集团伙同金刚公司，和美国的金山公司合资，买下福山公司。金刚公司实力不大，只能充当一个配角。你想这个昌盛集团得有多么大的财力，特别是他们需要有能力填补上福山公司几亿巨款被盗窃所造成的损失。"

白雪梅的话让周清泉感到特别的诧异和不解："难道郑洪斌就是因为昌盛集团想吞并福山而被陷害的？他们犯不着去惹上这么大的事吧？我的意思是，昌盛集团一路还算是顺畅的，不管合法非法，昌盛有的是自己发财的轻车熟路。为什么要把福山搞垮，再接下一个烂摊子？"

白雪梅也是这么想的："是啊。假设为了钱，把那笔钱转走不就完了？所以这个思路不对。"

周清泉顺着这个思路继续提出疑问："现在我们已经知道文增辉可能涉案。那么，文增辉同昌盛有关系吗？是什么关系？凭直觉，他们不大可能混在一起。文增辉是外地来的高学历高智商的公司内部高管，曾金虎是本地地面上混出来的流氓地痞，他们怎么会相互信任，联手搞出这么大的阴谋？"

这么几个重要线索的出现，把案子搞得迷雾重重。

＊

车间里，管教人员在慢慢走动，警惕地监视着各司其职的学员们。

136

见到门外另一位管教伸头做了个手势，他悄悄地离开了车间。

郑洪斌一直在留心监管人员的举动，一看到他离开，马上从工作台和墙壁中间的夹缝中取出那根早先放入的铁丝，迅速对折，夹在台钳上拧了几个旋，把两边弯了弯，又将两端用老虎钳弯出环状，一个弹弓的弓架便做成了。

何武成手里在忙着，眼睛却注视着郑洪斌和门外。看到监管人员不声不响地回到车间，何武成为郑洪斌捏了一把汗。再看郑洪斌，手里拿着的铁丝不知什么时候变成了一个线圈，何武成松了口气。他拿起焊接好的零部件走向郑洪斌。

"老郑，您看这样焊起来能不能用？"

"拿来看看。"郑洪斌将零件接过来，用游标尺量来量去的。

"做了什么？"何武成轻声问道。

"工具。"

何武成的声调又恢复正常："要是管用，我就这么焊了。表面不光滑是可以加工的嘛。"

"对。要注意的不仅是尺寸，还有角度。你看这里，还有这里。"

何武成接过零件，看着，点着头，嘴里"嗯，嗯"地答应着。

这次是郑洪斌压低声调了："七道工序：熄火，进所，钻眼，出槽，灭光，上顶，过网。需要的工具放在哪里，要时时留意。"

"知道了。老郑，对于这个弯头，您有什么要求？"

"最后一道工序难度最大，没法练习。靠的是现场发挥，配合默契。"

"大哥，看起来您是胸有成竹了。"

"万事俱备，只欠东风。"

在锻炼身体上，郑洪斌对自己和何武成的要求更严了。健身房里，何武成手握吊环，引体向上，郑洪斌在一旁为他数数："25、26、27、28……"

"大哥，行了吧？"连续几组，有点精疲力竭，何武成拉不上去了。

"不行，说好了三十个一组。我比你大将近二十岁，你怎么好意思比我差那么远？"

何武成咬紧牙关拉到一半，实在拉不上去，身体垂了下来。郑洪斌扬起腿踢在何武成的小腿上。在一旁监视的管教人员看不下去了。

"郑洪斌！你怎么打人？"

"没有，没有打。我拉！"何武成一听急了，不知哪来的力气，又拉了两个。郑洪斌高兴地拍了拍何武成。

"这不就完成了？"郑洪斌笑脸相迎管教人员。

"报告政府，我是督促他下干劲完成既定指标。方法不对，我检讨。"

管教训斥起老郑来："动手动脚违反纪律，再这样我们就不让你们来这里锻炼了。本来你们上夜班体力消耗很大，随便动一动就完了。你怎么能要求何武成跟你一样呢？你当年受的是什么训练？他是知识分子，工程师。明白吗？"

"明白。"

从练身房出来，郑洪斌和何武成在室外放风的操场上散步。何武成不好意思地对郑洪斌说："抱歉啊，我自己不争气，连带大哥挨训。"

郑洪斌根本就没当回事："高空中对身体的控制靠的就是腹肌的力量，你练得不错。"

"嘿嘿，谢谢鼓励。大哥我们坐一会儿？"他们在钢丝网墙边上的固定长凳上坐了下来。两人不再说话，眼睛都望着高墙外的青山。

"小何，想什么呢？"

"大哥您呢？"

"我在想两个女人，我的前后两个老婆。"

"大哥好福气。"

"福气？"郑洪斌瞅了何武成一眼，"我和第一任老婆结婚九年，后几年一直挨骂。和第二任老婆结婚将近五年，她很可能是把我送进监狱的推手。你说这就叫福气？"

"怎么说也是两个漂亮女人，怎么说人家也都陪你睡了好几年。这在我看就是福气了。我要是在这儿待上一辈子，只能玩空想社会主

138

义了。"

"想女朋友啦?"

"怎么能不想? 也不知道她是不是又有了新的男朋友。她可没害我,相反,我认为她会为我洗清罪名做出努力。她会的。"

"那还是你行啊。我就不懂,我在和女人的关系上为什么总是失败。你有个希望,我就惨了,除了自己,谁愿意,又能够帮我洗清罪名呢?"

"您不是有儿子吗?"何武成安慰老郑,"我们部队战友说,在乡下,有个儿子,别人一般都不敢随便欺负。因为儿子会长大,长大了,就能帮爹妈找回公道。"

"但愿我儿子也能帮我找回公道。不过,他刚上大学,恐怕没有帮助他老爸翻案的本事。"

*

此时的郑洪斌当然不知道,他的儿子正在并且将要在他翻案和缉查犯罪集团的奋斗中扮演一个重要的角色。

下班的时候早到了,郑五岳还在办公室里忙着。五岳的一个同事从他办公的隔板间前通过,发现他没走,又折过身来。

"哟,我还以为我是最后一个离开办公室的。你干吗还在这儿?"

"哦,我想今天把手头的事做完,明天我可能来晚一点。"

"别太辛苦了,晚安。"

"晚安,明天见。"

五岳听着同事的脚步声渐渐远去。他十指飞快地敲打键盘,进入公司的数据库,查看公司账目。在数据表中,他找到"Other Treading(其他贸易)"的栏目下,买(Purchase)和卖(Sell)两栏都是空白。他用游标拉动直到底部,金额为零。五岳想了想,觉得不太可能。他双击该栏目。一个警示框跳了出来:"You have no rights to read the details(你无权阅读细目内容)。"

五岳冷笑着"哼"了一声。他打开指令视窗,直接进入操作系统。打入几个指令后,黑色背景的指令视窗上出现了他要找的东西。五岳略微看了一眼，拿出一个小型储存芯片，将"其他贸易"细目表的内容存进储存芯片。接着，他通过互联网，在一个不相干的路由器上调出他秘密存放的一个程序。通过运行这个骇客制作的程序，去掉曾经进入公司数据库和操作系统的痕迹。

岳晓天不安地看着窗外。终于，她看到儿子五岳的车开进自家的车道，这才松了一口气，打开冰箱，把菜一盘盘拿了出来，依次放到微波炉里去热。

她听到大门开了又关上，听到楼梯被儿子踏得叮咚响。可是，菜都热好了，五岳还是没到厨房里面来。岳晓天叹了一口气，冲着楼上喊了起来："五岳！你怎么一回事？不吃饭啊？"

五岳这才往楼下走，一边走，一边抱怨："妈！我都是成年人了，请你别老是把我当个孩子看。我饿了自然会找吃的。"

"菜早都凉了！我看你回来，马上给你热上。你倒好，被人服侍还要抱怨。"

五岳走到厨房："谢谢妈的关照！我没有要求你这么看管我啊。"

岳晓天又好气又好笑："谁看管你啦？快吃吧。你不就是暑假实习，犯得着这么加班加点地干吗？"

五岳坐下来吃饭了："嗯，好吃！你吃了吗？"

"等你半天了！"岳晓天心里想，这些被宠大的孩子都不是好东西。

"哎哟，等我干吗？你那位先生哪儿去了？"

"找抽你，人家可没有任何对不起你的地方。不叫他爸爸也就罢了，什么我先生？跟你没关系啊？"

"有关系！他把我亲爸给挤跑了还不算……"

"说呀。我想听听。"

"还抢走了我妈。"

岳晓天笑了："胡说八道。"

五岳站起身来："我来给你盛饭。我妈辛苦了。"

五岳吃完饭把碗一推就到楼上去，他推开门，刚把一条腿跨进房间，就听到岳晓天在楼下喊："五岳，刚吃完饭不要马上坐在计算机跟前！"

"好，我听听音乐。妈，你别来烦我。"

"你就不能出门散散步？"

哎哟，这个妈呀。五岳没等她说完就把门"砰"地关上了。不仅如此，他还把门把上的按钮按了下去，从里面锁上。

他一屁股坐在计算机前，开机，给国际刑警美国中心局写了一封email：

"INTERPOL Washington

U.S. National Central Bureau

Washington， DC 20530-0001

Dear Sir./Madam，

（华盛顿特区 国际刑警 美国国家中心局

亲爱的先生，或女士：）"

国际刑警美国中心局坐落在华盛顿特区宾西法尼亚大街950号美国司法部的大楼里，十几位国际刑警警官在会议室讨论墨西哥毒枭保利诺集团的最新动态。主任艾伦·艾迪斯正在发言：

"……在墨西哥毒品生产基地和美墨边境的运输线数次遭到沉重打击之后，有迹象表明，保利诺黑帮家族准备往南转移其毒品生产基地。他们同时正在改变他们的毒品运输线。"

艾迪斯揿了一下计算机键盘，屏幕上出现一幅世界地图，红色的箭头标示着毒品运输的路线。"毒品运输从南美开始，船只横跨南大西洋，抵达非洲海岸。"艾迪斯用手中的激光笔在屏幕上比画着，"运送毒品的车队行经撒哈拉沙漠抵达动乱的北非。从这里，毒品进入欧洲国家，部分毒品通过船只运回北美。"

"这么说，我们有必要加强东海岸的巡逻以便阻止他们。"有人插话。

一位叫琳达的女警官对艾迪斯的发言做补充："从欧洲到美国的毒品运输有别于横跨南大西洋的毒品运输，后者是用非法船只运送的。但是我们相信，毒枭们利用正当的国际贸易船只，从欧洲运送毒品到美国来。"琳达直接在艾迪斯手下工作，她三十岁刚出头，显得英姿勃勃。

"我们的港口对于欧洲和美国之间的商船一般只是抽查，抽检率很低。另外，金三角的毒枭近年来逐渐没落，拉美的毒枭有可能乘机进入亚洲。"艾迪斯接着解释。

"我们是否发现了什么？"另一位警官问。

琳达摇了摇头："还没有，这一直都只是假设。但是，昨晚我们收到一个邮件，揭发一家美国公司同墨西哥保利诺家族有着不寻常的关系。发送邮件者声称握有这家公司大宗不明贸易的收支账目。"

"他准备提供具体细节吗？"

琳达的助手韩冰莹警官对他的疑问给予解答："是。他说会寄给我们可疑的贸易账目。他还说，这家可疑的美国公司试图通过不法行动并购一家中国公司。如果我们开始调查这起并购阴谋，他就会寄给我们更多的证据。"

"很有意思。"

琳达继续说明情况："邮件的送发者一定是个电脑骇客，他使用了一个假名字'ELS'。该邮件是通过一所大学的路由器发到我们这儿来的，我们找不到谁是邮件的送发者。"

"这等于告诉了我们，他的证据材料有可能是通过骇客手段得到的。"艾迪斯分析说。

"艾伦，你是否认为这封邮件为的是误导我们对毒枭保利诺的调查？"与会的一位警官不无担忧地提醒艾迪斯。

"可能啊。但是在我们验证他所提供的证据之前，我不会妄下结论。"

琳达对此邮件揭示的问题持乐观态度："至少，我们有必要请求中国同事的帮助。一旦我们开始调查，我们有希望从这位送发邮件的人那里得到更多的信息。"

第八章　狂风暴雨

夜晚。

黑云压顶。

从远方看，整座南山监狱被黑暗笼罩着。只有天际的闪电，让这所高墙电网环绕的监狱瞬间露出森严的轮廓。

空气中充满了浓浓的水汽。高墙之内，平时把院落照得透亮的照明灯此刻也变得暗淡了，只能把周边近距离的范围变成淡黄色的一团。

这样的酷暑，这样的闷热，不仅在监狱工厂车间里干活的学员，就连来回走动的监管人员也挥汗如雨，人们不停地擦汗。

刘主任特地到车间慰问："哎，各位学员听好：今天晚间气温特别高，加上湿度大，你们格外辛苦。我代表管委会向各位坚持在工作岗位上的学员表示慰问。我也不是说说空话，我给你们送来了西瓜！"

一听这话，干活的学员眼睛里放出光来。

"哈哈，再坚持一会儿。休息的时候，大家出来吃瓜，西瓜管饱！"

郑洪斌带头叫了起来："谢谢政府关心！"

其他学员也参差不齐地大声喊道："谢谢刘主任！"

一名管教走到刘主任身边轻声说了句话。刘主任结束演讲，走出车间。

车间外面是休息室，沿墙壁立着给学员工人放衣服的壁橱，壁橱边有几张长凳。一个犯人学员骑运货的三轮车，送来了满满一车的西瓜，正一个个往下搬，都堆在中间地板上。

"眼看就要下暴雨了，小张。"刘主任叫了一声。

小张是一名管教："刘主任，有什么指示？"

"让他们多歇一会儿。没吃完别急着赶人回去干活。吃完了，也让他们歇会儿。"

"是。"

"我们走了。"刘主任取下挂在墙上的雨衣披在身上，带着送瓜来的学员离开车间。

二班长从里面伸头往外看了一眼，看到满地的西瓜，他咧开嘴笑着回去报信："发了！十几个大西瓜。"

干活的学员个个眉开眼笑。郑洪斌笑得意味深长。他看了一眼不远处的何武成，伸出大拇指。何武成回了一个"V"字手势。

一个闪电把车间照得通明。两秒钟后，一声巨雷，像是要把车间给劈开。倾盆暴雨，临空而下，巨大的雨点"噼里啪啦"落在屋顶上。大家都不约而同地放下手中的活，看着窗外。

电铃响了，休息的时间到了。这些学员放下手中的活就往外面休息室跑，郑洪斌冲着他们的背影喊："哎，别着急，把手头的活干完！"

除了埋头电焊的何武成，谁听他的？管教满意地对郑洪斌点头笑了笑，跟着学员出了车间。管教一到休息室就招呼大家："别着急，这么多西瓜你们吃不完。"

小张也说："刘主任交代了，等你们吃完了再回去干活。"

休息间里，学员像是饿牢里放出来的，捧个西瓜，都懒得让小张切开，直接用拳头一砸，把瓜掰成两半，埋头就啃。几个管教人员倒是文明，切成片才啃。

工作间里，郑洪斌对着何武成一挥手，他自己拿出弹弓、铁锤。何武成将车床前垫脚的厚塑料垫毯卷成一卷，用绳子扎牢，提起焊枪来到墙角，把插头插进墙上的电源插座。郑洪斌已经把地砖敲开，里面的电缆线暴露出来了，何武成打开焊枪烧向电缆线。

车间里的所有灯光突然熄灭。

休息室那边一片大哗："停电了！"

黑暗中，郑洪斌没有忘记把地砖复原。何武成则摸到插座处拔掉焊枪的插头，将焊枪送回原处。郑洪斌拎着铁铸的座钳头里走，何武成拿着那卷垫毯后面跟着，走出车间。

外间休息室，黑暗中兴奋的学员们一声接一声地号叫着，管教则极力制止他们："大家镇静！不要乱叫！都给我坐好！"

哪里能制止住这一帮野性大发的学员，黑暗给了他们无名的刺激。他们发了疯似的"嗷！嗷！嗷！！！"乱叫一通。

溜进休息室的郑洪斌、何武成沿着墙摸到厕所，进了厕所大门。

两人进了厕所以后，立刻用带进来的铸铁座钳顶住门。郑洪斌进了大便池间，在外面一声巨雷轰鸣的时候，砸碎了瓷质便池。接下来的工作就要相对容易一些，只要把便池周边的砖头拆掉就行了。

何武成的耳朵贴在门上，注意着外面的动静。外面好像有人打起来了。

"小何！"

听到郑洪斌叫，何武成马上离开厕所大门进了便池隔间。

"应该可以了，你先下。"

何武成摸索着先将腿放进坑内，整个身子滑了进去。郑洪斌拿过那卷垫毯放了进去。

"接着，我下了。"

郑洪斌也滑了进去。

黑暗中，郑洪斌在前，何武成在后，他们摸着管道，找到涵洞，钻了进去。

郑洪斌到了涵洞的另一端。

"注意！到头了。"再往前爬，他摸到了井壁，"到了。上面就是井盖，嗯，我摸到了。"

直起身来的郑洪斌摸到铁井盖，他试着往上顶，可是坏了，顶不开。

"怎么啦，老郑？"

"妈的，井盖一定是被锁住了！"郑洪斌急得满头大汗，他再一次发力，一丝光线漏了进来。

何武成绝望了："老郑，我们不能回去！"

"废话！谁他妈回去？出不去老子就一头撞死在这里！"

闪电的光芒透过细缝射了进来。老郑双眼圆睁，运足了力气，双臂向上顶起。

"哗啦啦！"雷声震耳。焊在铁盖上用于上锁的铁环被郑洪斌生生拉断，铁盖打开了！灯光一下子照亮了井壁。

郑洪斌掏出弹弓和做弹丸用的螺丝帽。他右臂持弹弓架伸出井口，瞄准照明灯，左手的拇指、食指和中指捏住包着螺丝帽的弹弓包皮往后拉，左手手指一松，只听"砰"的一声，电杆上一盏照明灯灯泡被打得粉碎。郑洪斌转身掉一个角度，瞄准另一盏。又是"砰"的一声，灯碎，井壁内顿时暗了下来。

"过来，让我站在你背上。"郑洪斌低声命令。

何武成爬了过来。

郑洪斌踩着何武成，将头伸出井口。他再度拉开弹弓，两下打碎车间屋檐下的另外两盏照明灯。

在车间与高墙之间的开阔地，此时漆黑一片。

郑洪斌爬上井口，接过何武成递上来的塑料垫毯，伸手将何武成拉了上来。他没有忘记将井盖还原。黑暗中，两人冲向高墙。

到了墙根下，郑洪斌脱下工作服递给何武成，何武成也脱下自己的工作服，将两件工作服的袖子打了一个死结，缠在自己上半身。郑洪斌半蹲，何武成侧身先将左脚踩在郑洪斌左手上，郑洪斌托起何武成，让他踏上自己的肩膀，把垫毯递给他，然后站立起来。这时站在郑洪斌肩膀上的何武成，头部仍然达不到高墙顶部。

郑洪斌拍了拍何武成的小腿，何武成把两只脚依次挪到郑洪斌的手掌上，何武成只觉得身体直打战，郑洪斌的双手有力地握住他的脚。何武成很快平静下来，不抖了。郑洪斌发力，将何武成往上举起。

何武成的头部刚刚超过三点五米的高墙，他扯开捆住塑料垫毯的绳子，将垫毯搭在高压电网上，形成绝缘层。接着，何武成小心翼翼地把两件工作服做成的"绳索"的一半塞过电网下端。下一步，何武成隔着塑料毯抓住电网，往上提拉身体，膝盖上了墙顶，然后是另一只脚踏上墙顶，站起，跨过电网，再次握住电网，另一只手抓住工作服。

这时从何武成的头上流下的已经分不清是雨水还是汗水，他在感觉到已经抓牢了塞在高墙外的工作服之后，叫了一声："大哥！上！"

高墙内，郑洪斌后退几步，往前冲，腾空跃起，抓住搭在高墙上的工作服。高墙外的何武成在感觉到手中工作服往上滑的时候，松开抓住电网的另一只手，迅速将身体的全部重心移到工作服这边。郑洪斌手攀着这条特殊的"绳索"上了墙。等到郑洪斌的一只手握住电网，何武成的身体开始下滑，接着连人带工作服跌落下去。郑洪斌跨过电网，小心地拉下塑料垫毯，跳了下去。

落地后的郑洪斌关切地问："小何，没受伤吧？"

"没有。"

"走，把这些牢里的东西先藏到水沟里。"

当他们往南山山坡上爬的时候，雨还在下，不过没有他们翻墙越狱时那么猛烈了。郑洪斌、何武成沿着山水下流的溪流往山上爬，他们有时候不得不手脚并用。

"大哥，他们多长时间才会发现我们逃了？"

"你计算一下就知道了。停电后，那些犯人就像暂时得到释放，狂欢乱叫。监管人员没有经验，一时慌了手脚。在我们钻进茅坑以后，他们可能才想到电话报告。而在我们越过高墙电网时，往车间弹压的武警还没有到那里。等他们到了那里之后，黑漆模糊，想把犯人拢到一块儿点数，也得花点时间。"

不出郑洪斌所料，车间的监管人员对这种突发事件完全没有经验。停电后电话也打不通，过了三四分钟才在黑暗中找到手机给领导报告。武警的防暴车开到车间外，车前灯对着车间大门，全副武装的警察跳下车，推开大门，里面被车灯照亮一大块地方。武警迅速进入车间，把骚动的犯人一个个围起来，又一个个带上大门外另一辆帆布篷卡车。带一个，数一个。"九……十、十一……十二。还有没有？"

"没有了！"

刘主任说："不对啊。晚班一共有十四名学员。小贺！"

"到！"

"晚班有人请假吗？"

"刘主任，没人请假。您送西瓜来的时候也问过。"

"不好了，再进去搜一遍！"

小张跑了出来："不好了！刘主任！有人从厕所跑了！"

"你胡说什么呢？厕所连个窗子都没有，怎么跑？"刘主任一边说，一边打着手电往车间里跑。

小张跟着刘主任往车间跑："厕所的门被顶住了，我们砸开门进去，发现大便池那儿有个大坑。"

刘主任跑进厕所。厕所的门被撞坏，挡住门的那座台钳已经被搬开。第二个便池格子间的门大开着，里面有一名武警战士。刘主任刚进去就看到手电光下的一个黑洞。

"报告刘主任，徐晓东下去了。"拿手电的战士说。刘主任对着洞口大声发问："徐晓东！你发现了什么？"

洞里传出徐晓东远处的回话。

"前面是下水道，我不知道该往哪边追。"

"回来吧，逃犯就是在里面也出不了监狱大院。"刘主任拿出手机向吴政委汇报。

"吴政委，我是老刘，停电时有两名犯人从下水道逃跑。……点数少了两个，马上就可以查出具体是谁。……对，同意。他们完全有可能还没有逃出大院外墙。我知道下水道和外面是不通的。……对，双管齐下比较好。从停电开始，没有多长时间，他们就是出去也跑不远。"

可是这么一通折腾，十几分钟就过去了。郑洪斌、何武成已经爬到相当高的山坡上。何武成对郑洪斌说："大哥，我建议不要等爬上去再往西。现在就转向，斜着往上，能省不少时间，还可以监视监狱方向的动静。"

"好，这个建议很好，我们接着说。他们很难做出武警到达车间时我们已经逃出大院高墙的判断，因此会延缓出动车队搜捕的行动。当然了，如果他们熟悉下水道的走向和位置，把户外照明灯的熄灭同车间内停电联系起来，就不会掉以轻心。"

"说曹操，曹操就到。大哥您看，车队出动了。"

出于谨慎，吴政委还是派出车辆，这就是他在电话里所说的"双管齐下"。山下，一队车辆开出南山监狱，分两路向环形公路的不同方向开去。

郑洪斌分析说："你看，车队分开了。这说明他们还是没搞清我们是从哪里越过高墙的，否则目标就会很明确了。"

"这种天气，警犬也起不了作用。"

"南山监狱的领导要挨处分了。"郑洪斌多多少少动了一些恻隐之心，"不过，比起我们被冤，判了死缓和无期来说，他们受的处分能算什么？"

"大哥，我们从隧道顶上越过公路以后怎么办？"

"今晚越狱，我们得的是天时。下面摆脱警方追踪，要靠地利。我们先在深山密林里和他们玩玩捉迷藏吧。"

*

白雪梅快步走下楼梯，向大门外走去。一位女警官从楼上追了下来，在楼梯拐弯处看到了白雪梅的背影："白科长！"

白雪梅停下脚步，转过头来："什么事？"

"你刚出门就有电话打来，让你到三楼会议室参加紧急会议。"

"好吧，我这就去，谢谢你。"

刚刚上了三楼，白雪梅就看见市局的干部纷纷从楼上楼下及三楼走廊两边向会议室涌了过来。白雪梅同正从楼上下来的周清泉打了声招呼："周队，知道是什么事吗？动静这么大。"

"不知道。辛局长召集的紧急会议，一会儿就全明白了。"

他们走进会议室，在环形大会议桌前找到座位坐下。这个不算大的会议室里很快被二十来位警官坐满了。辛局长跟着进门，把门顺手关上。

"这次紧急会议，是要向大家通报一个与我们江昌市公安局密切相关的越狱案。一年以前因顺昌大桥特大事故案在本市被捕的何武成，三个月前因买凶杀人被捕的原福山公司董事长兼CEO郑洪斌，昨天晚上十一点左右在南山监狱越狱。从今天凌晨起，南山镇附近所有道路都已经被封锁，通缉令目前已发往南山监狱四周的所有乡镇。但是，那里是山区，逃犯郑洪斌受过特种兵的专门训练，估计很难在短期内捕获逃犯。上级估计两个逃犯有返回江昌市的可能，命令我局做好抓捕逃犯的准备。大家有什么问题吗？"

一个警官问："辛局长，据我所知，南山监狱自八年前建立以来，从未发生过任何越狱事件，最近又被评为模范监狱。这次越狱是哪儿出了问题？"

"这还不是我们操心的事，很快我们就能看到通报了。大家谈谈同抓捕逃犯工作相关的问题吧。"

林主任倒是快人快语："何武成和郑洪斌两个案子都是特别轰动的大案，我指的是社会影响很大。社会上种种传言，怀疑他们是被陷害的。上级估计他们会返回江昌，是不是认同这种传言，估计他们会回来找寻自己无罪的证据？"

穆书记可不乐意听这样的话："林主任，怎么能这么想呢？"

"如果不是这样，世界这么大，他们回江昌来干什么？"

"还是说说我们如何防范和如何做好抓捕逃犯的工作吧。"辛局长也不愿意讨论题外的话。可是大家都不约而同地想到林主任的疑问。

"刚刚林主任提的问题我觉得非常重要。如果他们意在寻找自己无罪的证据，我们就要分析他们的目标在哪里。"

又一个警官附和："对呀。所以我们有必要把同他们案子相关的人列出来，该监控的就布置监控。"

穆书记这才觉得大家的意见并不错："何武成一案是姚副局长亲自挂帅的，周清泉和白雪梅负责郑洪斌案。我看你们几位应该发挥自己对案情熟悉的优势，承担起抓捕逃犯的准备工作。"

会后，周清泉和白雪梅跟着辛局长到了他的办公室。

辛局长指了指墙边的两把带轱辘的靠背椅："坐吧。"

周清泉和白雪梅相互看了一眼。周清泉说:"不坐了,哪有坐着挨训的。"

"谁说要训你们?自己心里有鬼吧?会上为什么一言不发?"

"我们资格浅,听听领导和资深同事的意见嘛。"

"雪梅,你就是会狡辩。那好,别人的意见你们都听了。现在给我说说你们对于这两个逃犯是怎么看的。"

"郑洪斌在此地看守所的两个月里并没有逃跑的迹象。"周清泉看雪梅没有马上发言的意思,自己就先分析起来。

"正式的判决没下来之前,他还心存侥幸。"

"嗯。照我看,判决前他不会不知道可能的结果。从判决到转监,也有一段时间。从看守所逃,要容易多了。我这么分析,为的是这样一个假设:郑洪斌到了南山监狱,碰巧和何武成住在一个监舍里。他们过去即使没见过面,彼此也一定有所耳闻。在有机会交流之后,郑、何两人很可能从他们案件的相同之处,得到某种启发,从而产生越狱去寻找为自己洗清罪名的证据的念头。"

"说来道去,小周你还是质疑法院的判决。"

"辛局长,您这就理解了我们为什么在干部会上没发言。有的同志,像林主任,已经提到社会上的舆论和传言。我们作为案子的主办人,再这么说影响就不好了。"

辛局长鼻子里"哼"了一声:"你比雪梅还会说,不谈这个。你说说郑洪斌、何武成会不会回到江昌,到了江昌他们会找什么人?"

"如果不被擒拿或击毙,他们一定会回江昌。"周清泉停顿了一下,扫了辛局长和白雪梅一眼。白雪梅心头一震,而辛局长的眼里露出一丝阴沉。"这次越狱逃亡,我想郑洪斌是主角。回江昌寻找仇家犯罪证据,同样要靠郑洪斌唱主角。回来以后,他们无非找两类人:首先是找自己最信任的人,取得必要的支持。再有就是找他们所怀疑的参与陷害自己的人。"

"说得好。小周,你把这两类人的名单给我列出来。"

辛局长把目光转向一直沉默的白雪梅:"雪梅,你有什么看法?"

"我完全同意周队的分析。"

151

"雪梅，我得跟你明说，何武成如果回到江昌，一定会和你联系。"

"辛局长如果布置对我的监控，我理解，也没有意见。"

"什么话！我是提醒你要站稳立场。顺昌大桥案你没有插手，而是采取了相信组织，相信司法公正的态度。这很好……"

"我……"白雪梅刚要说话，周清泉用脚碰了一下她。

"我相信，我的意思是，我还会相信组织，相信司法公正，相信天网昭昭疏而不漏。我是人民的卫士，我永远坚定地站在维护法律尊严的立场上。"

*

雨停了，山里林间雾气弥漫。阳光穿过茂密的大树顶冠射入，树林中呈现出一道道美丽的光柱。

灌木的枝头和满地野生植物的叶茎上挂着晶莹的水珠。一条蛇在草丛中游走。

一只大手抓住蛇的尾部，将其拎了起来。蛇在空中扭曲着身体。郑洪斌抓着蛇的尾巴抖了几下，然后抡起蛇，砸向一块大石头。蛇的脑袋开花了。

"小何，你拿着。一会儿我请你吃龙凤大餐。"

何武成有些犹豫："大哥，这蛇，死了吗？"

"哎哟，亏你还当过兵。它想咬你，但是头都烂了。"

何武成不好意思起来："嘿，您别笑话，我从小就怕蛇。"

"从现在起，我们得跟这些飞禽走兽混，不能怕它们——嘘，别说话。"

一只鸟儿飞了过来，停在附近枝头。郑洪斌从怀里掏出弹弓瞄准了那只鸟，只听"嗖"的一声，那鸟儿一头栽了下来。何武成欢呼一声，跑了过去，捡起那只落地的鸟。

"怪不得您说龙凤大餐。跟着您，我是享福了。"

"也得干活，现在去捡柴火。我们需要补充能量了。"郑洪斌命令道。

何武成蒙了："下了一夜大雨，到哪儿找干柴？"

152

"动动脑子呀，你是知识分子、工程师，你的智商应该比我高。"

"受教育程度不同，并不意味着智商的高低。您受过特种兵野外生存的训练。您就指导我一下嘛。"

"我现在开始训练你。第一课就是在雨后的深山中找到能够点燃的干树枝。你以为我们什么都是别人手把手教出来的？所谓训练，就是逼着你动脑子！找不到干柴枯草，我们谁也别吃饭。现在就去！"

"是！"

石壁下相对干燥的地方，他们用三根大树枝搭起了一个烧烤架，郑洪斌点燃了枯枝下的干草。

何武成觉得奇怪："我以为大哥会表演钻木取火的绝技哩。您这打火机是从哪儿来的？"

"刘主任衣兜里的。必要时真得钻木取火，今天就算了。"

何武成向郑洪斌伸出手来："大哥，能看看您的弹弓吗？"

郑洪斌把弹弓递给何武成，何武成试着拉了拉："弹性很好。哎，包文谋把两颗铁钉吃下肚，为的就是去医院偷一截输液管吗？"

"是，也不完全是。这背后有两个主要原因。第一，包文谋把他老妈害苦了。他自幼丧父，他妈含辛茹苦把他拉扯大，母子情深。但是，他妈因为忙着谋生，自然无法全力管教孩子，也许过于溺爱儿子，包文谋便成了街头的混混。他犯法入狱，他妈苦了。包文谋吞下钉子，有赎罪的心理。"

何武成接过话茬："我来说第二个原因，您看对不对。包文谋在市面上混，他既没有闫大贵膀大腰圆的身体，又没有类似您或沈老五那样的神枪绝技。他被地痞流氓看中，受到拥戴，一是靠所谓的足智多谋，二是靠那股不要命的邪劲儿。吞钉子，也是给您这样的大人物看看他的'过人之处'。对我，对一般人，那就犯不着了。"

郑洪斌笑了："哈哈，说起犯人心理，你比我有研究。"一边说话，郑洪斌一边翻动着火上拔了毛、开了膛的鸟和开膛清洗过的蛇。

"什么时候能吃？您怎么知道熟了没有？"

"一看肉的颜色，二是亲口尝一尝。能咬动，就是熟了。现在看着都不行。"

"我的口水直流。"

"哈哈。小何，这会儿我们越狱的消息一定传到江昌了。你给分析分析，谁最怕我们返回江昌？"

"我这么说：那个枪手沈老五未必害怕我们。相比较，昌盛集团的总经理曾金虎可能更害怕。"

郑洪斌摇了摇头："不，最害怕我们的，是我们现在还不知其名的江昌六虎的老大。"

*

在昌盛集团大楼的总经理办公室里，满脸横肉的曾金虎坐在办公桌上，脖子上挂着一条粗粗的金项链，手指上套着好几个大戒指。他从金色的香烟盒里拿出一支香烟，旁边的喽啰立即拿出有些分量的金色打火机，为他点烟。他们刚刚摆平另一伙黑道，正在得意地谈论这次"胜利"。

点烟的喽啰奉承道："大哥真是英雄本色，不战而屈人之兵。大狗熊想在江昌占到便宜，那是做梦想屁吃。"另外几个喽啰"哈哈"大笑。

曾金虎的手机响了。另一个喽啰立即从办公桌上拿起手机，给曾金虎递了过去。曾金虎漫不经心地看了一眼，不看还好，一看马上换了一张面孔，他立即从办公桌上跳了下来："哎，你们出去，快出去！把门给我关上。"

几个喽啰屁滚尿流地跑了，门关上了。曾金虎这才接电话，露出一副奴颜媚骨的样子："大哥，屋里有几个人，我刚把他们撵出去。您这时候给我来电话，准是有急事。"

电话里传来他大哥的声音："郑洪斌越狱，他把何武成给带出来了。"

"妈的，这个姓郑的可是个丧门星。大哥，当初您要是听我的话，把那姓何的小子做了，也就一劳永逸了。"

"哼。杀了何武成，该进南山监狱的就是你了。你怎么不长见识呢？"

"是，是。我这大脑简单，算我没说。那，大哥看怎么办？"

"不能让他们回到江昌。"

"是不能。姓郑的我虽然没有交过手，不过既然连大哥都说他厉害，我们干脆一不做二不休，反正他们是逃犯。这回死了，该找不到我曾金虎头上。"

"何武成也不能小看。"那边的大哥停顿了一下，"你还不知道，他的对象是本省公安厅厅长的千金。据说，那位千金至今对她男朋友还念念不忘。"

曾金虎轻蔑地咧了咧大嘴："这么大的背景，不也是被大哥摆平了？大哥，公安一定在通缉这两个逃犯。我们怎么能找到他们呢？"

"哼。要知道他们现在什么也没有。要回江昌，总不能光着身子进来。他们必定要先找个能够得到休整和补充的地方，这个地方还只能在山区。我做了些调查，相信他们已经在我的掌握之中。你看派谁去合适？"

"让老三去，再带上一个过得硬的帮手。郑洪斌手上没家伙的话，季老三完全能够对付他。"

"嗯，你让老三来一下，老地方见面。挂了。"

那边说挂就挂。曾金虎拿着手机发了一会儿愣，才合上。

季老三实在不明白，老大这么神，怎么谨慎到这个地步，把见面交代办个事搞得神神秘秘，像是克格勃在美国似的（季老三特别喜欢这类故事）。他更不明白的是，现在老警拉开大网要抓郑洪斌、何武成这两个人，通缉令发到邻近各省的乡镇，大路小道都设了关卡，就这，也没抓住他们。大哥他怎么就铁口断定，他们会到那个兔子不拉屎的小村子去，连时间都算好了？

他和白老四是跟着原先的老大曾金虎投靠现在这位大哥的。曾金虎常对他俩说："这就是我们大哥神奇的地方。你说我曾金虎这辈子服过谁？谁他妈都不在我眼里。大哥有一身功夫，但是单凭他的武功和枪法，我们哥几个也不会甘拜下风。可是，他的脑子一流，战略家！干什么事都神算在胸，这让我们佩服到家了。跟着他，吃不了亏。"

晚上季老三到曾金虎家喝酒，又听曾金虎夸大哥。季老三忍不住提出质疑："可我还是要想：如果大哥这次算得不准，让他们顺利回到江昌——我的意思是，我们在这边也要有所准备吧？"

"这你放心，大哥不会不做准备。公安那边也有我们的人。一旦你失手……"

"哟，曾哥您还信不过我。那个何武成基本是个摆设。别说我带着黑子，就算一对一，姓郑的手里头什么都没有，我能输给他？"

季老三和曾金虎碰了一下杯，扬起脑袋，将杯中的酒一饮而尽。

"绝对不能轻敌！郑洪斌也不光是个神枪手，他受过特殊训练。"曾金虎强调。

季老三不服气了："兄弟我十三岁就杀人了，打打杀杀二十年。郑洪斌不就是当过几年特种兵吗？他的实战经验能比我强？五十来岁的老头子，当了十多年老总，早被酒色掏空了身子。曾哥您何必长他人志气灭自己威风！"

"你看你，我这不是让你小心点吗？不是我长郑洪斌的威风，是大哥始终夸奖郑洪斌的本事。你呀，一定要把郑洪斌当作劲敌看待！根据现在的消息，他没枪，也没刀。但是你要想象着他手中有武器，决不能掉以轻心！"

"好，好！我倒要领教这个人的真本事。也别让大哥小瞧了我们。"

*

何武成是要把郑洪斌带到他的干爸干妈家去休整。小何的干爸干妈是他牺牲战友的父母，姓龚，他俩在解放军工程兵学院同学四年。大二那一年暑假，何武成随他到家乡支教，所以，对他们家那一带特别熟，跟他父母也特别熟。毕业后，他们又碰巧分到工兵部队一个团。在一次由地震引起的山体滑坡事故中，小何的战友不幸牺牲。为了安慰烈士的父母，何武成认他们做了父母，并按月给他们寄钱补助两位老人的生活。

老郑很谨慎地问何武成，江昌有没有人知道他的干爸干妈在这个偏僻的山村。

"他们的地址，我跟谁也没说过，就连我女朋友都不知道。"

"你的女朋友是个什么样的人？你们相处了多久？你怎么说她可能是你翻案的希望?"过去一直想着的都是越狱，郑洪斌还没问过他女朋友的事。

"我这个女朋友是我退伍转到地方工作以后认识的，我们相处还不到一年。她是公安大学毕业的，在市局工作。"

"市局的警官？她叫什么名字?"

"市局的人您不会都认识吧？她叫白雪梅。"

郑洪斌乐了："哈，就是她办的我的案子。"

"啊？您的意思是，……她冤枉了您?"

"我没这个意思。相反，两个办案的警官可能都质疑我犯案的可能。但是迫于某种压力，他们又不得不结案。接着是检察院起诉，法院判刑。所以，即使你的女朋友还爱你，单凭她一己之力还是翻不了你的案。我们需要找到真正的罪犯和他们确凿的罪证。"

"明白。"

"罪证不好找啊，因为我们的对手不是一般的狡猾。尤其是我这个案子，背后的水太深。"郑洪斌由衷地感慨。

*

琳达坐在自己的办公室里，打开计算机邮箱。她惊讶地发现那个署名ELS的骇客又寄来一封邮件。打开邮件的附件，琳达发现里面是两个人来往邮件的汇编文件，有中文的，也有英文的。琳达没有怠慢，她立即给自己的同事和搭档，华裔警官韩冰莹拨了一个电话。

"嗨，冰莹，你能到我办公室来一下吗？我有一些重要文件给你看。"

刚刚放下电话，韩冰莹就出现在琳达的办公室门前，她敲了敲原本就开着的门："我来了。"

"请进。"

韩冰莹看琳达的眼睛一直盯着计算机屏幕，就顺手把墙边的椅子拖了过来，坐在琳达身后。

"我不懂中文。不过在读了附件中英文部分之后，我大概能猜出这些邮件都在说些什么。你还是先把邮件读完。"

韩冰莹迅速地读完了附件。

"这一定是那个叫 ELS 的伙计所得到的部分证据了。"

"你认为 ELS 的意思是'否则'吗？"

"不会吧。我认为 ELS 是二郎神的意思，二郎神是中国的一个神话人物。这一位肯定是个中国人，可能是个男孩。"

琳达笑了："太有意思了！"

韩冰莹也笑了起来，她也觉得这封匿名邮件后面一定藏着很多内容："在我看来，这些邮件里两个人在谈论如何去掌控一个叫福山的中国公司，但他们并不准备合法地并购这家公司。"

"他们说，这样他们的生意就会更容易做了。"

"是啊。他们所说的生意，听起来不像是合法的生意。"

琳达撤了一下"印刷"指令，印刷机开始印刷。琳达拿起印好了的几页文件："我们去见艾伦。"

部门主管艾伦·艾迪斯一页一页地看着那份电子邮件汇编。

"艾伦，你需要我翻译中文部分吗？"

"我当然需要，但不是现在就要。我对于这个揭发者不仅是位电脑骇客，而且对金山总裁非常熟悉印象深刻。你们看，正如冰莹所说，这份材料的发送者可能是个华裔男孩。然而，金山的总裁也懂中文。有意思吧？"

"哦，还真是的。"琳达和韩冰莹交换了一下眼色，"你提到的这两点增加了这份揭发材料的可信程度。"

"我认为我们需要到中国去调查金山公司卷入的并购。我们要查明：那里发生了什么？为什么？什么才是金山公司并购那家中国公司的真实目的？保利诺黑帮是否卷入他们在电子邮件中所说的'生意'？"

琳达点头表示同意："嗯。我们有必要搞清楚为什么他们对这家叫作福山的公司这么感兴趣。这家公司有什么特殊之处。"

　　　　　　　　　　　　＊

　　郑洪斌坐在一块石头上，脱下鞋子，倒出里面的砂子。鞋子的脚尖处和脚跟的一边都裂开了口子："破了，这种劳保鞋质量不行。"

　　"质量再好也经不住我们这样长途跋涉啊。"

　　"还好，我们谁也没受伤。"

　　"大哥，追捕我们的人好像连我们的影子都没找到。您真行，在林子里绕着圈走，就算有人看到我们的脚印，也分辨不出我们的真实去向。"

　　"可不能掉以轻心。"

　　郑洪斌心里明白，对于他们的真实目的地是江昌，追捕他们的警方应该是清楚的。虽然江昌在南山监狱的东北方向，而他们现在是往南。但是这蒙骗不了警方，至少不会让江昌的公安局放松警惕。如果轻易让他们返回江昌，将会给警方造成不好的社会影响。还有，不能忘记所谓的江昌六虎，他们比警方更着急，他们更不愿意让郑洪斌同何武成两人回到江昌寻找他们无罪的证据。

　　"要知道现在不光是警察在追捕我们，江昌六虎恐怕已经得到消息，没准已经派出杀手了！走吧，应该快要到你干爸干妈的村子了。"

　　"啊，快到了。"听了老郑一席话，何武成心情沉重起来，他不吱声了，埋头往前走。老郑看得出小何情绪的变化，他也不想吓着何武成，于是找话同他说，想让气氛重新活跃起来。

　　"小何，你确信能够根据地貌判断你干爸干妈那个村子的方位？"

　　"只要到了那一带，没问题。那里山的长相比较特殊。有一座三姊妹峰，三座山峰几乎一样高。这在其他地方是没有的。"

　　郑洪斌、何武成爬上山头，这里视野开阔。何武成停下了脚步："哎，好像快到了。真的，大哥，您看那三座山峰！那就是三姊妹峰啊！"

　　"是吗？这么说我们方向没错。"

　　"正好，天色晚了。我们能在天黑之前赶到我干爸家。再翻过前面那座山头，就能看到他们村子了。"

　　"那就抓紧，天黑下来路就看不清了。那村子叫什么名？"

　　"白庙村，过去那里有个白石头砌的土地庙。"

太阳落山了。郑洪斌同何武成又爬上一个山头，从这里可以鸟瞰整个村庄。

何武成不禁感慨起来："哇，真没想到，公路都修到这里了。我上次来，只听说公路要从宝山镇那边修过来。大哥，您看到没？村口的那个小楼，那就是我们团所有干部战士捐款为龚大爷、龚大妈盖的。龚建国生前说过，最大的愿望是给家里盖一座小楼，父母住楼上，楼下开个小店，这样他父母就老有所依了。"

"这是你们为烈士的双亲能够做的最好的事情。"

"是啊。一营长和我带着龚建国的骨灰回到他家乡。我们先到县城，请民政局和人武部的同志务必提供帮助，落实我们全团战友为龚建国父母盖一座小楼的心愿。他们做得很好。"

郑洪斌仔细地观察整个村庄。

"不会有事的。抓捕我们的通缉令还不至于发到村一级吧？"何武成在一边小声说。他觉得老郑有点过虑了，他实在想不出警察怎么会查到他有个已故战友的父母在这个偏僻的小山庄。那么，难不成黑道能掐会算，派个杀手来这儿？

郑洪斌手指着小楼边晒谷场草垛边的一辆小型运货车："那是龚大爷家买的小皮卡？"

"不是，他们没买车，是人家送货的车子吧。"

"送货的到这时候还不走？"

"嗨。大哥，往这儿送货，都是附带干，没有时间表。再说，那车可能是村里在外搞运输的人停在那里的。村里家门口没地方啊。"

"嗯。完全有这个可能。"

"那我们下去吧。"

"不急那么一会儿，先观察观察。"

"早去我干妈好给我们做饭。"

"你不是说他们会杀鸡招待我们吗？等鸡回笼，好抓。"

"哈哈。大哥您真有意思。我知道，您是怕有情况。"

"对。天黑对我们有利。"

"现在下去，到了村口天就黑了。"

"你口口声声要跟我讨教野外生存和近身搏斗的技术。现在我告诉你一个最重要的原则：随时提高警惕，绝不要轻易暴露自己。几分钟之后，我们还能看到脚下，村里的人却看不清山上的时候，才是下山的最好时机。"

"是，大哥，记住了。"

夜幕降临。

郑洪斌再一次叮嘱何武成："小何，跟你说的都记住了？"

"记住了。第一，先在村子里走一圈，看是否有可疑的地方。第二，没进门之前，先听听里面的动静。如果室内有我干爸干妈以外的人，等等再进去。第三，如果一切正常，出来以手电筒为号，三长一短，通知您下山。"

"对。重要的是交代两位老人，我们到这儿的事，不能让任何人知道。"

"我会交代的。"

"去吧。"

郑洪斌目送何武成往山下走。何武成很快消失在夜幕之中。

161

第九章　突遭劫难

何武成来到村口，他看了一眼龚大爷家的小楼。楼上黑着灯，楼下小店有灯光。他心想，干爸干妈准是在楼下忙乎。小店门前安静得很，不见任何异常情况。不过，他还是听从郑洪斌的吩咐，没有马上进龚家的小店，而是绕到村子里去。

村子里也安静得很。偶然有几声狗和家禽的叫声。这里和许多农村地区一样，青壮年劳动力都进城做工，留下一些老人和儿童。何武成轻手轻脚地在寂静的村子里走了一圈，最后来到龚大爷家的后院。他扒着后院的墙头往里看，院子里面黑乎乎的看不清楚。但是至少没什么可疑之处。于是他绕到前门。

门是开的。门上挂着用一根根线串起塑料珠珠做的门帘，里面似乎有个人影晃动了一下。没有其他人，也没有更多的动静。何武成用手拨开门上的挂帘，走了进去。

何武成看到，灯光不能直接照射到的拐角有一个人，背对着大门，蹲在货架前似乎在整理货物。他轻轻叫了一声："干爸。"

那人站起身，转了过来，一把带着消音器的手枪对准了几步之遥的何武成。

"哈哈，叫亲爸也晚了。何武成，江昌季老三，季彪，在此等候多时。"

何武成这一惊非同小可。不过，他还是迅速恢复了镇静："大哥，你认错人了吧？"

"哟，可以啊。你还没吓得尿了裤子。不过你这个傻蛋在墙头上往后院张望的时候就暴露了。再说你没见到人怎么就乱叫？郑洪斌呢？"

"我不知道你说什么。我，我是这儿的小学老师。"

何武成一边说一边后退，试图突然抓起柜台上的啤酒瓶向季老三扔去。这哪里能瞒得过季老三这个老江湖的眼睛？季老三就在何武成转身的动作刚刚做出来时扣动了扳机，一声沉闷的枪响，何武成后仰倒地。

季老三往前跨了几步，用枪指着何武成。

"说，郑洪斌哪儿去了？他为什么没有和你在一起？"

何武成胸口流血，刚想张口，嘴里也流出血来。

正在此时，后门"砰"的一声被撞开。季老三急回身，举枪，晚了，一颗子弹射入他的眉心。从后门闯入的不是别人，正是郑洪斌。老郑在何武成刚刚离开后，觉得让他一人进村不妥，便悄悄尾随其后，并发现了小店中暗藏的杀机。

进屋后的郑洪斌停顿了两秒，室内没有动静，他持枪来到季老三跟前，眉心中弹的季老三确死无疑。郑洪斌来到柜台前面，单腿下跪，查看何武成的伤势。只见何武成胸前已被鲜血染红了一大片，郑洪斌倒吸了一口气，顺手从货架上拿下两条毛巾，跪下来撕开何武成的上衣，用毛巾堵在枪口上，然后用手指点了何武成身上的几处穴位。

"不要紧，有救。你千万要镇定。"

郑洪斌再次起身，在店里迅速搜索可以用来包扎何武成伤口的东西。

"小何，你该知道这附近哪儿有诊所、医院。"

何武成艰难地开口说话，刚开口，血就从嘴里涌出来。

"往东，……二三十里地。"

"好，有就好，我们有车。"

郑洪斌起身走到季老三的身边，搜索他的衣服口袋。他抄出一个钱包，还有厚厚一沓百元大钞。郑洪斌将钱装进裤兜，没有动季老三手中的枪。

"车钥匙一定在后院那家伙的衣兜里。"郑洪斌自言自语，他弯腰抱起小何，"小何，你耐心等一会儿。我得先给你止血。"

他出了后门。

后院里挨着小楼盖了一个小厨房。厨房的墙根，瘫倒着一个汉子。

163

他就是季老三的帮手黑子，郑洪斌用以击毙季老三的同样带有消音器的手枪显然是黑子的。

郑洪斌转身用后背顶开厨房的门，抱着何武成走了进去。老郑把何武成放下，让他斜着倚靠在墙角。

为了保护山区植被，国家给农户供应燃料煤。郑洪斌打开炉门，又往炉子里添了一些煤块。他将钩炉火的铁钩插在燃烧的煤炭炉里，又到碗柜里找到一瓶白酒，自己先喝了一口。郑洪斌回到煤炉边抽出铁钩看看，铁钩头发出暗红色。他又插进去，然后走到何武成跟前，喂他几口酒。

"多喝几口，最好能喝晕乎了。"

"没事儿，我扛得住。"

郑洪斌用从店里顺手拿的一条干净毛巾拧成一个卷，让小何咬住。

郑洪斌回身从炉子里抽出烧红了的铁钩，回身右手持铁钩，左手拿过一个木凳。

"两只手抓住凳子的腿，对，忍住！"

郑洪斌用烧红的铁钩头烙向何武成胸部的伤口。一阵青烟冒出，何武成痛得全身直个打战，满头满脸都是豆大的汗珠。

郑洪斌又从店里拿了一些日用品装进背包。他抱着何武成走到小卖部门前的小型运货车跟前，先把何武成放了进去，自己绕到另一边，从驾驶员座边的车门上了车。

小皮卡上了路，消失在夜色中。

小皮卡的前灯撕开林中山路的层层夜幕。

郑洪斌转头看了一眼虚弱的何武成："小何，挺住。二三十里地转眼就到。"

何武成伸出手，抓住郑洪斌："老郑，大哥。"

"不要说话。小心震动了伤口。"

"我要是……死了……"

"行了，别说，我知道。你要是没治了，务必找到你的心上人白雪梅，告诉她你是被昌盛集团设计陷害入狱的。江昌六虎得到你越狱的消息，又派出杀手来要你的命，要她为你洗清冤屈，是吧？老弟，别想着死，我有百分之一百的把握救活你。季老三的枪是故意打偏的，不致命，他是想从你嘴里问出我在哪儿。你就放心吧。"

车开到了一个小镇。镇头有间相对独立的房子，挂着"惠民诊所"的牌子。山里的诊所有点像小镇上的其他店铺，医生住家就和诊所连着。

郑洪斌下车，先绕着诊所转了一圈。他从后面窗子里看到徐医生和老婆吴娟、一两岁的儿子正在吃饭，于是敲敲窗子。里面的徐医生看到窗外的人，知道是求医的，放下饭碗，指指大门方向。

徐医生开门，看到郑洪斌满身是血。

"怎么搞的，出什么事故了？"

"不是我，是我的一个同事。我们在山里打猎，误伤。"

"政府禁猎，你们胆子可够大的。哎，开刀我可没那个本事。"

"救死扶伤嘛。至少您可以给消消毒，包扎一下。我身上钱足够，您放心。"

"行，扶他进来。我知道你们有钱，没钱能玩得起枪吗？"

"您夫人是护士吧？麻烦您请她也过来帮个忙。"

吴娟在里面插话："徐医生，你让病人等一下，我三分钟收拾好了就来。"

郑洪斌将何武成抱到给病人检查身体的平台上。徐医生一看，大吃一惊。

"哎哟，是致命伤，我这里可看不了。你就是在县医院，也会让你转院的。"

"不要紧张嘛。子弹可能伤到肺叶，需要取出来。马上动手。"

"我跟你讲我做不了，我负不起这个责任。"

"求您帮忙。"

"不做就是不做。能帮我不帮吗？我不是外科医生，不会动手术。"

"山里人受伤送到诊所是常事，您不都得处理吗？"

正好这时候，徐医生的老婆吴娟进来了，她不知就里，还帮着郑洪斌说话："徐医生，你就帮他一下嘛，人家出门在外怪不容易的。"

徐医生火了："你知道什么，乱插话，回去哄孩子睡觉去！"

吴娟吓得不敢出声了，转身要走。

"不要走！"

郑洪斌掏出枪来。

"不要敬酒不吃吃罚酒。我实话跟你们说，我们是逃亡的人。在山里头遇上了对头。我兄弟中枪了，县里省里的大医院都不能去，去了黑白两道都不会放过我们。今天这个手术，你们做了，我谢谢你们。不愿动手术，我自己也得把他身上的子弹取出来。"

看着黑洞洞的枪口，徐医生浑身一颤，他哪儿见过这阵势？"大，大哥，我要是能做，我一定做，但是我就是个土包子万金油医生，没有本事啊。"

"哼，那对不起，你们不愿做，我就不能留下你们通风报信。"

"什么？我们无冤无仇的。大哥，你饶了我们。"

"非友即仇。"

郑洪斌把枪对准徐医生。吴娟想过来劝她丈夫。刚一动，郑洪斌马上把枪对准她。她吓得不敢动，嘴里一个劲儿劝她丈夫：

"徐医生哎，你说句话，答应这个大哥吧。"

"好，好，我做。我做。"

这时他家儿子在那边叫："妈妈，妈妈。我要睡觉了。"

"哎，我马上就过来。"吴娟嘴里答应着，两条腿却动也不敢动。

"大哥，求求您让她过去，不要让小孩子看到。"

郑洪斌点了点头："把手机留下。"

吴娟掏出手机。

"你叫什么名字？"

"吴娟。大哥，您放心，我不会做傻事的。我们家三口人的命捏在您手里哩。"

"知道就好，把孩子哄睡了就过来帮忙。"

"哎，知道了。"

徐医生只好准备动这个手术。他把诊所里能用的医疗器具差不多都拿出来，然后拿起注射器和麻醉针剂，先给何武成打了麻醉针。

虽然不是外科医生，但过去在校和实习期间至少见过外科手术。徐医生紧张地工作着。郑洪斌在旁边看着，心中的紧张程度不亚于这个医生。

墙上的挂钟"滴答、滴答"地响着。

……

"当啷"一声，徐医生用镊子取出子弹头，扔在放手术器具的盘子里。

手术终于做完了。徐医生满头大汗，哄孩子睡下后过来帮忙的吴娟不断地用毛巾为他擦拭。

"好了，大哥。等这瓶水吊完，您就可以把他搬到车上带走了。您也没来过这儿，我也没本事给您兄弟动手术，我们互相不认识。"

郑洪斌从背包里掏出那一叠杀手身上搜出的人民币。

徐医生双手直摇。

"大哥，使不得，这钱我们绝不敢要。您饶了我们吧。"

"怎么？钱又不会咬你手，你怕什么？"

"不，不一样。收不收钱性质不一样。"

"这么说，你还是想把事情说出去。"

"不会，绝不会说。您放心。"

"那你就收下。我还有一事相托。"

"大哥，我已经帮了您的忙。您放过我们吧。"

"万事随缘。我们走到这一步，遇上你们一家，是冥冥之中上天的安排。你说，他伤得这么重，我怎么带他走？实不相瞒，我身后还有人追杀，公安局也不能放过我。我必须离开这里，越远越好。我被抓，对你们一点好处也没有。但我如果跑得远远的，鬼也不知道我带着兄弟在此请你们治过伤，是不是？因此，我得把我兄弟委托给你们藏起来。少则十天半个月，多则两三个月，我必来把他领走。"

"这怎么可能？我家就这点地方，哪里能藏得住一个大活人？"

郑洪斌意味深长地看看徐医生，又看看吴娟。这是一对典型的老夫少妻，双方相差得有二十岁。也就是说，这个年轻的女人总是有所求，才嫁给这个乡村医生的。

"可以把我兄弟暂放在你夫人的娘家。他重伤在身，只能躺在床上，你岳母娘可以照顾他。"

徐医生夫妇大吃一惊。

吴娟结结巴巴地说："您，您怎么知道……"

徐医生马上打断她的话："她娘家不在镇上，我是说，不在此地。"

郑洪斌坐了下来，把枪搁在桌上，又大致点了点钞票。

"这里一边是八千块钱，一边是枪。枪里原来有二十发子弹，我打死了一个死对头，还有十九发。你们是要钱，还是要子弹？"

"大哥，救人救到底。我愿意帮您。"吴娟看徐医生张了张嘴却说不出话来，便表了态。

"这就叫识时务者为俊杰。徐医生，你不如你这个年轻的夫人。你们夫妻务必在今天晚上把他抬到你儿子的外婆家。如果有人问起，我想你们知道怎么说。"

"大哥，要是您回不来了怎么办？"

"如果我栽了。我兄弟一旦伤口愈合，就会自动离开。他是个英雄好汉，绝不会继续连累你们。放心吧，我栽不了，随时都有可能回来。我可以走了吗？"

"大哥，那您就捎上我们一段路。这样省一点时间。"

"好，立即行动，把该带的药带上。"

吴娟同她老公商量："老徐，要不我带上小宝回妈家住几天，等大哥兄弟的状况稳定了再回来？"

徐医生无可奈何地点点头。

小皮卡出了镇子，开了不远一段，在路边停了下来。郑洪斌和徐医生从驾驶室里出来。郑洪斌在吴娟下车时扶了她一把，吴娟的背上还背着一个孩子。接下来他们将担架挪下车，郑洪斌觉得让个女的背着孩子抬担架不合适。

"吴娟，你把孩子让徐医生背。他个大男人，应该多出点力气。"

吴娟看老公点头，于是把熟睡的孩子放到他背上，用带子扎紧。

"徐医生还要连夜赶回诊所，辛苦你了。"

"您不是说，命里注定的？吃点苦头事小，一家子平平安安最要紧。"

郑洪斌拍拍徐医生的肩膀："老弟，这就对了。过一段时间我来接人就不到你诊所了，免得给你添麻烦。从这儿往你岳父母家还有多远？"

"大约十二里地。"

"具体怎么走？"

吴娟用手指着前方："沿着这条小路，翻过一道山梁，看到一棵特别大的槐树，您要走左边的岔道，再看到一个大庄子的时候，注意右边有一条小路，是往山上走的，转个弯，就能看见我娘家了。我们家是独门独户的小村子。"

"大恩不言谢。你们走好。"

"大哥再见。"

郑洪斌俯下身在小何耳边说话："兄弟，只能这么安排了。相信我，过一段我一定会来接你。"

目送徐医生一家抬着小何走上小路。郑洪斌注意到这里有一片小松林。在南方松树不多见，好记。郑洪斌将车发动起来，向东边县城方向开去。

第二天中午时分，小小的白庙村热闹起来。小卖部的外面，停着警车。村子里老老少少一些人围着警察。一位警官问一个大爷：

"昨天白天，你有没有看见外地人到村子里来？"

"没有。"

警官于是问围观的群众："你们昨天有谁到小卖部买过东西？"

群众都摇头。有个小孩轻轻说："我来过。"

"小朋友，你在小店里看到过外人吗？"

"看到两个大人跟龚爷爷说话。"

"那是什么时候？"

"吃完中午饭。"

"他们说了什么?"

"有一个高个子大人说,小孩,买了东西快回家,我们要关门盘货了。"

一个老太太插话:"我来打酱油,看到门口牌子上写着'下午关门盘货'。"

两辆警车疾驰而来,在龚家小卖部门前的空地停下。

一辆车上是公安厅的赵处长,还有警官老罗带着警犬虎子。另一辆是周清泉和白雪梅。看见他们下车,询问村民的警官立即迎了上去。

"你们是省里来的吧?我是县公安局刑侦科的张占祥。你们辛苦了。"

赵处长同张警官握了握手:"我姓赵,这位是我的同事老罗,那两位是江昌市的周大队长和白科长。路上我们已经看到你们传过来的照片。调查有什么进展吗?"

"刚刚群众说到,两个死者是昨天中午前后到白庙村的。我们进去谈吧。"

两个死尸已经被装进特制的塑料口袋,放在担架上。周清泉拉开塑料袋的拉链,看了一眼里面的季彪,接着他们又看了一眼另一个杀手黑子。

"老罗,很可能是那两个特殊逃犯的杰作。枪法这么准。"赵处长的口气相当肯定。

张警官介绍说:"我们已经通过互联网查出死者身份:那边一个死者叫季彪,这边的叫王壮。都是江昌人,都有案底。季彪在店内中弹而死,另一个……"

看到他们领导崇局长从后门走了出来,张警官连忙向他报告:"崇局,这位是从公安厅赶来的赵处长和他的助手。还有两位是江昌市局的。"

崇局长同赵处长握手:"赵处长,你真快。我们前脚刚到,你们后脚就来了。"

"是啊，因为估计到这个案子和我们追捕的南山监狱逃犯有关，所以一得到消息我们立即出发。看样子没有白来，这两个人很可能死在我们要抓的逃犯手里。老罗，你带虎子转一转。"

"好的。"老罗牵着警犬离开了。

崇局长把赵处长一行往小店后面引："赵处长，你们来见一下小卖部的店主吧。"他一边往里走，一边吩咐警员，"喂，你们可以把尸体抬上车了。"

几个警员抬着放尸体的担架出了门。

赵处长和周清泉随崇局长往后走。白雪梅没有马上跟过去，她注意到地面用白粉笔画出的死者倒地位置示意图，墙边地面上也做了标示。白雪梅走过去仔细查看，地面有血迹。

店主龚大爷坐在后门口。看到赵处长等来人，老大爷站了起来。

崇局长对他说："龚大爷，这几位是省里来的领导，您和他们说说这两个人的事吧。"

龚大爷忙不迭地答应着："哎。刚刚同局长他们说了，这两个被打死的人是昨天中午到的。他们说自己是公安局的，要在这里抓逃犯。他们不让做买卖了，让我们上楼。一上去就把我们绑了起来，嘴里还塞了毛巾。"

周清泉问："从昨天中午到今天早晨公安局来人给你们松绑。你们在楼上都听到些什么？"

"天刚黑不多久，好像有人进门。他们说了什么我没听清楚。再后来，……再后来有人进来出去，再进来，再出去。就这些。"

"听到枪声了吗？"

"刚才局长也问了，可是我好像没听到，我老婆耳朵有些背，我听力还凑合。要是打枪，别说我，村里人都能听到啊。"

"枪上如果安了消声器，那声音就不像放炮仗似的那么响，而是闷闷的声音。"周清泉在一旁解释。

"哦，怪不得！是的，'噗'的一声是有的。您这么一说，我就全明白了。"

"那么'噗'的声音响了几下？"白雪梅问道。

"两下。"

"是连续两声吗？您能不能说得详细一点？"

"有人进门，好像同里面的人说话了。接着'噗'的一声，有瓶子掉下地和人倒地的声音。再接着后门'咣当'一声开了，又是'噗'的一声，又有人倒下了。"

"这就对了。谢谢您。"赵处长转向一旁站着的崇局长。

"崇局长，除了小店里面，周边都检查了吗？"

"有人到过厨房。龚大爷说，他的酒被喝了不少，煤炉被动过。其他并未见异常。"

白雪梅又问："被打死的两个人，他们的武器和其他衣物都检查了吗？"

"店里那个叫季彪的，枪里子弹少了一发，枪筒有火药味。但我们没有找到子弹头。他是脑部中弹，可以断定是被从后门闯入的人打死的。"崇局长马上说明情况。

白雪梅说："这是第二枪。季彪打了第一枪，打伤了一个人。墙边地面上有血迹，不会是季彪的。"

"对。刚刚我还没来得及介绍这个情况，后院的死者是贴着厨房的墙倒下的。"

"怎么死的？"

"太阳穴受到致命打击，他像是被弹弓之类的发射器发射的螺栓帽击中致死。"

张警官及时将用塑料袋装着的，一个带血的直径约一点五厘米的螺帽递了过来："这是在死者身边发现的。"

赵处长接过装螺帽的塑料袋："匪夷所思。"他看了看以后递给周清泉。

周清泉又把塑料袋传给白雪梅看，他自己走到院子里的厨房边。另外几个警官也跟着走了过去。

厨房外边的墙上，有一处用粉笔画出的死者的位置。

张警官拿出手机，找到拍摄的死者照片，出示给赵处长看。赵处长看了，点点头，把手机传给周清泉。赵处长环视后院，想象着事发现场：

季老三的帮手黑子倚后门墙壁而站。

郑洪斌在院墙外的黑暗处，借墙头草的掩护，慢慢露出半个脑袋。他发现了后门口放哨的黑子。

郑洪斌从墙上抠下一个石子，弹到厨房后面的墙上。

黑子听到动静，持枪沿着厨房的墙壁慢慢走向发出响动的地方，想一查究竟。

墙头这边，郑洪斌掏出弹弓和六棱螺栓帽，拉开弹弓。只听"嗖"的一声，黑子太阳穴被钢质螺帽击中，头骨被击碎。黑子靠着墙滑倒在地。

郑洪斌飞身越过墙头，跑到黑子身边拿起他手边的枪。此时他可能听到里屋带消声器的枪"噗"地响了一声，于是飞步向前，撞开后门。

赵处长等人从后门回到小卖部里面，他指着前面的货架和柜台："崇局长，前面一个死者是倒在那个地方吗？"

"是。"

"嗯。他们应该是死于同一个人之手。"

"是那个当过特种兵的逃犯吧？"

"一定是，别人哪里有这么敏捷的身手和枪法。"周清泉肯定地说。

赵处长转向龚大爷："龚大爷，你见过这两个假冒公安的人开的什么车到村里？"

"不知道，他们就没让我们出去。"

"老张，麻烦你问一下村子里的群众，他们开过来的是什么样的车。把查询到的情况立即通知相关部门。"

张警官答应道："是，我这就去。"

逃犯无疑是驾车离开的。十几个小时过去了，如果不耽搁，这会儿他们怕是开到上千公里之外，没法拦截了。但是，小卖部墙角地面发现有血迹，显然不是两个死者的。几乎可以确定，受伤的是何武成。这样，他们就需要找医院动手术。

赵处长吩咐："崇局长，你马上给县医院打电话，仔细查明昨晚是否有人治过枪伤。我给附近其他几个城市公安局发通知。"

"好的，马上照办。"

"另外，沿途集镇所有诊所也要严查。"

"是。赵处长，你们需要统筹全局。本县的事就交给我们吧。我马上就给县局和各区镇派出所打电话，布置查询。从这里到县里的路上，我亲自查问。"

赵处长对于崇局长的回答很满意，他笑着和崇局长握了握手："那就太感谢你们了，我们先走一步了。"

*

徐医生折腾了一夜，十分疲劳，可是诊所却不能关门。给病人看病时，徐医生满脸倦容，哈欠连天。

"徐医生，你好像很疲倦啊。"

"你倒是能给我看病了。哎呀，昨天下午跟老婆吵架，她气得带孩子回娘家了，我一夜没睡。你也就是一般感冒，没有炎症，不要紧的。抗生素不要吃，那东西吃多了不好。多喝水。我给你开点感冒药。"

"谢谢。徐医生啊，跟老婆不要怄气。你这个老婆年纪轻，你要学会哄她。"

"是的，是的。"

正说着话，窗外一辆警车经过。

病人往窗外看了一眼："今天不知道出了什么事，好几辆警车往山里跑。"

赵处长的车经过诊所门外。

老罗看了一眼"惠民诊所"的招牌，拍了拍前面驾驶员旁边座位上的赵处长。

"赵处长，这里有一个诊所。"

"这里交给崇局长他们管吧。"

174

"虎子熟悉他们的气味，还是停一下吧。"

"也好，停车，我们转回去到诊所看看。"

司机停下车，掉头，往回开。赵处长的手机响了。赵处长接电话："是我……好，我知道了。"

车停在诊所门口。

周清泉和白雪梅的车跟在赵处长的车后面不远。看到赵处长的车掉头往回开，周清泉也放慢车速，停了下来。周清泉放下车窗，想问问是怎么回事。

"赵处长，怎么啦？"

"没什么，正好看到这里有一个诊所，想顺便检查一下。不过，现在有逃犯消息了。"

诊所里，徐医生在窗前脸盘里洗手，看到前面一辆警车又开回来，后面一辆警车也停在自己诊所门口，脸都吓白了，身体不由自主地打起颤来。

警车里，赵处长对开车的警员说："不要下车了。再转回去，到宜江市。"

老罗忙问："怎么啦？"

"他们在宜江现身了。警方发现了那辆白色皮卡。"

驾驶员又掉头，在同周清泉的车处在平行位置时停了一下。赵处长向旁边车里的周清泉和白雪梅解释。

"周大队长、雪梅，刚刚接到通知：逃犯驾驶的小皮卡在宜江市出现。我们现在就过去。"

"那好，我们也去。"

赵处长的警车离开了。

周清泉跟上，白雪梅却让他停下："周队，你停一停好吗？"

"你又想起什么了？"

"回白庙村去，我有话要问那位龚大爷。再说，我们干吗要去凑那个热闹？我不认为郑洪斌能够这么轻易地被抓住。"

"我想也是。仅凭群众所说的那么几个特征，怎么能断定是他俩开的车哩？"

周清泉一个三角转向倒车，往白庙村方向开了回去。

看两辆警车走马灯似的在诊所门前转来转去，徐医生的心都提到嗓子眼了。看到两辆车一东一西背道而驰，远离诊所，徐医生长长地出了一口气。病人还没走，看到他这个样子有点替他担心。

"徐医生，你情况不太好，冒虚汗，早点休息吧。要不，我让家里人给你送碗面条过来。"

"没关系，别客气，我自己做晚饭。老婆不在我会照顾自己的。"

"远亲不如近邻，你客气什么？就这么说定了。"

徐医生正要送病人出门，一辆警车又开到门口停了下来，这次是崇局长的车。崇局长和另外一个警员下车，冲着诊所大门走来。经过刚刚一阵子折腾，徐医生这次心倒是定下来了。他迎着两位警官走了过去："请问，两位是来看病，还是接我出诊？"

"我们是县公安局的。这位是崇局长。"

"崇局长，您好。"

"医生贵姓？"

"免贵，姓徐，双人徐。"

"这位是……？"

"老方，他是邻居，来看病的。老方你先回去吧。"

"既然是邻居，请留下几分钟。我有几个问题要问你们。"

"那局长请进屋坐下谈。"

崇局长和警员进了屋："昨天晚上天黑以后，有没有伤员到你这儿治疗？"

"没有。"徐医生坚决地摇了摇头。

"昨晚九点左右你在干什么？"警员问。

"喝酒。"

176

"晚上除了你，这儿还有什么人？有没有其他人来过。"

"没有，就我一个。"

"家里人呢？"

老方是个爱说话的人，抢着回答："嗨，他两口子吵架，他老婆带孩子回娘家了。"

"你怎么知道？"

"我们两家挨着。邻居家有点什么事，谁也瞒不了谁。"

"我可以四下看看吗？"警员提出要求。

"请便，您随便看。"

崇局长点点头，那个警员进了里屋。

"局长，今天警车来来往往的，出了什么事？"老方借着机会打听起来。

"西边白庙村发生了枪击案。根据判断，可能有人受伤。你们这儿是距离出事地点最近的一个诊所。总要问一问，查一查。"

"枪击案，我的妈呀。崇局长，我不是外科医生，受伤的人找我也没用。"

"那你总是个医生，简单的处理总会。"

"那是。手啊、腿啊，被刀割破了，我给包扎，打个防破伤风的针，是常有的事。凡是重一点的伤，我都叫转到县医院去看。"

这时警员出来了："局长，家里和治疗室都看了，没有任何可疑物。"

崇局长客气地站起身来："那么打搅你们了。"

徐医生和老方连声说："没事，没事。"

*

当周清泉和白雪梅开车回到白庙村的时候，龚大爷小店门前的闲人已经散去。周清泉把车停在草垛边，没有再度引起村民的注意。

两人下车后，径直走进小店。

龚大爷在整理货架，他嘟囔自语："鞋子少了两双，毛巾一定被人拿走了一两条。"

177

白雪梅冲着龚大爷叫了一声："龚大爷，我们又回来了。"

"哟，回来好啊。我刚才还同你龚大妈说，人家警察同志救了我们，连茶都没烧给他们喝。回来好，你们俩就代表警察同志在我这儿吃了午饭再走。"

"午饭就免了。我们是有些问题忘了问您。"

"好，坐下说话。"龚大爷冲着后面叫了一声，"哎，我说，有两位公安同志回来了。你烧了茶送过来！"

龚大妈在后院答应："听到了！"

柜台前面靠墙的地方有一条板凳。龚大爷示意周清泉、白雪梅坐，自己从柜台后面端出一个独凳坐下。

"龚大爷，您是不是有个儿子叫龚建国？"白雪梅语气温和地问道。

龚大爷的眼睛一下子瞪得好大："是啊，你怎么知道的？"

"我还知道您有个干儿子叫何武成。原来您就是龚建国烈士的父亲。您还不知道，昨天绑架了你们的两个黑道歹徒，正是到您这里来暗杀何武成的。"

周清泉一听此言，恍然大悟。龚大爷觉得奇怪。

"武成他没说要来啊。他很长时间没同我们联系了。黑道怎么就跟他结了仇？那孩子多忠厚啊。过去按月给我们寄钱来，好说歹说最近几个月才没再寄。"

"说来话长，将近一年前，何武成被捕入狱，我和周大队长都认为他是被黑道陷害的。"

"啊？！"

"几天前，他和另一个人越狱。黑道不能让他们回去找到自己无罪的证据，估计他们会到您这儿来暂时躲避，因此派出杀手来这里。何武成和他一起越狱的同伴确实来了，正是他们打死了这两个黑道分子。"

"黑道要杀他们灭口，这也能说明，他们是无罪的。"周清泉补充说。

"哎哟，听你们的意思，武成受伤了？"

"现在还不能确定。我们也不知道何武成和他的同伴现在在哪里。我们回来，是为了证实您同何武成的关系。另外，何武成同他的朋友完全有可能还会来这里。请你们转告他们：我们相信他俩是无辜的，清白的。希望他们主动和我们合作。我留下我的名片，这上面有我的名字和电话号码。"

白雪梅递给龚大爷一张名片。

"好的，一定。"

周清泉和白雪梅开车离开白庙村。

"你听何武成说过龚大爷一家？"

"他说过战友龚建国牺牲的事，说过认了龚建国父母为干爸干妈。但是我在来这里之前根本没有把他们的逃亡路线和龚家联系起来。"

"但是有人却准确地预测到了，连他们到达白庙村的时间都预计的一天不差。难道在江昌还有同何武成关系比你更近的人？"

"不会。何武成家不在江昌，本人退伍前也没有在江昌生活学习和工作的经历。"

"这就是说，黑道研究了何武成。他们可能从何武成曾经每月都给龚家汇钱，分析出他们之间非比寻常的关系。而走投无路的逃亡者总得需要一个得以休整、补充给养的地方。"

"汇钱的事我都不知道。"

"好了。这说明两个问题：第一，他们经验比我们丰富，知道怎么去调查同何武成，当然还有郑洪斌关系极其密切的人。第二，他们也有达到调查目的的技术手段。比如，调查电话、电子邮件、信件等等。所有这些，并不是想查就能去查的，想查就能够查到的。"

"你跟我想到一块儿去了。能够做到这两条的，多半是我们公安系统的人。这个人比我们的经验要丰富。"

周清泉过去只是猜想警方内部有被黑道收买的人。通过黑道在白庙村截杀郑洪斌和何武成，这个猜想应该是得到了证实。他心想，这个暗中的敌人可真够厉害的。

第十章　绕返江昌

郑洪斌将那辆白色小皮卡停靠在宜江市第一人民医院的停车场，车上还特意"遗留"了带着何武成血迹的衣服，以及用以堵住他伤口的毛巾等。这让警方确认该车是他们停在这里的。郑洪斌进入医院转了一圈后离去。不过，他并没有北上返回江昌，而是往东南。他来到闽北一个矿山，混在一群农民工中间，躲开警方的追捕。

农民工的短暂生涯开始了。郑洪斌跟着刚刚认识的一群年轻的民工，在矿上干起运矿石的活。昏暗的矿道，满脸的灰尘，简单朴实的伙伴，让他获得一种安全感。郑洪斌是靠开矿起家的，他觉着自己过去十来年赚了那么多矿石的钱，却从来没下矿推过车简直是罪过。

没两天老郑和工友混得就很熟了，大家都管他叫"洪大叔"。中午吃饭的时候，民工每人手捧一只大碗，排队领饭菜。炊事员给每人两大勺米饭、一勺菜。工友们围在一起吃饭，大家吧唧吧唧吃得很香。

郑洪斌吃着饭，漫不经心地发问："我来这儿干活也有十来天了。听说矿上做工的有湖北、湖南、江西各省来的，就连四川和贵州来的民工都有，怎么就没听说福建本地有人在这里做工呢？"

蹲在他旁边的小李告诉他："洪大叔，你这么大年纪，一直窝在村子里没出来混。你可不知道同样是农民，也分个三六九等。我们出来做工，福建人都出国做工。闹得他们福建只能从内地省份雇人干活。"

"那我就不明白了。福建人是人，江西人也是人。你们都年纪轻轻的，为什么不能也出国混混呢？"

几个工友都哈哈大笑。

"洪叔你真有意思。不是想出国就能出国。我们这样的出去只能是偷渡。偷渡要找蛇头，交上一大笔钱，人家才愿意带你走。"

"到哪儿找蛇头去？"

"我在福建这边有个亲戚就动员过我，说我这个年纪到外国辛苦几年，先把偷渡的钱还了，再挣给家里盖房子的钱。到了娶老婆的时候，人还没老。"年纪最小的王国强说得还挺认真。

郑洪斌非常认同："是一条路。我表侄才十六岁，我家老表就愁着给他攒讨老婆的钱了。要是他能出去自己把钱挣出来多好。国强，你能给我表侄拉个线吗？"

"我拉不了线。等晚上回去，我把这边亲戚的地址和手机号给你。你自己问他。"

"那太好了，我先谢谢你。"郑洪斌掩饰不住内心的喜悦。

休息日，发了钱，住在一个工棚里的几个工友集体到镇子上逛。

郑洪斌发现这儿有家卖旧货的店铺，里面有自行车。他瞅了一眼，不动声色，却跑到女人的旧衣服处，摸了摸挂在那里的花衣服。王国强也跟在老郑后面进了店。

"洪叔，想给婶子买衣服啊？"

"哎，下次发饷再说吧。"

街上的几位叫他们。

"洪叔、国强，快走吧。肚子咕咕叫了。"

国强大声答应着："来了。"

他们到了一家饭店，天还早，店里客人不多，于是进去找了张大一点的圆桌坐了下来。

"国强，跟你商量一件事。"郑洪斌小声跟坐在旁边的王国强说道。

"洪叔，你说。"

"我看你有个手机，我能借用一下吗？就说几句话，我担心我妈。"

"行，你打。"

郑洪斌接过手机，拨了一个号："喂，桂香啊。是我……我挺好的。我妈怎样了？……哟，那怎样搞？那不行我得赶回去。……跟我妈说，我挣了点钱，再跟表弟借点。叫她别急。……嗯，我挂了，是人

181

家的电话。"

"洪叔你打呀,你看你。"

"行了,我都说明白了。各位小兄弟,吃了这顿饭,我得往回赶。我老婆身体不好,我妈住院她一个人顶不住。大家在一起相处了十几天,这都是缘分。我谢谢各位的照顾。"

"是啊。洪大哥,别着急上火。等你妈出院了,你再回来,我们可能都还在矿上混着哩。"

"一定,一定。这儿累是累,怎么说也能挣一些钱。不比在城里做工差。"

吃完饭,大家回到宿舍。郑洪斌同大家再次告别,到矿上存放私人物件处取了背包。他又回到镇上,来到旧货店,他看中一辆旧自行车。

"老板,能试试吗?"

"可以。"

店家过来开了锁:"你就在后院试骑,别出大门上大街,骑跑了我可没处找你。"

"看你说的,真难听。"

郑洪斌把车推到后院,仔细地检查了车胎、刹车、链条,又骑上去试了试,还挺满意。他把车推了回去。

"行。这车我要了,多少钱?"

"便宜你,给八百。"

"什么?八百?还一千哩。我累了一个星期才挣七百。吃了一顿饭,还剩六百五。"郑洪斌说完扭头就走人。

"别走,别走,六百五就六百五吧。我跟你说,这是帮一个朋友卖的,其实八百都便宜了你。"

郑洪斌从裤兜里抽出六张百元钞票。

"要卖就六百,不卖我走人。"

"行。你可真会砍价。"

老郑把钱往店家手里一拍:"这可是我挣的血汗钱啊,兄弟。"

直到夜幕降临，郑洪斌还在公路上向北奋力骑行。

*

吴娟家是个独门独户的小山村。石头垒起来的院墙，标志着主人曾经比较富有，但如今年久失修，被风雨毁损了不少地方。

晚饭后，何武成坐在床上看报。吴娟端着一个小木盆水进了房，她把木盆放在地上，然后就坐在小板凳上，静静地看着何武成。何武成放下报纸。

"武成哥，我可不是成心给你捣乱。"

"怎么能这么说哩。你还是帮老人做做事，多带亮亮玩。我能照顾自己。"

"我给你擦擦身子，我妈她不懂照顾伤员。"

"不用了，我可以自己擦洗，枪伤也开始收口了。太感谢你了。"

"可是我乐意给你擦身子。"

吴娟脱掉何武成的上衣，拧干毛巾，给何武成两个胳膊、前胸后背认认真真地擦洗着。

"你刚到镇上两天就又回来，徐医生该不高兴了。"

"他不高兴活该。武成哥，你身体练得不错。可是你不像个练武之人，倒是更像个儒雅之士。"

何武成听吴娟说这话，不觉笑出声来。

"笑什么？你肯定是看不起我这个乡下丫头。"

"那可不是，我是听你夸奖我身体练得不错，想起大哥带我锻炼时常常训我。再说，我这副落魄的样子，怎么能和儒雅联系在一起？"

"你可别小瞧我没见过世面啊，看人我还是会的。比如说，你大哥那个样子，就是拿枪对着我的那一会儿，我也没看出他有多么凶狠。"

"哟，那你看出他什么来了？"

"他是个大人物，说一不二，一切都在他掌控之中。他威胁我们那是因为没有办法，不这样没法安顿你。他说了过一段日子要来接你走，我信他。"

擦完了身子。吴娟蹲下来把何武成的鞋给脱了，把他的两只脚放在水盆里洗。

"让你这么服侍，真不好意思。"何武成说得很诚恳。

吴娟抬头笑着看了他一眼。

"那，吴娟，你也给我看看相吧。"

"你呀，至少是大学毕业，做的是知识分子的事。嗯，大城市里人。你看吧，我老公在这一带算是学问最高了。可是他是乡下的土医生，那和你们就不一样。"

"你还真有意思。说说怎么不一样？"

"你的修养都在表情里面，学问都在眼神里面。"

"不简单，我也给你看个相吧。"

吴娟来了兴趣，她的手情不自禁地抓着何武成的脚晃了起来："说说，你说说！"

"你生性善良，喜欢幻想。如果不是因为某种特殊的原因，这个小山村、小集镇，是留不住你的。你勤劳，顾家，孝顺父母，有责任心。"

吴娟没有搭话，她默默地为何武成擦干脚，把木盆挪到一旁。

"你怎么啦？我说得不对？"

吴娟幽幽地看了何武成一眼，眼里带着泪花。

"我说你有学问吧。你才认识我几天啊，就看得这么准。从来没有人这么了解我。"

"我随便说说。对不起，没想到会让你难过。"

吴娟坐到何武成身边："我心里有好多话，没法跟父母说。说了他们不理解。唉，谁也不理解。我那些中学的同学，有的外出做工，有的嫁人。没人说话。"

"现在通讯这么发达，手机、电子邮件。天涯若比邻。还愁没人说话？"

"都忙着挣钱养家，谁有闲工夫听一个乡下女人说老掉了牙的话题。"

"倒也是。通讯前所未有的发达，人心却史无前例的隔绝。"

吴娟赞许地看了一眼何武成："武成哥，我觉得你特别理解我。你有女朋友吗？"

"有。"

"你不是坐牢了吗？她还没跟你断？"

"联系是中断了，但是我觉得我们心还是相通的。"

"刚刚你还说人心隔绝。"

"我说的是普遍现象。所以，那种两心相通的感觉特别值得珍惜。"

"唉，真羡慕你的女朋友。"

*

白雪梅和父母一起吃饭。

白雪梅的妈妈又唠叨起来了："雪梅啊，张阿姨又问，你打算什么时候去见她给你介绍的那个在剑桥拿了博士学位回国的小吴。"

"妈，我没请她给我介绍男朋友。"

"是我请她介绍的。"

"那你去见。"

"哎，老白，你听听你这宝贝闺女在说什么。"

白厅长微笑了一下，耐心地谨慎地表示了自己的意见："那你事先也征求一下她的意见嘛，问问她需要什么样的朋友。"

白雪梅接口就说："我妈知道。"

"我当然知道我的女婿应该是什么样。"

"所以我说需要您老人家亲自出马，娶一个自己满意的女婿回家。"

白厅长"哈哈"大笑，雪梅的妈不高兴了："哎，你笑什么？你自己女儿这么大了，在找对象的事情上一点不积极。我请人帮忙，她不领情还挖苦我。这好笑吗？"

白雪梅可一点退让的意思都没有："当然好笑。当妈妈的凭着想当然，瞎操心，看到高富帅就想往自己家里拉。这不好笑吗？"

"切。我跟你说，这回你要是不去见，我再也不给你操心了。"

"那我正式宣布：我不去。你们都不要再给我操心了。我有男朋友。"

白厅长夫妇闻言，不禁对视了一眼。过了几秒钟，当妈的才小心翼

185

翼地问:"谁啊?"

"何武成。你们又不是不知道。"

"哎哟,他出事都一年多了。你这孩子怎么还……"

当爸爸的警觉起来:"他越狱以后跟你联系过?"

"什么?他还能越狱?"雪梅的妈妈大吃一惊。

"妈,他三个星期之前在南山监狱越狱。这是这所现代化重刑犯监狱第一次发生的越狱事件。不简单吧?爸,他还没有同我联系。但是我最近老是梦到他。在郑洪斌案结案之后,我在周清泉的帮助下,阅读了同何武成案相关的大量材料。两个星期前,我们又到黑道分子试图截杀何武成、郑洪斌的现场实地调查。我坚信,被犯罪集团认定必须除掉的何武成是清白的。"

"雪梅呀,这可不是闹着玩的。你……"

"妈,当然不是闹着玩的。我们公安战士干的是和平年代最危险的工作,我们时时处处都要面对最险恶的敌人。"

"当初你报考公安大学我就不同意,这哪是小姑娘干的活。"

"很多人都这么看,可是我义无反顾地选择继承侦探世家的光荣。我和别的女孩不一样。妈,还是请你理解,我的恋爱观也和许多人不一样。"

白母想说什么,可是什么都没法说。

白厅长严肃地问女儿:"你的想法,我指的是关于何武成一案的想法,同你们领导谈了吗?"

"没有。因为我们有充足的理由怀疑,市局有人被犯罪集团收买,所以,我想越级向你单独汇报。顺昌大桥倒塌,何武成被犯罪集团有预谋地陷害顶罪,我们已经收集了大量的证据。"

"那么郑洪斌、何武成越狱,同你们收集这些证据有关系吗?"

"同我们收集证据无关。但是,我相信,郑洪斌和何武成显然是得到了什么和他们案件有关的信息,他们越狱是为了找到自己被陷害的证据。正因为如此,所有的人都坚信他们会回到江昌来。"

"我们到书房谈,饭桌就辛苦你妈收拾了。"

"去吧,去吧。"白雪梅的妈妈挥了挥手。

郑洪斌过去的秘书小刘被床头的闹钟吵醒。他抓过闹钟，把它拨回正常运行模式。

小刘伸了一个懒腰，爬了起来，拉开窗帘，然后钻进了卫生间。卫生间里传来冲抽水马桶和洗漱的声音。

忙完这些，小刘走向厨房。他在穿过客厅时，突然觉得不对劲，于是停住脚步转过身来。这一转身，让他大吃一惊：客厅沙发上端坐着一个人。再一细看，这个留着胡须的汉子不是别人，正是他的老板郑洪斌！

"小刘，别来无恙？"

"郑、郑总。您怎么，坐在这儿？"

郑洪斌从鼻子里"哼"了一声："怎么，让你感到意外了？我回江昌来，有家不能回，不到你这儿，又能到哪儿？"

"是、是，欢迎。"

"有些情况需要了解。你是先吃早饭，还是先回答我的问题？"

"早饭吃不吃的，……对，郑总，我给您弄点吃的吧。"

"不需要。我不饿，那你坐下说话。"

"我先给您沏杯茶。郑总，你先坐一会儿。"

小刘说完，有点神不守舍地走向厨房。

往厨房走了几步路，小刘头上就冒出汗来。他多少有些害怕这个过去的老板。这个被警方追捕的不速之客会给他带来什么，他心里没底。

说了要沏茶的，小刘却晕晕乎乎地拉开冰箱的门。他愣了一下神，才想起来到底要做什么。他关上冰箱的门，抓起门把上挂着的抹布，弯腰抹去额头的汗水，这才打开墙上的壁橱，找出茶叶。这时，郑洪斌在客厅里发话了：

"小刘，你给自己也沏上一杯。"

"哎，我知道。我这就好了。"

小刘往被子里倒开水的时候，手还有点哆嗦。

看到小刘端着两杯茶走出厨房，郑洪斌脸上露出温和的笑容。他深知自己在过去的秘书小刘眼里的分量，不怕小刘玩滑头，却希望谈话能在轻松的气氛中进行。

"小刘你坐下。你先说说福山面临财政危机，公司内部是如何应对的。"

"公司的干部会，我参加了两次。那笔八亿人民币的兼并款没了，桑普森还要百分之三十的违约罚金。这十亿多，公司是无论如何也拿不出的。我们只有两条路可走：申请破产，或者被兼并。"面对这位老板，小刘坐着的姿势、汇报的口气，一下子回到了好多年养成的习惯。

"嗯。但是一旦破产，会引发许多问题。政府不能坐看一万多福山职工没有收入。所以，其实只有被其他公司兼并的一条路。"

"是。兼并哩，就是个条件问题。我们背的债务太多，这是有意兼并的一方首先考虑到的。怎样尽量保障原公司职工的利益，比如工作岗位、工资和福利等，这是我们福山公司头头们需要考虑的问题。"

"哪几家公司有兼并福山的意向？"

"听说中国北方矿业公司和中南有色金属公司问过，但是都不靠谱。陈总希望我们本地的昌盛集团联合金刚公司，出面拿下福山。金刚公司的万总不是您和陈总的朋友嘛。"

郑洪斌听到"昌盛集团"和"金刚公司"时，嘴角轻微向上扬了扬。

"金刚公司根本就是个摆设，昌盛集团开出的条件应该最优厚。"

"郑总，您猜得对。"

"那还用猜吗？它凭什么跟其他大型国有企业争？问题是，昌盛集团本来跟矿产毫无关系，他们蹚这趟浑水干吗？再说，他们的实力也是有限的，它怎么拿得出那么多钱来玩这个蛇吞象的把戏？"

"陈总出了一招，让他们拉国际资本参与投资。"

"那么准确的说法就应该是：陈总要拉外资和昌盛结合。昌盛集团的老板是个地痞出身的二混子，他哪里去找外资？可是哪家外资能够在这么短的时间内被陈总说动？"

"美国的金山公司。"

"好嘛，我说哩，陈世明他还能有什么道道。这倒好了，金山公司想买的桑普森也有了，福山的违约款也不必付了。"

"大家也都有议论，说陈总这一招或许解决了大问题。"

"当然，我们也没法去查，昌盛集团和金山公司哪儿来的这么多钱。一下子等于吞并两个相当规模的大公司啊。"

小刘愣了一下神："这个，……我们这里的人想都没去想。大家只是议论，像我们福山目前这个烂摊子，欠了一屁股债，又缺少您这样的强势领导。金山老板是老外，昌盛老板是外行，搞不好一定亏本。他们要买福山干吗？"

郑洪斌鼻子里出了长长一股气，脸色严肃。他没有回答小刘的疑问。

"现在福山被兼并的工作到了哪一步？"

"他们的动作出乎意料之外的快。我们都说，老外办事就是爽。昌盛集团的曾总，据说行事历来麻利。他们配合得天衣无缝，计划比其他竞争者要详尽，开出的条件要优厚。我听我表舅说，别的公司根本不可能比得过他们。"

郑洪斌直到这个时候，才端起茶杯喝了一口茶："没有福山公司同意，他们想兼并，也是一厢情愿。福山公司的高管，对于被兼并后自身位置的考虑，应该和兼并者有冲突。一朝天子一朝臣，他们出高价盘下福山，目的是要自己说了算。这个矛盾怎么解决？"

"公司高管一开始的确有抵触情绪。不管谁接管福山都得把各部门合并了，用自己的干部。可是后来，大家的态度有转变。"

"老陈玩了什么鬼？"

"这个不知道。听说是昌盛集团那边私下里做了工作。都在传，凡是有投票权的高管，昌盛的曾老板都许了愿。有人管这叫赎买政策。"

"收买就是收买，换他妈什么词！"郑洪斌压住心里的火气，又回到温和的语调，"那他总得留下福山的一些干部吧？你听说谁会留下？"

"这个不清楚。哦，郑总，他们除了个别做工作以外，还邀请福山公司的高管到温云山度假村开什么'恳谈会'。据说就是最后做各位高管的工作，商谈去留的条件。"

"什么时候去度假村？"

"就是这个周末。"

"恳谈会谁主持？是不是陈总？"

"不是。我听江小龙说，陈总表示他没时间参加恳谈会。"

"他要避嫌。"

"大概是吧。"

郑洪斌还是想知道更多的信息。他启发式地问小刘："这些高管的去留，你们私下总会有些猜测和议论吧。"

"陈总原先分管的，像生产部、工程部、技术部、质量部这些主管，留下来的可能就比较大。朱总原先分管的人事部、财务部、会计部、采购部、业务部这些，走的可能性就大。这在道理上也说得过去：生产环节上的人，人家需要留下好干活。"

"我问你，你表舅，矿山资源部的余旷达有什么想法？"

"他，……怕是想留下来，家在这儿嘛。这不像年纪接近退休的，比如人事部薛主任就很坦然，反正老了，拿笔钱走人。也不像年轻的单身汉，比如财务部的文主任，出国留学，一走了之。新老板能给一笔钱，算是赚了外快。"

"你是什么打算？"郑洪斌单刀直入。

"我，……嗨，我没有实用的技术和知识，新的工作不好找。所以，我求薛主任帮忙，把关系从总部办公室转到矿山资源部了。"

"投靠你表舅。"

"是。郑总您这棵大树，嗯，不小心遭雷给劈了。我总得……"

"你认为余主任能保住位子？"

"嗯，……能吧。"

郑洪斌意味深长地看了小刘一眼，余旷达还能拿出什么招数来保住职位？他端起茶杯把剩下的茶水喝完。

"郑总，我再给您加点水。"

郑洪斌用手势制止了躬身从沙发上起来的小刘："不用了，我该走了。小刘，我到你这儿来的事，你在星期一上班之前不要报警。否则我对你不客气。你知道，警方抓不住我。"

"郑总，我怎么敢背叛您?"

"况且我没有罪。别人不知道，你绝对清楚。"

"那是，您和朱总情同手足。还有，您要是想动公司的钱，谁敢说个不字? 犯不着绕那么大的弯子做。钱被转走那几天，我们在国外几乎寸步不离。这些我都反复向办案的警察说了。"

"知道就好。我有些事情必须查明，需要两天的时间。但是，一旦我暴露了行踪，你可以立即举报。对我无所谓，对你却有好处。"

"一定照办。"

郑洪斌起身，向门口走去。小刘跟在后面，有些无所适从："郑总，您、您就这么走了? 要不，我找点钱给您带上花。"

郑洪斌一只手已经抓住了门把手，笑着回过头来。

"难得你对落难的前老板还有这份心。钱就不要你的了。那我再给你一个忠告：离胡莉莉远点，最好断绝一切往来。还有，这个周末就在家待着，哪儿也别去。"

小刘听得是胆战心惊：自己还有什么心思能瞒得住这个老板?

陈世明走出家门，上了车。他的车停靠在豪宅门前的环形道上。开车出了大门后，是一条安静的林荫道，再往前开一点点就到了拐弯上主道的十字路口。

遇上红灯，陈世明等着交通灯变绿放行。

这时候，有个戴着墨镜、留着满脸胡须的人敲他的车窗。

陈世明一看，敲窗的不是别人，正是风闻越狱逃亡，回到江昌来的郑洪斌。陈世明打开旁边车门的锁。

郑洪斌拉开车门，坐到驾驶员身边的座位上。

"都说你老兄会回江昌。我就知道你要是想回来，谁也拦不住。"

"这么说，你对我还是那么有信心。"

"当然。"

"快走，再不走灯又要变红了。"

陈世明踩了一下油门，车拐弯上了主道。

郑洪斌发话："找个安静的地方说说话，这一阵子变化肯定不小。"

"那是。老朱死于非命，你这位掌舵人进了牢房，我都快玩不转了。"

车开到一个城市公园边。陈世明把车开到后街，停了下来。陈世明可找到个能够诉苦的人了，一路上一直在诉说公司的困境，自己的难处。

"……这一阵子我才明白，你老兄有多了不起。这么大的一个摊子，哪儿稍有疏忽，就得停摆。几亿人民币的亏损，每个月光是付利息，差不多就相当于当月的营收，搞不定啊。也不知道你是怎么把福山发展起来的。"

"可是应急和解套的能耐，我绝对不如你。你居然三下五除二，给福山找到买家。这才几个月，福山就要换主了。"

"哎哟，我的郑总。你可别埋怨我这么处理福山。流失的款项加上违约金有十亿之多！刚刚都跟你说了。我不说你也算得过来嘛。我惨淡经营也很难把欠款的利息挣出来。"

"我是夸你！干得好。我一个逃犯，哪有资格对福山公司说三道四。不过，你能跟我说说为什么找昌盛集团和美国金山公司来兼并福山吗？"

"福山是你一手创办的。不管法院怎么说怎么判，你在我心目中的老大形象永远不会变。我也相信你的案子迟早会翻过来。说到动员昌盛集团，我是做了一些调查的。这个集团有钱。曾金虎那家伙是个土包子，他过去对于福山公司的发展是佩服的，也认定福山公司是棵摇钱树。但是他的财力还没那么大，同时，他土嘛，我们福山对外的业务，他心里没底。有老外同行的参与，他才敢兼并福山。"

郑洪斌点点头："有道理，接着说。"

"接着就要说到美国的金山公司了。我不是不知道金山总裁利奥诺拉跟你老兄之间的过节，是吧。可是，福山原先的对外业务都是你老大和老朱操办，直到近年来，你才让我接手部分的对外业务，特别是这次收购桑普森的事务。我能认识，能知道几家外国公司？偏偏这家金山也是对收购桑普森感兴趣的。我找他们，是不是顺理成章？"

"没错，顺理成章。金山收购了福山，自然也就要收购桑普森，这就没有违约一说了。你办得好。"

"老大，谢谢你的理解，谢谢不怪罪我。哎，我跟你说件大事：你的案子能翻过来，关键在一个人。"

"噢？哪个人？"

"财务部的文增辉。老朱他英文不如我，过去在对外业务的处理上一直依仗这小子。所以，我猜测，他可能早就打上那八亿并购款的主意了。你入狱以后，这小子很快辞职到美国去了。我不能不怀疑他。"

"我入狱以后，公司陷入经营危机，年轻人自寻出路是正常的。你还有什么怀疑他的理由。"

"唉，说了怕伤你的自尊，不说，又说明不了我的理由。你听了千万别激动：他很可能同你老婆，……有那种关系。"

"胡说！如果我老婆跟文增辉有染，我能看不出来？"

"你看你！哎呀，你要是败在你年轻老婆的身上，我都没法说同情你！这次回来你要见的不是我一个吧？别人不会主动跟你说这种事，你问问看。"

"我不是说胡莉莉不会红杏出墙，我也怀疑她呀。那个冯贵携带的人民币上我的那些指纹是哪里来的？但是，我没见胡莉莉和文增辉有过任何来往啊。"

"这就对了，这才像特种兵出身的。我再跟你说一件事你就非信不可了：文增辉和胡莉莉是高中同学，不仅如此，他们还是初恋情人！"

郑洪斌沉默了，过了一会儿才点了点头："你看我应该怎么办？"

"你老兄是个明白人。文增辉如果有那么多的钱，只要查明来路，一切就会水落石出。"

"谢谢。"

"我可以给你搞一份假护照，你需要多少钱？"

"通缉令到处都是，给我办了假护照，只要我不整容，一露面就会被抓。你身上有多少钱？"

陈世明掏出钱包，把所有的现金都拿给了郑洪斌："这张卡你也拿去吧，自己找个偏僻的地方取钱。两天后我再报失。"

"卡就算了，我不想把你卷进去。我们就此告别。"

"大哥多保重！"

郑洪斌推开车门走了出去。

*

　　白厅长正在看材料，电话铃响了。白厅长拿起电话。

　　"哪位？……哦，仲局长。什么指示？……哈哈，你怎么不是我上级，你比部里的领导还要领导，你管的是国际案件嘛。……请说。"

　　电话那边传来国际刑警中国局仲局长的声音：

　　"是这样的，白厅长，国际刑警美国国家中心局同我们联络，他们将要派两位警官来中国调查一家跨国公司，她们一会儿就到，接她们的人已经在机场了。她们要调查的这家总部设在美国新泽西州的公司叫作Golden Mountain Inc.，翻成中文就是金山公司。该公司的主要业务，或者说它注册的主要业务，是矿产的开发和国际贸易。"

　　"这么说，这家公司和中国的公司有商业往来？"

　　"过去没有。但是，他们现在正在进行同中国民营企业合资并购江昌福山有色金属公司的事。你了解本地的福山公司吗？"

　　"听说过。福山公司的董事长兼CEO涉嫌杀人和转移几亿元巨款，被判处无期徒刑。目前，公司濒临破产，我也听说公司正在寻求被兼并。"

　　"好嘛，这里面看来有文章。"

　　"有大文章。我家雪梅是负责郑洪斌案的警官之一，她对郑洪斌犯罪持怀疑态度，认为在此案背后有犯罪集团的阴谋。另外，老仲，这个郑洪斌三个星期前在南山监狱越狱，估计他会回到江昌来。"

　　"谢谢通报这些情况。美国方面一定握有部分证据和线索。中美双方的配合，无疑有利于案情的侦破。我本人准备陪同两位美国警官到江昌，希望能够得到你们省厅和江昌市局的大力协助。"

　　"我代表省公安厅欢迎你们，欢迎国际刑警的光临。仲局长，我本人有个建议，你们来还是由我们省厅出面接待和负责安排行程，好吗？我会直接邀请负责郑洪斌案的白雪梅和刑警大队长周清泉参加会谈，协助办案。这里面的缘由，我会当面跟你解释。"

　　"哈哈，这正是我的意思，没有表达清楚。到了你们那儿，当然要听领导的安排。不搞重叠交往那是最好了。有直接办案的警官协助足够了。没想到，雪梅成长得这么快，恭喜你们这个侦探世家有了接班人！"

"谢谢！那我们就恭候大驾光临。"

*

一位身穿国际刑警警服的年轻人，手举"Welcome Ms. Linda Field and Ms. Bingying Han（欢迎琳达·费尔德女士和韩冰莹女士）"的牌子，站在国际航班出口拥挤的欢迎人群中，找寻两位来北京出差的美国女警官的身影，嘴里还叽叽咕咕地背诵将要说的英文。身穿便服的两位年轻的女警官走到他跟前，他也没有注意到。韩冰莹笑着和举牌的小伙子打招呼：

"先生，您是中国局派来接我们的吧？"

"哦，是。咦，你说中文？"

"是啊。我是华裔美国人，叫韩冰莹。我来介绍一下：这位是琳达，琳达·费尔德小姐。"韩冰莹转过身，朝着琳达优雅地抬起手臂。

"Hello，Ms. Linda Field and Ms. Han. Welcome to Beijing（哈罗，琳达·费尔德女士和韩女士。欢迎来北京）."接机的警官带着点紧张，把英文单词一个个挤了出来。两个女警官听得出他的欢迎词是下了功夫背出来的，禁不住"哈哈"大笑。

笑得这位警员十分尴尬。

琳达觉得失礼，不好意思起来："对不起，我们并不是想笑话您，只是控制不住自己……"

韩冰莹马上翻译："对不起啊，我们不是有意笑话您。我们走吧。哦，您贵姓？"

195

第十一章　又遇凶案

　　已经过了中午时分了。"江昌六虎"的干将之一白老四还仰面躺在床上。他身边有一个一丝不挂的女人，侧身而卧。一条毛毯遮盖着两人身体的中间部分。白老四三十多岁，粗短身材，毛发浓密。

　　床头柜上乱七八糟地放着手机、酒瓶、香烟盒等。窗户上挂着厚厚的窗帘。窗帘没有拉紧，阳关穿过缝隙照射进来。

　　手机铃声把白老四唤醒，他艰难地抬了两次身体，才不情愿地坐了起来，拿起手机。不过，一看到来电显示，他的精神头马上来了。

　　"大哥，对不起，昨个晚上喝多了。……哎，哎。是。大哥有何吩咐？……什么？郑洪斌回到江昌了？好啊，我正愁着没法给三哥报仇，他倒送上门来了。"

　　白老四还想继续他的"豪言壮语"，却被他大哥冷冷地喝住：

　　"够了。你到哪儿找他报仇？现在你准备着给我完成一件重要的任务。"

　　"哎，我听大哥的。您说，什么重要任务？"

　　"今天是星期五。晚上你哪儿也不要去，带上几个兄弟，在夜里十一点半……"

*

　　温云山度假村坐落在江昌市郊。晚上，年轻的值班经理坐在前台，偷偷地玩她的手机。电话铃响了，她恋恋不舍地丢下手机，拿起电话。

　　"您好，这里是温云山度假村。……对，福山公司的人在这里开会……对不起，我们一般不提供客人的信息。您打他的手机好了……哦，是省矿业局的领导。那，我给您查一下。"

值班经理并没有放下电话，她在电脑上查找了一下。

"喂，张局长，福山公司余旷达主任住在东四楼的218室。您现在需要我帮您转到东四楼218去吗？这会儿客人可能还在餐厅。……那好，我给您转……不客气。"

值班经理拨了几个号，便拿起自己的手机继续玩起来。

郑洪斌绕到了东四楼的后面。他熟悉这个度假村，准确地走到218室的阳台下。

郑洪斌先是凑到118室的窗前，悄悄地往里看了一下，确信里面没人后，便解下腰间一根带着挂钩的绳子，轻轻往二楼阳台的护栏上一抛。挂钩搭住了护栏。郑洪斌只攀爬了两三下便翻身上了阳台。

蹲在阳台上，郑洪斌往里面张望。这一望不要紧，里面的情况让郑洪斌吃了一惊，接着皱起眉头。

只见赤裸着上身的余旷达面对窗子坐在床上，张大嘴巴看着站在自己面前的一个年轻女人。这个女人背对窗子，她挑逗地慢慢脱下自己的牛仔裤，然后是衬衫，只留下三角内裤和乳罩。她把衬衫扔到余旷达的头上。余旷达哪里还能把持得住？他掀开女人的衬衫，扔在一边，猛地站起来，双手搂过那个女人，一下子把她压在了床上。接着就是女人扭捏地假意挣扎和余旷达费力地试图"驯服"那个女人。

郑洪斌摇摇头，他看了看手腕上的表：10：30。

看这阵势，没有半个小时完不了事，郑洪斌可陪不起，只好改变计划了。他解下那个搭挂在阳台护栏上的钩子和绳子，重新绕扎在腰上，然后翻身过栏，跳了下去。

福山有色金属公司的办公楼是一座十五层的建筑。

郑洪斌骑着车来到大楼前，他熟悉这座大楼里的一切。如今，当他看着大楼各层窗口射出的灯光，便能猜测出这个周末的晚上公司里的大致状况。郑洪斌很快发现，今晚有异常情况！四楼，这个今晚他要去的地方，左侧楼道没有灯光。

看了一会儿，郑洪斌把车推到大楼前种植花草灌木的小广场，将车推进灌木中，然后向大楼侧面走去。

进入大楼的郑洪斌首先上了第十五层顶楼，直奔他过去的办公室。他熟门熟路地来到办公室门外秘书的办公桌前，将手伸到桌板下，摸出办公室的钥匙。郑洪斌轻手轻脚地打开办公室的大门，径直到了最左边的文件柜，拉开最下面的门，里面有一个小型保险箱。郑洪斌熟练地转动密码旋钮，打开保险箱，从里面拿出几大叠人民币和美金。

一楼大厅前台的后面，保安队长站在值班保安老史的身后，两个人注视着监控屏幕。这里的监控屏幕上轮流出现各监控点的镜头。

"队长，你看：服务电梯的、安全通道的，还有地下室大楼管理处的。哦，还有配电房的，都黑了。"

"要出大事了。老史，你马上打110报警。"

老史头都大了，嘴里嘟囔着："真倒霉。还有十分钟就该换班了。"

他拨通了报警电话。

"喂，我是福山公司办公楼的值班保安，我们这里出大事了！"

矿山资源部资料室内，两个蒙面人打开了资料室的铁皮档案柜在搜寻材料。他们戴着头灯，在微弱灯光下翻看纸质卷宗。其中一个胖子实在不耐烦了："秀才，这他妈的找到猴年马月？这不是大海捞针吗？"

被他叫作"秀才"的蒙面匪徒安慰他："肥哥，眼怕手不怕。你只要翻到2007年5月的日期，就放在一边，让我来看，天亮前我们准能找到。"

"什么？找到天亮！哎哟，四哥，您怎么给我派了这么个活？这不是赶鸭子上架吗？"

黑暗了传来了"四哥"白老四威慑的声音："你俩少啰唆！想把保安给招来？"

寂静的楼道里果真传来了脚步声，黑暗中的气氛顿时紧张起来。

门轻轻一声响，锁开了。不用白老四吩咐，秀才和肥哥立刻将头灯关上。档案室里一片黑暗。

门悄然无声地被推开一条缝，白老四看到一个人头伸了进来，他运足了力气，挥刀劈了过去。的确有一团东西被砍中落地，那是拖把头上顶着的一个保安大檐帽。紧跟着挥过的刀锋，郑洪斌撞开资料室的大门，一个前滚翻进了室内。白老四对着眼前朦胧的身影，连连挥刀砍劈。郑洪斌手持短刀，从容不迫，应对有余。

秀才和肥哥看着黑暗中打斗的双方，根本帮不上忙。

秀才大叫："四哥，实行第二套方案吧？"

"烧，给我烧!"白老四声嘶力竭。

肥哥早就盼着这句话。他"哗啦"一声，把手里文件箱中的卷宗倒了出来，接着又倒了一箱。秀才把准备好了的汽油沿着文件柜倾倒，然后点着了纸质文件和卷宗。

大火立刻燃起。火光中，郑洪斌和三个黑道分子现出形来。白老四立刻认出对手。

"郑洪斌! 你这个该死的逃犯，你来干什么?"

郑洪斌并不说话，找到一个空当，飞起双脚将白老四踢到墙角。早已绕到门口的秀才架起白老四便出了门。肥哥则提起一只椅子砸向郑洪斌，郑洪斌往后躲闪。肥哥抢步也出了门，郑洪斌跟了上去。

白老四大叫："肥哥，拖住他。"

肥哥回身迎战郑洪斌，却哪里是郑洪斌的对手? 被郑洪斌一个扫堂腿打倒在地。郑洪斌飞身追赶白老四和秀才，可惜晚了一步，出了第二道门的白老四"啪"地把门关上。郑洪斌拉门，白老四在外面拉，一只脚还抵在墙根借力。

那个不知死活的肥哥爬了起来，扑向郑洪斌，被郑洪斌往后一踹，踢出去很远。他爬起来摇摇晃晃又扑向郑洪斌，郑洪斌放弃拉门，拉开架势，几下把肥哥打得趴了下来。

门外，秀才惊慌地看了一眼走廊的窗外。楼下，数辆警车围住办公楼，红蓝警灯闪烁。"四哥，不好，公安来了!"

白老四此时也感觉不到里面人的拉力，他松开门把手："肥哥在缠着郑洪斌。我们走!"

他俩冲向安全通道。

室内，郑洪斌踢了肥哥几脚，确信肥哥再也爬不起来了。

看着火势渐大的档案室，郑洪斌没有犹豫。他把肥哥上衣的长袖齐肩割下，扎住自己的鼻子和嘴巴，找到墙角的灭火器，冲向内室。

警方的车辆将福山公司办公楼围得水泄不通。

周清泉带着警员向办公室大门走了过来。保安队长和老史出门迎接。

周清泉问："怎么回事？你们谁报的警？"

"我是福山公司的保安队长，是我让报的警。有人在我们楼里，破坏了监控镜头。"

"坏人还在里面吗？"

"在，哦，很可能还在。"队长慌不择词。

白雪梅几步跑上台阶："周队，四楼西侧有火光！"

"小李，立刻叫消防队。宋有光，把刑警大队的值班人员都调过来。"

"是！"小李和小宋齐声回应。

周清泉对先后赶到的警员下达命令："其他人堵住大楼所有出口。"

几个警察开着警车来到大楼一侧边门外。车还没有停稳，只见白老四和秀才正好从门里冲了出来。白老四举枪朝着警车就打，警车急停，警员由另一边弯腰下车，利用警车为掩护，开枪还击。

白老四边打边跑，秀才也拔出枪来助阵。他们往大楼背后的后街跑，刚冲到街上，就碰上从另一个方向开来的警车。警车的车灯照到两个黑道分子身上，车上警察来不及下车便伸出枪射击。秀才在过街时中弹倒地，白老四连滚带爬冲到街对面的一条小巷里。

两路警察追了过来。

白老四翻身上了院墙，接着爬上平房的屋顶。

几个警察追进小巷，从院墙下跑了过去。

福山公司办公楼前，两辆消防车鸣笛呼啸而至。

先到的一队消防人员架起云梯，在接近四楼的窗口向着火的窗口，用高压水龙头向里面喷水。

200

后来的另一队消防人员则扛着消防器具进入大门。

一楼前厅里，周清泉正在用对讲机指挥。周清泉肩头的对讲机响了，带领消防队上四楼的小李汇报："周队，第四层发现有人躺在楼板上，请派人带着担架上来。"

"小李，能辨认这是个什么人吗？"

"他脸上有血，身上有伤，外衣破了，身边不远处还有武器。"

"我马上就派人带着担架上去，你先给他铐起来。"

"明白！"

周清泉看到医护人员拿着担架和急救包进入大堂："四楼有伤员。动作快一点！从楼梯上。"

消防队员用水龙头奋力扑灭大火。室内走廊靠窗的一侧，在楼外和楼内两股水龙头的交替冲击下已经基本扑灭，留下一片狼藉。消防队员散开，各自用水龙头向楼内深处的大火喷洒。

救护人员上来了："伤员在哪里？"

黑暗中小李叫着，手电筒的光柱照着躺在地上的肥哥："这儿哩。"

他们摸了过去，放下担架。小李帮助他们把昏迷的肥哥放上担架。

"哟，怎么还铐着？"

"可能是歹徒。"

"我的妈呀。"

"别怕。我跟你们一道下去。"

小李帮助他们推开通向楼梯的门。

消防防火栓设在楼梯间。水龙头从这里接上，弄得满楼梯都是水。小李抓住担架前面的一端："楼梯滑，小心。来，前面抬高些。"

前面抬高是为了保持担架的平衡。后面的人在下楼梯时因为黑暗看不见，一脚落空，担架差点脱手。此时一个身穿消防服的人一把扶住救护员，并抓住其中一个把手。后面的人有人协助分担重量，立刻觉得轻松多了。

"谢谢。"

201

那个消防员说："后面也需要两个人，走好。"

小李和两个救护人员，一个消防队员抬着担架出了大门，正好遇到要往大门里走的白雪梅。

小李报告说："白科长，这个伤员可能是歹徒。"

"那你就守在他身边不要离开。"

"好的。"

"四楼火势控制得怎么样？"

"不至于继续扩大了。"

白雪梅看到抬担架的还有一个消防队员，不免有些奇怪。

"你怎么下来了？哎，问你啦。"

那个消防队员停了下来，侧过脸，对着白雪梅龇牙一笑。他满脸都让烟灰弄得黑乎乎的，牙齿显得特别白。

"队长让我和他们通个气。"

说完，推着担架往前一下，示意大家继续走。白雪梅还想问他什么，警车那边有人喊她："白科长，你的电话。"

白雪梅不太情愿地转过身，向警车走去。

福山公司办公楼外是一片种植花草灌木的小广场，有一个身穿消防服、头戴消防帽的汉子冲着灌木撒尿。他撒完回过身，确信没有人注意到他，便钻到灌木后面，脱下消防服。这个人在灌木中找到并推出自行车。

不错，他就是郑洪斌。

郑洪斌最后看一眼热闹的大楼方向，骑车离去。

*

清晨，精疲力竭的白雪梅推开家门。

卧室里的白母听到动静，一骨碌从床上爬起来，穿着睡衣就出来了。

"哎哟，雪梅，你们这是怎么啦？半夜被叫走，天亮才回家，发生什么事了？"

"妈，我当警察这几年，有突发事件又不是第一次了。福山公司大

202

楼午夜有人纵火。"

"我给你准备早饭去。你爸也不知道抽什么风,刚刚出的门。我这一辈子跟着他没日没夜、没早没晚地不说,下半辈子还要为你整天提心吊胆。"

白雪梅这话听多了,她笑着拉开卫生间的大门:"妈,你回去睡觉,早饭我自己知道吃什么。"

白雪梅洗完澡,穿着浴衣来到厨房。厨房小桌上已经放好热好了的豆浆、点心。她开心地坐下享受带着妈妈关爱的早餐。

电话铃响了,白雪梅摘下挂在餐桌墙上的电话:"喂,请问是哪位?"

出乎意料地,电话里传来郑洪斌的声音:

"早啊,白警官。对不起,害得你们忙了一夜。我是郑洪斌。"

"你在哪里?"

"我在江昌啊。警方应该早就布置了抓捕我的计划。"

"怎么会有我家里的电话?"

"何武成告诉我的。"

"他人呢?"

"他被黑道分子季彪在白庙村打伤,目前没有生命危险,当然也就来不了江昌。白警官……"

白雪梅打断了他:"昨天晚上穿着消防队员服装,抬担架下来的是你吗?你到福山办公大楼去干什么?黑道分子为什么也去那里?他们是不是同你一样都是找一份文件?"

"白警官,我知道你有很多问题。但是我并不是为了回答你的问题给你打电话的。我,同时也代表何武成,冒着生命危险越狱并返回江昌,为的是通过你向警方报告江昌犯罪集团的重要信息。你能冷静下来,先听完我的报告吗?"

"你说。"

"你也许已经意识到,何武成案和我郑洪斌案的关键证人,都是被同一个职业枪手杀死的,此人在黑道上人称'沈老五'。他是江昌市乃至江昌周边地区,最危险最凶狠的犯罪集团'江昌六虎'的第五号人物。昌盛集团总经理，一手造成顺昌大桥特大事故案的罪魁曾金虎，极有可能是'江昌六虎'的第二号人物。老三季彪，被派往白庙村截杀我和何武成，已死。老四白晨光，正是昨天夜间进入福山办公大楼的歹徒头目。你说得不错，他们要寻找一份可以证明这个犯罪集团为什么处心积虑陷害我，并搞垮福山公司的文件。他们没找到，所以放火焚烧资料室。估计你们没有抓住白老四，老五刚刚说了就是那个职业枪手，老六情况不详。你们最需要查明的当然还是这个集团的首犯。"

"太好了，你说的这个情况太重要了。郑洪斌，我希望你和何武成向公安机关自首，帮助我们迅速查清有关这个犯罪集团的罪行。我相信你们自己的案子也会得到重新审理，还你们清白。"

"哈。自首？那我们何必越狱？白警官，如果我们被关在牢里检举这个犯罪团伙，江昌六虎会不惜代价地搞死我们。我一点都不怀疑他们的能力。警方到处通缉我们，而江昌六虎却能够赶在警方前面在白庙村截杀我们。这不能说明问题吗？"

"现在的情况不同了，你们两个人的案子已经受到上级公安机关的重视。"

"我们的案子还会受到越来越多的关注，但前提条件是我们两人在逃。白雪梅，何武成始终爱着你。我相信你们重逢的日子不会太远。你有什么话需要我转告吗？"

白雪梅一时找不出合适的话来："我，……对不起他。我……，我恨我自己没有早一点介入调查。"

"我要挂电话了。请你挑最重要的话说，他最想听到的话。"

"我也始终爱着他，我会一直等着他……"

"啪"的一声，郑洪斌挂断了电话。

白雪梅手里举着话筒，久久没有放下，她的泪水夺眶而出。

*

白老四半躺半靠地斜坐在沙发上，面前的小桌上胡乱地堆放着啤酒瓶和烟灰缸。

电话铃响了。白老四"腾"地坐直，拿起手机。

"大哥，……您都知道了？……哎呀，大哥，您知道那人是谁吗？……您怎么知道的？……我确信！他冲进来的时候，屋里是黑乎乎一片，我们照着对方的影子砍。按大哥的安排，一旦有特殊的紧急的情况，执行第二套方案。秀才和肥哥点起火来，火光一起，我就认出闯进来的是郑洪斌……"

白老四的话被打断，他不敢多啰唆，静等大哥吩咐。

"大哥，我听您的。您说该怎么办？……好，这事交给我。"

*

周清泉拿着一个带盖的水杯进了车。他把水杯放好，把车发动起来，往上班的路上开。

手机铃响。周清泉接电话："喂，……是我。……什么？你再重复一遍……好，告诉他们，我马上就到。"

他把警灯打开，警笛拉响，车掉了一个头，向城外疾驰而去。

周清泉开着警车来到温云山度假村。度假村的主楼前已经停了好几辆警车。

周清泉刚下车就看到白雪梅从大门里迎着他走了出来："雪梅，你动作够快的呀。"

"我比你早离开现场回家，住的离这里也近一些。"

"情况怎么样？"

他们边说，边往楼里走。

"死者是福山有色金属公司的高管。福山公司二十六名高管星期五住进温云山度假村，他们是受昌盛集团邀请，来开'恳谈会'的。昌盛集团挑头，伙同金刚公司等民营企业，正组织对福山公司的兼并。'恳谈会'为的是征求福山公司内部高层管理人员对兼并的支持。"

说话间，他们走进了大楼。

值班经理看到周清泉，认出他是刑警大队长，立刻迎了上来："周大队长，您来了。"

白雪梅介绍："这是冯经理。"

周清泉停下脚步："哦，冯经理，你们怎么发现客人死亡的？"

"纯属意外。我们本来从不打扰客人，何况还是星期日早晨。可是，有人一大早来电话，说余主任家里出事了，打他房间的电话没人接，让我们去人叫他。"

"谁打来的？他家出了什么事？"

"是他邻居打的，说是他家孩子被烫伤。"

"嗯，你接着说。"

"218室的电话我们打了几次都没人接，那人又来电话催，我们只好让服务员上楼去叫。没人答应，我们想他是不是不在房间里？就用钥匙把房门打开了。"

"为什么不打120急救电话，而是打110报警呢？"

"我们进屋后发现他没气了，觉得有点蹊跷。我明白保护现场很重要，然后……"

"你做得对。嗯，消息暂时不要传播。还有……"

周清泉转向白雪梅："监控录像和电话通话记录是不是掌控了？"

"监控录像封存了，已经安排提取度假村的电话通讯记录。"

"那就好，我们上去看看。"

*

公安局技术科的工作室里，屏幕上出现白色的片底，播放的录像视频到头了。周清泉和白雪梅抬起头来。

"余旷达是昨晚九点钟半进入218室的。从那以后，既没有人进入他的房间，也没有人从里面出来。这说明了什么？"白雪梅像是自言自语，又像是同周清泉讨论。

"说明他死于谋杀。"周清泉说得很肯定。

"你这么肯定？那几根女人的头发很可能是过去的遗留物。"

"我们当然不能以孤证做结论，但是死者内裤上的精斑却是有力的证据。还有，我在卫生间看到有两块浴巾被使用过，虽然其中一块折叠得很仔细。这两块浴巾我们带回来了，鉴定是否被不同的人用过并不困难。事实上，我和法医都嗅过，基本可以断定有女人用过。"

206

白雪梅哈哈大笑："女人的味道好闻吗？"

"严肃一点。"周清泉心里想，跟年轻女人开这类玩笑，男人还真的没有优势。"我们接着分析。如果一个女人确实到过一个男人的房间，但她却既没有从大门进入，又没有从大门离开。这个男人死了，结论是什么？"

白雪梅点了点头。

"嗯。接下来的问题，是她为什么要谋杀余旷达。此前她多半认识余旷达。"

"对。我也是这么认为的。我看了余旷达房间外面的阳台，从上下左右几个方向都不难进入阳台，而通往阳台的拉门根本没锁。可是，如果余旷达不认识这个女人，那么，一般来说，马上发生暧昧关系的可能性并不大。"

"如果我们顺着这个思路去查，我想不难查出更多的线索。"

"余旷达之死发现得这么早，同值班经理收到电话，又不断被催促着到他房间叫他有直接的关系。我的直觉是，打电话的人所用的理由是假的。只要这一段度假村前台的电话通讯记录来了，我们就不难做出判断。"

周清泉的手机铃声响了，周清泉看了一下。

"小李打来的，答案有了。"

周清泉接电话："喂，小李，怎么样？……嗯，没出我们的预料之外。好，你赶快回来。"

"小李有没有去余旷达家？"

"去了，余旷达的儿子没出任何事故。"

技术科办公桌上的座机又响了，白雪梅拿起电话：

"我是白雪梅。什么事？……哦，周队在，你等等。"

白雪梅将电话递给周清泉。

"我是周清泉。……好，你转过来。"

周清泉向白雪梅做了一个手势，示意她启动计算机软件，辨别对方的电话号码和所在位置。白雪梅会意，点击计算机桌面的一个符号。

"喂，我是周清泉。请问您有什么事要告诉我。……您怎么知道余旷达死于谋杀？……既然您有心协助我们破案，是否能将您的身份告诉我们？……也好，请您尽量详细地描述那个年轻女子的特征。……好，谢谢。"

白雪梅突然打开免提键，冲着电话高声说话："郑洪斌！你是怎么发现余旷达被害的？"

"是白警官吧？昨晚十点三十分我到温云山度假村，本想找到余旷达谈谈，结果发现一个女人在他的房间，我只好放弃原计划。在福山公司办公大楼里与歹徒周旋后，清晨我再次到度假村，发现余旷达在房间里，敲窗，打电话给他，都没有任何反应。"

周清泉厉声问道："你为什么要找余旷达？你自己就有杀人嫌疑。"

"周队长，你们法医会判断出余旷达的死亡时间。他死的时候，我们都在福山办公楼。"

"郑洪斌，你还是自首吧。"

"哈哈，我的事还没有办完。两位警官，最后提醒你们一件事：江昌六虎因为我返回江昌而坐卧不安。他们一定埋伏在胡莉莉周围，以便找到我的行踪。希望你们抓住这个机会，有所收获。"

"这个我们早有安排。"

"那就好。"

"啪"的一声，郑洪斌挂断了电话。

白雪梅对周清泉说："郑洪斌这次用的是公用电话，号码我记下了，位置在市中心的三江商城。"

计算机屏幕上呈现的是市区地图，有一个亮点在闪动。

*

胡莉莉端着一杯茶水懒洋洋地从厨房走进客厅，她弯腰将茶杯放到茶几上，顺手拿起电视的遥控器转身打开电视。电视里传来女播音员的声音：

"各位观众，现在播送午间新闻。昨天夜间到今日凌晨，位于本市三江路的福山有色金属公司办公大楼西侧发生火灾，消防队和公安刑警队及时赶到。据悉，这次火灾不排除有人故意纵火。嫌犯中有人受伤被捕……"

胡莉莉有些吃惊，她迟疑片刻，决定去公司看看。

她走到通往车库的门口，换鞋，戴上遮阳帽，拿起放在门边花瓶架上的车钥匙。

胡莉莉把车开到福山公司办公楼不远处，看见广场上已经站了不少人，对着西侧四楼黑洞洞的一排窗口指指点点。

她把车停下，向前走去。有人叫她，是过去朱勇彪总经理的秘书小金。

"莉莉，你也来了。"

"小金，我是听到午间新闻报道，说我们公司办公楼被人放火烧了，这才过来看看情况。"

"被烧的第四层是矿山资源部。哎，你说坏人放火烧我们的办公室干吗？真是奇怪。"

不远处的人群里，白老四也混杂其中。白老四斜着眼睛往这边说话的两个年轻女人看。

"莉莉，听说你打算辞职？"

"是啊，公司要被兼并了，像我这样没有一技之长的还不趁早自觉一点走人？你打算怎么办？"

"我？我又没有你那样的大房子和存款，不上班也能过得好。我先赖着，等没办法了再考虑去向。可是福山公司最近老是背时，你说好好的，又出事了。"

"这次看样子损失不大。小金，这太阳太毒，我回去了。"

"我也回去，再见。哎，莉莉，我们一直处得不错，保持联系啊。"

"好，再见。"

胡莉莉回到路边停车处。她打开车门，正要弯腰进车，忽然感觉到腰上被一个硬东西顶了一下。她一惊，能够觉得身后站着一个人，低头看，腰侧是一支手枪。

"不要出声，把后门也给我打开。"白老四尽量压低了声调。

胡莉莉按了一下开锁的按钮。

"慢慢地坐到座位上去，不要玩任何花招。"

当胡莉莉刚刚坐好，白老四已经坐到后座，手枪从后面顶到胡莉莉的脖子上。

"往家里开。"

胡莉莉脸色惨白，顺从地将车开走。

胡莉莉开到小区大门口的时候，打开车窗，在机器上过了一下识别卡。她有意不让磁条经过识别眼，并用眼睛示意保安过来。那保安倒也机灵，往车这边走来。

"哟，机器有问题啦？我来看看。"

就在那一刻，胡莉莉的臀部被手枪狠狠地捅了一下，她瞄了一眼后视镜，白老四人不在后座上了。胡莉莉再一过识别卡，大门前的横杆打开了。

"好了，不用你了。谢谢！"

胡莉莉一踩油门，车进了大门。转了两个弯，到了自家车库门口。她按一下自动开门的遥控器，车库大门缓缓地打开了。

白老四扯着胡莉莉的胳膊把她拉进卧室，一进卧室，白老四就把胡莉莉推倒在床上。

"妈的，你不光漂亮，还挺聪明，老子太喜欢你了。不过在我享受之前，我们得把正事给办了。你老实回答我的问题，不然老子先奸后杀，还让你体无完肤。"

"大哥饶命，我刚刚太紧张，不是有意的。"

"你这个小狐狸，在老子跟前玩花招还嫌太嫩了点。先说，郑洪斌逃回江昌后，有没有回来过，有没有跟你以任何方式联系过？"

"你说什么？郑洪斌回到江昌了？我不知道，真的不知道！"

"在江昌市，郑洪斌有哪些至亲好友？"

"没有。我是说，要有我也不知道。慢着，他前妻的妹妹是他的办案律师，应该就在江昌本地。其他，其他就是些酒肉朋友，他出事后没人表示同情。只有万总，万鸿达给我来过电话问有什么需要他帮助。还有，就是他过去的秘书小刘，刘秉章来过电话。"

210

"你他妈的骗谁？他郑洪斌是什么人，在此地这么多年，连个朋友都没交上？我得让你头脑清醒一点。"

白老四从口袋里掏出一卷绳子，熟练地将胡莉莉的手腕绑在床头的两边，然后坐在胡莉莉的身上，用匕首挑去胡莉莉胸前的纽扣。胡莉莉吓得一个劲求饶。

"大哥，您饶了我，我有什么说什么，不敢隐瞒。"

"想想，郑洪斌从南山监狱里逃出来，他要是想潜伏在江昌市内或者附近，有可能躲在哪些地方？你要是不说……"

"我说，我说，他有几个混得不好的战友找他帮过忙。一个是老袁，父亲住院跟他借过钱，还没还。具体的姓名电话，我不记得，得找一下。"

"学乖了，很好。我说你聪明嘛，重要的是他近年来帮助过的人。接着说。"

"老顾，来找过他给孩子安排工作，他给办了。还有，一个公司业务部的小常出了点事，他妈来求老郑找人把他保了出来。大哥，自打郑洪斌越狱，我就想过他要是回来可能在哪儿藏着。大概就这些了。您放了我，我给您找他们的电话。"

"你太可爱了，配合得很好。不急，你先让我快活快活。妈的，在你面前不动心那还叫什么男人？"

"大哥，您说了放过我的。"

"大哥我说不杀你，没说不玩你。你再配合一下。"

白老四说着，用嘴咬住匕首，俯下身子解胡莉莉的衣扣。就在这时，口袋里的手机铃声响起来。白老四嘴里骂了一声，停下手，看看来电号码，接电话。

"是我……知道了。"

白老四翻身下床，走到窗前，他看到小区外大街上从不同方向开过来好几辆警车。白老四嘴里恶狠狠地骂了一句，他走到胡莉莉跟前，用手捏捏胡莉莉的脸蛋，使劲地咬了一口胡莉莉的腮帮子。

"老子早晚吃了你这块嫩肉。"

说完他迅速走出卧室，打开客厅后面的窗户，跳了出去。

第十二章 案情初明

周清泉和白雪梅带着警察冲上楼来。在卧室里，他们看到吓软了身子，衣裳不整，颤抖不止的胡莉莉。白雪梅顺手将床头的毯子盖在胡莉莉身上，接着解开她两个手腕上的绳子。一个刑警过来报告：

"大队长，嫌犯跳窗逃跑了。"

"知道了，一定是有人及时给他通风报信。"

他看了看惊魂未定的胡莉莉："胡莉莉，如果我们不是早有准备，你无论如何也难逃这一劫。把衣服穿好，到外面做个笔录。"

饭厅里，周清泉、白雪梅和胡莉莉围坐在饭桌边。哭丧着脸的胡莉莉刚刚回答完周清泉的问话，白雪梅在埋头写尚未完成的记录。

"白科长，你还有什么问题需要问的吗？"

白雪梅头也不抬地继续写着："没有更多问题要问了，我这就完。"

周清泉收起桌上的小型录音机："现在是下午十二点四十五分，录音完毕。"

他把录音机放回上衣衣兜里。

白雪梅也完成了笔录："胡莉莉你看一下，如果没有发现错误，没有疑问，就请在这里签上你的名字。"

胡莉莉草草浏览了笔录，在"陈述人"后面签了自己的名字，心有余悸地问："他说了他还会来，我怎么办？"

周清泉严肃地回答："刑警大队已经布置了对你周边环境的监控。所以，我们建议你少出门。出门要警觉，提防坏人跟踪。"

"什么？你们在监控我？"

"是的。在郑洪斌潜回江昌的短暂期间，对你周边环境的监控，目的是保护你。所以，叫作保护性监控。"

"我连活动的自由都没有了，这叫我怎么活呀。谁为我的痛苦买单？"胡莉莉倒是振振有词。

"请恕我说一句与我职责无关的话。郑洪斌涉案有一个过程，作为与郑洪斌关系最密切的人，如果你较早地介入，防患于未然，又何至于有今天？你是在为自己的过错买单。"

周清泉从衣兜里拿出一张名片。

"我们会通过录影带查出侵犯你的坏人。这人不是说郑洪斌回到江昌了吗？如果属实，郑洪斌有可能会跟你联系。一旦他跟你联系，或者一旦你见到他，请你通知我们。郑洪斌是被通缉的在逃罪犯，你有责任协助公安机关抓住他。明白吗？"

胡莉莉点点头："老郑就是回到江昌也不会来找我。"

"为什么？"白雪梅问。

"他还在看守所的时候，我就跟他说，要和他离婚。"

周清泉脸上露出讥讽的笑容："郑洪斌明知艰难还要硬闯江昌，他不是因为心里放不下你，而是想查明，是谁让他身陷牢狱之灾。你不觉得他有理由回来同你查对核实一些事情？"

胡莉莉瞪大眼睛看着周清泉和白雪梅，眼神里透着慌张和惶恐。

从胡莉莉那里回到市公安局，周清泉让白雪梅到自己办公室谈谈。

"我们都几乎连续工作三十个小时了。这个郑洪斌太厉害了，他不仅逃脱了通缉追捕，而且居然还是潜入了江昌。一回来就把这里搞得天翻地覆。我请你来，是想静下来，仔细想一想相关的问题，理一理思路。"

"看来周队不仅是个能冲锋陷阵的将才，还是个运筹帷幄的帅才。"

"你就笑话吧。"

"你在考虑哪些问题呢？"

"郑洪斌、何武成越狱。如果是为了获得自由，完全可以一走了之，边疆、国外、隐名埋姓，凭他俩的本事，能过得不错。为什么他们要回江昌？既然郑洪斌知道了文增辉是胡莉莉的初恋情人，这两个人是涉案陷害他并转走公司巨额款项的最大嫌疑人，为什么他第一个要找的不是胡莉莉？不仅如此，他到现在也没有去找胡莉莉质询的迹象，为什么？"

"这个问题问得好，赞一个！"

"谢谢鼓励。"周清泉淡淡地回了一句，他的思维深陷在疑问中，"但他却找了余旷达。余旷达很可能死于谋杀，矿山资源部的资料室被黑道放火烧了。郑洪斌和黑道为什么对余旷达和矿山资源部的资料这么感兴趣？是什么资料这么重要？"

"你抓到最关键的问题了。"

"雪梅，我不问，辛局长也会问你，何武成同你联系了吗？"

"没有。但是今天我还一直没机会跟你说，郑洪斌一清早打电话到我家，他说何武成被季彪打伤了。"

"他还说了些什么？"

"郑洪斌告诉我打死冯贵和顺昌大桥工程处主任的职业枪手叫沈老五，他是本地最凶狠的犯罪集团'江昌六虎'的第五号人物。目前郑洪斌只能确认'江昌六虎'中季老三、白老四和枪手沈老五这三个主犯。"

"他是怎么知道的？"

"在牢里通过黑道探听到的。"

"太好了！这个老郑真不简单，他说到福山大楼去找什么了吗？"

"他只是说找一份可以证明犯罪集团为什么要陷害他的文件。"

"没关系，我们自己去找答案。我们不能休息，现在就得去查明郑洪斌和黑道都在找什么。"

*

仲局长陪同两位国际刑警的女警官到达江昌机场。在他们拖着行李往机场外走的时候，韩冰莹的眼睛不时扫向四周，她觉得不太正常："仲先生，你知道这里发生了什么事情？我发现周边有许多警察，包括便衣警察。"

仲局长："你可真有职业眼光。是，我也发现不寻常，但我不确定发生了什么。"

在公安厅派来接人的车上，仲局长把客人的疑问提了出来。

"小樊，我们的两位客人发现机场有许多警察和便衣警察，出了什么事吗？"

"哦，是这样的，昨天晚上本市福山公司办公大楼有人纵火，这和一名逃犯有关系。目前机场和车站都加强了安全措施，主要是为了捉拿逃犯。"

仲局长掉过头问韩冰莹："冰莹，能请你给琳达解释一下吗？"

"我会的，谢谢。"

*

"肥哥"头上身上都裹着绷带，躺在病床上。周清泉和白雪梅站在一边，冷冷地看着"肥哥"。

"警官，我确实不知道要找什么东西。"

"哼，"周清泉轻蔑地问道，"笑话，不知道你在那儿翻什么？"

"我只管看日期。秀才说，只要看到有2007年5月这个日期的东西，都拿出来让他过目。来之前我还特地问了四哥要找什么，他说只有秀才知道。"

"你说的四哥是白老四？"

"是啊。"

"你们要找的东西找到了吗？"

"没有。那么一屋子，二十来个书柜、书架，到哪儿找去？我早就不耐烦了。"

"放火烧资料室是因为你们不耐烦了吗？"

"不是，那是因为郑洪斌冲进来了，这属于突发情况。来之前四哥交代，遇到突发情况就放火把所有的材料都烧光。"

"你怎么知道进来的人是郑洪斌？"

"我不知道，一开始四哥也不知道，在黑乎乎的屋子里和进来的人一通乱砍。我们把那堆纸烧起来，火光一起，四哥认出是郑洪斌，大叫了一声。"

周清泉和白雪梅对视了一眼。

"警官，四哥是带头的，秀才点的火，他身上还带了汽油。我只不

215

过是个胁从。你们看，我交代得够彻底的吧？能不能从宽处理？"

"怎么，害怕了？从宽还是从严，法院说了算。"

*

两位国际刑警警官被送到市区酒店，暂时没有安排活动。

听到急促的敲门声，坐在手提电脑前的琳达立即起身去开门。

韩冰莹火急火燎地进了门，打开电视。

"琳达，快看，是关于福山公司前总裁郑洪斌的新闻。"

晚间新闻正在播放。屏幕上，福山办公大楼被焚烧的第四层一侧，黑洞洞的窗口，窗口以上墙壁被火烧烟熏的痕迹清晰可见。

电视主持人的声音伴随着画面："……大家通过镜头看到的是本市福山有色金属公司办公大楼四楼的一侧。据该公司工作人员指认，被烧的是矿山资源部的资料室和办公室。由于消防人员及时赶到，大火得以控制。"

屏幕上，记者采访一名福山公司的职工："请问，您是不是在福山公司工作？"

"是呀。"

"您是什么时候知道公司办公大楼发生火灾的？"

"我也是听了你们午间新闻赶到公司来看才知道的。"

"因为是周末，大家都不上班是吧？那么，同事们看到公司出了事，都有些什么议论呢？"

"嗨，说什么的都有。"

"有没有人把火灾和传说越狱回到江昌的前董事长郑洪斌联系起来的？"

"有啊，郑总在我们公司威信很高。大家认为他会回来寻找自己无罪的证据，可能是陷害他的人想销毁证据吧。"

"是不是有人认为证据在资料室？那会是什么样的证据呢？"

"哎呀，这个不好说，也说不通。你就只当我刚刚没说这话吧。"

记者结束询问，面对镜头解说：

"福山公司前董事长郑洪斌是个传奇性的人物。几个月前，郑洪斌

216

被捕入狱，曾经在本市引起轩然大波。"

屏幕上出现郑洪斌的照片。

韩冰莹一直在给琳达低声讲解翻译。

琳达频频点头："我们来的正是时候。"

"事情变得复杂化了，而且更加有意思了。"

*

周清泉按约定的时间来到白厅长家。白雪梅为周清泉开了门。

"我没有来晚吧？"

"没有，你十分准时。来，我给你介绍一下大首长。"

客厅里的仲局长听闻此言，马上站了起来："雪梅，你怎么拿你仲叔叔开玩笑。"

白雪梅笑着回应："仲叔叔，您是国际刑警首长，比我们市一级的刑警高三级啦。"

她给周清泉介绍："周队，这位客人是国际刑警中国局仲局长，那位是我老爸白厅长，你们早就认识了。仲局长，这是我的领导，本市刑警大队大队长周清泉。"

周清泉和仲局长、白厅长握手："欢迎仲局长来江昌指导工作。白厅长您好，我声明一下，白科长是我们市局领导。我也就是跑跑腿，干点具体的活。"

两位领导和长辈都笑了起来。

仲局长说："别的情况我不了解，雪梅在你来之前不肯透露任何案情那倒是真的。坐吧，小周。这样轻松一点比较好，我们这是在家里嘛，没有必要搞得那么正规。听说你们两天一夜没合眼了，不好意思，还要继续拉你们的差。"

"小周，仲局长来江昌，是陪同国际刑警美国局两位警官来了解和郑洪斌案相关的情况的。你先给我们简单介绍一下从昨天夜里到今天本市发生的，与郑洪斌有联系的事情吧。"白厅长亲切地说。

周清泉正襟危坐，详细汇报了从昨天午夜福山公司办公楼报警，歹徒放火，到福山高管余旷达在度假村死亡和胡莉莉被黑道分子劫持的

217

事。周清泉强调:"白厅长,郑洪斌今天早晨给雪梅打了电话,他所说有关本地犯罪集团的情况更为重要。"

"雪梅说之前我问一下:郑洪斌和黑道分子为什么要去矿山资源部的资料室,你们搞清楚了吗?"

周清泉、白雪梅齐声回答:"没有。"

仲局长严肃地看着两位年轻的警官:"那可能是我们最需要知道的。好,雪梅你说吧。"

"今天清晨我回到家里,接到郑洪斌的电话,他不回答我的问题,却告诉我在顺昌大桥特大事故案和杀福山总经理朱勇彪的凶手冯贵被灭口的案子后面,有一个共同的犯罪集团'江昌六虎'。这两个案子的最重要的证人都是被同一个职业枪手灭口的。这个枪手是'江昌六虎'的老五,黑道上称其为沈老五。而在白庙村截杀郑洪斌、何武成的是江昌六虎中的季老三。今天中午挟持郑洪斌妻子胡莉莉的,是白老四。"

"噢,都是一伙的。"

"对。郑洪斌还说,一手制造了顺昌大桥倒塌事故的,是这个犯罪集团更重要的头目曾金虎,但曾金虎未必是该集团的首犯。"

白雪梅接着汇报:"在我们有了'江昌六虎'这个犯罪集团作为背景材料之后,许许多多围绕福山公司发生的事情,特别是郑洪斌越狱返回江昌这两天发生的事情,就可以联系到一起来看了。"

"非常好!老白,后生可畏啊。"

周清泉把话接了过去:"回到两位领导最关注的问题:郑洪斌和黑道去福山大楼资料室具体找的是什么?黑道为什么要放火烧资料室?这个我们确实还不知道。但是,郑洪斌在午夜潜入大楼之前,到温泉山度假村试图找矿山资源部的主任余旷达。而余旷达猝死,很可能死于黑道谋杀。"

"这么说,我们可以把郑洪斌和黑道都要找的文件材料假定为与矿山资源相关。"

"应该是,他还说要找的材料可以证明他为什么被陷害。我们追问他找的是什么,他不回答。"

"你们看,他为什么不说?"

"这和他不愿意自首的道理应该是一样的。"

"能说得更明确一些吗？"白厅长问道。

具体到这个问题，周清泉和白雪梅并没有机会讨论。白雪梅答话："我猜想，他要找的材料并不能证明他无罪。如果交出来，等于把主动权交给了警方，而他认为自己更有优势找到被陷害的直接证据。"

"对。他自己在行动之前并没有想到会有人争夺销毁材料和杀死证人。这说明他想到了自己为什么被陷害，却没有十分的把握。"周清泉立刻赞同并补充。

白厅长问："这两件事发生后，他应该明确了。但他还是不愿和警方合作，顾虑在哪里？"

"他认为在我们警察队伍中有犯罪集团的内线，或者说被黑道收买的人。"白雪梅回答。

白厅长和仲局长点头。

白厅长的考虑更加全面一些："也不能完全排除这份材料有对郑洪斌本人不利的内容，或者可能对他产生不利后果的内容。"

"是的，"周清泉说，"郑洪斌经验老到，心思缜密。我认为，他把事情闹大，搞得扑朔迷离，疑窦丛生，为的是引起警方注意，全面展开对江昌六虎的调查。"

"我同意周队的分析，这也解释了为什么郑洪斌明知转走公司巨款的最大嫌疑人是文增辉，而自己的妻子胡莉莉很可能协助了文增辉，却至今没有去找胡莉莉。"

周清泉进一步补充："江昌六虎却派出白老四挟持胡莉莉，逼问郑洪斌在江昌的可能的藏身之处。"

"仲叔叔，胡莉莉的初恋情人文增辉在我们发现他有嫌疑之前，已经辞职到美国留学。胡莉莉也准备去美国。"

到这个点上，整个案情的复杂性都暴露出来了。白厅长提出自己的分析："关于郑洪斌回到江昌后发生的事，我们的讨论暂时告一段落吧。现在看来，郑洪斌一案中八亿人民币的巨款被转走，还只是案情的表面部分。郑洪斌甚至比我们要早看清这一案件的深层。转走巨款和陷害郑洪斌，都是搞垮福山公司的步骤。先搞垮只是手段，再兼并才是目的。文增辉和胡莉莉不是这一系列事件的核心人物，江昌六虎也可能只是打手和帮凶。仲局长陪同两位国际刑警警官来这里，有助于我们解开这个巨大的谜。"

仲局长也初步明确了江昌围绕福山公司发生的这一系列事件和国际刑警此行目的之间的关系："国际刑警美国局得到举报：在美国注册的跨国公司金山公司涉嫌与中国黑势力勾结，先搞垮，再兼并中国的福山有色金属公司。两位警官奉命调查这背后的阴谋。现在看来，郑洪斌同黑道抢夺的文件或者材料，可能告诉我们答案。我也同意小周和雪梅的分析，郑洪斌希望把调查引导到对于兼并福山的阴谋的方向。你们两位年轻人明天有什么安排吗？"

"辛局长让我们明天一早参加围捕郑洪斌的会议。一是听取各方汇报，二是部署下一步行动。"周清泉马上回答了仲局长。

"说实在的，我们抓不住郑洪斌，我认为他已经离开江昌了。"白雪梅断定。

白厅长同两个年轻人说："你们明天一早还是先去局里参加会议。厅里会在你们的会议即将结束的时候，打电话通知你们来开会。你们会同两位国际刑警警官会面，讨论深入调查与福山公司被兼并相关的一系列问题。我们正在考虑由省公安厅直接配合国际刑警办案，有可能的话，成立一个专案组。因此，你们不必向局领导汇报工作细节。"

*

琳达和韩冰莹看了电视节目中有关福山公司和郑洪斌的新闻后，比较兴奋。

"琳达，我在想那个鼓动我们来这里的骇客是否知道最近发生在江昌的事情，我相信他在这个城市里有些关系。"

"他可能同郑洪斌有某种关系。"琳达同意韩冰莹的说法。

"我们怎样才能同他联系上，告诉他我们已经到这儿了呢？我们需要他的协助。"

"他一定有特殊的办法跟踪我们。我们不妨在电子邮件上谈论我们的行程，这样他可能从这些来往邮件中得知最新消息。"

韩冰莹竖起大拇指："好主意。"

*

郑五岳躺在床上呼呼大睡，被一阵敲门声弄醒。岳晓天在门外叫他：

"五岳，起来了！你们这些孩子怎么黑天白夜颠倒着过？睡到快中午了还不起来，真不像话！"

"妈，今天是周末。你怎么老把我当孩子管？再这样我出去找房子，自己住。"

"能的你，出去谁给你做饭？"

"我饿不死。好了好了，妈你走吧，我起来。"

五岳爬了起来，走进卫生间，胡乱刷刷牙洗洗脸。

出了卫生间，走到写字台跟前，他一屁股又坐了下来，眼睛盯着屏幕，十个指头一通乱敲。

五岳的眼睛突然发亮，情不自禁地把脸向着屏幕凑近了一些。他看着看着笑了起来。

正看得起劲，岳晓天又敲起门来。五岳不理她，岳晓天索性推开门。

"你这孩子想气死我呀，一起来就坐在那个害人的电脑跟前，下去吃饭！"

"不吃！抗议你剥夺我的自由。"

"我不是要管你，是关心你。另外，你吃完了，我也好把厨房收拾干净，总不能让早点一直摊在桌上，杯碗瓢勺都放在那儿吧？"

"我有非常重要的事情要做。那这样好吧，麻烦你把早餐给我送上来，你收拾其他东西，我吃完一定自己洗杯子和碗盘，怎么样？"

岳晓天忍无可忍，走过来揪住五岳的耳朵："敬酒不吃吃罚酒。你给我下去！"

"哎哟！好好好，我下去。"

五岳到了厨房端起早餐就往楼上跑，岳晓天追着他到楼梯口："整天不是睡觉就是坐在计算机跟前，真不像话。"

221

"我没有，今天是特殊情况。"

岳晓天叹了一口气，自言自语："唉，还不如当初让你爸把你带到中国去，也不至于养出个宅男来。"

放下早餐，五岳把门从里面锁上，他坐下来给琳达发了一个邮件："感谢你们到中国江昌调查，更多有关金山公司以及它并购福山公司的交易材料会寄给你们。"

五岳端起杯子喝了一口牛奶，咬了一口妈妈为他摊的鸡蛋饼。他拿出手机，拨打了一大串号码。

"喂，是小姨吧。……对，我是五岳，你休息了吗？……我就是想告诉你：国际刑警派出两个警官到了你们江昌。……她们现在就在那里。……对。我说的吧，我就有办法让他们重视这个案子。……哎，小姨你说。"

"你爸爸越狱了。"

"啊？酷哦！我就知道我爸爸是关不住的。"

"越狱是三个星期以前的事。两天前，他到了江昌。"

"那你见到他了吗？"

"没有，他不会来的。连我都知道，我身边不仅有便衣警察，还有黑道上的人，他们都等着你爸爸来找我。但愿没有人监听我的电话。"

"哟，那可不好。"

"应该不会。我是律师，谁搞监听我可饶不了他。但我们还是需要防备。"

"嗯。那……我就是想告诉你，只要国际刑警重视，他们和中国警方配合起来，就能查明我爸爸无罪。另外，你要是觉得我做什么能够帮助我爸爸，请及时告诉我。"

"我会的。现在我特别担心你爸爸，都在抓他呀，也不知道他还在不在江昌。"

*

白厅长和另外两名公安厅领导与专程前来的仲局长和两位美国女警

官举行会谈，周清泉和白雪梅出席会议。会议桌旁还有一张小桌子，坐着记录员和同声翻译。只有琳达和省厅的三位领导戴着耳机，接受同声翻译。

韩冰莹向中国警方说明了来意。对于骇客举报者截取了金山公司总裁同福山公司前副总的来往邮件，通过这些邮件，可以看出他们早在郑洪斌被捕之前，就在商讨有没有可能让金山公司兼并福山一事，周清泉和白雪梅特别关心。

韩冰莹声明，不同国家企业之间的并购，如果存在非法行为，属于经济犯罪，不在国际刑警的管辖范围。但是，如果跨国公司卷入刑事犯罪，问题就不一样了。何况，举报者声称他握有金山公司与墨西哥毒枭特殊关系的证据，特别是金山公司涉嫌非法国际贸易的证据。这不能不引起国际刑警美国国家局的高度重视。

"打击毒品犯罪和阴谋陷害郑洪斌，搞垮福山公司，进一步兼并福山公司有关系吗？"周清泉问。

"这个问题提得很好。逻辑上没有关系，但是，举报者声称握有金山公司秘密交易的收支账目，这就给我们提出了该公司是否涉嫌毒品交易的问题。另外，举报者声称他得到利奥诺拉和陈世明之间的谈话内容，其中有金山并购福山后'我们的生意就好做了'的话。他们做的是什么生意呢？"韩冰莹在此停顿了一下，环视与会者。

"那可能就不是毒品，而是其他非法交易。郑洪斌夜闯办公大楼要找的文件可能是答案。"白雪梅脑子在飞快地转动着。

韩冰莹接着说："我们不能不把金山公司参与搞垮福山公司，和将要进行的非法交易，同保利诺集团在全球范围内从事的非法活动联系起来。本来在我们的计划中有到南山监狱访问郑洪斌的内容，没想到他越狱了，而且返回江昌，似乎也在寻找他被捕的原因。我这么说当然是一种假设。如果方便的话，我们想听听中国警方对这个案子的理解。"

白厅长代表中国警方发言："在你们两位国际刑警警官到来之前。我们对于郑洪斌一案所掌握的情况，同国际犯罪集团及其活动完全没有联系。谢谢你们给我们带来了这么多信息。周队长，你来汇报一下吧。"

周清泉慎重地讲述了郑洪斌一案的案情。他说，尽管郑洪斌案案情扑朔迷离，在今天的会议之前，这只是一个本地的刑事犯罪案。郑洪斌越狱，同他发现杀死本案重要凶嫌的枪手有很大关系。昨天早晨，他给白雪梅警官来了电话，介绍了他所了解的枪手所属"江昌六虎"犯罪集团的情况。

白雪梅马上补充："郑洪斌这次回到江昌，出乎我们预料之外地，没有去找胡莉莉追查她可能提供了伪证的事，而是去找福山公司原下属了解情况，并且到公司资料室寻找文件。这说明，他回来不仅是为了揭发此案背后的'江昌六虎'。郑洪斌应该是意识到杀害朱勇彪，转走并购款，搞垮，接着并购福山公司是一整套的阴谋。"

中国警方和国际刑警美国局的代表经讨论一致认为，为了解开中外犯罪集团联手的阴谋，目前最重要的一步还是找到郑洪斌。鉴于这个案子的特殊性，有必要把这个案子转到省公安厅来，和国际刑警中国局合作，成立专案组。专案组与国际刑警美国局协同办案，由白雪梅负责双方的联系。

*

月朗星稀。

山间公路上一片寂静。一辆自行车在山口出现，由远至近。

郑洪斌奋力骑行着，同时努力辨认着方位。前面到了一片小松林，他放缓速度，停了下来，自言自语："对，就是这儿了。"

他认出这里是徐医生夫妇抬担架进山的路口，于是拐了进去。

山村的夜晚，寂静无声。

何武成推开大门走到院子里，他看着天上的明月和四周的山峰，长长地出了一口气。

吴娟悄悄地跟了出来，走到何武成的身边："武成哥，想你大哥，还是你女朋友？"

"娟子，你怎么还不睡？"

"我刚把亮亮哄睡着，他可黏你了，非要听你讲故事才肯睡。"

"那你怎么不来叫我？"

"可不能让他养成坏习惯。那你走了以后怎么办？哎，你要是走了，别说孩子，我的心里也会受不住的。"

何武成听得出娟子声音里的不舍和悲伤，心里暗暗叹息："啊，总不能老是在这里连累你们。"

"说什么连累啊，你让我们长了多少见识。亮亮说，他长大了一定要到山外面去，看看何叔叔说的高速铁路、飞机、轮船，还有好多好多东西。"

"我要是能洗清冤屈翻了案，一定要报答你们一家的救命之恩。你们愿意的话，我可以接小亮亮到城里读书。"何武成口气特别真诚。

"那多好啊，那我呢？"吴娟脱口而出。

"你？……徐医生可不能让你走。"

"他让不让的。唉，……我哪有那个福分。武成哥，我倒是希望你大哥晚点来。你在这儿，我才能常回家看父母。听你说说话，我都觉得高兴。"

"我的伤口基本愈合了，心里着急。大哥要是还不来的话，我也该走了。"

"这是什么话？我可不让你走。再说，没有你大哥，你是书生一个，能到哪里去？"

狗从墙角爬了起来，冲到院门口叫起来了。

"娟子，你去把狗稳住，看看谁来了。"

何武成说完话，自己跑到院墙边的柴堆后面藏起身来。

吴娟喝住狗，蹲下身子把狗抱住。

"谁来了？"

郑洪斌在院门外轻声答应："是我，老郑。"

"大哥回来了？我来开门。"

何武成从柴堆后面走了出来，抢先一步："我去。"

何武成走到院门前拔开门闩。郑洪斌推着自行车进了院门，轻声问候何武成：

"兄弟，都能下地行走了？太好了。"

"大哥，您吃苦了。"

"没事，转了一大圈，积攒了一些逃亡的经验。"

吴娟在一边说："大哥快进家，我去给您弄吃的。"

郑洪斌把自行车靠在院墙边，和何武成往屋里走："我不饿，大妹子，千万别起火烧锅，有冷饭和茶水来点。我最缺的是睡眠。"

吴娟端着冷饭热茶走进何武成的房间时，只见郑洪斌已经倒在何武成的床上呼呼大睡。

何武成轻声对吴娟说："还是等到他醒了再吃吧。娟子，要不把饭菜再端回去，麻烦你给打一盆水来？我帮大哥洗洗脚。"

"好的。我再给大哥拿一套我爸的旧衣服，等大哥醒了，让他换上。"

"那谢谢你。"

*

省公安厅给专案组安排的临时办公室里，坐着周清泉、白雪梅和刚到江昌一天的国际刑警中国局的童处长。

童组长直入主题："今天是我们专案组成立以来的第一次正式会议。在省公安厅和江昌市局的大力支持下，原来由市局所立的福山公司巨款失窃案和杀人凶嫌被灭口的案子，已经正式移交给专案组。白雪梅全职抽调到专案组，周清泉那边刑警大队的工作没有合适的人替代，因此算是半职抽调。这样也好，因为我们离不开刑警大队的支持。"

"童组长真是雷厉风行啊。"周清泉十分感慨。

"我来之前，我们仲局长和白厅长已经做了许多准备工作，你们辛局长感到有些意外，不过他表示服从上级的安排。随着案情侦破的发展，专案组人员会增加的，但目前只有我们三个。周大队长，但凡涉及专案的信息，我们不对外透露。"

"我非常理解，也一定能够处理好刑警大队和专案组两边的工作关系。"

"那就太好了。昨天是特别繁忙的一天，除了和省市公安机构的两级领导汇报沟通之外，白雪梅向我详细地介绍了郑洪斌一案的相关情况。我们一起总结概出这个专案的已知案情。这是我们专案组今后工作的起点。雪梅，你来讲。"

白雪梅站起身来，走到墙边。墙上一块大黑板上张贴着许多照片、画像和说明，彼此用线条和箭头联系着。

"这个涉案人员的示意图是我和童组长昨天晚上制作的。周队如果发现有不妥之处，请指出来。"白雪梅用手指着图，逐一解说，"左边是文增辉和胡莉莉。文增辉涉嫌转走了巨款，胡莉莉涉嫌为陷害郑洪斌提供伪证。我们指的是在凶嫌冯贵包里发现的，带有郑洪斌指纹的人民币。"

童组长补充："由于凶嫌冯贵被灭口，我们基本排除文增辉和胡莉莉单独作案的可能。郑洪斌在监狱里找到了杀冯贵灭口的枪手的线索，引出案子背后的江昌六虎犯罪集团。"

白雪梅把手指向示意图的右边："右边是江昌六虎。现在已知确实身份的有曾金虎、季彪和白晨光三个人。曾金虎应该是季老三和白老四的头，但他很可能不是虎首。沈老五我们只知其名。而老六目前也是个神秘人物。搞清楚江昌六虎的首犯和主犯，以及他们收买的执法机关人员，将他们绳之以法，是我们专案组的重要任务之一。"

在示意图中，虎首和曾金虎位于其他几个主犯之上。虎首、沈老五和老六用的都是虚拟头像。在虎首和曾金虎之间，用一条虚线连接着。一个问号加在虚线之上。

白雪梅接着说："周队和我已经初步调查了文增辉和曾金虎之间是否可能有过接触，答案是否定的。那么，虎首和文增辉之间是个什么关系？他们是怎样共谋杀害朱勇彪，转走兼并款，嫁祸于郑洪斌的？这都是我们下一步的调查内容。"

在江昌六虎之上，贴着"金山公司"的标签。金山公司与虎首之间同样以虚线连接，并打着一个大问号，问号的边上贴着陈世明的头像。

"两位国际刑警美国局警官的到来，为我们揭开了这个案子更深一层的背景。在搞垮和兼并福山公司的阴谋中，福山原副总陈世明似乎充当着至少是中间人的角色。那么他和江昌六虎是什么关系？和文增辉有没有关系？这些都是本案新的内容。当然，更重要的是：国际犯罪集团为什么要参与策划这个阴谋？他们的目的是什么？粉碎他们的图谋是我们新的任务。我们专案组的成立，标志着进入到打击国际犯罪集团的层面。"白雪梅结束了讲话，回到自己的座位上。

"讲得好！周清泉对以上的陈述有什么补充意见吗？"童组长问。

"没有，或者说暂时没有。我觉得很受鼓舞。"

童组长做总结性发言："在专案组成立之前，你们已经做了大量工作，把原本是查清凶嫌，追回被盗窃的巨额资产的目标，扩展为侦破一个在本地区隐藏很深的刑事犯罪集团。现在，我们的任务进一步上升为国际合作，打击国际犯罪。"

白雪梅兴奋地说："专案组的成立为我们的刑侦工作掀开了新的篇章。"

"这个说法很有诗意。目前，我们在打击国际犯罪方面还没有具体任务。国际刑警对我们的要求只是局限在找到郑洪斌，争取他的合作。但是，我们省公安厅和中国局的领导却把打击国际犯罪集团在中国的合谋者，看作是这次国际合作的重要组成部分。我们相信，随着案情的发展，打击国际犯罪集团在中国的帮凶会显得越来越重要。同时，我们也需要在国际合作中积累宝贵的经验和教训。"

周清泉和白雪梅连连点头，表示赞同。

童组长问："有问题吗？有问题可以提出来一起讨论。"

"我们具体从哪儿开始？"周清泉提问。

"找到郑洪斌和继续完成对江昌六虎犯罪集团的调查。"童组长回答的既简短又干脆，"昨天公安厅已经明确指示：郑洪斌的追捕交给专案组负责，由周清泉的刑警大队具体执行。"

"是不是可以重审过去的疑案和悬案？"白雪梅关切地问道。

"当然，也只能是从旧案着手。不过，目标要明确，我们的目的不是审查旧案。调查江昌六虎目前有三个方面的工作要做：第一，余旷达被害案需要继续追查。第二，对已经暴露的曾金虎和白老四实行监视。做第三件事可能需要一些时日，那个职业枪手沈老五是郑洪斌案的关键人物，我们首先需要查明沈老五的真实身份。"

*

吴家的小厨房里，小木桌上放了几个菜，还有半瓶白酒。吴娟看着郑洪斌和何武成吃饭。

"大哥，您这一觉，睡了将近二十个小时。"

"这么多天，我哪里敢睡实了，梦里都竖着一只耳朵。"

"大哥，那您就在这里多住几天，歇好了再走。您不知道，亮亮现在都快离不开他何叔叔了。"吴娟央求着。

"看得出来，武成是个很有魅力的男子。"郑洪斌笑呵呵地说。

吴娟不好意思了："大、大哥，您什么意思嘛。"

郑洪斌哈哈大笑。

"哈哈哈，吴娟你还挺敏感的。开个玩笑。不过我们可耽误不得。在这儿时间长了，黑白两道都会找来，总不能连累你们。我们天一擦黑就离开。"

吴娟听了一愣，转而眼圈红了。

"你看，不走真会出问题。娟子，武成是个好男人你没看错。正因为他忠贞不渝，他才不可能放下他的女朋友。我们等到真正的罪犯被抓，证明自己没有罪了，会来看你的。你们家救了何武成的大恩，我们会报答的。"

"你们还会来这里吗？"

郑洪斌口气坚定："会！一定会！"

吴娟把眼光转向何武成。

何武成也表态了："娟子，大哥说到的就能做到。我说过，只要你们夫妇俩愿意，我会接亮亮去江昌读书。"

郑洪斌宽慰地说："这就对了。娟子你要是不嫌弃，就把我们俩当成你的大哥和二哥，有事找我们。当然要等到我们把冤案给翻了。"

"我一个山里丫头，哪里敢嫌弃二位大哥。"

"那就这么说定了。武成，下面这段路，不能还在林子里转悠了。我们要走明道。但是，到处都是通缉令，那上头有我们的照片。我哩，装扮老相一点能把人唬过去，你怎么办？"

"我还没有想这个问题。大哥您说怎么办？"何武成挠头了。

郑洪斌冲着吴娟问："娟子，你看你何大哥是不是挺英俊的？"

"是啊。"

"哎呀，大哥，您怎么……"

"小何啊，不是大哥我为难你。我看你可以男扮女装。哎，娟子，你看小何如果穿上花衣服，戴上假发和乳罩，像不像女人？"

"大哥您怎么想出这么个馊主意？用北方人的话说，我可是个纯爷们儿。"何武成可不愿意这么干。

娟子认真看了看何武成，笑了起来："武成哥的鼻子眉毛是挺清秀的，就是脸上的棱角硬了点。嗯，身形瘦，个子也不算太高，化妆起来会蛮漂亮的。"

"娟子，你就别跟着起哄了。"

"那可不是起哄。如果你化了妆，大白天里我们都不怕在大路和集镇上走，真的。娟子，给你一个任务，把你的衣服改一改让小何换上，还有准备点化妆品什么的，让小何带上。不玩点花样会出危险的。"郑洪斌严肃地说。

娟子高兴了，能留他们多住一天也好啊，她这一辈子还从来没有这么近距离地和两个值得景仰的男人在一起过："好。大哥，那你们可得在这儿多住一天哦。对了，我买过一个假发头套，是上高中时跟同学一起进县城，她们起哄买的。我给你们找出来。"

正所谓，梁园虽好却非久恋之乡，分别的时候很快到了。

娟子打开院门送何武成和郑洪斌出门。郑洪斌推上他的那辆自行车，他身边的何武成穿着花褂子和大裤脚的裤子，戴着长发头套，已经完全是个山里年轻女人的样子。何武成回头看看这个自己住了一个多月的地方，这个安静的山村不仅给了他安全和补养，也给了他温情和抚慰。

他的脸上还抹了点粉，看起来相当漂亮。

走到门外，娟子把用手绢包着的一叠钱塞给何武成："这些都是大哥给的钱，还给你们，你们路上需要钱用。"

郑洪斌掉转头来："娟子，那钱已经给你们了，怎么能要回来？拿着。徐医生要是知道了，还不气得报案？再说，我这里有足够的钱。"

"哪来的？"何武成问。

"记得那个被我打死的杀手吗？我拿了他的钱包，在警察拦截我之前，在银行用他的卡取了几次钱。回到江昌，我又在我原来办公室的保险柜里，拿了过去存在里面的现款。这些钱足够我们的花销。放心了吧？"

"那就好。娟子，你放心吧。"

"还是那句话，大恩不言谢。娟子有缘我们都还能再见面的。"郑洪斌向娟子告别。

吴娟一把抓住何武成的胳膊，流出泪来。何武成叹了一口气，轻轻推开了吴娟："大哥，我们走吧。"

吴娟看着何武成和郑洪斌逐渐消失在夜幕中的身影，热泪模糊了她的视线。

山路上，月光衬托着自行车上一前一后两个人影。

郑洪斌带着何武成到了白庙村村头龚老汉的小店门前。

两人下车，何武成扶着自行车留在这里，郑洪斌则绕到小店后面。

一会儿工夫，郑洪斌从里面把店门打开，何武成推着自行车进了店。

楼上，龚老汉老两口已经上床睡下了。龚老汉隐隐约约听到有动静，他推了一下老伴："楼下有动静。"

"别老是疑神见鬼的，我们总不能老是被人算计着吧。"

"真有人，楼梯响了。"

龚老汉腾地坐了起来，下床，顺手拿起床头早就准备好的一把斧子，站在门后。

有人敲门，龚老汉不出声。门外传来何武成的声音：

"干爸、干妈，我是武成。你们都睡下啦？"

龚家老两口这才把心放下。龚老汉拉亮了灯，打开门。

门一打开，龚老汉又是吓了一跳：怎么来了个女人。"你，……武成哩？武成。"

他向门外瞅，何武成这才意识到自己化了妆。

"干爸，是我，我就是武成。我化了妆。"

"哎哟，我还以为你把你女朋友带来了哩。快进屋吧。哦，还没吃吧？"

龚大妈也爬起来了："我来烧饭。"

"干妈、干爸，你们都还好吧？"

"好，都好。孩子你吃苦了。"龚大妈的眼泪止不住流了下来。

"干妈你不用去烧饭，我们吃了。哦，我大哥还在楼下。"

龚大爷说："赶紧让他上来。不吃饭，茶总是要烧的。"

"那也不要。"何武成阻止他们，"干爸干妈，对不起，连累你们了。我们不是还被坏人追杀着嘛。上次可让你们受苦了。"

"我们那算什么。公安说，那两个要害你们的黑道是让你大哥打死的，说你受了伤，是吧？赶快让你那位大哥上楼说话，让我们看看这个侠义之士。"

郑洪斌听到上面说话，已经上了楼："哈哈，侠义两个字不敢当。拜见二位长者。"

"请进。哟，这位大哥还真是侠客模样。"龚大爷赞许道。

"我去端茶。开水瓶里有现成的热水。武成，招呼你大哥坐下说话。"龚大妈一边说着，一边往楼梯口走。

等到龚大妈出门下楼。何武成和郑洪斌在桌边椅子上坐下了，龚大爷就坐在床沿上。

"武成，你是好命啊，遇上你大哥这样的侠客。那两个黑道据说都有来头，在江昌都是有名的混混。你们怎么就跟他们结上仇了呢？"

"干爸，不是我想跟他们结仇。是他们犯下滔天大罪，顺手拉了我顶罪。我都没跟您说，怕的是你们为我着急。去年顺昌大桥倒塌，死了几十个人，他们把罪过推到我身上。"

"哎呀，那还了得？那该是死罪啊！"龚大爷闻言大惊。

"我被判了死缓，纯粹是陷害。郑大哥也是被他们设计陷害的。我俩关在一个牢里，谈到自己的案子，发现关键证人都是被同一个枪手灭的口，这才决心越狱。"

龚大妈提着热水瓶，拿着杯子上来了。

郑洪斌连忙说："谢谢。您坐着，我们自己来。"

龚大妈摇摇手，坚持往杯子里倒水。

龚大爷一个劲感叹："说得惊心动魄。怪不得公安抓你们，黑道要杀你们。黑道是怕你们。"

"是啊，他们怕我们找到他们犯罪的证据，当然他们也怕郑大哥的本事。长话短说。哎，干妈您坐下。"何武成过去搀扶龚大妈。

"好，你说你的。我坐。"

何武成接着说："不是郑大哥，那高墙电网的，谁也逃不出来。我们一逃，公安下了通缉令。黑道不知怎么知道了我有干爸干妈在大山里头，算准了我们从南山监狱步行到白庙村的日子，来这里截杀我们。"

"你是受伤了吧？"龚大爷关切地问。

"是。子弹打到胸部。"

龚大妈听了心里一惊："哎哟！"

"大哥给我找了个医生，取出子弹。他又把我藏了起来，托人照顾。自己回到江昌找到黑道犯罪的一些证据。"

"那好。你俩就住在这里，等着公安把坏人都抓起来。"龚大爷安慰他们，"我们这里的青壮年大多数都到城里打工去了。公路刚刚修到这儿。平时没有外人来，也没有人往外走，安全着哩。"

郑洪斌解释说："龚大爷，因为有我们，这儿不会安全。黑白两道回过神来，还是会找到这里的。我们只能在这里待上一夜，明天天亮前，我们就得离开。不能让村里人知道我们来过。"

"离开？你们还能到哪儿去？"

"大爷，我们还要继续寻找黑道犯罪的证据。不把这些人绳之以法，我们永远不得安生。放心吧，武成跟着我不会再出事的。"

龚大爷忽然想起："哦，武成，两个黑道被你大哥打死的第二天，来了很多警察。有一个女警官来了两次，她知道你和我们的关系，托我带信给你们，说是她和那个周警官相信你们俩是无辜的、清白的。希望你们主动和他们合作。她还留下了名片，上面有她的地址电话。你等等，我来找。"

"那个漂亮的女警官姓白，是吧？"郑洪斌问。

"是。你怎么知道？"

"哈哈，她是您未来的干儿媳妇。您不用找她的名片了。我同她，还有周警官电话联系过了。"

"原来是这样。怪不得她连我儿子的姓名都知道得那么清楚。"

"您看，连警官都保护不了自己的对象，所以我们目前还不能露面。龚大爷，我们本来也不应该来这里。但是，我冒着生命危险抢来一份可以证明黑道犯罪目的的文件，需要找一个安全稳妥的地方藏起来。你们老两口，是我们目前最信任的人。你们可以帮助我们收藏这份文件吗？"

"那没话说。放我这儿，你们就放心吧。没你的话，谁也别想从我这儿拿走。"

"那就太感谢了。在必要的时候，我们会通知白警官，您未来的干儿媳妇，到这里取走这份文件。所以，尽管我们没法通知您。只要是她来，你们就放心交给她。"

"这样最好了。"龚大爷郑重地点头应允。

第十三章　螳螂捕蝉

晨雾渺渺。

龚老汉夫妇把何武成和郑洪斌送上南下的小路。

龚大爷手往前指："从这儿往南走大约四十里地，就到了张集。到张集就上了大马路。这条小道上下坡不少，不是很好走，骑车当心点。"

"哎，"何武成回应着，"干爸干妈，你们回去吧。自己多保重。"

"行。你干妈会在家给你们烧香，求菩萨保佑你们平安无事。"

郑洪斌对两位老人说："大爷大妈，谢谢你们，我们走了。"

何武成上前抱了龚大妈和龚大爷一下。龚大妈的泪水马上止不住地流下来，龚大爷的眼圈也红了。

"再见。"郑洪斌上车骑了两步，何武成紧追上去，侧身跳上后座。

龚大爷两口子挥着手，目送他们的身影消失在晨雾中。

骑行了四十里山路，他们到了张集。郑洪斌穿着吴娟父亲的衣服，自行车后座上是男扮女装的何武成，穿着本地妇女的服饰，在集镇的大街上倒是一点也不起眼。

集镇上人来人往很热闹。何武成拍拍老郑，捏着嗓子小声同他商量："老郑，这么坐着不舒服，我下来走吧。"

"别下来，一会儿就能看到卖自行车的店。你那个什么，走路姿势不行。"

"哎哟……"

"好了，好了，这店看着像有车卖，你下来吧。"

何武成"噌"地下了车，老郑连忙下车一把抓住他："小何，慢着走。"

小何放慢了脚步，但郑洪斌看着还是不放心，贴着他耳朵轻声吩咐："屁股能扭起来吗？"

"不行，画虎不成反似犬。"

"那就把步子迈小点。"

郑洪斌和何武成进了商店。小何抓着老郑的胳膊，头低着走路，像那么回事。

到了卖自行车的地方，两人交头接耳地商量。营业员笑嘻嘻地走了过来。

"二位买车？"

"是。"

"给这位大姐买，还是你自己买？"

"男式车，我骑的。"

何武成心想，刚刚还说新车给我骑，怎么又变卦了？他扯了扯郑洪斌的袖子。郑洪斌"啧"了一声，不满地看了何武成一眼。营业员见状笑了。

"看好了吗？就这辆？"

郑洪斌点点头："是。"

"大哥，那我给您开个票。您去柜上交钱。"

"行。"

营业员拿出发票来，写了金额，交给老郑。郑洪斌抬脚往收钱的柜台走。何武成刚跟了一步，意识到自己走路姿势不对，便停了下来。那营业员没费口舌便做成一笔交易，心里美极了。

"你们家爷真格爽快。大姐，你们是外地人吧？"

何武成点点头，故意弯腰看自行车上的招牌。营业员意犹未尽。

"哪个省来的？"

"湖南。"

"到我们这里是做生意？"

何武成又点点头。何武成越不愿说话，营业员越是刨根问底。

"那你们做什么生意？钱好赚吗？"

何武成头低着，笑一笑，往旁边挪了两步，头上出汗了。好在营业员并不在意。

"那人可是您先生？"

何武成点头。

营业员自信满满地说："我看人一看一个准，他面相不一般，赚过大钱，当过大老板。人的做派不一样嘛。所以哩，年龄虽说大您一些，这种人可靠。大姐您说是吧？"

"是。"

"你们老家是湖南哪个地方？"

何武成急了，偏偏郑洪斌交了钱往回走时，目光又被什么东西吸引住了。何武成急得招手叫他，声音却不敢大。

"哎，老郑。"

老郑这才意识到小何这边着急："哦，来了来了。"

老郑三步并作两步走，到了跟前把发票交给营业员。

"小伙子，那我把车推走了。"

"好走。老板、大姐，我们下次见。"

营业员看着何武成手挽着推车的郑洪斌，碎步往前走的样子，摇摇头，自言自语："哎哟，这位大姐哟。"

郑洪斌和何武成骑在车上，出了镇子，上了路。何武成这才敢发牢骚。

"老郑，您可整死我了。那个小子一个问题接一个问题地问，我哪敢吱声？您还在那边慢慢腾腾的。"

"对不起，我是想换一个背包。你应付得很好啊，这样子就解决了被怀疑的问题。这次是一场很好的实战演习，在我们出国境之前都得这样。"

"我可不干了。要装，两个人都装成女的。"

郑洪斌摸摸腮帮上的胡子。

"就我这德行，还男扮女装？那不等着被抓吗？"

何武成急了："噢，那就让我一个人受罪？我刚刚那一小会儿，衣

237

服都汗湿了。"

"一回生两回熟嘛。"老郑把话岔开，"好，好，这个问题暂时不谈。我发现自行车对于我们是个绝佳的交通工具。坐车倒是快，可是车站上、车厢里，随处都可能贴着带我们头像的通缉令。走路呢，又太慢。而且这年头没人在公路上走了。我们结伴走长途太招眼。哎，这自行车既有速度，又和很多出游的人一样。外出打工骑车的人也很多啊。"

"大哥您这找蛇头偷渡的主意靠谱吗？"何武成对于走偷渡这条路一直心里头犯嘀咕。

"没什么靠不靠谱的。现在我们无路可走。再说，老百姓干什么事不都是连碰带撞的嘛。哪里有那么多考证和参考信息？越是懵里懵懂的，越是像山里没见过世面的老杆，在蛇头那里越是可信。"

"那蛇头凭什么会接受我们两个外乡人？"

"所以必须有熟人介绍，人家没有熟人介绍根本不接生意。我们要找的这个人是小蛇头，由他把我们介绍给大蛇头。"郑洪斌耐心地解释，这事在他心里可是一遍又一遍地思考过。

"你说，要先交一大笔钱？"

"对。钱就是他们愿意接受我们的动力。对于他们来说，多动员一个人就多挣一份钱。钱也确实不少要，每人五万美金，这边先交一万美金；漂洋过海到了美国，到地头那边亲戚拿另四万来赎人。"

"我的妈呀，心这么黑。到地头如果拿不出钱呢？"何武成也确实好奇。

"那人就扣在那儿，过了期限还不给钱就把被扣的人手指头一根根剁掉。"

"哼，我看他剁谁的手指头也剁不了您郑洪斌的。"小何想着都可笑，又问，"您的介绍人可靠吗？"

"哈哈，那是我避难矿山时一个工棚里的工友。小伙子留着他福建亲戚给他的蛇头的地址和电话。小何啊，现在我们的思维方式要换一换。但凡警方和黑道想也想不到的人和地方，都是安全的。像我们现在这样一路往东南，饿了路边买点吃的，晚上随机找一个草棚或者草堆眯一觉，那是最安全的。"

周清泉来到温云山度假村。看他走过来，值班的谷经理连忙站了起来："周大队长。"

"冯经理呢？"

"我们换班了，现在我当班，有什么要做的，周大队长您尽管吩咐。"

"谷经理，麻烦你把上个星期五和星期六餐厅歌厅的监控录像带都给我准备好。另外，把星期六晚318、216和220房客的资料都给我打印出来。"

"好的，马上照办。"

"我到餐厅喝杯水，一会儿过来取。"

谷经理看到周清泉往餐厅去了，立即拿起电话。

"哎，老王，……王经理呢？我是前台谷经理。你听着，公安局的周大队长到餐厅去了，不管他吃什么，喝什么，一律不要收钱。知道了吗？……好。"

餐厅这会儿没人。周清泉走到窗前坐了下来。一个年纪大的女服务员端着一杯橘汁走了过来，往他面前一放。周清泉奇怪地抬起头来："大妈，我没要橘汁。"

女服务员坐了下来："喝吧，反正又不要您钱。你们打上个周末就忙起，也该歇歇了。"

"您怎么知道的？"

"嘿，那电视上有报道，我们江昌市一直没消停啊。"

周清泉点头会意："倒也是。那不要钱是什么意思？"

"您还没进门，电话就来了，说周大队长吃喝都不要钱。"

"这不是贿赂吗？"

"哎哟，妈呀，这叫贿赂。那真的跟人说的那样，吃公家饭的都该枪毙了。"女服务员的口气和神态一样夸张。

周清泉问："大妈，我是刑警大队的。能跟您了解一些情况行吗？"

"余旷达的事？还是盛昌集团搞的'恳谈会'？"大妈直入主题。

"您什么都清楚啊。"

"我是70年代入党的老党员，我能不清楚吗？"

周清泉肃然起敬："老同志，失敬了。既然您知道，您是怎么想的？"

"盛昌集团是想把福山公司这些大佬们伺候好了，让他们在兼并这件事上没有福山公司内部的阻力。所以，吃喝玩乐俱全。没准分别暗地许诺给他们一些好处，满足他们的个人要求。"大妈说得挺像回事。

"这我理解。我是为调查余旷达猝死原因来的。余旷达有心脏病史，可是他应该注意，身边也应该有药物，怎么说死就死了呢？"

"切，五十多岁的老东西。有病不歇着，乱搞一气，那不是找死。"大妈轻蔑地说道，倒是没见同情。

这正是周清泉需要了解的："乱搞是怎么说？您是不是看到余旷达跟什么女人在一起，有不轨行为？"

"看到。几个高管一桌，大多数人身边有个小秘之类的，但是余旷达开始没有。几个人起哄，好像有人打了个电话，没多久过来一个，坐他身边。"

"这是哪天的事？"周清泉慎重地询问。

"是福山办公大楼起火的那天晚上。星期五他们还装模作样开会，打星期六起就不开会光娱乐了。"

"您当时在……"

"您说的是他们和小姐娱乐那会儿？"看到周清泉点头，服务员大妈接着说了下去，"嗨，我这种大妈级的，只配收收盘子，换换桌布。他们这些场面上混的男人，摸起小姐来，就像摸桌子上的麻将牌。当时我离着不远。福山公司里有好几个干部是本地人，包括余旷达，我都认识。我也好奇，心里想，哪家姑娘这么没出息，跟大叔打情卖笑，随人轻薄。"

"你认识她们吗？"

"姑娘不认识，大多数是外地来的，也有两个脸熟。"

"后来的坐在余旷达身边的女孩什么样？"

"我从来没见过那位。瓜子脸，丹凤眼，约摸二十五六岁。"

"能说出一点特征来吗?"

"您知道,现在的女孩子长得好像都一个样。那女孩像是有点文化,至少不像是乡下姑娘。个头有一米六七左右,眼角略微上翘,嘴唇薄,左眼眉梢有一颗绿豆大的红痣。"

"看上去像不像是卖淫女?"

"我刚刚说的意思就是,从她的表情看,不像做这一行的小姐。"

周清泉坐不住了,他站起身:"谢谢您提供的情况。大妈,余旷达猝死的情况有些复杂。您跟我反映这些情况的事,不要跟别人说。另外,请您把您的姓名和联络电话写在这个背后。我有可能需要您进一步帮助。"

他拿出一张名片和一支笔递给女服务员,女服务员很郑重地在名片背面写下了自己的姓名和电话号码。周清泉收起名片。

"谢谢大妈,我该走了。"

"把橘汁喝了,不喝白不喝。"

周清泉嘿嘿一笑:"好,我喝。"

看到周清泉走过来,谷经理笑脸相迎:"周大队长,不多歇一会儿?"

"我要的东西都有了吧?"

"准备好了。"谷经理将一包材料、录像带从柜台后面拿起来,双手捧给周清泉。

"不会有什么问题吧?"

"文字材料是我刚刚打印的,绝对没问题。不过……"

"不过什么?"

"这个录像带好像有点损坏,不敢保险画面能清晰。"

周清泉瞪大了双眼:"什么?你知道损坏证据是要负法律责任的吗?"

谷经理连忙点头哈腰地说:"可不是吗?我看有问题,特意让监控室的值班人员签字画押。我可不敢担这么大的责任!"

周清泉从袋子里拿出两盘录像带。其中一盘确实有损坏,但不是新损坏的痕迹。周清泉心里恶狠狠地骂一句。几乎不用问,这是那个应该有年轻的女嫌疑犯罪人影像的带子。

"上星期六监控室谁值班?"周清泉口气严厉地问。

"一个临时工,从乡下刚来不久。您说这个老杆儿耽误事吧?可是,周大队长您也不难理解,正式工谁个愿意周末值班呢?"

周清泉气得头上青筋都暴出来了,他拿起谷经理给他的材料离开了。

"告诉你们头,这事没完!"

*

太阳就要落山了。

郑洪斌和男扮女装的何武成骑车刚刚赶到景镇。两人在街头停下车。

郑洪斌扭头问何武成:"春燕,需要问人吗?"

"您还真得多叫我几声,名字改来改去记不住。老洪,我看不用问,那个陆生金说是镇东门脸最排场的一家,墙上有'胡府'两个字。"

"那好,往东走。"

真的很好找。"胡府"两个字,在镇上是绝无仅有。郑洪斌上前拍了拍门。

门打开了一条缝。

"你找哪个?"

"我们是丽川来的,找胡老板。"郑洪斌回答。

"做什么?有人介绍吗?"

"我们两个人是陆生金介绍来的,我昨天同胡老板打过电话。"

里面的人把门打开半边,郑洪斌和何武成推车进去了。

郑洪斌和何武成被胡家的人安排,坐在屋里喝茶。一会儿,里屋的胡老板叫他们:"丽川来的两个客人,进来吧。"

老郑和小何放下茶杯进了里屋。

"对不起,让你们久等了。我刚刚给陆生金打了个电话,告诉他你们来了。他事先没有告诉我你年龄这么大。你们进门的时候我看了年龄

242

不对。搞了半天，原来这个小子是怕我不收年龄大的。年龄大一些有什么关系？年龄大更稳重一些嘛。"胡老板显得很宽厚。

郑洪斌连忙说："是，我身体很好，什么活都能干。"

"没有问题。到外面不用三年，这点费用都能还清。你们两个不就自由了？这就叫有缘，我们这里原先说好了要走的两个人突然变卦不走了。你们来了，我就不再动员他们了。为他俩，我这儿已经耽误了出发的日子。"

"谢谢胡老板。钱现在交吗？"

"吃了晚饭我们就上车。你们两个人是十三万人民币。带来了吧？"

郑洪斌从背包里往外掏出个大纸袋："哎，东借西凑，总算把钱凑齐了。要不然怎能这么晚才赶到。"

胡老板拆开一摞摞纸币上的封条，把钱放在点钞机上。那些票子哗哗地翻动着。何武成两眼看着钱出神，一会儿又看看老郑，心里想这老郑从哪儿弄这么多钱？胡老板不动声色地瞟了一眼何武成，心想，妈的，女人就是心痛钱。他开导说：

"不要心痛这点钱。美国绿票子又好挣，又值钱。我们也不容易呀，你当这个国门好出吗？处处要打点，还要为你们担着风险。"

郑洪斌点头哈腰地，一副乡下人生怕得罪了有钱主儿的样子："是，是啊。"

"我提醒你们，在中国国境内，有我罩着你们。出了国这一段你们得听带路的。到了美国，那边一定要有人准备好现金领人。"

"我们有亲戚，美金都准备好了。胡老板，你是不是亲自送我们出国？"

"我把你们送到云南乌山，交给我的朋友。他们轻车熟路，送你们过境。"

钱点完了。胡老板从中随机抽出几张，一张张放在验币机上验明真伪："你们不要多心，就是有假钱也不是你们造的，但是我必须验一验。"

郑洪斌还是那副卑贱的样子："应该的，应该的。"

243

"胡府"的后院，一辆帆布篷的大卡车停在那里，二十来个人还没有上车。

胡老板面对这些即将偷渡的人训话："各位朋友，上车之前我有几句话要讲。我们都是来自五湖四海，为了一个共同的目标，今天聚在一起。'百年修得同船渡'，从现在起，我们都是一个船上的人了。大家要互相关心，互相照顾。在我把你们交到乌山的朋友手里之前，你们的安全由我负责。如果路上有人问，你们就说是工程队的，我是你们的老板，其他由我来讲。有什么问题没有？"

问题当然很多。一个青年首先提问："胡老板，要是出了问题，我们走不成了，钱是不是全部还给我们？"

"这个生意我做了十来年了，从来没有走不成的，你们把心放在肚子里。如果被什么事耽搁了，钱一分不少还给你们。我胡某人的家就在这里，有什么好担心的？"

"胡老板，钱交掉了我们身上就没钱了。说好了我们路上餐饮费全在交的费用里面了。"另外一个年轻人向胡老板证实事先所说的话。

"没问题。你们有钱到外国也不能用。今天我招待你们晚饭要没要钱？"

郑洪斌说话了："胡老板，我们两辆自行车麻烦您转交给陆生金，再给我小舅子，这也不会有问题吧？"

"不会有问题。陆老板那边经常有车子来此地。哎，大家有什么不需要带的东西可以存在我这里。到了路上，恐怕会让你们把东西都交出来的。手机肯定不能带。"

郑洪斌和何武成交换了一个眼色。

"没有其他事了？那好。"胡老板一声令下，"上车！"

*

周清泉走进监控室，问负责监控的警员小孙："小孙，白老四住处有什么动静吗？"

"没有。周队，他夜里回家后一直都在睡觉。"

周清泉看了一眼白老四卧室、起居室、厨房餐厅和卫生间的监控镜头，又看了看表。

"这帮人渣黑白颠倒，醉生梦死。继续监视不要放松，他们随时都可能有所行动。"

"明白。"

周清泉转身离去。他刚刚拉开监控室的门，就听到小孙叫他："周队，有情况!"周清泉立即反身到监控屏幕前。

只见白老四翻身起床，顺手从枕头下面取出一把手枪，"咔嚓"上了膛。

白老四赤脚走出卧室，来到大门后。

"谁?"

门外是"猴子"的声音："四哥，是我。"

白老四把眼睛放在门上"猫眼"看了看，确信没有别人，这才把门打开。

猴子进了门。

"果不出大哥所料，四哥您真的还在床上。"

"是不是郑洪斌的尾巴被大哥抓住啦?"

猴子一屁股坐在沙发上，他往卧室那边伸了伸脑袋："四哥没把黑牡丹带回来睡吧?"

"没人，就我在家。说吧。"

"让您说着了，大哥通过特殊途径打听到福建那边最近有一批人蛇要上路，算算郑洪斌有可能赶上同他们一起走。"

"这会儿到福建去还来得及吗?"

猴子摇了摇头："不到福建。一来他们有好几拨人，分别从不同的地方，以不同的方式上路。当然这会儿去也晚了。二来郑洪斌鬼得很，他未必假扮人蛇混在队伍里。"

"那怎么办?"

"这一批人蛇在云南乌山集中，统一由蛇头带过边境。所以，您只要去乌山守株待兔就行。当然郑洪斌也不会一头撞在您枪口上，所以还是得见机行事。那边有个人您打过交道。"

"你说的是李春晓?"

"对。"

"我什么时候动身?"

"夜长梦多,大哥让您马上出发。飞机票我给您买好了,我是来送您去机场的。"

云南乌山县城,在一个不算是特别繁华的地段,"乌山电子器材"的招牌倒是非常显眼。

白老四拖着行李箱进了这家商店。他四下张望,看到各种专柜:"新旧电脑""摄影摄像器材""电脑电器维修""手机专柜""音响专柜",等等。一个留着长发,戴着耳环的青年员工看到他不像是顾客,便上前询问。

"请问这位老板,您找什么人?"

"找你们经理。我是他的老朋友,姓白,江昌来的。你上楼通报一声,就说他四哥来了。"

那个员工噔噔跑上楼去了。白老四一双眼睛扫过商店的各个角落。有个正和顾客打交道的员工不经意往这边看了一眼,正好和白老四的目光对上,吓得一哆嗦,马上把眼睛转向别的地方。白老四看在眼里,嘴角露出轻蔑的笑容。

上楼禀报的员工小跑着下来。

"白老板,我们经理有请。我来给您提行李。"

员工接过白老四的行李箱,白老四昂然挺胸往楼梯上走。

李经理站在办公室门口迎接白老四,早早就伸出手来。

"哪阵风把四哥给吹来了。欢迎,欢迎,热烈欢迎。请进。"

"李春晓,我们又见面了。"

握了手,两人进了办公室。李经理对放下行李箱的员工吩咐:"行,陈荣你下去干活去吧。有人找我就让他们先等着。"

"知道了。"

"把门关上。"眼见着那个叫陈荣的年轻员工关上了门,李经理这

246

才把脸转向白老四。白老四已经老实不客气地坐下，一支烟也叼在嘴上了。

"四哥，什么事这么重要，让您亲自出马？打个电话来吩咐一声不就完了吗。"

"你说对了，是有重要的事。你也坐下，坐下谈。生意怎么样？"

"马马虎虎，还能混得下去。"

"我问的是当蛇头的生意，最近送出去的人多吗？"

"四哥您可能听说了，这几年老美经济不好，欧洲更糟，非法移民查得厉害，黑户工作难找。送出去的人远没有十年前多，这生意不好做。"

白老四左边的嘴角往上动了动："我给你找了个生意。"

李经理觉得纳闷："四哥你们对这一行不是从来就不感兴趣吗？"

"我是要你找两个想偷渡的人。"

"四哥，您怎么知道这两个人会从我的码头走？"

"有那么两个仇家被黑白两道追杀，无路可走，只能逃亡国外。"

"噢，是这回事。"李经理迟疑片刻，"那，您怎么早不来晚不来……"

白老四不耐烦地打断了他："他们是越狱的逃犯，返回江昌一次。我跟其中一个对头还干了一仗。我大哥算定他们会跟着你们这一拨人蛇，借你们的暗道混出国去。所以我哩，早到一步，在此以逸待劳，等着他们。"

李晓春本能地觉得这不会是什么好事，想推脱："四哥，是这样，过去但凡从乌山走的人蛇，都是我大哥的生意。可是，如今大哥手下的两个弟兄跳出去单干了，我们管不了他们的事。"

"这个好办，麻烦你给别的码头也打声招呼，我们绝不亏待。"

有人敲门，陈荣在门外叫："经理，五合镇的老板来了两次电话了，说有急事找您。"

李经理冲着门外教训起手下来："哎，我怎么跟你说的？"

白老四也是个知趣的人："我不打搅你了。这么吧，晚上我请客，麻烦你叫一下那两位道上的兄弟。"

晚上，在本地一个饭店的单间里，李经理和白老四双手抱拳，迎接另外两个黑道的朋友。

李经理向这两位介绍来客："赵大哥、斧子哥，谢谢光临。我介绍一下，这位是北边来的朋友，白老板，江昌白四哥。"

白老四双手抱拳："幸会，幸会两位乌山的好汉。"

赵大哥和斧子哥也抱拳致意："白四哥，久仰了。"

李经理做手势请各位入席："各位请坐。我家大哥出门了，特地嘱咐我协助白四哥招待好两位大哥。"

四个人坐定，酒菜已经放好了，白老四坐在主人位置上。赵大哥相貌平平，不显山不露水的。斧子哥年轻，剃平头穿花绸衬衫，一条粗粗的金链子挂在脖子上。他们看到白老四坐主人位子，有点奇怪，互相看了一眼。

白老四开口了："今天是我请三位，有件小事拜托。大家先请干了这杯，我先干为敬。"

他站起身，双手捧酒杯，身子转了半圈算是敬了酒，然后一饮而尽。其他人微笑点头，也举起酒杯，互相碰了一下，喝光。

"好，谢谢各位赏脸，给我面子。吃菜，吃菜。"

这边赵大哥发问："白四哥在道上也是个响当当的人物，到我们乌山这个小地方来不知有何贵干。"

"赵大哥直入主题。好，我喜欢这样爽快的人。长话短说，有两个对头被我们送进大牢，前些日子越狱，我三哥被他们暗算，这仇结大了。他们既被警方通缉，又被我们追杀，无路可逃。我大哥相信他们会从此地偷越国境，派我来此，为的是除掉这两个家伙。"

斧子哥提出质疑："既能越狱，又能杀三哥的人，一定是智勇双全。除他们不容易吧。"

"除他们是我的事。拜托各位的是给我一个准信。"

赵大哥可是个老江湖，一听这事就不对：

"白四哥，您说他们被警方通缉。把警察弄进来了，这可是大忌。"

"警察绝对想不到他们会走这条道！实话告诉你们，公安里面有我们的人。"

赵大哥鼻子里哼了一下:"白四哥,我们带的人,都是熟人介绍,知根知底。哪里能把逃犯拉进来?这不是自找麻烦?绝无可能!"

"有道理。不过为了以防万一,能不能让兄弟我看一眼人蛇?这样我就放心了,也好向大哥交差。"

这么干,其中利弊谁还算不出来?斧子哥明言:"不是驳您的面子,白四哥,行有行规,不能破了规矩。"

白老四深深地叹了口气。酒席眼看要冷场了,李经理不得不出来圆场。

"赵大哥、斧子哥,都是道上的人。江昌那边,我们也说不准哪天有事要请他们帮忙。这样好不好?你们把照片拿过去,一一核对。如果万一这两个人在里面,其实对你们也不好,搞不好就是害群之马,不如先除掉他们。如果没有,皆大欢喜。不要说白四哥,我和我们老大也欠你们一个人情。"

赵大哥点点头:"这个方法可以接受。白四哥有照片吗?"

"有,有。"白老四连连点头,"其实兄弟我本来也只想麻烦两位代为核实。还有一种可能,就是他们人已到乌山了,只等到最后一分钟才出现。"

白老四将何武成和郑洪斌的照片发给他们。李经理接过照片,心里寻思开了:好在我那车人还没到乌山。妈的,可得躲着白老四这个丧门星。

白老四笑着说:"各位兄弟,这么安排是最好不过了。来来,热菜都冷了,我一会儿让他们换掉。来,谢谢各位光临,再来一杯。"

*

深夜,一辆带帆布篷的大卡车在高速公路上行驶着。驾驶室里,胡老板坐在司机旁边接电话。

"我实话告诉你,李经理。我这车上总共有二十一个人,其中只有三个我原来就认识,四面八方来的人我怎么可能都认识?但是,他们都是我下线的熟人和亲戚。知根知底,有名有姓,动员工作做了一两年。你想，我愿意搭上身家性命吗？……是，我知道谨慎第一。那好，你说说那两个人是干什么的……噢，那我明确告诉你，没有这样的人。我走南闯北这么多年，什么人还不是一看就知道？你看他们没文化没见识没本事的样子，往外掏钱哆哆嗦嗦，满手老茧，指甲里黑乎乎的。还老总呢，我胡老板可能是他们见过的最有钱的人了。……好，不啰唆了……你说，到哪儿？……行，我知道那个地方。"

胡老板收了电话，转过脸给司机发指示：

"哎，我们不进乌山市区了，从前面出口下高速，我告诉你怎么走。"

*

乌山电子器材店的值班室里，李经理推醒陈荣："小陈，醒醒。"

陈荣一个激灵坐了起来："到时间了？经理。"

"没有哩。陈荣，你回家去睡，把闹钟调到早晨五点半。"

陈荣爬起来，揉揉眼睛。

"我在这儿睡不是方便一些吗？"

"不。情况有变，我们的人不进城了。如果我在六点还不给你打电话，那就可能出事了。那样你就立刻到城西二十五里外清虚观旁边的六合村去一趟，胡老板的车停在那里。你告诉胡老板出事了，让他把人带回去。明白吗？"

陈荣点点头。

他有点疑惑不解："经理，会出什么事？"

李经理安慰他："不大可能真出事，我是以防万一。回去吧。"

"好。"

这个晚上，李经理就睡在楼上办公室旁边的房间里。手机忽然响起来，把他惊醒。李经理晃晃脑袋，眨巴眨巴眼睛，皱着眉头看了看来电显示。他咬牙切齿地骂了一句，不情愿地拿起电话。

"喂，……什么？您在门口？现在还早哩。……哎呀，您这位老兄。您等着，我给您开门。"

250

李经理下了楼，刚把门打开一条缝，白老四就迫不及待地推门进来，把李经理差点推了一个跟头。

"四哥，您怎么这么性急？"

"你的人还没来？也没有消息？"

李经理没急着回答他的问话，先把商店的大门关好。

"四哥，他们的车在半路出了毛病。正修着哩。我看啊，他们清晨是赶不到了。不过，我问了，他们中间绝对没有您说的人。每个人都是知根知底的熟人，做了一两年动员工作才凑足了钱上路的。"

"我知道。我还是相信，我要找的人在乌山。"

"那四哥什么打算？"

"他们一定早就探好了路，会跟着偷渡的队伍走。我哩，也要悄悄地跟着偷渡的队伍。我敢跟你打赌，就在过境的那一刻，他们会出现。"

"那您……"

"我会在暗处，打他个措手不及！"

李经理听得心惊肉跳，脸上的肌肉直哆嗦。

"四哥，使不得。您一开枪，我们，还有赵大哥、斧子哥不都暴露了？他们一出事，这条线一暴露，您让我们还怎么混？"

白老四显然没想到这个问题，他挠挠腮帮子："也是。那就这么着，我跟着过境，在缅甸寻机除掉他们。这该碍不着你们的事了吧？"

李经理苦着脸，也不好再说什么。

白老四说："既然你的人马还在路上，我就只能跟着那两拨人走了。放心，我不会让他们察觉的。"

李经理叹了口气："要叫人不知，除非己莫为。他们知道了，跟我们……"

白老四这次有点不客气了："李春晓，我够给你面子的了。我白老四的性格你不会没听说过，你要是不配合，我自己就会守在林子里，看到姓郑的拔枪就打。打死他们我一走了之。那时候招来警察和边防军我可不管了。姓赵的，还有什么斧子榔头能咬我卵子？"

"四哥，我服了。您说，要我怎样配合？"他可知道白老四是个什么

251

东西。

"带我到老赵窝藏人蛇的地方去。我们埋伏下来，跟他们走。我们现在就动身。"

李经理把车停在"赵大哥"藏人的工厂大院门外。

白老四在车子里没有立即下车，先四下里张望。

"你确定他们的人都在里面？"

"这是老赵的厂子，他一般都是把人放在厂里。里面厂房地方足够大，有人问就说是外地来打工的，不招人怀疑。"李经理耐着性子给他解释。

"我看那老小子一肚子坏水，吃不准他。这样，我先进去看一眼有没有人，你在这里等我。"

"没问题，我等您。"

周清泉和小贾、小李的车跟踪而来，停在离李经理的车几十米远的地方。

车内，周清泉举着望远镜在监视。

镜头里，白老四下车，走到院墙边，一纵身翻过墙头。

果不出白老四所料，老赵的厂子里根本没人。气急败坏的白老四又逼着李春晓到了斧子哥藏人的院墙外。他们都防着白老四哩，这不，一队人正往一辆卡车上爬。他们也是提前出发了。

等到人都上了车，斧子哥进了驾驶室。车开动了。

李经理的车跟了上去。

夜色朦胧。路两边都是树木。

李经理停了车："四哥，前面拐弯就是瑶寨，没路了。他们会从寨子里带人穿过森林，我看您就在这儿下车吧。"

"也好，每次都是这么走吗？"

"不一定，有几条路好走。我们的人没到，他们两家一定是自己跟那边联系了。"

"那就谢谢你了。我们来日方长。你回吧。"

白老四拉开车门。

李经理叮嘱："四哥，尽量不要惊动那边接应的人，拜托了。"

"知道。放心吧。"

李经理目睹白老四往前，消失在黑暗中。自己倒车，往回城的方向开。

一边开车，李经理一边给陈荣打电话：

"陈荣，是我……我刚把白老四送下车，暂时还没有危险。我们的人横竖是赶不上这一拨了。没关系，等到风平浪静时我们再走……六合村那边还是需要去安排一下……对，你做好准备……"

就在李经理打电话的时候，一辆小车和一辆卡车交会而过，李经理自然地放慢速度，但后面另一辆车则横了过来挡住了李经理的去路。李经理刚刚意识到大事不好，前后车上跳下几个人围了上来。来人捶打李经理车窗。

李经理放下车门的窗玻璃，手里还握着电话。他看到了来人是警察。

"请问警官，什么事情？"

带队的方队长威严地宣布："李春晓，你被捕了！"

"我犯了什么罪？"

"窝藏罪犯，组织偷渡。你自己清楚！"

方队长一把夺过李春晓手中的电话，另一个警官掏出手铐。

接电话的陈荣还坐在床上。他拿着手机，人都吓傻了。只听到手机里传来手铐叮当作响的金属声，接着又是警察的声音。

"李春晓，你在给谁打电话报信？老实交代！"

"警官，天地良心，我不是报信，是给一个伙计交代工作。"

方队长对着手机讲话了：

"听着！不管你是谁，我代表公安部门勒令你立即到公安局投案自首！你们谁也休想逃出人民的法网！"

陈荣吓得手直抖，听到这里马上关上手机。

他跳下床来，从柜子下面拿出一个双肩背的书包，胡乱地往里面塞一些衣服、用具，又打开抽屉，拿出一些钱，穿上鞋，往大门走去。

陈荣在打开大门准备出去的时候，停了下来，走到父母的房门前。父母此时还在酣睡，陈荣的泪水流了下来，他叫了一声："妈，爸。"

陈荣他妈从熟睡中醒来："哎，你这孩子抽什么风。才几点？"

"快六点了。妈，李经理让我跟他出差，我可能有些日子不能回家。"

陈荣爸也醒了："怎么早不说，身上钱够用吗？"

"他刚来电话，临时决定的。我钱够用了，你们好好的，照顾好自己，我走了。"

陈荣说完，转身就走，大门"啪"的一声带上了。

床上躺着的陈荣父母一时没反应过来，过了好几秒钟之后才说话："这孩子怎么啦？说话怪怪的，怎么关心起我们来了？"

"是有点奇怪。哎哟，孩子大了，总有懂事的一天嘛。"陈荣他妈觉得还挺欣慰。

*

清晨的森林里，鸟语花香，野草的枝叶上还挂着露水。天光从树缝中射入，雾气弥漫。

斧子哥心里窝着火。昨天白老四给增加的麻烦不说，这批偷渡的人蛇好像是来旅游的，自由散漫，一点危险的意识都没有。他拿着一把砍刀在前面带路，顺手把拦道的植物的枝蔓砍掉。他身后队伍里的有的人已经露出疲倦的样子。

一个人蛇开口要求："老板，我们都走了几个小时了，能不能休息一下？"

斧子哥转过身来，手持砍刀，眼露凶光。

"谁说要休息？你们他妈的一群王八蛋，自以为是到西双版纳来度假的是吧？晚上打牌乘凉，白天走累了要休息。我告诉你们，这里是边

254

境，你们没有通行证进入这里，被边防军发现都得坐大牢！"

人蛇们被吓住了，谁也不敢再说话。斧子哥挥手砍断一片大芭蕉叶，算是对这些人的警告。

密林深处，斧子哥带的一队人蹚水过了一条溪流。他们爬上坡，不远处传来两声鸟叫。

斧子哥停下脚步，用手捏住嘴巴，回应了两声，对方又叫了一声。斧子哥向自己的队伍挥挥手，示意他们继续前进。

林子里出现一片开阔地。赵大哥带的人已经等在这里了。

斧子哥双手握拳："赵大哥久等了。"

"我们也是刚到这里。但不瞒你说，我昨天晚上就把人转移到了月亮湾。白老四那家伙让我很担心。他不会跟在你后面吧？"

"哟，我没有提防。不至于吧？那边的人来了吗？"

赵大哥看看表。

"还有五分钟。"

"那我到后面看看有没有人跟着。"

赵大哥点头同意："也好，除了白老四，他说的两个人也不是完全没有可能跟着我们。这两个人肯定不好对付，尽量不要惹他们。"

"知道了。"

斧子哥手持砍刀往回走，他忽然发觉两侧树林里有动静，立刻机灵地躲在大树后面张望。这一望不要紧，不仅两侧林子里，就连他们刚刚走过的林中小路上也出现了人影。斧子哥就地趴了下来。

一队警察从他藏身处旁边小跑着经过。警察中有江昌来的周清泉和小贾、小李。

斧子哥头上的汗水直流。

赵大哥和斧子哥的两队人总共有四十来个，挤满了这片林中开阔地。听到两声鸟叫，赵大哥回了两声。密林里走出两个人。

来人问："赵大哥，人都齐了？"

"没有。李经理的人还没到。可能半路车出了事，他会跟你们再联系的。这里是我和斧子哥带的人。"

"斧子哥呢？"

"好像他丢了一个人，去看看跟上来没有，马上就会到，先清点我的人数吧。"

来人警惕起来："蹊跷。赵大哥，你们可不要给我们带来麻烦。"

"不会。点人吧。"

就在这个时候，扩音喇叭声响起：

"我们是边防军，你们被包围了！不要轻举妄动，有拒捕者就地枪决！"

来人手指着赵大哥："赵大哥，你，你……"

"不是我。一定是狗日的白老四！"

准备偷渡的人蛇乱作一团，有人坐在地上大哭起来，有几个人抓住赵大哥，恨不得剥下他的衣服来。

"你还我的钱！还我的钱！为了出国我把什么都卖掉了！"

边防军和警察从四面八方持枪围拢过来。

"不许动，老实点！"

侥幸逃过包围的斧子哥爬了起来，仓皇往回跑。跑了几步，他扶着大树喘气，同时想让自己清醒一点。没想到"扑通"从树上跳下来一个人。斧子哥和树上跳下来的人都吓了一跳。斧子哥定神一看，这个人正是白老四！

仇人相见分外眼红，斧子哥恶狠狠地骂道："白老四，我日你祖宗！"

他不由分说，挥刀就砍。白老四闪身让过这一刀。

"斧子哥，死在眼前你还兄弟相残。"

斧子哥用刀指着白老四：

"妈的，谁是你兄弟。警察和边防都是你引来的，我砍死你！"

斧子哥不依不饶地追杀。白老四掏出手枪，可斧子哥红了眼，哪里怕他的威胁。白老四也不敢开枪，只能躲避斧子哥的大砍刀："妈的，你妈怎么生了你这个蠢货!"

　　不远处的林中开阔地,赵大哥和境外过来接人蛇的蛇头都被戴上手铐。两队偷渡客排成队,低着头接受被带回公安局接受审判的命运。周清泉、小贾和小李焦急地在人群里寻找他们要找的人。但是他们失望了。

　　周清泉隔着人群仔细地观察戴上手铐的几个蛇头。他发现"赵大哥"不时用眼角向一个方向瞟,那正是他们刚刚追踪偷渡客而来的小路方向。周清泉向小贾和小李挥挥手,拔腿往回走。

　　没走多远,他就发现了两个正在打斗的身影。周清泉做了一个手势,三个人分开,包抄过去。

　　高度警觉的白老四发现有人正朝着他们围过来,立刻用枪指着斧子哥。

　　"斧子哥,警察过来了,你还不快跑!"

　　"你他妈骗谁?白老四,老子先砍了你再跑。"

　　斧子哥攻势不减,又一刀横腰砍来。白老四一看,再不摆脱这个疯狗就跑不掉了。白老四往后撤了一大步,开枪击中斧子哥的腹部,掉头就跑。

　　周清泉等加速追了过来,斧子哥这才知道白老四并没有骗他。周清泉一脚踢飞了斧子哥身边的砍刀。

　　警员小马问:"大队长,这家伙怎么处理?"

　　"不要管他,留给其他同志处理。我们先追白老四。"

　　白老四不再沿着小路逃跑,而是进入密林深处。周清泉三人紧跟其后,追了上去。

第十四章 鱼儿漏网

天大亮了，一辆拖拉机在六合村口停下。乌山电子器材店里的小伙计陈荣从拖车上跳了下来，他挥手向驾驶员告别，然后向村里走去。拐过一个弯，一辆带帆布篷的大卡车出现在眼前。

陈荣进了农家的院子，院子里左手边有个简易仓房，陈荣直接向仓房走去。

跟胡老板从闽北来的一拨人横七竖八地在地上坐着躺着。当陈荣"吱"地推开仓房的木门时，二十多双眼睛一下子都转向了他。本来就被清晨突发事件吓住了的陈荣一下子愣在那里，半天才从人群里认出胡老板。

"胡老板。"陈荣叫了一声。

胡老板腮帮子上的肥肉动了一下："你是谁?"

"我是乌山电子器材店的陈荣。您忘了? 上次您带人来住在我们仓库里，是我给你们的人送饭送水的。"

胡老板脸上露出笑容。

"想起来了。哎呀，总算有人来了。我吓得电话也不敢打，生怕出事。李经理人呢?"

陈荣却嘴一撇，哭出声来。

"出事了，李经理被警察抓起来了。"

全屋子里的人心一下子拎了起来。

郑洪斌走过去拍了拍陈荣的肩膀："小伙子，别急。冷静一下，给我们说说是怎么回事。坐下说。"

胡老板本来坐在为数不多的几张凳子上，这会儿把凳子端了过来，扶陈荣坐下。

陈荣好不容易止住哭，在全屋人的盼望下开口说话了：

"本来是什么事也没有。昨天，不知从哪儿来了个黑道上的白老四，个不高，满脸横肉，凶得很。他说，要杀两个人，这两个人肯定会跟着这批人蛇过境。我们老板不好得罪他，但知道他可能会坏了我们的事。果不其然，今天李经理刚把他送下车，就被警察抓了。"陈荣嘴一咧，又要哭了。

人蛇急了。一个青年人冲着胡老板问："胡老板，那我们走不成了？"

大家七嘴八舌地嚷嚷："我们怎么办？"

胡老板头上都冒出汗来了："不要着急，不要着急。我们商量商量。"

另一个青年喊："怎么能不急？我都急死了！"

一群气急败坏的人抓着胡老板推推搡搡，叫他把钱退给他们。

郑洪斌和何武成看他们闹成这样，只能摇头苦笑。何武成碰碰郑洪斌，用手指指陈荣，示意郑洪斌去找他谈谈。只见陈荣哭丧着脸，低着头，坐在角落里。郑洪斌过去拍拍陈荣。

"小兄弟，我有几句话要问你。这儿太吵，我们出去说。"

陈荣点点头，站起来，跟着郑洪斌向门外走。何武成跟在他们后面，出去后立即把门关上。

郑洪斌把陈荣拉到仓房的后面。

"小兄弟，叫什么名字？"

"陈荣。"

"老板被抓了，你自己有什么打算？"

"我也不知道。反正我是不能回乌山，回去一定会坐牢。"

"嗯，你知道不能回去，但没想好去哪儿，是不是？"

陈荣点点头。

郑洪斌问："缅甸那边接我们的蛇头，你认识吗？"

"见过几个。知道两个人的名字。"

"他们在哪儿？如果你带我们过境，能找到他们吗？"

"听他们喝酒时说过，他们住在莫坎镇，在瑞洛河边。"

郑洪斌对这个回答比较满意："这就够了。陈荣，我想你是愿意去美国的，是不是？"

"想去，可是我没那么多钱。"陈荣的口气特别沮丧。

"你在这边的人蛇几乎全部落网的情况下，带几个人过去，就立下大功了。跟他们说说，应该能免了你偷渡的费用。他们不能不够意思。"

"可是我不知道从哪儿过境，我路不熟。"

"这个你就不用操心了，我知道怎么过境，我也能找到瑞洛河。我们配合一下就全了。"郑洪斌胸有成竹地说。

陈荣的脸上立刻云开雾散，露出笑容。

"那就没问题了。大哥，那边的吴老大我真的认识。他过境两次都是我带着下馆子找小姐。吴老大说了，如果有机会到缅甸他会照顾我。"

郑洪斌冲着一直在旁边不出声的何武成竖起大拇指。何武成也喜形于色，竖起大拇指。陈荣看他们高兴，自己更加兴奋，也竖起大拇指来。

郑洪斌交代："陈荣，这儿你熟。先交给你一个任务。"

郑洪斌带着何武成进了屋。里面的偷渡客还在七嘴八舌地闹着要胡老板退钱。胡老板坐在地上，低着头，一副死猪不怕开水烫的样子。

郑洪斌对着人群一声吆喝："别吵了！边防军和警察正在找我们，你们就不怕被抓起来？偷渡是犯法，知道吗？"

众人不嚷嚷了。那个最先质问胡老板的青年看着郑洪斌："大哥，那您给拿个主意。您说该怎么办？"

"两条路。第一，愿意回去的，马上跟胡老板回去。第二，愿意偷渡出国的，跟刚刚来的那位小哥走。"郑洪斌回答的很果断。

"钱怎么办？"

"胡老板没有尽到责任，订金需要退给我们。"

胡老板还是心存侥幸想赖账："我不是把你们送到乌山了吗？再说，我身上没有钱。"

郑洪斌"哼"了一声："六万五的订金，我们自己坐车来一百块就搞定了。谁稀罕坐你的破卡车？没钱我们就扒了你的衣服，砸了你的车。把你绑在这儿，再给警察打个电话。你哄谁？一万美金的订金，你只能拿小头，其余是要交给李经理和带队的蛇头的。你不交出来，我们可以搜到。"

郑洪斌用手指了指两个出头的青年人。

"你们两个，把他绑起来！把车钥匙搜出来。"

"得令！"两个人上去按倒胡老板，另外又有两个上来帮忙，早有人从仓房木架上拿来一段绳子，几个人合力绑了胡老板。其中一个青年从胡老板裤兜里套出一串钥匙，递给郑洪斌。

郑洪斌藐视地看了胡老板一眼，转身出门。胡老板都要哭出声来了。

没一会儿郑洪斌就拎着个行李包回来了。

"好的。现在我们分钱，不要乱。小何管分钱。"郑洪斌对着大家说。

这些人都急眼了，哪里愿意守规矩？几个靠近的"呼"就扑上来了。郑洪斌"啪啪"几掌，将来人打翻到一两丈开外。

"不听话？我老实告诉你们，我们要是愿意，抢了这些钱就跑，你们他妈的干等在这儿被公安抓吧。别不识抬举！"

大家不敢一哄而上了。他们排起队来，一个个从何武成这里领自己的那一份钱。

郑洪斌又发话了："乡亲们，我们是没办法才走上这条路。我听说过，美国钱也没那么好挣。所以，我劝各位把钱拿了回家好好过日子。如果有谁一定要走这条路，那就跟我们走。现在，愿意回去的站在左边，愿意冒险偷渡的，站在右边。"

有人往左，有人往右，更多的人站在中间，左右为难。

郑洪斌还是希望大多数人能够回去："按胡老板的说法，一到了美国，那票子都砸脸，那是胡说。我听说，偷渡的路上到处是危险，就算到了美国也只能是打黑工，移民局要抓。大概需要做三年苦工才能还清偷渡的五万美金。早起晚睡，提心吊胆。你们要想好。"

人群中一个戴眼镜的青年人接过话茬：

"我看大哥又义气，又公平。大哥，我愿意跟您走。"

*

白老四在密林中慌不择路，只管往前跑，衣服被有刺的植物枝条划

261

得破烂不堪，脸上也划出一道道血口子。周清泉带着小贾、小李在不远处跟踪追击。

白老四爬到一个高坡上，找到一个大石块，趴在上面准备迎击追踪者。

当周清泉出现在他视野中时，白老四打了第一枪。

子弹从周清泉耳边擦过。周清泉连忙卧倒，并提醒战友：

"小心隐蔽！"

白老四又是一枪，打完之后，他悄悄撤离，从山坡上滑了下去。

周清泉用手势指挥小贾小李从两边包抄上去，自己向白老四开枪的地方还击。

"白老四，你逃不出人民的法网，缴枪投降是你唯一的出路！"

*

在六合村的库房中，偷渡客终于分成两组人。

郑洪斌点数："……六、七、八。好，不算陈小哥，愿意冒险过境的连我八个。胡老板，你把我们再往前送一送，然后回来带这些老乡回去。"

"前面是边境地区，我的车没通行证开不过去。"胡老板哭丧着脸说。

"我没叫你过关卡。你要是不送，我自己开。"

"送，我送。"胡老板把头点的像鸡啄米似的。

陈荣拎着两个口袋，拿着两把砍刀进了屋。

"大哥，干粮、绳子和工具都买了，不过，砍刀只弄到两把。"

郑洪斌挥了挥手："够了，我们走。陈荣，你坐在驾驶室，到关卡前面告诉胡老板一声。"

行驶的卡车停下了。陈荣从前面驾驶室里出来，绕到车后面通知郑洪斌等下车。

"大哥，前面不远就是边防哨卡。我们不能再往前开了。"

车上八个人迅速地下了车。郑洪斌走到前面驾驶室，拍拍车门。胡老板摇下车窗玻璃："大哥什么事？"

郑洪斌又强调一遍："一定要把来的人都送回去，不要因小失大。你要是把他们丢在这里，他们马上会告发，你就倾家荡产了。"

郑洪斌带头走进路边的森林。何武成拍拍郑洪斌示意他快点走。他们将众人拉开了几步，何武成对着郑洪斌的耳朵小声问他：

"大哥，我这身女人衣服可以换了吧？"

"不行，出境之前危险重重。警察很难抓住白老四，这家伙随时都有可能出现，你再忍忍。"

何武成点点头。

郑洪斌转向大家："小何你殿后。陈荣，你跟我紧点。大家听着，这里有两把砍刀，我们每两人一组，十分钟一轮在前面开路。那个女孩子就不用了——姑娘你叫什么？"

"朱小珊，珊瑚的珊，我跟着大姐在一起吧。"

朱小珊说着就去拉正往队伍后面走的何武成的胳膊，何武成赶紧一让，躲了过去。

"小珊，在出境前你别碰你何大姐，她要担负着殿后的任务。小珊走在九个人中间。"

"噢，好吧。"

郑洪斌和陈荣各抢一把砍刀，轮番将挡在前面的热带森林里的植物枝叶砍掉，为后面的人开出一条狭窄的通道。

*

白老四跑到一条溪流边，趴在水边"咕嘟咕嘟"地喝了不少水。他蹚着水往溪流上游走了几步，可惜走不了几步就是坡度很大的岩石，白老四还是得上岸。他在爬坡时踢下去好几块埋在土里不深的石块，钻进林子里时胳膊又被划破，流血了。

他恶狠狠地自言自语："王八蛋郑洪斌，这些账都得算在你身上！"

白老四在林子里钻来钻去。

郑洪斌带着其他几个偷渡客来到一片相对开阔的地面。郑洪斌看了看手表：五点十分。

"我们休息一下，需要上厕所的抓紧时间。天黑之前，我们最好能翻过这座山。"

陈荣兴奋地问："大哥，翻过山就是缅甸了吧？"

"应该是。我们沿着山脊走一段，可能会看到国境的标记。"

朱小珊拉拉何武成的衣袖："大姐，你陪我到那边解手。"

何武成一副为难的样子，又不愿开口说话，看了看老郑。

郑洪斌说："小何，陪她去。不要走远。男生这边方便。"

朱小珊高兴地拉着何武成往大树后面跑。

"大姐，要是这里面只有我一个女的，那多不方便呀。"

"嗯，是。"

到了树后面，小珊解了裤带蹲下。她看何武成不动，往里面挪了挪。

"大姐，这边地方够了。过来，我们俩一块儿吧。"

何武成早把脸背过去了。他的手冲着小珊摆摆。

小珊感到奇怪了："你不解手？哎呀，我肚子都要憋炸了。他们男的脸转过去就撒，我们可不行。"

何武成听到哗哗的放水声也憋不住了，心里直骂人，等不到小珊站起来系裤带，何武成转身就往林子更深处跑。

小珊连忙叫："哎，哎，在这儿不是蛮好吗？他们看不见。嗨，这个大姐，别怕，我帮你看着人。"

何武成在树后刚想站着撒尿，看到小珊朝这边走，只好蹲了下来。

这泡尿憋的何武成不轻，他好不容易把一肚子水放光，深深地出了一口气。忽然，有人拍了一下他的肩膀，一支枪顶在他的太阳穴上！

白老四怪声怪气地命令："大妹子，慢慢地起来。大哥我现在对女人不感兴趣。你小声回答我的问题，我不会怎么样你的。"

何武成背对着白老四，点点头，小心翼翼地提着裤子站起来，系上裤腰带。

白老四问："你们一共多少人？"

何武成捏着嗓子回答："九个。"

"有个五十岁左右姓郑的，带着一个三十岁左右姓何的吗？"

"没有。"

这时，小珊好不容易才拨开层层枝叶，找到这里："大姐，你拉屎

264

啊。怪不得……"

小珊看到了拿枪对着何武成的白老四！她立马吓得花容失色。

白老四迅速地把枪指向朱小珊。

"丫头，不许动，不许出声，现在给我往回走。"他又对男扮女装的何武成说，"没有？我不信。看到他们我先毙了你。"

何武成和朱小珊被白老四押着，拨开林子里茂密的枝蔓往开阔地那边走。何武成突然抽泣起来，本来就被吓得哆哆嗦嗦的朱小珊受到感染，也哭了起来。

白老四低声呵斥："妈的，你们两个臭婊子，哭什么？不许哭！"

他哪里能阻止得住？这时要打要骂都会惊动另外几个人，白老四气得直咬牙。出了树丛，白老四一眼看到站在开阔地上惊讶地看着他们的六个人。他想，六个？刚刚这女人说九个人吧？这个念头刚刚出现，只听"嗖"的一声，匍匐在灌木后面的郑洪斌鱼跃而出，没等白老四反应过来，郑洪斌的刀背就劈在白老四持枪的手腕上。接着郑洪斌反手又是一下，砍在白老四的腿弯处，白老四"扑通"一声就跪下了。郑洪斌的砍刀也顺势架在他的脖子上。

"把他绑起来。"

何武成的动作也快，马上解开裤脚上防蚊虫缠绕的绳索，将白老四双手扭在身后，将他两个手腕捆绑在一起。白老四伤手被拧，痛得大叫。

"哟，这个动作我没教你，你做得还蛮专业。"郑洪斌打趣道。

"在部队学的。"

白老四这时才回过神来："郑洪斌，果然是身手不凡，领教了。"

郑洪斌拎着白老四的衣领，把他拖到开阔地中间。何武成捡起白老四的枪。

郑洪斌弯腰笑嘻嘻地先搜白老四的身。他解开白老四的腰带，搜出子弹夹、一个小型望远镜，还有装着地图、指南针、药、现金的贴身腰兜。

"白老四，你三哥杀我们不成丢了自己的性命，还给我们送来不少粮饷。这次又轮上你来当运输大队长，这些东西太有用了。"

白老四终于从剧痛中缓过劲来。他弯下腰，摆出一副可怜相。

"郑大哥，我是帮人办事的马仔而已。你们大人不计小人过，饶了我一遭，我愿效犬马之劳。"

"我们要你有什么用？"

"你们后面还有追兵，我能帮你们挡上好几个警察。这些人有什么用？郑大哥，我们如今都是亡命之人，是朋友，不是敌人。"

小珊大骂："屁！是朋友你刚刚还用枪顶着何姐姐的头？"

听到"何姐姐"三个字，白老四抬头看看"大妹子"，吃惊地长大了嘴巴。

"你，你是何武成？难怪……我明白了。"

何武成把假发头套扯了下来："晚了。"

看到何武成把枪口对准自己，白老四哭丧着脸，苦苦哀求：

"兄弟，何兄弟，我追杀你们是奉命行事，出于无奈呀。郑总，您行行好，救我一命，救我……"

郑洪斌用砍刀拨开何武成的枪。

"武成，后面有警察，别用枪。我来问白老四一个问题，他要是回答了，就免他一死，怎么样？"

白老四抢先回答："好，好啊，就这样。郑总您问。"

"杀了我们总经理朱勇彪的凶手被灭口了，谁灭的口？"

白老四沉默了几秒钟。郑洪斌的脸往下一沉，眼里露出一股杀气。他站起身，握刀的手上青筋暴起。白老四斜眼瞟了一下，心惊肉跳：

"多半是沈老五。"

"沈老五真名叫什么？多大年龄？长什么样？家在哪儿？平时以什么为业？"

"他叫沈建功，三十来岁，无业，家在哪儿不知道。郑总，我可是冒了生命危险给您透露这些，您不要说话不算数。"

"他长什么样你还没说。"

"他个儿高，一米八五左右，人瘦，手跟鹰爪似的，头毛眉毛又黑又浓。"

"你们老大是谁？"

"这个我要是说了，就算能逃到美国也是一个死。郑大哥，您说了

266

只问一个问题。您好歹在江湖上也有点名气。可不能说话不算话。"

郑洪斌鄙视地说："老子跟你们的江湖一点关系也没有。你们二哥曾金虎来了吗？"

白老四眼里露出惊讶的神情。

"他，他没来。"

"我没时间跟你纠缠。再问你一句：江昌六虎的老大是谁？"

"您就是砍了我的脑袋，我也不能说！"

郑洪斌满脸杀气，举起了砍刀。白老四一咬牙，闭上眼睛。郑洪斌抡起砍刀劈了下去，只听"咔啦"一声，白老四的髌骨被刀背砸碎。白老四惨叫一声摔倒，疼得晕了过去。

郑洪斌站起身来，从何武成手里拿过白老四的枪插在自己腰里。

"小何，第一，我们不能犯罪，杀人是死罪。第二，我们需要给后面跟来的警察叔叔添一点麻烦。好，诸位，让这小子招惹的，警察追上来了，我们得加快速度。"

那些偷渡客都吓傻了，大气也不敢出，背起自己的背包，准备上路。郑洪斌将白老四的地图打开，又拿起指南针。

"小何你看，我们的方向是对的，边境线不远了。"

周清泉和小贾、小李追到了小溪边。周清泉看了一下腕上的手表：五点二十。

"如果我们在天黑之前追不上白老四，让他逃脱的可能性就会增大。小贾，再试试手机有没有信号。"

趴在溪边喝水的小贾立刻拿出手机来。

"有了！喂，是方队长吗？ 我是江昌来的小贾……周队长在这儿。您等一下。"

周清泉接过手机："方队长，是我，周清泉……我们追踪白老四，暂时还没有抓到他。现在我们具体的位置不清楚。这里有一条小溪流，还挺宽……太好了，那么我们离中缅边境线还有多远？ ……我不认为白老四熟悉此地地理情况，但他很可能想越境逃亡。我们请求支援……好的，我们继续追击。再见。"

小李提醒周清泉："周队长，您喝点水吧。早知道要追罪犯就带上点干粮了。"

周清泉喝了不少水，又洗了洗脸。

"这是考验我们刑警的时候。罪犯在逃，我们不能停下休息。继续前进。"

三人蹚水过了小溪后，周清泉扬起手叫停，他仔细地查看溪边的状况，并没有发现脚印及被压过的小草。他又向两边看看，判断白老四向小溪上游走的可能性比较大。他回到溪水中，沿着溪流往上搜索，好在很快到了那块岩石处。周清泉发现了被白老四蹬下的石头，他拿起一块来。

"你们俩看一下，这石头一半湿一半干，说明什么？"

"本来不在这儿，是滚下来的。"

"对。白老四是从这里往上爬的，你们看这些草都被压过。上。"

周清泉等三人跟踪追到林中开阔地，一眼就看到已经苏醒，在地上低声哭号的白老四。

白老四有气无力地重复着："救命啊，救命啊……"

"白老四，你跑呀。你这是怎么回事？"

"杀千刀的逃犯郑洪斌，他把我废了。"

小贾走了过去，试着把白老四扶起来。刚碰到他，白老四就像猪被绑起来屠宰一样地大叫起来。

"疼死我啦！"

"我是要扶你起来，你喊什么？"

"周队，他反正跑不了，我们去追逃犯和偷渡客吧。"小李建议。

白老四一听急了："你们不能不管我，警察是要对人民负责任的！"

周清泉调侃道："哟，什么时候名扬江昌的恶棍变成人民了？在这儿待着吧。"

三人拔腿就走。

白老四大叫："你们不能走。你们走了我会被野兽吃掉。我手腕断了，髋骨被打碎了。你们要对残废人实行革命的人道主义，你们不能残

268

忍地把我丢下，解放军优待俘虏！"

已经走出开阔地的周清泉想想还是停下脚步。

"你们俩谁愿意留下？"

小贾和小李都不出声。

周清泉耐心地劝说他们："要是把他这样留在林子里，光是蚊子小咬就能要他的命，这是我们政策不允许的。再说，我们这次的任务主要是抓这个白老四。你们都留下吧，想办法抬他回去。增援的队伍很快就会到的。我去追那些人。"

小贾和小李点头答应了。

小贾有点不放心："周队长您可要小心，郑洪斌是特种兵出身，现在手里又有枪。您恐怕……"

"放心吧，我主要是说服他们归案，他们也不至于对我下毒手。"

夜色降临，但天还没有完全黑下来。郑洪斌带着一队人到了这个制高点，他拿出白老四那里缴获的望远镜四下看看，没见边防军和警察。

"从这里过河应该是安全的，这会儿附近没有边防军巡逻。"

郑洪斌又回过头居高临下向来路望去，一个穿着白色警察服装的人影出现在视野中。

"小何你看看，有人追来了。"

何武成接过望远镜顺着老郑手指的方向看去。

"嗯，只有一个人。太晚了，我们不陪他玩了。"

"小何啊，你带着这些人先过河。来人多半是从江昌来的警察，我想会会他。"

"我怎么能把你一个人留下？看样子他还有十多分钟才能到这里。"

"你留下帮我一把也好。"

郑洪斌转身对陈荣和几个偷渡客交代。

"你们先下山，乘着没有边防军抓紧过河，在河对岸山坡上隐蔽起来。我和小何办完了事就过来。"

"你们可要注意安全。"

"放心，去吧。"

虽说还没有到晚上，林子里光线已经很暗了。小李背着白老四，白老四还直个哼哼："警官，疼死我了，有止痛药吗？"

小贾没有好气地训斥他："白老四，再哼哼叽叽的小心我把你放在这儿喂狼！周大队长又不在，老子对犯罪分子可没那么客气！"

白老四挤了挤眼睛，还真的挤出泪水来了。

小李拿起手机给增援部队打电话：

"方队长，你们在哪里？天马上就要黑了，你们再不过来我们就要迷路了……噢，对，好主意，我马上就做个火把。"

天几乎完全黑下来了。周清泉追到山坡上，借着微弱的天光，他发现被砍掉的热带植物和下坡通往河边的被开辟的小路。周清泉继续前进。山坡下，那条小河的河面上泛着白色的光。

周清泉在下坡的路上走着。

就在快要走到河边时，周清泉忽然脚下被绊了一下，前倾倒地，枪失手落地。紧接着，周清泉被倒吊起来，身体很快离地升到空中。

倒悬在空中的周清泉看到两个人影从暗中走出。

"郑洪斌、何武成，放我下来！"

郑洪斌点着了火把。旁边的何武成已经换上男装。

郑洪斌轻松地说道："周队长，你也真够不怕麻烦的，就凭你一个人也想捉拿我们俩归案？"

"不是要捉拿你们，我是来规劝你们主动归案的。"

"何武成被判死缓，回去政府不杀他，黑道也要杀他。你怎么能说服他？我呢，不仅不愿意一辈子坐牢，而且需要把陷害我的人送进牢房。朱勇彪是我最好的朋友，有人要为他的死偿命。"

"你们的案子都有希望。你们如果能配合，案子会办得更快。"

"怎么个说法。"

"你放下我再说。"

"你要是同意我们说完各走各的路，我就放下你。"

周清泉断然拒绝："那不行，我是人民警察，必须带你们回去。"

"那就只能委屈你了。我有重要情报和你交换。你先说，我的案子有何进展？"

"我不能破坏纪律跟你说。"

"闹了半天，我的身份在你看还是逃犯。"

"可惜我不能告诉你，我是刑警。"

郑洪斌本来也没有指望周清泉能够放他们越境："是啊。也就是说，我跟你回去也只能待在牢里配合。还是让我来告诉你一些重要信息吧。白老四被我逼出和诈出一些口供。首先，我说曾金虎是他二哥，他有些惊奇，但默认了。但他宁死不说大哥是谁。另外，他在我刀口下说出沈老五的特征：这人三十岁左右，个高，大约一米八五，人长得瘦，毛发浓密，手似鹰爪。周警官，枪法像沈老五那么准的人实在不多，应该不难查出来他是谁。"

"好！这不是很好吗？郑洪斌，我们非常需要你。你跟我回去，相信我们一定会很快破案。"

郑洪斌笑了笑："我要是在江昌市就自首配合，还能不能给你提供以上重要信息呢？周队长，我身为逃犯无所顾忌，能够干出你们没法干的事情。"

"那你告诉我，在福山办公楼里拿的是什么文件？"

郑洪斌没理他，用砍刀在旁边树上砍下一些树枝。

"老郑你干吗？"何武成问。

"点一堆火，让他们很容易就找到周队长。"

何武成也帮忙砍树枝。

周清泉不放弃说服郑洪斌："老郑，为了你的案子我们成立了专案组。国际刑警介入了这起背后涉及到大阴谋的案子，我们需要知道这是个什么阴谋。你告诉我那是一份什么文件。"

"会告诉你们的。但我有一个条件，那就是你们先把江昌六虎绳之以法，宣布我和何武成无罪。"

"为什么要提出条件呢？"

郑洪斌有点来气了："出于私心。这么说你满意了？妈的，你们哪能体会我们俩被送进牢房，判了死缓和无期是什么滋味？噢，国际刑警

271

一关注，你们起劲儿了，是吧？我们俩的仇不报，不平反，想知道大阴谋没门。"

"老郑，你也曾经是……"

"住嘴！我们曾经是囚徒！还是那句话，我郑洪斌能做到你们官方通过合法途径做不到的事情。江昌六虎的暴露，白老四的供词就是明证。小何，我们走。"

郑洪斌将火把丢进柴堆，火焰熊熊燃烧起来。

郑洪斌和何武成往坡下河边走去，却听到身后周清泉的声音：

"慢着。老郑，我知道你要去美国。你可能已经知道胡莉莉的情人文增辉已经到美国首都的乔治华盛顿大学读研究生。胡莉莉已经辞去工作，离开福山公司，估计很快会去美国。但你可能不知道，金山公司总裁、你前妻的丈夫利奥诺拉是墨西哥毒枭保利诺家族成员。金山吞并福山公司的阴谋可能和墨西哥黑帮有关系。这就是你的案子引起国际刑警重视的原因。"

郑洪斌身子像被定在河岸上，许久才深深地呼出一口气来：

"谢谢你，周队长。"

山路上，一队警察和边防军打着火把，一路小跑。小贾跑在队伍的前面。

他们看到了河边林中的火光。

小贾松了一口气："方队长，您看，那一定是周队长给的信号！"

在界河对岸的树林里，郑洪斌和何武成也看到了对面山上移动的一条火龙。郑洪斌也松了一口气："周队长没事了。我们走吧。"

何武成对众人说："我在前面，大哥殿后，大家拉着绳子走。"

一队人，一个接一个，消失在黑暗中。

第十五章　缅北劫难

山林中一块相对平坦的地方，郑洪斌一行九个人围着篝火，枕着背包躺着，四周是黑黝黝的树影。郑洪斌睡不着，他抬头看着满天的星斗。奇怪，这缅北的夜空，星星怎么这么大，这么多。

对于是否带上这么几个偷渡客，郑洪斌的内心是矛盾的。除了他理解偷渡到美国是这些人的梦想，他们回去将难以向亲人交代，难以偿还背负的债务以外，郑洪斌也有个人的考虑：跟一批偷渡客在一起，他和何武成便涂上了保护色。

何武成也睡不着，他转过身来，低声说："大哥，季老三被杀，白老四被废，那个神秘莫测的沈老五该出场了。"

"是啊。可能不等到曼谷，江昌六虎就会追来。这是你知道的。你不知道的是，我们的路上，还隐藏着一个更有势力的黑道。"

"噢？大哥说说。"

"我说不清。我最担心的就是这个看不到，摸不着，却时时笼罩着我的黑影。这就是周队长所说，下手兼并福山公司的美国金山公司。他们在中国和江昌六虎有瓜葛。在国外，还不知道势力有多大。以我们的非法身份和他们斗，几乎不可能。"

"那为什么您不把证明他们犯罪目的的文件告诉周队长？"

"他是在最后半分钟告诉我，金山总裁是黑帮成员的。我当时毫无思想准备，满脑子都是以那份文件逼警方早日侦破江昌六虎犯罪集团，给我们翻案的想法。现在细想有些后悔。"

"现在想通了也不晚。一旦有机会，我们就想办法通知警方。"

"只能这样了。可是目前带着老乡怎么安全到达莫坎镇还是个难题。各方都被我们惊动了。"

"兵来将挡水来土掩。大哥，把心放宽。不怕他们。"何武成宽慰老郑。

"怕是不怕，我们反正是被判了死缓和无期的。可这几个老乡，哪里知道前面险关重重。小何，睡吧，我们需要养精蓄锐。"

*

床头柜上的电子钟显示着3:30。电子钟的旁边放着手机。

手机的铃声响了。一只瘦得像鹰爪一样的手抓起手机，这人正是"江昌六虎"中的沈老五。

黑暗中，沈老五恭敬地叫了一声："大哥。"

手机里传来他大哥的声音："你四哥失手被抓了，郑洪斌敲碎了他左腿的髌骨，一定是为了拷问他我们的身份。"

"四哥不会说，他也不敢说。"

"哼。我可没那个信心。目前，我们还不知道老四说了什么。"

"大哥要我做什么?"

"郑洪斌非除不可，越快越好。"

"我随时听从大哥的吩咐。"

"嗯。"虎老大恢复了平静的语调，"你需要到缅甸和泰国去一趟。我安排好就通知你。先睡吧。"

*

窗外一片黑暗，室内灯火通明。坐落在华盛顿特区的国际刑警美国局办公楼里，琳达还在计算机前工作着。

她打开个人的电子邮件箱，发现一个刚刚发来的带着附件的邮件。打开邮件，其内容让她精神为之一振。

> 琳达女士：感谢你们的中国之行。中国警方专案组的成立，必然有力地促进对金山公司涉嫌与国际犯罪集团勾结一案的侦破。现附上金山公司最近几年的收支总账，请注意'其他贸易'一栏收支为很小的数额。总账中'其他贸易'的细目被加密存储。附件中包括被解密后的细目。商品名称使用代号，

数额惊人。很难想象世界上有如此昂贵的'消费品'和'矿产品'。金山公司从欧洲进口了什么？他们在非洲和亚洲采购了什么？这是你们国际刑警必须解开的秘密。祝你们好运气！"

　　琳达坐不住了，她马上拨打韩冰莹的电话：

　　"冰莹，我知道你还在工作……是啊，到我这来一下。我给你看那个骇客给我寄来了什么。"

　　琳达的电话刚刚放下，就听到门外室内走廊里传来的"噔噔"的脚步声。琳达笑着扭转旋转座椅，面对出现在门口的韩冰莹。

　　"请进。"

　　琳达示意韩冰莹看她计算机屏幕上的邮件。韩冰莹马上俯下身，认真阅读起来。读完抬起头，脸上满是兴奋的表情。

　　"我真是难以相信，他搞到这么重要的文件！"

　　"你对金山公司的秘密贸易是怎么想的？"

　　"墨西哥的大毒枭们越来越多地使用他们新的运送毒品的路线。对他们来说，通过非洲把毒品运送到欧洲要容易多了。我假设金山公司利用其正当贸易的货运船只从欧洲运送毒品到美国，通常我们对来自欧洲的贸易船只不做严格检查。"

　　"很好。"琳达启发式地提出问题，"让我们假设金山公司从毒品贸易中赚了钱，他们又买了什么使得收支账目接近于零？"

　　"我想不出。"韩冰莹摇了摇头，"这正是我们需要调查的。"

　　"你是否认为他们购买福山的目的同他们秘密的贸易有关联？"

　　"非常可能。"

　　"因此，我们还是需要找到郑洪斌先生。他从他的公司搞到的文件一定会告诉我们有关金山公司的故事。"

*

　　童组长给仲局长打电话请示。白雪梅也在童组长的办公室里：

　　"……明白。我也认为我们应该及时通报。郑洪斌出境后，我们的行动就受到限制了，需要国际刑警出面……好的，我们这就给她们去

275

电话。"

放下电话,童组长给白雪梅传达了仲局长的指示。

"雪梅,仲局长指示我们立即将郑洪斌等已经越境的消息向琳达和韩冰莹两位警官通报,由你来跟她们直接联系。你要做好思想准备,如果有必要,可能你要出境协同她们找到郑洪斌。"

"好的。"

白雪梅迅速从衣兜里掏出琳达的名片,按照上面的电话号码拨打。电话接通了。

"嗨,琳达,我是雪梅。怎么样?"

"我很好,雪梅,真高兴接到你的电话。有什么进展?"

"昨天晚上,郑洪斌越过中缅边境,他现在应该在缅甸北部。我们已经照会缅甸政府给与协助,抓获他和另一个逃亡者,以及其他偷渡者。"

"我猜想,他是冲着美国来的。但是,有人一定会试着在他到达之前杀掉他。你知道,我们需要找到他。"

"明白。如果你们准备到缅甸或者泰国,我愿意参加你们的行动。"

"当然啦,我们需要你。在我和我的上级谈话之后,我会立即给你去电话。"

"我期待着和你们并肩战斗。"

白雪梅慢慢地放下电话。

此时此刻,白雪梅非常渴望能够见到当初蒙冤入狱,历尽千辛万苦,亡命天涯的男朋友何武成。

*

郑洪斌一行九个人走在山区的林间小道。虽然头一天气氛紧张,跋涉艰难,其间又遇白老四拔枪相向,警察追到界河边,大家情绪还是很高。

在他们快要爬上山坡的时候,郑洪斌回身给大家做了一个"停止前进"的手势,用手拍了何武成一下,两人向路边走去。

在快要到顶的时候,他们猫下腰,凑到山脊,拨开野草,向山下望去。

山下是个三岔路口,有三个军人在一个拒马边盘查行人。

从这条下山的小路下去的人不多，但绕山而过，比较平坦的大道上，有机动车、平板车、自行车，也有挑担子的山民。那几个军人都有枪，但是除了那身统一的服装，看不出军人的模样。统共三个人，持枪都不一样：一个倒挂肩上，一个斜挎着，还有一个平挂胸前。天气比较热，他们的上身衣扣都敞着或半敞着。过往的行人和车辆，似乎也没有出示证件一说。但是，每个人都要被问上一两句话。

一辆军用吉普车开了过来，车上军官模样的人没下车，而是向三个哨兵交代了几句，还特别用手往山上指了指。哨兵点头。吉普车上的军官挥了挥手，车开走了。

"这是查哨的。哨位肯定不止一个，而且是临时设立的。小何，此路不通。"

"他们倒是不查证件。但是，一问话我们就暴露了。"

"不问话，也能看出个八九不离十。我们走。"

看到郑洪斌和何武成回来，其他等在林中的人都焦急地围了上来。

朱小珊着急地问："郑大哥，什么情况？"

"山下有岗哨。中缅边境这一带只有这么几个集镇，这些哨卡都是临时设立的。可以肯定，中方已经照会缅甸政府，设哨卡的目的就是抓我们。我们必须绕出包围圈，需要走很多的山路，大家要有思想准备。"

"郑大哥，您有具体的方案吗？"

"没有。"郑洪斌实话实说，"摸石头过河。想法是往相反的方向走。先往北，再往西。北边人烟稀少，有一个矿区。我几年前来考察过。矿区有不少中国来的盲流，我们或许能蒙混一下。缅甸这边暂时可能想不到我们会往北边走，可能从来没有过境的偷渡客往北走的。我们行动要快。"

*

江昌机场，旅客排队登机。

扩音喇叭里正播送航班登机通知："前往曼谷的国航 338 号航班现在开始登机。请各位旅客准备好您的护照和登机卡，在 18 号登机口排队，准备登机。"

身穿便装的白雪梅排在队伍稍前一些的位置。国际刑警派出琳达和韩冰莹两位警官到缅甸北部找寻重要证人郑洪斌，中国局领导指示江昌专案组，派白雪梅前往参与这次跨国行动。临行前童组长叮嘱：

"这个任务非常危险。缅北自然环境和政治生态都很恶劣，国际刑警不具备在主权国家采取执法手段的权力。与此相反，犯罪集团却会无所不用其极，至少我们知道江昌六虎就很有可能派出杀手截杀郑洪斌等，他们在东南亚各国一定有势力强大的帮凶。具体说，你们三位女警官要在杀手截杀郑洪斌之前找到他，说服他交出能够说明国际犯罪集团阴谋的文件，最好能动员他和何武成回国协助我们破获江昌六虎。"

旅客队伍的后面有一个个头相当高的精瘦的年轻人，这人正是沈建功，沈老五。他二十八九岁，长脸尖下巴，长的算是眉目清秀，头发又黑又浓，眼睛有神，左眉骨上有一道不太显眼的刀痕。

这天晚上，华商楚飞雄在曼谷一家豪华酒店为沈老五接风洗尘。他们坐在餐厅靠窗的桌子，窗外是闹市的灯火。

楚飞雄身体前倾，一副恭敬的模样："五哥，能在这儿接待您，那是小弟我的荣幸。我看，您也不要着急，明儿歇一天再走。"

沈老五冷笑了一声："我可没有你的好命。夜长梦多，我得先把事情给办了再说别的。你该不会说进缅甸的事不好办吧？"

"这点事还能办不成？您那个护照，旅游签证好办。这儿是泰国，只要出钱，没有办不成的事。"

"那就好。"

"曼德勒。"楚飞雄嘴里念叨着，"五哥，您去那儿干吗？我没听说过我们有关系在那儿呀。"

"有家关系户在那儿有分公司，他们答应给我配几个帮手，同时提供车和武器。"

"就凭五哥您，还要什么帮手？"

"哼，有帮手都未必能办成事。我要做掉的，是杀了季三哥，废了白老四的两个人。深山老林更是他们施展身手的地方。"沈老五心里可是特明白。

"有这么厉害？那五哥您……"

"所以我说我的命不如你，谁让我是职业杀手呢。我干这一行有七八年了，从来没失过手，但也从来没遇到过这样的对手，是祸躲不过。不过本事也是这么练出来的。"

"那是。五哥，您可是这一行里最拔尖的人物了。"楚飞雄拣着机会就奉承，他讨好地问，"今晚想要几个泰国妞陪？我来安排。"

"你没听说我沈五哥不喜欢花天酒地，在执行任务前尤其需要安静？"

"哦，对。小弟的不是。五哥，来，小弟敬您。"

他们举起手中的葡萄酒杯。

同样是在曼谷，同一个夜晚，白雪梅和琳达、韩冰莹坐在国际刑警泰国国家局办公楼的小型会议室里。会议桌上铺着中缅边境的详细地图。

琳达是这次行动的领导者："我们的任务是找到郑洪斌先生，并从他那儿得到有关金山公司阴谋的信息。但我敢肯定金山公司和中国的黑帮也在试图杀死他。冰莹，你能不能把我们听到的关于在缅甸的偷渡集团的信息告诉雪梅？"

"没问题。作为逃亡者，郑洪斌需要偷渡集团的帮助。这里的国际刑警同事们跟偷渡集团斗争了许多年，他们知道那些中转站在哪儿。"

韩冰莹站起身来，用手指着地图靠近中国边境的几个镇子："他们可能在这个地区。"

"雪梅，你认为我们应该首先到金三角地区吗？"琳达征求白雪梅的意见。

雪梅慎重地发表了自己的看法："在郑洪斌越境之后，中国警方联系并通知了缅甸政府，他们许诺派出部队和直升机搜索逃犯。郑洪斌一定知道他们被追捕。"

"那又怎么样？"韩冰莹不解。

"郑洪斌可能不会立即到这个地区去。"

"他们可能去哪儿？"琳达急切地问道。

"在启程之前，我和我的同事们讨论过这个问题。我们都认为郑的反追踪能力很强，他知道如何迷惑追踪者。"

琳达和韩冰莹频频点头。

"那我们在哪儿能找到他们？"

白雪梅的手指向地图上的中缅边境，很快点了点一个矿区所在地。

"那附近有一个金矿，许多中国人合法或非法地在那儿做工。如果我是郑洪斌，我会藏身在那儿的中国人之中。"

*

金山国际在缅甸分公司的保安经理张云岗举着一块写着"沈先生"三个大字的牌子，盯着从出口处拉着行李往外走的旅客，忽然有人拍了拍他的肩膀。

"麻烦你把牌子收起来，我们走。"

"哦，您就是……"

可是沈老五头也没回。张云岗把剩下的半句话咽了回去，紧追两步，赶上沈老五，伸手要帮他拿箱子。

"不用。"沈老五没有松手，"车停在哪儿？前面带路。"

张云岗帮着沈老五把小行李箱放进后车厢，关上后车厢的门，马上拉开前面驾驶员另一侧的车门，满脸堆着笑，做出一个"请上车"的手势。不过此时沈老五倒不着急了，他扶着打开的车门，四下里看看。

"我说啊，这个国际机场怎么这么冷清？"

"嗨，它叫国际机场，直接从国外来的飞机只有泰国曼谷和中国昆明两处，热闹不起来。"

"怪不得这个机场里运送行李的转盘只有三个。不是说外国人只能坐飞机进缅甸吗？"

"是。叫作空来空去。可是，来去的客人不多呀。"

沈老五点点头，进了车。

张云岗也马上进车。

坐进了车里，沈老五显得随和多了，他主动同张云岗搭讪。

"张先生，到公司要开多长时间？"

"公司在市内，大约一个小时车程。沈先生叫我云岗，或者老张都行。"

"好的，那你也叫我五哥吧。不是在你面前充大，都这么叫，听起来顺当。老张，到边境的车和人都准备好了吗？"

"没问题。大老板吩咐的事，不敢怠慢。"

"回去以后，召集人马，立即出发。"

"立即……出发？"张云岗毫无思想准备。

"有问题吗？"

"没，没有。五哥真是雷厉风行。"

"我们要找的两个人，虽然不知道在哪儿，跟谁接头。但他们最大的可能是借道缅北，逃亡其他国家，比如美国。他们没有当地蛇头的帮助是达不到目的的。我们晚到一步，就有可能遇不上他们。"

"明白。"张云岗确实是个明白人，知道来人的分量，"我带的这两个人，都是在边境长大的。他们过去干的是贩毒、走私和人口偷渡的勾当。那边人头熟。"

"中国人？"

"当年国民党九十三师的后代。"

"你自己呢？"

"我是在中国长大的。伯父家没有男孩子，我算是过继给伯父。"

"这边中国人多吗？"

"多。嗯，占曼德勒人口的百分之十吧。可是有钱的大多数是华裔。仰光那边是印度人的天下。东南亚国家情况都差不多，华人没权，有钱。"

这人还行，说话挺得体的。沈老五对于有这么个助手心里比较满意，他对这边华人的状况其实并不感兴趣，把话转到关键的地方："我要用的家伙都准备了吧？"

张云岗回答："这个自然。到北边山里，那是靠刀枪说话的。"

*

瑞洛河岸码头，吴乾坤老板倒背着双手焦虑地看着河面不远处的一只小船。小船上单人单桨，顺流而下，逐渐靠近。

小船靠岸，吴老板身边的年轻人早已等在那里，接过船上扔过来的缆绳，套在码头的木桩上。船上的人纵身跳上岸，三步并作两步地来到吴乾坤身边，双手抱拳：

"吴老板，没有人蛇的消息。派过去接人的高翔和姚老三也没有回来。"

吴老板点点头，似乎结果早在意料之中："难道一点动静都没有？"

"当天晚上，有人在山上看到对岸远处有一队火把。第二天，有直升机在附近盘旋。另外，政府军好像在孟枝、帕侬一带设了哨卡。"

"嗯。老幺，辛苦了。回去歇着吧。"

那个被叫作老幺的船家宽慰吴老板："好。吴老板，您也别着急上火。常在河边走，总有把鞋弄湿的时候。这又不是运送白粉，姚老三他们关些日子会放回来的。"

吴老板脸色沉重地点点头，挥了挥手。老幺解开船缆，跳上船，撑船离去。

就在吴老板往山坡上的镇子走的时候，远处，一辆军用吉普从盘山路上往下，车后扬起滚滚尘土。

吴老板走回自家大院门前。一辆沾满灰尘的军用吉普车停在大门口。一群小孩子正围着吉普车转，想往上爬。一个小伙计则想方设法阻止孩子们靠近吉普车。

一个大孩子扭头看到吴老板，立刻大叫一声：

"吴老板来了！"

孩子们都看到了吴老板，嬉笑着一哄而散。小伙计毕恭毕敬地到了吴老板面前。

"老板，来了四个客人。"

"过去见过吗？"

"没有，样子都不善。"小伙计低声回答。

吴老板"嗯"了一声，转身进了院子的大门。

吴老板刚进客厅，里面几位客人便站起身来。老管家上前两步。

吴老板问管家："三叔，这几位是?"

"那多镇殷家的老六，带过来几位曼德勒那边的客人。"

殷小六满脸堆笑，走上前来，双手作揖：

"吴老板，我替老父亲和几个哥哥问候您。"

"不敢当。"吴老板脸上严肃的神情未变，"殷叔身子还硬朗吧?"

"托您的福，老父亲还行。吴大哥，我来介绍一下。这位是我的上司张经理。"

张云岗抱拳："小弟张云岗，拜见吴老板。"

"这是我的同事列侃侬。"

"拜见吴老板。"

"这位是中国来的客人沈老板。"

"吴老板，幸会。"

吴老板抱拳一一回礼。

"各位请坐。三叔，你去厨房招呼一下。"

"好的。各位，老朽失陪了。"

"三伯，给您添麻烦了。"殷小六脸上赔着笑。

吴老板脸色缓和了一些："听说六少爷在洋人的公司当差，有出息了。"

"哪里，大哥见笑了。沈老板、张经理略备薄礼，请大哥笑纳。"

殷小六捧起手提箱，放在八仙桌上。

"初次见面，哪有让贵客破费的道理。"

张经理说："小意思。我们公司早已有意结交吴老板这样的豪杰。一回生，二回熟。请吴老板有空到我们公司，共商金三角发展大计。"

"哈哈，山野之人，怕是高攀不亢。"吴老板仍然不卑不亢。

晚上，吴老板摆下酒宴招待几位由远道而来的不速之客。管家"三叔"作陪。几个年轻女子站在他们身后上菜斟酒。殷小六又举起酒杯站了起来：

"吴大哥，这一杯我替我几个哥哥敬您，他们可是对您佩服得五体投地。"

283

"六弟你坐下吧。张经理、沈先生，你们都是贵人，没事不会往我们山里跑的。有什么用得上我吴某的地方，不妨现在就明说了。免得一会儿喝醉了，耽误事。"

张经理看了一眼沈老五，得到他眼神的鼓励后，笑着说："吴老板真是爽快人。是这样，三天前，有人越境。沈老板此次到这里来，是要找两个人。我们听说因为这两个人，大队越境人马被中国的警察和边防军抓获，坏了我们这边的生意。"

"是啊，大哥，沈老板愿意出大价钱。您只要能提供线索，既能出口气，还能赚一笔。"殷小六接着补充。

"这么好的事情，我何乐不为？可我早就不干这类买卖了，哪里会有线索。"吴老板不愿意找麻烦。

管家"三叔"帮着打起圆场：

"这样好不好，沈先生您不妨把要找的人的情况给我们说说。如果得到消息，我们一定转告。另外哩，建议你们到孟枝、帕侬那边打听打听，他们好像在做这类买卖。今早我还听人说，政府军在那边增设关卡。这不说明问题吗。"

沈老五点头表示赞同："我要找的这两个人是逃犯。他们混在人蛇队伍里试图偷越边境，结果人蛇几乎全部落网。我想你们这边损失一定不小。所以，这两个人是我们共同的死对头。"

"沈先生，怎么逃犯成了你们的死对头？你们到底是那一路的？"吴老板可是个老江湖，事情是一定要搞清楚的。

沈老五答道："我们是生意人，大家彼此彼此，可以说是一条道上的。这两个家伙，一个原先是工程师，另一个是公司老总。那当老总的杀了人，被判重刑。两人越狱逃出来又杀了我三哥，废了我四哥。现在他们过境到了这边，是非常危险的人物。"

"哦，您这么一说，我就明白了，原来两个逃犯是跟贵帮有仇。那么，张经理的洋人公司怎么也参与进来了？"

"我们和沈先生他们在业务上有来往。沈先生提到的那个当老总的，坏了我们公司的事。"张云岗解释。

吴老板微微一笑："好说。你们把照片留下，一旦他们出现在莫坎，你们让我做什么？"

"杀一个，我们给十万美元。以照片为证，到曼德勒张经理那儿领钱。如果提供两个人准确的去向，我们给两万美金。"沈老五说得很干脆。

"二十万美金比两万更有吸引力。在金三角杀人不算大事。怕的是他们不打我这儿过。就这么说定了。来，我敬你们城里人。今晚我们一醉方休。"

张云岗、殷小六和列侃侬听了吴老板的话，看上去比沈老五还要兴奋，一个个嘴咧得好大。

殷小六端起酒杯："张经理、沈老板，你们这下子见识了我们金三角男子汉的英雄本色了吧。来，吴大哥，您给小弟长脸了。小弟敬您！"

几个人将杯中酒一饮而尽，身后青年女子立即又给满上。

"六子，客人是您带来的。您给说说，您怎么就认为漏网的人蛇会往莫坎来？"吴老板心里有数了，不过还是想问得更清楚一些。

"这个……吴大哥，不瞒您说，我们是从孟枝那边过来的。那边秦三哥说，有人看到过几条船上装满了人从山里往莫坎来。"

"你就信了他？"吴老板脸上露出不屑的神情，"张经理、沈老板，我想赚这个钱，但我不想耽误了你们的事。按照我过去做这桩买卖时候的经验，这一带能够过境的口子到莫坎都不需要三天的时间。如果你们要找的人是从乌山出发，经瑞洛河口附近越境，该过莫坎早过了。你们能明白我的意思吗？"

张云岗和沈老五对视了一眼。

"我们要找的人具体从哪儿越境我不知道，但他们确实是从乌山出发的。他们过了国境后，除了莫坎，还有什么地方可去？"张云岗问，态度很诚恳。

"还有就是孟枝、密戎和帕侬。如果不怕艰险，往西北翻过康沙山，那里有一个产金砂的腊岗矿区。一般的人是难得翻过康沙山的，那里林高草密，毒蛇猛兽横行，只有英雄好汉或者亡命之徒才有可能选择这么一条路。"

管家插话："我们吴老板可是成心要帮你们。如今政府军在这一带

285

设下关卡，被追捕的逃犯可能也知道有人会在这里等着他们，那么最保险的办法便是绕过这一带。他们如果最终的目的地不是金三角，能坐上汽车离开缅北的地方就不多了。"

沈老五也明白吴老板的话非常有道理。

"请教吴大哥一个问题。"

"请讲。"

"从乌山出发，过瑞洛河，翻越康沙山到达腊岗矿，需要多少天？"

"最快五天。"

沈老五心里盘算开了："张经理，从莫坎镇出发，到腊岗矿区，开车一天时间够吗？"

"那不够，没有直接去那儿的路啊。再说路况极差，至少需要两天时间。"

沈老五这时已经做出决定，他对吴老板说："吴大哥，这边包括孟枝、帕侬、密戎，能不能委托给您。万一那两个人从这里走，麻烦您做掉他们。"接着转身问张云岗，"张经理，你那里有多少美金？"

"只有一万。您一下飞机就要出发，我没准备那么多外币。"

"那就都拿出来给吴大哥做订金吧。"

吴老板连忙摆摆手："什么订金呀，你信不过我还是怎么的？我倒是不怕张经理不给赏金，人家是大公司。千万别见外。钱你们带上会有大用处的。"

张云岗为难地看着沈老五："沈老板，您看这……"

沈老五冲着吴老板一抱拳：

"恭敬不如从命。吴大哥，小弟谢了。"

尘埃落定，吴老板笑着招呼大家："坐，坐下。我们接着喝。明天我也就不留你们了。哎呀，说实在的，我们在这儿喝酒快活，那两个好汉如果真的从康沙山的密林里过，单是毒蛇猛兽就够他们招呼的。"

*

大山之间，河谷之中，山坡上有几栋两层的楼房，不远处有几排简易工棚。

286

河水自北而下，在这里转向东。山区雨量充沛，水流湍急。

一条土石大路从这里向南边山里延伸，这是深山走向外部世界的通道。

掘土机的轰鸣声在山谷里回荡。山坡上，选矿用的矿石传送道自上而下铺设，高压水龙头冲洗着砂矿石。

几辆载重汽车缓缓地在坡道上爬行。

一个矿工推着矿车从黑乎乎的洞口出来，他眨了眨眼睛以便适应洞外的天光，他很快看到山脚公路上出现的一辆越野汽车。

这正是琳达等三位国际刑警女警官驾驶的越野车。她们将车停在山脚下矿区的库房前，接着拾阶而上，朝山坡上唯一一座像样的二层楼房走去，相信那应该是矿区办公室。不过，当她们走到阶梯分岔处时，雪梅提出分头行动。只需要一个人去和矿上的负责人打交道，另外两人四处转转，熟悉一下环境。没准能够碰到或者问到可能已经到达矿山的郑洪斌、何武成。琳达觉得这个主意不错，她让雪梅和冰莹一会儿到办公室会合。

琳达一个人走进小楼下层办公室的大门。她冲着办公桌后面坐着的姑娘笑了笑。那姑娘见到一个西方女人，有些吃惊，用英语问道："您需要帮忙吗？"

琳达一听高兴了："太好了，你会说英文。我能和这里的经理谈谈吗？"

"可以。请坐。我……"

她走到楼梯口，对着楼上喊起来：

"爸爸！"

楼上的木板响动起来，接着从楼梯上走下来一个五十几岁的男人。

琳达对那个姑娘的爸爸说："哈罗，我叫琳达·菲尔德。我是国际刑警组织的警官。"

姑娘笑着使劲点点头。可是，还没有等到她开口，忽然传来几声枪响。枪声就在附近！

那个老板父女俩和琳达都大吃一惊，急忙往窗外看去。枪声又响了起来。有人持枪冲进来，身后数人开枪追击。

冲进门的是一个护矿队员："老板，不好了，土匪把我们包围了！"

"怎么会？你们怎么没抵抗？"

"老板，阿辉他们都是土匪一伙的！"

琳达立刻判断出这里遭到抢劫。她往后窗一看，暂时没有危险，于是转身拉住姑娘的手。

"跟我走，请相信我。"

老板回过味来了，把女儿推向琳达。

"依蓝，你跟她走，她是警官。快，往矿井那边的林子里跑。"

琳达一纵身越过后窗，老板的女儿依蓝接着爬上窗台。子弹打进办公室，护矿队员倚在大门边开枪还击。老板转身往楼上跑。有一阵子弹射来，护矿队员负伤倒地。

*

郑洪斌这一队人经过五天的艰难跋涉，终于来到腊岗附近。在这个充满传奇色彩的原始森林里，如果没有郑洪斌热带雨林知识和特种兵生涯里的多年野外生存实践，他们早就成了毒蛇猛兽的牺牲品。此时，他们爬到山岭高处，这里没有阔叶林，只有石头和荒草。郑洪斌停下脚步转身鼓励同伴。

"翻过这座山，我们就应该能看到腊岗矿区了。大家加把劲。"

陈荣高兴地问："大哥，我们今晚不用跟猴子一样睡在大树上了吧？"

朱小珊补充一句："最好能洗个热水澡。"

何武成突然叫了一声："都别出声！"

所有的人都被他吓住了，停下脚步。

"大哥，您听到了吗？"

"嗯。枪声。一定是腊岗矿区那边传来的。走，快！"

郑洪斌自己一马当先，往山岭最高处跑去。

郑洪斌单膝跪地，手持望远镜向矿区看去。何武成上来了，蹲在老郑身边："没想到历经艰险到了这里，又发生了意想不到的情况。"

"郑大哥，会是什么情况？"跟上来的王先江呼哧带喘。

"可能是抢劫。腊岗矿是开采金子的。围矿打劫，抢的是金砂。"

"是黑道在抢吗？"陈荣问。

"军阀、土匪说不清楚。缅北的情况比较复杂。这一带过去是反政府武装的根据地，后来分裂为好几股武装。维持武装部队就得有经费吧。那么政府支持的，或者说向政府缴税的开矿公司就很容易成为目标。"

"您怎么知道这么多？"朱小珊感到奇怪。

郑洪斌继续说道："大约十年前，缅北的反政府武装和政府达成协议，保持了一段和平相处的时光。我来这里考察过投资环境。这里是宝地啊，往北去，还有一些金矿、翡翠矿，成色特别好。"

何武成问："大哥，矿区被抢，对我们来说，意味着什么？"

郑洪斌放下望远镜，回过头来：

"意味着没有想到的困难。抢劫者很快会撤，等他们撤了，我们可以进去找到吃的喝的。但是，政府军接到报告后有可能赶来。我们这些外来人必然会被当作坏人抓起来。一审讯，我们怎么说？政府军还不把我们当成强盗给毙了？这样对上级对老百姓都有了交代。"

"那我们无论如何也不能过去啊。"罗三叔沮丧地说。

"可是，我们能往回走吗？干粮大概还够凑合一天的。行程的艰难，你们都有体会。"

"那怎么办？"

"天无绝人之路，郑大哥，您有办法，是不是？"

大伙七嘴八舌地议论起来。

郑洪斌沉默了，他又转身举起望远镜观察。其实，他此时一点主意也没有。谁也没有话可说了，大家心情都很沉重。

*

琳达拉着侬蓝跑到那几排工棚之间，试图穿过工棚区，进入后面的树林。可是，刚到这里，就发现山上的武装人员已经把工棚包围了。工人像没头苍蝇一样，跑到外边，再折返回来，东跑西窜，哇哇乱叫，全无一点主意。

琳达看到逼近的武装人员，抓住依蓝的手，转身拐到另一排工棚，推开第三间的门，冲了进去。

两人进门后，马上把门关了起来。琳达敏锐地环视四周，确定没人。她不由分说，将依蓝上身衣服脱去，抓起堆在木盆里还没有洗的工作服，给依蓝套上，又摘下墙上挂着的蓝色的防尘工作帽，给她戴上。自己也戴上另一顶工作帽。她看看依蓝，点点头。

"这样好多了。"

"现在我们怎么办？"依蓝特别紧张。

"树林里会比较安全。这儿离林区多远？"

"六十米，哦，也许有一百米。"她也搞不清。总之不远吧。

琳达突然做出一个"不要出声"的手势，她听到脚步声逼近了。

武装人员一排排工棚挨门搜索，有些藏在屋里的工人被拉了出来，往山下赶。

两个武装人员搜到琳达和依蓝藏身的这间屋。一个汉子推了推门，发现门是从里面拴上的。他向同伴做了个手势，两个人为里面人的愚蠢而好笑。那个汉子往后退了几步，往上跃起，猛地一脚将门踹开。随即进门。

两个汉子进了门，却发现室内空无一人。正觉得奇怪，琳达自屋顶上飞身而下，用双腿绞住其中一人的脖子，一支雪亮的匕首随势划向另外一人的脖子。紧接着，这支匕首又插进身下这个汉子的胸膛。

门外武装人员的头领明明看到两个同伴进了被撞开的门，可是怎么过了一会儿还没有出来呢？他们警觉起来。头儿一挥手，几个武装人员端着枪，围了过来。那头儿拿着手枪沿墙根到了门口，猛地探头，把枪指向室内。另一个持长枪由窗口向里面瞄准。第三个用枪托打破窗玻璃。

没有动静。

在两支枪对准室内的情况下，队长和另一个队员持手枪闯入。

十几平方米的宿舍，放着三张双人床，余下的几乎没有什么空间了。可奇怪的是，没人！队长看到了地上的血迹，再看上铺，床边也有血迹。他掀开被子，被子盖着的正是自己同伴的尸体，另一个床上铺，同样用被子盖着另一具尸体。那么杀手呢？

几个人面面相觑。队长想起了什么，趴下来往床底下看。

他看到的是一个通向隔壁的窟窿！

雪梅和冰莹在琳达和矿主父女俩交谈时已经走到了洗矿机那里。枪声一响，她俩立刻借传送带的掩护，顺坡往上，占据有利地形。居高临下，她们可以看到矿区大致的情况：这股土匪大约二三十人，一半包围工棚区，另一半包围办公楼和旁边的建筑。

"办公楼旁边一定是放金砂的仓库。"韩冰莹分析说，"琳达恐怕很难逃出来。"

"我们怎么办？要不要冲下去救她？"

"我们只有两个人，去了还不是飞蛾扑火。等等看情况变化再做决定吧。"

琳达和依蓝冲到工棚的边缘。工棚里的大声喊叫惊动了外围土匪，他们端着枪往工棚靠拢。墙角的琳达看了一眼，回头对依蓝交代："跟上我。"

依蓝点点头。

琳达拔出双枪，突然从墙后冲了出来，对着走进身边的土匪连连射击。四个汉子有一个没有反应过来就倒下了，另一个刚刚举起枪便中弹，剩下两个就地卧倒。琳达和依蓝拼命向山上林子里跑。

枪声也给工棚区搜索她们的匪徒指示了目标。他们绕过工棚呼啸着追来，看到人影，举枪就打。危急之际，雪梅和冰莹及时开枪掩护。冲向琳达和依蓝的土匪被迫寻找掩体还击，琳达和依蓝在这宝贵的瞬间冲进了树林。土匪的一排子弹只打得树枝树叶纷飞。

土匪头领大怒："妈的，只有几个娘们儿。给我上。"

看到土匪迂回包抄过来，琳达不敢恋战，对着坡下又打了两枪，转身就向雪梅她们那边跑，依蓝紧紧跟上。

山顶上，郑洪斌看到了对面山腰林中跑出来的四个人。

"小何，你看。"

老郑用手指向山腰处。他把望远镜递给何武成。何武成接过望远镜。

"他们后面有人在追。你看他们那副逃命的架势。哟——都是女的。"

这么远，还分辨不出是谁。何武成又把望远镜还给郑洪斌。郑洪斌一看，确实是四个女人。他放下望远镜。其他人都伸头看。

"郑大哥，怎么办，她们会把人引到这儿来。"

"她们可能是本地人，知道翻过这座山就是原始森林，进了原始森林就安全了。"

"我们能救她们吗？"

陈荣叫了起来："你们看，后面追兵来了。"

郑洪斌看了一眼，追兵不到十人。他立刻做出决定："救人！小何，我们兵分两路，就算不能把追兵全部干掉，至少也要救出这几个女人。"

腊岗矿区这一大片，山脚树木被砍伐了很多。琳达等人会合之后，借助尚未砍伐完的树林跑出矿区很远，但是到了尽头还是不得不越过一大片被砍得只剩下树根的开阔地带。她们后面的土匪武装分子紧紧追踪，距离已经在长枪的射程之内。不过，他们紧追不放，并不开枪。

侬蓝有些虚脱了。她步履沉重起来。在她前面的琳达不得不回头，抓起她的手，拉着她跑。她们的速度明显慢了下来。三个便衣女警官轮番回首射击，试图以此减慢追兵的速度。

追击者有八个人，带队的是工棚区负责搜索的头目，他确信前面只有四个女人，这四个女人居然打死打伤他手下的好几个弟兄，他一定要活捉她们，出了这口恶气。

土匪分成两路互相策应。只要是看到前头的女人回头举枪，追击者便隐身于大树桩或石头后面。前面人跑，他们再追。双方距离越来越近了。前面不远处就是尚未砍伐的树林了。一个土匪停了下来，借树桩稳住枪身，"砰"的一枪，雪梅肩部中弹倒地。侬蓝看到身边倒下的雪梅，双脚一软，也倒下了，再也爬不起来，她泪流满面。冰莹试着抱起雪梅，哪里抱得动？琳达长叹一声，她也跌坐在山坡上，回身用枪指向追击者，

292

扣动扳机，却没有响声。头目"哈哈"大笑，向其他匪徒挥了挥手。

"弟兄们，她们跑不动，也没子弹了！"

土匪们端着枪，怪笑着呈扇形向琳达等人靠近。这时，不远处山腰林中传来一声枪响。头目转身一看，树林中刀光闪动。

"妈的，她们有救兵？先别管这几个娘们儿，干掉救兵，他们没几个人。"土匪头目一眼就看出威胁不足为惧。

土匪转身向林中开枪。反击的枪声单调而没有杀伤力。土匪开始向上包抄移动。

琳达惊讶地看着山坡林中明晃晃的大刀在夕阳照射下的闪光，听着稀疏的单响枪声。忽然，她的肩膀被人拍了一下。她一转头，看到郑洪斌做出要她不要出声的手势。郑洪斌一弯腰把负伤倒地的雪梅背上，又拦腰把侬蓝夹在腋下，几步跑到大石头的后面。琳达和冰莹跟了过来。

把雪梅她们安置在安全的地方之后，郑洪斌反身迅速向匪徒身后逼近。在距匪徒四五十步时，他举枪连续射击，弹无虚发。八个匪徒根本没反应过来，就相继中枪。隐身在大石块后面的琳达和冰莹看得目瞪口呆。

抢劫金砂得手的那一拨土匪，已得到自己同伙去追几个女人的通报。他们只听到枪声越来越远，却不见同伙回来。领头的阿坤爬上高坡，用望远镜往开阔地尽头观望，他看到的是十来个从山腰林中下来的人正在捡起枪支。而山坡上散落的尸体正是追击几个女人的同伴！

阿坤这一惊非同小可。工棚区这边已经四死一伤，那应该是四个女人所为。现在，巴侬他们一个小队的人居然受引诱中了埋伏被全歼。他庆幸担任包围工棚任务的不是自己这个小队。今天的对手看来不仅人数超过自己这边，而且战斗力远在己方之上。乘他们离这里还有一段距离，赶快走吧。

阿坤指挥手下将矿上的人锁在仓库里，把金砂放上骡背，匆忙逃离腊岗矿。

第十六章　处处惊心

郑洪斌在白雪梅中弹栽倒之前便认出了她，而且断定这几个很可能是为了搞清金山公司阴谋，赶到缅北来找他的国际刑警。他不禁再次后悔越境前没有把文件藏在白庙村的事告诉周清泉，以至于让白雪梅等陷入险境。

眼见逼近林子的土匪一瞬间倒下一片，刚刚吓得双腿发颤的几个闽北老乡欢呼着冲了出来，他们冲过去捡起土匪的枪支，有些还动手翻土匪的口袋。老郑冲着何武成大喝一声："小何，快去照顾你的白警官！"

白雪梅直到被老郑从背上放下才认出救她们的是谁，只是危急关头顾不上叫他。此时雪梅艰难地从大石头后面爬出，一眼就看到跑下坡来的何武成。她想叫，张开嘴却虚弱的发不出声音。何武成三步并作两步来到白雪梅身边，一把抱起了她："雪梅，你受伤啦？别说话。"

琳达和韩冰莹也跟着郑洪斌围了过来。老郑看了一下雪梅的伤势。"没伤到内脏，问题不大。"他不由分说地从琳达小腿处抽出匕首，割开自己的衣服扯下布条，为白雪梅简单包扎，同时点了她的几处穴位。

"这是干什么？"琳达不解。

"止血，止痛。"老郑解释，他问，"你们知道矿区那边大概还有多少土匪？"

"还有十几个。"韩冰莹说，"我们在高处看得比较清楚，土匪分成两个部分。工棚区这一队一个也没剩下。"

"那好。我量他剩下的土匪不敢久留矿区。白警官的伤不能耽搁，需要立即找医院。"郑洪斌站起身来，指挥几个老乡，"小珊除外，你们每人背一支枪，给我一支，把子弹袋也带上。小何，你背白警官。小珊，你搀扶这个小姑娘。"

"郑大哥，我们不会打枪。"陈荣声明。

"可是土匪不这么想，他们一个小队被全歼了，一定以为你们都是久经沙场的好汉。你们只管跟在我和这两个警官后面，保持一定距离。小何，你负责指挥他们。"

郑洪斌等三人，保持高度警惕，在矿区搜索，他们听到仓库方向传来了砸门的响声。郑洪斌向韩冰莹和琳达做了个占据有利地形，各自警戒的手势，自己向仓库大门移动。

侧耳听了一会儿门内的动静后，郑洪斌判断里面关着矿上的工人。他端起步枪，打坏门上的铁锁，拉开铁栓，放出工人。

依蓝的爸爸张老板是最早冲出来的，他一看到坡上持枪警戒的琳达便向她冲了过去。

"警官，女警官，依蓝在哪儿？我女儿在哪儿？"

郑洪斌拍了拍他的肩膀："你女儿没事，就在后面。我问你，那些土匪呢？"

"是你们把那一队土匪都打死了，救了我女儿和这位警官的吧？恩人，请受我一拜。"张老板话没说完就跪下了。郑洪斌一把拉起了他："别这样。老兄，我问你土匪哪儿去了。"

"土匪吓跑了。他们看到那帮同伙全死了，吓得赶紧回山了。这些该死的畜生，把我的金砂都抢走了。"

正说着，只听依蓝大声叫着"爸爸"跑了过来，张老板一把搂住宝贝女儿。

琳达她们的越野车还在。郑洪斌让张老板找来医用绷带和消炎药水，简单处理了雪梅的伤口。他对琳达和韩冰莹说："白警官失血过多，坚持不了多久。你们需要尽快去医院为她治伤。"

"老郑，你，……你从公司取出的……文件，……"雪梅一心记着此行的任务。

"哦，文件存在白庙村何武成的干爸干妈处。你们去过那个地方，是吧？"见雪梅点头，老郑接着说，"我同他们说过，只能把文件亲手交

295

给你本人。所有需要说明的情况，我都写下了，同文件在一起。"

"郑先生，你和我们一起回去吧。你的案子，中国警方正在重新审理。"琳达劝道。

郑洪斌摇了摇头："不，我需要找到雇凶杀害朋友的凶手，需要把公司被劫走的一亿多美元找回来。单靠你们警方，短时间很难做到这些。再说我不愿意在牢里等着你们结案。"他转向何武成，"小何，你陪白警官回去吧。"

"不，我说过要帮你的。"他抱歉地向雪梅解释，"雪梅，我当然希望和你在一起。可是，就算我愿意和你们回去，恐怕也是以逃犯的身份被押解回国，重新审判前还得被关押。请你理解。"

琳达和韩冰莹并没有押解老郑他俩回中国的任务。事实上，此时几位国际刑警女警官已经圆满完成任务，虽然此行充满了戏剧性的险情。

"你们快走吧。按照张老板的说法，到最近的医院也要开两个小时。"老郑催促她们。几个人将白雪梅扶上越野车后座。何武成同刚刚重逢的恋人依依不舍地告别。

送走了三位女警官后，郑洪斌问张老板："你知道那些土匪的来历吗？"

"听说过。他们的头子叫阿信，过去是政府军的一个下级军官，后来带了一批人投奔独立军。十年前脱离独立军，自立山头打家劫舍。原先每年只是让我们交纳一定数目的钱粮，这两年我们组织护矿队，不再理会他们。没想到，这几年我们招募的护矿队员一多半都是阿信手下。今天围攻办公楼和仓库的主要就是这些内奸。他们抢了金砂，把我们锁进仓库后，都跟着土匪阿坤进山了。"

"阿信手下一共有多少人，住的离腊岗矿远吗？"

"阿信自封团长，手下有一百二三十人。山寨离此地大约四十里地。"

"你确信？"

"我们过去每年都给他们送粮食和日用品，错不了。"

郑洪斌沉思了一会儿，他觉得这里并不安全："张老板，我看这个阿信不会善罢甘休，他完全有可能倾巢出动，来腊岗矿报复我们，否则没法给他的弟兄一个交代。"

"那我们怎么办?"围拢过来的矿工都慌了神。

"你看这样好不好。张老板,你让本地的工人暂时回家避一避,外地的工人最好能给他们找个地方住下。单靠护矿队,你根本不是土匪的对手。生产和护矿要结合起来,我可以帮你参谋参谋。不过现在我们这些人能不能请你安置一下?"

张老板一听说郑洪斌愿意帮他,喜出望外:"可以,就按大侠您说的办。我家离这里不到二十里地,你们几位和外地的工人都可以跟我走。"

*

话说是夜阿坤带着残兵败将退回山寨。土匪头目阿信一看金砂没抢回来多少,自己的人丢了整整一个小队,大怒:"他妈的,姓张的从哪儿搬来的救兵?他又是怎么知道我们没去多少人?不行,不灭了这伙人我们还怎么在腊岗这一带混!"

阿信当即命令做好准备,明天早晨全"团"出发,扫平腊岗矿。

*

第二天中午时分。一辆军用中吉普驶往腊岗矿区。路况不好,道路颠簸,对行车速度影响很大。

这是沈老五和张云岗他们的车,车内的几个人面色疲惫。

张云岗叹了一口气:"沈老板,您这下理解了昨天我们根本不可能赶到腊岗矿。这路,平均时速能达到三十公里就谢天谢地了。"

"怎么就没人修呢?"

"谁修呢?这地方军阀土匪割据,有枪便是草头王,属于政府鞭长莫及的三不管地带。再说也没钱。指望中国人投资,可是割据的武装一闹腾,把有钱的中国人吓跑了。"

沈老五一听,起了好奇心:"那你们公司怎么会对这一带感兴趣呢?"

"这个,要问老板。老板高瞻远瞩,看到的是发展潜力。这个腊岗金矿,我来过。老板也姓张,见过世面,娶了本地有势力家族的女人,愣是敢在老虎嘴边刨金子。他对和外国公司搞合作还是蛮有兴趣的。"

"这么说,请他留意那两个外来人还是没问题的。"

"没问题。我们出钱嘛。"

吉普车开进一个狭长的山口，山口那边腊岗矿区建在山坡上的房子，工棚出现在他们眼前。

沈老五一行的军用吉普停在山下小广场，一天前三位女警官停车的地方。

张云岗和沈老五下了车。沈老五马上本能地感到气氛不对，手立刻按到了外衣里面，腋下的手枪上："怎么空气中会有血腥味儿？六子，引擎不要停。张经理，你们随时准备拔枪。"

张云岗立刻紧张起来："怪了，大中午的，一个人影也没有，连挖掘机和电动机的声音也没有。"

沈老五打开后车门，弯腰取出一支自动步枪。这个动作，让埋伏在四周的土匪失去了耐心。有人拉动枪栓。这个响声让高度警觉的沈老五捕捉到了。他转过身大叫：

"有埋伏！上车！"

说完他对着四周可疑的地方抬枪便打。顿时枪声大作。张云岗拉开前门上车。沈老五往后一退，进了车门，随手用枪托打烂后窗，伸出枪筒，转动射击。张云岗一边射击，一边大叫：

"侃侬，上车！"

列侃侬急忙往回跑，却在离吉普车几步远的地方被子弹击中，不支倒地。

张云岗推开车门，一个箭步上前，架起列侃侬，把他塞进前车门，自己也跟着进去，手伸出车窗继续射击。沈老五精准的射击使得对手不能不有所顾忌和收敛。

殷小六驾驶中吉普，一个急转弯掉过头，快速往矿区外冲去。军用中吉普冲过进入矿区的山口，冲出包围圈。沈老五对突然遭遇的枪战恨得咬牙切齿，他突然大叫一声：

"停车！"

殷小六不明就里，猛地刹住车。

矿区那边，阿信手臂负伤，旁边的一个部下立刻为其包扎。

阿信的大队人马一个小时前刚到矿区，扑了一个空，阿信大为恼火，他让手下生火做饭。想到张老板的人随时可能回来，便布置手下一部分隐蔽休息，另一部分埋伏备战。偏偏沈老五在这个时候撞进网来。

指挥战斗的一营长正在为居然让吉普车跑掉懊恼，看到那辆车忽然停住，不禁大喜。

"他们车坏了！妈的，我也说啊，上了钩的鱼怎么能让它跑了！弟兄们，追上去！"

土匪纷纷走出隐蔽点，端着枪沿公路追了过去。

沈老五推开车门下车，他换上一匣子弹，又拿出两个弹匣别在腰里，回过头对张云岗交代：

"你们把列侃依扶到后座，包扎好。老子要教训教训这帮畜生！"

说完，沈老五将自动步枪枪口朝地面，贴在身体右侧，迎着追过来的土匪走去。

这个进入矿区的山口是硬炸开来的一段近两百米长的狭窄的公路通道，两边都是峭壁。此时，沈老五的车停在山口外不到一百米的高坡上，站在这儿，坡下一览无余。

从后面追过来的土匪和迎面走来的沈老五双方距离大约两百米。追兵一边跑一边抬头冲着坡上沈老五和吉普开枪，全无一点准头。

沈老五走了一段，看到前面的匪徒已经冲出山口，估计此时大开杀戒，追过来的人一个也逃不脱，便从容举枪点射。他端着枪，纹丝不动，扣动扳机。

一大群追兵开始一个个倒地，后面的土匪这才发现又遇上了煞星，掉头就跑。他们哪里跑得过子弹？而且根本没有可以躲藏的地方。沈老五在估计子弹快要打完时，改用右手单手持枪，左手往腰里掏弹匣。然后他左手持新弹匣猛顶枪上的弹匣卡笋，空弹匣松动，新弹匣顺势向前一挤，空弹匣掉落，新弹匣装上，他左手再迅速伸向右边拉下枪栓，子弹上膛。如此不间断的射击令转身后逃的土匪接二连三地倒地。

张经理和殷小六刚刚把列侃依从前门抬出来，三人往后一看，不禁瞠目结舌。只见一二百米开外的追兵，一个接一个倒下，一两分钟之内没有一个还站着或跑动的人！

殷小六大叫："凌空飞枪！妈呀，枪神啊！"

沈老五藐视地看着山坡下满地尸体，他的自动步枪的枪口还冒着一缕若有若无的青烟。

"妈的，敢在老虎嘴上拔毛！找死！"

他回过头，看到三个站着发愣的同伴：

"哎，你们怎么回事？给他包扎呀！"

*

张老板大摆筵席款待郑洪斌一行，郑洪斌和何武成分坐张老板的两边，其余几个偷渡客也都在座。

张老板双手持酒杯，端在胸前："感谢各位对小女的救命之恩，郑大侠顷刻之间灭了土匪一个小队，那可是三侠五义所不及。"

"那也是因为土匪措手不及，不足挂齿。倒是张老板敢在虎口开矿，实在叫我们佩服。"郑洪斌笑着说。

"郑大哥取笑了，世道再乱，也要求生嘛。"

"你和你女儿的英文是从哪儿学的？"听过他父女和琳达说英文，郑洪斌很好奇。

张老板解释说："这一带稍大一点的城镇都有教堂，洋人教会办学校，教英文。依蓝，过来给恩人敬酒！"缅北多年来是英国人的势力范围，故而会说英语的老乡不少。

郑洪斌推辞："不能再喝了。兄弟，我们萍水相逢，那是缘分。不要再提'恩人'两个字，见外了嘛。"

依蓝端着一个很精致的小托盘，盘上放了三盅酒，走了过来。她把托盘交给身后的佣人，自己先端一杯给郑洪斌。

"郑大叔，请。"

再端一杯给何武成。

"何大哥，请。"

何武成抗议了："哎，我跟我大哥怎么又差了一辈？"

300

郑洪斌觉得好笑："哪那么多事？她总不能叫你叔叔吧？好了，这么漂亮的姑娘敬酒，非喝不可！"

依蓝自己拿起一杯。

"晚辈先干为敬。"

看着郑、何两人喝了杯中酒，依蓝又笑着招呼其他客人。

"还要谢谢各位乡亲光临。大家请不要客气。"

大家齐声说："谢谢，谢谢！"

一个小伙子脚步匆匆地走了进来，这是张老板派去打探消息的伙计，手里拿着郑洪斌的望远镜。

张老板急忙问："矿区那边情况怎样？"

"不出郑大侠所料。阿信的人到了矿区以后，都藏了起来。不一会儿，有一辆中吉普开进矿区。"

郑洪斌插话："哦，这个我可没想到。"

"这辆吉普就停在原先那几个女警官停越野车的地方，车上下来三个人。忽然枪就响了，三个来人中有一个被打倒，他们把受伤的人架上车，车忽地冲出包围。"

"下来的人什么样？"张老板问。

"他们穿得挺规整，像是城里坐办公室的，年龄都不大。"

郑洪斌急着听下文："完了吗？冲出去以后呢？"

"郑大侠怕是猜着了，没完。"报信的小伙子眼里放出光来，"那车啊，开出去快有半里地远，过了山口，忽然就停下来了。我那时还真替他们着急。心想车一坏，车上人的命就悬了，矿区里阿信的手下都追出来了。"

何武成笑了起来："小伙子还真会讲故事。"

小伙子接着说："车里四个人都出来了。两个扶着那位受伤的，一位瘦高个冲着追兵走过去了。"

"小何，下面的事情我都猜到一半，包括这个瘦高个是谁。"老郑听得来劲。

张老板不明白："哟，大哥您这么神？我是难以想象，他们要干什么。"

郑洪斌接着说起来："在双方相距一二百米的时候，那个瘦高个端起枪点射。后面的追兵一是毫无防备，二来山口那一段公路上无处藏身，恐怕没有一个能逃脱。"

"哎呀，您能掐会算？"小伙子大惊。

"你们认识他？"张老板也觉得奇怪。

何武成答道："冷血杀手沈老五，黑道派来追杀我们的。"

其余几个中国来的老乡面面相觑。

"下面呢？"老郑问那小伙子。

"吉普车上的人又磨蹭了一会儿，开走了。矿区那边，过了好一会儿才敢露面。哦，阿信没死，受伤了。我一直等到阿信他们五六个人往山里走，才回来报告。"

郑洪斌双手冲着张老板抱拳："张老板，祝贺你。阿信的手下没几个能动弹的了。"

"郑大哥，您看阿信下面会怎么做？"

"他多半会把伤员遣散了，然后带着手下投奔其他军阀或者土匪。张老板，我估计被沈老五打死的那些人的枪支，阿信都带不走。你马上组织人去取回枪支弹药，尸体也要埋了。你丢了金砂，得了枪械，不亏。"郑洪斌笑呵呵地说着。

张老板却心有余悸："这个……不怕您笑话，我还是害怕。"

"我和小何陪着，你还怕吗？我这几个人都能帮忙。"

"我可是遇上菩萨了！"张老板对郑洪斌真是感激不尽。

*

在距离腊岗矿最近的一个小城的医院里，白雪梅经抢救脱离了危险，现在吊着输血袋，进入熟睡。琳达和韩冰莹彻夜未眠。

韩冰莹劝琳达在椅子上眯一会儿，她自己再次去借医院办公室的电话，试着同国际刑警总部取得联系。这里没有手机信号，接通国际长途也不容易。

韩冰莹走出病房，来到值班医生的办公室，忽然听到走廊里有人在大声嚷嚷。

这是沈老五一行来到医院了。张云岗大叫："急救室在哪儿？快去

302

叫医生，我们的人需要急救。"

值班医生走到门口："喂，我是值班医生，病人怎么啦？"

"他腹部和大腿中了枪，失血过多，需要马上输血。"

"又是枪伤？快，急救室在前面左手第一间。"

殷小六背着已经昏迷的列侃依，由张云岗护送着，随医生快步往前。

韩冰莹多了个心眼，尾随着他们，只听到医生询问："他受伤多长时间了。"

"两个小时。我们只是简单给他处理了伤口，血止不住。"

"两个小时？"韩冰莹马上联想到腊岗矿区。他们去那里干什么？是匪徒，还是追杀郑洪斌的黑道？韩冰莹停住脚步，转身往大门外走。

从大门口往外看，一辆盖满灰尘的军用中吉普停在她们的越野车旁，一个又瘦又高的青年男子也不管脏不脏，背靠在车门上。那男子从衣服口袋里掏出一包烟，取出一支叼在嘴角，右手打火机"嚓"地打着火，猛吸了一口。男子抬起头，鹰一样的眼睛往里瞟了一眼。就这么一眼，便让韩冰莹倒吸一口冷气，她几乎可以肯定这个人大有来头。

韩冰莹离开了大门。

韩冰莹走进病房，顺手把门关上。坐在椅子上打瞌睡，但仍然保持着高度警惕的琳达猛地睁开双眼。韩冰莹走到她身边，同她耳语一番。

琳达站起来，站到窗子的一边，谨慎地探头向外张望。她回过头问韩冰莹：

"你电话打了吗？"

"还没有。"

"请现在就去打电话给国际刑警泰国局办公室。让他们派人来监视这几个可疑分子。别忘了让他们和国际刑警总部联系。"

"好的。"韩冰莹拉门要出去。

"等等。"

韩冰莹重新关上门。看着琳达，等待下文。

"把你的手机带上。"

韩冰莹不解。

"如果可能，拍几张照。"琳达做了个拍照的手势。

韩冰莹笑了，她也是这么想的。

"没问题。手机带着哩。"

泰国国家局联系上了。韩冰莹放下电话，她拿出手机正要往外走，看到刚刚背着伤员进急诊室的殷小六，匆匆往医院外面走。韩冰莹赶紧跟了上去。到了大门口，看到殷小六走到军用中吉普前，同沈老五说话。韩冰莹手持手机，假装低头看手机屏面，匆忙之间拍下他俩的侧面头像。接着沈老五转身拉开车门进车，殷小六则绕到驾驶员那边开门进车。韩冰莹不失时机地拍下有他们正面头像的照片。

殷小六把车发动起来上路。

吉普车在医院大门前转弯时，沈老五不经意抬头，看到大门里低着头，拿着手机转身要走的韩冰莹。

沈老五忽然觉得不太对劲，他想了想：

"小六子。"

"什么事，沈老板？"

"你刚刚说，医院那里手机没有信号，是吗？"

"真没有，我试了两次。"

"没有信号。那个女人看什么手机？"

殷小六不解："您说什么哩，沈老板？"

"我再问你，你背着列侬依进医院急诊室这一段，有没有看见一个二十几岁的女人？是亚洲人。"

"除了那个护士，我没看到年轻女人。"

"你确信从急诊室出来时没有人跟着你？"

"没有。沈老板，您要是怀疑那个门口出来的女人，我们就回去看看？"

"回去！"

琳达透过病房的窗户，望着远去的军用中吉普。忽然这辆吉普车停下来，接着来个"三点式"倒车，又往回开了。琳达觉得有问题，她摸了摸腋下的枪，走了出去。

吉普车本来就没开多远，很快开了回来，"嚓"的一声急刹车，停在大门外。沈老五和殷小六三五步就进了门。靠墙一排为接送病人的家属准备的椅子上，坐着韩冰莹。他俩走过去，一左一右把韩冰莹夹在中间。

距离大门不远处的琳达看到他俩凶神恶煞似地进来，便转过头看着窗外。

韩冰莹好像一直沉浸在手机屏幕上。她感到有两个人来到身边也没当回事。可是这两个人站在她很近的地方就是不走，韩冰莹这才惊讶地抬起头来。

"两位大哥，你们也是送病人的？坐呀。"

沈老五口气平静地问："大妹子，看微信啦？"

韩冰莹摇摇头。

殷小六瞪起了眼睛："那你拿着这玩意儿干什么？摆个样子？"

"这里没有信号。真烦人。"韩冰莹一脸天真浪漫。

沈老五干脆蹲了下来：

"没有信号，是不是什么都收不到？"

韩冰莹点点头。

沈老五把手伸了出来："把你的手机借给大哥看看。"

韩冰莹还是那副小姑娘的口气："你要看啊？我下载的这个小说可好看啦。那，等我先把这一段看完再借给你看。"

殷小六弯下腰，掏出枪顶住了韩冰莹的脑袋：

"不许叫！叫我就打死你。"

"给，给你。……呜……"她哭起来了，只是不敢大声。

沈老五一把抓过手机，快速地点击，查看。他确信手机里没有他们人和车的照片后，又抓过韩冰莹的手，把手机"啪"地拍在她手上。沈老五站起身，冲殷小六扬了扬下巴。殷小六收起枪。两人扬长而去。

窗边的琳达这才把手从怀里的枪把上放下。她看到那辆吉普重新上路，这才向韩冰莹走来。

韩冰莹满脸的泪水还没有擦去，新的泪水又涌了出来，这次是真哭了。琳达抱住韩冰莹。

"对不起，让你拍照是我的错。"琳达抱歉地说。

"我拍了。"

琳达大为吃惊："你拍了？"

韩冰莹推开琳达，走进旁边值班室。琳达大惑不解地跟着她。

韩冰莹拿开办公桌上的病历夹，一只手机躺在桌上，韩冰莹拿起手机，交给琳达。

"我看到他们又开着车回来了，我有两只手机。"

韩冰莹破涕为笑。

一辆救护车停在医院大门前。

琳达和韩冰莹尾随抬着担架的医护人员出了门，担架被抬上救护车，琳达和韩冰莹跟着上了车。

张云岗气急败坏地跟着跑了出来："喂，这是怎么回事？我们的伤员为什么不能转走？"

医生转身解释："救护车需要自己联系。这是病人家属自己叫来的。"

"哎呀，那你为什么早不说？"

车里的韩冰莹掏出手机，对着车外叫叫嚷嚷的张云岗："咔嚓，咔嚓"连续拍了好几张。后车门被司机"咣当"一声关上了。

*

沈老五回到了曼谷。他和几天前接待他的华商楚飞雄坐在同一家豪华酒店的餐厅里，还是靠窗的桌子，窗外还是闹市的灯火。不过此时沈老五的心情可大不一样了。他端起酒杯喝了一口酒，长叹一声。

"事实证明，我到了缅北那种鬼地方，只能是一事无成。"

楚飞雄的眼睛盯着沈老五端着酒杯的那只手，被他所说的经历所震惊。

"五哥何出此言？腊岗矿区的事没有几天就会在缅北传遍。那里的军阀土匪割据势力今后听到您的威名就会心惊胆战。这么说吧，郑洪斌、何武成也会因为您走了这么一圈，在缅北无处容身。谁还敢收留他们？"

"照你这么说，他们很快会离开缅北？"沈老五问。

"是。他们的下一站，必定是曼谷。五哥，我们有时间从容布置，等着他们往您的枪口上撞。"

在国际刑警泰国国家局，韩冰莹给琳达介绍警员伽南：

"琳达，这是迦南警官。他找到了我们在医院遇到的那几个家伙的信息。那个高个子的没找到。"

等琳达站到自己身后，迦南点了一下鼠标。屏幕上出现了张经理的照片和背景情况及履历介绍。

"Name：Yungang Zhang，

Date of Birth：04/15/1977，

Place of Birth：Gejiu，Yunnan province，China.

Job Occupation：Security Manager，

Company：Golden Mountain Inc （Myanmar），……

（姓名：张云岗，出生年月日：1977年4月15日，出生地：中国云南个旧，职业：保安经理，公司：金山公司（缅甸）……）"

韩冰莹对琳达说："那个开车的和那个伤员都是金山公司缅甸分公司的雇员。"

"太好了。我们需要向国际刑警总部报告。"

"你想让我同中国国际刑警办公室联系，告诉他们这个信息吗？"韩冰莹请示。

"是的。我们肯定是需要他们协助的。希望雪梅已经平安到达江昌，一切都好。"

*

白雪梅坐在病床上，左臂横卧在夹板上，吊在胸前。她右手拿着一本书，静静地读着。

护士出现在病房门口："白警官，有人来看你。"

"快请进。"

童组长和周清泉走了进来。周清泉手捧一个花瓶，花瓶里是五颜六

307

色的鲜花。

"童组长、周队!"白雪梅高兴地叫了起来。

"雪梅,你可见识大了!"童组长笑嘻嘻地说。

白雪梅连忙招呼:"来。坐下说话。"

护士离开。周清泉把花瓶放在白雪梅的床头柜上。童组长把门关上。

"听说你刚回国就急着要汇报。"童组长在椅子上坐下,"我们也急啊,可是医生说至少需要观察一段才能允许探视。"

"我伤得不重。子弹没有伤及内脏,骨头也没断。只不过是失血多了些。现在没事了。"

"郑洪斌、何武成还是不愿回来?"

"是的。但是我们此行的目的不仅达到了,还有意外的收获。郑洪斌告诉我们,他把文件藏在白庙村何武成的干爸家。韩冰莹在医院拍下几个同样是去找郑洪斌的歹徒照片。"

周清泉对雪梅说:"我们得到通报,其中三个歹徒的身份已经确认,他们是金山公司缅甸分公司的雇员。金山公司和江昌六虎的关系暴露了。另一个身份不明的家伙很可能是沈老五。"

"我要求领导上批准我立即到白庙村取回郑洪斌藏在那里的文件。"

童组长点头:"一旦医生同意,我会亲自开车陪你去取文件的。"

周清泉也有事要急着告诉白雪梅:"在你离开执行任务的短短几天里,专案组对曾金虎和昌盛集团的调查已经取得很大的进展。至少,通过对施工队工人的调查,可以证明桥墩修建过程中何武成没有到过现场。"

"太好了。"白雪梅喜形于色,"可惜郑洪斌和何武成不听劝告,执意要去美国找文增辉讨回巨款,还要找到金山公司犯罪的直接证据。我很难想象他们怎样克服那么多艰难险阻。"

*

一辆卡车在崎岖的山路上艰难行进。前面路断了。

郑洪斌和张老板从驾驶室里出来。

"郑大哥,对不起,您说走近道,我就只能送到这儿了。"

"太感谢了。这至少省了我们徒步三天的路程。"

郑洪斌对着后面车厢里的八个同伴叫了一声："喂，坐得腰酸腿疼了吧？都下来，该跟张老板告别了。"

张老板十分感慨地说："短短三四天，就像是相处了三四年。这一走，还真舍不得。"

"是啊。我们有缘，有缘还会相见。谢谢你的馈赠。有了这些药品、食物、用具还有新鞋子，我们下面到莫坎的路就会好走很多。"

车上的人都下来了，围了过来。

朱小珊问："张老板，你说这条路为什么不能往前面多修修啊。"

"就这，还是近几年停战，政府才开始建设。听说局势又紧张了。"

"管他哩，张老板，你把民团建起来，只顾挖你的金子。打起仗来，更没人管你。"何武成一半认真一半开玩笑地说。

"谢谢，谢谢！我一定按照你们的指示，高筑墙，建民团，深挖金，广积粮。等到缅北太平了，诸位在美国也发了财。一定要回来看看。"

大伙儿哈哈大笑。

"送君千里，终有一别，张老板，请回吧。"

张老板抓住郑洪斌的手，眼泪止不住流了下来。他双膝一弯，要往下跪，被郑洪斌一把托住。

"怎么又来了？张老板，我们不兴下跪。相逢都是缘分。"

"唉，大哥呀，兄弟我全家为你们烧香，祝你们早日安定。何兄弟，诸位，你们走好。"

大家一一和张老板握手。

郑洪斌领着大家，朝着和夕阳相反的方向，往山坡上走去。

*

沈老五眼睛盯着墙上的地图，心中计算着。楚飞雄站在一旁。

"照你这么说，我们根本不可能预测郑洪斌和何武成从缅甸进入泰国的路线？"

楚飞雄回答："这就和我们明明知道他们是从乌山附近越境，但在缅北却找不到他们的踪迹一样。郑洪斌是受过特种训练的亡命之徒，什么样的边界线能挡住他？"

"那么你又为什么铁口断定，他们一定会到曼谷来？"

"由中缅、中老边界过境的偷渡客绝大多数要从这里走。"楚飞雄不慌不忙地解释："因为第一，从那些地方来曼谷相对容易。泰国边防根本堵不住北边金三角下来的人。第二，曼谷是东南亚仅次于新加坡的海空大港口。第三，这里造假证件的行业特别发达。"

沈老五接着问："从这里偷渡客一般怎么去美国？坐船的多，还是坐飞机的多？"

"自从1993年'金色冒险号'出事，坐船的逐渐少了。我这个没有具体数字。"

"坐飞机是直飞美国吗？"

楚飞雄看来对这一行特别熟悉："不是，没那么好事。据说做美国和英国的护照最难，所以偷渡客，我们叫人蛇，需要持非中国护照，经过其他国家到美国。很多人愿意要以色列和日本的护照，更多的人蛇到拉丁美洲和加拿大，从陆地边境口岸进入美国。"

"怎么走，取决于什么因素？"

"钱。钱多的享受一流服务。听说美国机场那边都有被买通了的，所以方便得很。现在偷渡费水涨船高，少的要五六万，多的要八万。当然说的是美金。"

沈老五心里有数了："郑洪斌他们不是通过偷渡集团，就是自己去买假护照，有没有可能通过偷渡集团找到他俩？"

"这个基本没有可能。"楚飞雄回答地很肯定，"我是说如果我们请这一行的'猪爸爸'，在中国叫'蛇头'找人。那是破坏行规的事，没人肯干。"

"那么请做假护照的提供信息呢？我需要知道他们来了没有，住在哪里。"

"也难，道理是一样的，但是可以试试。干这一行的不止一家两家，他们彼此也从不交换信息。同行是冤家嘛。我们过去没有和这些人打过交道，临时抱佛脚，只能尽力而为。"

沈老五将双肘放在桌上，两手撑住脑袋，陷入沉思。

"看来比我想象的还要困难。要干成这件事，只能一半靠分析，一半靠碰运气了。"

晚上，楚飞雄带着沈老五来到曼谷著名的花王萨恩路。入夜后的花王萨恩路热闹非凡，人声嘈杂，灯光明亮，空气中弥漫着中餐那种特殊的油爆葱花的厨房香味、酒精气味还有人的汗酸味。到处都是广告灯箱，最显眼的是那些按摩院、发廊和刺青店的招牌。许多卖小商品的店铺都在营业，店铺的主人坐在廉价的塑料压制的椅子上，对只看不买的游客很有耐心。

楚飞雄走到一个店铺的主人跟前。

"老板，你们做护照生意吧？"

"做。先生您是买还是卖？"

"买。"

"那麻烦您填一个表，把您需要的信息都写清楚，再拍张护照照。交上一半订金，后天取货再交另一半。"

他说完又递给楚飞雄一张硬塑料板做的"价目表"，那上面各国护照的不同价格都写得清清楚楚，价格分泰铢、人民币和美元三种。楚飞雄把价目表递给沈老五。沈老五看了一眼，咧开嘴笑了。

"这价格还透明公开啊。"

"我们这一行有这一行的规矩，不能搞恶性竞争。"

"这位先生想和做护照的老板谈一笔生意，麻烦你引见一下。"

"哟，那可不行，这事不好办。"

楚飞雄笑眯眯地从西装内兜里抽出十张二十美元的钞票。

"试试看嘛，谁也不至于把赚钱的事拒之门外。"

老板看看那二百美元，还是摇摇头，楚飞雄又掏出几张。

"光是引见一下，这三百美元你坐这儿几天也未必能挣得到。你要是不干我们马上换一家。"

"生意有多大吗？"

"非常简单，不动不摇就能做的一件事，办成了，我给他一万美元。"

"那你明天上午来，我给你一个回话。"

311

在花王萨恩路的另一端，韩冰莹领着琳达逛街，了解情况。她俩也是刚刚放下一个买假护照的"价目表"。

韩冰莹客气地说："好的，老板，我们考虑一下再决定。你能不能给点优惠？"

"都是这个价啦，我们做中间人赚不了多少。"

琳达拉了拉韩冰莹，离开了摊贩。

琳达实在搞不明白，这些人怎么这么明目张胆："我不懂，为什么这种非法交易能够公然存在。"

"如果我们穿着警服，你永远不可能看到非法生意。"

"有没有人举报过此类非法生意？"

"据我所知没有。琳达，这里不是美国。"

"如果我去向警方报告说这里有非法交易，那会怎样？"

"那个试图卖给我们假护照的妇女会被逮捕。可是，这种生意会像往常一样继续进行。"韩冰莹平静地说。

沈老五和楚飞雄继续在街上闲逛。突然，沈老五拉了一下楚飞雄的胳膊，自己一个转身面对首饰店的柜台。楚飞雄虽然感到意外，却也意识到出现了什么威胁。他扫了一眼街上五颜六色的行人，其中琳达和韩冰莹那种特殊的气质和健美的身材引起他的注意。

"看到街上两个特别的女人吗？"

"我能猜到您说的是那两个。"

"你一会儿跟上她们，我在你后面。"沈老五吩咐说。

"没问题。她们过去了。"

"走，跟上去。我们离她们稍微远一点。"

琳达走过首饰店，不经意地回头往里面瞅了一眼。她忽然产生了一种异样的感觉，突然停住脚步。她的情绪马上传染给了韩冰莹，两人不约而同地转过身去。

沈老五和楚飞雄刚出店门，看她们停住脚步，马上转身向反方向走。琳达和韩冰莹看见的是两个男人离去的背影。她们交换了一下眼神，跟了上去。韩冰莹掏出手机拨打。

楚飞雄走了几步，回过头，大吃一惊。

"五哥，这两个娘们儿反倒跟上我们了。她们还在打电话。"

"我知道。她们是警察无疑，在召唤同伙哩。妈的，要不是任务在身，老子活剥了她们的皮。飞雄，你快走，打的回府。她们要跟的是我。"

"五哥，曼谷我熟，还是……"

"熟有屁用！你根本不是她们的对手。走！"

楚飞雄哪里还敢说话？他以最快速度向前走去，接着跑了起来。

后面的琳达和韩冰莹又交换了一下眼色。只见楚飞雄拉开前面街边停靠的一辆出租车进了门。只有两秒钟的时间，那辆出租车疯了似的开跑了。

沈老五的厉害，她们是知道的。琳达推了一下韩冰莹，韩冰莹会意，两个人分开，在随时可以隐身的街道两边跟踪沈老五。

沈老五没有回头，但是能够感觉到身后两个女警官的动作和企图。他冷笑一声，抬头寻找脱身的道路。他们走出了繁华的夜市来到十字街口，沈老五看到远处警车从前后包抄过来，立刻转弯飞跑。琳达、韩冰莹紧追不舍。在这条街的前面也出现了闪着警灯的警车，另两辆警车从刚刚的十字路口转了过来。沈老五似乎成了瓮中之鳖。

前方有一辆出租车停在一栋平房前，距离房子很近，司机扶住刚出了车门的老太太。沈老五冲着出租车飞奔而去。

琳达和韩冰莹同时拔出手枪。心里想，如果沈老五抢劫出租车，她们便有理由使用枪支。

可是，沈老五并没有抢车的意思。他在一阵助跑后，跳到出租车的车后厢上，继而上了车顶，再纵身一跃，上了平房的房顶，两步便消失在屋脊的后面。

出租车司机大惊。他首先的反应是拦住后面追上来的两个人，不让她们也往自己的车顶上蹦。琳达和韩冰莹停下脚步。韩冰莹气喘吁吁地掏出警察证件，在出租车司机面前晃了晃。两人无可奈何地看了一眼黑色的屋顶。前后的警车也赶到，停了下来。

第十七章　曼谷风云

郑洪斌等来到瑞洛河畔的莫坎镇。

九个人进了镇子。陈荣走在前面，大家沿着石头铺就的街道往里走。镇上的人可能是见惯了中国那边过来的人，并没有人特别注意他们。

小珊走在陈荣旁边："陈荣，你认识那个吴老板家吗？"

"我也没来过，等会儿找个人问问。"

"他们懂中国话吗？"

郑洪斌插话："这里的人至少有一半是中国那边过来的。你看那对联。"

一个中药店模样的店铺，两根立柱上镶着浮雕一样的对联："生意兴隆通四海，财源茂盛达三江。"

"陈荣，进去问问。"老郑吩咐道。

陈荣走了进去。郑洪斌等站在街上，东张张西望望，看不出此地有什么异国风情。

店里的一个小伙计匆匆地出来，向他们瞟了一眼，匆匆离去。又过了一会儿，陈荣才出来。

"郑大哥，药店老板派伙计去通知吴老板了。他请你们进来等回话。"

"不用了，你跟他说，我们往前面看看，买点吃的。"

药店伙计进了吴老板家客厅的大门，恭恭敬敬地叫了一声：

"吴老板。"

"你来干什么？"

"乌山李经理的伙计带了一批人蛇，到药店打听您。我们老板派我来给您通报一声。那个带队的伙计叫陈荣，他说他认识您。"

"李经理的伙计陈荣？稀罕。我问你，他们中间有没有一个五十来

314

岁的像是练过功夫的汉子?"

药店伙计摸摸头:"嗯,……有两个人年纪大一些。二十几岁的有好几个。还有一个女的,年轻,长得挺漂亮。"

吴老板笑着摇摇头,心里想,问他也是白问。

"那好,柱子你去把他们带过来,把人蛇安排在客房,让陈荣过来见我。"

药店伙计和柱子齐声答应:"是。"

一会儿,柱子带着陈荣进来了。

陈荣对着吴老板点头哈腰地招呼:"吴大哥,你好。"

"哟,小陈荣,你怎么来了? 怎么到今天才来? 其他人都到哪里去了?"

"李经理被抓了。我们好不容易才逃过来。"

陈荣说着说着哭了起来。吴老板走过去拍拍他,把他拉到八仙桌边的椅子上坐下来:"不着急,慢慢说。你们给陈老弟端杯茶来。"

郑洪斌等被带到似乎是专门用来接待大批量人蛇的客房,这里准确地说是一排房子,中间没有隔开,屋里放了二三十张双人床。

有人挑来一担水,一个桶里放着一只半个葫芦做的水瓢。郑洪斌环顾四周,看到窗台上有几只搪瓷的洗脸盆。他拿起两只洗脸盆放在水桶边。

"大家轮流洗洗脸。今天晚上不需要露营了。"

可是,看得出人人心中都是忐忑不安的。没有人说话。

"那好,我带头。擦把脸,休息。等着开晚饭。"

吴老板那个叫柱子的手下,走进客房。

"哪位是郑大哥?"

"我就是。"郑洪斌站了起来。

"我们老板有请。"

"就让我一个人去吗?"

"对。"

"那好,我跟你走。"

郑洪斌看了一眼何武成,又微笑着环顾大家,意思是请大家不要担心。

315

柱子将郑洪斌带到吴老板的客厅。进门之前，吴老板手下先搜了他的身，确信没带武器。郑洪斌进了门，看到五六个打手手持刀枪站在各个角落。吴老板端坐八仙桌边，陈荣有点慌张地站在吴老板身边。郑洪斌坦然一笑，冲吴老板双手抱拳：

"见过吴老板。"

吴老板一脸凶相："姓郑的，你砸了我的生意！"

"吴老板，我帮了你的忙。"

"哼，不是你到乌山，另外两拨人怎么会被警察和边防军包围抓获！"

"吴老板，我们这批人根本就没进乌山。警察和边防军包围和抓获那些偷渡客的时候，我们还在六合村里等待。直到陈荣来报信，我们才知道事情不好。"

陈荣马上插话："是啊，是啊，我和吴老板反复……"

吴老板打断了陈荣的话："陈荣，你少啰唆。"

郑洪斌接着心平气和地说："大家气得扒了胡老板的衣服，把他捆了起来。如果不是我，事情就闹大了。我毕竟还给你带过来八个人。"

陈荣又想插话，但话到嘴边，看看吴老板的脸色，又咽了回去。

"那个白老四，难道不是你招来的？"吴老板问道。

"据陈荣说，白老四在我们到乌山之前就到了那里。他去，是因为他估计我们被黑白两道追得走投无路，会偷渡出国。在干这一行的里面他只认识陈荣的老板李经理。这和我们到乌山一点关系也没有。没有我们，一个星期之前所有的一切还会照样发生。愤怒的人蛇会把胡老板和报信的陈荣一起送到公安局。乌山和闽北这条线可能会彻底断了。那才是你们最大的损失。吴老板，您消消气，仔细想一想就全明白了。"

吴老板站了起来，停了几秒钟才对手下吩咐：

"给郑大哥上茶。其余人出去吧。郑大哥请坐。"

"谢了。"

看到郑洪斌坐下，陈荣长长出了一口气，把心放下了。郑洪斌镇定地朝他笑了笑。

"这次我们损失太大了！不光是几十个人蛇，派过去接人的两个兄弟也被抓了，我元气大伤。"吴老板余恨未消。

"恕我直言，做生意都有风险。你们这一行的风险恐怕仅次于贩毒和武器走私。"

"郑大哥是个行家，说的话头头是道。郑大哥，既然人是您带过来的，有件事我要请您帮忙。"

"但说不妨。"

"您应该知道我们的收费标准，这几个人该交的钱麻烦您统一收一下。"

"没问题。"

"我要留你们多住些日子，等下一批来人凑足一车一块儿走。"

"也没问题。"

"好，爽快！我能帮您做什么？"

郑洪斌哈哈一笑："我们借贵地贵帮转奔异国他乡，哪里能给你们提要求？不过既然吴老板说了，我也就随便提一句，行不行都没关系。陈荣这次还是有功劳的，他仓促出逃，没有准备。吴老板能不能免了，或者部分免了他的费用？"

"陈荣说你如何公平义气，果然如此。但是，世上没有免费的午餐，我这次可是做了赔钱的买卖。陈荣可以留下帮我干活，等凑足盘缠再走。"

"嗯。"郑洪斌点了点头，"这在我看，也是够帮忙的了。"

郑洪斌和陈荣一回到客房，一屋子的人都站了起来。

王先江急着问："郑大哥，没事吧？"

"哎呀，看到您回来，我这颗心才落了下来。"罗三叔也跟着说。

"没事。我跟你们说了，吴老板是江湖上名声在外的人，怎么可能同我们过不去？我们至少也算是他的客户吧。"老郑平静地回答。

看到陈荣哭丧着脸，何武成觉得奇怪："小陈荣这又是怎么啦？"

"我为陈荣求情，让吴老板免了他的偷渡费用。吴老板说不行。"郑洪斌对大家解释道。他劝陈荣，"陈荣啊，你就在吴老板这儿干一段时间，像他说的，等攒足了钱再去美国，有什么不好？这儿有吃有喝，风景秀丽。你还年轻，着什么急？"

"给他干活，无非是过境接人，那是刀尖上舔血的事情。再说，我玩玩电脑电器还在行，可不适合干这种活。"陈荣哭丧着脸说。

何武成问他："得给吴老板多少钱？"

"三万人民币。"郑洪斌代替陈荣回答，他接着说，"噢，你看，他让我收一下钱，请大家把钱拿出来。陈荣，如果解决了这三万人民币，到了美国，还要补交四万美元，你有办法吗？"

"我姑妈在美国。在腊岗张老板那儿，我给姑妈打了电话，她说如果我真的到了美国，说什么也能帮我挪借到那笔钱。"

"那让她现在给你寄五千美金来不就妥了？"何武成觉得这问题挺好解决。

"我说了。可是她不愿意。她说她不主张我冒偷渡的险，如果她寄钱来，等于主动承担了这个责任。她承担不起。她让我回去。"

老郑问陈荣："她给你爸妈打电话了吗？"

"嗯，打了。她跟我爸妈也是这么说。"

"你姑妈是个聪明人。偷渡是个冒险的事，你有可能被遣返，也可能死在路上。真那样她就不好交代了。你怎么就不怕？"郑洪斌还是想劝他多想想。

"我回去要坐牢的。再说，谁不想去美国？我做梦都想。我要是能和你们在一起，我什么都不怕。郑大哥、何大哥，我愿意给你们当马仔。"

郑洪斌、何武成被他逗笑起来。

郑洪斌说："哎，陈荣马仔，我们今天能混在一起也是个缘分。你既不愿意回乌山，又不愿意留在莫坎。这样吧，我借给你三万人民币。"

陈荣一听都愣住了，他一翻身给郑洪斌跪下了，连磕三个响头。

"起来起来起来。陈荣，我可要讲清楚：偷渡是你自己的选择，我不给你负任何责任。"

同行的几个人都听到看到了，一道鼓起掌来。

老郑半开玩笑地说："你们大家作证，我只借给陈荣三万人民币，其他与我无关。"

"郑大哥的义气举世无双。给几天前还素不相识的人一借就是三万！陈荣，你今后发达了可得报答郑大哥。"罗三叔竖起大拇指说。

"一定，一定！不发达也要报答。"

门被打开了。吴老板的一个伙计走了进来。

"郑大哥、何大哥，我们老板说各位长途跋涉，让灶上烧了洗澡水。晚饭二位大哥不必和其他人一起吃，老板有请。"

郑洪斌礼貌地鞠躬作答："好的。谢谢吴老板如此关照。"

八仙桌上放了丰盛的酒和菜。吴老板笑容满面地招呼郑洪斌和何武成入座。

"二位英雄，吴某略备薄酒招待二位，请入座。"

"吴老板，如此盛情，让我们弟兄二人担当不起呀。"

"请坐。"

郑、何两人入座。郑洪斌将小书包放在旁边闲置的椅子上。

"这是我们九个人应该交的费用，一共是二十七万人民币。请吴老板过数。"

"怎么会是九个人？"吴老板有些不解。

"我暂替陈荣垫上。这次他跟着吃了不少苦，没有他，我们也不知道在哪里能找到吴老板。"

"哎呀，你这么做，真让吴某惭愧啊。"吴老板由衷地感叹起来，"数钱不急。我虽然是个生意人，但也不至于眼里只有钱。人在江湖，利要讲，义字更重要。今天叫你们来，主要是想同你们交个朋友。春花，过来倒酒。"

一个年轻女子走了出来，先给客人鞠了一个躬，再拿起酒壶先后给郑洪斌、何武成和吴老板斟酒。郑洪斌和何武成也不知道吴老板葫芦里卖的什么药，只能静候吴老板说话。吴老板端起酒杯：

"认识你们很高兴。我谈不上阅人无数，但多年来也有些见识。郑大哥一看就是高手。陈荣说那个江湖上谈虎色变的白老四被郑大哥瞬间制服。他还说阿信一个小队的人转眼全部倒在你的枪下。兄弟我实在佩服啊。"

郑洪斌冲着吴老板一抱拳："亡命江湖之人，哪里值得吴老板夸奖。"

吴老板接着说："我不瞒二位。六天前，我在这同一间饭厅里，接待过愿意出高价买你们二位人头的客人。"

郑洪斌笑道:"我也不瞒吴老板。四天前,沈老五在腊岗大开杀戒,一杆自动步枪打死了阿信手下七八十个弟兄。我就断定他们是先到了你这儿,再到腊岗矿区的。而且,他必然许以重金,要你杀了我们。"

吴老板不解了:"哦?那你为什么还要到莫坎来?"

"没有你,我们就算到了曼谷,也到不了美国。"

"你,就没有怀疑过我会为了赏金把你们干掉?"

郑洪斌平静地回答:"不至于。沈老五是个职业杀手,吴老板是坐镇一方的生意人。像吴老板这样江湖上已经成名的人,不至于为了区区一二十万美金自降身份,让江湖上谈笑。"

"说得好!"

吴老板哈哈大笑。郑洪斌、何武成也跟着笑了起来。

"就凭二位好汉这番见识,沈老五杀不了你们。今天晚上,兄弟我想听听你们在腊岗英雄救美、沈老五大开杀戒的故事。来,再碰一个。"

*

湄南河边的一家酒馆里,三个男子坐在靠着河的窗前。楚飞雄和沈老五之外的另一个人不用说,是做护照的。

寒暄之后,做假护照生意的王老板进入正题:"敝姓王,你们算是找对人了。在这一行里,我做的最久,足足有二十年了。老徐说你们有成批的货要订。价钱嘛,我们的确是可以商量的。"

沈老五和楚飞雄相视一笑,都明白是怎么回事。楚飞雄对这一行好奇:

"老徐说,你们既买又卖。这是怎么回事?"

王老板解释说:"我们的护照大多数都是真的。是买来的真护照,只不过要把照片换掉。新做出来当然也可以啦,但是容易引起怀疑。你们如果需要的数量大,那只能新旧搭配。"

沈老五拍拍楚飞雄的肩膀,免得他再瞎问一气,耽误了正事。

"护照的事情不急。我们只是探探行情。我这里有另外一件急事需要王老板帮忙。事成后按我所说,给你一万美元的酬金。如果王老板需要一小部分订金，我们可以商量。"

"哟，我只会做各种文件，什么护照啊、绿卡、驾驶证、毕业证、学位证，其他事情我一概不会。"

"当然是你能做，而且很容易就做了，我才找你。是这样，我在找两个人，他们从中缅边境到曼谷来，很可能会找你们做护照等文件。你只要看到他们的订单，及时告诉我，这事就办妥了。"

"这倒也真不难。可是，曼谷干这一行不止我一家。他们如果找别人做……"

楚飞雄接过王老板的话："你拿着他俩的照片去找你的同行，不管谁看到这两个人，你都可以和他们分这一万美元。你是轻轻松松地赚定了这笔钱。"

王老板拍拍脑袋。

"你看我这死脑筋，转不过弯来。好。不过，请你们先给点跑腿费吧。我约人家出来喝杯啤酒也是要花钱的。"

沈老五拿出一个信封。

"这里有他们两个人的照片和一千美元。我要事先讲清楚：光说他们到了曼谷对我来说没有意义。我知道他们要来。关键是必须摸清楚他们住在哪里。明白吗？"

张老板手里拿过信封，捏着信封里的一叠钞票，他犹豫了一下，但很快下了决心。

"嗯，……好吧，总能找到他们的。"

*

清晨，两辆大巴从莫坎镇开出。

太阳升起，林中的雾气逐渐消失。大巴沿盘山公路盘旋而上。

晚上，运送偷渡客的大巴进入曼谷郊区，停在一条小街上。门开了，一个三十来岁，胖胖的汉子上了车。他叫阿欧，戴了副圆形眼镜，样子有些滑稽。

阿欧做了自我介绍，并下达指示："我叫阿欧。各位请注意，曼谷到了。你们中间坐飞机走的下车，其余不要动。"

罗大山问："阿欧先生，我们也不知道该坐什么走，没人告诉我们呀。"

"噢，你们那边的猪爸爸从来不说清楚。那我只好再说一遍，愿交七万八万美元的下车，其余留下。"

其实，阿欧没说这话的时候，乘客中许多人已经站起来取车架上的行李了。

车上的旅客下了一半左右。阿欧拍拍司机的肩膀，示意他关门，开车。等车子发动起来，阿欧问车上的人："哪一位是郑大哥？"

郑洪斌扬起左胳膊："我就是。"

阿欧走了过来，坐在老郑旁边。

"吴老板昨天来电话，让我特别关照您和何大哥。"

"谢谢吴老板，也谢谢你。"

"不用谢啦。都是道上的人。在曼谷有什么事情跟我讲就行了。不过，上了船你们就只能自求多福。船上的人跟我们从来不打交道。"

"我们现在是去哪里？"何武成问。

"码头。住的条件会差一点喽。"

"我们这批人什么时候走？"这是郑洪斌最关心的。

阿欧说："明天还有两批人到。后天一早开船。我送你们上船。"

*

沈老五跷着二郎腿坐在办公室的沙发上。楚飞雄在打电话。

墙上的挂钟指向11:45。

"……你们这里没有，那么你同行那里呢？……你告诉我，一共问了几处。……哦，知道了。那么，他们住在哪里，你打听了吗？"

楚飞雄显然不满对方的回答："不愿说你就不能想办法？……也好。我们保持联系。明天有消息立即通知我。"

楚飞雄放下电话。

"五哥，他说明天还会有人蛇到。今天晚上干他们这一行的都要加班干。等见到这两个人的照片，他再打听住在哪里。"

沈老五对于从做假护照的人那里得到准确信息已经不抱什么希望

了："我越来越相信，他们不会坐飞机。因为机场很可能接到国际刑警的通缉令，坐飞机是铤而走险。曼谷码头的情况你打听了吗?"

"曼谷有三个码头：最有名的是市内的空龙托伊港，又叫曼谷港，不过这个港口吞吐能力有限。现在大多数船都停靠两个新港，芭堤雅，是个杂货和散货码头，另外一个就是兰查邦，主要是集装箱码头。"楚飞雄认真地回答沈老五。

"这回问到你专业上了。明天早晨，带我到后面讲到的两个码头上看看。看来我的宝要押在那个散装码头上，你管那个挺出名的码头叫什么? 芭堤雅?"沈老五猜到楚飞雄说的是哪儿，但不知道中国人的叫法。

"对。芭堤雅是世界著名的色情之都。"

这下子对上号了。沈老五调侃了一句："又说到你的业余爱好上了。"两人哈哈大笑。

*

清晨，一缕天光透过货仓屋顶的天窗射了进来。货仓里，睡着好几排人，男男女女都有，都是和衣而卧。郑洪斌醒了，坐了起来。首先看到的是睡在自己身边的朱小珊，她侧身躺着，拱起的臀部特别显眼。郑洪斌摇摇头，嘴角露出一丝苦笑。他爬起来，拍拍睡在另一边的何武成，从当枕头用的背包里抽出牙刷、毛巾，对何武成做了个出去的手势。

仓库外面有一个水龙头。郑洪斌在水龙头处张着嘴接水，吐出水来，然后刷牙。何武成来了。

何武成抱怨："杯子都没有? 太惨了。"

"你是好了疮疤忘了痛，我们在国内逃亡时连自来水都没有。"

阿欧晃晃荡荡地向他们走来，手里提着一个塑料兜兜。

"两位大哥起得早啊。早点来了。"

郑洪斌笑着说道："哟，不好意思，怎么能让你专门为我们送饭? 我们跟大家一起吃不一样吗?"

"不一样，怎么能一样呢? 我这里是豆浆包子，其他人吃稀饭馒头。"阿欧将纸盒包装的豆浆、装包子的塑料盒，还有两根香蕉放在台阶上。

323

郑洪斌和何武成的早饭吃完了。何武成把纸盒、塑料盒往兜里放。

"你放着，我来。怎么样？船明天才走，今天想让我带你们到哪里去玩？大皇宫、四面佛、水上市场、人妖秀。说吧。"阿欧征求他俩的意见。

"阿欧，我们在哪个码头上船？"郑洪斌哪里有心思玩。

"就是这里，芭堤雅码头。"

"哦，原来我们住的就是芭堤雅码头的货仓。船应该已经到了吧？你带我们去看看好吗？"

"看船？船有什么好看的，又不是大游艇。"阿欧不解。不过他人也乖巧，立即改口，"好，我们现在就去。"

郑洪斌和何武成戴上有长长鸭舌帽檐的棒球帽和墨镜，跟着阿欧往码头上走。

郑洪斌环视四周，问道："阿欧，芭堤雅码头不是以运杂货散货为主吗？怎么也有这么多的集装箱？"

阿欧听了有些诧异："看来郑大哥来过曼谷？知道的蛮多嘛。用集装箱运输方便啊，到地头拖起来就走，省了搬运费和储藏费用。也好结账。"

郑洪斌脑子里考虑的是安全。他问："明天我们是走现在这条路到码头吗？"

阿欧点头作答："是，没有几步路。"

这时他们已经走到船边了。阿欧指着一艘半新不旧的货轮："就是它。"

郑洪斌心思缜密："这么多人从码头上走，也没有人怀疑？"

阿欧大咧咧地说："钱嘛。工人什么屁事也不会管。管事的都收了好处费。再说我们已经在码头里面了。这里不是经常有货需要装卸的码头。不会出事的。"

郑洪斌站在码头上，用他专业的眼光仔细观察四周。他的眼光在附近叠起几层的集装箱顶上停留了片刻。他看了看何武成，何武成的眼睛也盯上了那堆集装箱。何武成向郑洪斌点点头。

这时候，楚飞雄和沈老五的车也开进了芭堤雅码头。沈老五指示楚飞雄："你去问问，哪条船有可能运送偷渡客。"

楚飞雄眨巴眨巴眼睛："五哥！这种事，人家会告诉我们吗？"

"你不是说，在曼谷只要有钱没有办不成的事？"

"那倒也是。"楚飞雄拍了拍司机的肩，"喂，到港口调度室去。"

码头调度室在小楼的第三层。楚飞雄买通调度室主任，跟着主任从他的办公室走到阳台上。主任用手遥指阿欧带郑洪斌、何武成看的那艘货轮。从这里看得见货轮旁边郑洪斌等三个人影。不过，楚飞雄哪里能想到这个，他高兴地和调度室主任握了握手。

调度室办公楼外停车场上，沈老五看到阳台上这一幕心花怒放。他冲着阳台上的楚飞雄竖起了大拇指，楚飞雄也朝他竖起大拇指。

楚飞雄的车朝那条货轮开去。

郑洪斌看到远远有车过来，警觉地说："行了。我们回去吧。"

三人离开货轮，往来路走去。

后座上的沈老五仔细地观看两边：水中的船和码头上的集装箱货场。他转头时不经意地看到前面三个转身离去的人，忽然生出一种奇怪的感觉。

车停了。司机又习惯性地绕过来为老板的朋友开门，却发现沈老五已经下车，眼睛盯住三个人的背影看。司机又赶忙绕过车去，给楚飞雄开门。楚飞雄走过来看了看在那里发愣的沈老五："五哥，怎么了？"

"见鬼。我怎么觉得那三个人里面有郑洪斌和何武成。"沈老五小声嘟哝着。

"您不是说从来没见过他们吗？"

"是没见过，所以我说见鬼。"

楚飞雄一脸坏笑："五哥，要不要我去把他们叫过来？大不了每人给他们二十美元。"

沈老五狠狠地看了楚飞雄一眼："你觉得很好笑？"

说完，沈老五快步朝那三个人离开的方向追去。楚飞雄直摇头，冲着司机摊开双手。司机也觉得老板这个朋友不可思议。

郑洪斌走着走着忽然想起什么，在一排木板房前拐了一个弯。

325

何武成问："大哥，干吗去？"

"去看看那边的集装箱。"

他们这一拐弯，后面赶来的沈老五就看不到他们了。沈老五前后左右看不见刚刚的三个人，只好懊丧地往回走去。

郑洪斌等到了一排排集装箱边。他摸着靠得很近的两边集装箱壁，双手一撑，两腿再一蹬，人悬空起来了。这么一撑一蹬交替着，人很快能够爬上去。他试了一下跳下来，对何武成说："看到吧，上去不难。"

何武成明白他的意思，点点头。阿欧不解，但也点点头。

郑洪斌对阿欧说："现在我们回去吧。阿欧，我们不进城玩了，谢谢你。中午在附近找个小馆子吃一顿还是应该的。"

他从腰里掏出两张一百美元的大钞递给阿欧。

"阿欧，这是给你的酬谢。"

阿欧连忙拒绝："我怎么能要您的钱？我欠吴老板的人情没法还，帮他招待你们是应该的。"

"拿着拿着。你们混生活也不容易。"郑洪斌硬往阿欧衣兜里塞。

沈老五悻悻地走了回来，他知道楚飞雄和司机怎么想。

"干我们这一行，直觉是第一位的。我从不忽视直觉。"

楚飞雄恭恭敬敬地说："五哥，我懂。"

沈老五用刚刚郑洪斌观察四周的眼光仔细察看四周的环境，他同样留神注视叠放的集装箱，若有所思地点点头。

"飞雄，今天的收获很大，你功不可没。我们可以回去了。"

车沿原路离开码头。沈老五一直在沉思着。

"五哥在想什么？"楚飞雄小心地问。

"太多的事情。"

"说来让小弟听听嘛。集思广益，您也没准能有点启发。"

"集思广益？"沈老五"哼"了一声，"都是些见不得人的勾当，还集思广益。好，你说，前天晚上在花王萨恩路看到的那两个女人是什么来路？"

"您不是说，在缅北医院里见过她们？您还说，她们有可能是警察。"

"我是问你。"

"嘿嘿。"楚飞雄心里想，我哪儿知道。

沈老五追问："哪儿的警察？"

"多半是中国的，到缅北追捕两个逃犯。"楚飞雄匆忙回答。

沈老五带着嘲笑的口气说："我又想夸你了，不过还是等到你解释其中一个为什么长了黄头发以后再夸。"

"哦，对，她们中有一个是洋人。奇怪。"楚飞雄这下子蒙了。

"解释不了？"

"请五哥指教。"

"有一种警察叫国际刑警。"

"哦。"楚飞雄像是明白了，转念一想，不对啊，"哎，五哥，中国逃出国的人不算少，那国际刑警管得过来吗？"

"他们管重要的案子。如果是这样，说明我们摊上大事了。如果不是有这一层顾忌，那两个漂亮女人早就成我枪下之鬼了。"

车窗外，一辆警车交错而过。

警车内，坐着琳达、韩冰莹，还有国际刑警曼谷办公室的泰国警官沙瓦。

前面已经可以看见芭堤雅码头，看到停泊在码头上的货轮。

韩冰莹指着前方："琳达，我们到了。那就是芭堤雅码头。"

看到几位警官走进调度室，调度室主任立刻笑脸相迎。

"请问几位有何公干？"

"我们来调查这几天从芭堤雅码头出发，开往拉丁美洲国家的货轮。最近几天这里有发往这些国家的货轮吗？"

"很多。您具体需要了解开往哪几个国家的？是要已经发出的，还是即将发出的？"

"具体是到墨西哥、洪都拉斯、萨尔瓦多、伯利兹、巴拿马这几个国家的。从三天前开始，到近三天即将出发的。你能提供一份清单吗？"

"没有问题。"他停顿了一下，"嗯，是这样，我们打印机坏了。我是不是可以给你们E-mail过去？”

"可以，这是我的名片。上面有邮箱地址。"

主任从韩冰莹手里接过名片。

沙瓦警官问："你有没有见过大批人员搭乘货轮的情况？"

主任连忙摇头："没有。这个海关是要严格检查的。尽管我们无权干涉其他国家的货轮，但是绝不允许非法的事情在我们管辖的码头发生。"

"那就好。"

第二天，天刚放亮。早晨的薄雾笼罩着码头。在紧靠码头的集装箱货场，一个人影肩背长方形的箱子，噌噌地爬上三层高的集装箱顶部。这人正是杀手沈老五。

在集装箱顶上，沈老五看到那艘停靠的货轮已经发动起来，水手们正在甲板上忙活着。他打开箱子，取出狙击步枪的部件，熟练地组装起来。下一步是把支架安装好。沈老五调了一下标尺，将瞄准镜对准摆放登船扶梯的工人。在觉得调测满意后，他又换个角度，对准偷渡客可能过来的道路。如果郑洪斌、何武成从昨天经过的路上走过，沈老五完全有把握将其击毙。

就在沈老五一切准备就绪之后，像是有意配合他行动一样。一队偷渡客出现了，他们背着提着简单的行李，在阿欧的带领下向码头走来。这么早，码头上确实没有工人。这一队人里，陈荣、罗三叔、王先江、朱小珊等七个乌山来的人都走在一起，唯独没有郑洪斌和何武成。

沈老五并不知道谁是乌山来的，他只是通过瞄准镜一个一个人看过去。当然，他没有发现要找的人。沈老五对着挂在耳边的蓝牙轻声问："飞雄，你看到那两个人了吗？"

"没有。我这里距离人蛇队伍只有五六米远。我确定在我面前过去的一百多人里没有照片上的两个人。"

"那么是我判断有误？"

楚飞雄没答话，他心里明明对沈老五这种守株待兔的做法抱着极大的怀疑，却哪儿敢乱说。

沈老五吩咐说："等到人蛇都上了船以后，你去同送他们上船的猪

328

爸爸套套近乎。问问情况，如有可能，托他帮我们注意那两个人。"

"好呀。我们不是有屡试不爽的美元武器嘛。您是什么打算？"楚飞雄问。

"我不甘心。我等到船开了再离开。"

郑洪斌和何武成浑身湿漉漉地从货轮另一边的甲板上爬上来。郑洪斌一开始只露了一个脑袋，看甲板上没人，一翻就上了甲板，再伸手拉起何武成。两人嗖地就蹿过甲板进了里舱。

货轮的汽笛拉响了，船缓缓离开码头。阿欧目送货轮离开码头，向着甲板上的水手摇手致意。忽然，一只手拍了拍他的肩膀，把他吓了一跳。

楚飞雄笑着对阿欧说："对不起，老兄，不是有意要吓你。"

"这位仁兄眼生得很，我们没见过面吧？"阿欧谨慎地问道。

"头次见面。我想跟你打听一点事情。"

"请讲。"

楚飞雄掏出几张二十元一张的美元。

"哎呀，不需要，不需要。"阿欧连声说。

说不要，他还是接过钱，装进衣兜里。

"我知道老兄刚刚送了一批人蛇走。"

看到阿欧脸色要变了，楚飞雄马上抬起手来，示意他不要着急。

"不要紧张。我又不是警方的人。"

"那你要干什么？"

"我们在找两个人，希望老兄能帮帮忙。"

"这事情恐怕不那么好办，弄不好会掉脑袋的。"

"光是打听个把人，不至于。"楚飞雄有意说的很轻松，"再说，你告诉我，天知地知你知我知。只要消息准确，我给你五千美元的酬劳。不少吧？"

阿欧假装很为难，又很受诱惑的样子："这个，嗯……"

"痛快一点嘛。"

"好吧，那一定要保密哦。你告诉我这两个人的名字。"

329

"名字不重要，名字是可以改的嘛。我这里有这两个人的照片。"

楚飞雄说着从西装口袋里掏出郑洪斌和何武成的照片，又递给阿欧一张名片。阿欧郑重其事地看了看照片和名片。

"今天走的这批人里面没有这两个人。以后但凡是我负责接待的人蛇里出现这两个人，我一定给你打电话。"他补充一句，"钱最好是现金噢。"

楚飞雄笑着拍了拍阿欧的肩膀。

*

货轮的船舱里坐着一百多人。由闽北经乌山来的七个人坐在一起，朱小珊轻声说："他们怎么还不来？可别是上错了别的船。"

"不会，他们那本事你们又不是没见到。他们是武林高手、当代侠客。"罗三叔宽慰她，其实也是宽慰自己。

陈荣也着急："郑大哥在身边，我才觉得安全。如果他们上了船，怎么不现身呢？"

王先江说："我听郑大哥说，等船到了海上他们才能出来。"

正说着，船舱的门开了，郑洪斌和何武成相继从扶梯下到底舱。因为光线的缘故，王先江他们几个开始不敢肯定是他俩。等他们下到了舱底，灯光照着他俩笑嘻嘻的面容时，几个一道越境的老乡们才鼓起掌来。此时全舱的偷渡客都看着他们，搞不清是怎么回事。

"郑大哥、何大哥，你们怎么过了几个小时才进来？我还当你们掉到海里去了哩。"朱小珊高兴地说。

郑洪斌轻松地解释："总得等头发和衣服干了。"

"也要把船上的情况摸清楚了。"何武成补充了一句。

"有您俩在，我们什么都不怕。"

"大家要做好思想准备。这次旅途轻松不了。按目前这个速度，横跨印度洋和大西洋至少需要近一个月。"郑洪斌告诫大家。

"啊？我们要横跨两个大洋？"朱小珊大为吃惊。

王先江叹了一口气："你没学过中学地理？"

*

沈老五站在窗前，望着窗外曼谷繁华的街道。听到敲门的声音，他

330

头也没回。

"进来。门没锁。"

来人是楚飞雄，他进了门就往沙发上一坐。

"五哥，我约了那位港口调度室主任吃晚饭。他态度变了，不仅拒绝了我，还表示今后不要再有来往。"

沈老五转过身，脸上挂着一丝嘲笑："这个孙子，警察找他一次他就怕了。"

"五哥，您怎么知道的？"

"国际刑警也好，来路更凶的特务也罢。那两个女人能追到缅北去，还能几乎全身而退。就说明了她们不仅和我们思路相同而且有不亚于我们的能耐。她们找到码头去，也是早晚必然的事情。"

"下一步怎么办？"楚飞雄问。

"恭喜你，飞雄兄。你终于可以恢复平静，享受曼谷的阳光、沙滩、美酒、美女、美食了。我明天打道回府。"

"怎么这么急？"

"多少事，从来急。在大陆多年，学会了，体会了这句话。我向你舅舅汇报了这里的情况，他让我立即回去，另有任务。"

"回去好办，几个小时就飞过去了。"

沈老五却摇了摇头："现在可没那么方便了。我在缅北医院遇见过的女人既然是警察，就很可能已经搞到我的照片，至少是知道我的身材和相貌特征了。飞机是不能坐了。你还得想办法把我送到云南边境，那边已经安排我驾车回江昌。"

*

周清泉和白雪梅进了省公安厅的大门，白雪梅的左臂还吊在脖子上。

他们上楼梯，到了二楼会议室。

刚进门，就看到白雪梅的父亲白厅长在和仲局长谈话，旁边站着一位不认识的女警官。白雪梅马上叫了一声："仲叔叔。"

仲局长笑着转过身来。

"雪梅！恭喜你成了女英雄。我真羡慕你，这么年轻就有机会经受战斗的考验，为祖国争光。"

白雪梅笑着和仲局长握手："我算什么英雄，不过是碰巧经历一次交火罢了。"

白厅长招呼大家入座。

几个人各就各位。

仲局长指着那位陌生的女警官："开会之前，我来给大家介绍一位专案组的新成员陈晶。"

那位叫陈晶的女警官站了起来。

"大家好。"

"陈晶请坐下。"仲局长接着介绍，"陈晶是我特地从公安部借调来的。她是网络和数据库专家。目前，她的首要任务是根据国际刑警在缅北医院拍到的，很可能是那个职业枪手沈老五的照片，通过头像辨别软件，确定他是什么人。"

周清泉一听兴奋起来："太好了！我们还有杀害福山矿山资源部主任余旷达嫌犯的模拟头像，有待识别。"

"各位：专案组刚刚成立，就取得了令人振奋的成果。在国内，专案组将江昌六虎的白老四逮捕归案。搜集到疑为该犯罪集团第二号主犯曾金虎的大量犯罪证据。这次白雪梅参与了国际刑警到缅北的行动。不仅得到疑为沈老五的照片。更重要的是，找到了郑洪斌，进而取回他冒着生命危险，与歹徒搏斗，从大火中抢出的文件，从而证实国际犯罪集团费尽心机兼并福山公司的目的。"

大家都急切地看着仲局长。仲局长却有意停顿了一下。

"这个文件是福山公司矿山资源部主任余旷达亲自测定的矿石测试报告。报告显示，在福山公司所属的惠山矿，发现了铀矿，而得到被《国际核不扩散条约》严令禁止国际间贸易的铀矿石，就是美国金山矿业公司及其身后的国际犯罪集团，伙同本地江昌六虎犯罪集团搞垮福山，不惜代价兼并福山的原因。"

专案组的成员都瞪大了眼睛。

白雪梅问："他们要铀矿石做什么？"

"目前还不知道。但是我们知道这种核武器的原料落在谁的手里都会产生极其可怕的后果。金山公司通过不法手段搞到铀矿，至少可以牟取暴利。从铀矿石到浓缩铀，再到原子武器，都特别值钱。而且有价无市，买不到。先说铀矿石吧，铀矿石的价格比金砂贵一百倍，可达铁矿石的五千到一万倍。供不应求啊。去年全世界铀矿石产量也就是五六万吨吧。也只能满足全球总需求的百分之八十左右。传说，有些国家愿意用矿山的开采权换取铀矿石或浓缩铀。"

白厅长插话："郑洪斌本应该在确定公司所属矿山有铀矿资源后立刻上报国家有关部门。但是出于私心，他没有这么做，而是试图把发现铀矿的消息压一压。这样他们就不必马上把惠山矿交出去。惠山矿矿产资源极其丰富，是他们福山公司的摇钱树。"

"对不起，白厅长。"周清泉打断了白厅长的话，"我想问一下：您说的这些都是郑洪斌在缅北亲口告诉白雪梅的吗？"

白雪梅代替白厅长回答："在缅北我没有机会和郑洪斌交谈，我今天还是第一次听到有关铀矿的事。"

"这是郑洪斌本人在离开江昌后所写，封存在材料中的一份情况介绍。郑洪斌对于没有及时汇报发现铀矿的消息，导致福山公司和他本人的厄运追悔莫及。"仲局长解释。

白厅长继续说："我们有理由相信，余旷达的死，也和他知道这个秘密相关。"

仲局长接过话题："对于国际刑警来说，郑洪斌以及福山公司一案具有特别重要的意义。它揭示了国际犯罪集团伙同跨国公司非法收购核原料的现象。国际刑警总部特别重视这个案子。公安部指示我们，侦破江昌六虎的案子要和参与侦破境外国际犯罪集团同步进行。事实上，江昌六虎已经参与了国际犯罪。"

"对于文增辉和胡莉莉涉嫌陷害郑洪斌，转走几亿元公司巨款怎么解释呢？"白雪梅不解地问。

白厅长分析说："文增辉涉案，胡莉莉涉嫌配合，同国际犯罪集团搞垮并兼并福山公司，可能是预谋加巧合。目前以外资身份参与并购福山有色金属公司的美国金山公司，之前就有兼并福山公司的企图，只是福山公司在郑洪斌的领导经营下，发展迅速，不可能出让。正当他们苦于无法达到目的的时候，怀着个人目的，饶有心计的文增辉出现了。于是，他们一拍即合，合作演出了陷害郑洪斌，窃取公司巨额款项，使福山公司陷入困境，进而并购福山公司的把戏。"

童组长也谈了自己的看法："我想，我们的核心工作是要把导演这一出案中案的家伙找出来。一直藏在幕后的江昌六虎的虎首，应该就是一边同国际犯罪集团勾结，一边制造出郑洪斌案的罪魁。"

"白老四在看守所吃了外边寄来有毒的月饼差点丧命。他害怕被灭口拒绝揭发江昌六虎的首犯。" 白厅长通报，"公安部同意将白老四异地看押，异地审讯。我们有希望从白老四这里突破，开展下一步的工作。"

*

一辆小型运货车在南部山地的公路上行驶。

开车的正是沈老五。沈老五留起了胡须，戴着墨镜。

手机响了。沈老五一看来电显示，不敢怠慢，立刻放慢速度。

"大哥。…… 是，一切都算顺利。我现在已经快要开出云南了。请等一下，我把车停下来。"

沈老五把车停靠在路边："大哥请讲。"

"老四就要转到外地去了。这叫作异地看押，异地审讯。"

"那是不是说明四哥什么也没透露，公安着急了？"

"是。但是到了外地，老四没有了顾忌，就未必死扛着了。不是说坦白可以从宽嘛。"

沈老五问："大哥要我做什么？"

"你辛苦一点，日夜兼程，到了江昌以后，在郊外待命。一旦押送老四的车上路，我会通知你。唉，不是我绝情，留下老四，你我还有其他弟兄难免暴露。我们会被一锅端了。"

"明白。"

334

第十八章　行程险恶

白老四被周清泉带出看守所的大门。押送白老四的是一辆公安的吉普车。周清泉惊讶地发现，辛局长在和担任驾驶员的小贾和小李在谈话。他走了过去："辛局长，您怎么来了？"

"小周啊，这是部里关注的案子，我怎么能不全力关心和支持哩。刚刚跟小贾小李说，这个任务不允许有任何差错。你们最好日夜兼程，不要停留，随时和局里保持联系。需要支持的话，可以直接打电话给我。"

"谢谢。有局领导的支持，我们保证完成任务。"

"去吧。"

"敬礼！"

三个警察给辛局长敬礼。辛局长还礼。

小李开车，小贾坐在前排。后座的周清泉眉头紧锁，他有一种不太好的预感。

"小贾，我们的旅程可能比较危险。你俩要注意两侧和前面的车辆，提高警惕，防范突发事件。"

"知道。"

白老四还是那副油腔滑调："嘿嘿，周大队长还是那么高度警惕，本人十分敬佩。"

"白老四，你就不想想你的处境。如果你现在告诉我，你们老大是谁，那一旦你被灭口，我还能帮你报了这个仇。"

"我又不是三岁小孩子。我现在告诉你，你们还需要保持高度警惕性吗？秘密一说，我就没有价值了。"

"你要是早一点交代，你们老大也不至于急切地要杀掉你。因为保住自己和清理门户惩罚泄密，毕竟是两个档次的事。你怎么就不明白呢？"

白老四牛眼一瞪："我没泄密。不离开江昌，我就什么也不能讲！"

周清泉恨得直咬牙："你是不见棺材不落泪。"

"你乌鸦嘴。"

真是没什么好说的了。周清泉把脸转到车窗外。

夕阳西下。开车的小李把车前窗的遮阳板拉了下来。有一辆小卡车"呼"地从他们的吉普后面超了过去。

"这车怎么回事？小李当心点。"

夕阳直照过来，很难看清前面这辆车的情况。

然而，在小卡车的车厢上，却能清楚地看到吉普中的驾驶员和驾驶员身边的人。

小卡车上堆了一些箱子，一支枪筒从箱子后面伸了出来。

"砰"的一声枪响。后面吉普上开车的小李头颈部中弹，血喷到前窗上。吉普冲向路旁，又是一声枪响，旁边的小贾中弹。

吉普车完全失控冲出道路。

许多车辆停了下来。有人跳下车跑到出事的吉普车旁救人。

人们拉出满头满脸满身都是血的小贾和小李，更多的人围了过来又拉出周清泉和戴着手铐的白老四。他俩摔晕过去了，救护者把他们都放在地上平躺着。

远处，那辆小卡车也停在路边。

沈老五卧在箱子后面，持枪用瞄准镜搜索目标。可是，由于太多的人围着躺在地上的白老四和周清泉，沈老五无从下手。

一辆接到报警的警车拉着警笛从对面开过来，接着救护车也开了过来。沈老五拍拍小卡车的驾驶室，示意离开。小卡车开走了。

医护人员把小贾和小李用担架抬上救护车。周清泉清醒过来后，马上从衣兜里拿出手机。医护人员给周清泉做简单的包扎时，周清泉向白厅长汇报。

"白厅长，我是周清泉。……出事了。几分钟前，有人从一辆小型货运车里向我们开枪。前排两个同志中弹，生死不明。我们的车冲出道路，我刚刚苏醒过来……"

周清泉对走到他面前的警官做了个手势。

"同志，对不起，我需要先向领导汇报。我们在执行押送重要犯人的任务。请问你们这里是？"

"广厦。"

"这里是广厦，503国道。当地警车和救护车已经到了。罪犯也是受轻伤。我请求紧急支援。……好，我们先到当地公安部门去。"

广厦公安局做出了详细的方案，并指派顾警官具体负责，协助周清泉将白老四安全押送到目的地。

在本地看守所武警的陪同下，周清泉来到临时关押白老四的地方。白老四的脑袋磕破了，缠上了绷带。

出乎周清泉意料的是，白老四不但没有半点紧张情绪，反而有些得意洋洋。

"周大队长，我们两个大难不死，必有后福。"

周清泉转身对陪同来的武警交代："同志，我能和他单独说几句话吗？"

"好的，我在外面等你。"

武警出去，把门给关上了。

周清泉觉得这个冥顽不化的罪犯简直是不可思议："白老四呀，白老四。你怎么这么糊涂！这明明是你们老大要杀你灭口，你还得意？"

白老四还要吹牛："老五的枪法你领教了吧？按我们大哥的说法，打枪这门手艺，静止对静止靶不稀奇，静止对动态靶有点意思，以动态打动态靶才叫一绝。除了老五，他说他只见过一个人这么做百发百中。"

"他要杀的是你！"

"我认为他是派老五来劫车，救我。"

"你愚蠢！"

"到现在为止，输的还是你，你让我跟你说什么？"白老四耍起横来。

337

"我就弄不明白，你怕他什么？"

"我不是怕他，我更不怕你们。你们公安判我犯法，我们老大说我犯规。我反正是死，无所谓死在谁的手里。我倒要看看谁更有本事。"

周清泉带着几分悲伤地看着这个完全没有是非，泯灭了人性的罪犯。

顾警官离开局里已经很晚了。他推开家门，家里静悄悄的。顾警官摘了大檐帽，脱去警服，到厨房，从玻璃水罐里倒了大半杯冷开水，坐到餐桌边喝起来。他发现桌上有个纸包，纸包上有老婆的留言：

"老顾：冰箱里有现成的饭菜。你的同事（这人我没见过）给你送来几本你要的书。"

顾警官把书从牛皮纸袋里倒了出来。他很奇怪，没跟人借书啊。这是几本国家公务员考试的书，还有两大本连包装都没打开。老顾自言自语起来：

"我没借书啊，谁给搞错了吧？"

有一个纸条夹在书里，露出来一截。老顾把它抽了出来。刚看两眼，顾警官紧张起来，字是打印出来的：

　　顾警官：请恕我冒昧给你写这封信。我们素不相识，也永远不会相识。我需要你提供一个信息：明天清晨，你们押送那个特殊的江昌来的罪犯离开看守所，是不是要从看守所西门走？在这个纸袋里，用纸包着的不是书，而是十万元人民币。那是给你的酬谢。如果正如我所料，你们从西门押送罪犯上囚车，你什么都不必做。如果从南门上车，麻烦你将你家阳台上的兰花端回屋。仅此而已。我想你不会把这点小事汇报给你的领导。你是一个有口皆碑的好丈夫、好爸爸，对吧？

老顾看着信，双手颤抖起来，额头上渗出了汗珠。

在另一座公寓楼的平顶上，沈老五正在用望远镜透过窗户观察顾警官的反应。

他看到顾警官站了起来，拿出手机，刚想拨号，又合上，如此反复多次。沈老五的嘴角露出鄙视的笑容。

当顾警官终于收起手机，双手抱着头坐在餐桌前时，沈老五也收起望远镜，撤了。

广厦看守所里的铁门被一道道打开，清晨的宁静被冰冷的钢铁撞击声打碎了。

白老四的牢门被打开时，白老四看到门口有一个轮椅。周清泉、顾警官和一个武警看守出现在门口。

"白晨光，走吧。"

白老四还是那副油腔滑调："我刚想抱怨你们那么早就把我搞醒，看到轮椅我的气消了一半，人民政府到底还是奉行革命的人道主义啊。"

"白老四，你一辈子只学了几个好词，都是拿来贫嘴用的啊。自己坐上去吧。要是指望我来扶你，可别怪我不小心碰到你的伤口。"周清泉压住火气。

"别，我自己行，不敢让周大队伺候。"

白老四自己从床沿站起来，拄着拐杖出了牢门，坐在轮椅上。周清泉接过他的双拐。

"哈哈，提前享受老人家的待遇。嗯，不对，乌鸦嘴。"白老四自己打了自己一个嘴巴。

武警看守推着轮椅往外走。

到了看守所西门，门还是关着的。顾警官拿出手机，让囚车和警车开过来："喂，张队长，我们到了，把车开过来吧。"

他接着又吩咐武警看守："小杨，你过去准备着，车一到你就开门。"

车到了，小杨打开西门，顾警官推着轮椅迅速地出了门。囚车的门在后面，几个担负保卫的警察迅速围了过来。顾警官先上了车。两个警察架起白老四往囚车上推，顾警官伸手去拉白老四。就在白老四往车上挪步的一瞬间，一颗子弹准确地射进白老四的后脑勺。顾警官惊得张大嘴巴，另一颗子弹紧接着又射入顾警官的眉心。

所有警察都回身隐蔽并寻找枪手的可能位置，周清泉却扑向白老四，把他的身体翻转过来，大声地问："白老四，你告诉我，老大是谁？你们老大是谁？"

白老四翻着白眼，一张口，血涌了出来。他可能想说，但只是无力地动了动嘴巴，头一歪，死了。

*

偷渡客们所在的船舱小倒是不小，但是一百多人在里面，通风又不好，温度很快就升高了。开始的一段时间里，人们紧张而又兴奋，对于高温并没有那么介意。可是随着时间无休止地延长，许多人感到很难忍受了。大多数男人都脱掉衣服，打着赤膊。大家处于一种烦躁之中。

何武成担心地对郑洪斌说："大哥，这样时间长了恐怕会出事。"

郑洪斌只是"嗯"了一声。

朱小珊问老郑："能不能跟船上的水手讲，放我们到甲板上吹吹风？"

郑洪斌摇了摇头："我们最好不要出头。船上的水手有不少相貌不善。小珊你尤其要注意，不要跟他们上去。"

"郑大哥说得对。我们要忍，出头的椽子先烂。"王先江表示同意。

舱门开了。两个水手提着一大桶水和一筐馒头下来。领头的水手叫"豪哥"，另一个是"马哥"。

豪哥叫了一声："开饭了。你们先排好队再领水和馒头。"

一个福建老乡小心翼翼地问："师傅，我的塑料杯子压破了，能不能再发一个？"

"哪里有那么多可发？五美元一个。"

"一个塑料杯子要五块钱？你真会要钱。"

"心痛钱就不要买，我也没强迫你。"

每人一杯水、一个馒头、一个腌辣椒。

另一位老乡嘟哝起来："一天两餐，就这么一点怎么能吃饱？天这么热，至少多发两次水呀。"

马哥轻蔑地看了他一眼："哼，你们躺着不动还想海吃海喝？断顿的日子还在后面哩。"

"我们交了那么多钱，待遇这么差。"群情骚动。

"想服务周到去坐飞机。我们又不是服务员，能来送水送饭就不错了。"

一个女孩怯怯地问："天这么热，几天都没洗澡了。能照顾我们……"

豪哥的嘴巴咧开了："可以啊，小姑娘我们可以照顾，想洗澡的举手。"

不少妇女、姑娘举起手来。朱小珊高兴地正要举手，被何武成一把拉住。朱小珊刚要发脾气，看到周围好几双眼睛严肃地看着她。

"我，我，……唉！"

豪哥挑了几个比较漂亮的女孩。

轮到朱小珊领水和馒头了，豪哥眼睛贼贼地看着她。

"哇，还有这么漂亮的女孩，我刚刚怎么没看见。你也上去吧。"

"我不，我哥不让。"

"谁是你哥？"

"我是。"何武成冷冷地答道。

"哼，"豪哥狞笑一声，"我倒要看你妹子能熬多久。"

闽北的老乡围坐在一起，个个忧心忡忡："现在旅途一半还没到，水的供应已经减少了。只要他们一停止给水和食品，还不是想怎样就怎样？"

"那你们看想什么办法？"

杨明说："我们把群众组织起来，和他们交涉。人多力量大。"

"怎么交涉？谁挑头，他们就会整谁。我们现在和几个世纪前的黑奴差不多，你想暴动，被他们全部闷死在船舱里都有可能。"王先江读的书多，对当前的处境比较清楚。

"我没说暴动。我是说像组织工会一样，同他们有理有利有节地斗争。"

朱小珊破涕为笑："杨明大哥书看多了，说起来一套一套的，我们选你当工会主席。"

"我哪行？我们有领袖嘛。"

郑洪斌这才发言："我们这一拨从闽北来的人才九个，在这里面是少数。长乐那边来的人最多，他们不起来说话，我们出头会很被动。我们也还不至于像黑奴吧？我们是出了钱的。他们的大老板还指望把我们送到，赚更多的钱，因此我主张忍一忍。现在大家都怕出事，都在忍。只有到了忍无可忍的情况下，才能像杨明讲得那样组织群众，共同斗争。"

平时不爱说话的范传经提出个问题："他们要是把舱门关紧，让我们先饿死热死几个，怎么办？"

"范大师要不不说话，一说就是很关键。很可能哦。"

"大哥，我们不能不防他们这么做。我看……"何武成用眼睛瞟了一下周围，身体往郑洪斌边上挪了挪，压低了声音，"我们俩至少有一个要在这个船舱外面，防止事态向恶性发展。"

郑洪斌表示同意："我们俩都需要在外面。王先江、杨明，如果下面人蛇和送食品的水手发生冲突，你们最好还是等长乐的老乡出头。尽量不要激化矛盾。我们的目的不是造反，是到美国。小珊，把头发弄乱，脸上抹脏点，越不漂亮越安全，懂吗？"

大家都点头赞同。

"等到下次晚间他们来送饭，我和小何就混上去。如果事情闹大了，你们不要慌。有我们在外面你们就有希望。"

"没你们在，我们就惨了。"小陈荣又感慨起来。

*

犯罪集团公然袭警，造成三名警官和重要人犯的死亡，给警方极大的震动。周清泉回到江昌后，专案小组立刻举行会议。童组长、周清泉、白雪梅和陈晶都在座。白厅长也参加会议，听取周清泉的汇报。

"……情况就是这样。几乎可以肯定，杀手就是沈老五。在顾警官被杀害的当天，他的同事就在他家里发现了威胁信。我们出师不利，刚查出江昌六虎的线索就这么断了。"

白厅长冷静地说："不能那么看问题。犯罪集团也付出了代价，他们暴露了自己，挖出我们警方内部的蛀虫，对于我们破案，具有同样重要的意义。"

"白厅长说得对。我们请求公安厅领导对辛局长采取适当措施。至少不能让他再次干扰我们的工作。"童组长要求。

342

白厅长点点头："目前还没有辛镇山为犯罪集团通风报信的确凿证据，但我们可以把他调离江昌。"

"陈晶，查找沈老五的工作有进展吗？"童组长问。

"有。"陈晶早就做好准备，她手持计算机鼠标，通过投影仪展示人物头像图片。

"你们看看这个人。"

童组长，周清泉和白雪梅一看，大吃一惊。

白雪梅脱口而出："这个人和沈老五的面貌这么像！就是老了一点。"

"这段时间里，各单位送来更多的数字档案，大大充实了我们的数据库。我们又改进了图片数据搜索的软件程序，扩大了搜索范围，确实有了收获。我们昨天找到了这样一个人以及有关他的资料。你看。"

陈晶又敲了一下键盘："照片的右边是这个人的资料。他叫陆东岳，现龄五十七岁，原国家队射击教练，十三年前移民澳大利亚。他有一个儿子叫陆准，随父移民。注意，陆准现龄二十九岁。还有，陆东岳身高一米八、陆东岳的妻子姓沈。"

童组长、周清泉和白雪梅的脸上露出兴奋的表情。找到这个沈老五的信息是抓捕他的第一步。在白老四被灭口，江昌六虎的线索被斩断之后，还有什么比很可能已经找出沈老五的准确身份更能让人兴奋的事？

就连白厅长也喜形于色："这就是为什么这个杀手敢于挑战国家机器。他和他的老大以为我们根本找不到'沈老五'。"他指示，"一旦明确了这个杀手的情况，立即发出通缉令。"

童组长补充说："我们需要立即尽可能详细地查明有关陆家父子的情况。我马上和仲局长联系，借助国际刑警组织的力量，取得澳大利亚警方的支持。对了，陈晶，你马上把陆准十五岁时的照片从公安系统的档案中找出来。"

"好的。"

"这就叫山穷水复疑无路，柳暗花明又一村。"白厅长说，"白老四被灭口，沈老五却露出马脚。那个涉嫌谋杀余旷达的女妖的照片已经发往各地，相信会有反馈的消息。曾金虎已经在我们的监控之中，那个虎老大现出原形的日子不会太远了。"

童组长问："雪梅，琳达那边一直同你保持着联系，有什么新消息吗？"

"国际刑警追查同沈老五一起出现在缅北的三个金山公司驻曼德勒分公司的职员，发现他们已离开。该公司声称他们早就辞职了，不过国际刑警并没有因此放弃对着几个人的追踪。"

"岳律师是不是还在追踪胡莉莉的动向？"周清泉提出另一个问题。

"是的。胡莉莉通过蔡律师办妥了和郑洪斌的离婚手续。岳律师还通过胡莉莉的大学好友，得知她被美国北维州社区大学录取。"

＊

借晚上水手下船舱发水和食品的机会，郑洪斌、何武成溜出船舱。他们给自己找了一个相对舒服的藏身之处。

救生艇高高悬挂在货轮后甲板一侧的上空。救生艇里，郑洪斌用望远镜观察甲板通往底舱的铁门。何武成则躺在船舱里，这里面有水，也有食品。

"你怎么确定下面的人没事？"何武成问。

"一天两餐正常送饭送水，朱小珊没被强行带到甲板上来，我们就可以假定平安无事。出了事下面会叫会闹的，他们一叫一闹，水手就会出现。"

在货轮底舱，大家又在排队打饭。每个人发的水只有半杯了。

一个老乡忍不住了："先生，这里面又闷又热，你们只发这么一点水，人都要渴晕过去了。这样不行，要死人的！"

"我看你是活得不耐烦了！"豪哥冲上去，一把夺过这个老乡的杯子。老乡同他抢夺，水早泼了出来，塑料杯子破了。

这个老乡悲愤地说："渴死也是死，闷死也是死，打死也是死。反正活不成了，不想死的就跟他们打！"

几个老乡跑过来帮忙，其他人一哄而上抢馒头和水。豪哥大叫起来："下面造反了！来人啊！"

后甲板上，守在门外的水手一听里面叫，马上冲着前面甲板召唤同伙。

"底舱人蛇造反了，带家伙过来呀！"

一帮水手，大约十来个，拿着铁棍、铁链，跑了过来。

救生艇上，郑洪斌正在用望远镜观察，何武成也爬了过来。

"大哥，我们要不要下去？别出人命。"

"打伤几个人在所难免。不过，我们现在下去还不是时候。你要知道，我们可没本事把船开到拉丁美洲。"郑洪斌冷静地分析。

"那就看着人蛇被打死打伤？"

"至少要等到人蛇因害怕和绝望而团结。否则，到了地头他们也会出卖我们。我们只有九个人，赢不了这场斗争。"

十来个水手手持凶器冲下底舱，有人打开所有的灯，底舱明亮起来。福建老乡们这一次被激怒了。他们不再退让，而是手指水手七嘴八舌地指责，怒骂。

"你们想怎么样？不给我们活路，我们就同你们拼了！"

"你们太不人道了，对待我们还不如猪狗，我们是花了几万美金的！"

豪哥的衣服撕破了，牙出了血，脸上也现出一条条血痕。

"妈的，你敢打老子。老子把你们一个个扔到海里去喂鲨鱼！给我上，把带头闹事的抓起来！"

马哥和水手们仗着他们人多了，又手持武器，上来就抓那个带头闹事的人蛇。其他老乡把他们推到一边，保护老乡不被抓走。豪哥拿过旁边水手手里的铁棍，劈头就打，马上有人被打倒。其他水手一哄而上，打得人蛇纷纷躲避。几个水手趁机拖起带头争执的老乡和另外两个人就往上跑。老乡们想来营救，却又害怕水手手中的凶器。

豪哥在水手中是最后一个离开底舱的，他用铁棍指着人蛇威胁：

"我饿你们两天两夜，看你们谁还敢起哄！我掏了这几个人的肠子喂鱼，让你们看看反抗捣乱的下场！"

铁门"咣当"一声被关上了。

底舱里，先是女人，后是年纪大的和半大孩子，最后是所有的人都哭了起来。王先江站了起来：

"老乡们，我们要团结！现在我们连奴隶都不如，不团结就会被他们一个一个搞死。我们要组织起来，组织起来才有力量！"

"现在铁门都关死了，他们不开门，你组织有什么用处？"

"我们如果不团结，任人宰割，门开不开都一个样。我告诉你们，我们的大哥在外面。我们大哥一身好武艺，他会来把门打开的。我们组织起来，拥戴大哥做头领，就能让这些臭水手听我们的话，给我们做人的基本权利。"

"那好啊，早就应该这个样子啦。你说，怎么个组织法。"

"我们闽北的出一个代表，你们长乐的泉州的各选一个代表。三个代表先商量一下，向船长提出具体要求。"

大家齐声说："好，我们同意！"

前甲板上，三个被拖上来的人蛇被吊上桅杆。水手用铁条和缆绳抽打他们，三人惨叫着。

豪哥骂道："他妈的，老子走船这么多年，还没见过敢还手的人蛇，你们他妈的活得不耐烦了。在这片水面上除了海盗，没人能管得了老子，杀你们个把人还不跟宰条鱼一样！"

在船的另一头，因为底舱的门被锁上，连看门的人都没有。郑洪斌到了门前，用一根铁丝捅开了大铁锁。他拉开大门，走进去。

郑洪斌一出现，底舱里面从乌山过来的老乡都异口同声，激动地喊起来。

"大哥！"

郑洪斌朗声说道："各位，再不反抗就没有机会了。"

王先江冲着郑洪斌高声说："大哥，我们已经组织起来了。刚刚写了我们的要求，就等您一声令下。"

"那好。青壮年都上来，动静不要大。每人找好武器，跟我们先去救人，再提要求。快点行动！"

三个被吊打的人蛇连叫喊的力气都没有了。

船长嘴里叼着个大烟斗出现了："哎，我说你们有完没完？ 知道吗？这些人还有四五万美金没交。你们把人打死了，我对客户怎么交代？"

346

"船长，你又拿不到四五万。运什么货还没有个亏损？不给这些人蛇一点厉害看，他们想翻天。"马哥愤愤地说。

一帮子水手也跟着起哄："是啊，打死一个你才亏多少？"

正说着，站在高处的船长眼睛直了。他看到人蛇在郑洪斌的带领下，手拿各色"武器"向前甲板涌来。

"你们他妈的真会给我找麻烦，人家围上来了！"

好几十个人蛇围上来了，他们手中的家伙虽然比不上水手们的，但人多，气势逼人。

豪哥用手中的铁棍指着围上来的人蛇："你们，你们想干什么？"

"跟你算算账！"老郑冷冷地说。

"妈的，老子废了你！"豪哥恶狠狠地叫嚣。

郑洪斌一扬手，示意大家停下来，他自己一个人从容走向手持铁棍铁链的十来个水手。那些水手被他的气势镇住了，他们将郑洪斌团团围住，却没人先下手。

"怎么，不动手了？那就把人给我放下来，我们谈谈。"

豪哥咬咬牙，举起铁棍劈头向郑洪斌打来。郑洪斌一闪身，铁棍打偏了，砸在甲板上，把豪哥震得双臂发麻。郑洪斌以掌代刀，劈在豪哥的脖子上，豪哥当即倒地。另一个水手抢起铁棍横着扫了过来。此时郑洪斌已经用脚挑起豪哥落地的铁棍，他双手持棍挡了一下，再随手一拨，铁棍打在对方膝关节上，对手大叫一声，也倒在甲板上。郑洪斌耍了一下铁棍，其他水手纷纷退让。

就在这时候，一声枪响，只见船长手持短枪朝天开枪警告，跟着货船飞的水鸟吓得一哄而散。

"都给我退回船舱！你们违法偷渡，在公海上不受任何法律保护，我警告……"

船长的话突然停了下来，他的太阳穴被何武成用枪顶住了。

船长张口结舌："你……你想干什么？没有我，你们只能死在大西洋上。"

何武成缴了船长的枪，递给身边的陈荣。

"你的人要不是把我们逼到死路上，又怎么会发生这样的事？"郑洪斌命令船长，"让他们放下武器。"

"好说，好说。你们放下武器。"

马哥不服："没那个好事！妈的，凭你们这些乌合之众，想让我们服输？"

郑洪斌把枪拔了出来："不听话？那我就先打掉你的左耳朵。"

话声刚落，郑洪斌抬手就是一枪。马哥左边的招风耳上半边被打掉，鲜血流了下来，白色的T恤衫染红了一片。

"啊，我的耳朵，我的耳朵！"

水手们纷纷放下铁棍和铁链等"武器"。

郑洪斌大声宣布："这条船暂时由我们接管了。治保队两个看一个，看住水手。王老师，你们三个代表过来，我们和船长谈判，共同制定余下航程的规章制度。"

船员活动室里。郑洪斌教训船长："你们的人太过分了，这样搞早晚会出大问题。怎么能把人往死路上逼呢？你也是华人，总听过'同舟共济'这个成语吧？欺人太甚，闹到同归于尽，不是你们的目的吧？"

"我管教不当，我检讨。"

"不错，我们是偷渡客。但是，偷渡不偷渡和你们没关系。我们花钱乘船，你们收了蛇头的钱为我们提供运输和旅途服务，是不是？"

"是，是这样的。"

"那么，作为乘客我们是有权要求基本生活待遇的。但事实上，我们是被虐待的。我们没有任何卫生设备，十几天不能洗脸刷牙换衣服。我们每天只有两个馒头或者饼子、两杯子水。"

"现在只发两个半杯水了。"王先江说明。

"有人已经病了，不到目的地就可能死人。你也有亲人吧？你怎么忍心这么对待自己的同胞？"

"这些情况我不知道。我的任务是保证航行。"船长低声下气地说。

"我们可以既往不咎，打从现在起，希望你合作。你也看到，这条船已经被我们控制了。不合作，或者玩什么鬼花样，先死的是你们。我们不会开船，但可以呼叫求援。你不愿意走极端吧？"

船长长叹一声："没有必要撕破脸，我们合作。"

郑洪斌转向王先江："王老师，把你起草的'基本人权和生活保障要求'给船长念念。"

王先江拿出那张稿纸，扶了扶眼镜，念了起来。

听王先江读完《保障协议书》，船长把帽子摘了下来，低垂着头。

"各位代表，我不能不跟你们说明白。这是一条货船，本来所有的生活设施都是为最多二十个船员设计的。现在船上有十七个船员和一百一十三个乘客，人数多了六七倍。首先是没有那么多淡水。不要说洗澡，真的连喝的水都不够。你们知道，没有水，发动机就不能运行。"

"那就需要想办法解决。"郑洪斌厉声说。

"怎么解决？周围是一望无际的大海，根本不像在陆地上可以寻找水源。"

"想办法穿过雨区。做好接水的准备工作。否则大家都要渴死。"郑洪斌把头转向门外，"治保队的人过来一个。"

有人进来。

"郑大哥，有什么指示？"

"告诉他们，立即控制用水。我们需要商量好具体用水方案。"

货轮的底舱已经变了样子。一排木头箱子垒成齐胸高的"墙"，里面住女生，外面是男生。拐角也挡了挡，用作厕所。偷渡客的心情不一样，整个船舱的气氛也和从前大不一样。

底舱的门保持敞开。陈荣从外面甲板上进来，传达郑洪斌的命令。

"大家注意了。郑大哥说，轮船马上要进入雨区，让大家都到甲板上来，接水，还有天然淋浴。所以衣服不要穿得太多。接水是有指标任务的，每个小组要听组长指挥。多接水的小组可以多用，少接的少用，不接的没用。听到了吗？"

下面的人高兴地大叫："听到了！"

女生那边尤其兴奋。

一个女生问："小珊，你说我们只穿个背心行吗？"

"行。有什么不行的。到时候雨下大了，我们一起把背心都脱了，只剩一个乳罩，洗个痛快。"

"好啊，你要是敢脱，我们没什么不敢的。"另一个姑娘高兴地说。

陈荣又在门口叫起来：

"哎，你们女人怎么慢腾腾的？黑云压顶，马上就要下了。"

朱小珊答应着："来了，来了！"

风越刮越大。人们站在甲板上，觉得满身的污垢和抑郁都被风吹走了。抓着栏杆的陈荣忽然感到脸上被什么撞了一下，他摸摸脸，湿的。接着，又是一粒雨珠打来。陈荣转过身，对着驾驶舱里的郑洪斌大叫起来：

"大哥，下雨了，下雨了！"

每个人都感受到雨的降临。

"下雨了，下雨了！"

大雨倾盆。王先江带领一些人张开大帆布接雨。其他人把盆、桶，和其他可以盛水的容器都搬到甲板上，大家都在甲板上蹦着跳着，张大嘴巴接着从天而降的甘露。男人只穿裤衩，女人也脱得不能再脱。

何武成不停地走来走去，提醒他的治保队队员们坚守岗位。

在外面淋了一阵子雨的郑洪斌回到驾驶舱。

"船长，谢谢。我们可以考虑驶出雨区了。有这场雨，我们坚持到伯利兹应该没有问题。"

"但愿如此。我也受够了，这一行不能干了。我手下这些水手，本来也不像这样野蛮。可是年复一年，这些人蛇逆来顺受，女人为了一瓶水就让他们睡，他们也就从人变成了野兽。有不听话的，真能让他们扔到大海里去。我能阻止吗？我得靠他们干活呀。"

"理解。船长，船在伯利兹没法加水加油吧？"郑洪斌像是不经意地问道。

"哟，老大这也知道？是。我们得到洪都拉斯的柯尔特斯港加油加水，再捎带些货物返航。"

晚上，郑洪斌、何武成往船尾走，陈荣跟随。快到船尾的时候，郑洪斌拍拍陈荣：

"陈荣马仔，你在这儿站岗。不要让任何人靠近。"

郑洪斌和何武成走到船尾站了下来，看着满天星光下翻滚的海浪。

"我们就要到拉美的伯利兹了。我们这么一闹，偷渡集团绝不会善罢甘休。"

"有什么计划吗，大哥？"

"一上岸，我们就要和这群人分道扬镳。我今天探了探船长的口气，那个带头的烂水手果然是偷渡集团派在这条船上的人，到了伯利兹他要下船跟黑道联系。"

"我听你的。"

郑洪斌对陈荣招招手："陈荣你过来。"

陈荣跑了过来。

"你们这么快就说完了？"

"说完了。陈荣，等船到伯利兹。上了岸以后，我俩随时都会离开人蛇的队伍。你好自为之。"

"哎呀，郑大哥，你们可不能丢下我不管。"陈荣一听急了。

郑洪斌耐心解释："什么叫丢下你呀？你跟着队伍走，到了美国让你姑妈出钱把你领回去，不就行了吗？我们打算自己穿越整个墨西哥，自己想办法过境。危险要大多了。"

"危险大你们要自己走干吗？你们一离开，我们这些人就没有主心骨了。船上造了他们的反，蛇头还能不报复？"

"我们带的头，他们要报复会找我们，所以你跟着我们危险更大。"

这么一说，陈荣更加害怕，他央求老郑："郑大哥我求求您带上我。人人都知道我是您俩的马仔。你们离开了，蛇头会找我报复。我死在这里爸妈都不会知道。我总能给你们站个岗放个哨。啊，何大哥？"陈荣可怜巴巴地看着何武成，希望他帮忙说说话。

何武成觉得陈荣说的有道理，于是帮他说话："带上他吧。"

"出事别埋怨我们。"老郑严肃地说。

陈荣举起右手："我发誓！"

351

第十九章　收网擒虎

专案组对江昌六虎的侦查工作取得很大进展。澳大利亚警方应国际刑警中国局的要求寄来陆东岳之子陆准（英文名为George Lu）的相关资料。陆准曾参加澳大利亚大学生体育代表团，在世界大学生运动会上拿过大口径步枪射击冠军。这个陆准于七年前大学毕业后离开澳大利亚到中国旅游，自此没有回澳大利亚的记录。我国海关也没有他出境的记录。他当年的护照照片，同韩冰莹在缅北所拍照片相差并不大。

省公安厅发出对陆准（George Lu）的通缉令。

国际刑警中国局再次请澳大利亚警方协助调查陆准高中大学期间的华裔同学和朋友。

沈老五在枪杀了几个警官，并将白老四灭口之后，逃往云南边境。此时的沈老五，深知自己是在和国家机器为敌，被一种前所未有的恐惧包围着，他甚至不再迷信那个曾经在他眼里无所不能，法力无边的老大。

在西双版纳密林边沿的金秋实验农场，冯场长看到已故儿子的大学好友乔治（George）来访，喜出望外。他把乔治引到自己的住处。

这是一栋小楼。冯场长住在二楼。客厅通过玻璃拉门同外面的阳台连着。从这里看过去，远处山峦叠嶂，近处阡陌纵横。乔治把目光从玻璃拉门外收回，转到客厅墙上。墙上挂着冯场长一家三口的照片，年代比较久远。其他便是冯场长妻子和儿子的各种照片了，其中有一张是冯场长夫妇和一组高大英俊的小伙子在篮球场上的合影。小伙子们穿着比赛的队服，上面有"The University of Melbourne"的字样。其中有两个中国小伙子，其他几个都是洋人。冯场长的儿子Michael紧挨着他妈妈，而乔治紧挨着冯场长。乔治看着这张照片，不禁动容。

端着茶盘走过来的冯场长，看到眼圈红了的乔治，轻轻放下茶盘，用手轻抚着他的背。

"George，你能来看我，我太高兴了。坐吧。"

乔治坐下，接过冯场长递过来的茶。

"冯伯伯，我常常自责，说来看您，都只是停留在口头上。"乔治诚恳地说。

"不用自责。你能想着我，我就非常欣慰了。我是个遁世之人，愿意被这个世界遗忘掉。而我自己就活在那些记忆中，在记忆中和他们母子在一起。话是这么说，我看到你还是高兴。看到你，记忆中Michael的形象更加鲜活起来。George，怎么样，结婚了吧？爸妈都好吗？"

"唉。打我记事起，我爸妈从来就没好过，我也不会结婚。"

"怎么这么说？"

"从某种意义上说，我也是个遁世之人。哈哈，您这儿真好。我刚来就喜欢上了。我可以跟您申请一个志愿工的工作吗？"

"你能多住些日子，我求之不得。不过我告诉你，我是个把自己留在过去的人，不喜欢信息革命带来的东西。我这儿没有电视，唯一的一台电脑还是Window XP，手机信号也不好。你恐怕耐不住寂寞。"

"太好了。我现在最恨的就是电脑、电视和手机。"

"沈老五"暂时安稳地在金秋实验农场住下来了，并且有模有样地干起农活来。

山坡上，乔治在挖坑。他挖好一个，又很快拔掉旁边事先插上的竹签，开挖下一个。

冯场长走过来，欣赏地看着乔治起劲干活的样子。他招呼乔治："歇歇吧，George。我跟你说了，这些原本都是计划在四月里大批农民工来了以后做的事。"

"我闲着也是闲着，干活出一身汗，舒服。"

冯场长似乎过意不去："我安排你一个人干活，是不是寂寞了点？"

"不寂寞，或者说，我要的就是这种独处的感觉。冯伯伯，我想请教您，咖啡最早是阿拉伯人种植的吗？"

"你的知识蛮丰富的嘛。埃塞俄比亚的牧羊人最早发现这种植物的果实能提神，这只是一种传说。但确实有记载，是埃塞俄比亚军队过红海入侵也门，把咖啡带到阿拉伯世界的。咖啡长期被阿拉伯世界所垄断，当时主要被使用在医学上，伊斯兰教医生认识到咖啡具有提神、醒脑、健胃、强身、止血等功效。15世纪初开始有阿拉伯文献记载咖啡的使用方式，同时民间也把咖啡做为日常饮品。直到16、17世纪，透过威尼斯商人和海上霸权荷兰人的买卖辗转将咖啡传入欧洲，很快地，这种充满东方神秘色彩、口感馥郁香气迷魅的黑色饮料受到贵族和资产阶级的争相竞逐，咖啡的身价也跟着水涨船高，甚至产生了'黑色金子'的称号。"

"黑色金子？"乔治觉得太夸张了，"现在这东西没那么金贵，是因为南美和东南亚都有生产吧？"

"巴西是在19世纪开始种植的，东南亚到了20世纪才种植。"

乔治接过话茬："在中国大陆，咖啡店的普及还没有多少年。我亲眼见证了咖啡进入中国大中城市的发展史。"

"这么说，你来大陆很多年了？"

"我一毕业就来了。您知道我们父子关系不好。"

"为什么？"

"我爸从来就没对我满意过。"乔治愤愤然地诉说，"他自己没上过什么学，上学时的成绩肯定一塌糊涂。但是，他对于我偶然得了一次不太好的分数，都会拳脚相加。他当射击教练，唯一能教我的，是让我从小玩枪。但是，只要我打不到十环，他就罚我跪。我在相当长的时间里怀疑，我不是我爸生的。"

"胡说什么！"

"真的。但是我的长相和我射击的天分却明明来自这个从来不疼爱我的男人。"

"妈妈呢？"冯场长问。

"我妈对我好。她越是护着我，我爸就越想揍我。我认为，他是从打我来发泄他对我妈的恨。我们移民到澳大利亚后，我一上大学，我爸妈就分手了。在大学里，我和Michael亲如兄弟，我从他那里感受到亲情，但他在三年级就离开了我。对不起，冯伯伯，我不该惹你伤心。Michelle在这个时候成了我的女朋友，可是偏偏让我发现她和别的男孩子鬼混。唉……"乔治越说越伤心。

"怎么就来了中国？"

"我自杀的念头都有。我爸的一个老朋友访问澳大利亚，临时需要一个翻译，我陪了他十天，决定跟他到中国来，彻底改变一下人生。"

"人生就这么改变了？"

乔治苦笑了一下，没有回答。

*

同沈老五一下子失去联系，这让原福山公司总经理朱勇彪的秘书小金坐立不安。

按照江昌六虎老大的授意，小金在网上发了一个帖子。这是她和沈老五约定的一种联络方式。帖子发在一个不太知名的文学网站上。小金是用诗的形式给沈老五传递信息的。她和沈老五不是第一次采用这种方式交换信息了。但是，小金一直没见到沈老五的跟帖，这让她心里很不安。

小金打开电视，但她的心思显然不在电视节目上。手机铃声响了，她看了一下来电显示，立即关掉电视，拿起手机。电话是虎首老大打来的。

"喂，你在哪儿呀？……我能干什么，在等你。……知道，叫我干什么，你说吧。"

老大告诉小金，沈老五的行踪有可能已经被警方掌握。小金大吃一惊："真的呀？公安怎么这么大能耐？"

老大指示小金，必须立即通知老五，让他出境躲避。没有进一步的通知，不要回国。

小金连忙答应："好的，好的，我今天晚上就写一个东西贴在网上。"

她放下手机，咬住下嘴唇，过了半天才自言自语地说了一句话：

355

"妈呀，非走不可了。"

在金秋实验农场，冯场长陪着乔治挖那些种咖啡苗的坑。

乔治带着几分自豪地说："冯伯伯，您看我都成熟练工了。我跟您打赌，我十分钟就能挖出一个0.75米见方的坑来。您给我掐表好不好？"

"不用打赌，我信。"

冯场长忽然发现乔治的眼神向他身后扫了一眼，脸色稍有变化。

"试试看嘛。"乔治很快调整了情绪，"嗯，等我把这泡屎拉了再试。冯伯伯，那边有人是不是来找您的？"

乔治把大锹插在地上，从放在路边的衣服口袋里拿出一小卷卫生纸，往不远处的作物林中走去。冯场长回过头，看到有两个人远远向这边走来，于是迎了上去。来人中的老张大声招呼着："冯场长，你在这儿呀。"

"老张，有什么事吗？"

说话间，两个人靠近了。老张指着身边的年轻人向冯场长介绍："冯场长，这是我表弟，来打听我们场什么时候开始招收季节工。"

年轻人恭敬地问候："冯场长好。"

老张给他表弟介绍："小浩，冯场长是台湾来的教授、专家。你来这儿能学到不少东西。"

"哪里，哪里。"冯场长客气地说道，"招工的事，你是听你表哥说的吧？我们很快就要开始移栽咖啡苗了，招工计划在下周。天气预报说，今年的雨季会稍早一些，五月中旬就会开始。"

"哟，那我来早了一点。冯场长，我能不能在我表哥这儿先住几天？"

"家住得远吗？"冯场长问。

老张替表弟回答："远倒不算远，可一来一回也得花两天时间。要不让小浩先义务跟我干两天活？"

冯场长听说这话，马上表态："花两天时间在路上就不值得了，还要花盘缠。行，留下吧，今天休息，从明天起干活。干活就得领工资。走，把你的住处安排一下。"

几个人往回走。

"冯场长，你那个亲戚怎么没见？他都来了两个月了吧，我光看过他的影子。"老张问道。

"嗨,他来是度假,图的是山里空气新鲜、安静。"

乔治其实一直在不远处跟踪,听他们说什么。

安排好老张的那位表弟以后,冯场长回到二楼的客厅,站在窗口往外凝视。他看到不远处果园里闪过乔治又高又瘦的身影,他是往仓库边自己的住处去的。

冯场长深深地叹了一口气。他回到厨房那个法式咖啡压滤机前,往一个保温杯里倒了几乎满满一杯咖啡。

乔治已经把他那个帆布旅行背篓收拾完毕。他手脚麻利地把床单抹平,桌面收拾好,让这个小小的房间里干干净净。此时,乔治心里明白,"沈老五"的灵魂和命运又回到了自己的躯壳之中。屋外传来脚步声,他停了下来,顺手抄起墙边的砍刀。

门外传来冯场长的声音:"George,是我。"

沈老五小心地放下砍刀,把门打开。

冯场长端着保温杯进来了,就像没有看见沈老五收拾好的行装一样。冯场长拉过椅子坐下,把保温杯递给沈老五:"George,我知道总会有分手的这一天,分开后,再见就难了。来,喝了这杯咖啡再走吧。"

沈老五接过咖啡,喝了一口。

"所谓唇齿留香。今天我才理解它的意义。冯伯伯,大恩不言谢。您是不是在我到来之前就知道……"

冯场长点点头,从裤兜里掏出折叠起来的一张八开的纸张,递给沈老五。

沈老五打开来一看,这是一张印有他头像的通缉令。

他苦笑一声:"到底还是被拍下照片了。冯伯伯,您为什么早不告诉我呢?"

冯场长一声长叹:"连我这么个偏远的小农场都寄来这么一份东西,那么你还能到哪儿去?除非在西双版纳密林里当野人,或者出境。我想你需要休整、思考。孩子,你这条路走错了。"

"这正是我两个月来思考的结果。我最不应该的是走上和国家机器为敌的路。"沈老五向自己这位尊重的长辈分辩说,"冯伯伯,在这之前我杀的都不是好人。"

"法治国家,坏人也轮不到你去杀呀。"

沈老五无话可说。

冯场长沉痛地说:"我其实一直在思想斗争。第一,我要不要去举报?我没有这么做,因为我把你当成自己的孩子。中国人鼓励大义灭亲。我接受西方人的观念。第二,我怎么帮你?唉,除了劝说你从此放下屠刀,我为你做不了任何事情。你需要钱吗?"

沈老五感动得眼圈红了:"钱够用了。冯伯伯,放下屠刀,我也不可能立地成佛。"

"那你准备端着枪走到底?"

沈老五痛苦地摇摇头。

"我无路可走。我曾经想,如果可以,我愿意在您的农场挖一辈子坑。每天品尝一杯苦涩的咖啡,享受苦涩后的醇香。但是,现在我连选择的权利都没有了。冯伯伯。大学毕业后的七年里,我做的最有意义的事,就是挖了上千个种咖啡树的坑,学了一点有关咖啡的知识。我要走了。自称老张表弟的那个人很可能是公安人员。"

沈老五背起旅行背篓,再把装着步枪零部件的盒子放在背篓上方,系紧,最后他抄起砍刀,对冯场长解释:"这刀是农场的,送给我吧。在林子里需要。"

冯场长坐着没动,心里不是滋味,双眼盈满泪水。

沈老五看了他一眼,转身出门。

冯场长诚恳地说:"能够的话,请做一两件赎罪的事。这样,你的余生会心安一些。"

沈老五停下,听他把话说完,头也不回地离开了。

在一副高倍望远镜的镜头中,沈老五走出山坡中的树林,走下河谷。周清泉头戴对讲装置,注意着沈老五的一举一动:"各狙击点注意:目标出现,目标出现。离河面十米、八米、六米,请播音。"

正要涉水过河的沈老五，被大功率扩音器的声音震动了。

"陆准，你被包围了，放下你背上的武器，向中国警方和边防军投降是你唯一的出路和选择。"

声音在寂静的山谷回荡。

沈老五苦笑一声，他环视四周：两边是山，面前是河流。他知道，他完全暴露在不止一个狙击手的枪口之下。

扩音器中再次敦促："陆准，你已经无路可逃，放下你的背包、砍刀和枪械！"

沈老五松开手，砍刀落地。他又一耸双肩，旅行背篓滑下后背。接着他解开固定在背带上的枪盒的绳子。他单脚跪在河滩上，手扶着背篓，眼角流下泪来。突然，他从背篓里抽出一支手枪，站了起来。他大叫：

"打呀！打死我！"

"陆准，放下武器！你还有向你的祖籍国赎罪的机会！"

此时周清泉的眼前浮现出自己的战友牺牲的情景，仇恨涌上周清泉的胸膛，他的眼里冒出愤怒的火花。

陆准缓慢地把枪口含到嘴里。

周清泉知道没法阻挡这个冷面杀手自绝于社会了，他下达命令：

"开枪！"

各制高点的枪声同时响起，陆准也扣动手中的扳机，他倒在河滩上。

冯场长扶着一楼办公室的大门，遥望河谷方向。他听到了枪声，而且不难想象George的命运，泪水从他的脸上落下。

一辆公安吉普疾驰而来，在这幢小楼前停下。身穿警服的白雪梅和童组长下了车。白雪梅问："你是冯场长吧？"

"是。"

"多次作案，杀害过三名中国警官的嫌犯陆准，在你的农场潜藏过很长一段时间，我们需要收集他的相关罪证，希望你能配合。"

冯场长点了点头，对此，他有充分的心里准备："请便。这是我的办公室，楼上是我的住处，George的住处在仓库旁边。"

"这里有几台电脑？"

"唯一的一台在办公室。"冯场长想了想又补充说，"他没用过电脑。"

童组长不以为然："你怎么知道?"

白雪梅和童组长走进办公室。白雪梅拔掉电源以及主机和屏幕的连线。手机铃声响了。童组长得到陆准在国境界河边被击毙的报告。

白雪梅捧着计算机的主机出门，在冯场长的面前停下。

"冯场长，我遗憾地告诉你，陆准拒捕，几分钟前被警方击毙在河谷，他本来是有赎罪的机会的。"

童组长严肃地提出："冯场长，请你带我们去看看陆准的住处。"

*

手机铃声惊醒了酣睡中的曾金虎，他努力睁开眼睛，一把抓起床头柜上的手机，看了看荧光屏上的来电显示。

"大哥，是不是老五出事了?"

"是。他不听我的话出国躲一躲。结果……。你得走了。现在就走还来得及。这里的什么都不要管了，我会安排处理的。"

"明白。我这就离开。"

"你要做好充分的思想准备：很可能逃不脱。一旦被抓，你知道该怎么办。"

曾金虎脑门上一下子渗出汗来。

"大哥您放心。大不了，我自我了断，让他们没法再追下去。"

那边"啪"的一声关了机。曾金虎愣了一会儿，翻身下床，打开灯，他快速地穿好衣服，从抽屉里拿出几叠钞票，塞进带拉链的手提包里。接着，他从床下摸出一把手枪，别在腰里。

曾金虎别墅的车库门开了，一辆车从中开出。

车开出小区上了大街，遇到交通灯，停了下来。大半夜的，本来静寂的街道上忽然从前方射过高灯的强光光柱，紧接着警灯闪了起来。

曾金虎一看不好，一打方向盘就想拐弯逃脱。两边埋伏的警车也闪出警灯。曾金虎刹住车，往回倒车。后面也有警车。曾金虎被团团围住，他打开车门，拔出手枪，刚刚举起，只听"砰"的一声枪响，正中

360

曾金虎持枪的手腕。

前后左右警员迅速围拢过来。白雪梅冲在最前面。

"曾金虎，你被捕了。"

白雪梅一脚踢开曾金虎因手腕受伤掉落地上的手枪。另一个警员拿出手铐，上前抓住曾金虎的手。曾金虎的伤手碰到手铐，痛得龇牙咧嘴。恰恰这时候，曾金虎衣兜里的手机铃声响了。白雪梅从他衣兜里掏出手机。

白雪梅带着嘲笑的口气按下接听键："给你大哥报个信吧。告诉他，下一个我们要抓的就是他。"她把手机放在曾金虎嘴边。曾金虎往后一让，躲开手机。白雪梅嘲弄地晃动刚刚扣上曾金虎一只手腕的手铐，让铁链撞击手铐的另一边，发出"当啷，当啷"的声响。

白雪梅对着手机一个字一个字地朗声说道："听到了吗？江昌六虎的丧钟敲响了！"

她接着把曾金虎的手机"啪"地拍在车顶上，狠狠地将手铐卡在曾金虎另一只手上。曾金虎伤手被她一扯，痛得"嗷"地叫了一声。

黑暗中，靠在床上的虎老大手里拿着手机。他听到了白雪梅的宣告、叮当作响的镣铐声和曾金虎痛苦的哀鸣声。虎老大一声长叹，搁下手机。

身边的女人忍不住问他：

"怎么啦？"

"刚想到提醒他不要开车，不要从大路走。电话晚打了一步，老二出事了。"

"我们怎么办？"

"我们暂时不会有危险。现在还没有人指认曾金虎是江昌六虎的老二，专案组更不知道谁是江昌六虎的大哥。况且，我还有一件最重要的事情没做。"

酒店饭厅大堂里灯火辉煌，摆上了十几个大圆桌的酒席，大厅正面的墙壁上挂着红色的横幅，"福山公司惠山矿恢复生产庆功招待会"。总经理万鸿达主持招待会。

361

万总宣布："现在，我们请新任CEO陈世明先生讲话！"西装革履的陈世明站了起来，接过服务员递给他的话筒："大家知道，我不善言辞，远远比不上我的老战友郑总。"席间，大家听他提到郑总，不觉有些意外。

"吃水不忘打井人嘛。我在这个时候提起郑总，那是因为我想念他。福山公司是我们跟着郑总干出来的，没有他，就不会有福山公司如今这个规模。他出事了，我很难过。我觉得，我们这些福山的老职工继续把他的事业进行下去，就是对郑总最好的安慰。"

全场鼓掌。

陈世明举起双手往下压了几下，让全场安静下来："由于没有了郑总，由于几亿人民币的巨额并购款的流失，福山公司遭遇了成立以来前所未有的困难。我们有三个季度不能正常生产了。今天，惠山矿恢复开工以后的第一批矿石装车运往港口，标志着我们福山公司的生产恢复正常化。我们渡过了难关！"

全场热烈鼓掌。陈世明面带微笑，双手抱拳，向四面来宾频频作揖。

万总又宣布："现在，请市政府的董局长给我们讲话！"

董永河做了简短的发言：

"陈总、万总，各位来宾：有着上万员工的福山公司，在我们江昌市是一个举足轻重的企业。由于公司领导层的变故，公司的正常生产和运作一度受到极大影响，市政府领导和相关部门为此操够了心。现在，我们欣喜地看到福山公司经历了结构上的重组，特别是成功地引入外资，不仅解决了资金上的危机，而且借此开辟了更大的国际市场。福山公司如今以崭新的面貌恢复了生产，我代表市政府向贵公司表示衷心的祝贺！"

掌声不绝。

万鸿达举起高脚酒杯："请大家举杯，共祝福山公司重新走上正轨。晚宴开始！"

陈世明、万鸿达、董永河所坐的贵宾席上，大家频频碰杯。

万鸿达招呼："大家随意啊，不要客气。今晚我们一醉方休。"

一阵寒暄后，万鸿达拿着酒杯起身走到陈世明和董永河两个人的座位中间，弯下腰来，小声地询问："这个，你们俩对于中方董事长曾金虎的被捕怎么看？会不会再次影响福山公司的业务和前途？"

陈世明马上附和："这个问题我也准备向董局请教。"

"公司是公司，个人是个人。"董局长说得很干脆，他又问，"这家伙被捕，昌盛集团的股份动没动？"

"没有。"

"那你们有什么好担心的？说句不好听的，曾金虎根本就不是个搞企业的料。他那种欺行霸市的作风，如果带到福山这样正规化现代化的企业里来，只有坏处没有好处。"

陈世明不失时机地开了个玩笑："这么说，公安机关是帮我们整顿了领导班子。"

三个人哈哈大笑起来。

这天晚上，警方也没闲着，专案组召开会议，白厅长出席。

童组长对大家做了通报："为了配合国际刑警对国际犯罪集团的打击，经公安部和国安部领导同意，惠山矿矿产的出口照常进行。这样做有两个目的，一是我们可以追踪混在出口矿石中的铀矿石的去向，二是为了稳住江昌六虎的老大。"

"对于江昌六虎中首犯虎老大的调查和识别有没有进展？"白厅长问。

白雪梅回答："曾金虎拒绝检举虎老大。不过，范围已经很小了。"

周清泉马上向白厅长做了汇报："是这样的。我们把几个零星的互不关联的事联系在一起，觉得可以构成一个模糊的影子。首先，白老四曾无意中说过，他大哥夸奖老五在行进中打活动目标的枪法，只有一个人能比。这个人，我们认为指的是郑洪斌。还有，沈老五的日记中，一再出现 uncle 这个人，这个 uncle 很像是虎首。把这两个线索结合起来，或者说从年龄和对郑洪斌的熟悉程度看，虎首应该是郑洪斌的战友。一个更加符合逻辑的假设是，他应该是能够指挥或影响福山公司的人。"

白厅长立刻指示："童组长，我看应该对陈世明、万鸿达和董永河同时展开调查。"

"是。白厅长，陈晶在温云山度假村服务员的协助下，绘制出涉嫌杀害余旷达的那个女人的头像。据女服务员回忆，嫌犯操本地口音。我们已将头像发往本省各地。"

"很好。"白厅长赞许地说，"尽快抓捕这个妖女，会加速江昌六虎犯罪集团的灭亡。"

地处本省偏远山区的池林师专发来公函，指认照片上的嫌犯是该校几年前肄业的季渔。白雪梅立即赶往池林。回江昌后，她向专案组做了汇报：

"……我在那里等于参加了一场控诉会。池林是个相对偏僻保守的地方，池林师专出了季渔这样的学生，让所有师生记忆犹新。她打起架来，三个男生都不是对手，而且出手凶狠。她高兴起来，能强迫男生在宿舍里同她做爱，还不许其他女生离开。她公然索取保护费，对不服从的同学拳脚相加，冬天浇冷水，夏天日头下罚跪。校长说季渔的罪行罄竹难书。"

"你刚刚说，这个季渔和江昌六虎关系密切，指的是什么关系？"周清泉问。

"那要从她母亲说起。季渔的母亲毕业于池林师专，那时候，该校是中等专科学校，她母亲毕业后当了小学教师。可是天有不测风云，季渔的爸爸在季渔四岁那年遇车祸身亡。经人介绍，她母亲嫁给了外地一个刚刚离婚的生意人。这个人，请大家注意：就是江昌六虎中季老三的父亲。"

会议室里其他人不约而同地"哦……"了一声。

"接着说吧。"

"我从池林马不停蹄地赶到季渔的家乡云隆，准确地说，就是季渔青少年时代生活过的地方，现在属江昌市管。当地群众反映，季老三的爸爸就是当地有名的地痞。季老三比他爸，有过之而无不及。那娘儿俩到了季家，当妈的可就受罪了，小姑娘却从小就跟他哥学坏，在当地是出了名的妖女。当地派出所的同志介绍，季渔从十三岁起就出入青少年管教所。"

"那她怎么能上师专的？"

陈晶轻蔑地说："嗨，还不是他继父会改她的档案，她妈会跪求过去的老师同学。"

"陈晶一下就说到关键点上了。"

童组长对这些情况非常感兴趣："还是回到最近的状况吧。她肄业离开学校以后的情况你调查了吗？"

白雪梅接着汇报："肄业离开学校以后，季渔只是在家短暂地住过几天便离开了。有人说她在深圳当歌女，有人说她在海南做生意。她几年来仅回过几次家。季老三死，是季渔去认尸，运回，埋葬的。在整个过程的各个环节，季渔的表现异常平静，可以说是沉默寡言。"

童组长决定："立即通缉季渔。"

周清泉提醒说："童组长，逮捕季渔，我们绕不开市局。"

"这个你放心。省组织部和公安厅已经决定将辛局长调离到红川市，任公安局长兼市委常委、政法委主任。"

"他倒升官了。"白雪梅有些诧异。

童组长解释说："这属于正常调动和晋升。他本人一直在活动，所以不完全是为了我们办案，应该不会引起他的怀疑。"

*

船到伯利兹海岸。

不远处是卡斯特镇。这里十几年前还是个小渔村，中国人来了，把村变成了镇。因为没有大码头，货轮只能停在海上。听到汽笛声，那边开过来两条机动木船。把一百多个偷渡客接上岸，引进客栈。

客栈的院子好像是专门为接待中国偷渡客设计的。仓库一样的大房间里密密麻麻地摆着上下铺床位。外面有塑料布围起来的两个洗澡的地方，每个里面有几个淋浴的水龙头。院子里还有供晒衣服的一道道铁丝。厨房饭堂里桌子不多，好像知道许多经过长时间海上旅行的偷渡客都会上街吃一顿慰劳自己。朱小珊洗了澡，换了衣服，兴高采烈地来找郑洪斌。

"郑大哥，我们一起上街去吃饭吧。我请您。"

365

郑洪斌摇摇头："你跟其他老乡一起去吧，我就在这里吃不要钱的。"

"何大哥人呢？"

郑洪斌调侃道："搞了半天你是想请你何大哥。他出去了。你也别等他。他澡还没洗。去吧。"

大多数人都出了院子。在船上憋了那么久，谁不想在陆地上多走动走动呢？

郑洪斌却坐在椅子上研究地图。何武成带着陈荣回来了。

"大哥，侦查完毕。"

郑洪斌收起地图："走，我们到厨房吃饭。"

晚上，仓库一样的大通铺客房里只留着一盏昏暗的灯光。旅途劳累和到达码头后兴奋了大半天的偷渡客们早已沉沉睡去，大通铺房间里鼾声如雷。

几个黑衣人手持武器进了大通铺客房，其中有一个头上缠着绷带。进去之后，便分散在各个角落，持枪静立，随时准备射击。林大哥手里拿着一个微型手电筒，一排一排地查看，货轮上下来的豪哥则用一件衣服盖住手枪紧随其后。偷渡客睡得太沉，没有人被惊醒。这个大通铺客房有四排床铺，靠墙各一排，另两排并着放在中间，床铺之间是两个过道，从过道上走过，上下铺睡着的人都一览无余。林大哥和豪哥把室内两条道都走了一遍，可以肯定要找的人不在房里。

豪哥挥挥手，让几个帮手出去。

院子里，林大哥问："豪哥，你都看仔细了，他们两个真的不在？"

豪哥气恼地说："别说他俩，就连他们的小马仔也不在。真他妈见鬼。"

林大哥十分不解："他们跑了？这里离美国还有几千公里，他们这么大本事，能自己到美国？"

"有办法抓住他们吗？"豪哥问，"都这么跑，我们的生意还怎么做？花几个钱把他们做掉，老板会同意的。"

"行啊，"姓林的说，"我给这里的黑白两道都打个招呼，不信他们真能跑了。"

"林大哥，我还要跟你要个人。"豪哥脸上露出坏笑。

"你说。"

"有个跟他们一起的妹子，我想把她带回船上去。"

"这行吗？"林大哥犹豫起来，"要是传出去，我们的声誉不是搞坏了？"

"我们又不能保证路途没有危险，死人的事是经常发生的嘛。你去把她骗出来，你就说她郑大哥让她出来商量一件事。"

林大哥挠挠头，想了一下，不太情愿地进了女人住的客房。豪哥做了个手势，几个穿黑衣的帮手分散着躲了起来。

过不了一会儿，林大哥在前面，朱小珊跟在后面出了门。朱小珊哈欠连天，林大哥用手指指院子里大树下坐着的两个黑影，朱小珊头重脚轻地走了过去。

"郑大哥，什么事明天说不行。我瞌睡死了。"

两个黑影绕到朱小珊身后，不费太大力气就把她嘴堵上，人捆了起来。豪哥扛起被捆得结结实实的朱小珊，出了客栈的门。

海天交接之处，一轮红日喷薄而出。

船长摇动驾驶舱门外的铜铃。

"起锚，生火。"

一个水手匆匆忙忙地跑了过来。

"报告船长，豪哥、马哥昨晚上岸，到现在还没有回来。"

船长听了满脸不快："怎么回事？这两个人越来越不像话了。你上岸去把他们叫回来。要是不想走了，那就让他们待在这里。"

"是。我马上就去。"

客栈大院里，林大哥站在集合好的人蛇队伍前。

"大家听好。车子已经在外面等着你们了。从这里出发以后，带队的主要是老墨。我们在别人的国家，什么都不熟。但是你们放心，我们也有人随队，反正每一站都有我们的人。希望大家继续配合。走吧。"

王先江叫了起来："林大哥，我们少了三个人。"

一个女客也跟着叫："林大哥，我们这里也少了一个。"

"什么？有人跑了？太不像话了。这不是想溜号不交钱吗？我跟你们说，这样的人要是被抓住，我们绝不会留情！你们先走。跑掉的人我会抓回来。"

王先江觉得事情不对了："会不会出了其他意外？就算郑大哥他们跑，朱小珊也不会跑啊。"

"你们先走，我们会找到他们的。"姓林的催促着。

罗三叔劝王先江和杨明：

"走吧，就算你们留下来，又有什么用？郑大哥武艺好，何小哥脑筋管用，吃不了亏的。"

王先江和杨明等明知这里有问题，可是一点办法也没有。

"唉！现在我们真是任人宰割啊。"

三辆大巴停在客栈外。乌山过来的几个人是最后上车的，临上车前，他们还东张西望，盼望着奇迹出现，四个同伴能够突然出现。

大巴开动了。林大哥挥了挥手做告别状，他的嘴角露出得意的坏笑。

林大哥刚转身要走，看到码头那边跑过来货轮上的一个水手。他一边跑一边叫："林大哥，林大哥。不好了，你快到码头那边去看看！"

船码头上空无一人。林大哥随货轮上的水手赶到，只见搁浅在沙滩上的救生船。豪哥和马哥的尸体横躺在船舱里，蔬菜水果和淡水箱都还在，捆绑着的朱小珊不见了。

"这，这，这是怎么一回事？哦，我知道了。是豪哥的那几个对头……"

林大哥忽然害怕起来，他抬起头漫无目标地四下里张望，嘴里自言自语：

"我跟他说不要这样下狠手，我跟他说……他们还在这里，他们还会杀我。昨晚他们肯定一直在跟踪我们。"林大哥语无伦次。

水手丢下林老板，匆匆回船报告。

货轮"长天号"上，陈荣用望远镜看着渐行渐远的卡斯特镇。过了一会儿他关紧大门，连蹦带跳地下了扶梯进了底舱。郑洪斌、何武成和朱小珊都坐在木箱搭起来的"墙"后面休息。他们的旁边有两个汽车轮胎。

"郑大哥，想不到就这样同小珊的那些老乡告别了。他们一定羡慕我和小珊，省了四万美金。"

何武成关切地问："大哥，到了那个洪都拉斯的柯尔特斯港，我们又该怎么办呢？"

"这个不用担心。每年从中南美洲有一百万拉美穷人偷渡到美国去挣钱。只要找到铁路，看到往北的火车上有人，爬上去跟着他们就行。"

"那我们和罗三叔他们走的不是一条道？"小珊好奇地问。

"他们怕是要穿越沙漠。"

"危险吗？"陈荣问。

"从沙漠走被抓的可能性要小一点，但危险性却增大不少。许多人死在沙漠里。听说有个县才七千多居民，去年埋了一百多具尸体。买地、埋人都要花钱，县里直个嚷嚷财政要破产了。边境巡逻队花的钱更多。"

"老美也没有民兵一说。"何武成脑子里闪过中国的"全民动员"思想。

"你还别说。老美，特别是白人，也有热情和觉悟。他们自发组织起巡逻队，发现偷渡客立即电话报告，警察马上赶到抓人。"

"抓了又怎么样？"

"抓了送到看守所，第二天就送回墨西哥境内。"

"遣返。"

"对，遣返。但是他们几乎是变卖了家产，一无所有的人。你送回去，他们晚上再过来。有记者在看守所门口采访他们，他们公开这么说。这边的草狼也是把人送到才收钱，所以他们不在乎被抓。有个教授发表文章，说据他的调查研究，有97%的偷渡者最终一定会成功偷渡。"

"大哥您怎么知道这么多？"

"那个船长告诉我的。不打不成交，我和他挺谈得来。"

陈荣马上联想到自己："那照这么说，我们说什么也能过去？"

"应该没问题，我们都久经考验了。"

几个人都高兴地笑了。

第二十章　冤家路窄

专案组的办公室里，白雪梅面对计算机，脸上露出一丝笑意。周清泉正好来找她："发现了什么，这么高兴？"

"你过来看看。冯场长说他本人不上网，用这台机器只是处理文字，可是明明有人最近上过这个网站。这首诗一定是写给沈老五的，而且他是看了的。"

周清泉绕到白雪梅的身后，读了起来。

"《你在哪里》，作者：山峦下的云。笔名很别致嘛。"

"文字也不错哟。"雪梅大声地读了起来。

你在哪里？
谁曾想，雷鸣闪电二月里
狂风吹散了
你的踪迹。

我在星空下寻觅
摇动的树梢 静谧的大地
祈祷远方的苗寨
传来醉人的短笛。

当寂静的江滩
渔火难觅
你可见，山间蜿蜒的小溪
密林尽头海天一体。

你蒸腾，水面雾里

何不飘去？

来无影，去无踪

聚了散，散了再聚。

"挺有意境，挺有文采的。是不是？"

周清泉笑了："我不懂诗，但是听得出来，里面还有点酸不溜溜的浪漫劲儿。会不会是个女人写的？听起来像是敦促沈老五逃到海外。不会是季渔写的吧？"

"你挺有欣赏能力的嘛，分析能力更强。不过，根据我目前对季渔的了解，她可不是写诗的人。池林师专的老师说她从不读书。我们的通缉令已经发出了。照你看，季渔会在哪里？"

"我们已经对季渔的亲友进行了排查，她的亲戚朋友并不多，她妈妈改嫁之后，她们同季渔生父那边的关系基本断了。而她继父这边，由于她继父的为人不好，与亲戚基本没有什么来往。朋友哩，像她这样的主儿，哪里会有好朋友？"

"没有好朋友，那有没有坏朋友？俗话说，鱼找鱼虾找虾，乌龟王八做亲家。"

周清泉完全同意："说得好。季渔进过几次看守所，她那号人，完全有可能在看守所里交上几个狐朋狗友。我看，我们应该准备从这方面着手调查。哦，我是来告诉你，胡莉莉已经坐上到美国的飞机了。"

*

在美国华盛顿达拉斯国际机场的国际旅客通道出口，围满了迎接亲朋好友的人，帅气的文增辉站在等待的人群中。他三十岁左右，身材中等偏高，体型偏瘦。戴一副下面是圆弧形的黑边眼镜，衬托着他长方形的脸和柔顺的黑发，显现出青年知识分子的潇洒。布料暗格衬衫和黄色的牛仔裤表现了他的低调。但是那眼神却明白无误地告诉人们，他是何等的踌躇满志。

胡莉莉终于出现了，她只背着一只坤包，身后一个机场服务人员却

371

推着有三个大箱子一个旅行包的推车。

文增辉满脸堆笑，挥手招呼："莉莉！"

胡莉莉在人群中看到了文增辉，立刻激动起来，恨不得拉开通道边的拦隔带，冲过来。她身后的搬运工笑着提醒："Lady, you can't do that. Please calm down.（女士，你不能那么做，请冷静。）"

文增辉也打着手势提醒她："别着急，从那边绕过来。"

胡莉莉三步并作两步走，一下子拥抱住文增辉。文增辉拍拍胡莉莉的背，把她推开，制止了她接吻的冲动。

"不着急，不着急。我得先把这个推车的哥们儿打发了。"

文增辉掏出一张五美元的钞票，递给机场搬运工。

"太感谢您了，先生。这些行李让我来推吧。"

"多谢了，先生。"搬运工高兴地离开了。胡莉莉看到文增辉一出手就给了搬运工五美元，有些惊讶。

"他没说要钱啊。五美元？早知道二百米的路要给他三十多块钱，那我不如自己推了。"

文增辉笑着搂过胡莉莉，亲了一下她的脸蛋。

"这是小费，别舍不得，小美人，我们有永远用不完的钱。"

文增辉推着行李车，带着胡莉莉来到停车场。胡莉莉兴奋得不知怎么是好了，她抱着文增辉的一只胳膊，不时地用嘴巴咬他一下，咯咯地笑个不停。

"你傻乐什么呀？"

"跟做梦一样，我到你身边了，到美国了！我都不敢相信这是真的。"

文增辉笑着说："怀疑是做梦，你咬自己的胳膊呀，看疼不疼。你咬我干吗？"

"就咬你！谁让你叫我等得这么苦。"

"好了，好了。我们的生活从此掀开崭新的一页！我要让你感受一个惊喜，又一个惊喜。"

文增辉走到一辆崭新的奥迪车前，把后车厢门打开。

"你的车？新的。"

文增辉纠正她："这是我们的车，当然是新的。"

当文增辉把箱子一件一件往车上放的时候，胡莉莉围着车看。

"让你空着手来，你偏偏带了这么多东西。不用说，全是你的衣服，在这儿买多好。"

"那都是我喜欢的。"胡莉莉似乎对这辆车没那么满意，"哎，你说钱多得用不完，奥迪车可不是大名牌。别蒙我，我懂车。"

文增辉没理会她，他把后车厢门"啪"地关上："上车吧，太太。"

车在达拉斯机场路上疾驰。文增辉用手指着两边的建筑向胡莉莉介绍：

"达拉斯国际机场在弗吉尼亚州。这两边是北弗州的科技走廊，许多重要的高科技公司都在此落户。因此，这周围的劳特恩县和费尔菲克斯县成了全美最富裕的县。换句话说，这里的居民平均收入全美最高。"

"我们住在哪个县？"

"Fairfax（费尔菲克斯），刚刚说到的全美个人平均收入最高的县之一。莉莉，我要向你解释一下，我们目前的车和住房都不是高级的。知道为什么吗？"

"不能露富。"胡莉莉倒也明白。

"真聪明！"文增辉从方向盘上腾出右手，拍了拍胡莉莉的大腿，"是的，我目前的身份还是学生，不能太招摇。另外，更重要的是，我希望我们的生活经历一个由低到高的过程。这样我们就能够慢慢地品味和享受人生。"

"北大才子就是跟一般的人想法不一样。我都听你的。你说得绝对不会有错！"

"这才是我的莉莉。跟我走，就是你最大的智慧。"文增辉又拍了一下胡莉莉的大腿。

胡莉莉嗲声嗲气地说："增辉，我都等不及了，怎么办？"

文增辉转过头看看胡莉莉放光的眼睛和脸庞。

"找个最近的酒店，也不如回家方便。你总不是想让我把车停在高速上，玩车震吧？"

胡莉莉解开安全带，侧过身子，搂着文增辉就亲。奥迪车猛地扭起了秧歌，后面的车吓得连连鸣笛。

*

就像冥冥之中命运的安排，就在胡莉莉和文增辉"喜相逢"的当天，跟随着一拨中美洲偷渡者，郑洪斌等四人以每人五千美元的价钱，由"草狼"带领，越过了美墨边界。多亏了郑洪斌十年前陪读时，在中餐馆厨房里混了几年，同打工的"老墨"每天混上十个小时，他的西班牙语口语同英文几乎一个水平。在陈荣感叹那几个老乡每人多花了三万五的时候，何武成笑着说："小陈荣，没有郑大哥，你能混进来？"老郑接过话茬："我也靠的是几句'洋泾浜'西语。所以，你们要把学习英语放在学会在这里生存的首要位置。"

其实不仅仅是语言，老郑受过的训练使得他对"生存"相关的一切都感兴趣。那时他饶有兴致地跟一起打工的西语裔打听他们背井离乡来美国的细节，如今都派上了用场。在美国的南部各州，由于多年以来每年约百万偷渡者的需求，已经形成为偷渡者服务的黑市"产业链"。只要肯花钱，几乎什么必需品都能买到。郑洪斌买到了一辆带着车牌的二手车。车牌是报废过的，但有了它，只要不违规被警察抓到，你尽可以开着这辆车在美国跑。郑洪斌还为每个人买到假的社会安全号和驾照。

在这些都办妥后，郑洪斌把几个人召集在一起讨论每个人的去向。

朱小珊问："这不都搞定了吗？还有什么讨论的？"

"第一个议题是有关你的。"郑洪斌对着她说，"小珊，你本来是要到你小姨那儿去帮她带孩子的，我们是不是先把你送过去？"

朱小珊一听就急了："我本来还会被那些水手绑到船上生不如死哩。我早就不是过去的小珊了。你们撵我走，我也不离开你们。"

"我们不撵你走，但还是要问问清楚。"郑洪斌又转向陈荣，"那，陈荣，你也有个姑妈在美国。"

陈荣连忙声明："我可不去她家，她连五千美金救命的钱都不愿寄给我，去她家干什么？再说，我不是给你们当马仔了吗？"

这两个年轻人的态度其实都在郑洪斌的预料之中："那好，我们四个人还在一块儿。第二个议题是：到美国以后，我们每个人都需要有一个

374

生存方式。我的意思是，总不能整天坐在家里。你们愿意干什么？"

"您干什么？"

"我过去在餐馆里混过。中餐馆是个混日子的好地方。我和小何可以先找家中餐馆混日子。"

陈荣说："我不用找地方，我是宅男。有个计算机，什么都搞定了。"

"我能干什么，我也不知道呀。"朱小珊犯愁了。

"你们俩愿意上学吗？"

"上学？"两个年轻人难以相信自己的耳朵。"我们连英语都不会。"陈荣结结巴巴地说，"过去在中学学的那点东东，早，早就还给老师了。"

"英语都不会，你们怎么冒这么大危险来美国？"

是呀，陈荣没话说了。小珊问："学费贵吗？"

"社区大学学费不贵，我给你们出。"

何武成想的是另一个问题："我们不都是非法移民吗？也能上学？"

"我们不是买了社会安全号了嘛。这个号是真的。有这个，打工和上学都没问题。"

何武成摇摇头："不太明白。什么叫号是真的？不是假的吗？"

郑洪斌解释说："美国的社安号，一个名字对一个号。小珊的社安号，是一个拉美籍姑娘的。社会安全号卡上是没有照片的。小珊的驾照是假的，但驾照上有她的名字和照片。驾照上的名字能对上社安号上的名字。这么说，明白吗？"

"有点明白，一号多用。"

"是。拉美人玩这一套可溜了。嗯，你们去上学，自然是先学英语。从现在起，我们一路往北。路上大家先学英语，小何教。对，等会儿就去找家书店。"

何武成马上声明："哎哟，我可不行。我在学校学的那点也还给老师了。"

"先自学，然后教。我们俩一个开车，另一个教学。万水千山，千难万险都过来了，还有什么困难不能克服？"

大家都不说话了。过了一会儿，小珊像是自言自语，又像是表态："上学就上学，我总比陈荣要强，我是考上了大专的。"

"得了吧。我要是上计算机课，别说你，还不把所有学生都毙了。"陈荣立马豪情万丈。郑洪斌、何武成哈哈大笑。

*

黑暗中，躺在床上的小金辗转反侧，她身边的男人，江昌六虎中的老大，一动不动地靠着床头坐着。他们刚折腾完就接到辛局长的一个电话，通报自己被调任红川和季渔被通缉的消息，一下子打消了老大的睡意。

"哎，我们出国吧。专案组明摆着就是开始收网了，你就不急吗？"

"睡你的觉，有什么好急的？"

"一旦六子被抓，你想灭口都晚了。"

老大心平气和地说："六子和公安有仇，我对她有恩，她就算被抓，至少也能扛上一阵子，那时我们再走也来得及。我如果现在就走，等于向公安宣布了自己的身份。"

"那你让我先走，行吗？"

"我不是让你联系学校了吗？你拿到入学通知就走，好吧？"

小金眼里含着泪笑了。

"睡吧。"

"我睡不着。"

"去，给六子写首诗，让她不要轻易行动暴露自己。"

小金轻蔑地说："写诗通知她？我都怀疑她能不能看得懂。除了跟男人卖卖骚，打打杀杀，她还会什么。"

"啧，你别小看她，她好歹也是大专生。"

小金"哼"了一声，下床，披上睡衣，出了卧室的门。

小金打开书桌上的计算机，上了"北极光"网站，想了一会儿，站起身走到窗前，凝望天边的残月，来了灵感。于是回到计算机前，开始打字：

> 无眠
> 山峦下的云
> 转山岭　低林梢　照无眠

云散如絮　盼月圆

风在低啸　网在水下　你在山涧

枯枝索索摇动

清清　冷冷　凄凄　切切

愁对脚下残雪

我在山峦下祈祷

盼你游往　天涯　海边

但愿骇浪不起

弄潮儿　有惊　无险

风散尽　云出山间

千里共婵娟

小金的手指在键盘上飞快地动着。

季渔从一个女孩的身上爬了起来，翻身欲下床。那个女孩余兴未消，抬起身来，抱住季渔，季渔扯开她的手臂："珠儿，别闹了，我还有正事没办。"

季渔下了床，到桌前，拿起烟盒，抽出一支香烟叼在嘴上，又摸过打火机，"叭"的一声，将香烟点上。她猛吸一口烟，坐了下来，打开计算机。

"渔儿姐，网上有什么好看的。要不我们俩一起看看湿片吧。"珠儿建议。

"去你的湿片，我读的是诗篇。"

那珠儿披了件衣服下了床，从季渔的背后搂住她，看着季渔上了"北极光"文学网站，找到"山峦下的云"专栏，点击一首诗歌。

"哟，姐还真的读诗，到底是大学生。这诗是什么意思？"

"这是一个女的写的。"

"你喜欢她？"

"哼。轮不到我喜欢。"季渔冷冷地说，"她看不起我，我也瞧不上她。"

"那你还读她的诗做什么？"

"自己看呀。"季渔对珠儿说，"你把这首诗念给我听听。"

"无民山——什么下的云，这是什么意思？"珠儿一张口就白字连篇。

季渔嘲笑她："七个字，你有一个不认识，另一个读错了。无民，你怎么没读成无眼？"

"不读'民'？那读什么？"

"眠，睡眠的眠。你没学过？无眠就是睡不着的意思。"

"它不和睡放在一块儿，我哪能认得它？睡不着就睡不着，搞什么无眠。渔儿姐，她写的什么破玩意儿，你给我讲讲嘛。"

"她要我走得远远的。唉，我往哪儿走啊。"

*

文增辉和胡莉莉刚进屋，把大门"哐"地撞上，就迫不及待地搂在一起，胡乱相吻。胡莉莉把高跟鞋脱下，踢了老远。文增辉一下抱起胡莉莉，走进卧室，将她扔在床上，接着脱下自己的衣服，再一件件扒下胡莉莉的衣服。胡莉莉"咯咯"地笑着。

当两人翻滚在床上，文增辉在胡莉莉身上乱咬一通的时候，胡莉莉疯狂地扭动着，好几次把脚跟踢在墙壁上。接下来，胡莉莉"啊哦，嗷嗷"地纵情叫了起来，一只脚又踢到与墙壁紧靠在一起的床头板上。动静实在是太大了。

隔壁的人被弄醒了，显然也被激怒了，"嗵嗵嗵"地捶墙板表示抗议。

文增辉暂时停了一下，胡莉莉兴致不减，抬起身子来咬了文增辉一口。文增辉一把将胡莉莉的身子调转一个方向，防止她再往墙上踢。接着又拿自己的内裤窝成一团，让胡莉莉咬住："咬住，不许乱叫。"

胡莉莉头扭来扭去，不愿意被堵住嘴："不干，不许堵……"

胳膊拧不过大腿，胡莉莉还是被堵上了嘴。叫声小了，墙也踢不着了。但是，两人身下的床被压得吱吱乱响，甚至"嘭嗵嘭嗵"地击打着地板。楼下的人也被弄醒了，用棍子"嗵嗵嗵"地捣天花板抗议。好在文增辉也坚持不了多久。两人都累得摊在床上，这才结束了干扰邻里的疯狂。

"真会扫人兴，好像他们就不做爱。明天他们折腾的时候，我也敲他们的墙。"

"人家没像你这么疯，又叫又踢，就像乡下被骗的小猪。"

"去你的，你是公猪!"

"哈哈。哎呀，租房子的时候没想到你来了这么个疯法。看来我们要update生活的质量了。"文增辉拧了一下胡莉莉潮红的脸蛋，"明天就去找出租的独立房子。关上门窗，你叫破天也不会有人来抗议。"

"那要离我学校近一点的啊。"胡莉莉娇声要求。

"那是一定。"

郑洪斌等四人刚到北弗州就租下一幢独立房。郑洪斌到这里的理由很简单：第一，前妻岳晓天读书那会儿，他们就住在北弗州，熟悉。第二，文增辉在乔治华盛顿大学读书。那个学校在华盛顿特区，离这儿只隔一条波托马克河。

给陈荣和朱小珊在北弗州社区大学注册上学学英文的事办得出奇的顺利，他们简直难以置信自己居然成了"留学生"。就连何武成都羡慕，甚至有几分嫉妒他俩。老郑说："要不你也注册上学?"何武成连忙摆手："不不不，我跟着大哥办正事。"

何武成问老郑："大哥，我一直没想通，您怎么能查明白您那案子。"

"实话说，我并不是胸有成竹。"郑洪斌叹了一口气，"把文增辉转移走的巨款下落搞清楚谈何容易? 对这件事，我目前只有信念，没有具体措施。但是，我需要为有人设计陷害我找到人证。文增辉不可能自己交代，最靠谱的人证只有一个：我老婆。她会来这儿，可能已经来了。"

"您打算用什么办法让您老婆开口? 仅仅晓之以理动之以情不太可能让她反戈一击。那么我们对她是威胁还是利诱?"

"利诱，搞利诱我们哪能比过文增辉? 他有一亿三千万美元。威胁那是瞎来，警察我们躲还躲不及哩。只有一个办法，等待。"

"不明白。"小珊一直竖着耳朵听他们讨论。

"小珊也来参与讨论了。好啊，我比谁都了解胡莉莉。她非常难服侍，控制欲强，爱虚荣，守不住寂寞。这三条决定了她或迟或早一定会和文增辉发生冲突。一旦发生冲突，情况只会向恶性方向发展。因为胡莉莉的个性非常强，不懂得让步。"

朱小珊还挺投入的，她有她的思考逻辑："有那么多钱，情况会不会不一样？看在钱的份儿上，什么不好说？"

郑洪斌对世事看得更透一些："钱这种东西，没有的时候，起的作用才大。一旦有了钱，有了用不完的钱的时候，人的判断能力、价值观、亲情、爱情、理智，等等，都会被金钱侵蚀、损坏、埋葬。我本人就是一个很好的例子。等到被人做了套，关进牢房，一无所有了，我的智慧和能力才回来。"

"您的意思是，等到您老婆和她的情人出矛盾了，您再见机行事。"何武成听明白了。

"对，这个日子不会太远。"郑洪斌对这一点是有信心的，"要知道，金钱可以腐蚀所有的人，文增辉也会被很快腐蚀掉。比胡莉莉漂亮的女人多了，一旦他达到了少年时代拥有高中最漂亮的女生的梦想，并且发现这个女人没那么可爱的时候，就会从冷淡到厌弃她。而那个时候，我们在摸清文增辉的海外账户方面，或许能有所进展。我们再看如何着手翻案。"

下午时分，郑洪斌和何武成推开"新湖南"餐馆的大门。前台带位小姐脸上堆出职业笑容，迎了上来："Good afternoon, how many people（下午好，几位）？"

郑洪斌扬了扬手上的中文报纸："我们是来找工的，你们老板在吗？"

"找工的呀，"带位小姐问，"有身份吗？"

"有。"

"请等一等。"

带位小姐转身去通报。郑洪斌、何武成借这个机会四下里看了看。这家餐馆规模不算小，墙上挂着大玻璃镜框，里面是中国山水画。除了靠墙两边的固定桌椅外，其他桌椅都是中国式的八仙桌和太师椅。最大客容量有一百多人。

一个胖胖的、头发已经稀疏的中年男子走了出来，嘴里叼着一根牙签。看样子就知道他是本店的老板。

"两位请坐。来美国多久了？"

看老板大摇大摆地坐了下来，郑洪斌和何武成也在他对面拉开椅子坐了下来。

"没多少时间。我们是看到您的广告要招人，这才来应聘的。"

"没多久就是没干过了？嗯，我们要招的是熟手。"

"我干过。"郑洪斌从容应答，"有可能比您干这一行还要早。"

"哟，看不出。什么时候？哪家店？"

"阿灵顿那边有家'湘江'，是两个香港老板合伙开的，老板一个姓朱，一个姓林。"

听老郑这么说，老板眼珠子都要瞪出来了。

"你在'湘江'干过？"老板挠了挠稀疏的头发，"等等，'油锅'老郑！操，你丫怎么混到现在还打工。"

郑洪斌闻言大喜，也认出了眼前这位老板："哎哟，妈呀，小马！操，你不是读书的吗，怎么还在餐馆混？行啊，好歹也是老板，比我强。哈哈哈。"

"山不转水转，混混又混到一块儿来了，那就来吧。其实我跟你说，我不缺人。"

"不缺人你打什么广告？"

"怕的是有一天哪个孙子突然甩挑子不干了，我手头老得有几个找工的电话号码。我要是不认识你，今天我就会让你把电话号码留下，说哪天要人了会通知你的。反正一个月六十美元的广告费我出得起。"

"亏你想得出这一招，总保持一支劳工后备军。"郑洪斌最怕给人添麻烦，也不愿意欠下人情债，"你别勉强，我们再到别家找找。"

"别了，"马老板说，"家家都差不多。经济不好，失业率高居不下，生意也就不好。再说，现在抓黑工抓得厉害。你说你有工卡，有工卡的难找。"

"我们是朋友，我不能瞒你。工卡是花钱买的，社安号是真的。"

"那就行。再说，你们要我报税吗？"

"那不用。"

"那还有什么好说的？他不查，什么事也没有。他查，给他社会安全号。哦，光顾着说话，这一位还没介绍。"

郑洪斌连忙介绍："他是我表弟，姓何。"

"好，亲戚好。老郑，来了帮我看着点厨房，我就后顾无忧了。"

"工钱的事我们不为难你，第一个星期算一个人好了，我得把表弟训练出来，"郑洪斌实话实说，"他没做过，等到他能干了，我送外卖，他在厨房干。"

马老板一听特别高兴："嘿，郑大哥你还那样，一张口就帮老板拿主意。行!"

郑洪斌又说："我俩都有西班牙名字，我叫卡洛斯，他叫何塞。我还不给你增加经济负担，算我们做半工吧。不忙不要排我们的班。"

这话对于马老板可谓正中下怀："这样最好。五、六、日比平时忙，你们来。再干一天顶别人休息的班。工资按天结算。我不亏待你们，厨房一百一天，送外卖二十，加 commission 和小费，行吗?"

"就这么定了，明天十点半到?"

"老规矩了，你什么都知道。"

"我们这就算安定下来了。"离开餐馆后，老郑有些感慨。

"是不是需要实行您寻找仇家罪证的计划了? 好像我们很难找到线索，是不是?"在何武成看，郑洪斌要做的事不说像大海捞针，也可以说是毫无头绪，真不懂郑洪斌的自信来自何方。

郑洪斌确实有信心："线索是现成的，就是我的两个前妻，岳晓天和胡莉莉。关于胡莉莉，你听我分析过。文增辉就在此地读研究生，找到他们一点也不难。岳晓天不会参与任何伤害我的事，但是她的老公却是夺走福山公司的阴谋制造者。"

何武成附和着他："你有第一任夫人的地址、电话和电邮，听起来也不难。"

郑洪斌何尝不知道何武成心存疑虑? 他进一步给小何说明："你别好笑。让岳晓天马上帮助我找到她现任老公的罪证当然不是一件容易的事，但是，我还有儿子，我儿子肯定愿意帮我的忙。而且，一旦儿子找到继父的罪证，他也会说服他妈。"

"这么说，您儿子成了关键的因素，会起到关键的作用。"

"是这样的。"郑洪斌口气坚定，"我回去以后要给儿子去电话。他整晚都会趴在电脑上，我半夜给他打电话，他妈和继父不会察觉。"

*

文增辉最终还是决定买房。胡莉莉挑剔，他们找房费的时日比较长。不过，因为有钱，又因为美国正逢楼市的买方市场，他们找到了满意的独栋房。

文增辉和胡莉莉从这座新建的房子里走了出来。

"感觉怎么样？比你原来在江昌的那幢别墅如何？"

"那要好多了。怎么美国房子这么便宜？才九十九万五千美元。这样的房子在江昌至少两千万人民币，我的那栋房子还卖了一千万出头哩。"

文增辉在行地分析说："中国的房价一方面是乱涨。另一方面，大城市居住用房占城市建筑总面积的比例只有百分之三十左右，欧美大都市的居住房总面积一般要占城市建筑总面积的百分之五十左右。居住房所占比例小造成了中国大城市住房的相对紧张，再加上有钱人把买房当作存钱的一种方式，房价便水涨船高。还有，欧美经济不景气，房价没法涨得太快。当然，这儿的房价也是从前两年高峰上跌下来的。"

文增辉停下脚步，回望这桩独立房。

"你不是说，你现在的身份是学生，买房不合适吗？"胡莉莉问。

文增辉确实觉得目前买房子不太合适，可是昨天他给这儿的几个同学打电话，听他们说，留学生中买房的并不少。在文增辉就读的乔治华盛顿大学，一个山西煤老板的儿子买了栋一百二十万的，一个温州商人的女儿买了栋七十八万的。于是文增辉想，凭什么我不能买？人家都说，在大华府，目前八十万以上的房子很少有人问津。那好啊，也别太招人显眼，就买个一百万左右的。

胡莉莉说："我看也够了，要那么大干吗？两人又不在里面躲猫猫。"

"离左邻右舍足够远就行。这房子就很理想，在最顶头，前面是树林，后面也是树林。我们围着房子转一圈好不好？"

"为什么要离别人家远呢？"胡莉莉不解。

"你的音量大啊。"

胡莉莉停了几秒钟才反应过来，打了文增辉一巴掌："不许笑话我！"

"哈哈。真实的原因是，买了房子的话，我不愿意跟邻居啰唆。虽说老美见面也就是打个招呼，基本老死不相往来。我还是希望越少的人注意我们越好。"

*

白雪梅再次到池林，她查阅了季渔在看守所同一个监室里其他九个犯人的去向。她们中六个被判刑转到监狱，三个稍后被教育释放。在这被释放的三人中，一个叫夏珠儿的同季渔关系特殊。经过同夏珠儿所在地的派出所联系，得知夏珠儿是一个人住。户籍警走访夏珠儿的邻居，得到她家可能住着外人的消息。

当周清泉火急火燎地赶到童组长办公室时，童组长正在打电话。童组长做了个让周清泉等一等的手势，自己继续汇报工作：

"……知道了。我马上布置对夏珠儿住处的搜查……同意，搜捕还是放在晚间，尽量不扰民。好，就这样。"

童组长挂上电话。

周清泉着急地报告："童组长，陈世明购买了到美国的机票。"

"哦？好像没有前兆啊。"

童组长立刻又拿起电话拨打，他按下免提键，并做手势让周清泉把门关上。周清泉照办。

"仲局长，我是童子行。刚刚得到陈世明要到美国去的消息，请示一下，我们能不能阻止陈世明离境？"

仲局长在电话里说得十分明确："不能。现在陈世明只是几个嫌疑人之一。阻止他离境，即使我们能想出很好的办法，或者借口，那也会打草惊蛇。给他放行，道理和给混有铀矿石的矿产品放行一样。如果陈世明就是江昌六虎的首犯，他逃得了初一，逃不了十五。总之，我们的首要任务是配合国际刑警打击国际犯罪集团。"

"明白。"

放下电话后，童组长吩咐周清泉："你马上准备一下，我们尽快出发赶到平山，今晚行动，逮捕季渔。"

384

第二十一章　父子之间

中国警方在平山，季渔那个"牢友"珠儿的居住地，部署了晚上逮捕季渔的行动。

季渔站在珠儿家窗前，望着楼下大街上拥挤的下班人群。街上车辆堵塞，人行道上挤满了人。

门那边传来有人开锁的声音，季渔闪身躲进壁橱。

门开了，珠儿走了进来，她把门迅速关上："渔儿姐，我回来了。"

季渔从壁橱里出来："这日子真的不太好熬。珠儿，晚上我们一起出去吃饭吧。坐牢还放放风呢，我哪里是个能憋得住的人？"

"好啊。多亏我没有把饭菜带回来，这会儿店里特别挤。"

"不管挤不挤，只要天色一黑，我们马上出门。"

入夜以后，季渔戴着毛线帽，穿着大衣出了门。她和珠儿沿着大街东看看，西看看。在小吃摊上看到好吃的，买一点尝尝，觉得很过瘾。逛了很久，季渔看了看表，十点二十分："该回去了，今晚我还没有上网查信息哩。你们这个小县城还真热闹，我在外面逛得都不想回家了。"

"那我们每天晚上都出来逛嘛。你怕什么？这些做生意的都是外地人，谁也不认识我们。"

"不行，出不得差错。"季渔叹了口气，"出了事，姐就玩完了。别说老警，我们老大就会扒了我的皮。"

说着，走到了珠儿家楼下不远处。

季渔吩咐："珠儿，你先上去。要是没有危险，你再下来叫我。"

"渔儿姐，不至于吧？"珠儿不以为然地说，但得到的是季渔严厉的目光，"好，我先上去。"

看着珠儿进了大楼的门。季渔穿过大街，又向大楼另一个方向走去。

珠儿进家门，顺手打开灯。她看到警察黑洞洞的枪口，正要叫喊，身后另一个警察捂住了她的嘴，第三个警官模样的走了过来。

"夏珠儿，我们是来捉拿通缉犯季渔的，你藏匿被政府通缉的杀人犯季渔，已经触犯了法律。希望你配合我们的行动，争取立功赎罪。你明白吗？"

珠儿点点头。

"如果你执迷不悟，继续掩护杀人犯季渔，你就会被送回看守所和监狱。你知道后果。你不想再回到那个地方，是不是？"

珠儿先是摇头，后来又直点头。身后的警察松开手。

"小声点，季渔现在哪里？"

"在楼下。她让我看看，没有危险再下去叫她。"珠儿交代。

警官又问："你上来时，季渔在哪个方向？"

"在靠近鲜鱼市大街那边，理发店前面，她叫我上来的。"

警官拿起对讲机：

"第二小组注意看楼下东边是否有可疑的人。我们马上下楼，注意配合围捕季渔。"

珠儿身后的警察打开大门，自己先行一步。警官把珠儿向门外推了一下，两个警察跟在珠儿后面出了门。

季渔走进一家馄饨铺，找了个座位，看着珠儿家住的大楼的四门。她看看三楼珠儿家的窗子：灯亮着。但珠儿怎么还没下来？馄饨店的老板过来了。

"来碗馄饨吗？"

"我等朋友。"

季渔看到大街上有几个人影，立刻警惕起来。正在这个时候，珠儿出来了："渔儿姐，渔儿姐！"

季渔皱了皱眉头，她不该这么叫啊。季渔不动，她看见珠儿回过头

386

迟疑地看了看门里面，然后慢慢地往回走。季渔这时候真正地起了疑心。她站起身，出了门，往旁边巷口走去。当她正想往巷子里面走的时候，发现巷子口阴暗处站着一个大汉。季渔只好继续向前走去，不想那大汉几步走了出来。

"站住！我是警察。"

季渔全身都绷紧了，她佯装不知警察叫谁站住，继续往前。

"说你呐，戴白毛线帽的，给我站住！"

没法装了，季渔突然全力向前奔跑起来。警察吹响警笛，不远处的警察一起向这边街道跑了过来，而吹警笛的警察大约距离季渔只有十步之遥。

前面有个男的骑在已经发动了的摩托车上，他的女朋友从屋里出来走到男朋友身后，正要跨上后座。季渔跑到，一把推开毫无防备的女孩，又扯住骑车男的后衣领，将他往后拉了下来，四脚朝天地摔在地上。季渔扶起倒地的摩托，骑了上去。紧跟在后的警察眼看就要抓住季渔，却被摔下车来的骑车男子绊了一个跟头。季渔脚一蹬地，摩托车如箭一般地飞向前方。

摔在地上的男子和警察爬了起来，眼看季渔骑车在前面拐了一个弯不见了。此时，后面的警车才尖叫着，闪着警灯赶到。警车一个急刹车，让刚刚爬起来的警察跳上车，再疾驶向前。摩托车主跟着警车跑了几步，这会儿才回味过来刚刚发生的事，于是大叫："警察抓住她！抓住那个强盗！"

*

郑五岳坐在公司办公室大厅的隔板间里。电话铃响了。五岳拿起电话。

"哈罗，这里是金山公司，我是五岳。"

电话是五岳继父的秘书南希打来的："嗨，五岳，我是南希。你知道利奥诺拉先生明天早晨什么时候到办公室来吗？"

"哦，他没说。什么事？"

"一位先生刚刚到达肯尼迪机场。他打电话来，问是否能尽快同利奥诺拉先生见面。"

"他应该事先约见。"

"我知道。"

五岳问道："南希，你想让我告诉我继父，还是你自己给他打个电话？"

"我想还是我来给利奥诺拉先生去电话。谢谢你，五岳。"

五岳忽然想起了什么："等等，来人是谁？"

南希告诉五岳："他名字叫陈世明，是中国福山有色金属公司的CEO。"

"听起来耳熟。谢谢。"

放下电话，五岳看了一下计算机右下角的时间：17:55。他想了想，决定做一些事。五岳退出计算机系统，站起身来，离开了办公室。

五岳在一家电子器材商店的货架上拿了一个微型录音器、一小盘胶带，到前台付款。

收银员将他买的物品在感应器上一一划过："一共是127.58，付信用卡还是现金？"

"信用卡。"

五岳从钱包里拿出信用卡，在机器上刷了一下，用电子笔签了字。收银员将装着电子器材的塑料包和收据递给五岳。五岳点头致谢。

"谢谢。"

"谢谢到我们这里购物。"

五岳从塑料袋里取出两件东西，把袋子留在收银台上。

五岳回到公司。当他从电梯门出来，走进办公室的时候，四周静悄悄的，人们都下班离开了。他在CEO办公室的附近绕了一圈，确定没人，走进他继父的办公室。

他把那个微型录音器放到继父台灯的基座下面，用胶带固定住。

手机铃响了，五岳吓了一跳，他立即将手机关掉，走出办公室，回到自己的隔板间。他看了看手机上的来电显示，把电话打回去。

388

"嗨，Dad，你刚刚来电话了？……我刚才正在做一件重要的事情。这样，我马上离开，到车里再给你打。"

五岳从电梯门出来进了地下停车场，直奔自己的车而去。

他将车开出办公楼的地下停车场。

上了大街，五岳才给郑洪斌打电话。

"爸，我已经出了公司往家开了。"

"什么事，这么紧张？"郑洪斌关切地问。

"你们福山公司那个副总陈世明突然到美国来了。"

"什么时候的事？"

"今天下午他刚刚在纽约肯尼迪机场下飞机，就打电话到公司来，希望尽快见到利奥诺拉。"

"哦，看样子是出了什么事？"

"嗯，至少他们事先没有计划，也没有任何安排。"

郑洪斌又问："那么，你刚刚做了什么？"

"我把一个微型录音器放到利奥诺拉的台灯下面了，估计明天上午他们会在办公室见面。"

郑洪斌对这样的举动感到担心："这样做太危险，你知道利奥诺拉是个危险人物。他既然干的是非法的勾当，必然会做严密的防范。在他办公室安装录音设备太冒失了。"

"可是，我已经这么做。如果我现在回去把东西取回来……"

郑洪斌打断他："那就更危险，这样的事下次可不能再干了。"

"知道了。"

郑洪斌说："五岳，我想到新泽西来一趟。上次我们通话以后，我想了很多。哎呀，你可真的成大人了。没想到你主动为我做了这么多的事。特别是向国际刑警报信，让他们重视我的案子。很多事情，还是需要当面谈。再说我们很久没见面了。"

"是呀。爸爸，我可想见你了。"

"那我们明天上午见？记得小时候我经常带你去玩的那个海边公园

389

吗？我在那里等你。我清晨就出发，也好避开这里的 rush hour。"

"好，太好了。嗯，我还是先到公司一趟，找个借口出来。"

"这样最好，我们十点见吧。"

第二天上午，金山公司大楼里，电梯的门打开，秘书南希领着陈世明出来，往总裁利奥诺拉的办公室走去。

远处，端着咖啡，站在同事隔板间外和同事说话的郑五岳看似漫不经心地瞟了一眼走进利奥诺拉办公室的陈世明。

郑五岳和同事敷衍了一句："我知道了。好，一会儿再说。"

五岳回到自己的隔板间，坐了下来。他拉开抽屉，拿出一个耳塞，接在计算机上，"噼里啪啦"地在键盘上打起字来。

看到陈世明被领进办公室，利奥诺拉礼貌地迎上前同他握手。从听到陈世明突然来访的消息起，利奥诺拉就有一种不祥的感觉，但此时他却表现得相当冷静。

"欢迎，我的朋友。请坐。需要来杯咖啡吗？"

"不用，谢谢。"

利奥诺拉又对南希点点头："南希，谢谢。请把门帮我关上。"

南希离开，顺手关上了门。

利奥诺拉平静地问："你怎么突然就来了？江昌那边一切正常吗？"

"正因为不太正常，我才决定突然离开。"

"发生了什么事情？"

陈世明沮丧地坐到窗前的沙发上："我的人最近不是被杀，被抓，就是被通缉。那位高级警官也被调离了江昌。"

"真是一些令人遗憾的消息。不过，听起来是你的人出事，并不是我们的生意出了意外。"

"我想这些应该是一回事。"

利奥诺拉摇了摇头："如果是一回事，为什么中国警方允许你运出矿石？为什么你能够顺利地离开中国？朋友，我认为你在这个时候到美国来是个错误，这可能招致警方的怀疑。"

"唉，我如果不出来，肯定就没有机会了。"陈世明反驳他说，"我告诉过您，国际刑警很可能介入了郑洪斌一案的调查。我的手下在曼谷遭遇过国际刑警。"

利奥诺拉却不以为然，他纠正陈世明："你说的是，你的手下猜想遇到了国际刑警。你那位高级警官并没有证实国际刑警的介入啊。再说，国际刑警有什么理由介入中国的杀人和盗窃案？中国警方不是有怀疑对象吗？你不是说刻意让郑洪斌的情敌保留着那笔钱吗？"

"是，目前不能确定国际刑警的介入。"陈世明不得不承认利奥诺拉的分析，"我的手下在曼谷即使真的遇到国际刑警，也可能是因为她们在办理打击偷渡的案子。但是，我们不能不防啊。"

利奥诺拉沉默了，国际刑警的介入是他最担心的事。

陈世明接着说："我的感觉很不好，如果国际刑警只是按兵不动，让我们运出矿石就有可能是个诱饵。"

"那么，放你出来也是个诱饵？为的是让你和我见面？"

陈世明当然不愿意让利奥诺拉对自身的安全有顾虑："哦，那不会，您过虑了。我还没有暴露，这一点我非常自信。"

"我们需要想出一个万全之策。还有，如果真的出了问题。问题会出在哪个环节上？"

郑五岳坐在自己工作的隔板间里，一边听录音，一边看似在工作。

经理过来，敲敲五岳的板墙，提醒他注意。五岳抬起头来。

"怎么啦?"

"嗨，五岳，我想知道你是不是能够在今天完成你的编程。"

五岳回答说："那个程序完成了。我昨天做好的。"

"太好了，你是个天才。"经理禁不住竖起大拇指。

五岳趁机请假："谢谢，斯蒂夫，我可以请几个小时假吗？我一个朋友来电话说想一起吃个中饭。"

"当然可以了。走你的，别管多长时间。"经理大度地说。别说五岳不过是个拿钱少干活却很努力的实习生，人家老爹是公司大老板。

"谢了。"

五岳把车开到公园停车场，下了车，由小路穿过一片树林。

走出这片林子便看到了海，在树林和沙滩之间是一片草地，一棵大树的树荫下有供游人休息和野餐的简易桌椅。五岳一眼就看到一个熟悉的背影坐在那里，面朝大海。他的脸上露出笑容，朝着郑洪斌走去。

"爸，你等了很久吗？"

郑洪斌掉过头来，五岳扑上去搂住爸爸的肩膀。

郑洪斌拍了拍儿子的手臂："又见面了。来，坐下说话。"

五岳到了郑洪斌对面坐下："哇，这么多吃的。"

小桌上摆了不少食品和饮料，郑洪斌欣喜地看着儿子。

"吃吧，吃吧。五岳，和你通电话之前，我还一直想着怎么跟你解释我遭遇的这些事，没想到你主动地为我做了这么多。有你帮助，我一定能早日得到平反，把罪犯都给挖出来。那个陈世明还在你们公司跟利奥诺拉商量对策吗？"

"他来得突然。根本没计划，没事先约。他说，他的人最近不是被杀，被抓，就是被通缉，有位高级警官也被调离了江昌。他自己认为自己还没暴露，但是肯定是害怕了。不然不会逃出来。"

"这么说，警方快要全面收网了？太好了，比我预计的还要快一些。"

五岳有很多事情需要问爸爸："爸，这件事好像挺复杂的。我不太明白这些坏人是怎样陷害你，特别是他们为什么要陷害你。这个陈世明不是你的好朋友吗？他怎么和利奥诺拉弄到一起去了？"

郑洪斌感慨地说："连我自己一开始都不明白。怎么我们公司的总经理老朱，你朱叔叔，被人杀了。公司准备收购一家美国公司的上亿美元的巨款被转走了。后来有了具体嫌疑人，但是我想不通这人怎么会有这么大的能量做这件事。这样，五岳，你先跟我说说，你是怎么怀疑起你继父利奥诺拉的。好吗？"

"好。嗯，那是去年暑假，我很长时间没有跟你联系了。给你打过电话，但是开始没人接，后来说电话账号关闭了。"

郑洪斌给儿子解释："我在美国签并购桑普森公司的协议时，没时间来新泽西看你和你妈妈，给你打过电话。一回到江昌，我就在机场被捕了。"

五岳告诉爸爸，是听妈妈说爸来美国了，也看到爸爸曾来过电话的记录，可是后来就没有爸爸的消息了。他讲述了那天在公司突然看到那个到家里来过的陈叔叔，还有陈世明和利奥诺拉令人生疑的对话。

郑洪斌认真地听着五岳的讲述："怪不得你对他俩都怀疑。但是，你怎么能想到要去找他们的罪证？"

五岳说："那时我还不知道他们说的'失败了'和'栽了'是什么意思。可是下班后，听我妈说你被捕了，我才知道事情有多可怕。我当然会想到利奥诺拉和陈世明白天的谈话。想到他俩一定和你的被捕有关系。可是，妈妈一口咬定是我乱猜。我就下了决心，要把他们干坏事的证据找出来。"

郑洪斌觉得有必要同儿子解释清楚，已消除他对他妈的误解："你妈认为你不理智，不仅是因为你对你继父的成见，而且因为当时许多人都怀疑我后来娶的女人和她的情人涉案。那人叫文增辉，是我们福山公司财务部主任。那时候，还没有人想到在你朱叔叔被杀和巨款被盗的后面，还有更加复杂的背景和更加凶险的策划人。"

五岳点点头，说后来妈妈又来找他，告诉他这些情况。但是，妈妈就是不肯相信他对继父和陈叔叔的怀疑。妈妈说，转走福山公司大笔兼并款的最大嫌疑人已经找到，就是爸爸那个年轻太太的情人，让他不要胡思乱想。

郑洪斌听了岳晓天对陈世明所说"赔了夫人又折兵"的解释，觉得特别有意思。他哈哈大笑："所以啊，中文里面同样的一句话，理解起来可以完全不一样。我不责怪你妈，你也不要责怪她。等到她真正意识到你继父的可怕，她会帮助我们的。"

五岳同意爸爸的说法。他告诉郑洪斌，自己在翻看老照片的时候，回忆起妈妈和利奥诺拉结婚后，跟他们去过一次继父的墨西哥老家。在那里见到的一个亲戚，是个黑帮老大一样的人物。他就像电影里的黑帮头目，坐在那里，脖子上戴着很粗的金项链，身后站着五大三粗的保镖。

"他们让我叫他 Uncle，他给我好多钱。照片后面有他的名字。我

google了一下，你猜猜他是什么人？他是有名的墨西哥大毒枭！"

"他叫什么？"

"保利诺。我用他的名字在网上一搜索，好家伙，出来上百万个结果。他是美国和墨西哥警方重点缉拿的罪犯！"

"我知道这个家伙，他在墨西哥势力很大。可是，你找到的老照片上怎么会有他的名字？是一个人吗？"

"是一个人，没错。网上有照片呀。"五岳肯定地说，"可能十几年前他的名气还不那么大。我让继父写下这个Uncle叫什么，他就写了，也许他早忘记这事了。"

"嗯。接下来你又做了什么？"

"我想Uncle是坏人，也不能说利奥诺拉就是坏人，更不能证明利奥诺拉参与陷害你。在你被捕后，陈叔叔又来让我继父出面收购福山公司。我想这就是为什么他们说这下生意好做了。我就进入我继父的电脑邮箱，查找他们之间的邮件往来。发现他们早就在商量怎么由金山公司来合并福山公司。"

郑洪斌感到意外："等等。你说进入你继父的邮箱。你是电脑骇客？"

"是，我特别爱玩电脑，我，我骇客技术很好，在圈子里是出名的。不过，爸，你别害怕，骇客有白帽骇客和黑帽骇客。我是白帽骇客，不干坏事，不犯法。"

郑洪斌激动起来："这岂不是天助我也！哎呀，五岳！我一直愁着找不到一个骇客帮忙。现在我太需要你了！不过，我们这事也等等再说。你接着说，你又干了些什么？"

"我接着查我继父和保利诺的关系。发现他们居然还真的有联系，有生意往来。我就给国际刑警去了一个信，告诉他们我手头有保利诺和金山公司勾结的罪证，他们搞阴谋陷害了中国一家公司的CEO兼董事长。我让他们去查这件事，查了，我才合作。"

"那他们还不来找你？找到你，你能说不合作？"郑洪斌不明白了。

"他们找不到我。"五岳给爸爸解释说，"我是通过一个大学的server寄出邮件的。他们如果找到那里，线索就断了。相反，他们的行动，我却能掌握。我知道他们派了两个女警官去中国，负责的那个叫琳达。"

郑洪斌笑了起来："我在缅甸见过她。哈哈，没想到我儿子这么能。"

"爸，我说了这么多，该你说了。这到底是怎么回事？为什么利奥诺拉和陈叔叔要合伙陷害你？"五岳问。

郑洪斌觉得，既然五岳已经都陷入这么深了，也没有必要瞒着他什么。他告诉五岳，五岳的继父和福山原副总陈世明处心积虑地要置他于死地，这后面的确有大阴谋。两年前，他们在福山有色金属公司所属的惠山矿勘探出了铀矿。按照规定，铀矿必须交给国家管理。可是，惠山矿是福山公司的摇钱树，郑洪斌舍不得马上交出那里的富矿资源，因此就把消息隐瞒了。他的计划是暂时将铀矿封存起来，开他几年其他矿藏再报告。事情就出在这里。

"爸，你说的是用来造核武器的铀矿吧？"五岳问。

郑洪斌说是啊，铀矿太值钱了，因为买不到嘛。陈世明不知怎么听说了这个消息，打上了铀矿的主意。他想找市场，但海外认识的商家不多，可能试探了利奥诺拉，碰巧一拍即合。当然到现在为止，这些都是猜想。

陈世明和利奥诺拉勾结上以后，接下来就有一个把郑洪斌除掉，他们好做这门生意的问题。陈世明在公司里很注意搜罗各种信息。郑洪斌第二个老婆有个初恋情人的事，连郑洪斌自己都不知道，他却打听到了。陈世明同那个叫文增辉的合作陷害他，把他送进了监狱。不过他俩是怎样搞到一起去的，郑洪斌连猜都猜不出来。

五岳忽然想起来身上还带着录了音的储存卡，便拿出储存卡交给郑洪斌。

"爸爸，这是陈世明和利奥诺拉早晨谈话的录音。你把它插在计算机上就可以听。他们好像说到有意让那个文增辉暂时保留着那笔转走的钱。"

"太好了，钱果真是文增辉转走的。"这又是一个突破。

五岳问爸爸："你还要做什么？我能帮你做什么？"

郑洪斌说："你已经帮了我很大忙了。这笔钱必须找回来。当然，更重要的是把这些罪犯绳之以法。可惜，就连国际刑警也无法通过合法途径查明钱被转到哪里去了，这样也没法证明文增辉犯罪。"

五岳又问："找回钱和证明文增辉犯罪，哪样重要？"

"都重要啊，问题是……"

五岳说："他能把钱非法转走，我可以用同样的手法把钱转回来呀。这样你就可以专心去找他们杀人的罪证了。"

"转回来？"郑洪斌听了没有马上反应过来，"……哦，你说你是骇客。对呀，只要你能进入我们原来的账户，就能查出钱的去向。对，也能把钱转回原账户，再改掉密码，这事就妥了！哈哈，我明白了。儿子，你老爸冒着生命危险越狱、潜逃、出境、打打杀杀，一直不知道该怎么解决的问题，到你这儿忽然就解决了！"

五岳受到他老爸情绪的影响，禁不住哈哈傻笑。

"哈哈，哈……"郑洪斌跟着儿子笑了很久，又担心地问，"五岳，这么做没危险吧？"

"有什么危险？银行不是不让警方查账吗？既然转走不能查，那我们转回来也不能让查。"

郑洪斌一拍大腿："好！就这么办！不过，你可不能再同国际刑警联系了。找到这些坏家伙的犯罪证据，协助国际刑警破获国际犯罪集团，抓回陈世明和文增辉是我的事。我有和国际刑警联系的办法。我是怕你和你妈妈牵扯进来有危险。"

*

辛局长买了点东西从超市里出来，停车场里有熟人看到他，惊讶地同他打招呼："辛局长，听说您高升了，怎么还在江昌？"

"啊，我已经在那边上班了。老婆有病，我请假回来照顾她几天。"

"哟，那代我问候夫人。"

"谢谢。"

手机响了，辛局长看看来电显示，皱皱眉头，没接，他打开车门进了车。

辛局长关上车门，刚把车发动起来，手机又响了。他拿出手机看看显示，还是小金打来的。

"喂，什么事？"一听小金问陈总的去向，辛局长火冒三丈，"我怎么知道，他到哪儿关我什么事？"小金还不肯罢休，絮絮叨叨说个没完，辛局长恶狠狠地训斥她：

"哼，我告诉你，小金。你那位陈总去了哪里，我一点消息也没有。但是我要警告你：第一，建议你立刻离开此地。他一走了之，我们各自只能好自为之。第二，我这个电话，你今后不要打。我们没有任何关系，如果你敢出卖我，你的死期也就到了！"

辛局长狠狠地按键结束通话。

他忽然觉得有些不对劲，不过他并没有回头，而是沉着地问了一声："谁？"后座有人抬起身子，原来是季渔藏在后面。

"辛局长。"

"趴下。"

辛局长把车发动起来，车开离超市停车场。

辛局长的警车开上了大街。季渔又想坐起来，立即受到辛局长的怒斥：

"趴着别动！你好大的胆子，居然敢到江昌来。你是成心想把我拖下水，是吗？"

季渔满不在乎地说："辛局长，我大哥跑了，我不找你找谁？"

"哼，我随时毙了你，也就是杀掉一个试图拒捕的通缉犯。这一点你要明白。"

季渔可没那么容易被吓住："那多多少少都会给你带来一些麻烦。再说，如果你一枪打不死我，留下我这个活口，你可就有大麻烦了。"

"你找我干什么？"

季渔还是坐了起来，这次辛局长没再让她趴下。车已经转上了高速公路。

"我都失去方向了。辛局长，你说公安通缉我，大哥跑了，那我该怎么办呀？"

"你就不能远走他乡？江昌六虎完蛋了，你在这里再也待不住了。"

"他乡？哪儿是他乡啊？"

辛局长没好气地说："越远越好，出国更好。"

"辛局长，我现在没钱了，哪儿也去不了。"

辛局长一听就火了："什么叫没钱了？你钱呢？你从你大哥那里拿过多少钱，以为我不知道？"

季渔诉起苦来："辛局长呀，你们那个专案组盯在我屁股后面追，我在平山珠儿家只差一点就被他们抓住。我把钱随身带着，都放在珠儿家，现在全部被搜走了。我穷光蛋一个，没法活了。辛局长你要是给我点钱，让我到哪儿都行。你总不能看着我无处可去，只能进监狱吧？那样我只能招供。"

"你给我立即离开江昌，到东南亚去。"辛局长冷冷地命令道。停了一会儿，他问："你要多少钱？"

"这一去，还不就是流浪终身？辛局长，看在我大哥的份儿上，您给我一百万美元的盘缠吧。"季渔狮子大开口，她反正没脸没皮的，能要多少是多少。

"哼，说得轻巧，一百万美元。如果有一百万美元我还在这里干吗？算我倒霉，被你讹上了。我只能给你十万人民币，怎么和你联系？"

"给我打电话嘛。"

"你在哪儿下车？"

"开元寺比较好，那儿人多。"季渔变着法子警告他，"辛局长，善有善报，恶有恶报。你对我好，我记着。可我也防着辛局长，我不傻。"

"你是不傻，知道怎么威胁人。"

"没有，别误会，我肯定不敢在辛局长面前卖弄小聪明。"

"趴下！闭上你的嘴，到地方我叫你。"辛局长把车往右靠，准备下高速。

在小金的住处，一个个纸箱堆在客厅里，一看就是要搬家的架势。

卧室里，小金一边哭一边在收拾衣物。壁橱开着，打开的衣箱放在床上，里面已经装了一半，床上其他地方都被衣服堆满了。

手机响了。小金看了一眼来电显示，是辛局长。她心里有气，不去理会，继续折叠衣服装箱。手机再次响起。她还是拿起了手机：

"喂，是我……我在家呀，收拾，准备走人。你不是让我立刻离开江昌，好自为之吗？我辞职了。"听辛局长说有事需要她帮忙，小金颇感意外，"我能帮你做什么？我什么也不会。"

听完辛局长的话，小金举着手机僵在那里，半天没言语，显然在考虑做这件事的得失。辛局长那边着急了："哎，你听到了吗？"

"我听着哩，辛局长……我人都要离开江昌了，为什么还要帮你？"

手机里传来辛局长带着威胁的吼叫声："为什么？季渔一旦被捕，首先供出来的是你，而不是我！你要清楚，你做过的那些事，足够让你在牢里待一辈子！"

小金不得不把手机放在距离耳朵比较远的地方，辛局长的话让她害怕了："那，辛局长，季渔可不是好惹的，我们能怎么样她？"

"今天我让你这么做，就是要在她被周清泉抓住之前除掉她。你明白吗？"

"明白。辛局长，你让我帮你，总得告诉我陈总的去向吧？"

辛局长禁不住要讽刺小金："哼，你跟他同床共枕这么多年，他突然出走，连你都不告诉，还能告诉我？我是从官方得到的消息，他出国了，而且消失得无影无踪。现在，我们共同的威胁就是季渔。"

岳晓星穿着大衣，戴着毛线帽，在大街上逛着。大街上一片热闹欢腾的景象。两边店铺张贴着对联、折价广告，小孩子兴奋地在人群中穿来穿去。岳晓星心情很好，脸上挂着平静的微笑，信步走进一家商场。

忽然，岳晓星感到裤兜里手机的振动，连忙拿出手机："你好！请问是哪位？……姐？你等等，这儿太吵。我换个地方给你打回去。"

岳晓星四处看了看，看到不远处的洗手间，于是走了进去。

进了洗手间，为了防止干扰，岳晓星索性走进最边上的抽水马桶间。她关上门，给岳晓天拨去电话："哎，姐，这儿没那么吵吵……哪儿？我刚刚在商场……现在？哈，现在进了卫生间……还好啦，现在国内的卫生间不是你想象的那样，条件改善多了。嗯，什么事？没大事的话，我还是等回去，或者到车里再打。"

那边岳晓天说："也不是小事。不过让你待在卫生间，即便是大有改善的卫生间，我也于心不忍，我们还是等你回家再说吧。"

"于心不忍你就快点说。既然不是小事，说了我可以先想想啊。"

"那倒也是。我husband不是中了陈世明的招，参与了收购福山公司吗？听说中方董事长出事了。他很担心，让我问你是否愿意出任福山公司的法律顾问和董事会的董事，帮我们关照一下福山公司。"

"哟，这可不是小事。"岳晓星想，一来这事得考虑一下，二来也不是一句二句能说完的，"姐，我们二十分钟以后再通话好吗？我现在就回去，外面太吵……好，一会儿再说。"

岳晓星推开抽水马桶间的门，她看到站在斜对面洗手池前的一个人影，立刻退了回来，把门只留下一条小缝，观察那个人。不错，她就是被警方通缉的季渔！

岳晓星不敢怠慢，立即给周清泉发出短信：

"周队：季渔出现在东湖商场。我盯着她，你们快来！"

季渔拿出化妆用的小包，对着镜子补妆。此时，小金走了进来，她手里提着一个和季渔放在地上的一模一样的包。小金把包放在季渔的包旁边，季渔斜眼看了一下小金，鼻子里"哼"了一声，拿起小金的包放在洗手池上，翻看一共有几叠钞票。

"别假模假样的。你当是拍电影，玩地下工作者交换情报？"

"你？……"小金气得不知说什么好。

"我，我怎么啦？姑奶奶为你的野男人卖命，你卖身。到头来他一走了之，谁也不顾。怕什么？怕不怕不都是一条命？"

小金气得扭头就走，被季渔喝住。

"小婊子，把空包拿走，留在这儿给公安啊？"

小金回过头，俯身拿包。季渔怪笑着拧了一下她的脸蛋。

"要不跟着姐姐我逃难？"

岳晓星透过门缝，用手机录像。

小金几乎是躲避瘟神似的跑出卫生间。季渔这时也洗了一下手，掏出手绢擦了擦，然后提起小金那只放钱的包，出了门。岳晓星推门出来，跟着季渔走了出去。

岳晓星出了洗手间的门，很快找到季渔的背影，但忽然有了新的发现：斜对面不远处，还有另一个人眼睛盯着季渔，并且，立即跟在季渔

400

后面，这个人是穿便装的辛局长！

岳晓星一边走，一边又发了一个短信出去：

"周队：辛局长跟踪季渔，会不会想灭口？"

辛局长跟着季渔。岳晓星跟着辛局长。岳晓星忽然想到：会不会还有人跟着自己呢？她迅速回头看了看，好像没有，这才继续跟踪。

季渔似乎并不急于走出商场，她坐着自动升降扶梯上了楼。此时，岳晓星和辛局长之间，已经拉开了一段距离。岳晓星给周清泉拨了一个电话：

"周队，你收到我两个短信了吧？ …… 她和辛都上二楼了，我也跟上了。你们动作要快。"

楼下，小金正在买首饰的柜台试一副珍珠耳环。小金往自动升降楼梯处看了一眼，不禁大为吃惊。她看到二楼上一晃不见了的辛局长，还有跟在辛局长后面往楼上去的岳晓星！

岳晓星上楼后，眼睛紧紧地盯着辛局长。想来季渔在前面走得很快，辛局长几次都差一点看不见了。终于，岳晓星看到辛局长往楼梯下走，她紧赶两步，生怕等下了楼梯就看不见辛局长了。

可是，就在岳晓星正要下楼时，从楼下往上走的人群中，出现了秘书小金。小金高声叫着："哟，这不是岳律师吗？"

岳晓星同她敷衍地点了一下头："你好，金秘书。"可是小金迎面挡住了她。

"岳律师，着急去哪儿呀？我正想着一个人怪孤单的，我们俩做个伴吧。"

岳晓星往旁边一闪避开她："对不起，我要晚了，和朋友有个约会。"

小金却很自然地往边上又一拦："你是躲着我还是怎么的？陪陪我吧。"

岳晓星心里急，用手推开小金：

"下次吧，我真的很急。"

小金这次不拦了，转身跟上岳晓星："那我跟着你走，就跟你说一句话，不耽误你时间。"

"什么事你说。"

岳晓星急速下楼想把被小金耽误的时间补回来。

"我想咨询一下有关出国的事。"

"这个我们不管。"

说着到了楼下。岳晓星环视四方，哪里有辛局长的影子？气得她拿出手机拨打。

小金阴阳怪气地问："哟，你不约会了？"

岳晓星不理她，对电话说："喂，我现在离商场西门不远，我可能不能准时到了。遇上小金秘书，缠着我问出国的事…… 好，对不起。我们一会儿见。"

小金意识到自己过分了，只想脱身："还真是有约会，那耽误你了。对不起，那下次再说。"

岳晓星一把抓住小金的胳膊。

"没有下次，你现在就跟我走。"

"你要干吗？我没做错事啊。"

岳晓星不说话，拖着小金往前走，小金这下害怕了："岳律师，我对不起你，说对不起还不行吗？你要拖我到哪儿去？"

"带你到个说得清楚的地方去。"

"你不能，我叫了，我要叫救命了！"小金弯下身子，耍赖不走了。

岳晓星厉声说道："你叫啊。小金，没想到你会来这么一手。你这么做怎么就不想一想后果。我告诉你：想出国？没门！有个地方倒是等着你去。"

岳晓星甩开小金，扬长而去。

周清泉和一个助手警员下了车。周清泉警惕地看着从商场里出来的人，他在人群里分辨出季渔，立刻给旁边警员一个眼神。警员跟了上去，周清泉却没动。很快，辛局长出现了。

周清泉拦上前去："辛局长。"

辛局长一愣神，他没想到碰上周清泉。

"哟，周大队长，逛街啦？"

周清泉上前同辛局长握手："辛局长，您乍一离开我们特别怀念。

我正想着请几个同事到家聚聚。您回来正好，大家看到老首长一定特别高兴。"

辛局长搭讪着："哈哈，那还是到我家吧。"

季渔觉察到有人跟踪，开始跑动起来。她把一个孩子碰倒在地。孩子大哭，孩子的爷爷奶奶气得不知道该怎么办。孩子的爷爷大叫："哎，你这人发疯啦？你给我站住！"

孩子的奶奶抱起倒地的孩子，正好后面的便衣警员跑着追上来，老爷爷一把抓住他："你们这些年轻人怎么回事？跑什么？"

警员连忙说："大爷，又不是我撞的。我帮你把她抓住，好不好？"老大爷这才松手。

季渔拐进一条小巷，她从口袋里拿出一个黑塑料袋，将那个包放了进去，又掏出一个线帽戴在头上，脱下外衣，迅速翻过来穿上。她把黑塑料包往背后一扛，就像背着面口袋那样，然后不慌不忙地往前走。

那个警员被老汉抓住，耽误了那么一小会儿，跑到巷口，看看巷子里只有一个背着黑塑料袋，穿着不同衣帽的人的背影，犹豫了一下，继续往大街前面追去。

季渔的脸上，露出得意的笑容。

辛局长钻到自己车里，他气得咬牙切齿，腮帮子上的几块筋肉直动。他坐在那里好一会儿，也没缓过神来，直到手机铃声响起。辛局长抓起手机。

电话是小金打来的。她告诉辛局长，岳晓星如何在商场跟踪他，自己又如何设法拦住岳晓星。辛局长打断了她的话：

"岳晓星？你确信我被他发现了？……妈的。我说周清泉怎么突然出现。否则季渔……你放心，我认为他们抓不住那丫头。我看她鬼得很。我跟踪都难……小金你听着，你并没有暴露，可以从容离开江昌……嗯，那就好。"

辛局长收起了手机，把车发动起来。

小金心惊胆战地回到住处。

她看到满地堆放的未收拾好的行装，悲从心来，哭了起来。哭了一会儿，小金觉得口渴，走到厨房，拉开冰箱，取出喝剩下来的半瓶饮料喝了起来。

她刚喝几口就觉得不对，眼前变得模糊起来，接着，人倒了下来。

辛局长从里间走出，脚上套着塑料鞋套，他用戴着橡皮手套的手拉开了房门，走了出去。

跟丢了季渔的警员满脸沮丧地开车，他旁边坐着周清泉。

"周队，实在对不起，都是我的错。"

"接受教训吧。其实已经有人举报了季渔的藏身之处，只是尚未核实，抓她只是早晚的事。"

他听到手机铃声，立刻接听。

电话是岳晓星打来的。她告诉周清泉，刚刚给他和童组长寄去一段视频录像。里面有小金和季渔接头的情况，小金涉嫌帮助犯罪集团。

周清泉用手指了指路旁，示意警员把车停在路边，他立即查找到岳晓星微信送过来的视频，拍了拍身边的警员。两个人一起看岳晓星在洗手间拍的录像。

周清泉一看录像，大吃一惊，立刻对身边的警员说："不好。走，玫瑰园小区，要快！"

玫瑰园小区公寓楼下停着救护车和几辆警车。

看到从大门出来的医护人员将昏迷的小金用担架抬上救护车，周清泉走上前去，询问跟着童组长下来的医生。

"她怎么样？有救吗？"

童组长也看了一眼医生。医生说："我们给她洗了胃。这种口服的毒药完全发挥毒性需要一定时间，算是抢救及时，她还有救。"

404

第二十二章　账总要还

一家人围坐在餐桌前吃早餐。岳晓天把五岳喝了一半的牛奶杯子倒满。

五岳嫌烦："妈，你自己好好吃。"

岳晓天教训他："你这个没良心的，哪天你知道照顾老妈就好了。"

利奥诺拉宽厚地笑了笑："孩子在当妈的眼里总没长大。晓天，五岳可是大人了。Information Services 部门的 director 今天跟我说，如果没有五岳，他们需要雇精通专门软件的合同工来解决两套应用软件不能匹配的问题。五岳为我们公司省了上万块钱。"

五岳有点得意地看着他妈："I told you（我说的吧）."

岳晓天高兴地说："那好啊。我生怕别人说 CEO 的孩子进公司为的是混资历。"

"五岳可没有，IS 的同事都说他是电脑天才。"

岳晓天跟丈夫说："五岳想和同学一起去 West Virginia 山里玩，可是我担心会影响你们公司的工作。"

利奥诺拉马上同意："去呀。总不能整个暑假都工作，他还是学生嘛。五岳，什么时候走？需要钱用跟我说。"

"我领到工资了。今天我去公司安排一下，明天走。"五岳高兴地几口把剩在盘子里的吐司吃完，站起身来，"Excuse me. I'm done（对不起，我吃完该走了）."

*

辛局长得到消息，小金被专案组及时送往医院抢救，已无大碍。他手持电话话筒，神情凝重。

小金知道得太多，绝不能留给专案组。但是，他手头几乎没有能够调动充当杀手的人了。辛镇山叹了一口气，这时候能用的人只有他刚刚想灭口的江昌六虎老六季渔了。他给季渔去了电话：

"老六，是我……你胡说什么？我怎么会派人跟踪你？……丫头，你要我赌咒发誓吗？你听我说……好，骂完了吧？你听我说：我们是一根绳子上拴着的蚂蚱。现在，我们共同的威胁是你大哥的小三，她最靠不住了，我需要你去灭了她。"

季渔住的小屋里，床上、地上铺的都是乱七八糟的东西，箱子大开着。她在收拾，准备逃走。这会儿，季渔为辛镇山居然还指派她去杀小金搞得怒火中烧。

"哼！局长大人，你怕小金你去杀。我怕什么？我他妈是个被通缉的犯人。那个婊子靠得住靠不住跟我毫不相干！"季渔一边说，一边往背包里塞她认为重要的必须带走的东西。

辛镇山在电话里厉声喝道："幼稚！小金要是被抓活口，你们江昌六虎干的那些事就会全部曝光！"

季渔嘲讽道："承蒙你局长指路，两天后我人就在东南亚了。曝光干我屁事？"

"你就不回来了？你就不怕你大哥？"

"大哥？我那位大哥这会儿是泥菩萨过江。"季渔此时生出一种幸灾乐祸的情绪，"辛局长，我劝你少说两句，赶快逃命吧。"

辛镇山没辙了："看来我是说不服你，那我们算是做笔生意好不好？你去帮我把小金做掉，我给你钱。十万人民币才够你用几天的？事成我再给你十万。"

"哼。你以为光靠打赏的钱就能买得动姑奶奶？别做梦了。"

辛镇山说："你开个价。"

"我跟你要一百万美金你说没有。"

"我是没有那么多。"

"舍不得就免谈。"

"好吧。"辛镇山像是痛下决心，"一百万人民币，你五哥做掉一个

406

人最多收五十万，我出双倍。这是你最后一次赚钱的机会了。"

"是啊，你说过你击毙一个通缉犯连脑子都不必过一下。"季渔不为所动。

"你胡扯什么？我是说干完这笔你就非走不可了。"

季渔的背包已经塞得满得不能再满了，她拉上拉链："哈哈哈。辛局长，你是什么人，我能不知道？姑奶奶一直在逗你玩。哈哈哈……真他妈开心。我这叫缓兵之计。现在，姑奶奶要走人，也不用担心局长大人伏击我了。"

季渔关上手机，背上双肩背的背包，把头发拢起来，戴上帽子，出了门。

季渔站在门外迅速地向两边瞟了瞟，在确信没人之后才向小巷外走去。

巷外正对小巷的远处房顶上，一支狙击步枪的瞄准镜对准了她。

小巷另一端的房顶上，也有一支狙击步枪的瞄准镜对准了她的后背。

狙击手对着嘴边的话筒向指挥伏击的周清泉报告："周队，季渔就要走到巷口了，她手里没有武器，好，准备：五、四、三、二、一。"

在季渔离巷口三步之遥时，周清泉和另外两个刑警突然闪身堵住季渔的去路。

周清泉大声命令："举起手来！季渔，你被捕了！"

季渔掉头就跑，在她身后的墙上和房顶上跳下好几个刑警。

季渔举起双手。

当晚，一辆警车开进江昌市第二医院，停在住院部大楼门前。

辛镇山下了车，他看到门前有警察站岗，故作惊讶："咦，是不是有中央首长到我们江昌住院，搞得戒备森严的？"

站岗的警员笑着同老辛打招呼："辛局，这么晚，来检查工作啊？"

"检查可不敢担。我调出江昌，就是外人了。怎么回事？"

警员说："我也不清楚，说是有个嫌疑犯在抢救中。嗨，派我的班，我就执勤呗。"

407

"那我进去看老婆需要特批吗?"

"开什么玩笑。您过去是我们的首长,现在也是我们的上级。给夫人问好。需要跑腿的事,您尽管吩咐。"

辛镇山放心了:"谢谢你了。我还以为人一走茶就凉了哩。"

"哪能哩,老局长请进。"

大楼里静悄悄的,长长的室内走廊里空无一人。

医生值班室里也没有人。里间的门虚掩着,想必值班医生在里间休息。辛镇山一闪身进了值班室,他熟练地走到挂着病历夹的墙边,一个一个看过去,找到了写有小金名字的病历,那上面写着"304室"。辛镇山顺手从衣架上取下医生的白色长衫。医生挂在脖子上的身份证恰巧也挂在那里,辛镇山摘下它来,挂在自己脖子上,悄无声息地出了值班室的门。

辛镇山走过住院区一个个病房,在室内走廊的拐弯处,停了下来,慢慢把头探过去。他看到一名中年警官坐在病房门前守卫着,仔细观察,这位面生的警官显然睡着了。辛镇山于是放轻脚步走了过去。果然,警官的对面正是304室。辛局长拧开病房的门。

这是单人特护病房。一个女病人躺在病床上,打着点滴,氧气罩罩住了她的半边脸,她的额上还放着冰袋。

辛镇山从内衣口袋里掏出一个针管和一小瓶药水,他把针尖插进小瓶的橡皮盖中,吸出半针筒的药水。然后,辛镇山走近病床,拉出病人的左手臂。正在他要往下扎针的时候,病人握着手枪的右手伸了出来。辛镇山大惊。身后门"砰"地被推开。接着,壁橱的门也开了。周清泉持枪从里面走了出来,身后的警官首先打破寂静。

"辛镇山,我们恭候你多时了。"这是童组长的声音。

女"病人"抽回左臂,掀开氧气面罩:"你的戏演完了。"

周清泉讽刺地说:"老辛,你知道怎么配合。"

辛镇山举起双手。周清泉收起枪,戴上胶皮手套,拿下辛镇山手中的针筒和药水瓶。

"干得漂亮,周清泉,你不愧是我一手调教出来的。"辛镇山倒也镇定。

周清泉调侃他："老辛，这时候你还能保持一点幽默，怎么也能让我留下点印象。"

看到周清泉从腰上摘下手铐，老辛放下双手并拢起来，伸向前面。周清泉把他铐上了。床上躺着的白雪梅一跃而起。

"走吧，囚车也早就给你准备好了。老辛，你真不该让你老婆演那出苦肉计。这么大年龄了，又是灌肠，又是扎针，何苦呢？"

*

郑洪斌喜气洋洋地把儿子五岳引进他们租住的房子。

"我把儿子接来了！"

正在厨房里忙着的朱小珊和何武成丢下手中的活出来打招呼："欢迎，欢迎。"

郑洪斌介绍："五岳，认识一下，这都是爸爸一道出生入死的好朋友。这是何叔叔，漂亮姑娘叫小珊，她跟你同年的，生日小几个月。"

楼上的陈荣也从书房里跑出来，站在栏杆后面叫起来："还有我，我叫陈荣。"

五岳高兴地回应着："大家好，我一路上都在听爸爸说你们的故事。"

小珊突然闻到厨房里飘出的味道不对："哟，煳了。对不起，我得管烧饭的事，一会儿再说。"

陈荣在楼上说怪话："小珊，别那么激动啊，菜烧煳了可不好。"

何武成和陈荣哈哈大笑。

"五岳听不懂。"何武成招呼五岳，"坐，坐下喝茶。"

陈荣也噔噔地跑下楼来。

五岳说："我中文不太好，但是，你们说的我都懂。"

陈荣可开心了："哈哈，懂就好。你来我太高兴了。第一是可以跟你请教计算机的事；第二，这里有人要假装斯文了。"

"这里真热闹。你第二句话我不懂。"五岳诚恳地说。

小珊又出来露了一面："那就让陈荣跟你侃英文，他英文学得可好了。"

409

郑洪斌笑着跟儿子解释："他俩在一起就爱拌嘴。哎，我宣布一下：五岳来这里住一段，是要给我工作的。我们有五岳的帮助，完成到美国来的使命指日可待。"

几个人鼓起掌来。

五岳纠正说："爸，我早就为你工作了。"

"五岳，你来了就住我现在住的房间吧。我可以和武成大哥住，也可以搬到地下室住。"陈荣客气地说。

何武成也成心相让："住我那儿吧，挨着你爸的房间。"

"都不用。"五岳推托，"地下室不是空着的吗？我最爱住地下室。特别是要搞地下工作，住地下室既安静，又保密。"

郑洪斌跟几位同伴说："在车上我跟五岳已经讨论了这个问题。让他住地下室吧，他习惯熬夜。再说，没几天，没必要搬来搬去的。"

何武成表示接受老郑的安排："那行。接到郑大哥的电话我们就去买了一张小床和一个大写字台，都放在地下室了。陈荣，我们去给组装上。"

"一道去吧。"五岳被他爸爸几个朋友的热情深深感动。

晚上，家中小餐厅的桌上放满了菜。五个人围坐在桌旁。五岳看着满桌的菜肴，兴奋地说："做这么多吃的啊。"

"好吃吗？"何武成问。

"好吃，太好吃了，比我妈做得好多了。何叔叔，您做的？我爸说您在做厨师。"

"我在厨房做油锅，打杂。这些还是跟你爸学的。这菜都是小珊做的，我打杂。"

陈荣在一旁添油加醋："小珊听说你要来，使出浑身的本事。"

五岳对着小珊说："谢谢啊。"

"不用谢。五岳，你在美国长大，中文说得这么好。"她现在懒得和陈荣斗嘴。

"我从小在家说中文啊。不说中文，我妈不给饭吃，还要罚写好多字。就连我继父都被逼得说中文。"

"你继父，他是老外啊?"

"他是墨西哥人，现在中文说得和英文一样好。"

"那你会说西班牙语吗?"陈荣问。

"会说一点。"

"别扯远了。"郑洪斌急着讨论正事，"五岳，陈荣在职校学的是计算机，干过计算机维修工作。武成是工程师出身。他们各有所长，需要的时候都能帮你的忙。"

陈荣来了情绪："五岳，你爸说你是骇客。我等着向你学习哩。"

郑洪斌吩咐："我们明天就去给五岳买最好的设备。你们三个人尽快把设备安装起来。"

朱小珊马上表示："我给你们做好后勤工作。"

"后勤工作?"五岳没听说过这个词。

陈荣说："就是做最好吃的饭菜招待你。"

"谢谢。那太好了。"

"有你，小珊就不想着做给老美吃了。"这话太露骨了，只是五岳听不懂。

小珊忍无可忍，虽然她对这话本身并不是那么反感："我发现五岳一来陈荣就放肆起来。"

"又来了?说正事。"郑洪斌对五岳说，"五岳，他们都不是外人。你再把计划说一遍，大家提一些问题，集思广益，争取把事情做得更完美。"

"我爸说，我们有两大任务。首先是把被非法转走的钱给弄回来。"

"对。追回巨款。为此，我们需要进入原账户，查清款项被转移到什么地方去了。然后把这些钱转回到原账户，并且改掉密码，以防犯罪分子再次进入。"郑洪斌补充说明。

"进入美国的银行数据库太难了。"陈荣算是半个行家。

"不难。因为这个账户是我爸爸建的。只不过密码somehow被盗取，又改了。自己忘记密码的事经常发生。是吧?为此，银行在你建立账户时会问几个只有客户自己知道答案的问题。我们假称忘了密码，要求银行发给新的密码。只要答对了所有security questions，也就是保密问题，他们就会发给新的临时密码。"五岳对此很有把握。

其他四个人同时惊呼起来："啊？这么简单？"

"下一步就复杂了。我爸说，钱被转到一百多个银行账户上。我们可以在转账历史上查到这些账号，但是这些账户的户主姓名和密码我们都不知道。"

陈荣着急地问："那怎么办呢？"

"只有破解各个账户的密码最为简单。我们没有力量侵入几十家银行的系统，找到一百多个账户的信息。这样，我打算先侵入文增辉的电脑，从他电脑里找线索。"

"可是，怎么连线进去呢？"这个具体问题，在座的只有陈荣问得出。

五岳从容地回答："从他的 E-mail 进。他在乔治华盛顿大学有 E-mail，所有美国大学的邮件地址都有一定的格式，这事不难做。"

"涨姿势了。"陈荣感慨。

何武成舒心地说："那个文增辉的好日子到头了。"

*

文增辉开车回家，他还没把车开进车道，就看到盖都盖不住的垃圾箱。

文增辉的火气马上往上蹿。

他把车开进车道，车轮压在散落道上的大大小小的纸盒上。

文增辉从车上下来，首先走到垃圾箱前。他掀开翘起的箱盖，拿出一个压扁的包装箱，仔细辨认着，再拿起一个。他一边看，一边把包装箱扔在外面，包装箱被他扔了一地。

文增辉也懒得再看了，铁青着脸往家走。

厨房里干干净净的。文增辉把手放在电炉上，苦笑着摇摇头。他拉开冰箱的门，把几个鸡蛋和一些蔬菜取了出来，又叹了口气，放了回去。

文增辉拿出手机，从厨房台面一大堆邮件中找到一个中餐馆的菜单邮件。这个菜单正是"新湖南"餐馆寄来的促销宣传品，文增辉照着那上面的电话号码拨打：

"喂，你好。我叫个外卖……对，是第一次叫。怎么，你们给百分之十的 off 啊？……哈哈，那好。来一个海鲜大烩，嗯，再来一个京酱肉丝。就这些。"

"新湖南"餐馆的马老板手持电话。他接的正是文增辉的电话外卖单。

马老板一边记，一边报："……海鲜大烩15块9，京酱肉丝8块9，酸辣汤两个3块。这是27块8。加税，一共是29块4毛7。您的地址？……好，谢谢！……好，不客气。"

马老板写好要菜的单子以后，冲坐在餐馆一角的郑洪斌招招手。马老板交代："这儿，三单一起走。"

"没问题。"

文增辉叫了外卖，从冰箱里拿出一瓶啤酒来喝。他想想，这口气还是咽不下去，于是走到楼梯口。

"莉莉，你给我下来。"

楼上传来胡莉莉懒洋洋的声音："又怎么啦?"

"我跟你说的话，你都当作耳边风是不是？我难以理解，你这么贪婪的购买欲是从哪里来的。就拿你喜欢的坤包为例，你买几个时尚的包包，我理解。有人说手包是女人的另外一件衣服嘛。可是，你似乎买了包不是用的，你的柜子里塞满了名牌坤包：什么 Gucci，Louis Vuitton，Derek Lam，Fendi，Versace，还有什么 Carolina Herrera，Longchamp，我都叫不来名字。昨天买的你还没来得及用，今天邮购来的又压上去了。你能不能解释一下，你要这些东西干吗？"文增辉越说越气。

胡莉莉出现在楼梯口。

"我真地佩服你，居然能对不感兴趣的东西记住那么多牌子。你问我要那些包干什么。简单地说，为了时尚，而时尚给了我自信。"

"在我看，女人拿着那种包，为的是炫耀和攀比。"

"不矛盾吧。"胡莉莉振振有词，"攀比产生自信，自信的人才会炫耀。丑小鸭总是躲在角落里。"

"有人自信是'敢将十指夸针巧，不把双眉斗画长'。我妈一直教导我，一个人的自信来自他的智慧和本领，而不是装饰和打扮。"

"哼，no wonder（难怪）."胡莉莉的口气不太恭敬。

文增辉气不打一处来："你说什么？胡莉莉，你要是敢讲我妈的坏话，小心我扁你!"

"我什么也没说，是你自己提的话头。"

文增辉不想再吵，他强忍心中的怒火转身离开楼梯口，可是停下来，又转了回来。

"你能把包装盒都扔到垃圾箱里，这好歹也算是个进步。我再问你，你买计算机干什么？你不是有了吗?"

胡莉莉讽刺道："没想到，堂堂一个大男人，还会去翻垃圾箱。有了不能换一个?"

"不行。我必须治一治你这个购物狂。我本来计划不动声色地在美国过上两年，等尘埃落定再谈如何享受。让你一闹，房子买了，高档车买了。现在你这样狂热消费，我们马上就会被人注意。"

"你想怎么样?"

"给你的信用卡加上限额。"

胡莉莉愤怒了："这就暴露出来了。你坐拥亿万钱财，还是一个守财奴!"

郑洪斌开车到了文增辉家门口。

本来他是可以把车开得离家门更近一些的，可是车道上都是些包装箱，纸盒之类的。他只好把车停在路边。

他提着要送的外卖晚餐走下车，核对了一下门牌号，朝大门走去。

文增辉给胡莉莉气得说不出话来，他从窗口看到路上有车停下来，有个人下了车，提着一个塑料口袋。想到自己要了外卖。

"Shut up（闭嘴吧）! 外卖来了。我都给你气饱了。"

文增辉去开门。

郑洪斌看着车道边扔的满地都是的包装箱直摇头，弯腰捡起一个，想往敞开的垃圾箱里放。忽然，郑洪斌的眼睛直了。那收件人的姓名一

414

下子跳进他的眼睛："Ms. Lili Hu（胡莉莉小姐）!"

郑洪斌转身就走。

文增辉打开大门，看到的是黑暗中一个大汉的背影。

文增辉大声问："嘿！Is it the dinner we ordered? Where are you going（那是我们要的晚餐吧？你上哪去）?"

郑洪斌头不回，摆摆手："No, direccion incorrecta （西语：不对，地址不对）."

文增辉问："Is it Chinese （是中餐吗）?"

郑洪斌不再多说一句话，迅速向自己还亮着灯，连引擎都没停下的车走去。

就在郑洪斌拉开车门的那一瞬间，文增辉脸上奇怪和不解的表情转变成毛骨悚然的恐惧。他眼里那个转身进车的大汉的模糊的侧影，变成郑洪斌的清晰的幻影！

这一切发生的太突然了。郑洪斌钻进车里，开车转过两个街区才停下。他要做的第一件事就是给店里打了个电话。

"喂，马老板。"

那边马老板问："送到了吗？是不是账单有问题?"

"最后一单还没有送到。遇到一个特殊情况。你听我说完。Burke Street 这家，住着我无论如何不能见的人。我马上回去，让别人，就你吧，替我送一趟。"他听到电话铃声响，马上说，"现在这个电话可能就是这一家打来的。你就说新来的送外卖的老墨走丢了……好，不说了，我马上回去。"

文增辉又气又生疑，他给"新湖南"餐馆打电话。对方没有马上接，他连续拨打，终于有人接电话了。

文增辉急切地问："喂，我想问一问，我要的饭菜怎么还没有送到？我是 Burke Street 125 号。…… 什么，新手走丢了。我这里特别好找啊。……我再问你：送外卖的那个老中姓什么？…… 什么，不是中国人？是老墨？…… 你别开玩笑了…… 好，那你可得快一点。等你们的饭，人非饿死不可。"

文增辉放下电话，半天没说话，心里总觉得不对劲。

"妈的，真是活见鬼。"

下班回家后，郑洪斌心情有点沉重，一屁股坐在客厅的沙发上。何武成走进厨房，拉开冰箱拿出两瓶啤酒，打开瓶盖，往客厅走，准备给郑洪斌一瓶。

正好郑五岳从地下室出来："何叔叔，你们下班啦？我爸呢？"

郑洪斌在那边答话："这儿坐着哩。五岳你过来一下。"

五岳跟在何武成后面到了客厅。

何武成把啤酒递给老郑："大哥，来瓶啤酒。"

"谢谢。"

五岳问："爸爸，什么事？"

"你进展如何？"

"挺好呀。你那个福山公司的账户的密码，我给它换了一个十六个大小写字母和数字符号的组合，安全性绝对有保障。钱出入账户的历史已经查明，我把那一百多个账号都列出来了，剩下就是把钱再转回来。"

"有头绪吗？"

"暂时还没有。"五岳平静地回答，他报告说，"我在文增辉的E-mail账户中植入一个软件。这个软件帮助我进入了他的个人电脑。不过，文增辉电脑中并没有记录银行账号密码的文件。"

"有没有可能他把一百多个账户密码都写下来了？"郑洪斌看着五岳和何武成两个人问。

何武成不敢认同此说："自从我使用电脑以来，把密码写在本子上的做法一直都受到警告和批评。"

"何叔叔说得对。至少学校计算机老师都这么强调。当然，这是一种可能。包括他把记有密码的文件藏在U盘里，或者其他什么地方。另外一种可能是：他的这些密码是有规律的，他可以轻易记住。"

这个说法何武成同意："这个可能性更大。因为，藏在U盘里和写在小本子上都可能遗失，或者被盗。文增辉心中有鬼，对账户密码的安全一定慎之又慎。能记在脑子里最好，聪明人都爱这么做。"

"哈哈，何叔叔一定属于这种聪明人。"五岳打趣说。

"你们两个和文增辉大概都是这种聪明人。"郑洪斌也是赞成这种假设的，"好啊。那就拿出个怎样得到他编密码规律的方案来。武成，该你发挥作用了。"

何武成说："我可聪明不过你们父子。我提个建议吧。胡莉莉不是爱上网买东西吗？让五岳用同样的办法侵入胡莉莉的电脑，搞个什么监控作用的程序，把她打入的银行账号密码记下来，这个密码一定也是文才子的杰作。我们得到他的密码，才可能研究它的组成格式和规律。"

郑洪斌望着儿子："这个办法可行吗？"

五岳竖起大拇指："好办法。何叔叔了不起！"

"我就是动动嘴，软件得你来编。"

"我不用编，在骇客的网站上能够下载现成的软件。可以直接记载她在键盘上输入的所有数据，然后通过 E-mail 给我们发过来。"

何武成还是第一次听说居然有这种事："说得怪吓人的。五岳，你能给我和你爸爸讲讲这其中的道理吗？你把程序植入她的电脑我能懂。但是，她怎么会让这个程序运行呢？"

"不是你先让程序运行的吧？"郑洪斌也觉得不可思议。

"不是我，是电脑的使用者。她不是不知道吗？我们不是可以欺骗她吗？给她寄一个标示，或者一个文件，题目具有欺骗性。她不明就里，上去就点击。她一点击，程序便开始运转。"

"哦。好家伙。那出了事她也不会觉察？"

"不会，程序的运行完全可以不在屏幕上显示。爸，这是最简单的办法。计算机是怎么中毒的？就是因为：一、不知道 file 是什么，逮到就点击。二、看到链接就上，上了就中招。三、还有让你参加什么协会、俱乐部。你一进去，人家就和你机器连上了，等等，等等。"

郑洪斌听得很过瘾："陈荣的话，涨姿势。行，就这么干吧。五岳，我从明天起就不去餐馆上班了。我们集中力量。首先要叫这些罪犯把盗走的钱给我吐回来。"

五岳急了："爸，你可不要乱指挥，干扰我的工作。"

"不会!"

何武成在一旁哈哈大笑。

*

当利奥诺拉进入餐馆时，一眼就看到已经等待在那里的陈世明。利奥诺拉向前来迎客的侍者做了个"已经有人等"的手势，脸上带着笑容向陈世明走了过去。

"你是提前到了，我的朋友。"

"是来早了点，请坐。"

利奥诺拉入座，他专注地看着陈世明："看样子，你是有重要的消息要告诉我，好消息还是坏消息?"

陈世明叹了一口气："消息不好，但是也未出所料。我的助手、手下，还有那位高级警官都被捕了。我是回不去了。"

利奥诺拉马上有了联想："奇怪的是他们居然放你来美国。这里面是不是有目的?"

陈世明语气肯定地说："没有。那个时候警方根本不知道我是他们所通缉的几个人的老大。"

"你的意思是，警方知道得不多。"

陈世明刚要解释，看到侍者走了过来，立刻看着侍者，脸上堆出笑来。

侍者礼貌地问："先生，可以点菜了吗?"

利奥诺拉回答："可以了。我们都要中午三号套餐。"

"好的。谢谢!"

见侍者走远，陈世明郑重地声明："我可以向你保证，关于铀矿的事，我的手下没有一个人知道。福山公司没有我，没有中方原董事长，照样可以经营下去。你并没有什么损失，利奥诺拉先生。"

"不是损失的问题，是威胁。"利奥诺拉很不以为然，"按照你原来的说法，过去福山公司除了你之外只有两个人知道铀矿的事。那个测出铀矿的主任死了。可是郑洪斌没死，测试报告可能在他手上。"

"郑洪斌是逃犯嘛，但是……"

"你尽管说。"

418

"我是完了。我们现在是在讨论你有没有受到威胁。换句话说，警方会不会注意到你。这个嘛，我有一个不好的感觉。"

"怎么吞吞吐吐的？"

陈世明确实在斟酌如何表达自己的意思："我想说的是你那个继子。他和郑洪斌可是父子情深。"

"哈哈，哈。So（那又怎么样）？"

"郑洪斌可能会来找他。"

"那又怎样？我不明白你的意思。"

"你是不明白。"陈世明想了一下，"这么说吧，我在郑洪斌来美签署并购文件前曾到你家商谈。碰到过五岳。他也完全有可能知道我最近和你见面。"

利奥诺拉哈哈大笑，不过他很快转为严肃，拿出手机拨打：

"哈罗，南希……我有一个问题问你。在我的中国朋友访问期间，有没有人问到过他？……好，帮我做件事。请你找一下保安监控录像带。我要的是在陈先生给你打了电话之后的……对，那是星期五晚上的录像带。谢谢。"

利奥诺拉收起手机，转向陈世明："你是对的，我不能不防。那么，你有何打算？"

"我不能在这里给你添麻烦了。我有个女儿在大华府那边读书，我给自己安排了后路，包括有一笔钱暂存他人那里。"

利奥诺拉意味深长地笑了："我知道你除了海外银行有存款，还有一大笔钱，是福山购买桑普森的款子吧？"

"哈哈，你可真是我的知己啊。"

*

郑洪斌、何武成弯腰站在郑五岳身后。五岳的双手飞快地打字，点击。

"有了！"五岳回头看了一下郑洪斌，"这就是我的计算机收到的发自胡莉莉电脑的file，这里面记载了她的action。"

五岳迅速查看文件内容，滚动的页面看的郑洪斌眼花缭绕。但是五岳非常有把握地快进，并且停在某处。

"你们看。她是上网检查自己账户上的余额，输入了户主姓名和密码。我植入的软件将她的输入记录下来，并且发送给我们。"

五岳把密码用鼠标加重，让郑洪斌、何武成看清楚。

何武成情不自禁地赞叹："太棒了！五岳，你可真是个天才小子。"

郑洪斌陷入沉思："嗯，密码是USA17United11117，设置得挺复杂。能不能从这个密码看出固定的设置模式呢？"

五岳说："看着热闹，并不复杂。爸，何叔叔，你们看：USA是美国，United是美国的银行，对吧？"

"对。不复杂。复杂了记不住啊。我看可以假设密码都是按'国名+序号+银行名+序号'设置的。"何武成总结说。

"有道理。"郑洪斌问，"那么，17和11117代表什么呢？"

何武成的脑子在飞快地转动："这里面一定有规律，有文增辉能够轻易记得住的规律。"

"不能乱试啊，五岳。我们一起来想，解开这其中的奥秘。"郑洪斌提出警告。

他们俩在讨论的时候，五岳已经在飞快地查阅几个文件。

"五岳，你在找什么？"

"我假设17是指文增辉在美国所存的第17个账户，他可能一共在美国设了17个账户，最后一个是给胡莉莉用的。"

"五岳，你太聪明了。"何武成激动地拍了一下五岳的肩膀，把五岳拍得皱起眉头，张开嘴巴。

"何叔叔，你可别激动。我的假设不对。你们看，他在美国一共只开了9个账户。不是17个。"

几个人对视了一下。

郑洪斌鼓励五岳："不过你的思路是有道理的。再想想。文增辉是个自以为是的家伙。他总以为知识渊博，喜欢卖弄小聪明。"

上面朱小珊喊他们："开饭了！你们几位上来吃饭了！"

*

陈世明所通报的中国国内的坏消息，让利奥诺拉深感不安。是啊，陈世明说没事。怎么可能没事？他倒好，后路都准备好了。可是利奥诺拉哪能那么容易摆脱可能出现的危险？

下班了。CEO办公室里，利奥诺拉还独自在观看保安录像：

时间是6:15，办公室大厅已经空空如也。

郑五岳走出隔板间，进了继父的办公室。他在里面干什么是看不见的。利奥诺拉快进。

约五分钟后五岳出来，回到自己的隔板间里。一会儿他手持手机出来，到电梯门前，进去。

利奥诺拉脸上布满疑云。忽然他蹲下身子，查看办公桌下。继而，走到书柜边，打开检查。最后他回到书桌边，将台灯灯座翻转过来：什么都没有。

*

夜深人静。

何武成躺在床上，翻来覆去地难以入睡。

他绞尽脑汁地想：17，11117。什么意思？USA指美国。文增辉一共在美国的几家银行开了9个账户。那为什么不用9或者09，要用17呢？11117里面的17和前一个17是什么关系？还是没有关系？111难道是总的第111个账户？不对。那样就太简单了。就像前面的17不是第17个美国账户一样，它不可能是总的序号。

何武成干脆坐了起来，他翻身下床，很想找人讨论。但又觉得不妥，于是在屋里踱来踱去，口中念念有词。

"不能说两个17有关系。但也不能排除它们没关系。嗯……"

忽然，何武成眼睛一亮，他拉开门急步走了出去。

郑洪斌背靠墙坐在床上，也在那里苦思冥想。门被何武成推开。

"老郑，我想我找到答案了。"

"你坐下，说说看。"

"17和11117是两个素数。在文增辉的密码中，代表序号。"

"什么素数？听不懂。"老郑确实被他说糊涂了。

"哎呀，大哥您不是上过中学吗？怎么不懂这个？好，我们下去找五岳。"

郑洪斌翻身下床，套上拖鞋就跟何武成出了房门。

两人急急忙忙地下楼，到了地下室。

五岳还没睡，正在计算机前工作。听到楼梯响，五岳抬起头来。

郑洪斌兴奋地对儿子说："你何叔叔找到密码的答案了。你们讨论一下。看是不是有道理。"

"你老爸说他不懂素数是什么。"

五岳摇摇头："我也不懂。"

何武成知道，五岳是不懂中文的名词："就是只能被1和这个数本身整除的整数。"

郑洪斌父子俩同时"哦"了一声。

五岳笑着说："你说 prime number 我就懂了。"

郑洪斌说："你这么一解释，我也想起来了。不是叫质数吗？怎么了呢？"

何武成松了一口气："我说嘛。叫法不一样。17 和 11117 是两个素数，又叫质数，英文是 prime。在文增辉的密码中，代表序号。用质数而不是一般整数来做序号，正是文增辉自以为可以糊弄人的地方。"

何武成将桌上印好的三页银行账号表拿起来解释："文增辉在美国几家银行一共有9个账户，给胡莉莉使用的是第9个。17 是第9个质数。美国第9个，United 是银行的名字。"

"那么 11117 是什么意思？"郑洪斌问。

"那是总序号。"五岳完全明白了，"它是一万以后的质数：10007，10009，……他把钱转到118个账户上，是吧？不妨查一查，可以肯定 11117 是一万以后的第 118 个质数！"

何武成夸奖："五岳聪明。你跟我想的一样。"

"何叔叔，这是你想出来的。"五岳可不愿意把功劳记在自己头上。

"妈的。这样的 118 个密码确实好记，也蒙人。不用说，就是它了！"老郑高兴坏了。

三个人兴奋极了。

郑洪斌说："夜长梦多。我们马上干起来！要争分夺秒地干。你们一道干。"

"我在网上把两万之内的素数表调出来，然后在银行账户表上一一列出。我们把陈荣也叫起来分头转钱。"何武成提议。

"对。哎，每个账户也给他留下一美元或者一欧元的。"

这个主意太好了！何武成、郑五岳不约而同地大笑起来。

"连小珊也叫起来，给你们做宵夜。这样，你们先转欧洲银行，后转美国银行，最后转文增辉使用中的账户上的钱。"

*

早晨。岳晓天将准备好的早餐放在餐桌上。

利奥诺拉进了餐厅："早晨好，太太。"

"早晨好。吃吧，牛奶刚热好。昨天你什么时候回来的？我都不知道。"

"十一点半吧。对不起，回来晚也没给你打电话。"

"是不是公司最近特别忙？"

"那倒不是。有些杂事需要处理。"利奥诺拉像是不经意地提起，"哦，五岳来电话了吗？他和同学玩得好吗？"

"他玩得高兴哪里记着给我打电话。怎么，需要他回来工作吗？"

"不是工作需要。我昨天接到老家那边的电话，说是侄子要结婚。他们说过，可我把这事给忘了。人家邀请我们一家三口去参加婚礼。"

岳晓天有点为难："可是五岳才去没几天。他可能不愿意离开同学，跟我们到墨西哥去。"

"唉，我也不愿意打扰他们年轻人啊，可是觉得不去不好。你看能不能说个谎，就说你病了。"利奥诺拉坚持说，态度倒是很好。

"一家三口出去旅游的机会也很难得，我试试吧。"

"谢谢。不好意思，让你为难了。"

*

琳达领着白雪梅走进办公室。白雪梅的胸前佩戴着"visitor（来访

423

者）"的牌牌。

琳达热情地为白雪梅拖过来一把椅子："请坐，雪梅。你能到美国来，这让我太高兴了。"

"我也是啊。这次来访，我是代表国际刑警中国局的。"

"我知道。欢迎你，我的同事。"

白雪梅在椅子上坐了下来，兴奋地对琳达说："我们已经抓捕了除匪首之外几乎所有的'江昌六虎'成员。"

"真是振奋人心！"

"我们审讯了罪犯。审讯结果表明：文增辉是杀害总经理，转走福山公司巨款的嫌犯。他的行动受到江昌六虎主犯陈世明的支持。现在，文和陈两人都逃到了美国。"

琳达马上明白了，白雪梅此行的目的是通过美国同事的协助，在美国抓捕逃犯文增辉和陈世明。白雪梅进一步说明，中国警方需要更多证据逮捕文增辉。听说文增辉和胡莉莉最近花费了大量金钱，美国警方可以依据中方的举报，要求他们出示最近购买房子和大量奢侈品的款项来源。

白雪梅还说："中国警方已经对陈世明发出了通缉令。陈有一个女儿在大华府地区，是个学生。如果你们帮助监视她，我们非常感激。她父亲可能去找她。"

＊

自从在家里叫外卖，看到黑暗中疑似郑洪斌的一瞬间的侧影后，文增辉寝食难安。他决定到饭店去一趟，把这件事搞清楚。

文增辉把车停在"新湖南"饭店的附近，下车，转到饭店后门。后门是开的。他看到里面的员工都在忙。

终于有一个西语裔的小伙子出来扔垃圾。文增辉笑着上前打招呼："嗨，朋友，我可以问你一个问题吗？"

小伙子看了他一眼："行，哪能不行呢？"

"我怎么没见那个送外卖的中国人？你知道他住哪儿吗？"文增辉一边说，一边递过去一张二十元的钞票。小伙子见到钱眉开眼笑，一把拿过钱。

"你不必给我钱嘛。这人在这儿，我去告诉他你想见他。"

文增辉一把抓住他，他拿出郑洪斌的照片："是他吗？"

小伙子摇摇头："不是。他比这人年轻。"

文增辉指着照片上的郑洪斌："他曾经在这里当过送外卖的司机，是不是？"

小伙子又郑重地摇摇头。

"没有。我都在这个餐馆干两年了，从来没见过这人。你一定搞错了。"

调查未果，文增辉不知道自己是失望还是应该庆幸。

他把车开回家的时候，惊讶地发现有辆警车停在街道上。文增辉把车开进自家车道。他打开车门下车的时候，那边警车里的警官也开门下车。文增辉感觉到警官是在这里等自己的，于是停下脚步看着警官。

这个警官不是别人，正是琳达。

琳达面带职业性的微笑，走到文增辉跟前："是文先生吗？"

文增辉尽量以平静的口吻回答："是。警官，我能为你做什么？"

"我叫琳达·菲尔德，是国际刑警美国局的。"

文增辉点点头："OK。"

琳达继续说："我们协助国际刑警中国局开展对你购买房产和奢饰品款项来源的调查。我们需要你配合。"

大量花钱还真能找来调查？文增辉心里又急又恼，头上都冒汗了："那，你们调查呗。我能做什么？"

"请提供我们能够证明你的钱财来源合法的文件。"

文增辉慌了："我不明白。我意思是，我的钱是从中国来的。我怎么……"

琳达笑了："你的房子值一百万美元。至少你必须先写一封信给我们，解释这一百万是从哪里来的。解释起来很困难吗？"

"不，不，不难。我会尽快做的。"

好在琳达不像要继续为难他。只见琳达掏出一张名片递给文增辉："谢谢。这是我的名片。你可以将信寄到名片上的E-mail地址。"这让文增辉松了一口气："谢谢。"

"还有，在我们的调查结束之前，请不要离开大华府地区。清楚吗？"

"清楚。"文增辉的声音小的只有他自己能够听见。不过他那副表情，让琳达觉得目的已经达到。

文增辉被搞蒙了，他几乎是恍恍惚惚地进了家门。

胡莉莉高高兴兴地从楼上下来："老公，回来啦？到阿拉斯加旅游的事定下来没有？"

文增辉这才转过神来，他看着胡莉莉，惊慌失措顿时转为愤怒。妈的，不就是这个女人惹来的祸吗？"胡莉莉，你这个丧门星！本来我可以平平安安地渡过危险期。你一来就要这要那，唯恐天下不知道你有钱。这钱是偷来的抢来的，上面全是老朱的血，它不能用！你知道吗？"

胡莉莉满心的喜悦，突然遭到一阵莫名其妙的辱骂，一时反应不过来，直直地愣在那里。文增辉还没有罢休："现在好了。你也该舒心了。国际刑警找到我们了！你这个臭婊子就等着蹲监狱，上断头台吧！你他妈愚蠢，罪有应得。可是你还害了我！"

胡莉莉"哇"的一声哭了出来，接着，捂着脸向楼上跑去。

这一阵怒骂，泄出文增辉心中的部分怨气。他感到浑身无力，口干舌燥。于是，到厨房的冰箱里拿出一瓶啤酒喝。

这时，他的手机响了。文增辉看了看来电显示，是个不熟悉的电话号码。他不想理会，把手机放在桌上，继续喝啤酒。

手机再次响起。看看，还是那个号码。是福不是祸，是祸躲不过。他决定还是接这通电话："Hello…… Yes, this is him（是啊，我就是）。"

打电话的改用中文："我叫马修，陈总派我来同你谈谈。我们约个时间和地点好吗？"

文增辉恼怒地说道："陈总，陈世明？他找我干什么？我和他没关系了。"

"哈哈，怎么能没关系，关系可大了。"马修继续说，"你可能还不知道自己危在旦夕。建议你尽快和我见面。你说个时间和地点吧。"

第二十三章　除凶在即

朱小珊把又一个菜端上桌。除了五岳，其他几个都围坐在那里。朱小珊喜气洋洋地宣布："红烧鱼也好了，庆功宴准备完毕。"

何武成说："五岳可真能睡，我们上午干完活他就睡了。"

"我叫过他了，一会儿就会上来。"郑洪斌一边往各人面前的酒杯里倒酒，一边说，"你们看，吃没吃过苦就不一样。陈荣跟他年龄差不多，下午不是没有再睡嘛。"

陈荣不太好意思了："不能那么说。我上半夜不是睡了两三个小时嘛。"

正说着，睡眼惺忪的五岳从地下室上来了，一上来就闻到饭菜香："哇，好香啊！一闻就清醒了。"

大家都笑了起来。五岳接着看到了满桌的美味佳肴。

"哇，这么多菜！一看就让人兴奋。"

郑洪斌招呼儿子："坐吧，坐下。大家都等着你哩。"

五岳坐了下来："又是小珊做的？你太能干了！你是我这一生见过的最能干的女孩。"

"那是！要不然你老爸怎么会不远千山万水把小珊带到美国来？"陈荣借机来了这么一句。

五岳不明就里："谢谢老爸！"

一桌人全都乐了。朱小珊觉得不好意思，脸都红了，可她还是夹了一筷子鱼肉放在五岳的盘子里："你尝尝这鱼。趁热才好吃。"

"谢谢。"

"我说两句啊。"郑洪斌满腔深情，"今天是两年来我最高兴的一天。我们奋战了一夜，把犯罪分子文增辉偷偷转走的巨款，又给悄悄地转回来了。没想到在我心里一直是个孩子的五岳，能够发挥这么大的作用。还有你们，你们几位年轻人跟着我出生入死，不弃不离，一直共同战斗着。来，让我们祝贺第一个战役的胜利。"郑洪斌举起酒杯。大家碰杯。

老郑的一番话触动了何武成："我比你们幸运。我跟随郑大哥最早。还在监狱里的时候，我就觉得郑大哥干什么事都胸有成竹。从越狱到逃亡，从国内到国外，我们一次次化险为夷。我相信，接下来我们一定能够找到文增辉、陈世明，还有金山公司的罪证。"

"我一定还能帮上老爸和你们的忙。"五岳豪情满怀。

"五岳早就在搜集金山公司和陈世明勾结的罪证了。行，开吃吧！"

"对。边吃边说。"主厨朱小珊招呼大家，"不吃菜都凉了。"大家纷纷下筷。三个年轻人有说有笑的。

何武成同郑洪斌单独交换意见："大哥，您看我们是不是主动和国内联系？那边破获江昌六虎有可能已经取得全面进展。"

"是啊。"郑洪斌表示同意，"从五岳描述的情况看，几乎可以肯定陈世明就是虎首。他人来了美国，而且是在没有预约的情况下突然出现的。这是江昌六虎全面覆灭的征兆。"

"他可能是只身逃出来的。"

郑洪斌肯定地说，"一定是。我估计，他会来这里。"

"来找文增辉？"

"对。来找他要钱。"老郑分析，"他不会让文增辉单独享受这笔上亿美元的巨款。之所以原先没有行动，是想把警方的注意力引到文增辉身上。一旦江昌六虎完了，他就会找到文增辉的门上。"

"大哥神算。但是，我们怎么能找到陈世明的踪迹呢？"

"那还得让五岳继续发挥作用。我跟你说过，陈世明有个女儿在大华府某大学读书，记得吗？"

"记得。"

"我们只要找到他女儿陈春叶的下落，就能等着陈世明撞到大树上来。"

不知是谁的手机铃响，几个人同时查看手机。五岳说："是我的，我妈打来的。对不起，我接一下。"五岳离座接电话。郑洪斌做个手势，让大家不要说话。

"妈，怎么啦？ …… 我和朋友一起吃饭哩…… 没有啊，没检查留言 …… 什么？你留了好几个言？为什么？ …… 你病了？要紧吗？ …… 好吧，我明天回去。"五岳收起电话。

"你妈病了？什么病？"郑洪斌问。

"她没说，我也没问。可是我听她说话不像是生病。"

郑洪斌想了想："不管怎样，你还是回去吧。先吃饭，吃完饭再帮我做一件事。你反正睡了一天，有的是精神。"

"没问题。"

*

华盛顿乔治城一家西式餐馆里，文增辉和一个三十多岁的中国男人面对面坐着。那人就是自称马修，给文增辉打电话，约他出来谈话的人。

文增辉急于知道这个神秘人士的目的："马修，长话短说，你找我干什么？"

"痛快，我喜欢这种风格。陈老板告诉我，你近期需要帮助。我找你来，就是为了给你提供帮助的。"

"我不懂你的意思。你危言耸听，在电话里说我危在旦夕。你们想干什么？"

"你和国内已经有相当长一段时间没有联系了吧？现在江昌那边的情况急转直下。前几天，曾经给你提供过帮助的江昌六虎主要成员都落网了。"马修切入主题。

文增辉一点就透，这伙人可是沾不得："你越说我越糊涂。对不起，我挺忙的。"文增辉站了起来。

"坐下！"马修低声喝道。

文增辉没有坐下，他正色警告马修："美国是法治国家。我不管你是什么人，想讹诈，你看错地方找错人了。"

对于文增辉的态度马修是早就料到的，他冷静地提出忠告："我是

429

主动为你提供帮助的朋友。文先生，我劝你坐下来听我把话说完再走。再说，不管你逃到哪里，即使能从警方那里逃脱，又怎么可能逃出陈老板的手心？"

文增辉当然知道陈世明的厉害，口气软了下来："你们要怎样？"

"合作，继续合作。打开天窗说亮话。你文先生从福山公司账户上转走的一亿三千万美金是陈先生的。你买凶杀人，犯下了死罪，是陈老板安排灭了凶手的口，否则你哪能活到今天？"

文增辉可不是这么容易被吓住，乖乖就范的人，他"哼"了一声："笑话，我们过去的确合作过，结果是各自得利。整倒了郑洪斌，我得了钱，陈世明得到福山公司。我们谁也不欠谁。再说，我转走福山账户上的钱靠的是智力，陈世明并没有帮忙。"

"错了。"马修纠正他，"整倒了郑洪斌，你转走钱，福山也就成了一个负债累累频临倒闭的烂摊子，谁也不稀罕。你和我们老板合作，你得了大美人胡莉莉，钱就该归陈老板。"

这么说，文增辉可不买账："我不跟你斗嘴皮子。再说一遍，这里是法治国家，不是你们犯罪团伙嚣张的地方。既然江昌六虎完蛋了，你和你的老板还是趁早躲一边去吧。"

"哈哈，哈。文先生挺幽默的啊。文增辉，陈老板同你策划杀掉朱勇彪，转走并购款，弄倒郑洪斌的事，不仅有录音，而且有录像。国际刑警已经介入。你买凶杀人证据确凿。你已经被国际刑警盯上了。"

"那又怎么样？难道陈世明想去自首，顺带揭发我？"

马修威胁道："必要时，我们可以寄出证据。你现在需要保护，而只有我们可以为你提供保护。但你必须交出那笔钱。跟你说了，合伙干事，你总不能人财两得吧？"

文增辉一听此言，恨从心头起，怒自胆边生。他斩钉截铁地说："哼，那我就把胡莉莉留给陈老板。要钱，休想！"

文增辉从口袋里掏出几张钞票往桌上一放："不过今晚算我请客。这钱足够了。失陪。"

马修恶狠狠地撂出一句："我给你两天时间考虑。"

文增辉头也不回地离开餐馆。

胡莉莉趴在床上哭得累了，她起床到了房门前，听听动静。整个屋子里悄然无声。

忽然，手机铃声响了。胡莉莉不想去接，铃声却响个不停。胡莉莉还是拿起手机，张口就来：

"哼，你骂呀，接着骂。反正我也就是你的出气筒。早知道这样，我就不应该来美国。这过的是什么日子啊，有钱，你还说不能用。不能用，要钱干吗？"

可是，对方一句话也不说。难道不是文增辉？可谁又会打电话来呢？

停了一会儿，手机里传来威严的女声："说完了？胡莉莉，我是白雪梅，负责郑洪斌案的警官。"

胡莉莉大吃一惊："白警官？你怎么会……"

"我现在人就在美国。我是代表国际刑警中国局，奉命前来调查和捉拿杀害朱勇彪，转走福山公司巨款的嫌犯文增辉的。"

胡莉莉整个人立马僵在那里了，张口结舌，说不出话来。

"文增辉同陈世明为首的江昌六虎相互勾结的罪行已经暴露，希望你及早配合警方，揭发文增辉。"

"我，我……"胡莉莉张口结舌地说，"愿意配合。"

"那很好。不过，文增辉很可能狗急跳墙，杀你灭口。"白雪梅警告她。

胡莉莉吓坏了："怪不得，……我看出来了。他今天下午一副要吃了我的样子。我，无处可逃啊。"

"文增辉在家吗？"

"他不在，不知道他上哪儿去了。"

"那好。你马上简单收拾一下，我们这就来接你。"

"好。要快啊，我怕他回来……"

放下电话，胡莉莉从壁橱里拿出箱子，放到床上，一边哭，一边疯子似的往箱子里胡乱塞衣服。

431

文增辉推开家里的大门，刚进家，他就看到胡莉莉提着沉重的箱子下了楼。看到进了家门的文增辉，胡莉莉大惊失色。

文增辉一声冷笑："你这个臭婊子，竟敢背叛我！你想逃到哪里去？啊？！"

胡莉莉大声分辩："什么叫背叛啊？你不是骂我吗？我搬出去住几天。"

此时的文增辉里外里已经横下了一条心："休想！我坐牢，你得陪着。我挨枪子，你得陪法场！我死，你要给我垫背！"

"为什么？凭什么？"

"如果不是因为你这个臭婊子，我会落到这个下场吗？你引诱了我，就别想弃我而去！"

胡莉莉被激怒了："你放屁！是你追到江昌，想方设法混进福山公司，破坏了我的婚姻家庭。我怎么引诱你了？我从现在起同你划清界限，你给我走开！"

胡莉莉上前推开文增辉。文增辉其实也不过是个书生，在体力上对胡莉莉并不占绝对优势。两个人在楼梯口厮打起来。几个回合下来，文增辉居然被胡莉莉推倒在墙角。胡莉莉转身，拖着箱子就往门外走。文增辉爬了起来，冲过去猛地一推，将胡莉莉推倒在地，骑在她的身上，将胡莉莉的头往地板上猛撞。接着，文增辉又死死地掐住胡莉莉的脖子，直到胡莉莉不再挣扎。

文增辉把手指放在她的鼻孔上，胡莉莉似乎没气了。

文增辉嘟囔自语："死了？哼，我杀人了？"

他害怕了，爬起来，什么也没拿，仍然背着他随身背着的背包出了门。

文增辉上了车，急忙逃离他杀人的现场。

在路口转弯处停下来，他看到一辆警车向这边开来，吓得心惊肉跳，不由自主地低下头。

警车转弯朝文增辉家开去。

警车内坐着琳达和白雪梅。

天黑，她俩没有注意到停在路口等待转弯的车里，坐着的正是文增辉。

琳达开车。坐在她身边的白雪梅看着GPS的显示屏说："她家房子应该是这个街道最顶端的一间。"

"是，我们到了。"

车停在车道上，琳达和白雪梅从两边车门走出。

琳达和白雪梅走到大门前敲门，里面没人答应。白雪梅掏出手机拨打，她听到声音立刻说："哎，莉莉……"没有回应，只听到自动录音："哈罗。我是莉莉胡……"

白雪梅觉得不对，她扭头告诉琳达："只是录音留言。我告诉她一会儿就到的。"

琳达反应很快："有问题。"她的脑子里出现刚刚转弯进入这条街道时的情况：

一闪而过的车里，一个黑头发的男子把头一低。

琳达对白雪梅说："在你给胡莉莉打电话后，文可能回过家。"

白雪梅立刻拧动大门把手，推门进去。文增辉匆忙逃走，大门没锁。

一进家门，白雪梅和琳达就看见楼梯口的箱子和横卧在墙角的胡莉莉。

白雪梅立刻跪到胡莉莉身边，用食指和中指搁在胡莉莉的颈部测量脉搏。琳达拿出手机拨打"911"。

"这是琳达·菲尔德警官。有一起谋杀发生在波克街125号，春田区，区域编号22151.我重复一遍：地址是波克街125号，春田区，区域编号22151。……谢谢。我们等在这里。"

琳达打电话报告的时候，白雪梅一直在对胡莉莉进行口对口呼吸和胸外心脏施压抢救。

打完电话，琳达关切地蹲下，看着白雪梅抢救。

胡莉莉终于猛地咳了一声，回过气来，胸口也大幅度地起伏。

白雪梅和琳达相视一笑，松了口气。

胡莉莉睁开眼睛。琳达帮助白雪梅将胡莉莉扶起，靠着墙坐好。

意识到自己刚刚脱险的胡莉莉百感交集："白警官，……谢谢你们救了我。"

白雪梅指着身边的琳达介绍说："这位是琳达·菲尔德警官，她是国际刑警美国局的。"

"谢谢你，菲尔德警官。文增辉想杀害我，他是个罪犯。"胡莉莉的话带着哭腔。

琳达点点头："我们知道。我们会抓住他的。"

外面，数辆警车和一辆救护车亮着闪烁的警示灯，呼啸而至。

仓皇出逃的文增辉经过几个小时往西驾驶，找到山区一个汽车旅馆歇脚。他想到警方很快就会部署对他的追捕，往后信用卡还是少用为佳，便立刻来到一家银行的取钱机处，将取钱卡插入机器。

屏幕上出现的提示让文增辉惊出一身冷汗：

"There is no enough money in your account. If you think this message is not right, please contact us at （800）423-8216 in our business hours （你的账号上已经没有足够余款。如果你认为这个信息有误，请在我们上班时间同我们联系，电话是（800）423-8216）."

糟糕，这么快就出事了。文增辉匆匆离开。

猛地推开汽车旅馆客房的房门。文增辉跳到床上，急忙打开笔记本电脑，查看其他账户。

他进入自己在一家美国银行的账户查看，余款是一美元。仔细一看，其余867，458元是两天前被转走的。

文增辉嘴里狠狠地骂了一句，他又进入另一个账户：余款也是一美元！

再进另一家法国银行：余款是一欧元！

愤怒、失望、恐惧一起涌上心头。文增辉捶打着身下的床铺，发出悲痛的哀鸣。

*

医院里，胡莉莉背靠床栏，坐在病床上。想起自己的遭遇，悲从心来，抽抽泣泣地哭了起来。

病房的门被推开，白雪梅走了进来。

胡莉莉叫了一声："白警官。"

"感觉好些了吗？"

"不好。"胡莉莉又落下泪来，"白警官，一夜之间，我什么都没有了。"

白雪梅觉得眼前这个女人真是既可怜又可恨，她禁不住教训胡莉莉："落到今天这个下场，你是咎由自取，能够活着应该庆幸了。"

"我知道，呜，呜……"胡莉莉哭出声来了。

"想想被你们坑害的郑洪斌吧。他受你们陷害进了监狱，越狱后黑道还一路追杀他。你跟他夫妻几年，他哪点对不起你？"白雪梅拖了把椅子在胡莉莉床前坐下。

"你别说了，呜…… 我对不起老郑。呜……"

"知道就好。"白雪梅趁机做她的工作，"我们需要证明郑洪斌是无罪的。毫无疑问，你是最重要的证人。你愿意作证吗？"

胡莉莉点点头。

白雪梅说："那好。下面我问，你答。这不是正式庭审，但是你的话将作为具有法律效力的证词。我需要录音。你不反对吧？"

"同意。"胡莉莉小声应允。

白雪梅打开随身带着的小型录音机："胡莉莉，两年前，总部设在江昌市的福山金属有限公司发生总经理朱勇彪被杀，公司原计划用于收购美国桑普森公司的巨款被非法转走的事件。据你所知，这两件事的主谋是谁？"

"这是陈世明和文增辉合谋的。"

"我们先从你和文增辉的关系说起吧。你和嫌犯文增辉是怎么认

435

识的?"

胡莉莉顺从地交代:"我们是中学同学。我进高中的时候,他在高三,他也有意接近我。很快就……算是初恋吧。"

"这种恋爱关系保持了多久?"

"一年后,他考上北大。我们书信不断。但是,慢慢也凉下来一些。"

"他是怎么到福山公司工作的?"

"我嫁给老郑以后,没给他电话号码,但他一直在给我寄E-mail。五年前,他突然告诉我,要来福山有色金属公司财务部工作。但他保证,不会让任何人知道,或者觉察到我们之间的关系。"

白雪梅提出一个更重要的问题:"文增辉和陈世明又是怎么拉上关系的呢?"

"我只知道文增辉去找见了陈世明,具体谈了些什么他不肯说。但是他说了一句'陈总真是深藏不露'的话。我追问这话什么意思,他说,陈总居然知道我们俩的关系。"

白雪梅提醒胡莉莉:"你说了朱勇彪的死和巨款被盗是文增辉和陈世明合谋的。"

胡莉莉说:"是啊。这是文增辉透露的。2009年春节过后的一个周末,趁着郑洪斌出差在外,文增辉约我出去了一次。"她回忆起两年前的那个晚上。

胡莉莉开着车来到郊外某处,夜幕刚刚降临,她看到远方有一辆车的车灯一长两短地闪着光,便将车停在那辆车的旁边。车刚刚停稳,文增辉已经拉开后车门坐了进来了,兴奋地对她说:"莉莉,我们有希望了!"

"说什么呀,你?我可不能再这样偷偷摸摸地出来见你。你不知道老郑这人有多厉害,他眼里可容不得沙子。"

文增辉满不在乎地说:"知道。哼,一介武夫。我要让他看看我的手段。莉莉我向你保证,不出一年,我会用自己的智慧把郑洪斌送进监狱,把福山公司的过半家产拿到手中。"

"做你的白日梦。"胡莉莉觉得他真是吹起牛来不打草稿。

文增辉却严肃地说："不是梦，是一个大胆的、天才的、周详的计划。莉莉，我需要你配合。"

"我可不愿意跟你冒险。"

文增辉耐心地说服她："你放心。让你做的事，既没有难度，又不担风险。但事成以后，我保你一辈子有花不完的钱。"

胡莉莉还是没法相信："尽说没谱的话。"

文增辉从后面搂住胡莉莉的脖子，嘴唇吻着她的耳根。轻声说："莉莉，你到后座来。"

"你想干吗?"

"自从我上大学以后，我就没有碰过你的身体了。我一直渴望着，煎熬着。你坐到后面来嘛。"

"我不。"

"莉莉，不要忘了，你是我的初恋，我也是你的初恋。我求你了。"文增辉央求着。

胡莉莉低下头，思想斗争了好几秒钟。文增辉的双手从后面抚摸着胡莉莉的脸蛋、脖子和肩头，继而往下滑到她的乳房上，喘着粗气在胡莉莉的脸颊和脖子上吻着。胡莉莉终于推开前车门。

文增辉放倒了后座的靠背，两人躺倒折腾了一番。

最后，胡莉莉推开趴在她身上的文增辉。

"增辉，我劝你别打郑洪斌和福山公司的主意。我知道你聪明过人，可是单打独斗你不是郑洪斌的对手。这个公司就像是一个独立王国，郑洪斌是说一不二的国王，你斗不过他的。"

"哈哈，独立王国？你知道是谁要跟我联手扳倒郑洪斌？正是他的哥们儿和副手陈世明！我是单枪匹马，有的只是智慧。陈世明可不是一般的人物，他可以号令江湖。"

"看不出啊。"

"你当然看不出。哼，他会摸我的底，我也摸了他的底。或者说，他没打算瞒我。我跟你说的这个天才的计划哩，主要是我想出来和他讨论的。我们俩配合，万无一失。"文增辉得意地说。

医院的病房里，白雪梅认真地听着胡莉莉的讲述。她问胡莉莉："那文增辉到底有没有说出他这个'天才'计划的细节呢?"

"他对我说，他计划将公司并购桑普森的款项转移走，并栽赃给郑洪斌。他让我想办法搞儿张带有老郑指纹的一百元的钞票，还有带老郑指纹的大信封。他还教我怎么做，我照办了，又一次约会的时候交给了他。"

白雪梅问："关于杀害朱勇彪的计划，他对你说过吗?"

胡莉莉摇了摇头："没有。我如果听说要杀人，肯定怕死了。涉案的事，我只做过这一件。我曾问过他，这个计划还有什么。他说，告诉我对我、对计划的实施都没有好处，让我等着最后的好消息。"

"嗯，我相信你的话。"白雪梅接着提出另一个重要的问题，"文增辉有没有跟你说起如何把公司巨款转到自己账户上的细节?"

"说了。在我到了美国后的第一天晚上，我们都很兴奋，反正睡不着，他主动跟我讲了拿到朱总账户密码的事。"

那是去年5月7日下午时分，文增辉接到秘书小金的电话后，在朱勇彪的总经理办公室等候。不一会儿，朱勇彪头重脚轻地来到办公室。金秘书迎了过来："朱总，文主任已经等您一会儿了。"

"干吗在我这儿等。小文，到你们财务去。"朱总一边推门一边说。

文增辉看到朱总进门马上起身："是金秘书让我来的。朱总，有重要的事情吗?"

金秘书端了一杯茶过来，朱总喝了一大口。

"先坐一会儿。小金，你出去把门关上。"

等秘书小金出去关上门，朱总这才说话："并购桑普森的事成功了。郑总指示我们立即把钱汇到国外账户上，这样代表团留下几个人就可以着手交接工作。"

"款子也都在这边账户上准备停当，只需要转账。"

"需要去银行吗?"

"不需要，可以上网直接转。"

朱总从座位上站了起来，做了个手势："那走，到你们办公室去。"

文增辉说："朱总，在您这儿就可以办。"

朱总拍了拍座椅："你来。"

"您得先开机。"

朱总坐下，输入姓名、计算机密码。输入密码时，打错了两次。他嘟哝着："我最恨记这些玩意儿，他妈的什么都要密码，烦不烦呀。"

朱总打开视窗后，起身将座位让给文增辉。文增辉熟练地把银行的材料调了出来，然后站起身："请您输入账号密码。"

朱总摇摇头，掏出钥匙，从抽屉里拿出一个小本，戴上眼镜，翻开看了几眼，然后输入密码。

文增辉坐下，点击鼠标，屏幕上出现一个视窗。他站起身："朱总，还得请您再输入一遍。"

"这他妈怎么这么麻烦？"朱总坐下来，问文增辉，"哎，小文，这上面外国字说的是什么？"

文增辉俯下身子，仔细地看着英文提示，把它翻译给朱勇彪听："为了提高安全系数，请再次输入您的密码。"

朱总又戴上眼镜，再看一遍小本上记下的密码，又认真地打了几个字。

文增辉提醒老朱："朱总，您把密码写在本子上的方法不太可取。如果谁偷了您的小本子，那不就危险了。"文增辉一边说，一边噼里啪啦地熟练地打字。视窗关闭。

老朱得意地说："你放心，除了我没人看得懂那上面写的是什么。笨人自有笨办法。"

"好了。朱总，我们在网上的转账，只是账面上的数字转移。那边可以看到钱到账户上了，但取款使用还要等几天。"

"没关系，郑总他爱着急，其实犯不着。我们给他做了，他不也就放心了嘛。陈总和熊会计他们恨不得有两天空闲时间好休息，到处耍耍。你说是不是？"

文增辉笑着点点头："那我走了。"

"大功告成，去吧。"

胡莉莉听出了点名堂："是不是你让他再次输入密码有玄机？"

文增辉兴奋地拍了一下趴在自己身上的胡莉莉。

"你太聪明了！我用了重新设置账户密码的function。那个笨蛋不懂英文，又喝得晕晕乎乎，毫无戒备。他输入原密码，我再输入只有我知道的新密码，经确认，密码换了。该转的款子我转进去了，但账户却只有我一个人能进。哎呀，离开了亲爱的朱总的办公室以后，第二天我在我的办公室，关起门来，把公司账户上的款子分别转到我事先开好的一百多个国外银行账户上，就像把阿里巴巴宝库里的珠宝金银搬到自己家。那天我一直干到很晚，手指头打字都打酸了。"

胡莉莉张大了嘴巴："不可思议！就这么简单？"

"就这么简单。"

胡莉莉又问："那，冯贵的事……"

"这个嘛，有点恶心。"文增辉不愿意说，"不谈这个。"

可是胡莉莉特别地好奇。她自己想过很久，为什么一个刚出狱的犯人会配合文增辉行动："讲一点嘛。我一直没弄明白，冯贵怎么会找老郑说话，给老郑发短信？"

"你真是聪明一世糊涂一时。如果有人花钱雇用他在指定的地点和时间，去找老郑说几句不相干的话。花钱让他给老郑发短信，冯贵看在钱的份儿上会拒绝吗？因此事成后，冯贵必须消失。"文增辉还是不愿意详细讲解。但这也足够说明问题了。

"杀冯贵是你雇的人？"

"这些全是陈世明分工管的事，他在江湖上玩得转。"文增辉迟疑片刻，又说，"不过这家伙坚持要我去找冯贵。我也知道，他是想把我拴在凶杀案上。不过，说来说去我没杀人，是不是？宝贝，我们到此为止好不好？以后也不要再提这件事了。It's over（都过去了）。"

到此为止，白雪梅算是基本弄清了郑洪斌案的来龙去脉。她感到不胜欣慰。

*

五岳下午回新泽西，中午，大家给五岳饯行。

朱小珊问："五岳，你爸让你找的人你找到了吗？"

"找到了。昨晚没费多少工夫就找到了。"

"能透露一下吗？"

五岳说："我在北弗州安纳戴尔校区的学生注册登记表上找到了陈春叶的名字。我爸说，所有关于她信息都对。她就是陈世明的女儿。"

郑洪斌发话了："我正想问你们俩。这人你们也许认识。"

"哎呀，你们要找的是陈春叶啊！也不早说，我们何止认识，她是陈荣的女朋友！"朱小珊立马情绪高涨起来，她可有个机会笑话陈荣了。

陈荣果然立即防范："你瞎说。不就是刚认识吗？谁是她男朋友啊。"

郑洪斌、何武成听得哈哈大笑："怎么就这么巧？"

"陈荣，那你有没有陈春叶的手机号码？"郑洪斌问。

陈荣和朱小珊异口同声地回答："有。"朱小珊还补充："陈荣还有她的住址哩。他对陈春叶献殷勤，送她回过家。"

"她爸没给她买车？不会吧。"

陈荣解释："春叶说，她爸认为开车危险，让她打的上学。"

郑洪斌高兴坏了："太好了，真是老天有眼。陈荣，继续保持这个关系。这几天多和陈春叶接近，判断她父亲是否来这里找她了。对了，陈世明犯罪和他女儿不相干。春叶是个好孩子。"

"知道了。"

郑洪斌又跟儿子说："五岳，吃完我送你去火车站。我们相聚的日子不会太远。"

陈荣用脚碰了碰何武成，何武成会意："大哥，您让他们两个年轻人送送五岳吧。他们刚刚建立的友谊需要巩固和发展，是不是？"

"哈哈，也好。那你们送。"

陈荣耍了个花招，他其实很想帮帮朱小珊："我太想送五岳了。可是我一直忙着帮五岳干重要的活，作业没做完。小珊啊，能不能麻烦你一个人去送？"

小珊笑着点点头，脸红了。

五岳背着他的行李包和小珊在站台上慢慢走着。五岳诚恳地对小珊说："我在这儿时间待得太短了。我过得很开心哦。回去一定会想念你们的。"

"你会想你爸爸吧。"小珊有意这么说。

五岳连忙表示："还有你们几个朋友啊，你们很特别，和我其他的同学朋友都不一样。"

"我们什么都不懂。要不是跟着你爸爸，那就更土了。"

"我还没机会听你说经历哩。陈荣说你们被警察、黑道、土匪追杀，在海轮上造反，控制了轮船。真了不起！"

小珊开心极了："哈哈，陈荣就会吹牛，可找到人吹了。"

"我真羡慕你们，真想和你们一道闯世界。可是，哪里还有机会呢？"

"还是平静的生活好，我们是不得已才冒险的。"小珊说的可是实话。

五岳问："等我爸爸的仇敌被抓以后，你们打算干什么？"

"不知道。过去想的是到美国。现在来了美国，不知道自己能在这里做什么。"

"那你原先想来干什么？"

"挣钱。帮人带带小孩，餐馆里做服务员。"小珊不怕五岳笑话。相反，她觉得有个人说说心里话真好。而在五岳跟前，她什么都愿意说，"反正什么能挣钱就干什么。"

"挣钱为的是什么？人总不能把挣钱当目的吧？"

"对于穷人来说，挣钱就是目的。"通过这段危险的历程，小珊长了见识，"那些冒险偷渡来美国的亚洲人、拉美人没有别的目的。"

"是，……是吗？"五岳可从来没有这么想过，他觉得新鲜，"哎呀，真想跟你多讨论讨论这个问题。"

"没时间了，上车吧，车要开了。"

"小珊，什么时候我们还能见面？"

小珊瞟了他一眼："那不就看你了。"

火车开始滑动。

小珊推着五岳往车门走："车开了，快上车吧。"

五岳一个箭步踏上火车。他回头看，小珊跟着火车，眼睛盯着他，手轻轻地摇动着，嘴唇微微地动着。五岳忽然感到这个女孩不知不觉地占据了他心中的一块地方。他看着小珊的眼睛，抬起手告别。

郑五岳推开家门。他惊讶地看到妈妈正在厨房里忙活。他皱了皱眉头，叫了一声"妈"。

"回来啦？"

"你在做什么？"

"给你做饭啊。"

"你不是病得很重吗？"

"昨天很不舒服，今天好了。"

五岳坐了下来，满脸的不高兴："妈，你从小就教我不能说谎。"

"哎呀，我没说谎！……"岳晓天语气尴尬，"不高兴啦？是不是在那边玩得高兴，不愿意回来？……一起玩的还有女生是不是？"

"你没病干吗叫我回来？"

"我真的不舒服。当然，说的稍微夸张了一点。你以后和同学玩的机会还多嘛。哎，我跟你说。你表弟要结婚了！"岳晓天巧妙地改变了话题。

"哪个表弟？"

"你表叔的儿子侯赛啊，两年前他带他的女朋友到我们这儿，是你开车陪他们去的纽约，还有尼亚拉瓜大瀑布。"

五岳想起来了。"他还是那个女朋友吗？"他好奇地问。

"什么话，他能有几个女朋友？"

"你不知道，他们经常换女朋友的。"

"那我可不知道。反正，他要结婚了。"岳晓天确实也不能肯定，再说，和谁结婚有什么关系哩，"你表叔请我们全家去。侯赛强调一定要请你去。正好，你还没开学。"

443

“你就是为了这个事把我叫回来的？”五岳板着脸问。

“对不起，妈妈的错。妈是怕你玩得高兴不肯回来。要是你不去墨西哥，那我们多没面子啊。再说人家特地提到你，侯赛说你是他的好朋友。”

五岳的脑子里迅速地掠过表叔保利诺的样子：“那个表叔，侯赛的爸爸，我见过是不是？他给过我好多钱。”

“那是你小时候的事了。你还记得？应该就是那个表叔。”

“那好吧，我去。”五岳当然另有所谋。

“好儿子，你继父一定特别高兴。他们墨西哥人和中国人一样，都特别讲面子。”

*

白雪梅在笔记本电脑上点击“send”，把同胡莉莉的谈话录音文件寄往国内。接着她拿起电话，给国内打电话汇报：

“喂，是童组长吧？……我刚刚给您寄去一份我和胡莉莉谈话的语音文件……是刚发出的。估计您大约十秒钟之后就能收到……收到啦？太好了。我先简单向您汇报一下吧。”

“好啊。你说。”

“因为胡莉莉积极配合，我这边工作进展顺利。胡莉莉已经交代了文增辉同陈世明勾结，陷害郑洪斌，利用公司转账的机会换掉账号密码，转走公司并购巨款的罪行。”

“太好了。”童组长问，“有文增辉的消息吗？”

“暂时还没有文增辉的消息。”白雪梅接着汇报，“不过，美国警方决定正式以杀人未遂立案通缉追捕他。”

“通缉令已经发出了吗？”

“还没有，需要走一下程序。快的话，不出两天。”

童组长觉得特别振奋：“大家都为你到美国以后工作进展顺利高兴。国际刑警中国局领导和省公安厅领导指示，希望你同所在国警方合作，早日将文增辉、陈世明缉拿归案。同时还要积极参与对国际犯罪集团的斗争。”

444

"我一定不辜负领导的期望和祖国的委托。"

童组长向白雪梅通报，周清泉受国际刑警中国局派遣，随远洋货轮全程跟踪铀矿的去向，今天发来邮件汇报。那批矿石在洪都拉斯的柯尔特斯港卸货，已装上到墨西哥的火车车厢。

白雪梅高兴地说："我们眼看就要找到毒蛇的老窝了。"

"对。胜利在望。"

"童组长，还有一个好消息：国际刑警已经找到陈世明女儿，并对她的电话实行监控。"

一天的课程结束后，陈春叶回到自己住的公寓。她打开公寓的门，发现屋里有人，她循声到了厨房："爸爸，你怎么来了？"

看到宝贝女儿，陈世明喜笑颜开："我想女儿了嘛。估计你自己做不好饭，来给你改善一下伙食。"

"哼，我才不相信你是专门来看我的，是出差吗？"

"来美国是有些事要处理。"陈世明说，"你回来的正是时候，饭做好了，都是你喜欢吃的。"

"哈，西红柿丝瓜炒鸡蛋。还有什么好吃的？"

"桌上已经放了一盘炒油菜，这个锅里是红烧鱼，我们吃饭。"

"爸，你怎么来之前也不给我打个电话呢？"陈春叶觉得奇怪。

"走得有些突然。好吃吗？"

"好吃，我最喜欢吃你做的菜了。这里学校餐厅的饭菜一点也不好吃。"

"那爸爸今后和你住在一起，天天给你做饭好不好？"

"你逗我玩的，你公司老总不做了？"

"不做了，累了，想找个地方住下来，安安静静地过下半辈子。"

陈春叶听她爸爸的话不像是开玩笑，放下手里的筷子："爸，出什么事了？"

"没有。"陈世明轻描淡写地说，"吃饭。我能出什么事？"

"不对吧。我前天打电话回家，妈说你不在家，并没有说你来美国啊。爸，你要是出事，我和我妈怎么办？"

陈世明心想这闺女还不好糊弄："你这孩子，还这么敏感。哎呀，是有点麻烦，生意上的麻烦。但是，我早就准备好了。我给你存了足够多的钱。我这次来美国，也是有一笔账要结。拿到这笔钱，我带你找一个世外桃源一样的地方住下来，好不好？至于你妈，你也知道我们感情不那么好。但我是个负责任的男人，房子给她留下了，我也给她留了一笔钱。"

"爸，你说得我怪害怕的。"

"哈哈，怕什么？跟我在一起，你怕什么？我早晚都会退休的呀。吃饭，真不该现在就跟你说这些事的。"

*

文增辉坐在床上。他把身上的现金都掏了出来，数了一遍又一遍。钱越用越少，而所有银行账户的钱都消失了，怎么办呢？

文增辉呆呆地看着汽车旅馆小小客房的墙壁，他想起了那个马修。

文增辉此时没有其他选择了，他急急忙忙地把裤兜衣兜都掏了一遍，找出了马修给他的电话号码，给马修拨了电话："Hello，马修。我是文增辉。"

"文先生，你好。怎么？是你自己想通了，还是遇到麻烦了？"

文增辉尽量让自己保持平静："嗯，是这样，有点小麻烦。我那个女朋友，就是你说的美女胡莉莉，是个麻烦。"

"胡莉莉她怎么样了？"

"一言难尽。我有一点烦她，所以我想啊，如果你们能帮助我离开这里，也未尝不是摆脱胡莉莉的一个好机会。"

"这话说的。女朋友说掰不就掰了？还有摆脱不了的？"马修听出文增辉的话暗藏玄机，"你找这个借口，葫芦里卖的是什么药？"

文增辉连忙解释："不，不是借口。胡莉莉曾经为我和陈总扳倒郑洪斌提供过伪证。我过去没有提防她，因此难免在她跟前说过一些不该说的话。有这些软处被她捏着，你说，我怎么能跟她说声拜拜就把她推出门？所以，只能悄然离开，让她找不到踪迹。"

"哦，这么说也在理。你要我们怎么帮你？"马修问。

"你们不是在美国也有势力，也能玩得转吗？能不能把我弄到南美去？"

"可以。那笔钱怎么说？"马修的话非常明确。

文增辉摆出一副讨价还价的姿态："你看，你那个人财两得的说法太不着调了。但是，我也不能不承认，我和陈总是合作伙伴关系。那笔钱我们可以平分。"

马修可不买账："哈哈，你现在有求于我们，还谈什么平分？"

"马修，钱在我手里，我要是不认账，你们想硬夺，未必那么容易。大家都是江湖上的人，讲的是个道义。你还是转告陈总，如果他不同意，总得给个说法。"

"我是一定会转告的。我们暂时定为平分吧。先说说你怎么把六千五百万美金转给陈总？"马修也会搞缓兵之计。

"这个嘛，我们还是先小人后君子。你们先送我到南美某个安全所在，我在那里一笔一笔地把钱转到陈总指定的账户。"

"有两个问题我需要请示陈总。一是具体怎么来分那笔钱。二是用什么办法把你送出去。有可能我们需要你先拿出一部分钱来。"

"出境之前这个免谈。"文增辉语气坚定，"我在你们手里，你还怕我跑了？如果我想跑，那我也没必要跟你联系，是不是？我们需要互相信任在先。"

"好的，我如实转达，看陈总怎么说。我还是给你打这个电话？"

"对，我等你电话。"

汽车旅馆里，文增辉为自己找到一条借黑道之手逃出美国警方追捕的路而沾沾自喜。马修在请示了陈世明之后，通知文增辉到弗吉尼亚州西部山区的一个葡萄酒厂见面，由马修送他出境。

*

五岳随妈妈和继父到了机场候机室，两个彪形大汉一路尾随，岳晓天和五岳母子俩都觉得不自在。岳晓天跟丈夫说："Otto，我想我们是一家三口去墨西哥度假，参加婚礼。"

447

"哦，我知道你什么意思。"利奥诺拉温和地解释说，"墨西哥那边不太安全。这两位先生是我表弟派来护送我们的。"

岳晓天不以为然："我可没见别的旅客都有保镖。"

"是啊。我也不愿意他们这么慎重其事的。可是，人已经派来了。"利奥诺拉赔着小心。

"这让我很不自在。"

利奥诺拉为难地说："我总不能…… 这样吧。在美国期间，我让他们离我们远一些。"利奥诺拉转身，把两个保镖拉到一边，小声交代。

"妈，我上个洗手间。"五岳心里明白，继父要防的人是他。

看到五岳离开，利奥诺拉给其中一个保镖使了个眼色，那个保镖尾随而去。岳晓天见了，摇了摇头。

洗手间里，五岳见一个保镖尾随而来，皱了皱眉头，进了抽水马桶间。

五岳打算打个电话。他从门缝里看到那个保镖慢慢地在水池边洗手，没有离开的意思，于是改为发短信。

"爸，妈没病。她骗我回来是为了……"

郑洪斌正在用计算机检索，听到手机"叮咚"一声，打开，阅读短信。

"爸，妈没病。她骗我回来是为了让我同他们一起到墨西哥参加表叔保利诺儿子的婚礼。我打算趁此机会深入虎穴，找到更多继父和墨西哥黑帮勾结的证据。请注意我给你发的快递。"

郑洪斌读信大惊，心想："妈呀，这小子想干吗？真是初生牛犊不怕虎。"

他站起来，走到门前，冲着隔壁叫了一声："小珊，你过来一下。"

朱小珊答应一声，走了过来："什么事？"

"我问你：你送五岳到火车站，都说了些什么？"

"一般性的话呀。我不懂您的意思。"

"五岳来了个短信，说他妈让他一起去墨西哥。他想趁此机会，调查他继父。类似这样的话他跟你谈过吗？"

朱小珊马上意识到问题有些严重："没，……哎呀，他怎么这样？他没说要去调查他的继父。可是他说了他希望也能和我们一样，有冒险的机会。发生了什么事？"

"嗯。不太妙。他刚刚来了个短信，说是要深入虎穴，找到更多继父和墨西哥黑帮勾结的证据。"

"糟了。他有危险吗？我们能帮他做什么？"

郑洪斌给五岳打电话。听到几声"嘟——，嘟——"的接通信号后，通讯被掐断。

"他不接电话，有可能正和他继父在一起，不方便说话。"

郑洪斌给五岳回了一个短信：

"千万谨慎行事，随时保持联系！"

何武成听到郑洪斌和朱小珊的对话，走了过来："发生什么事了？五岳怎么啦？"

"刚刚接到他的短信，说他妈没病。她骗五岳回去，是为了让五岳同他们一起到墨西哥参加表叔保利诺儿子的婚礼。"

何武成警觉地问："是不是五岳的继父利奥诺拉觉察到什么了？你怎么不给他打个电话，问问清楚？"

"我回了短信，刚刚又打了电话。他不接电话。"

何武成说："那就更蹊跷了。"

朱小珊紧张地问道："五岳会有危险吧？怎么办？"

"向国际刑警求救。"何武成建议，"大哥，您那儿应该有琳达警官的名片。"

"对。那是琳达在缅北给我的，上面有她的联络方式。"郑洪斌说，"现在到了同国际刑警联系的时候了。"

449

第二十四章　天罗地网

文增辉赶往马修约定的会面地点。文增辉当然知道陈世明和马修既不可信又可怕，但是为了摆脱迫在眉睫的被警方追捕的险境，他只能走一步是一步了。

按照GPS的指引，文增辉把车拐上一条小路。

路两边起伏的山坡上是绵延的葡萄园。一个山庄出现在前方。

山庄前的小片平地上，停着一辆车，马修站在车前。

把车停在马修的车旁，文增辉下车。马修笑着和他握手。文增辉客套地问了句："马修，我没让你久等吧？"

"谈不上久等。昨晚我就来了。请跟我来。"马修挥了挥手，文增辉跟着马修往前走。

"这处葡萄园和酒厂是陈总的财产吗？"

"让你说对了。陈总五年前买下的，由我管理。这只是陈总在北美的据点之一。"

"我真早就该跟陈总混了。羡慕你啊。"听不出这话是不是发自内心。不过马修根本不管这个，他敷衍说："现在并不晚啊。你有这么高的智商，前途无量。"

文增辉看到农庄不远处两个大汉正盯着他们，不觉心里七上八下。

马修像是导游一样，带着文增辉在酒厂和酒库里走。他们顺着阶梯走进地下室。马修对文增辉解释说："本来这里的地不值钱。但是，讲究一点的酒厂还是把酒存在地下室。"

"为的是保持相对的恒温？"

"不愧是北大高材生，什么都懂。"

"这是瞎猜的，让你笑话了。酒厂盈利吗，马修兄?"

"不盈利。也没指望搞这片葡萄园和这个小型酒厂盈利。春夏秋三季这里每个周末接待游客能卖出一点酒。余下的运回中国，送朋友。"

文增辉感慨道："陈总真是大手笔。"

马修停下脚步，面对文增辉："参观到此结束。文先生，我们谈正事。陈总说你把八亿人民币，或者是一亿三千万美元转到了许多欧美银行的账户上，是吗?"

"是。所以，转账也不是说转就转的。需要时间。"

马修笑了笑："我们不劳文先生你帮助转账，只需要你交出账户和密码。"

文增辉觉得不太妙："这个，我们说好了的。你送我出境，到了境外我或者把账转到陈总指定的账户上，或者交给你账户和密码的list。"

马修冷笑一声："正如你所说，我们先小人后君子，你今天必须交出来。"

文增辉理直气壮地坚持："我不能交给你。我们过去素不相识，我没法信任你。这么一大笔钱，我只能交给陈总本人。"

马修点点头："算你说得有道理。好在现在通讯手段太方便了，我们马上和陈总视频通话。"

马修早有准备，他从肩上斜挎的包里取出一台笔记本电脑，放在酒桶边的小桌上，很快接上线。

"文先生，你的态度早在陈总预料之中。你如果以为自己的那点所谓的智慧有多么了不得，那就大错特错了。"

陈世明在视频屏幕上出现。

马修和文增辉异口同声地问候："陈总，您好。"

陈世明笑容可掬："久违了，文主任。你们谈得怎么样了?"

马修代替他回答："文先生非常谨慎，他要见到您才肯交出账户和密码。"

"文主任，我很欣赏你的配合和谨慎态度。马修非常可靠，你可以把账户和密码都交给他。他会安排你出境的，我们的计划是今天就送你上路。"

马修得意地看着文增辉："文先生，请交出账户和密码吧。"

文增辉头上冒汗了："好，好的。"

他放下背包，拿出一个小笔记本，翻动一下，撕下几页，递给马修。

马修冷冷地接过那几页纸，上面写着国家、银行和金额。他问："什么意思？"

文增辉说："这就是我所存的银行和具体金额。户主是我的名字，密码都记在我脑子里。"

马修冷笑："弄了半天，还是你想给多少就给多少。"

"说好了的，我怎么可能赖账？"

"你在耍滑头。那么多密码怎么可能记在脑子里？把密码写下来。"

视频屏幕上，陈世明说话了：

"先不忙着写密码。马修，你任意指定一个账号，让文主任进入账户，核对一下里面的金额和他写在本子上的是不是一样。"

这话如晴天霹雳，文增辉脑门上的汗大粒大粒地渗了出来。

马修从文增辉的背包里拿出他的笔记本电脑，放在桌上，插上电源线。

"请。"

文增辉艰难地操作着，打入用户名、密码，进入账户。

马修一把推开文增辉，俯下身查看金额。文增辉突然转身就跑。马修没有追赶，而是报告陈世明："陈总，全部金额几天前被转走。这小子果然是想要我们。"

文增辉奋力往地下室的楼梯上跑，他的路被一个彪形大汉拦住，大汉把文增辉拦腰抱住，送到马修面前。

"这就叫作敬酒不吃吃罚酒。这儿有的是酒。"马修命令，"打开。"

马修冲着大汉扬了扬下巴，大汉很熟练地从背后腰上拿出一个专门开桶盖的铁棍，撬开一个一米多高的橡木桶。

文增辉哀求："马修，陈总，你们听我解释。不知道是谁，一定是个骇客，进入我的账户，把钱给转走了。我不敢欺骗你们啊。"

"哼，这个骇客早不转，晚不转，单单等到我们俩见面以后才转你账户里的钱?"

陈世明发话:"废话就不要说了,我们时间不多。"

马修问站在一旁的大汉:"你一个人搞得定吗?"

大汉回答:"比杀只鸡还容易。"

大汉把文增辉拎了起来,头朝下按在橡木做的葡萄酒桶里。葡萄酒溢了出来。文增辉手抓着桶沿,两腿乱蹬,拼命挣扎。

看到马修点头,大汉把文增辉拉了出来。文增辉张大嘴巴喘气。

马修厉声说:"你要是不把钱全部交出来,那就让你把这桶酒都喝下去。"

文增辉再次求饶:"陈总饶命。我真的……"

大汉又把他提起来。情急之下,文增辉大叫一声:"慢着!"

"文先生有话要说?"

文增辉转守为攻:"我实话告诉你们:关于胡莉莉都是我的托词。我料到你们存心不良,进来之前给她打了电话。半个小时之内她如果接不到我的电话,就会报警!"

马修不敢造次,请示陈世明:"陈总,您看?"

这情况也出乎陈世明的意料之外。他命令:"把他带走。"

马修气急败坏,劈头劈脑扇了文增辉几下:"看我活剐了你!绑上,带走。"

正说着,另一个大汉在楼梯口叫了起来:"不好了,警车来了!"

马修大惊失色:"快!"

晚了。马修和架着文增辉的大汉刚刚出了酒库的大门,就看到四辆亮着警灯的警车把酒库大门团团围住。警察手持枪械对准了他们。琳达和白雪梅也在警察之中。

马修举起双手。大汉将文增辉丢在地上,也举起双手。

*

陈世明合上刚刚用于视频的笔记本电脑。他知道大限已到。他拿起手机,给女儿陈春叶拨了个电话。

北弗州社区大学的校园里，陈春叶、陈荣和朱小珊说说笑笑地从一座教学楼出来，走向另一座教学楼。

手机铃响了。各人都拿出手机来看。陈春叶接电话："哎，爸……我知道……现在就……好的。"

"你爸的电话？他从哪儿打的？"朱小珊问。

"国内。我爸让我做的事，我给忘了。嗯，我得去办个事。下一节课我就不上了，明天借你们的笔记看。"

陈荣说："没问题。你现在就走？要不要我送你？"

"不用。出租车方便。你可不能翘课。"

朱小珊若无其事地笑话陈荣："看看，这个殷勤没献上。"

陈春叶对他们摇了摇手："再见。"

陈荣冲着她的背影说："Take care yourself（照顾好自己）."

陈荣和朱小珊看着陈春叶往校门外走去。陈荣拿出手机向郑洪斌汇报：

"郑大哥，我是陈荣……对。陈春叶刚才接到她爸的电话，突然离开……好，我们马上回来接你们。我和小珊都认识陈春叶的住处。她要拦到出租车才能回去。我们不会比她晚多少赶到她的公寓……一会儿见。"

陈荣和朱小珊立即离开学校，回到住处。郑洪斌和陈荣一辆车，朱小珊和何武成开另一辆。他们一前一后，往陈春叶住的公寓开去。陈荣手持电话同后面的车联系。

"小珊，郑大哥让你们把车停在大街上，盯着大门。我们到后面停车场。"

"好。没问题。"

郑洪斌的车刚刚开进停车场，就看见陈世明父女俩一人拖着一个箱子出了后门，往陈世明租来的车走过去。

郑洪斌把车开到陈世明不容易察觉的地方，盯着他们的车。郑洪斌拿过陈荣手里的手机："小珊，告诉你何大哥，陈世明开的是一辆几乎全新的黑色福特。注意：他的车动了。上大街后，你们先跟上。我们轮流紧跟在后面。"

何武成建议："大哥，既然见到陈世明本人，我们就可以通知琳达了。好，我们看到他的福特，跟上了。"

郑洪斌说："我这就给琳达去电话。"

四辆执行逮捕文增辉等歹徒任务的警车，押着嫌犯，由66号高速公路上返回华盛顿特区。

琳达和白雪梅坐在一辆车里。琳达对白雪梅说："雪梅，我还没机会告诉你，洪斌昨天给我打电话了。"

"太好了！有什么好消息？"

琳达笑着告诉她："你的男朋友同洪斌在一起，他非常想念你。"

雪梅很开心："哈哈，谢谢。我说的是关于这个案子的消息。他们一定收集了一些金山公司犯罪的证据。"

"是的。事实上，洪斌的儿子正是最先报告金山公司有犯罪嫌疑的人。现在，洪斌说他的儿子有危险。那个男孩跟他妈和继父到墨西哥去了。"

正说着，琳达手机铃响了。琳达拿起手机："哈罗……是我……嗨，洪斌，怎么啦？……66号高速公路？我们正在66号高速上往华盛顿DC开……好的，你们在哪儿？……好。我们可以把向西行驶的车辆拦住搜查。……对的，你说得对。43号出口之后是拦截的好地方。"

琳达拿起警车上的对讲机："哈罗，各位同事，请注意：……"

四辆警车亮起警灯，越过中线的路沟，开到对面往西行驶车辆的路上。

66号高速公路上所有车辆都放缓了车速。

透过车窗，郑洪斌盯着数辆车的前面，陈世明开的那辆黑色福特车，他扭头对陈荣说："陈荣，准备给陈春叶发一个短信。"

"打电话不行吗？"

"她爸不会让她接任何电话，但短信她会看的。"

"好。你说，我写。"

郑洪斌口述："春叶：66号往西的车辆被警方拦截搜查。你跟你爸爸在一起特别危险，有人能救你。请让你爸爸接电话。"

陈荣的手指动得飞快："还有吗？"

"发出去。"

陈世明感到事情不妙，急得头上青筋暴起，这个状况让他的女儿陈春叶十分不安。陈春叶听到手机振动，拿起手机看短信。

"爸爸！有人送短信来，说我们特别危险，他让你接听电话。"

陈世明脸上露出一丝冷笑："中文？英文？"

"中文的。"

"告诉他，我接。"

电话铃响。陈世明接听："你是谁？"

手机里传来郑洪斌沉稳的声音："老陈，别来无恙？"

"哎呀，老郑，想不佩服你也不行啊！不但咸鱼翻身，而且居然盯上了我。你想说什么？"

"你和金山公司利奥诺拉合谋吞并福山公司，为的是惠山矿发现的铀矿。国际刑警早就知道了。铀矿石辗转运到墨西哥，也一直在国际刑警的掌控之中。你杀人越货，把孩子卷进来干吗？前面设卡，拦的就是你。我劝你不要干傻事，自首吧。"

陈世明听了老郑的话，反而镇定下来："我们认识多年，你就算再不了解我，也知道我不可能俯首就擒。"

郑洪斌劝道："你把孩子也搭上？她还年轻，你喜爱女儿是人人皆知的。不能不为孩子考虑吧？虎毒不食子啊。"

陈春叶再也忍不住，放声大哭起来。陈世明看看女儿，眼眶红了："老郑啊，老郑，从当兵到办企业，我一辈子都被你占着上风。赢不了你。看在过去几十年的交情上，求你答应我一件事。"

郑洪斌问："是不是托我照顾好春叶？我答应你。这孩子我从小就喜欢，我会照顾好她的。"

陈世明释怀了，他猛地转动方向盘，突然强行挤入中间的车道，引起一片鸣笛抗议。

郑洪斌警告："老陈你要干什么？别胡来！"

陈世明将车开过路沟，上了反方向行驶的大道。郑洪斌立即跟着越过中线路沟，追了上去。

陈世明的车下了66号高速。这里是非商业区，属于城市远郊，来往车辆不多。路两边是树林和草地。

陈世明停下车，打开车门下来，他拿出枪对准追过来的郑洪斌的车。

郑洪斌见状，急刹车，打开车门，以车门为掩体。车里，陈荣急忙放倒车座背爬到后座。

郑洪斌告诫："老陈，不要乱来。"

陈春叶从另一面下了车，从车头跑过来，试图挡住她爸："爸爸，你把枪放下！"

陈世明沉痛地对女儿说："孩子，爸爸对不起你。你往郑叔叔那边跑。快！"

陈春叶被吓住了，她的脑子里一片空白。

陈世明大吼："快跑！"

陈春叶从来没见爸爸对她发火，机械地听从他，向郑洪斌跑去。一边跑一边还喊着："郑叔叔，你不要开枪！你不要对我爸爸开枪！"

"砰"的一声枪响。

郑洪斌从车门后闪出，他没有倒地，倒地的是陈世明，陈世明开枪自杀。

不明就里的陈春叶继续向前跑，扑倒在郑洪斌怀里，"哇哇"大哭。

几辆尾随追过来的警车从郑洪斌和陈春叶身边呼啸而过，将陈世明所驾驶的黑色福特车团团围住。

*

墨西哥山里的一个庄园，热情奔放的墨西哥山民载歌载舞，婚礼正在进行。满桌是鲜花美酒美食，宾客如云。

五岳和一个漂亮的墨西哥女孩跳舞，一个小孩过来拉他的衣角，五岳不理他，小孩继续拉他。好在音乐结束了。五岳先跟女孩道谢："Fue agradable bailar con usted. Gracias（西语：和你跳得很愉快。谢谢）."

女孩礼貌地回应："Gracias（西语：谢谢）."

五岳跟着小孩离开舞场。人群喧闹，五岳弯下腰，才听明白小孩叫他做什么。他点点头，跟着小男孩往后院走。男孩指着双扇雕花硬木大门，让五岳进去。

一进门，五岳就认出坐在沙发上抽雪茄的那个中年汉子就是恶名在外的大毒枭保利诺。不过，他并没有流露任何不安。

保利诺取下叼在嘴里的雪茄："哈，你就是那个对我感兴趣的男孩。"

五岳这才装出刚刚认出他的样子。

"哦，你是表叔。我记得好多年以前我来这里，你给了我很多钱。"

保利诺一声冷笑："哼，我倒是希望你还是那个可爱的中国小男孩。听着，你父亲让我把你送到一个安全的地方去。"

五岳也不问要让他到什么地方去，从容地回答："可以啊。我需要跟我妈说声再见。"

"你不想让你妈妈也留在墨西哥，是吧？"

五岳镇定地摇了摇头："No."

"你算是聪明的。"保利诺挥了一下手。

一个保镖过来拍了一下五岳的肩膀，并紧跟着五岳出了门。

五岳在人群中找到了妈妈。岳晓天正和几个妇女有说有笑地聊天。五岳叫了声："妈。"

"咦，你怎么不跳舞了？"

"表叔说，让我去给他做件事。我来跟你说一声。"

岳晓天并没有觉察出有什么不对："哦，那你去吧。"

五岳上前拥抱了妈妈，在她耳边轻轻地说了句："妈，记着给爸爸打个电话。电话号码是：703-505-9303.提醒他注意我寄去的快递。"

岳晓天有点奇怪了，但并没有完全反应过来。五岳在她脸上亲了一下，转身走了。

岳晓天看着儿子的背影发愣，当她注意到一个彪形大汉紧跟着儿子的时候，忽然生出一种不祥的感觉。

*

晚上，郑洪斌和他的伙伴们请来白雪梅做客。他们把陈春叶也带回了住处。

除了陈春叶哭丧着脸，大家都兴高采烈的。看着坐在何武成身边的白雪梅，郑洪斌十分感慨："雪梅，你们可真不容易。从何武成被陷害入狱，这一折腾得有将近三年了吧？"

"郑大哥，我谢谢您对武成的关心和照顾。他的案子能够重审，也都是因为您的努力啊。"

"江昌六虎的案子可以结案了吧？"郑洪斌问。

"对。我应该向大家传达一下：首先，文增辉的落网，导致郑洪斌郑大哥被陷害案尘埃落定。其实，胡莉莉的口供已经足以证明郑大哥无罪。"

大家鼓掌。

何武成举杯站了起来："来，为郑总洗清冤屈，恢复名誉干杯！"

大家举杯，各自喝了一大口酒。

郑洪斌双手抱拳，转了一圈，一一致意："谢谢大家！谢谢你们不避艰险跟着我，吃了那么多苦。大家吃菜。我们边吃边聊好吗？"

小珊叫道："吃菜，不吃就凉了。还请雪梅姐继续讲。"

白雪梅一听小珊这么说，开了个玩笑："哈哈，小珊不让我吃。"

何武成关切地对她说："雪梅你吃，我来讲。因为雪梅这么多年和周大队长等公安人员的积极追踪，收集证据。特别是江昌六虎中总管曾金虎的落网，洗清了犯罪集团在顺昌大桥特大事故案中对我的栽赃。"

又是一阵掌声。

白雪梅补充："其实我一直为自己当初为了避嫌，没有参加这个案子的调查和审理内疚。武成和郑大哥一回去，法庭就会公开宣布你们无罪，撤销过去的判决。"

"太好了！"

"武成和我受的这番委屈和挫折，并不完全是坏事。你们的爱情受到生和死的考验。雪梅，还有什么可以透露的?"老郑问。

"没有秘密。所有这些你们都参与了。"雪梅想了想，又说，"还有就是，周清泉追踪惠山矿的铀矿石去向，查明了铀矿石被运往金山公司在墨西哥的一座矿山。"

"铀矿是要在那里提炼吗?"

雪梅摇了摇头："不。那里没有提炼浓缩铀的设备，估计也就是个储藏地。这个公司有可能从世界各地的黑市非法购买铀矿，然后收集储藏在那个矿山的旧矿井里。不管是转手倒卖，粗加工还是精加工，都能获取暴利。因为铀矿石及其加工提炼的产品在国际市场上是严禁买卖的，黑市价格特别昂贵，而且有价无市。"

"具体地点在哪儿?"

"卡巴萨斯。"

＊

一辆黑色的卡迪拉克在山中道路上行驶。

五岳坐在车里，他身边坐着那个押送他的保镖。

车开到厂区大门口停下。五岳好奇地看着前面黑森森的厂房和厂房后面的高山。一束探照灯光对准了门前停下的车辆照过来。五岳眯起了眼睛。

挎着自动步枪的门卫走了过来查看。他认识司机："你好，很久不见了。车里是哪位客人?"

"大老板家的少爷。美国来的。"

"Ven（请进）."铁门打开，卡迪拉克缓缓通过大门，进入厂区。五岳注意到除了上前问话的，另外还有两个武装门卫站在大门后面。可谓戒备森严。

＊

晚饭后，陈荣带着陈春叶忙着收拾餐桌。小珊给大家端上热茶。

白雪梅问："郑大哥，你们今后是什么打算?"

460

"等到金山公司的罪行受到清算，利奥诺拉伏法之后，收购福山公司的中外出资方都垮台了，福山公司又会面临一次重组。"

何武成接过老郑的话："大哥势必回去收拾旧山河。"

"那是当然了。塞翁失马，焉知非福。经历了这场劫难，我也为福山的再次起飞找到了一个肝胆相照的兄弟，一个不可多得的人才做福山的总经理。"

陈荣和朱小珊异口同声地叫起来："何大哥！"

"对！武成，你可是发了誓要跟着我的。"

何武成连忙摆手："不行，不行，做总经理我可不够格。"

"够不够格，我说了算。你的忠贞、胆略、知识、见识谁能比得了？狂风恶浪都经历了，怎么不够格？"此时的郑洪斌又变回那个一言九鼎的董事长兼CEO，"还有，曾金虎的昌盛集团垮了，金山公司陷入危机，而我的手里却收回了巨额现金，现在该由我来收购昌盛和金山了。"

大家听得兴奋，又鼓起掌来。

白雪梅又关心地问："两个年轻人有什么打算？"

陈荣回答的毫不犹豫："我是郑总、何总的马仔，你们到哪儿我就跟到哪儿。"

"陈荣和小珊属于非法偷渡来美的，当然需要回去。"郑洪斌话虽这么说，还是征求一下他俩的意见，"你们愿意回国吗？"

小珊说："愿意，跟着你们就行。"

听了他们的表态，郑洪斌这才继续："小珊和陈荣还是回国，先进福山公司，过一段我再把你们合法地送到美国来读书。现在我也得管着春叶了。春叶，我看你还是先回去，陪陪妈妈。休整一段以后，和陈荣、小珊一道出来读书。好吗？"

春叶点点头："嗯。"

何武成把郑洪斌对陈春叶的态度看在眼里，真的很佩服："跟大哥认识真是我最大的荣幸。大哥不仅临危不惧，坚韧不拔，而且处理问题有情有义，从容不迫，够我学习一辈子的。"

"过奖了。我的毛病多了。平心而论，我受的这场劫难和自己的私心私欲、疏忽大意是分不开的。今后需要吸取教训的地方会很多。"老郑说的可是真心话。

*

岳晓天在山庄婚礼晚宴的餐厅里，坐立不安。她身边的利奥诺拉当然知道其中缘由，却假惺惺地询问："晓天，你不舒服？"

岳晓天嘴角动了一下："嗯。我去一下洗手间。"

她悄然离席。

洗手间里，岳晓天打开水龙头往脸上泼了些凉水，让自己冷静下来。她理了理思路，决定给郑洪斌去个电话。

电话拨通后，等了好几秒钟，终于传来郑洪斌的声音："请问是哪一位？"

"洪斌，是我。五岳给了我这个电话号码，让我给你打电话。"

"我这儿正担心哩。"郑洪斌急切地问，"听说你们到墨西哥去了。五岳他还好吧？"

岳晓天低声说："不好。他被带走了。我想他是被绑架了。他说，让你留心他给你寄去的快递。但他没说那是个什么东西。"

"哎哟，你等一下。他临走前在机场发来的短信里也说了快递的事。"

郑洪斌深感疏忽，他回过头，问围着餐桌正在吃饭的同伴："哎，你们今天有人注意到快递吗？"

陈荣马上说："从学校回来接你们的时候，我看到门口一个纸箱子就顺手搬进来了。当时太紧张，没顾上看，也没顾上跟您说。"

"搬过来。"

陈荣急急忙忙地把沙发边的纸箱搬了过来。郑洪斌立刻撕掉胶带，打开纸箱。箱子里有一台仪器，上面有一封信。郑洪斌马上读信。

五岳在信里写道："爸爸：我决定跟妈妈和利奥诺拉去墨西哥。这是一台GPS接收器。我在自己身上和妈妈的小包里都安放了GPS芯片。仪器我已经调好。你可以向国际刑警报告，通过芯片找到大毒枭保利诺的老巢。"

462

郑洪斌马上转告岳晓天：

"晓天，这孩子胆子真大。他寄来的是GPS接收装置。我们可以很容易地找到他在哪里。你自己赶快想办法脱身吧。我们马上动身去解救五岳。"

岳晓天哪里愿意自己脱身？"你说什么哩。把五岳带到墨西哥来是我的错。我怎么能让儿子一个人冒险？是死是活，我都要和儿子在一起。你抓紧时间，赶快带国际刑警过来吧。"

岳晓天那边中断了通话。

餐桌边的人都围到了郑洪斌身边。

白雪梅果断地对大家说："郑大哥，您前妻现在应该是和利奥诺拉、保利诺在一起。武成，你帮助郑大哥马上通过仪器找到他们的所在地。我来给琳达去电话，立刻赶到墨西哥解救人质。"

墨西哥山庄那边，岳晓天从洗手间里出来，不想利奥诺拉站在外面等着她。

岳晓天厉声问道："五岳哪儿去了？你把五岳绑架到哪儿去了？"

利奥诺拉佯装惊讶："夫人，话怎么说的这么难听？金山在这里的分公司计算机系统出了问题。五岳处理过这类问题。他到卡巴萨斯的分公司去了。我以为他临走会跟你说的。"

"我不信，我亲眼见到一个彪形大汉押着他离开的，明明是绑架。"

利奥诺拉双手一摊："那我怎么让你相信呢？"

岳晓天坚决地说："我要和儿子在一起，你把我送到他身边去！"

餐厅那边人们听到他们夫妻俩争吵。保利诺的太太站到走廊的一头询问："奥托，出了什么事？"

利奥诺拉回转身体，满脸带笑地回答："没什么，我们挺好的。"

他觉得事情发展到这一步，只能把岳晓天和五岳一块儿关起来。否则非闹大了不可："晓天，你这个态度太让我失望了。事情本来可以好好解决的。那就随你所愿，送你去和五岳在一起。晚宴结束后就走。我陪你一起去。"

金山公司矿石提炼厂的一间职员宿舍成了关押五岳的临时囚禁室。屋子里只有简单的一张床铺、一桌、一椅。五岳仰面躺在床上，他睡不着，无聊地看着窗外的星光。

　　忽然他听到楼道走廊里传来嘈杂的脚步声。脚步声由远至近，来到他的门前。五岳一骨碌爬了起来。

　　门开了，利奥诺拉和保镖押着岳晓天走了进来。

　　五岳大为吃惊："妈！你怎么来了？"

　　"儿子，他们没把你怎么样吧？"岳晓天关切地问。

　　五岳摇了摇头："我挺好的。妈，你不该来的呀。"

　　利奥诺拉对岳晓天说："夫人，利害关系我都跟你说了。你好好做做你儿子的工作吧。"他说完便和保镖离开。门又被从外面锁上了。

　　岳晓天坐到床沿，抓着儿子的胳膊，流着泪说："五岳，是妈不好，不该自己上当，还把你骗到墨西哥来。"

　　五岳宽慰她："没关系的。爸爸和国际刑警一定能找到我们的。"

　　"可是孩子，你为什么要冒这么大的险？"

　　"妈，我就想你能回到爸爸身边，我们一家还能和以前那样。"

　　启明星从东方升起。山里依旧笼罩在夜色之中。

　　车队沿着山路往山间的工厂进发。

　　装甲列车则沿着铁轨行进。武装人员搭乘的敞篷车厢挂在装甲车的后面。

　　在距离工厂大门和铁道入口不远的地方，军人和武装警察迅速进入战斗位置。

　　一道曙光射进囚禁岳晓天和五岳的房间，五岳关上灯："妈，天都亮了。"

　　爆炸声从厂区大门和铁道入口处传来。五岳马上兴奋起来："一定是爸爸带着国际刑警来救我们了！妈，你听，还有直升机。"

　　看到五岳趴在窗户上往外看，岳晓天急忙过来拉儿子："五岳，你给我往后站！这里危险！"

"妈，你别拉我，这是真打仗，我从来没看过。"五岳到底还是个孩子。

在拂晓的晨光中。军队和警察对山中工厂发起了猛烈的进攻。护厂的黑帮武装哪里是正规军和武装警察的对手？大门和铁道入口很快失手。

直升机上的特种兵攀绳而下，占领制高点。

匪徒退守厂房。

囚禁室的门"哐当"一声被推开。气急败坏的利奥诺拉带着保镖闯了进来："岳晓天，你看看你儿子都干了些什么！我苦心经营的家当全都毁在这个吃里扒外的杂种手里了！"

岳晓天反驳他："你正经生意不做，要干非法的勾当。这关孩子什么事？"

"少废话，走！"

保镖一把抓起坐在床上的五岳就往外走。五岳关心他妈妈的安危，冲着利奥诺拉说："不关我妈的事。我跟你们走。"

"你给我住口！坏就坏在你莫名其妙地充英雄。害了我不说，你还害了你妈。"

岳晓天看到儿子被拉走，紧紧跟了上去。

在白雪梅、郑洪斌、何武成乘坐的中吉普上，安放着五岳快递给郑洪斌的GPS追踪仪。他们发现屏幕上的亮点从厂区向外移动，立即去向指挥围剿战斗的国际刑警方代表琳达报告。

厂区内，琳达身穿防弹背心，正在一辆吉普车旁接打电话。琳达接到的报告是，没有发现作为人质的郑洪斌的儿子和前妻。

雪梅让琳达到中吉普上看一下追踪仪。车里的郑洪斌和何武成看到琳达过来，立刻闪到一边。琳达看到屏幕上两个亮点正在往正北方向移动。她动了一下鼠标，两个亮点显得更加清晰。卫星图像显示他们在树林里。

郑洪斌说："我和武成这就去追击。雪梅，你负责看着屏幕，帮我们引导。"他们检查了一下各自的武器，跳下吉普。白雪梅紧跟而下："我跟你们一起去。琳达，请你在这儿指挥。"

郑洪斌劝雪梅留下："雪梅，这是我的事情，你不要跟着。"

白雪梅坚定地说："我是警察，保护本国公民是我的神圣职责。"

琳达脱下防弹服递给白雪梅："去吧，他们往正北方向去了。"

保镖推着五岳在林子里往前走。

岳晓天哀求："Otto，看在我们夫妻一场的情分上，求你放了我们母子俩。"

利奥诺拉恼怒地斥责："情分？我待你这个儿子怎样？十多年了，我把他当自己的亲儿子。我挣下这么大的一份产业，将来还不是他的？可是这个杂种想方设法地毁了我的一切！"

"你的产业是你自己毁掉的！你勾结黑帮，运送毒品，搜购核原料，威胁世界和平！"岳晓天此时算是彻底看清了利奥诺拉的真面目。

利奥诺拉一个大巴掌对着岳晓天扇了过去："你不说我还不知道。原来你这个吃里扒外的东西一直在搜集我的黑材料！谁雇用了你？FBI还是CIA？"

一旁的五岳大声说："你自找的，你勾结中国黑帮坑害了我爸爸，我当然要和你算账。"

原来都是这小子坏的事！恼羞成怒的利奥诺拉对着五岳一阵拳打脚踢。五岳的双手被保镖大汉拧在身后，只有挨打的份儿，被打得口鼻流血。岳晓天为了护着儿子上去拉利奥诺拉，被他一巴掌打倒在地。

保镖觉得不能不提醒利奥诺拉："Jefe，no podemos quedarnos aqui（西语：老板，我们不能在这里耽搁）。"

"Irse（西语：走）。"

岳晓天问："你要把我们娘儿俩带到哪里去？"

"你儿子坏了我们的大事。我要给保利诺一个交代。"

"你们两个谁也跑不了了！"五岳毫不畏惧。

"哼，你嘴硬，是不是？保利诺会把你放在绞肉机里，从脚开始，活活绞成肉泥！"利奥诺拉恶狠狠地威胁。

郑洪斌等三人追进树林。林子里弥漫的晨雾还没有散去。

他们来到了一个岔路口。该往哪边走，一时难以决定。白雪梅拿起手机。

"琳达，这儿是一个岔路口。我们该往哪边追？"

手机里传来韩冰莹的声音："雪梅，是我，韩冰莹。琳达被叫走处理问题，她让我守在这里。我不知道你们的准确位置，但是GPS显示亮点在十点半钟方向。"

"太好了，非常明确，我们该往左。谢谢。"

"保持联系。"

走了不多远，何武成发现地下有折断的树枝。他拿起来看看，递给郑洪斌："大哥，刚折断的。"

郑洪斌点头赞许："不错，武成，你能当侦察兵了。"

白雪梅仔细观察附近路面，发现了一个脚印："这是半高跟鞋的脚跟印。他们带着岳晓天走不快的。"

郑洪斌判断："据我的观察，加上岳晓天和五岳，他们一共四个人。我们可能距离他们不远了。提高警惕。"

前方是个往上的斜坡。

爬了一段上坡的路，岳晓天累得气喘吁吁："我走不动了。我不走了！"

利奥诺拉自己也累得走不动。但他知道绝对不能停下脚步："你试试？不走，我就让保镖用刀子割你儿子的肉！"

"我真瞎了眼，怎么嫁给你这个禽兽！"

保镖押着五岳在前，利奥诺拉推着岳晓天在后，艰难地往上爬行。保镖回头等着利奥诺拉。他忽然发现山坡下有人影晃动："Jefe，mira（老板，看）！"

五岳也回头看了，他兴奋地大叫起来："爸爸！我们在这里！"

不等老板交代，保镖一拳挥了过去，把五岳打倒在地。他接着从兜里掏出一根绳子，熟练地将五岳绑起来。五岳刚想再叫，保镖用手绢塞在他的嘴里。利奥诺拉掏出手枪威胁岳晓天："再敢出声，我就先打死你们！"

他招手让保镖靠过来，在他耳边交代了两句，然后提起双手被绑在身后的五岳："你给我乖乖地往前走！"说罢，他恶狠狠地用拿枪的手朝岳晓天一挥。岳晓天怕儿子遭毒手，只好紧跟着他们往前走。

郑洪斌他们听到了五岳的呼叫声，三人加快步伐往坡上爬。郑洪斌在前，白雪梅和何武成几乎平行在后。三人成三角形队列。

他们经过五岳刚刚呼叫的地方，看到前面移动的人影了。何武成往前一指："大哥，他们就在前面。"

话音刚落，埋伏在灌木丛中的保镖突然站起来举枪射击。白雪梅后背中弹倒地，何武成惊呼着扑向雪梅。保镖的第二枪是朝着何武成射击的，因为何武成忽然快速转变方向，这一枪没有击中要害。他也再没有机会打第三枪了。郑洪斌猛地回身，一枪命中保镖的脑门。

郑洪斌往回两步跪倒在白雪梅和何武成的身边："雪梅、武成，你们怎么样了？"

雪梅艰难地爬了起来："我没事，我有防弹背心。"

"武成，你怎么样？"

血从何武成的左肩上流了下来："没大问题。大哥，您别管我。去追五岳和他妈。"

郑洪斌交代："雪梅，武成伤在左肩。你帮他止血，照顾好他。我一个人追就足够了。"

"快追！"

郑洪斌把何武成的手枪别在后腰上，一跃而起追了上去。

利奥诺拉反身向逼近的郑洪斌连连开枪，没个准头。他立刻把五岳挡在自己身前，把枪对准五岳的头。

"郑洪斌，把枪放下！不然我就打死你儿子！"

郑洪斌说："别害怕，我放下枪。"他从大树后面闪身走了出来，高举双手。岳晓天大惊，朝着郑洪斌走了过去："洪斌，你不能！"

"晓天，你别过来！"

利奥诺拉喝令："放下枪！"

郑洪斌蹲下身子，把枪放在地面上。

"把枪踢给我！"

郑洪斌从容地一脚把枪踢到利奥诺拉的脚下。利奥诺拉狞笑着用一只脚踩在那支枪上。

岳晓天觉得郑洪斌简直就是送死，她上前一步。郑洪斌抬起左臂，阻止岳晓天继续往前。

利奥诺拉得意地笑了起来："哈哈，到头来，你们父子俩谁也救不了谁。岳晓天，你是想救前夫，还是救儿子？"

他把对准五岳的枪横了过来指向郑洪斌。与此同时，一旁的岳晓天扑过去挡住郑洪斌，郑洪斌趁机拔出腰里别着的何武成的那把手枪。

利奥诺拉的枪打中岳晓天，郑洪斌的子弹准确地射入利奥诺拉的眉心。

五岳大叫："妈妈！"

厂区这边，琳达和周清泉快步走向盯着GPS接收仪屏幕看的韩冰莹。琳达关切地问："怎么样了？他们还好吗？"

韩冰莹回答说："他们应该是安全的。看，他们往回走了。"

屏幕上，两个亮点正往回移动。

周清泉松了一口气："太好了，我们去接他们。"

郑洪斌抱着重伤的岳晓天，五岳背着肩头受伤的何武成，白雪梅在一旁照顾着。他们走出丛林。

琳达、韩冰莹和周清泉笑着，挥着手向他们跑去。

一轮红日跳出东方的山岭。

旭日的光芒照射在郑洪斌这一家和白雪梅这一对幸福的笑脸上。

图书在版编目（CIP）数据

越洋追凶 / 许之微 著. -- 北京：作家出版社，2017. 10

ISBN 978-7-5063-9757-5

Ⅰ. ①越… Ⅱ. ①许… Ⅲ. ①长篇小说 – 中国 – 当代

Ⅳ. ①I247. 5

中国版本图书馆CIP数据核字（2017）第260604号

越洋追凶

作　　者：许之微

责任编辑：王　烨

装帧设计：意匠文化·丁奔亮

封面题字：白谦慎

出版发行：作家出版社

社　　址：北京农展馆南里10号　　　　邮　　编：100125

电话传真：86-10-65930756（出版发行部）

　　　　　86-10-65004079（总编室）

　　　　　86-10-65015116（邮购部）

E-mail:zuojia@zuojia.net.cn

http://www.haozuojia.com（作家在线）

印　　刷：北京明月印务有限责任公司

成品尺寸：152×230

字　　数：380千

印　　张：29.75

版　　次：2018年1月第1版

印　　次：2018年5月第2次印刷

ISBN 978-7-5063-9757-5

定　　价：42.00元